BURKE'S REVENGE,

en français

La vengeance de Burke

Bob Burke Action Thriller #3

Un roman de

William F. Brown

CHAPITRE UN

Fayetteville, Caroline du Nord

L'aéroport régional de Fayetteville, en Caroline du Nord, n'est pas très grand. Il n'a que quatre portes d'embarquement et une poignée de vols qui entrent et sortent chaque nuit ; mais il est disponible, on peut y entrer et en sortir rapidement, et c'est certainement mieux que d'aller à Charlotte, Raleigh ou Charleston, si c'est à Fayetteville que tu veux te rendre. Dix minutes après l'atterrissage de son vol, Bob Burke a franchi la sortie de la TSA, descendu l'escalator jusqu'au rez-de-chaussée et franchi les portes d'entrée, où il s'est retrouvé dans une douce et chaude soirée de fin d'été en Caroline. Essaie de faire ça à O'Hare, se dit-il en souriant, ou presque n'importe où ailleurs.

Il était 21 h 30 et le soleil s'était déjà couché. Sans y penser, il s'est arrêté et a levé les yeux. Même à travers les lumières vives de l'aéroport, il pouvait voir un quartier de lune et quelques étoiles brillantes dans le ciel ; ce qui lui fit prendre une profonde respiration, heureux d'être de retour à la maison après quatre jours mouvementés à Chicago. La plupart des autres passagers de son vol avaient quitté l'aéroport pour se rendre à la réclamation des bagages, si bien que le trottoir était vide, tout comme le parking et la route d'accès. Bob se dit qu'au moins, ils n'ont pas roulé les pistes d'atterrissage pour la nuit.

Il était un militaire de la deuxième génération et Fayetteville commençait à se sentir de nouveau chez lui. Il avait passé les deux dernières années à travailler à Chicago, à supporter O'Hare, les embouteillages et les horribles hivers de Chicago, et n'y était retourné que parce qu'il avait une entreprise à diriger là-bas. Les téléconférences et les courriels sont très utiles, mais tout directeur digne de ce nom sait qu'il doit mettre la main à la pâte, presser la chair et montrer son visage souriant au bureau toutes les quelques semaines. Pour maximiser le temps qu'il passait là-bas, il réservait toujours le dernier vol qui le ramènerait à Fayetteville le soir même. Cela signifiait changer d'avion à Charlotte et prendre l'un de ces minuscules avions de banlieue Dash-8. Il détestait ces voyages, surtout quand ces horribles orages de début de soirée éclataient sur le dernier trajet fatigant du retour. Pourtant, un Dash-8 vaut mieux qu'un trajet de trois heures sur des routes sinueuses à travers les champs et les fermes de Caroline. Comme on dit à Fayetteville, "on ne peut pas y arriver d'ici".

Comme d'habitude, la plupart des passagers de son vol appartenaient à l'armée et se dirigeaient vers Fort Bragg. Ils étaient vêtus du dernier uniforme de combat camouflé de l'armée, de bottes de désert beiges et d'un béret - marron, havane ou vert, selon leur travail. C'est drôle, pensa Bob ; il prenait ce vol une ou deux fois par mois depuis six mois, et il n'avait encore jamais rencontré un visage familier de "l'époque". Il est vrai que cela fait presque trois ans qu'il a quitté l'armée et pris ce travail à Chicago, mais il a fait partie des opérations spéciales ici à Bragg et en Irak et en Afghanistan pendant près d'une décennie. Il connaissait presque tout le monde à l'époque, et tout le monde le connaissait, du moins c'est ce qu'il pensait. Mais aujourd'hui, à part ses propres "gars" des Rangers et de la Delta Force, il semble que "le fantôme" ait vraiment disparu. Il ne devrait pas être surpris. Il y avait 55 000 soldats stationnés à Bragg maintenant, et deux ans loin de ce style de vie militaire très énergique semblaient une éternité. Oh, eh bien, pensa-t-il, le temps marche à son rythme, et lui aussi.

L'aéroport de Fayetteville n'avait rien de luxueux - pas de nourriture, pas de boissons le soir et pas de navettes vers les parkings. Il descendit du trottoir et commença à marcher sur le parking de courte durée, traversant plusieurs terre-pleins paysagers et se dirigeant vers le parking de longue durée, où il avait garé sa nouvelle camionnette Ford 150. Il était vêtu de sa tenue d'affaires décontractée habituelle "je vais au bureau et je m'en fiche" - un pantalon chino L.L. Bean, une chemise bleue boutonnée en tissu Oxford, sans cravate, un blazer bleu infroissable, et sa toute nouvelle affectation champêtre : une paire de bottes de cow-boy légères. Il ne porte aucun bagage, seulement deux bagages à main. Sur son épaule gauche pendait un petit sac d'ordinateur noir, et dans sa main droite se trouvait une mallette en aluminium haute sécurité Halliburton, dans laquelle étaient coincés les devoirs d'une semaine du bureau de Chicago. L'armée lui a appris à faire des bagages légers, et de préférence à ne rien emporter du tout ; il a donc laissé ses costumes d'affaires, ses chaussures de ville, ses cravates et tout le reste dans le placard de son bureau de Chicago. Grâce à Global Entry, il a pu éviter tous les tracas de la TSA.

À mi-chemin du parking sombre, il s'est arrêté et a regardé autour de lui. Il n'était parti que depuis cinq jours, mais il faisait "O-Dark-30" quand il est parti, et il était entré et sorti de beaucoup trop de parkings depuis. Apparemment, l'absence de fioritures s'appliquait aussi aux lumières des parkings. La moitié d'entre elles étaient éteintes, tandis que l'autre moitié était trop espacée pour faire quoi que ce soit, ce qui laissait de grandes taches sombres dans tout le grand terrain. Heureusement, le quartier de lune donnait assez de lumière pour un vieux fantassin comme lui, alors il s'est mis à marcher à travers les rangées et les bandes médianes à sa droite, là où il était presque sûr d'avoir laissé le pick-up.

Tout en marchant, il a sorti son trousseau de clés de sa poche et a regardé le porte-clés "entrée sans clé". Il comportait un de ces petits boutons rouges de klaxon pour les nuls comme lui qui ne se souvenaient pas de l'endroit où ils s'étaient garés. Il y avait aussi un bouton de démarrage à distance conçu pour "Susie housewife", pour qu'elle n'ait pas à poser ses fesses chaudes sur un siège de voiture froid lors d'un de ces mauvais matins d'hiver à Chicago. Malheureusement, le démarreur à distance pouvait aussi déclencher une voiture piégée, si les Gumbahs qu'il croisait à Chicago et à New York finissaient par découvrir qui et où il était. Donc, tout bien considéré, Bob optait généralement pour le troisième bouton, un peu plus sûr, qui n'ouvrait que la serrure des portes et faisait clignoter les phares.

Mais avant de le faire, il jette encore un coup d'œil autour de lui. Il finit par apercevoir sa Ford 150 blanche, trois véhicules plus loin dans la rangée suivante, garée à l'ombre d'un énorme SUV Chevy Tahoe bleu nuit. Lorsqu'il s'est approché à moins de quinze mètres, il a appuyé sur le bouton pour ouvrir les serrures électriques des portes, ce qui a également déclenché un flash rapide et lumineux des phares du camion, révélant un groupe d'hommes blottis entre sa Ford et le SUV. Les premières impressions sont généralement correctes dans 99 % des cas, et ce qu'il a vu dans ce bref éclair de lumière, c'est quatre hommes avec des cheveux longs, des jeans bleus, des tripes de bière, des vestes de motard en cuir, et quelques tatouages sérieux. Dans la rangée derrière eux, le faisceau de ses phares a révélé quatre motos Harley-Davidson chromées. Les motards étaient tellement concentrés sur le cambriolage des deux camions que le flash lumineux des phares les a pris par surprise.

"Éteins ces putains de lumières et dégage ton cul d'ici !" le motard le plus proche s'est retourné et a grogné contre Bob. Il semblait être le plus grand de la bande, peut-être six pieds trois et 225 livres, probablement le plus stupide aussi, ce qui expliquait pourquoi ils l'avaient laissé monter la garde. Derrière lui, l'un des autres tenait un "Slim Jim" à deux mains, travaillant sa fine bande de métal sur la porte du Tahoe côté conducteur, la poussant de haut en bas et essayant d'ouvrir la serrure de la porte. Un autre motard s'est penché sur son épaule, observant et attendant, tandis que le quatrième tenait un marteau à bille prêt à l'emploi, au cas où les méthodes d'entrée plus sophistiquées échoueraient.

"Désolé, 'Gomer' ", répond Bob, "mais c'est mon pick-up et je ne partirai pas d'ici sans lui".

"Wuddju m'appelle ?" les yeux du premier motard se sont rétrécis alors qu'il se redressait et se tournait avec colère vers l'homme beaucoup plus petit qui s'approchait d'eux.

Le motard derrière lui avec le marteau à bille n'était pas aussi timide. "Oh, c'est ça ton camion, mon gars ? Cette saloperie de 150 ?" demande-t-il en balançant le marteau sur la vitre du côté passager de Bob, la réduisant en mille petits morceaux.

Même un campagnard fraîchement émoulu comme Bob Burke savait que dans le sud, on ne touche pas à la femme d'un homme, à son chien de chasse ou à sa camionnette, probablement pas dans cet ordre, et le crétin au marteau venait de commettre une grosse erreur. Du haut de ses cinq pieds neuf pouces et de ses 165 livres, Bob Burke était facile à sous-estimer, mais les gens le faisaient rarement deux fois. Lorsqu'il a quitté le service actif en tant que major, après douze ans et six missions de combat dans les Rangers et la Delta Force, il est sorti avec la plupart des médailles les plus prestigieuses que l'armée décerne pour ce qu'il a fait. Cela comprenait la Distinguished Service Cross, deux Silver Stars et cinq Purple Hearts - plus trois blessures par balle et suffisamment d'éclats d'obus dans diverses parties du corps pour nécessiter un "balayage de la main" aux points de contrôle de la TSA. Il est également devenu un expert de la plupart des objets qui tirent des balles, du pistolet semi-automatique Beretta 9 millimètres au fusil d'assaut M4, en passant par l'obusier 105 millimètres, lorsque c'était nécessaire, et son préféré, le fusil de sniper Barrett de calibre 50. Il était encore plus doué dans la plupart des arts martiaux asiatiques.

Bob regarde le motard avec le marteau à billes, puis sa fenêtre. "Tu sais", dit Bob en abaissant son sac d'ordinateur sur le trottoir, "tu devrais y réfléchir à deux fois avant de faire ce genre de conneries autour de Fort Bragg. On ne sait pas qui tu pourrais mettre en colère."

"Oui ?" ‘Ball-Peen’ le regarde de haut en bas. "Tu es quoi, un autre vomi de l'armée ?"

"Avant", répond Bob en continuant à marcher droit sur eux, sa mallette en acier dans la main droite et ses yeux scrutant tous les angles et toutes les opportunités qu'il voit. " Maintenant, je suis juste "le gars du téléphone". "

"Le type du téléphone ?" Le motard fronce les sourcils et crache par terre, ne comprenant pas.

"C'est ce que j'ai dit. Ne me dis pas que tu es stupide *et* sourd ? Ça fera 200 dollars pour la fenêtre, espèce de crétin."

"Des grenailles stupides ?" Ball-Peen fulmine. "Pourquoi toi, petit..."

"Qu'est-ce que tu fous ?", le troisième motard qui utilise le Slim Jim sur la porte d'entrée du Tahoe s'est finalement retourné et a grogné sur Ball-Peen. "Va faire taire ce type !"

"Ouais, viens me faire taire", sourit Bob. Ils étaient quatre, chacun plus grand que lui d'au moins trois pouces et trente livres, mais quatre motards hors d'âge coincés dans l'espace étroit entre les deux camions ne l'inquiétaient pas du tout, surtout pas après qu'ils aient cassé la vitre de son camion.

Opérations spéciales un jour, opérations spéciales toujours, Bob se souvient que quelqu'un lui a dit, et au diable ces histoires de défense. La meilleure défense est toujours une bonne attaque. Parmi les styles d'arts martiaux qu'il connaissait, son préféré était le Krav Maga, la discipline de combat radicale développée par les forces de défense israéliennes. Il n'y a rien de défensif là-dedans, et ce n'est certainement pas de l'art. Certains appellent le Krav Maga "le combat de rue avec une attitude". Tu donnes le premier coup de poing, le dernier, et tout ce qu'il y a entre les deux, avec l'intention de mutiler ou de tuer.

Malgré ses entraînements quotidiens extrêmes et sa condition physique optimale, Bob Burke n'avait pas les muscles saillants de Gold's Gym et n'avait rien d'intimidant. Cependant, c'était un homme avec beaucoup de "bords tranchants", comme l'a dit un jour son sous-officier en chef, Ace Randall. Qu'il utilise ses mains, ses pieds, un couteau, une pierre ou une mallette recouverte d'acier, il est incroyablement rapide, précis et bien entraîné ; et les quatre motards ont déjà commis plusieurs énormes erreurs tactiques. En plus d'avoir la bouche plus grande que le cerveau, ils s'étaient regroupés dans l'espace étroit d'un mètre de large entre la Ford 150 et le gros Tahoe. Rien que pour cela, ils auraient été recalés en tactique à West Point, mais de toute façon, la vitesse l'emporte souvent sur la stupidité.

Il est temps de forcer le premier motard à faire quelque chose de stupide, pense Bob en se rapprochant. Ce que Gomer a fait, c'est qu'il a télégraphié un coup de poing circulaire en direction de la tête de Bob. Trop peu, trop tard, et c'est ce à quoi Bob s'attendait. Il a déplacé son poids suffisamment loin en arrière pour que le poing du motard passe à côté. Alors qu'il passait devant son nez, Bob tourna sur lui-même et donna un coup de pied rapide dans l'entrejambe du gars avec sa botte de cow-boy droite. Elles étaient légères et étonnamment flexibles, mais le "bout pointu" était tranchant et dur. Le motard ne l'a pas vu venir. "Oooph !" fut tout ce qu'il réussit à sortir, accompagné d'un grognement douloureux et d'une bouffée d'air.

Ses yeux sont devenus ronds comme des palets de hockey, ses mains se sont portées à son entrejambe et il s'est redoublé sous l'effet d'une vive douleur. Ne prenant jamais le risque de se briser les os des mains en frappant un Néandertalien à la tête, Bob laissa la mallette achever le premier, en la balançant vers le haut. Son bord en acier dur et renforcé attrapa le motard au ras du front et le fit se redresser d'un coup sec. Alors que ses yeux se révulsaient, Bob sut qu'il était hors d'état de nuire. Il poussa Gomer en arrière dans les deux motards derrière lui avant qu'ils ne puissent réagir, et continua à leur foncer dessus, se souvenant de la vieille maxime de Napoléon : "De l'audace, de l'audace, toujours de l'audace !"

Le suivant dans la file d'attente était le péquenaud avec le marteau à bille. Il avait du mal à écarter Gomer et à rester debout en même temps. Pourtant, un marteau peut être une arme extrêmement dangereuse, Bob le sait bien, et il n'a pas l'intention de le laisser s'en servir.

"C'est toi le crétin qui a cassé ma fenêtre, n'est-ce pas ?" demande Bob. "Comme je l'ai dit, ça fera 200 dollars. Paie !"

Avec un grognement de colère, 'Jethro' a ramené le stylo-bille en arrière, avec l'intention de l'abattre sur le sommet de la tête de Bob. Comme son ami, cependant, il était bien trop lent pour y parvenir. Il était encore tourné, le bras et le marteau derrière lui à la fin d'un long élan arrière, qui laissait son cou entièrement exposé, lorsque Bob s'élança dans les airs et exécuta un parfait coup de pied volant de karaté "Mae Tobi

Geri". Le bord dur de la semelle de sa botte en cuir a attrapé le motard au ras de la gorge, mettant fin à sa nuit. Les mains du motard se sont portées à son cou et le marteau a volé tandis qu'il trébuchait vers l'arrière et tombait sur le clown qui se trouvait derrière lui.

Jusqu'à présent, Bob avait utilisé un simple mouvement de combat de rue suivi d'un coup de pied de karaté de haut niveau pour mettre les deux premiers hors d'état de nuire, mais il y avait encore un peu de monde entre les camions. Le suivant dans la file était la grande gueule qui avait dit à Ball-Peen de "le faire taire". C'était le plus petit de la bande, et Bob pensait que cela faisait de lui le "chef de la meute". En voyant ce qui était arrivé aux deux premiers, il était au moins assez intelligent pour arrêter de jouer avec la porte du Tahoe, arracher le Slim Jim à deux mains et se tourner vers Bob. Ce faisant, le marteau bille-trou volant l'a frappé de plein fouet au niveau du tibia. "Ah ! Ah !" hurle-t-il, les yeux écarquillés, en attrapant sa jambe et en commençant à sautiller ; cependant, avec deux de ses hommes déjà couchés à ses pieds, ce n'était pas non plus une bonne idée.

"Espèce de salaud, espèce de salaud !" Slim Jim hurle à Burke alors qu'il se rend compte que la soirée ne se déroule pas comme prévu.

"Ne laisse pas ta bouche te mettre encore plus dans le pétrin", prévient Bob.

La longue et fine lame d'un Slim Jim n'est pas conçue pour couper, mais entre de bonnes mains, avec suffisamment de malice, elle pourrait probablement le faire. Malgré tout, en grimaçant, le motard réussit à la saisir à deux mains, à retrouver son équilibre et à la balancer sur Burke comme une faux. Bob avait continué à avancer, avec l'intention d'en finir avec ce type, mais il était plus rapide que ce à quoi Bob s'attendait. Il réussit à reculer à la dernière seconde alors que la lame passait en sifflant, le manquant de peu, mais tranchant sa chemise. Bob a senti une vive piqûre dans sa poitrine, mais cela n'a pas suffi à l'arrêter. Le motard s'étant trop étiré, Bob s'interposa, posa son coude gauche sur la clavicule du motard et lui brisa la clavicule. Sans s'arrêter, il a ramené son coude en arrière et l'a écrasé sur le visage du gars, lui aplati le nez comme une banane mûre et l'a fait reculer, les genoux fragiles.

Trois de moins et un de moins, pensa Bob en se retournant sur le dernier motard à la fin de la file d'attente. "C'est ton tour, Lem", lui dit-il. Celui-ci ne semblait pas plus intelligent que les trois autres, mais il avait plus de temps pour voir ce qui se dirigeait vers lui. Plutôt que de s'amuser avec un marteau ou une lame, Lem tendit derrière lui un Desert Eagle .357 Magnum semi-automatique en acier bleu rangé à sa ceinture, caché sous son gilet.

Le Desert Eagle était une arme de poing énorme et très lourde - le choix parfait, si tu veux vider un bar rempli de Hell's Angels, arrêter un rhinocéros en train de charger ou intimider un petit gars dans un parking sombre d'aéroport. Cependant, étant donné ce à quoi le motard était confronté, un pistolet plus petit et plus léger aurait été un choix plus judicieux. L'air de la nuit était chaud, les mains de Lem étaient moites d'avoir essayé de pénétrer dans les camions, et il a accroché le grand viseur avant du Desert Eagle dans son sous-vêtement. Caleçon ou slip ? Ça ne "fait pas de différence". Sa confiance s'est vite évanouie alors qu'il poussait et tirait frénétiquement sur la grosse arme de poing, réussissant finalement à l'arracher. Malheureusement, le temps qu'il le fasse, Bob avait ramassé le Slim Jim de Jethro sur le trottoir et l'avait amené autour de lui dans un élan court et compact. La lame fine n'était pas particulièrement aiguisée, mais la vitesse se traduit par de la puissance, comme Derek Jeter qui frappe un coup de poing dans le trou entre la troisième et la troisième place. La lame a frappé Lem au niveau de la poitrine, du bras et de l'épaule, tranchant les muscles pectoraux, deltoïdes et biceps, et les coupant jusqu'à l'os.

Le motard a crié et les muscles de son bras, de sa main et de ses doigts ont dû se contracter involontairement, car le .357 Magnum est parti dans un bruit de tonnerre, Blam ! Le canon pointait vers le bas après qu'il l'ait arraché de son pantalon, et la balle a ricoché sur le béton et l'a attrapé dans sa propre cuisse. Sa prise sur le lourd pistolet automatique a échoué et il l'a laissé tomber sur le trottoir, où il l'a rapidement rejoint, ainsi que ses trois autres copains, en hurlant et en gémissant.

Ce n'est jamais une bonne idée de laisser traîner la tentation, pensa Bob en ramassant le gros automatique, en se penchant et en le pressant contre le front du motard. Sous l'effet de la douleur, le gars a écarquillé les yeux en se retrouvant à regarder le mauvais bout du canon du Desert Eagle.

"Tu sais, Lem", lui parle Bob d'une voix calme. "C'est une arme de poing plutôt méchante pour aller tirer sur des inconnus. Personne ne m'en voudrait beaucoup si je te faisais quelques trous de plus, juste par dépit, mais je ne vais pas le faire. Je pense que celui que tu as dans la jambe va te faire boiter en rééducation pendant un bon moment. Mais quand tu sortiras, tu pourrais envisager de trouver un autre métier, parce que tu n'es pas très doué pour celui-là."

En regardant autour de lui, Bob a vu que deux des autres se dirigeaient manifestement vers l'hôpital avec Lem. Malheureusement, Gomer, le premier qu'il a mis à terre, secouait déjà la tête et essayait de se relever à quatre pattes. À part un nez cassé, un front salement cabossé et sans doute des testicules très douloureux, il redevenait ambulatoire et une menace viable. "On ne peut pas faire ça, n'est-ce pas ?" demanda Bob en prenant le .357 par le canon et en frappant Gomer sur le côté de la tête. Il est retombé comme un sac de pommes de terre.

N'étant pas du genre à laisser un travail inachevé, et toujours énervé par la vitre de son camion, il fit demi-tour et vit leurs quatre Harley, pour la plupart de vieilles motos de route, lourdement chromées et coupées, qui se tenaient dans l'allée voisine. Deux étaient des 750, une était une 500, et une était un gros monstre avec tellement de modifications que Bob ne pouvait pas dire ce qu'elle était au départ. Le Desert Eagle avait un chargeur de neuf cartouches, ce qui signifiait qu'il lui en restait huit. Il s'est donc approché et a tiré deux coups rapides dans les plaques chromées circulaires qui recouvraient leurs carburateurs. Cela devrait suffire, pensa-t-il. Ces porcs étaient maintenant des porcs morts, et le seul endroit où ils allaient, c'était à l'atelier pour une remise à neuf du moteur.

Alors qu'il se retournait vers son camion, il réalisa que les bruyants coups de canon du Desert Eagle allaient certainement lui attirer une compagnie officielle non désirée. Il est temps de partir. À l'aide de la queue de sa chemise, il essuie ses empreintes digitales sur la poignée et la gâchette du pistolet automatique désormais vide et le jette sous le Tahoe, bien hors de portée du motard. En passant devant Lem, il tapota sa mauvaise jambe avec le bout de sa botte. Le motard gémit à nouveau lorsque Bob dit : "La prochaine fois, essaie Chapel Hill, ou bien les 'Dookies' de Durham, parce que tu n'es pas du tout à la hauteur ici. Si je te revois à Fayetteville, tu ne t'en iras même pas en boitant. Tu as compris ?"

Il récupère sa mallette d'ordinateur et ouvre la portière côté conducteur de la Ford 150, sachant qu'il est temps de disparaître. Brossant le verre brisé sur son siège, il démarre le moteur et sort rapidement de la place de parking, sans se soucier particulièrement de savoir si des bras, des jambes ou des parties du corps de motards se trouvaient sur son chemin. La seule sortie du parking se trouvait à l'autre bout. En s'approchant, il a vu que la barrière était baissée et que le hangar était occupé. Il s'est arrêté devant le guichet, a pris son ticket de parking, qu'il cachait toujours derrière la visière, et l'a tendu au préposé avec deux billets de vingt dollars. Pendant que le vieil homme dans la cabine vérifiait le ticket, il n'arrêtait pas de jeter des coups d'œil nerveux sur sa gauche, fixant le parking sombre.

"Dis," demande finalement le préposé, "tu n'as pas entendu de coups de feu derrière, n'est-ce pas ?".

Bob s'est retourné, a suivi le regard du préposé et a haussé les épaules. "Tu sais, je suppose que ça aurait pu être ça. Il y a un groupe de motards derrière en Harley, alors je les ai laissés de côté."

"Oui, j'aimerais bien", répond nerveusement le préposé en rendant à Bob sa monnaie et son reçu de stationnement tamponné, toujours sans certitude.

"À ta place, j'appellerais les flics et je les laisserais s'en occuper", conseille Bob en s'éloignant dans la nuit. Ce n'est pas ce qu'il voulait, mais de temps en temps, il est bon de savoir qu'on a encore de l'énergie. Après douze ans dans l'armée, il avait assez combattu et tué pour remplir plusieurs vies. Ce qu'il voulait maintenant plus que tout, c'était la tranquillité et l'ennui. Après tout, c'est pour cela qu'il est revenu en Caroline du Nord.

CHAPITRE DEUX

Le sud de la Turquie

La seule fois où le professeur Henry Stimson Shaw s'est senti aussi chaud, sale et complètement épuisé, c'est pendant les deux années misérables qu'il a passées dans ce foutu corps des Marines. Le premier mot pouvait changer selon son humeur, mais il s'agissait toujours d'une phrase de trois mots. Il a passé la plus grande partie de sa première année à Parris Island, en Caroline du Sud, et la plus grande partie de la seconde à parcourir la province d'Anbar, dans l'ouest de l'Irak, avec un sac de soixante-dix livres sur le dos. D'une manière ou d'une autre, il a réussi à survivre aux deux, avant que les Marines ne le jettent dehors, mais il n'avait que dix-neuf ans à l'époque. Il avait trente-cinq ans maintenant, et il aurait dû savoir qu'il ne fallait pas essayer de faire un long voyage dans le désert par la chaleur brutale de l'été. Cela s'est déjà vu, cela s'est fait. La prochaine fois qu'il déciderait de devenir traître, il attendrait l'hiver.

Shaw était comme d'habitude grossier et effronté lorsqu'il s'est faufilé hors de son hôtel à Sanliafa, en Turquie, à 4h30 du matin ce jour-là. Et pourquoi pas ? L'air était frais et agréable. À midi, la température atteindrait bien plus de 120 degrés sur le sol du désert, faisant griller le reste de son arrogance hargneuse ; et le pire de la journée était encore à venir. Comment l'appelait-on ? Une chaleur sèche ?

C'est une blague, maudit Shaw. Ce n'est pas qu'il n'ait jamais fait de voyages de recherche en Turquie, mais il était resté dans les hautes plaines et les montagnes de l'est de la Turquie, pas dans le désert du sud où le soleil d'été pouvait griller le cerveau d'un homme. Shaw osait la chaleur du désert dans une dangereuse tentative de se faufiler au sud, dans le nord de la Syrie, et de rejoindre les rangs d'ISIS. Son obsession était de trouver le calife et de combattre à ses côtés dans la bataille autour de Raqqah. Fou ? Cela ne fait aucun doute, s'est-il moqué de lui-même.

Lorsqu'il a atterri à l'aéroport d'Ankara, dans le centre de la Turquie, quatre jours auparavant, il a été accueilli dans le terminal des arrivées internationales par son guide turc, Galip Terzi, qui avait été son chauffeur lors de ses précédents voyages. Terzi avait une vieille Fiat de fabrication turque, qui était juste assez grande pour contenir la valise de Shaw, une boîte de livres de recherche et ses papiers. Dès que ses affaires ont été rangées dans le coffre, ils sont partis en direction d'un chapelet de villages azariens et kurdes dans le sud-est de la Turquie. Ces minorités déplacées constituaient le domaine d'étude de Shaw, et il avait fait exactement le même voyage trois fois auparavant. Cela aurait dû satisfaire les agents de l'immigration et des douanes turques. Après tout, son passeport, son visa et ses permis gouvernementaux étaient tous légitimes et en règle. Cette fois-ci, cependant, il semblait y avoir le double du nombre habituel de fonctionnaires en uniforme dans le hall des arrivées, qui ont passé un temps fou à l'interroger, lui et tous les autres étrangers, à examiner leurs documents et à fouiller leurs bagages. Pire encore, les interrogatoires se déroulaient sous les yeux d'une douzaine d'agents de la police secrète, corpulents et renfrognés, que l'on repérait facilement dans leurs costumes amples et bon marché et leurs cravates laides.

De toute évidence, les Turcs avaient renforcé leur sécurité avec la guerre contre ISIS qui se déroule de l'autre côté de la frontière, en Syrie. Trop peu, trop tard, conclut Shaw avec un sourire auto-satisfait alors qu'ils le laissent passer. Il était vêtu d'un jean bleu, de chaussures de randonnée Vasque haut de gamme, d'un polo à col ouvert, d'une casquette de baseball des Carolina Panthers et de lunettes de soleil aviateur Ray-Ban ; la police secrète turque le prendrait pour un Américain stupide de plus, et non pour un aventurier essayant de se faufiler au sud de la Syrie pour rejoindre ISIS.

En quittant l'aéroport en trombe, Galip a remis à Shaw un Walther PPK automatique, dont la possession leur vaudrait à tous deux d'être enfermés pendant longtemps. Shaw le rangea dans sa veste avec son vieux couteau Ka-Bar du corps des Marines, se retourna sur son siège et regarda par la vitre arrière. Il a vu une berline de fabrication turque qui les suivait et qui accélérait pour les rattraper. Les deux hommes à l'avant avaient des cheveux noirs presque identiques, d'épaisses moustaches noires et des costumes bon marché, comme les hommes à l'intérieur.

De toute évidence, il s'agissait d'agents de l'Organisation nationale turque du renseignement, la *Millî İstihbarat Teşkilatı,* ou MİT, car personne d'autre que le gouvernement n'achèterait une voiture aussi hideuse. Shaw doute qu'ils l'aient distingué. S'ils l'avaient fait, il y aurait plus qu'une seule voiture qui le suivrait. Avec les batailles en cours avec ISIS dans le sud, les prises de bec tendues à la frontière avec les Russes dans le nord et la guerre vieille de plusieurs décennies avec les Kurdes dans l'est, les Turcs clouaient les portes tout le long de leurs frontières. Les étrangers qui se dirigeaient n'importe où sauf vers l'ouest, en direction des ruines romaines et chrétiennes le long des côtes méditerranéennes et égéennes, attiraient immédiatement leur attention.

Au coucher du soleil du troisième jour, Terzi et lui atteignent enfin la ville de Sanliurfa, dans le centre-sud de la Turquie, où son costume de voyage et ses projets sont sur le point de prendre un virage radical vers la gauche. À 4 h 30 le lendemain matin, il laisse sa valise, ses livres et ses papiers, ainsi que 1 000 dollars en liquide à

Terzi dans l'hôtel, jette un petit sac à dos sur son épaule et se faufile par la porte arrière. Dans la ruelle sombre derrière l'hôtel, un vieux chauffeur turkmène à l'allure revêche l'attendait dans une camionnette Toyota, comme convenu. Comme ils l'avaient fait les deux nuits précédentes, les deux agents du MIT se sont séparés lorsqu'il est entré dans l'hôtel. L'un d'eux dormait maintenant sur un canapé dans le hall, tandis que l'autre faisait de même sur le siège conducteur de leur voiture garée devant. Observateur ou pas, le vieil homme a rapidement poussé Shaw et son sac à dos dans un compartiment de contrebandier sous une pile de légumes dans le lit arrière du camion et a quitté la ville.

Raqqah se trouvait loin au sud de la Syrie, sur l'Euphrate. Plutôt que d'emprunter l'autoroute 6 tout droit, le vieil homme s'est engagé sur une série d'anciens sentiers de contrebande qui serpentaient à travers les collines et le désert rocailleux. Lorsque le soleil s'est levé, ils étaient à vingt miles de Sanliurfa et des deux agents du MIT endormis, alors le vieil homme s'est arrêté sur la route et a sorti Shaw de sous les légumes. L'Américain parlait couramment l'arabe, ce qui fonctionnait presque partout au Moyen-Orient, mais pas avec ce type. C'était un ancien Turkmène à la peau ridée et brunie par le tabac, au nez de faucon et à la barbe blanche et fournie. Il ne parlait que le turkmène et une forme désuète de turc anatolien que l'on trouve dans les villages de montagne reculés, bien plus à l'est. Shaw connaissait des bribes de kurmanji, d'arménien, d'azari et même de bédawi. Lorsqu'il a essayé de les communiquer au chauffeur, il n'a obtenu en retour qu'un autre regard vide.

Le chauffeur se tenait devant Shaw, les mains sur les hanches, et étudiait le jeune Américain de la tête aux pieds. D'après son expression, il n'était pas satisfait de ce qu'il voyait. Shaw portait toujours son jean bleu, mais il avait laissé sa chemise américaine et ses chaussures de randonnée à l'hôtel et avait enfilé une combinaison dishdasha fluide de style paysan, des sandales et des lunettes de soleil Ray-Ban foncées. Apparemment, ce n'était pas suffisant. Il y avait une pile de chiffons à l'arrière du camion. Le vieil homme fouilla à l'intérieur et en sortit une longue bande de tissu sale, qu'il secoua de haut en bas, produisant un épouvantable nuage de saleté et de poussière.

Shaw se rendit compte qu'il s'agissait d'un shemagh ou keffieh, le foulard arabe traditionnel de trois pieds et demi de long, et que le vieil homme avait l'intention de l'enrouler autour de la tête de l'Américain, ce qui l'enchantait au plus haut point. Autrefois, le foulard était peut-être blanc, mais aujourd'hui, il était d'un brun tacheté. Avant qu'il ne puisse l'arrêter, le vieil homme a commencé à enrouler le long morceau de tissu crasseux autour de la tête de Shaw.

"Pêché, juste pêché", marmonne Shaw pour lui-même alors que le vieux Turkmène termine. Il essaya en vain de faire passer les cheveux blonds de Shaw, longs comme les épaules, sous le foulard, mais pour chaque mèche qu'il parvenait à pousser sous le keffieh, une autre tombait. Finalement, il abandonne et enroule le foulard une dernière fois, couvrant le front de Shaw jusqu'aux sourcils. Il ne fait aucun doute que le vieux salaud aurait également couvert son nez et sa bouche, l'étouffant complètement, si Shaw l'avait laissé faire, ce qu'il n'a pas fait. Au lieu de cela, il l'a finalement repoussé. Le vieil homme l'a pointé du doigt, en jurant et en menaçant, mais Shaw est resté inflexible. Il était déjà en train de mourir de chaleur, et couvrir le reste de son visage l'achèverait complètement.

Foulard ou pas, le vieil homme désigne alors le kaftan crasseux en laine brute posé sur le siège de la voiture. C'était le vêtement extérieur standard des paysans, et il devait penser qu'il permettrait à Shaw de se fondre dans la population locale. Lui ? Se fondre dans la masse ? Si c'était le plan, c'était sans espoir dès le départ. Shaw a cédé et a enfilé le kaftan, mais le vieil homme n'avait pas fini. Il accula Shaw contre le camion et commença à frotter la peau pâle de son visage, de son cou et de ses mains avec une tache de cacao brun et gras. Comme le shemagh et le kaftan, cette teinture de peau était une blague, pensa Shaw. Ses yeux étaient d'un bleu vif et fascinant. S'il enlevait ses Ray-Ban sombres, il serait à coup sûr considéré comme un étranger, et le mieux qu'il pouvait espérer était que les gardes-frontières ne regardent pas de trop près. S'ils le font, il espère qu'ils ne seront pas trop nombreux.

Avant que le vieil homme n'ait d'autres grandes idées, Shaw a sauté sur le siège du passager et a fermé la portière. Le vieil homme abandonna, démarra le camion et reprit la marche sur le chemin de charrettes plein d'ornières. Ils n'avaient pas fait cent mètres qu'un ressort de tapissier aiguisé commençait à piquer le cul de Shaw chaque fois qu'ils heurtaient un rocher ou un nid-de-poule et que des nuages de poussière étouffants soufflaient par la fenêtre. Il sortit son mouchoir et essaya de trouver le dernier endroit propre. Ce faisant, le vieil homme gloussa et détourna le visage. Il appuya un doigt sur le côté de son nez et, avec un grognement, il se déboucha le nez en soufflant la morve par la fenêtre ouverte. Il s'essuie ensuite le nez sur la manche de son kaftan et se retourne vers l'Américain avec un sourire moqueur, que Shaw interprète ainsi : "Mouchoir ? Je n'ai pas besoin d'un mouchoir puant !" Shaw le regarda, hocha la tête, se tourna vers sa propre fenêtre ouverte et fit de même, se retournant vers le vieux bouc et lui faisant un doigt d'honneur. Le visage du vieil homme se fendit d'un rictus et les deux hommes se mirent à rire l'un de l'autre.

Lorsque le professeur Henry Shaw a décidé de faire ce voyage, il n'avait pas reçu un coup de bâton stupide. Il avait un plan. Tout d'abord, il s'est converti à une marque virulente de l'islam wahhabite six mois auparavant. Bien sûr, tous ceux qui le connaissaient vraiment savaient que la seule chose en laquelle Henry Shaw croyait était Henry Shaw. Ce voyage était un moyen soigneusement calculé pour atteindre une fin tant désirée pour lui - atteindre Raqqah et parler au calife, le chef d'ISIS donnerait à Henry Shaw une crédibilité instantanée dans les cercles politiques de gauche. Il avait concocté l'angle parfait pour qu'une fois qu'il aurait rencontré le calife, celui-ci permette à Shaw de rejoindre ses combattants de première ligne. C'est ainsi qu'il construirait son propre CV radical. Peut-être qu'ils le laisseraient même couper quelques têtes. Ce serait le summum et lui permettrait de mettre un long couteau sous la gorge du chef du département de sociologie. Alors ils ne l'ignoreraient pas, ni au Blue Ridge College, ni à l'université de Chicago. Il serait le porte-affiche des causes radicales, et ils ne l'ignoreraient plus jamais.

Tandis que le vieil homme s'installe et se concentre sur la route, Shaw fait semblant d'en faire autant. Il a glissé sa main à l'intérieur du sac à dos. En la protégeant avec son autre bras, il a sorti le pistolet semi-automatique Walther PPK 7,65 et l'a caché dans les plis abondants de son keffieh. Quelques minutes plus tard, il fouille à nouveau dans le paquetage et trouve le manche de son vieux couteau Ka-Bar du corps des Marines, qu'il fait disparaître rapidement dans sa manche gauche. Il a beau être un professeur de sociologie titulaire d'un doctorat, pensa Shaw avec un mince sourire, certaines vieilles préférences du corps des Marines sont mortes plus durement que d'autres, comme le plaisir qu'il éprouvait à blesser les gens et à les tuer.

Son doctorat portait sur les peuples et les cultures du Moyen-Orient arabe, un sujet auquel il s'est intéressé alors qu'il servait en Irak. Rien ne lui a vraiment collé à la peau à l'époque, si ce n'est trop de bières, trop de bagarres dans les bars et une décharge pour mauvaise conduite. Qu'est-ce que c'est que ce bordel ! Il pensait que le corps des Marines avait un meilleur sens de l'humour que ça. Après tout, le type qu'il a battu était un militaire, même s'il était capitaine.

Après avoir été expulsé, il a travaillé dans le bâtiment pendant six mois et a rapidement décidé que l'université serait plus facile. Il s'est inscrit à l'UCLA et s'est orienté vers la sociologie, parce que c'était facile et parce qu'il y avait deux fois plus de filles que de garçons. Il s'est ensuite concentré sur le Moyen-Orient, parce qu'il pouvait faire semblant. Les professeurs de sociologie étaient tellement à gauche idéologiquement que c'était un jeu d'enfant de les manipuler et de leur dire ce qu'ils voulaient entendre. À l'université, c'était encore plus facile, car ils pensaient qu'il était l'un d'entre eux. Il s'est concentré sur "les minorités nationales en difficulté dans l'est et le sud de la Turquie", c'est-à-dire les Arméniens et les Kurdes, parce que personne d'autre ne s'intéressait de près ou de loin à eux.

Mieux encore, il a découvert que des centaines de riches émigrés de ces deux nationalités vivaient à Los Angeles, ce qui lui a donné accès à une grande variété de prêts et de subventions privés, à de superbes fêtes à Brentwood et à toute la coke qu'il pouvait sniffer. Arnaquer le système et dire aux gens ce qu'ils veulent entendre était devenu pour lui une seconde nature. Ainsi, après une maîtrise tout aussi douce à Harvard, il était prêt à affronter le parangon le plus dominant dans le domaine, l'université de Chicago, où il s'est heurté à un mur politiquement incorrect.

Shaw avait déjà effectué une demi-douzaine de voyages de recherche dans la région. Il connaissait l'histoire, les gens, tous les angles, le jargon, les expressions politiquement correctes, et avait la conscience froide d'un tueur à gages. Pourtant, ses conférences et ses documents de recherche ont été rejetés par les "Dieux de la 59e rue Est" comme étant "simplistes dans leur approche", "inadéquats dans leur traitement", "liés à un malheureux préjugé culturel occidental" et "tristement dépourvus d'idées révolutionnaires". Shaw, quant à lui, pensait que son travail était brillant. Après tout, il leur avait répété comme un perroquet tous les mots à la mode, les statistiques inventées et les données inutiles qu'il pouvait inventer pour arriver aux conclusions qu'ils voulaient. C'était brillant ! Qui étaient ces vieux schnocks pour dire que c'était "inadéquat" ?

Malheureusement, dans l'atmosphère raréfiée du monde universitaire américain, la sociologie avait dérivé de plus en plus vers la gauche, du simple libéral au radical sans complexe, en passant par le "progressiste". La réalité ne signifie rien pour eux, et il savait que les commentaires de la faculté de Chicago sur son travail n'avaient rien à voir avec ses recherches, ses résultats ou tout ce qu'il pouvait mettre sur papier. Ce qu'ils voulaient dire, c'est que ses cheveux étaient trop blonds, ses yeux trop bleus et sa peau trop blanche. Il ne serait jamais assez politiquement correct, assez anti-occidental ou assez anti-américain pour apaiser la clique dominante qui dirige maintenant le département d'une main de fer. Être accepté dans leur cercle restreint signifiait qu'il était arrivé. Le fait d'être rejeté et d'être renvoyé avec leurs étiquettes et leurs chuchotements au-dessus de lui a complètement fait dérailler sa carrière universitaire bien planifiée. Il s'est retrouvé sur la liste noire des postes de professeurs, même dans les universités de rang moyen, coincé sur un tapis roulant de postes non titularisés dans des start-ups de l'arrière-pays.

Son dernier arrêt a eu lieu au Blue Ridge College de Fayetteville, en Caroline du Nord, où il a tenté d'enseigner à de riches élèves d'écoles préparatoires dont les papas n'ont pu les faire admettre nulle part ailleurs. La plupart d'entre eux pensaient que ces pays exotiques du Moyen-Orient étaient de la fiction, alors que Poudlard était réel. Ce sont ses élèves de jour. Ses élèves du soir, en revanche, étaient pour la plupart des soldats de Fort Bragg, tout proche. Au moins, ils avaient vu le tiers-monde "de près" et connaissaient de première main les dégâts causés par la machine militaire américaine dans le monde.

Il aimait leur enseigner parce qu'ils voulaient apprendre. Le dernier groupe, et le plus pénible, qu'il a dû supporter était celui des étudiants arabes. Ils étaient jeunes, en colère, grossiers et arrogants. Tout ce qu'ils voulaient, c'était prolonger leur visa d'étudiant américain jusqu'au siècle prochain et ne jamais retourner chez eux au Moyen-Orient s'ils pouvaient l'éviter. Ils ne lisaient rien, n'étudiaient rien et passaient leur temps dans le sous-sol du syndicat étudiant à discuter de politique arabe et à s'indigner de ses tentatives de leur enseigner quoi que ce soit sur le Moyen-Orient. Ils ont jeté un coup d'œil à ses cours et s'y sont précipités, s'attendant à des A sans effort.

Lorsqu'il les faisait travailler, ils se précipitaient vers le chef de département en criant à la discrimination. Résultats insuffisants ? Simpliste ? Liés à une malheureuse perspective occidentale ? Pas assez radical ? Les docteurs de Chicago allaient bientôt voir ce qu'était la radicalité !

Ce voyage était financé par une bourse de recherche de trois ans de l'UNESCO intitulée "Perturbations dans les cultures ethnocentriques patriarcales des peuples azari, arménien et kurde en Anatolie orientale et sur les hauts plateaux arméniens du centre-est de la Turquie." Le sujet était une pure connerie bien sûr, mais suffisamment obscure pour que seule une poignée d'autres universitaires qui "jouaient" également avec le système puissent le comprendre. Cependant, ce n'était pas la raison pour laquelle il avait fait ce voyage. Les bureaucrates arrogants et culturellement ignorants de l'UNESCO à Paris qui distribuaient leurs lucratives subventions de recherche étaient des cibles faciles. Rendez les choses suffisamment compliquées et obtuses, et ils les avalent toutes crues. Mais il y a deux mois, il a réalisé qu'il était temps pour lui de passer à la vitesse supérieure et de faire quelque chose de spectaculaire s'il ne voulait pas passer le reste de ses jours en Sibérie académique. Il irait en Syrie et rejoindrait ISIS. Il prendrait sa place sur les lignes de front à l'extérieur de Raqqah, sa capitale politique et son quartier général en temps de guerre, et l'UNESCO paierait la facture.

Raqqah était située à soixante miles au sud de la frontière turque, sur l'Euphrate, dans le centre-nord de la Syrie, dans le collimateur de tous les chasseurs-bombardiers et missiles que les Croisés pouvaient tirer sur elle. Shaw savait parfaitement qu'il était extrêmement dangereux, voire suicidaire, d'essayer de s'y rendre. Il devait traverser une zone de guerre ouverte disputée par ISIS, l'armée syrienne, les Gardiens de la révolution iraniens, les chars russes et leurs troupes d'élite Speznaz, les Kurdes, les Turcs et une douzaine de milices d'opposition différentes, sans parler des bandes de bandits ordinaires.

En regardant la campagne rocailleuse et complètement désertique, il était difficile d'imaginer pourquoi quelqu'un se battrait pour elle. Le centre et le nord de la Turquie et la vallée de l'Euphrate en Syrie et en Irak étaient raisonnablement hospitaliers, mais le paysage plat et aride entre les deux ressemblait à la face cachée de la lune. Même un poulet, une chèvre ou un cactus ne pourrait y vivre. Comme les montagnes Zagros à l'ouest de l'Iran, Dieu les a peut-être placées là pour servir de tampon entre des gens qui se détestaient complètement. Il n'y avait pas d'autre explication possible.

Il n'était que 14 heures et il faisait déjà très chaud dans la cabine. Haut dans le ciel, au sud, il a vu les traînées de condensation blanches de chasseurs à réaction. L'un des nombreux ennemis d'ISIS, sans aucun doute, ce qui signifiait qu'ils avaient finalement traversé la Syrie. Excellent ! Alors que la route tournait à gauche, le chauffeur grisonnant a fouillé dans l'embrasure de la porte et en a sorti une vieille bouteille d'eau en poterie. Il a retiré le bouchon avec ses dents, a bu une longue gorgée et a passé la bouteille à Shaw. Ce dernier avait tellement soif qu'il accepterait presque n'importe quoi, et il avala plusieurs gorgées profondes de l'eau au goût amer et nauséabond. La dysenterie ou une balle russe ? Quel choix, pensa-t-il en rendant la bouteille et en regardant le vieil homme avoir le culot d'essuyer le goulot de la bouteille sur sa manche crasseuse avant de la porter à sa bouche pour boire à nouveau. Shaw était tenté de sortir son arme et de tirer sur le vieux salaud sur-le-champ.

La piste accidentée a encore tourné, avant de dévaler soudainement une colline abrupte qui disparaissait dans un ravin rocailleux. En bas, il serpentait à gauche autour d'une colline, où ils sont tombés nez à nez avec un camion russe Ural-375 à plateau de l'armée, en mauvais état, et une escouade de soldats syriens. Leurs uniformes étaient très usés et aucun d'entre eux ne semblait s'être rasé ou lavé depuis des jours. Ils ne ressemblaient pas à grand-chose et ne semblaient pas non plus très enthousiastes à l'idée d'être là. La moitié d'entre eux dormaient dans le lit du camion, tandis que les autres étaient assis sur les rochers ou appuyés sur leurs fusils, tous sauf leur sergent costaud. Il se tenait au milieu de la route, les jambes écartées, et pointait son AK-47 sur le camion Toyota qui arrivait dans le virage.

Le vieil homme s'arrête rapidement devant le sergent et fait signe à Shaw de s'asseoir et de se détendre. Gros, moustachu et arrogant, le sergent syrien a retiré la culasse de son fusil automatique et s'est dirigé vers la portière du conducteur. Il fait signe à deux de ses hommes de le soutenir. Il a pointé son AK-47 dans la fenêtre, tandis que plusieurs de ses hommes couraient à l'arrière et fouillaient dans les légumes qui se trouvaient dans le plateau arrière du camion. Le vieil homme sourit, sortit de sa poche une série de papiers froissés et les tendit au sergent. Il était peu probable que l'un ou l'autre sache lire, mais ils se sont tous deux exécutés, montrant les papiers du doigt et faisant plus de gestes que de mots. Pendant ce temps, les hommes à l'arrière ont commencé à lancer des melons et des fruits aux autres passagers du camion, qui se sont également précipités, sans armes, en tirant leurs chemises pour en faire des paniers afin d'emporter un assortiment de concombres, de choux et de dattes, probablement les premiers aliments frais qu'ils avaient vus depuis des jours.

Après de nouvelles négociations, le vieux camionneur haussa les épaules, reprit ses papiers et fouilla dans son kaftan. Il en sortit un petit rouleau d'argent turc, compta plusieurs billets et les tendit au sergent, ce qui sembla conclure l'affaire. Le grand Syrien met l'argent dans la poche de sa chemise. Au lieu de s'éloigner, il jeta un coup d'œil à Shaw, et il devint vite évident qu'il n'en avait pas encore fini avec eux. Il était impossible de savoir ce qu'il avait vu ou soupçonné, mais il se dirigea vers le côté passager et passa la tête par la fenêtre, son visage n'étant qu'à quelques centimètres de celui de l'Américain.

Shaw tressaillit. Il doute que le grand Syrien se soit baigné, ait lavé ses vêtements ou se soit brossé les dents depuis une semaine ou plus, et le mélange d'odeurs était suffisant pour donner des haut-le-coeur à Shaw. Avec un grognement suspicieux, le sergent est entré à l'intérieur et a touché le nez de Shaw avec son index, essuyant une partie de la teinture de la peau. Il a ensuite baissé les lunettes de soleil Ray-Ban, révélant les yeux bleu vif de Shaw. Il a ensuite crié quelque chose aux autres, a fait passer le canon de son AK-47 par la fenêtre ouverte et a essayé de reculer. Shaw n'a pas attendu. Il a attrapé la bouteille d'eau sur le siège avec sa main gauche et l'a écrasée sur le front du sergent, tout en saisissant le canon du fusil avec sa main droite.

Le sergent a trébuché en arrière et a relâché sa prise sur l'AK-47, tandis que Shaw est allé chercher le Walther PPK à l'intérieur de son kaftan. D'un geste souple, il le tendit devant le nez du vieil homme et par la fenêtre côté conducteur, tirant à deux reprises sur les deux Syriens armés que le sergent avait postés là. Ils étaient encore en train de tâtonner avec leurs fusils lorsqu'ils sont tombés chacun avec une balle dans le front. Avant qu'ils ne touchent le sol, Shaw est sorti par la porte avec le Walther et l'AK-47 du sergent. Il rangea le Walther dans sa ceinture et mit les deux mains sur la kalachnikov, tirant une série de rafales de trois coups sur les quatre Syriens qui étaient restés dans la benne de leur propre camion. Shaw a tiré de la hanche, comme on lui avait appris à le faire à Parris Island toutes ces années auparavant, et il n'a pas raté son coup. C'est bien de savoir qu'il n'a pas perdu la main, pensa-t-il.

Ces quatre Syriens se sont effondrés, tombant sur le côté ou dans le plateau du camion avant d'avoir pu atteindre leurs propres fusils. Pendant ce temps, Shaw s'est retourné vers les trois personnes qui avaient fouillé dans les légumes à l'arrière de la Toyota. Le chargeur de l'AK-47 avait une capacité de 30 balles, mais ce n'était pas lui qui l'avait chargé et la dernière chose qu'il voulait faire était de compter sur le gros sergent. Les trois Syriens restants sautaient déjà de l'arrière de la Toyota et couraient, alors Shaw a amené le fusil russe jusqu'à son épaule pour une série de tirs uniques. Il lui a fallu cinq balles pour faire tomber les trois soldats, mais il a continué à avancer jusqu'à l'arrière du camion et a tiré une autre balle dans la tête de chacun d'entre eux pour s'assurer qu'ils ne se relèveraient pas. La quatrième fois qu'il a appuyé sur la gâchette, le déclic s'est fait à vide.

C'est logique, pensa Shaw en jetant l'AK-47 vide sur le côté. Tout de même, pas trop mal, mon vieux, pas trop mal, se dit-il en souriant. En se retournant, il vit que le sergent syrien s'était déjà mis debout derrière lui. Vacillant d'avant en arrière, l'homme saignait d'une vilaine coupure au front, là où Shaw l'avait frappé avec la bouteille d'eau. Essuyant le sang de ses yeux, il vit le reste de son escouade gisant mort autour des deux camions et le bâtard maigre aux yeux bleus qui avait fait le coup, marchant vers lui. Le sergent grogna, baissa la tête et chargea, avec l'intention de déchiqueter Shaw à mains nues.

Shaw a été surpris par la rapidité avec laquelle le gros Syrien pouvait se déplacer ; il était sur lui en quelques secondes. Il était plus petit que Shaw mais le dominait d'au moins cent kilos. Alors que le Syrien le faisait reculer, Shaw a réussi à mettre la main sur la poignée du couteau K-bar qu'il avait caché dans sa manche gauche. Alors que le Syrien a mis ses mains puissantes autour de sa gorge et l'a fait tomber, Shaw a sorti le couteau de huit pouces assez loin pour le mettre à la verticale entre lui et le grand Syrien qui s'est écrasé sur lui. L'impact a coupé le souffle à Shaw, mais comme leurs visages n'étaient qu'à quelques centimètres l'un de l'autre, il a vu que l'effet était bien pire sur le sergent.

Les yeux du Syrien s'écarquillent, un gémissement fort et douloureux s'échappe de ses lèvres et il s'écroule sur l'Américain. Shaw l'a finalement repoussé et est resté allongé un moment, à bout de souffle. Finalement, il a tourné la tête sur le côté et a vu le Syrien allongé à côté de lui, avec l'expression morte d'un gros maquereau au marché aux poissons et le manche enveloppé de cuir de son couteau Ka-Bar dépassant sous ses côtes. Lentement, Shaw réussit à se retourner, à se mettre à genoux et enfin à se lever. Il a marché d'un pied sur la poitrine du Syrien, a saisi le manche du couteau et l'a retiré de toutes ses forces. Avec le couteau ensanglanté qui pendait de sa main droite, il s'est baissé avec sa main gauche et a sorti l'argent turc de la poche de la chemise du Syrien. Inutile de laisser des indices derrière lui, ou des témoins. Laissons-les penser qu'il s'agit d'une attaque d'ISIS, ou peut-être d'une des milices. Finalement, il s'est retourné et a regardé autour de lui le petit champ de bataille jonché de cadavres. Les Syriens avaient-ils une radio dans leur camion ? Ou bien attendaient-ils des secours ou un camion de nourriture d'un moment à l'autre ? Impossible à dire, mais il n'allait pas attendre pour le savoir.

Shaw se dirigea rapidement vers la porte du côté passager de la Toyota. Il sort son pistolet Walther PPK de sa ceinture et jette un coup d'œil au vieil homme. Il était assis, les yeux écarquillés, fixant le pare-brise avant, les deux mains sur le volant, visiblement en état de choc après que le pistolet se soit déclenché deux fois juste devant son nez. Il était inutile de perdre du temps à essayer de lui parler, pensa Shaw en contournant l'avant de la Toyota et en vérifiant le chargeur du Walther. Il contenait sept balles de .380 ACP et il en restait cinq. Il avait toujours le couteau et avait l'intention de ne laisser aucun témoin pour raconter qui ou ce qui s'était passé ici. Il se dirigea vers les deux personnes qu'il avait abattues à travers la fenêtre du camion. Aucun ne bougeait, mais il leur a tiré une balle dans la tête pour s'en assurer. Sur les quatre hommes qui gisaient autour du camion russe, deux étaient manifestement morts, et il utilisa le couteau Ka-Bar pour trancher la gorge des deux autres, mettant fin à ce risque également. Enfin, il a regardé le sergent et les trois hommes allongés derrière la Toyota, mais ils étaient manifestement morts.

Shaw est resté un moment à contempler son travail et à apprécier la décharge émotionnelle qu'il lui procurait. Les combats, les meurtres et le sexe pervers sont les seules choses qui lui ont permis de survivre au corps des Marines et à l'Irak. Depuis, il avait dû se contenter de sexe, ce qui ne veut pas dire qu'il s'en était privé, mais c'était tellement mieux. Peut-être était-ce la vue et l'odeur du sang frais et de la poudre à canon, mais pour lui, c'était mieux qu'un orgasme. Il se dirigea vers la porte du conducteur de la Toyota et regarda le vieux Turkmeni. Il ne semblait pas en état de conduire. Shaw l'a poussé du coude et a finalement réussi à le faire s'asseoir sur le siège passager. Pendant ce temps, Shaw lui enlève son lourd kaftan. Assez, c'est assez, décida-t-il en essuyant le sang de la lame de son couteau sur le tissu rugueux et en le jetant à l'arrière du camion alors qu'il s'installait au volant. Il enclenche la première vitesse, appuie sur l'accélérateur et s'éloigne du poste de contrôle syrien pour s'enfoncer dans le désert plat et sans relief. La route en terre battue a commencé à s'aplanir, suffisamment pour qu'il puisse prendre de la vitesse. Deux heures plus tard, Shaw aperçoit à l'horizon un nuage de poussière brun et brumeux, traversé par des traînées de condensation blanches dans le ciel, et ce qui ressemble à de faibles éclairs de lumière.

"Des bombes", dit le vieil homme en pointant un doigt brun et ridé vers l'horizon.

Des bombes ? Ils sont en train de bombarder Raqqah, a pensé Shaw. Ils avaient encore au moins trente kilomètres à parcourir avant d'atteindre la ville, et il était bien trop dangereux de continuer en plein jour, alors il a quitté la piste pleine d'ornières et a garé le petit camion à l'ombre d'un gros rocher dans le lit d'un ruisseau asséché. "Ici", marmonna-t-il à l'intention du vieil homme en désignant le sol. "Jusqu'à la nuit... jusqu'à la tombée de la nuit." Shaw le dévisagea et pensa que le vieil homme comprenait enfin.

Cela a été une sacrée journée, pensa Shaw ; mais le vieil homme rapporterait chacun et tout ce qu'il avait fait aux personnes qui l'avaient envoyé, l'embellissant probablement et le construisant en un tueur blond, un surhomme.

Oui, pour la première fois depuis des années, Henry Shaw savait précisément où il se trouvait et ce qu'il faisait. Ce n'était pas comme cette connerie de guerre en Irak qu'il n'a jamais comprise, ni un voyage de recherche bidon. Dans la matinée, il rencontrerait Abu Bakr al-Zaeim, le calife, le guide et le chef d'ISIS, et rejoindrait les autres "vrais croyants" sur les lignes de combat de l'islam. Il avait l'histoire parfaite à leur raconter sur les raisons de sa venue, une histoire que même eux croiraient.

Et maintenant, avec le vieil homme comme témoin, il pouvait ajouter des références de combat légitimes. Après tout, il venait d'anéantir à lui seul une escouade syrienne entière, n'est-ce pas ? Il ferma un œil, imaginant le "selfie" qu'il prendrait une fois arrivé à Raqqah, avec son bras autour du calife et un AK-47 tenu bien haut au-dessus de sa tête. Il pourrait alors rentrer triomphant à l'université de Chicago, regarder *leurs* professeurs dans les yeux et ricaner pour une fois.

CHAPITRE TROIS

Fayetteville, Caroline du Nord

Fayetteville est une ville militaire de 200 000 habitants située sur la rivière Cape Fear dans les "collines de sable" du comté de Cumberland, en Caroline du Nord. Son petit aéroport est situé au sud de la ville et s'appelle à juste titre un aéroport "régional", pas "international", "Carolina Heartland", "le plus grand du monde", ni aucun des autres noms ridicules que les chambres de commerce imaginent souvent. Eh bien, pense Bob, ils peuvent l'appeler comme ils veulent, tant que ce n'est pas O'Hare.

S'éloigner du "nettoyage de l'allée cinq" qu'il avait laissé dans le parking de longue durée était étonnamment facile. L'aéroport est entouré par la I-95, la Business-95 et plusieurs autres autoroutes majeures, et elles sont toutes vides à cette heure de la nuit. En quelques virages rapides, il s'est retrouvé sur l'autoroute et s'est dirigé vers l'est en traversant la rivière Cape Fear. La première sortie le conduisit vers le nord sur une série de routes sinueuses à deux voies qui traversaient les fermes et les bois de la rive est du fleuve, en face de Fayetteville, jusqu'à ce qu'il arrive à l'entrée de la ferme de 600 acres qu'ils avaient baptisée "Sherwood Forest."

Une ferme ? Tu as beau secouer l'arbre généalogique de la famille Burke, tu ne trouveras pas de fermiers, d'avocats ou de banquiers qui en sortent. Leur "entreprise familiale" était l'armée américaine, et le lien de Bob Burke avec cette charmante région rurale s'est fait lors de ses rotations à Fort Bragg au cours de sa carrière, de celle de son père et de ses grands-pères avant eux. Et comme le modèle T d'Henry Ford, les Burke ne sortent de la chaîne de montage que d'une seule façon - en portant les mousquets Springfield croisés et le foulard bleu pâle de l'infanterie. Comme son père, Bob est allé à West Point, même s'il n'y a pas réfléchi.

Il n'y avait pas non plus beaucoup d'anciens élèves de Harvard dans la famille, alors la "Maison de l'Oncle Sam pour les jeunes égarés sur l'Hudson" était la seule école dont il connaissait l'existence ou qu'il envisageait même de fréquenter. De plus, cela rendait sa mère heureuse. Comme elle le disait, au moins elle savait où il serait le soir. Lorsqu'il est arrivé à West Point pour son Plebe Summer, il ne mesurait que 5 pieds 9 pouces et pesait 150 livres. Plus tard, on lui a souvent demandé comment il avait réussi à passer la visite médicale d'entrée. "En me tenant sur les orteils et en mangeant beaucoup de bananes", était sa réponse habituelle. Lorsqu'on se demandait comment un petit malin au tempérament vif comme lui avait pu survivre là-haut pendant quatre ans, et encore moins être choisi comme premier capitaine, le plus haut poste de direction de la classe senior, il haussait généralement les épaules et offrait son sourire contagieux et plein d'autodérision, comme s'il n'en avait pas la moindre idée non plus.

Il s'est avéré que le "truc de l'armée" était quelque chose pour lequel il était plutôt doué. Après la 82e division aéroportée et le 75e régiment de Rangers, il a été sélectionné pour le 1er détachement opérationnel des forces spéciales d'élite, ou Delta Force, comme les scénaristes d'Hollywood aimaient l'appeler. Cela a toujours fait craquer son père et son grand-père, mais Bob a souvent été affecté à des missions d'opérations secrètes avec la CIA et d'autres opérations conjointes de type "soupe à l'alphabet" au cours de sa carrière. Cependant, après douze ans et six longs déploiements en Irak et en Afghanistan, ainsi que plus de "week-ends" qu'il ne veut bien le dire, c'en était trop.

Après une opération particulièrement mauvaise en Afghanistan, où les choses ont très mal tourné en raison d'un mauvais renseignement, d'un soutien local peu fiable et de l'absence de coordination au quartier général, il a su qu'il était temps de raccrocher. Le fait d'avoir cassé trois dents au colonel de salon qui avait vérifié les renseignements et qui était censé être responsable de l'opération a probablement contribué à prendre sa décision à sa place. Bob avait des amis haut placés, certains avec des étoiles, mais ils ne pouvaient le protéger que jusqu'à un certain point. Un mois plus tard, après une rotation aux États-Unis et une période de repos à Hilton Head, il est entré dans le bureau du personnel du S-1 et a déposé ses papiers de retraite. Cela n'a amusé personne, surtout pas l'armée, et surtout pas son père ou son grand-père. Pourtant, avec son dossier, il n'avait pas besoin de s'excuser auprès de qui que ce soit.

Ses expériences de vie ou ses compétences professionnelles n'étaient pas celles que la plupart des entreprises recherchaient dans un curriculum vitae. Il s'est avéré qu'il n'en avait pas besoin. Après son mariage avec sa première femme, "la féroce et redoutée" Angie Toler, son père, Ed, lui a offert un poste de premier plan chez Toler TeleCom, sa société de logiciels de sécurité pour les télécommunications de haute technologie à Schaumburg, au nord-ouest de Chicago. L'entreprise fournit du matériel et des logiciels au ministère de la Défense. Ce n'était pas exactement le genre de travail auquel Bob Burke était habitué, mais il y avait des défis à relever et Bob s'est rapidement adapté. Cela a étonné "Ace" Randall et ses autres copains du Delta à Fort Bragg, mais c'est ainsi que l'une des machines à tuer les plus meurtrières jamais produites par le gouvernement américain s'est tranquillement transformée en un "gars du téléphone" à l'apparence innocente.

Bob a découvert à quel point il aimait sa nouvelle Ford 150 en parcourant les routes de campagne autour de Fayetteville. Il n'avait jamais acheté de véhicule neuf auparavant, et il adorait l'odeur de "voiture neuve" et la sensation de fermeté de sa suspension et de sa direction. Cela faisait moins de deux semaines qu'il possédait ce véhicule et il en était encore très amoureux lorsque les motards ont brisé sa vitre. Cela a certainement ajouté à son exaspération ce soir-là. Lorsqu'il l'a achetée, tout ce qu'il a ajouté à l'équipement standard, c'est un système audio Sony MDX haut de gamme. Ses goûts musicaux se sont toujours portés sur le jazz classique et cool - Miles Davis, Charlie Parker et Ella. C'est peut-être à cause du pick-up, mais à peine avait-il pris le volant de la Ford 150 qu'il a ressenti une envie soudaine de Doctor Pepper, d'un cure-dent, d'Alison Krauss et de Rascal Flatts sur le lecteur CD.

Sa nouvelle femme, Linda, ne pouvait pas croire qu'il avait acheté une camionnette jusqu'à ce qu'il la conduise jusqu'à la maison la première fois. "Une camionnette ? Vraiment ?" soupire-t-elle, montrant clairement qu'elle ne croit pas à son histoire.

"Allez, nous possédons une ferme maintenant, et il y a des dizaines de choses pour lesquelles nous en avons besoin... honnêtement".

"Les petits garçons et leurs jouets", dit-elle en roulant les yeux dans sa tête.

Son véhicule précédent était une Saturn vieille de huit ans qu'il avait achetée d'occasion à un gars de Fort Bragg, qui était en rotation, mais c'était bien avant qu'il ne rencontre Angie. Il pouvait facilement mettre tout ce qu'il possédait dans son coffre lorsqu'il se rendait au nord pour aller travailler pour son père à Chicago, et il a continué à la conduire même après qu'ils se soient mariés et aient emménagé dans le grand manoir de sa famille à Winnetka. Cela n'a pas empêché la jeune femme de se plaindre fréquemment.

"Ne t'attends pas à ce que je monte dans ce truc", lui a dit Angie. "Et gare-le dans le garage avant que les voisins ne le voient".

Rien de tout cela ne le dérangeait. Il la conduisait tous les jours. Il l'a conduite après leur séparation et il a déménagé, et il la possédait toujours. Quand il a déménagé à Fayetteville, il l'a laissée garée au bureau de Toler TeleCom à Chicago. En fait, la Saturn était à peu près le seul bien tangible qu'il possédait lorsqu'il a quitté l'armée, à part une bonne chaîne stéréo dans son appartement et une collection de CD de jazz de premier ordre. Peut-être que sa personnalité avait été marquée à jamais par toutes ces années passées à servir dans l'"infanterie légère", où l'on porte sur son dos tout ce dont on pense avoir besoin. C'est peut-être pour cela qu'il n'avait pas de maison, pas de meubles loués, pas de grande garde-robe et pas de télévision à grand écran. À la surprise générale, sauf la sienne, tout ce qu'il possédait tenait encore dans le coffre de cette vieille Saturn.

Le poste principal de Fort Bragg, qui abrite toutes les casernes, les bâtiments administratifs et le quartier général, ainsi que 50 000 soldats de l'armée, est situé dans le coin sud-est, à la limite de Fayetteville. Il occupe 19 miles carrés, une grande superficie comparée à la plupart des autres postes de l'armée, mais le poste principal ne représente que huit pour cent de l'ensemble de la réserve militaire de Fort Bragg avec ses 251 miles carrés, une superficie plus grande que celle de la ville de Chicago. Elle s'étend sur plusieurs kilomètres au nord-ouest pour accueillir de nombreux champs de tir et des zones de largage aéroportées.

Il va sans dire que la plupart des emplois civils de la région de Fayetteville, y compris les banques, les agences immobilières, les écoles, les motels, les ateliers de réparation automobile, les magasins, les entrepreneurs, les restaurants et parfois même la prison de la ville, sont là pour servir le poste de l'armée. Sa spécialité a toujours été l'infanterie légère, les troupes aéroportées et les opérations spéciales, faisant de Bragg la pointe de la lance de l'armée depuis la Seconde Guerre mondiale.

Le père et le grand-père de Bob avaient servi dans l'infanterie et les troupes aéroportées avant lui, et avaient été fréquemment stationnés à Bragg avant et après une multitude d'affectations à l'étranger. Bob a donc grandi en connaissant les moindres recoins de cette réserve militaire tentaculaire. Son grand-père s'est enrôlé le 8 décembre 1941, le matin suivant Pearl Harbor, rejoignant la file d'attente devant le bureau de recrutement avant l'aube. Il est passé de simple soldat à sergent-major dans la 82e division aéroportée, effectuant tous les grands sauts en Sicile, à Salerne, en Normandie et en Hollande, avant d'aider à tenir la ligne à Bastogne pendant la bataille des Ardennes. C'était un vieux salaud pour ses fils et ses petits-fils, mais il ne leur a jamais dit un mot de tout cela. Pas d'histoires de guerre, pas de vantardise, pas de bêtises. Ceux qui étaient là n'ont jamais eu à le faire. Les rangées de rubans sur son vieil uniforme parlaient pour lui. Et à la surprise de tous, il lui allait encore.

Son père avait lui aussi fait carrière, passant du statut de plébéien à West Point à celui de colonel à part entière. Ses liens avec la 82e étaient également longs et étroits. Il avait été commandant de compagnie dans la 3e brigade à Chu Lai pendant l'offensive du Têt, parmi de nombreuses autres affectations. Il n'en parlait jamais non plus, sauf pour enseigner des points et des leçons de vie à un fils qui, de toute façon, n'écoutait jamais. Mais chaque fois que son père entrait dans la maison et déposait une nouvelle série d'ordres sur la table de la cuisine, ils savaient qu'il était temps d'aller chercher les cartons au grenier et de commencer à faire les cartons. C'était une routine bien rodée, et Bob allait bientôt se retrouver dans une nouvelle maison de l'armée, une nouvelle école de l'armée, et avec un nouveau groupe d'amis de l'armée, dont il connaissait un grand nombre grâce aux précédentes affectations de son père.

Après avoir été diplômé de l'"école de fin d'études" familiale de West Point, dans sa sagesse infinie et inconstante, l'armée affectait ses nouveaux sous-lieutenants à la branche qui lui plaisait, et pas forcément à celle qu'ils souhaitaient. Bob a attiré le corps des transmissions, un sujet qu'il ne connaissait pas du tout et qui l'intéressait encore moins. De plus, comme tout le monde, il a été temporairement affecté à une branche de combat pendant les premières années. Dans son cas, il s'agissait de l'infanterie, ce qui était ce qu'il voulait au départ, et il n'avait pas l'intention de se contenter d'une affectation temporaire. Inutile de dire que les "drapeaux de la reddition" rouge et blanc du corps des transmissions qu'il portait à la boutonnière ont suscité de vives moqueries de la part de son père et de son grand-père. Au fil des ans, cependant, ils ont constitué la couverture parfaite pour un officier des opérations spéciales et de la force Delta, en particulier pour celui qui a fini par travailler dans le secteur du "téléphone" après sa sortie de l'armée.

Contrairement à de nombreux autres diplômés des académies militaires, Bob n'a pas perdu son temps ni l'argent de l'armée en retournant à l'école pour obtenir un diplôme supérieur en administration publique, en logistique ou en sciences de la gestion. Il s'est dit que son travail consistait à diriger les soldats les mieux entraînés et les plus motivés du monde, et qu'il n'avait pas besoin de beaucoup de "science" pour y parvenir. Comme l'a dit un jour son père, "il n'y a que deux endroits au monde où l'on enseigne le leadership - les scouts et l'infanterie américaine". D'après ce que Bob a pu constater, ni la Harvard Business School ni Wharton ne figuraient sur la liste.

Le premier commandement de Bob a été celui d'un chef de section d'infanterie mécanisée dans le cadre de l'opération Iraqi Freedom. Il a traversé les déserts arides du sud de l'Irak à bord de Humvees, de véhicules de transport de troupes, de Bradleys et de chars lourds Abrams, en essayant de rattraper les Irakiens qui battaient rapidement en retraite. Après la première matinée, l'un des chauffeurs de Bradley de la Spec 4 a plaisanté : "Les Irakiens devraient participer aux Jeux olympiques, LT. Regarde-les courir. Personne ne les rattrapera jamais", ce à quoi son sage sergent-chef a répondu : "Oh, ils sont rapides, je vous l'accorde. Mais ils ne rattraperont jamais les Français. Personne ne peut courir plus vite en arrière qu'eux."

Après douze ans, et six déploiements en Irak et en Afghanistan, il s'est battu dans suffisamment de déserts rocheux et de pics montagneux inutiles. Il a esquivé suffisamment de roquettes RPG et d'engins explosifs improvisés enfouis dans chaque route, et suffisamment de balles bien ciblées d'AK-47 pour toute une vie. Pourquoi choisissaient-ils toujours les jungles les plus épaisses, les chaînes de montagnes les plus inhospitalières et les déserts les plus desséchés et les plus inhabitables pour envoyer nos jeunes hommes ? Ils sont morts en combattant des gens qui ne voulaient pas que nous traversions leur pays pour leur dire quoi faire, pas plus que nous ne voulions qu'ils traversent le nôtre pour nous dire quoi faire. Est-ce que quelqu'un au Pentagone a lu l'histoire ? De bonnes questions, et quand il a cessé de les poser, il a su qu'il était temps de partir.

Considéré comme l'un des meilleurs jeunes officiers de sa génération et sur le point de devenir officier général, le major Robert T. Burke était devenu l'un des meilleurs officiers d'infanterie que l'armée ait jamais produit, dirigeant, coordonnant et motivant des groupes d'hommes pour tuer d'autres groupes d'hommes dans ce que l'on appelait alors les guerres "asymétriques", c'est-à-dire irrégulières. En fin de compte, c'est une opération particulièrement mauvaise en Afghanistan, au cours de laquelle il a perdu quatre hommes à cause d'une tribu afghane à double jeu, de mauvais renseignements, de mauvaises communications et de mauvais tirs de soutien, qui a été la goutte d'eau proverbiale qui a fait déborder le vase. C'est à ce moment-là qu'il a choqué tout le monde en "dégoupillant" et en déposant ses papiers de retraite.

CHAPITRE QUATRE

Al-Sadri, Irak occidental

Au coucher du soleil, le calme du début de soirée du village désertique d'al-Sadri a été brisé par le "Whoomp, Whoomp, Whoomp" assourdissant d'une armada d'hélicoptères américains survolant directement le village et atterrissant en formation serrée à une centaine de mètres à l'est. Al-Sadri se composait d'une poignée de maisons aux murs de boue, de chèvres, de poulets, de chiens aboyeurs et de deux douzaines de paysans terrifiés. Ils étaient membres du clan Al-Bu Mahal de la tribu Dulaim, qui était dispersée dans l'ouest de l'Irak et l'est de la Syrie. Diverses parties de la tribu avaient soutenu toutes les diverses parties des guerres irakiennes et syriennes à un moment ou à un autre, d'Al-Qaïda à ISIS, en passant par les gouvernements et même les Américains. L'astuce, bien sûr, consistait à déterminer à quel clan spécifique on avait affaire un jour donné.

À peine plus qu'un "point large" sur un chemin de terre étroit dans le vaste désert occidental de la province d'Anbar, appeler Al-Sadri un village était une énorme exagération. Il était situé à 15 km à l'est de la frontière syrienne, entre Mossoul à l'est, l'Euphrate au sud et la base d'opérations avancée de Sykes, avec sa concentration de troupes et d'hélicoptères américains. Par conséquent, le petit village d'Al-Sadri avait son utilité, notamment en tant qu'arrêt temporaire de ravitaillement pour les missions d'opérations spéciales dans la province d'Anbar ou en Syrie, à l'ouest.

Parmi les hélicoptères qui arrivaient, il y avait huit gros CH-47 Chinooks, ainsi que deux nouveaux hélicoptères d'attaque AH-64E Apache Guardian, très meurtriers, de la BOA Sykes. Dès que les Chinooks ont touché le sol, deux pelotons d'infanterie américains ont dévalé les rampes arrière, "couilles dehors", pour sécuriser le village et établir un cordon de sécurité serré autour de la zone élargie. Même la meute de chiens bâtards qui traîne dans tous les villages irakiens a compris qu'il se passait quelque chose et s'est enfuie à toute allure dans l'autre direction.

L'infanterie était accompagnée de deux Humvees lourdement armés, d'une petite camionnette de radar et de communication qui sortait de l'un des Chinooks, d'un groupe de contrôle aérien et d'entretien des hélicoptères, et de quatre grandes vessies de gaz d'aviation caoutchoutées qui avaient été élinguées sous les Chinooks. Quelques minutes plus tard, un autre Chinook portant des marques de l'armée irakienne est arrivé et a atterri, en retard comme d'habitude. Une fois la rampe arrière abaissée, deux escouades de fantassins irakiens, soit une vingtaine d'hommes, sont sortis en sautillant et se sont rassemblés au fond de l'appareil en un amas désorganisé. La plupart d'entre eux ne portaient ni casque, ni gilet pare-balles, ni même leur fusil. Au lieu de cela, ils se tenaient debout, fumant, discutant et jetant des regards hargneux et suspicieux aux Américains, comme ils le faisaient d'habitude.

Deux heures plus tard, alors qu'il faisait aussi noir que le désert sous un quart de lune, deux hélicoptères furtifs américains MH-X Silent Hawk, spécialement "aménagés", sont arrivés et ont atterri. Ils venaient d'al-Asad, une importante base aérienne américaine mixte située plus au sud-est dans la province d'Anbar, sur le chemin du retour vers Bagdad. Le Silent Hawk est le dernier hélicoptère top secret et encore très expérimental utilisé pour insérer et récupérer le personnel des opérations spéciales, de nuit et par tous les temps.

La technologie furtive et la durabilité des hélicoptères s'étaient constamment améliorées depuis les maladroits RH-53D Sea Stallions utilisés lors de l'opération Eagle Claw, le raid fougueux et avorté de Jimmy Carter en Iran pour libérer les 52 otages américains en 1980. Ce fut la première et la plus désastreuse des missions auxquelles Delta a participé. Le Sea Stallion a rapidement été remplacé par le Bell UH-1 Iroquois, puis par le Black Hawk qui a transporté l'équipe SEAL Six au fin fond du Pakistan pour tuer Oussama ben Laden, le Ghost Hawk, et maintenant le Silent Hawk.

Ils étaient pilotés par le 160e régiment d'aviation des opérations spéciales, le "transport" exclusif des Deltas. "Quand vous vous souciez suffisamment d'envoyer les meilleurs", comme ils aimaient à le dire. Ils pouvaient transporter une grande variété d'armes, en fonction de la mission, de la charge et de la quantité de gaz qu'ils devaient transporter, mais ce n'étaient pas des hélicoptères d'attaque. Ils étaient conçus pour les opérations secrètes, comme la mission de ce soir qui consistait à insérer huit Deltas au plus profond de la Syrie dans le cadre d'une mission "black op" de très haute priorité et à les en faire ressortir. Ces hélicoptères transportent beaucoup de gaz et peuvent facilement effectuer un aller-retour de cette longueur, mais ils transportaient généralement du gaz supplémentaire et laissaient la plupart des armes lourdes à la maison lorsqu'ils étaient accompagnés par les hélicoptères de combat Apache lourdement armés.

À l'intérieur de chaque Silent Hawk se trouvaient deux équipes Delta composées de deux hommes, ainsi que leurs armes et leur équipement tactique. Après leur atterrissage à Al-Sadri, les Delta sont restés à l'intérieur, tranquillement assis en mode "pré-op", observant l'activité frénétique qui se déroulait autour d'eux avec un désintérêt froid et professionnel. "J'ai déjà été là, j'ai déjà fait ça", auraient-ils répondu si on leur avait posé la question. D'ailleurs, aussi bien habillés qu'ils soient, ils ressemblent à des extraterrestres mécaniques surchargés, et ne sont pas prêts de se lever et de bouger à moins d'y être forcés. Avec des sacs à dos, des réservoirs d'eau à dos de chameau, des gilets pare-balles, des casques tactiques, des lunettes de vision nocturne, les nouvelles radios tactiques Rifleman, des ceintures et des harnais contenant des grenades rondes M-67, des pochettes de munitions, un kit d'habillage de combat, un fusil M-4A1, un pistolet Beretta, des couteaux tactiques, de petites lampes de poche, des appareils photo numériques et des barres énergétiques, ils transportaient aussi peu de choses que possible. Ce qu'on ne voyait pas sur eux, c'était quoi que ce soit qui ressemble de près ou de loin à un badge, à un grade, à un écusson d'unité ou à quoi que ce soit d'autre qui puisse les identifier. De plus, dans chaque équipe, un homme portait un fusil de sniper Barrett de calibre 50 "long gun", tandis que l'autre portait la lunette de repérage de l'équipe. Avec un chargeur plein, une lunette de vision nocturne et un silencieux, le Barrett pesait près de 40 livres.

Delta avait déjà fait cela une douzaine de fois. Ils avaient reçu des instructions détaillées sur des cartes et des photos aériennes montrant les itinéraires, les tactiques et les points de rassemblement et de prise en charge à utiliser ce soir. Dans l'avion de tête se trouvaient l'officier responsable, le lieutenant George "Fonzi" Winkler, son coéquipier, le sergent Leo "Beer" Stein, et les sergents-chefs Henry "Lonzo" Hardisty et Freddie "Bulldog" Peterson. Dans l'avion de piste est assis le sergent de première classe Rudy "Koz" Kozlowski, le sous-officier le plus gradé. À côté de lui, sur la banquette arrière, était assis son coéquipier, le sergent Joe "The Batman" Hendrix. Le sergent-chef José "Illegal" Rodriguez et le sergent George "The Prez" Washington étaient assis à l'avant, face à l'arrière.

"Pourquoi est-ce que c'est nous qui devons toujours regarder en arrière ?" Le Prez se plaint à Koz.

"Parce qu'ils ne font pas ces choses avec deux sièges à l'avant", a répondu Koz d'un ton neutre, sachant qu'à l'occasion, le rang a ses privilèges.

"J'en parlerais à l'aumônier", dit le Batman en regardant Koz.

"Peut-être le syndicat." Illégal a regardé les deux autres et a acquiescé.

"Putain d'armée !" Le Prez secoue la tête et se rassied sur son siège, voyant qu'il n'arrive à rien. "Je croyais que tu étais censé être de mon côté." Il a donné un coup de coude à Illégal.

Quatre des Deltas : Koz, The Batman, Lonzo et The Bulldog avaient récemment été déployés depuis Fort Bragg. À l'insu des quatre autres, ils étaient également membres fondateurs des Merry Men of Sherwood Forest en raison de leur participation à l'affaire de Chicago ou à celle d'Atlantic City, ou aux deux. Comme le rang, le fait d'être un joyeux luron avait aussi ses privilèges, pensa Koz. Cela allait permettre à un vieux sergent de l'armée de bénéficier d'une retraite bien plus agréable, avec une cabane et un bateau de pêche sur le lac Fontana, dans les montagnes de Caroline du Nord, et il avait hâte d'y être.

Les deux hélicoptères furtifs se sont posés près des réservoirs de carburant et attendent que l'équipe de soutien au sol finisse de remplir leurs réservoirs en vue de la longue course nocturne vers la Syrie. Comme les autres, Koz passe le temps en regardant l'amas désorganisé d'infanterie irakienne qui se tient près de leur Chinook. Finalement, il enclenche son micro de menton. "Fonzi, Koz. C'est le groupe que nous accueillons ?" demande-t-il à l'officier responsable.

"Bien reçu" fut la réponse tout aussi dégoûtée du lieutenant.

Koz a entendu l'un des autres marmonner : "Ça me donne un sentiment de chaleur et d'intimité", puis "Bon sang, comment sommes-nous censés savoir sur quels hadjis tirer ?", suivi de "Ça n'a pas d'importance ?" et "Tu as raison."

"J'en prends bonne note. Restez derrière eux et surveillez vos propres six", leur dit le lieutenant, exprimant ce que le reste d'entre eux savait déjà. Sur le terrain, vous ne pouviez pas faire confiance à l'armée irakienne. Il n'y avait que des tribus, de la politique, des pots-de-vin et de la religion. La moitié d'entre eux étaient totalement incompétents et l'autre moitié avait été achetée et vendue par les méchants. Heureusement, les radios tactiques des carabiniers qu'ils utilisaient étaient brouillées, conçues pour de petites unités comme celle-ci, avec une portée limitée à peut-être 500 mètres, donc ils ne risquaient pas que quelqu'un entende ce qu'ils disaient. "Notre travail consiste à entrer en premier et à leur fournir un appui-feu."

"Dommage que nous ne puissions pas leur "fournir" une paire de balles pour changer", a dit quelqu'un.

"Nous nous tenons à l'écart, nous éliminons les sentinelles et nous neutralisons toute réaction, c'est tout. Ce sont les Irakiens qui sont censés démolir ce bâtiment, pas nous."

Le ravitaillement en carburant et les dernières vérifications des communications ont duré 20 minutes, et l'ordre final d'avancer a été donné. Enfin, les deux Silent Hawks ont décollé et se sont inclinés vers l'ouest en direction de la frontière syrienne, en volant à basse altitude, suivis par deux hélicoptères de combat Apache lourdement armés.

Trente minutes plus tard, le Prez Washington a dit : "J'ai entendu dire que c'était une grosse cible".

"Tu es un renard, Prez", répond Illegal. "Avec les Chinooks, les Apaches et nous, qu'est-ce que ça pourrait être d'autre ?".

"ISIS, j'imagine", a ajouté Beer Stein. "Je parie qu'on va s'en prendre à ce foutu calife !"

"On dirait que tes renseignements sont meilleurs que les miens", dit le lieutenant en riant.

"Bon Intel ? Ce serait une putain de première !", a raillé Lonzo, suivi d'un chœur de "Bien reçu !".

"Allez, Fonzi," demande Beer Stein, "tu peux nous le dire maintenant".

"Ce n'est probablement rien, mais tout le monde doit rester serré et givré de toute façon", prévient le lieutenant. "Vous avez compris ?"

Les hélicoptères sont restés bas et au nord de l'Euphrate alors qu'ils se dirigeaient vers l'ouest. En tournant la tête et en regardant par la porte, Koz pouvait voir le quart de lune se refléter sur sa surface qui se déplaçait lentement, tandis que le fleuve et ses rives vertes se frayaient un chemin dans le désert vide. C'est magnifique, pensa-t-il. Ça doit être à ça que ça ressemblait quand les Babyloniens comme Nabuchodonosor et les autres couraient dans tous les sens. Une escouade de Deltas lourdement armée aurait pu l'abattre, lui et toute son armée, bien qu'ils n'aient pas voulu de ce foutu endroit après.

Le vol d'arrivée a duré un peu plus d'une heure. Personne ne s'attendait à des problèmes dans les airs, mais les Stealth Hawks et les Apaches disposaient d'une panoplie complète de contre-mesures électroniques et d'armes. Avec une vision nocturne infrarouge, des radars orientés vers l'avant, au sol et air-air, et un système de commande de vol entièrement automatisé, ils se pilotaient presque eux-mêmes. De plus, Koz savait qu'une paire de F-16 de l'armée de l'air assurait la couverture, qu'un croiseur de la marine équipé de missiles de croisière Tomahawk était disponible au large de Chypre, en Méditerranée, et qu'un EA-18G "Growler" de l'armée de l'air, version AWACS de commandement et de contrôle du F-18 Hornet, se trouvait quelque part pour coordonner l'ensemble de la cible. Koz sourit en se demandant combien de milliards de dollars coûte cette panoplie de systèmes par Delta.

La cible était une petite maison en parpaings indescriptible au milieu d'un groupe d'autres petites maisons en parpaings indescriptibles à la limite nord de Raqqah, la capitale d'ISIS située sur la rive nord de l'Euphrate, dans le centre-nord de la Syrie. Ce n'était pas la première fois que les équipes Delta étaient envoyées dans cette zone, loin de là, mais c'était la première fois que Koz et les autres avaient ce plaisir douteux. La zone d'atterrissage se trouvait dans le désert, de l'autre côté d'une petite colline, à un kilomètre et quart à l'est de la cible. Elle avait été intensément étudiée tout l'après-midi et la soirée à partir d'images satellites, topographiques et infrarouges par les experts et les non-experts qui étudient et décident de ce genre de choses, de Bagdad jusqu'au Pentagone. Ils ont conclu que cette LZ offrait la meilleure couverture et le meilleur accès à la cible, et que l'ordre d'opérations qui en découlait avait les meilleures chances de succès.

Il était presque minuit lorsque les deux hélicoptères furtifs ont repéré la LZ et se sont posés aussi rapidement et silencieusement que peuvent le faire de gros engins à la lisière d'un désert rocailleux. Les huit Deltas ont rapidement mis pied à terre et se sont déployés, une équipe par porte, s'éloignant d'un bond avec leurs armes prêtes à l'emploi. Les hélicoptères n'ont pas attendu. Ils ont rebondi une fois et ont immédiatement décollé, s'inclinant vers l'est dans l'obscurité. Ils allaient voler trois minutes dans le désert, atterrir et attendre l'appel pour récupérer les Deltas. Ensuite, ils se débarrasseraient tous de l'enfer.

Koz était un fantassin, avant, après et toujours, et il aimait être sur le terrain pour une opération de grande envergure comme celle-ci. Il avait ça dans le sang, comme la plupart des autres Deltas. Le lieutenant pouvait bien dire ce qu'il voulait sur le fait que ce n'était rien, mais Koz était bien placé pour le savoir. Vous n'envoyez pas huit Deltas et tout ce soutien en territoire indien pour "rien", et tous les gadgets et jouets de haute technologie qui les accompagnaient étaient utiles, mais ils ne permettaient pas de gagner les guerres. Il faut des bottes sur le terrain et une cause qui vaille la peine d'être défendue pour y parvenir. De plus, même un Stealth Hawk pouvait être entendu, et il n'était pas question de se faufiler derrière quelqu'un dans un endroit comme Raqqah, ni ce soir, ni jamais.

Les Deltas se sont dirigés à pied vers le sud-ouest et ont atteint le sommet de la colline qui devait être leur point de départ à ce qu'un petit malin appelait une "allure tactique", c'est-à-dire à peu près la vitesse à laquelle des soldats bien préparés pouvaient courir, prudemment et silencieusement, avec tout ce fichu matériel sur le dos. Les Barrett avaient été assemblés et chargés avec leurs suppresseurs de bruit et leurs lunettes de vision nocturne en place avant qu'ils ne montent à bord des hélicoptères à la BOA Sykes. Les quatre "opérateurs" qui les portaient les avaient en bandoulière dans le dos et portaient leurs carabines à canon court M-4A1, le successeur du M-16, en bandoulière sur la poitrine, prêts pour le travail rapproché. Ils se sont déployés en colonnes de deux, sautant par rafales de cinquante mètres, armes au poing, et se relayant pour scruter la zone.

Devant nous, la ville de Raqqah se trouvait au bout d'une longue pente descendante qui menait à l'Euphrate. Elle comptait autrefois plus de 200 000 habitants, mais après le pilonnage auquel elle avait été soumise au cours de l'année écoulée, elle n'en contenait plus qu'une fraction. Malgré l'interdiction stricte de l'ISIS la nuit, il était impossible de cacher la faible lueur autour de la ville, qui éclairait commodément tout ce qui se trouvait entre les Deltas et leur cible. Cette faible lueur était normale pour une ville de cette taille, quel que soit le nombre de règles imposées par les autorités. Ce qui n'était pas normal, c'était le calme absolu, pensa Koz. Il n'entendait ni chiens aboyer, ni bébés pleurer, ni radios bruyantes, ni voitures, ni camions, ni motos, et il n'y avait aucune lumière dans les maisons ou les bâtiments à proximité. Il n'y avait rien ! Ce n'était pas normal, et Koz sentait les poils se dresser sur sa nuque. C'était son "radar Haji" et il se trompait rarement.

Lorsqu'ils sont enfin arrivés à un quart de mile de la cible, le groupe s'est divisé. La paire de Koz s'est orientée vers le côté gauche des maisons et celle du lieutenant vers la droite. Ils ont pris des positions de tir à une centaine de mètres l'un de l'autre, d'où ils pouvaient observer la cible, les maisons environnantes et la route. En quelques secondes, Koz a construit son nid, se plaçant avec son fusil dans une position de tir solide, et a commencé à scanner la cible avec la lunette de son fusil, tandis que le Batman a fait de même avec sa lunette de repérage.

"Je n'ai rien", chuchote Koz. "Toi ?"

"Nada... et je n'aime pas ça".

"Moi aussi", acquiesce Koz en jetant un coup d'œil à sa montre. Il savait que le lieutenant avait déjà signalé par radio que les équipes Delta étaient en position. Le Chinook avec l'infanterie irakienne devait déjà être en route et atterrir derrière la maison d'une minute à l'autre. C'est alors que la porte d'entrée de la maison s'est ouverte et qu'il a vu deux hommes sortir, allumer des cigarettes et se tenir nonchalamment sur le trottoir, en fumant et en discutant. Koz pouvait clairement voir des AK-47 accrochés à leur cou.

"Fonz, Koz", dit-il en appuyant sur son micro à menton. "Deux hadjis armés d'AK viennent de sortir par la porte d'entrée dans la rue pour fumer".

"Bien reçu. Je les vois. Illégal, Lonzo, tu as quelque chose ?"

"Négatif" et "Négatif" ont été leurs réponses rapides.

"C'est sacrément trop calme", ajoute Koz. "Cet endroit commence à sentir le piège".

"Le Chinook sera là dans trente secondes", répond le lieutenant. "Je ne suis pas contre, mais il me faut plus que ça pour avorter. Dès que j'entends l'oiseau, je sors celui de gauche, tu t'occupes de son pote à droite. À mon signal. Compris ?"

"Bien reçu. À vos marques", répond Koz en s'installant confortablement derrière son Barrett et en posant son œil droit sur le viseur télescopique. "Qu'est-ce que tu lis sur la lunette ?" demande-t-il au Batman.

"Trois cents mètres, pas de vent", murmure l'autre homme. "C'est du gâteau."

"Bien reçu", acquiesce Koz en plaçant le réticule au centre du front de l'homme, en déplaçant son doigt du pontet à la gâchette et en attendant. Une partie de plaisir ? Pas ici, dans le pays des Indiens, et cela n'a pas pris beaucoup de temps.

"Mark", il entend la voix du lieutenant dans son oreille et presse lentement la gâchette jusqu'à ce que le gros calibre fasse feu. Une balle de calibre 50 est puissante, mais le corps du Barrett est conçu pour absorber la majeure partie du recul à l'intérieur du fusil. Il produit étonnamment peu de coups de pied et, avec le silencieux, très peu de bruit. À travers son viseur télescopique, Koz a vu la tête de l'homme exploser. Peut-être une demi-seconde plus tard, la même chose est arrivée à l'homme qui se tenait à côté de lui, et les deux hommes se sont effondrés sur le trottoir comme deux sacs de viande morte. Leurs AK-47 s'entrechoquèrent sur le trottoir à côté d'eux, mais même ces bruits furent noyés par le rugissement soudain d'un gros hélicoptère Chinook à deux pales, qui sortit brusquement du ciel sombre et atterrit sur le terrain dégagé derrière la maison.

Les pales tourbillonnantes du Chinook ont soulevé une tempête de poussière et de saleté alors que l'infanterie irakienne se déversait de l'arrière du grand hélicoptère de transport. "Déversée" est bien sûr un terme relatif. Dans le cas de l'infanterie irakienne, cela signifie qu'elle a rampé le long de la rampe, courbée vers le bas, toussant à cause de la poussière. Alors qu'ils se tournaient vers la maison, leur principale préoccupation semblait être de rester les uns derrière les autres. Ils pointaient leurs fusils américains recyclés M-16A dans toutes les directions - vers le haut, vers le bas et sur les côtés, plus pour voir si quelqu'un leur tirait dessus que pour trouver quelqu'un sur qui tirer.

"Regarde ça ! Putain d'exercice d'incendie chinois", marmonne Koz en secouant la tête.

Le gros Chinook faisait trop de bruit pour qu'on puisse entendre quoi que ce soit d'autre, mais ni Koz ni les autres n'ont vu quoi que ce soit d'autre sur quoi tirer dans la maison ou autour. Pourtant, ils ne pouvaient que regarder avec frustration les Irakiens mettre plus d'une minute entière pour atteindre la porte arrière. Lorsqu'ils y sont parvenus, quatre des Irakiens ont été envoyés sur le côté droit de la maison jusqu'à l'avant, et quatre autres ont été envoyés sur le côté gauche. Au même moment, deux autres Irakiens sont sortis en trombe du Chinook, courant vers la maison et criant comme deux banshees. Ils portaient entre eux un lourd bélier à deux hommes, qu'ils firent reculer et envoyèrent s'écraser contre la porte arrière en bois. Tout le monde s'attendait à ce que la porte se déforme et s'ouvre avec fracas, mais ce ne fut pas le cas. Le bélier a simplement rebondi, laissant les deux Irakiens stupéfaits se regarder l'un l'autre.

Les autres Irakiens leur ont crié dessus, alors ils ont précipitamment fait quelques pas en arrière et ont chargé la porte à nouveau, faisant claquer le lourd bélier dans la porte une seconde fois. C'est à ce moment-là que l'enfer s'est déchaîné. Littéralement. Au moment où le bélier a frappé la porte, l'arrière de la maison a explosé, car ce qui devait être une énorme bombe artisanale remplie de morceaux de ferraille et de roulements à billes a explosé sous le seuil arrière. Au moins la moitié des Irakiens qui se trouvaient derrière le bâtiment, ceux qui étaient les plus proches de la porte, ont tout simplement disparu, et beaucoup des autres sont tombés sous une grêle d'éclats d'obus. Au même moment, une douzaine d'hommes vêtus de noir et portant des AK-47 se sont levés de l'endroit où ils s'étaient cachés sur le toit, derrière le parapet, et ont commencé à tirer sur les survivants, dont la plupart ont lâché leurs fusils et tenté de courir vers l'hélicoptère.

Les Deltas n'ont pas attendu les ordres. Les quatre Barrett ont ouvert le feu comme un seul homme, et les guetteurs ont rapidement rejoint leurs M-4A1, abattant la plupart des hommes sur le toit. Avec l'impact lourd d'une balle de calibre 50, il n'a suffi que d'un seul coup. Au même moment, les Irakiens qui avaient été envoyés sur les côtés vers l'avant de la maison sont revenus en courant, poursuivis par encore plus d'hommes armés en noir. Si les Deltas n'ont pas attendu, le pilote irakien du Chinook non plus. Il arma ses deux moteurs, tourna la commande cyclique et appuya sur la poussée. La grosse bête n'était pas aussi agile qu'un Blackhawk ou même qu'un Apache, mais le rotor avant s'est incliné brusquement vers l'avant et il a réussi à faire décoller l'arrière de l'appareil du sol et à le faire grimper.

Il a ignoré le fantassin irakien qui courait vers sa rampe arrière, juste au moment où l'un des tireurs d'ISIS sur le toit s'est levé, a pointé un RPG sur l'hélicoptère et a tiré. La nuit a été éclairée par un flash rouge et jaune vif lorsque la roquette a jailli du toit, a frappé le gros hélicoptère bas sur le côté gauche et a fait éclater l'un de ses réservoirs de carburant. Entre l'explosif contenu dans l'ogive du RPG et le JP8 contenu dans le réservoir, le Chinook a explosé dans une énorme boule de feu orange et s'est écrasé sur le sol derrière la maison. Koz et les autres Deltas ont continué à tirer et à fournir une couverture à l'infanterie irakienne, abattant autant de tireurs ISIS qu'ils pouvaient en voir, mais les flammes de l'hélicoptère en feu ont rendu leurs lunettes et lunettes de vision nocturne moins qu'utiles, et les survivants des deux côtés ont rapidement disparu dans l'obscurité.

"Sortons d'ici", ordonne le lieutenant. "Reculez jusqu'au point de rendez-vous. Prez, toi et Illegal prenez le point. Koz, toi et Batman, vous couvrez l'arrière. Beer et moi couvrons le flanc gauche. Lonzo et Bulldog prennent la droite. Allez-y !"

Comme quelqu'un l'a observé il y a longtemps, il est étonnant de voir à quelle vitesse un individu correctement motivé peut se déplacer quand il le veut. Ils ont dégagé l'arrière de la maison et ont disparu dans le désert rocailleux sans rencontrer d'autre opposition de l'ISIS. En courant, cependant, ils ont croisé trois hommes qui se cachaient derrière un rocher. Koz a tourné son M-4A1 vers eux et s'apprêtait à les mettre tous les trois à terre, lorsqu'il s'est rendu compte qu'il s'agissait d'Irakiens. Ils ont laissé leurs fusils et leur équipement derrière le rocher et se sont mis à courir encore plus vite que les Américains. Après un instant de réflexion, Koz a détourné son fusil et n'a pas tiré, permettant ainsi aux Irakiens de disparaître dans le désert.

"Salauds", dit Batman. "J'aurais dû les mettre à terre tous les trois".

Le lieutenant avait déjà demandé par radio aux deux Silent Hawks de se rendre au point de ramassage. Cinq minutes plus tard, les Deltas les ont entendus, ainsi que les deux Apaches qui tournoyaient au-dessus d'eux pour les couvrir. Les Deltas ont formé un cercle autour d'un endroit plat et se sont agenouillés, fusils pointés vers l'extérieur et lunettes de vision nocturne aux yeux, tandis que les deux Silent Hawks se posaient.

Avec des signes de la main précis, le lieutenant a fait signe à Koz, The Batman, Illegal et The Prez de monter dans leur oiseau, et à Lonzo, The Bulldog et Beer Stein de monter avec lui. Lorsque Koz se dirigea vers la porte de son hélicoptère, il vit que les trois Irakiens étaient déjà là, assis sur le sol comme des chiens fouettés. Les trois autres Deltas s'entassent rapidement dans l'hélicoptère tandis que Koz se retourne et pointe son fusil vers le bas de la piste, à la recherche de cibles. Ce faisant, les deux hélicoptères de combat Apache qui les couvraient ont ouvert le feu. Ils étaient équipés d'excellentes optiques de vision nocturne et d'un canon à chaîne M-230 dévastateur, monté sous le menton de l'hélicoptère. Ses obus explosifs ont déchiré le sentier et le paysage environnant, faisant voler des éclats de roche et créant une bande mortelle à mi-chemin de la maison.

"Viens ici, Koz !" entendit-il crier The Batman alors qu'il balayait la zone une dernière fois avec son fusil. Derrière lui, le moteur de l'autre Faucon silencieux rugit en décollant du sol. Alors que Koz se lève et commence à se retourner pour monter à bord du sien, il voit la silhouette floue d'un autre tireur vêtu de noir surgir d'un ravin sombre et brandir un RPG sur son épaule. Koz a tourné son M-4A1 et a abattu l'homme d'une rafale rapide en mode automatique, mais pas avant d'avoir tiré sur le RPG. En un instant terrifiant, une traînée rouge-jaune brillante a traversé le désert et a frappé l'autre 'Silent Hawk' au niveau de son moteur. L'explosion aveuglante a soufflé l'hélicoptère et a fait retomber les morceaux sur le sol du désert dans un tas de flammes.

Stupéfait, Koz commence à courir vers l'épave jusqu'à ce qu'il entende Batman lui crier à l'oreille : "Non ! Koz, il n'y a rien que tu puisses faire. Rentre là-dedans !" Même s'il détestait l'admettre, l'autre homme avait raison. Le fuselage brisé de l'hélicoptère furtif était complètement englouti par les flammes, et il ne pouvait y avoir aucun survivant. À contrecœur, Koz recula, s'esquiva sous les pales clignotantes de l'hélicoptère et sauta dans la porte ouverte alors que son propre Silent Hawk décollait, queue haute, et s'élançait dans la nuit.

Le lieutenant, "Beer" Stein, Lonzo et Bulldog n'étaient plus là. En dix ans de carrière dans l'armée, dont six avec Delta, Koz n'avait participé qu'à une poignée d'opérations au cours desquelles des camarades soldats avaient subi des blessures mettant leur vie en danger, et encore moins au cours desquelles des Deltas avaient été tués. C'était horrible à chaque fois, et il n'oublierait jamais aucune de ces opérations. Le Delta était une fraternité très sélective, très proche et très fermée. Perdre quatre hommes en une nuit l'a laissé en état de choc, comme ce sera le cas pour le reste de l'unité, ici dans le pays et chez lui à Fort Bragg.

Alors que l'hélicoptère fait demi-tour et repart vers l'est, Koz regarde en arrière et voit l'un des deux Apaches se retourner et tirer deux missiles Hellfire sur les flammes mourantes du Stealth Hawk. Avec vingt livres d'explosifs spécialisés dans chacun d'eux, ces explosions étaient encore plus importantes que l'original, et allaient vaporiser toutes les parties et les morceaux qui restaient. Koz n'aime pas ça. Il avait toujours cru qu'il fallait ramener tout le monde, mais il comprenait la nécessité de protéger la technologie furtive. Il comprenait, mais il n'aimait pas ça du tout. Koz regarda toute la technologie autour de lui - l'hélicoptère, les armes, les communications - et sut au fond de lui qu'il s'agissait d'un coup monté, d'une embuscade.

Alors que le Silent Hawk continue de monter dans le ciel nocturne, Koz regarde l'autre banc et voit que trois hommes y sont assis. Illegal était assis à l'extérieur, à gauche, et Prez Washington était à droite. C'est alors qu'ils aperçurent la silhouette sombre et grassouillette au milieu, qui s'était recroquevillée au maximum dans l'ombre. C'était l'un des maudits Irakiens qui les avaient rattrapés et avaient sauté à bord quand ils ne regardaient pas. L'homme n'avait ni fusil, ni pistolet, ni casque, juste un gilet tactique. Koz tendit le bras, l'attrapa par le devant et le tira dans la faible lumière qui entrait par la porte ouverte, et regarda son uniforme. C'était un officier, un capitaine irakien. Koz l'a rapproché et l'a regardé dans les yeux. Ce qu'il a vu, ce n'était pas de la colère, ni même un syndrome de stress post-traumatique, comme tu pourrais t'y attendre après ce qui s'est passé là-bas. Ce qu'il a vu, c'est de l'arrogance. Il s'était enfui alors que tous ses hommes avaient été tués et il ne se souciait pas de savoir qui le savait.

"Espèce de salaud !" Koz lui lance un regard noir. "Tu savais que c'était un piège, n'est-ce pas ?" L'irakien s'est mis à bavarder et à discuter avec lui. Koz l'a dévisagé, a hoché la tête, puis l'a jeté d'une main par la porte ouverte. Alors qu'il commençait à tomber, le capitaine irakien a regardé à l'intérieur avec des yeux remplis de terreur. "Désolé", lui a dit Koz en le regardant crier tout le long de sa chute. "Il n'y a pas de place ici pour les gars qui ne savent pas de quel côté ils sont".

Koz se retourne et voit deux autres Irakiens assis par terre entre le Prez et le Batman. L'un d'eux était un lieutenant irakien et l'autre un sergent-chef. Koz les a également regardés, mais avant qu'il ne puisse faire quoi que ce soit, le Prez en a attrapé un et Batman a attrapé l'autre.

"Ça te dérange ?" demande le Prez. "Une leçon de pilotage, c'est bon pour l'âme".

"Ils sont tous à toi", répond Koz alors que le Prez et le Batman envoient les deux autres Irakiens rejoindre leur capitaine.

Le visage du copilote est soudain apparu dans la fenêtre entre le cockpit et la zone de chargement arrière. "Qu'est-ce que tu viens de faire, Kozlowski ?" entendit-il l'homme lui crier dessus. Le pilote et le copilote étaient tous deux des capitaines. Koz et les autres avaient déjà volé avec le pilote de nombreuses fois, mais le copilote était nouveau.

"Rien", lui répond rapidement Koz. "Rien du tout".

"Et tu n'as rien vu non plus !" Le Prez s'est retourné, a passé son visage par la fenêtre et lui a lancé un regard noir. "C'est pas vrai, capitaine ?"

Le copilote a regardé les autres visages à l'arrière, a abandonné et s'est détourné.

Ni Koz ni les autres n'avaient de regrets. C'est ainsi que les choses se passaient parfois ici. Mais quand ce serait fini, ISIS s'ajouterait à la longue liste des groupes terroristes à qui l'on devait une sérieuse revanche sur le Delta. En regardant en arrière par la porte ouverte, il a vu deux autres traînées lumineuses venant de l'ouest, suivies de deux énormes explosions à l'endroit où se trouvait cette maison à la lisière de Raqqah. Ça n'a pas pris longtemps, pense Koz. Il était là depuis assez longtemps pour reconnaître une attaque de missiles de croisière Tomahawk quand il en voyait une. Dix-huit pieds de long et transportant mille livres d'explosifs puissants signifiaient que cette vengeance était une salope, et ce n'était que le début.

CHAPITRE CINQ

Raqqah, Syrie

Une fois de plus, Abu Bakr al-Zaeim, le calife, le Grand, le guide et le chef de l'État islamique, s'est retrouvé recroquevillé sur un lit de camp en toile branlante dans le sous-sol sombre d'une autre petite maison en marge de Raqqah, en Syrie, loin de chez lui. C'était un mince filet d'homme, qui déprimait facilement, et qui ne pensait pas que sa situation personnelle pouvait empirer. Puis, il a entendu la porte s'ouvrir en haut de l'escalier et les propres pas lourds du Diable descendre les marches. Il n'a pas eu besoin de voir un visage pour savoir de qui il s'agissait. Il avait déjà entendu la longue queue écailleuse de Satan traîner derrière lui sur les marches en bois brut de nombreuses fois auparavant, et il avait senti l'odeur nauséabonde des cigarettes russes fortes et démodées qu'il fumait. C'était Aslan Khan, le diable incarné.

La nuit a été mauvaise. Le lit de camp était bancal, le matelas bosselé et le sol en terre battue irrégulier, et chaque fois qu'il parvenait à s'assoupir, une autre bombe ou un missile de croisière frappait quelque part dans la ville. Si la bombe était proche, l'explosion résonnait à travers les murs en blocs de béton de la maison et faisait tomber sur lui encore plus de poussière des étages supérieurs, le faisant tousser et éternuer. Le sous-sol avait été utilisé pour stocker des légumes, du foin, peut-être des dattes, des fruits et Dieu seul sait quoi d'autre. Ainsi, même après que les bombardements se soient calmés, ces odeurs et la puanteur de la terre humide et du béton nu remontaient et s'enroulaient autour de lui comme une couverture mouillée, l'empêchant de dormir.

La nuit dernière a été particulièrement éprouvante. Ils l'ont transféré dans une autre planque plus tôt dans la soirée, et il a mangé un maigre dîner autour de la table de la cuisine avec ses gardes. Personne n'a beaucoup parlé, comme d'habitude. Plus tard, vers 22 heures, alors que les gardes s'apprêtaient à l'enfermer dans le donjon pour la nuit, ils ont reçu un appel téléphonique, l'ont soudainement emballé et l'ont précipité hors de la maison. Les gardes se sont éloignés à vive allure pendant un kilomètre environ, avant d'entamer un itinéraire détourné à travers les villages périphériques et d'arriver à cette deuxième planque vers 22 h 30, où il a été sommairement expédié dans ce sous-sol.

Il avait finalement sombré dans un sommeil nerveux et léger un peu après minuit, lorsque les bombes et les coups de feu ont repris, beaucoup plus lourds cette fois, avec plusieurs explosions très fortes à proximité. Après cela, le sommeil est devenu impossible. Il se surprenait à penser à quel point ses enfants, ses vieux amis et même sa femme lui manquaient. Cependant, Aslan Khan ne lui manquerait jamais. À son grand regret et à sa damnation éternelle, il avait fait un marché avec le Diable des mois auparavant, et il devait maintenant le payer, chaque jour et chaque nuit.

Les sous-sols des planques dans lesquelles ils l'ont caché n'ont jamais eu de fenêtres. Lorsqu'il entendit les pas dans l'escalier, il ouvrit un œil suffisamment longtemps pour voir les premiers rayons de soleil tomber dans l'escalier, éclairant Khan à contre-jour. C'est déjà ça, concéda al-Zaeim. La lumière du soleil signifiait que c'était le matin ; et cela signifiait qu'il était enfin libéré de son donjon pour rejoindre les autres à l'étage pour le petit déjeuner. Pour un Irakien, ce devrait être le repas le plus merveilleux de la journée, lorsque les familles se réunissent autour d'un café noir et épais, de pain khubz, de miel, de yaourt, de fromage, de mélasse, d'œufs, de confiture, d'huile d'olive, de tomates, de concombres et de dattes. Al-Zaeim en avait l'eau à la bouche, mais il n'avait vu aucun de ces délices depuis de nombreux mois. Maintenant, ce serait du thé faible dans une tasse fendue et une ou deux tranches de pain insipide, peut-être avec un peu d'huile d'olive. C'était le maximum qu'il pouvait espérer dans cet enfer de Raqqah.

Malheureusement, il n'y avait pas moyen de remettre ça à plus tard. Comme une marmotte qui sort de son trou, al-Zaeim savait qu'il était temps de se montrer. Après tout, c'était vendredi, le jour saint, lorsque Khan rassemblait les fidèles pour la Salat al-Juma de midi, le service hebdomadaire de prière en congrégation pour leurs adeptes. C'est à ce moment-là qu'il se transformerait en calife tout-puissant de l'État islamique et qu'il prononcerait son discours soigneusement scénarisé devant la foule excitée. Mais avant, il y avait des rituels de purification qu'il devait accomplir. Qu'il soit ou non de mèche avec le diable, il n'a pas encore envoyé son âme dans la fosse aux flammes. Il doit se baigner, revêtir des vêtements propres et se mettre dans l'état d'esprit religieux approprié pour le service.

Les croisés et les infidèles avaient mis une prime d'un million de dollars sur lui quelques mois auparavant. Alors que Raqqah restait la capitale d'ISIS et le siège de son califat, Khan lui a dit que la ville était désormais remplie d'hérétiques, de traîtres et d'informateurs, tous attirés ici par la prime. C'est pourquoi les fréquents déménagements étaient nécessaires, lui a dit Khan, bien qu'Al-Zaeim ne soit pas inquiet. Aslan Khan et ses deux jeunes frères, Batir et Mergen, semblaient toujours savoir quand le déplacer, où il devait aller et comment ils devaient s'y rendre. S'agissait-il d'un sixième sens, de conseils divins ou d'informateurs rémunérés ? Il n'y a pas d'explication à cela. Les Khans savaient tout simplement.

Jusqu'à présent, chacune des nombreuses tentatives d'assassinat avait échoué. Du haut de la chaire, il proclame que c'est parce qu'Allah l'a choisi pour de plus grandes choses, qu'il lui a imposé les mains, l'a élevé et l'a protégé, parce qu'il est en mission *sacrée*, béni par Dieu et qu'il a été *élu*. Quelles que soient les difficultés rencontrées, il a dit à ses disciples qu'Allah ne permettrait jamais aux croisés impies et aux hérétiques de toucher *son* calife. Cette pensée les remplissait de confiance, et c'est encore le cas aujourd'hui. Cependant, dans son for intérieur, al-Zaeim savait qu'Allah n'avait rien à voir là-dedans. La seule raison pour laquelle il marchait encore sur terre et prononçait ses discours enflammés était le marché qu'il avait passé avec Aslan Khan, le Satan en chair et en os. Aucune des forces dressées contre lui - ni les Russes, ni les Syriens, ni les Américains, ni les Iraniens, ni même les maudits Israéliens - n'était à moitié aussi diabolique qu'Aslan Khan.

Il trouvait ironique que tous ces pays se détestent bien plus qu'ils ne détestent ISIS, mais cela ne les empêchait pas de larguer leurs bombes et de rivaliser pour voir qui pouvait être le plus destructeur. Jusqu'à présent, les Russes étaient de loin les pires. Il en était venu à considérer Poutine comme un gros enfant borgne et baveux, avec une verrue sur le nez, des pieds malodorants et de gros orteils, qui s'était faufilé dans le jardin du voisin et s'amusait maintenant à piétiner toutes les fleurs et tous les légumes. Les Américains pouvaient être tout aussi brutaux, même s'ils s'excusaient plus tard si l'une de leurs bombes avait réellement blessé quelqu'un. Leur naïveté était stupéfiante.

Le vrai nom d'Abu Bakr Al-Zaeim était Ibrahim Awad al-Badri. Il était un infortuné prédicateur itinérant qui faisait la tournée des villages et des petites mosquées à l'ouest de Falloujah, dans la province d'Anbar. Il glanait un repas par-ci et un dinar par-là, tout en évitant le mauvais œil de la police secrète de Saddam Hussein, la Jihaz al-Mukhabarat al-Amma. Jusqu'à ce qu'Aslan Khan et ses frères l'entendent parler dans le petit village de Habbaniyah. Lorsqu'il a terminé et que la salle s'est vidée, c'est Mergen Khan qui l'a pris poliment mais fermement par le coude et l'a escorté par une porte arrière dans la ruelle où son frère aîné Aslan l'attendait.

Aslan Khan était un homme grand et puissant, bien plus grand que ses frères et deux fois plus grand que le maigre prédicateur. Il était dépourvu de tout humour et de toute humanité. Un mince sourire aux lèvres, il saisit al-Badri par le devant de sa cape, l'attira près de lui et chuchota à l'oreille du petit homme pour lui faire une simple proposition. Khan ferait de lui l'imam le plus puissant du pays, un homme qui serait écouté, vénéré et respecté par des millions de personnes. Il transformera le pathétique prédicateur itinérant en Abu Bakr al-Zaeim, "le calife, le commandant des croyants et le meneur d'hommes", comme son homonyme du septième siècle. Ensemble, ils purifieraient le Moyen-Orient, le débarrassant de tous les croisés, hérétiques et incroyants. Al-Badri est stupéfait par l'ampleur des ambitions de cet homme. Il s'agit sûrement d'une blague, pensa-t-il. Mais il savait qui était Aslan Khan, et on ne refuse pas une telle offre d'un homme comme lui en vivant pour s'en aller.

"Moi ? Mais comment ?" demande al-Badri en se regardant. "Je ne suis pas..."

"Tu le seras", lui coupe Khan en verrouillant ses yeux sur ceux du petit homme. "Tu le seras, si tu fais *exactement* ce que mes frères et moi te disons de faire. On t'apprendra chaque pas à faire, chaque mot à utiliser, comment les prononcer et ce qu'il faut faire. Est-ce que c'est parfaitement clair ?"

Pour renforcer son propos, Aslan s'est tourné vers son autre frère, Batir, qui s'est avancé derrière une benne à ordures et a traîné un colonel syrien capturé au centre de l'allée. L'homme était grand, pas autant que les Khans, mais il portait encore son uniforme souillé. Sans quitter al-Badri des yeux, Aslan a saisi le colonel par la gorge d'une main, l'a soulevé du sol, l'a maintenu en l'air et l'a lentement étranglé. Al-Badri n'arrive pas à croire ce qu'il voit. Le colonel se battit pour briser l'emprise de Khan, se tordant et donnant des coups de pied, mais en vain. La poigne de Khan était comme un étau. Il serra encore plus fort et brisa le cou du colonel. Le corps du colonel est devenu mou et Khan l'a jeté de côté aussi facilement qu'on se débarrasse d'un sac en papier vide.

Khan s'est ensuite tourné et a verrouillé ses yeux sur al-Badri. " À partir de maintenant, tu seras connu sous le nom d'Abu Bakr al-Zaeim, le *calife de l'État islamique*, et tu feras *précisément* ce que nous te disons, n'est-ce pas ? Il n'y aura pas de questions, pas d'arguments et pas de désobéissance. Est-ce que c'est parfaitement clair ?" Al-Badri hocha la tête d'un air de bois alors qu'il commençait à comprendre les profondeurs enflammées du marché qu'il venait de conclure. Aslan Khan était en effet le diable en chair et en os. Il crachait du feu, faisait des sacrifices humains, mangeait des bébés, buvait du sang humain, et écorcherait vif un petit homme pathétique comme Ibrahim al-Badri s'il osait le contrarier.

Aslan Khan s'arrêta au bas de l'escalier de bois fragile pour permettre à ses yeux de s'adapter à l'obscurité. Finalement, il se dirigea vers le lit de camp où gisait al-Zaeim et le trouva assis, lui souriant comme le demi-fou qu'il était. C'est bien, pensa Khan. Aujourd'hui, c'était vendredi, et il avait besoin qu'al-Zaeim soit alerte et en possession de toutes ses facultés. Avec un discours structuré et pratiqué, un podium et un micro, et le drapeau noir accroché au mur derrière lui, la transformation de ce prédicateur du désert en un orateur envoûtant était stupéfiante. C'était vraiment un don de Dieu, un don qu'Aslan Khan n'avait pas, et il le savait.

Les Khans étaient des soldats professionnels, pas des fanatiques religieux. Puissamment bâti, Aslan avait été lutteur gréco-romain poids lourd dans deux équipes olympiques iraniennes, tout comme ses jeunes frères, Mergen et Batir. C'est là qu'ils ont rencontré Uday Hussein, le fils aîné brutal et psychotique de Saddam Hussein. C'est Uday qui a recruté Aslan dans les Fedayeen Saddam, la garde prétorienne privée de son père, où Aslan Khan est devenu un homme de main redouté du régime. Deux ans plus tard, il est passé à la Garde républicaine, où il est devenu un officier de combat très décoré lors de la première guerre contre les Américains et a atteint le grade de colonel. Plus tard, il a appris à piloter et a été choisi par Saddam pour devenir l'un de ses pilotes personnels.

Après que les Américains ont écrasé l'armée irakienne et renversé le régime lors de la deuxième guerre, Aslan Khan s'est retrouvé en fuite, comme le reste des dirigeants politiques et militaires du pays. L'ancienne direction nationale était composée de bureaucrates de niveau intermédiaire, d'officiers de l'armée et de flagorneurs du régime. Plutôt que de chercher des dirigeants légitimes pour reconstruire l'Irak, les Américains ont choisi de soutenir un régime chiite incroyablement corrompu qui n'était loyal qu'à eux-mêmes et aux mollahs d'Iran. Après des mois de clandestinité, Aslan Khan a eu un éclair de pur génie.

Si l'Irak avait besoin d'un leader, Aslan Khan en créerait un. Ses frères ont trouvé Ibrahim al-Badri, un prédicateur du désert à moitié idiot, et l'ont transformé en Abu Badr al-Zaeim, le "calife", qui raviverait le rêve musulman séculaire de rétablir le califat omeyyade du septième siècle, qui s'étendait autrefois du Maroc à l'Afghanistan et au Pakistan, en passant par la Syrie et l'Irak. Ils commenceraient dans le "no man's land" accidenté entre la Syrie et l'Irak, en vendant le conte de fées des jours de gloire de l'Islam et en chassant les croisés, les occidentaux, les laïcs, les non-croyants et les hérétiques par le feu et l'épée.

Un calife est un étrange mélange islamique de messie, de guide, de rédempteur, de 20e imam et de successeur de Mahomet. Nombreux sont ceux qui ont revendiqué ce titre au cours des siècles. Les sunnites croient qu'il doit encore venir, tandis que les chiites croient qu'il est déjà là, caché, en train d'attendre. Quoi qu'il en soit, le calife était la pièce maîtresse émotionnelle dont Aslan Khan avait besoin pour inspirer les masses, et la figure pathétique d'Ibrahim Awad al-Badri a été rapidement taillée pour s'adapter à ce grand costume. Alors que le message enflammé d'al-Zaeim était peaufiné et que la nouvelle d'un nouveau calife se répandait dans le pays, le nouveau soulèvement fondamentaliste s'est répandu comme une traînée de poudre, et ISIS est né. Les images de colonnes de course de soldats enthousiastes dans des camionnettes blanches, de drapeaux noirs flottant au soleil et de décapitations spectaculaires ont bientôt rempli les journaux télévisés de six heures en Occident.

Aslan Khan se souvient d'avoir vu le célèbre film américain pour enfants, *"Le Magicien d'Oz",* à Bagdad lorsqu'il était enfant. À grand renfort de bruit, de fumée et de flammes, "le puissant et tout-puissant Oz" terrifiait les Munchkins et des générations d'enfants. Cependant, lorsque le petit chien a tiré sur le rideau du magicien, le monde a vu qu'il n'y avait qu'un vieil homme aux cheveux blancs derrière, qui actionnait tous les leviers. Aslan Khan n'était pas un vieil homme aux cheveux blancs, et personne n'allait ouvrir son rideau et vivre pour le raconter.

Avec al-Zaeim comme visage public et un flot de volontaires internationaux idéalistes, ISIS a comblé le vide du pouvoir dans le nord de l'Irak, repoussant l'armée à Mossoul à l'est, à la frontière turque au nord, à Falloujah dans la province d'Anbar et dans les banlieues de Bagdad même. En Syrie, le régime d'Assad tenait à peine le coup. La seule opposition d'ISIS était constituée de milices kurdes en infériorité numérique, de quelques villages chrétiens syriaques et d'une obscure secte chrétienne orthodoxe d'Antioche dans l'extrême nord. Après qu'ils se sont emparés des champs de pétrole dans le nord de la Syrie et de l'Irak, l'argent a afflué, suffisamment pour acheter toutes les armes modernes dont ils auraient besoin et pour remplir les poches et les estomacs de leurs combattants.

Tout se déroulait selon le grand plan d'Aslan Khan jusqu'à ce que le prix du pétrole grimpe à 100 dollars le baril. Si cela a alimenté les comptes bancaires de l'ISIS, cela a alimenté encore plus ceux de Vladimir Poutine. Bientôt, le "garçon aux pieds nus et aux grands pieds" de Moscou a décidé de montrer ses muscles en déplaçant des jets de l'armée de l'air russe et ses unités commando d'élite SPEZNAZ en Syrie. En vérité, Poutine se fichait éperdument du régime moribond d'Assad, mais il se souciait de l'Ukraine, de la Biélorussie, de la Lettonie, de la Pologne, de la Lituanie, de l'Estonie et du reste de l'Europe de l'Est. Réduire la Syrie en ruines était le moyen idéal de démontrer que la Russie était à nouveau une puissance mondiale et que les Américains étaient des imbéciles incompétents. Enfin bien dans sa peau, Poutine a cherché un autre jardin à piétiner et a tourné ses bombes et ses missiles vers ISIS. Bientôt, la grande offensive d'Aslan Khan à travers le nord de l'Irak s'est arrêtée sous le pilonnage incessant des missiles de croisière Kalibr, des avions de chasse Sukkoi-35S, des canons d'assaut de 152 millimètres, et même de l'occasionnel missile Hellfire américain. Malgré leur zèle fanatique, les volontaires mal entraînés et peu armés d'ISIS ne faisaient pas le poids. Ils ont été battus et repoussés de plus en plus loin vers Raqqah, perdant même leurs puits de pétrole.

Une fois que la longue retraite a commencé, les discours d'al-Zaeim sont devenus de plus en plus cruciaux pour la survie même d'ISIS. Comme Al-Qaïda avant eux, Khan savait qu'ISIS avait besoin d'un coup de fouet moral, qu'ils avaient besoin de plus de volontaires, et qu'ils devaient soit reprendre l'initiative, soit mourir. Attaquer la Russie était impossible. Même s'ils pouvaient faire entrer un chahid à l'intérieur du Kremlin avec un gilet suicide, Poutine ne changerait jamais de politique. L'Europe occidentale était tout aussi désespérante. ISIS avait déjà frappé Paris à deux reprises, Bruxelles, et même Istanbul, et il ne s'était rien passé. Non, la seule cible où ils pouvaient avoir un impact majeur était l'Amérique elle-même. Il faudrait une série de frappes chirurgicales contre l'armée américaine pour dégrader son moral, ses capacités et son leadership, ce qui les obligerait à faire une pause et à reculer. Dans le cas contraire, ISIS ne tarderait pas à s'effondrer.

Aslan Khan traversa le sous-sol à grands pas et se tint devant le lit de camp. Son discours du vendredi nécessiterait toutes les facultés d'al-Zaeim, mais ce n'était pas le seul point important dont ils devaient discuter ce matin-là.

"Il est là", annonce Khan.

"L'Américain ? Et tu crois toujours que c'est quelque chose que nous devons faire, Aslan ?"

"C'est quelque chose que *tu* dois faire, al-Badri", dit Khan, en utilisant son vrai nom, comme il le faisait souvent lorsqu'ils étaient seuls, pour rappeler au prédicateur qui il était vraiment. "L'Américain pourrait être important pour nous. Alors testez-le. Attise ses feux. Dis-lui qu'Allah a placé un saint fardeau sur ses épaules, et qu'il doit faire ce que tu lui dis de faire."

"Oui, oui, bien sûr. Je lui parlerai", répète al-Zaeim en levant les yeux vers le grand homme. "Mais je suis tellement fatigué, Aslan. J'ai à peine dormi la nuit dernière. Toutes ces explosions et ces déplacements... devons-nous continuer à faire cela ?"

Khan le regarde de haut en bas. "Sais-tu ce qu'étaient ces explosions ?"

"Non, non, mais ils étaient bruyants, tellement bruyants".

"Tu te souviens de la première maison où nous t'avons mis hier soir, où tu as dîné dans la cuisine avec les gardes ? Qu'est-ce que tu as mangé ? Du houmous et du pain ? Peut-être de la chèvre ?"

"Oui. Du houmous et du pain... mais le chèvre était mauvais, surtout de la graisse".

"Et puis ils t'ont déplacé".

"Oui, oui, ils m'ont ému, mais les explosions...".

"Les explosions, c'est quand la Delta Force américaine a attaqué cette première maison avec des hélicoptères et une compagnie d'infanterie irakienne. Ils sont allés là-bas pour te tuer."

Le calife le dévisagea, bouche bée. "La première maison ? Pour me tuer ?"

"Oui, mais nous attendions. Nous avons tué la moitié d'entre eux, abattu deux de leurs hélicoptères et fait fuir les autres." Al-Zaeim continuant à le fixer, Khan lui dit : "Nos gens en Irak ont appris le raid, alors nous vous avons déplacés et nous avons pu les arrêter."

"Ils sont venus ici ? La Delta Force ? Pour me tuer ?" chuchote al-Zaeim.

"Ce sont les premières explosions. Les plus fortes sont arrivées plus tard, quand ils ont frappé la maison avec deux missiles de croisière Tomahawk et l'ont réduite en miettes." Al-Zaeim ne peut que le regarder fixement, sans voix. "Si tu ne me crois pas, quand nous irons à l'entrepôt plus tard, nous passerons devant la maison pour que tu puisses voir les décombres et les deux grands trous dans le sol par toi-même."

"Non, non, je te crois, Aslan. J'ai entendu les explosions et je te crois."

"C'est bien, parce que la force Delta vient de Fort Bragg, à Fayetteville, en Caroline du Nord. Ils n'en ont pas fini avec toi, al-Badri. Ils continueront d'essayer, alors nous devons leur rendre la pareille. C'est pourquoi tu dois rencontrer ce professeur américain Shaw."

Al-Zaeim n'avait pas l'air content. "Oui, oui... et tu as parlé avec cet homme ?"

"Mes frères l'ont fait après son arrivée la nuit dernière".

"Et il se met à l'écart ? Pour ce que tu veux ?"

"Dans la mesure où l'on peut "passer à la caisse" un Américain qui se retourne contre son propre peuple. Un professeur d'université radical ? Seul Allah sait ce qu'il y a dans son cœur."

"Oui. Personne n'aime les traîtres, n'est-ce pas ?"

"Non. Mais nous ne pouvons pas ignorer l'opportunité que ce camarade nous offre".

"Non, non, nous ne pouvons pas." Al-Zaeim s'agite nerveusement. "Mais après l'attaque d'hier soir, tu es certain qu'il est arrivé propre ? Pas de dispositifs de repérage ou de mouchards ? Pas d'armes ?"

"Eh bien, il portait un pistolet et un grand couteau". La tête d'Al-Zaeim s'est rapidement retournée et il a levé les yeux, très inquiet. Cela fait sourire Khan. "Ne t'inquiète pas, il les a utilisés pour éliminer une escouade de soldats syriens à la frontière... à lui tout seul."

La bouche d'Al-Zaeim s'est ouverte. "Un seul homme ? Une escouade de soldats ? Comment le sais-tu ?"

"Tu te souviens du vieux Garayev ?"

"Le vieux Garayev ?" Il fronce les sourcils. "Le cousin de ton oncle ? Ce vieux bouc est-il encore en vie ?"

"Tout à fait. C'est lui que nous avons envoyé pour amener Shaw ici depuis Sanliafa. Il a dit qu'ils étaient tombés sur une patrouille syrienne près de la frontière."

"Ils n'avaient pas d'argent pour les pots-de-vin ?" demande Al-Zaeim.

"Bien sûr, mais quelque chose a mal tourné. Les Syriens ont sorti leurs armes, alors Shaw les a tués, tous."

"Avec un pistolet et un couteau ?"

"C'est ce qu'a dit le vieux Garayev".

"Shaw lui a-t-il dit quelque chose ?"

"Malheureusement, le vieil homme ne parle ni anglais ni arabe, et Shaw ne connaît pas le turkmène... et après ce qui s'est passé, je soupçonne Garayev d'avoir eu trop peur de demander."

"Mais un professeur d'université ? Pour faire une chose pareille ?" Al-Zaeim a secoué la tête et s'est esclaffé. "Qu'est-ce qu'il enseigne ? Le meurtre et la pagaille ?"

"Non", dit Khan en riant, "de la sociologie. Mais ne t'inquiète pas, mes frères l'ont quand même fouillé avec soin. À sa décharge, Shaw a suivi nos instructions à la lettre - pas de téléphone portable, pas d'ordinateur et aucun appareil électronique susceptible de contenir une quelconque puce de repérage GPS."

"Bien." Al-Zaeim acquiesce, toujours inquiet. "Ces diables de la NSA américaine sont très intelligents. Il pourrait en avoir un dans une dent, sous la peau, et même dans le cul."

"Vous avez regardé trop de films. Comme je l'ai dit, il a été fouillé *avec soin.*"

"Très bien." Al-Zaeim se frotta les bras pour chasser la fraîcheur du matin. "Si tu penses que je dois rencontrer ce type".

"Je le fais". Khan acquiesce. "C'est un Américain aux cheveux blonds et aux yeux bleus, avec un passeport américain et un niveau d'arrogance que nous, Irakiens, ne pouvons espérer imiter. Quand nous envoyons nos gens en Europe, à Paris, ou à Londres, ou à Bruxelles, nous avons de grandes communautés de fidèles pour les soutenir, mais en Amérique, la police et le FBI sont sur eux. Plus important encore, ce camarade Shaw est originaire de Caroline du Nord, de Fayetteville."

"Tu veux dire Fort Bragg ? D'où viennent ces tueurs des opérations spéciales ?"

"Il est professeur dans un petit collège des environs. Il pense qu'il vient ici pour se battre au front, mais ce serait un gâchis que nous ne pouvons pas permettre. Nous devons le convaincre de retourner à Fayetteville. S'il s'y mettait, il pourrait recruter des hommes pour nous - de *vrais* Américains, peut-être des soldats mécontents, qui peuvent aller dans des endroits et faire des choses que des étrangers à la peau foncée comme mes frères et moi ne pourront jamais faire."

"Les militaires se déplacent beaucoup, n'est-ce pas ?"

"Oui, surtout maintenant. Ils peuvent être à Fort Bragg un mois et à Fort Benning ou ici le mois suivant, diffusant notre message, obtenant plus de conversions, construisant plus de cellules, et répandant la désunion et la méfiance à chacun de leurs déplacements. Il n'en faudra que quelques-uns."

"Et il peut les tuer ? Comme il l'a fait avec les Syriens ?"

"Oui, mais ce que je veux vraiment, c'est qu'il crée une série de distractions, parce que mes frères auront une tâche infiniment plus importante à accomplir là-bas, n'est-ce pas ? C'est pourquoi tu dois persuader Shaw qu'Allah a de grands projets pour lui en Caroline du Nord. Tu peux le faire, n'est-ce pas, *mon calife ?*"

"Moi ? Mais tes frères peuvent *persuader les* gens bien plus facilement que moi."

"Non. Il est venu ici pour *te* voir, pour se battre à tes côtés, alors tu dois être celui qui le convaincra de rentrer chez lui et de faire ce que nous lui disons de faire. Un feu bien construit brûlera toute une vie dans le cœur d'un homme, *al-Badri*, mais les menaces de mes frères s'éteindront avant que l'avion du professeur ne décolle pour rentrer chez lui. C'est pourquoi *tu* dois être celui qui le persuadera."

"Je comprends, Aslan, mais pourquoi tes frères doivent-ils aller en Amérique ?

Je... j'ai besoin de vous trois ici pour me guider... pour me protéger." Le petit prédicateur de ruelle l'a regardé dans les yeux et a menti. "Vous trois... vous êtes irremplaçables."

"Personne n'est irremplaçable, *mon calife*, et ne t'inquiète pas. Batir et Mergen resteront encore un peu à tes côtés, jusqu'à ce que leurs préparatifs soient terminés."

"Shaw sera-t-elle au courant de tout cela, qu'ils viennent et de quoi il s'agit ?".

"Non, seulement si cela devient nécessaire plus tard", a répondu Khan. "Mais quel que soit notre plan plus vaste, Shaw est particulièrement bien placé pour porter une série de coups au cœur de l'establishment militaire américain, des coups qui vont les faire hémorragiser. Et cela va peut-être te surprendre, mais il dit qu'il s'est converti, qu'il est désormais musulman, qu'il est l'un des nôtres."

Al-Zaeim fronce les sourcils, surpris. "Shaw ? Converti à l'islam ? Comment pouvons-nous lui faire confiance ?"

"Nous ne pouvons pas, mais s'il nous fait faux bond ou s'avère être un espion ou un agent double, Mergen l'étripera comme un esturgeon de la mer Noire. Alors rencontre-le aujourd'hui. Les routes qui permettent de quitter la Syrie et de regagner la Turquie et la Grèce en toute sécurité se ferment chaque jour."

Al-Zaeim acquiesce. "Amène-le moi après les prières, alors".

"Comme vous le souhaitez, mon calife." Khan acquiesça comme si c'était l'idée d'al-Zaeim depuis le début, et commença à se détourner.

"Demandez à vos frères de le placer au centre de la pièce, où il sera entouré par notre peuple, hanche contre hanche, épaule contre épaule, afin que je puisse l'observer pendant que je prononce ma Kutbah."

"Une excellente idée", dit Khan, surpris et heureux de cette suggestion. "Après, nous discuterons tous les *trois*".

"Oui, Aslan. Quand je peux regarder dans les yeux d'un homme, je peux généralement lire ce qui est écrit sur son âme. C'est ainsi que je saurai ce qu'il y a à savoir sur ce professeur d'université."

"Oui", dit Khan en déposant quelques pages dactylographiées sur le lit de camp à côté d'al-Zaeim, en se retournant et en se dirigeant vers les escaliers. "C'est le discours d'aujourd'hui. Entraîne-toi jusqu'à ce que tu sois parfait. Tu dois donner le meilleur de toi-même aujourd'hui. Nos hommes doivent être inspirés, tout comme les dizaines de milliers de nos frères à travers le monde qui vous entendront à la radio et sur les cassettes. Alors entraînez-vous parce que vous devez être parfaits. Est-ce que c'est clair ?"

Aslan Khan et ses frères avaient soigneusement écrit et orchestré le discours d'aujourd'hui. Il savait que les mots et le micro transformeraient ce chien mou assis sur le lit de camp en Abu Bakr al-Zaeim, le calife du califat mondial. Les Khans l'avaient créé, et il n'échouerait pas.

CHAPITRE SIX

Forêt de Sherwood

Bob Burke s'est éloigné de l'aéroport et a tourné sur la I-95. Lorsqu'il a traversé la rivière Cape Fear, il s'est adossé au siège du conducteur de son pick-up et a souri. La première sortie l'emmène vers le nord, dans la campagne agricole ouverte à l'est de la rivière. La fenêtre du côté passager était peut-être manquante, mais il s'en fichait. Elle laissait entrer l'air doux et parfumé de la nuit, transportant avec lui les odeurs des champs luxuriants de chaque côté de la route. Le tabac avait été la culture dominante ici pendant des générations, et l'on pouvait encore voir quelques granges de séchage rustiques en bois ici et là. De nombreux fermiers ont maintenant remplacé leur production par du maïs et des haricots, mais il y avait suffisamment de ces plantes vertes pour montrer que le tabac était toujours le prince, voire le roi.

Même sous la mince lumière d'un quart de lune, il a vu que les myrtes de crape étaient encore en pleine floraison, tout comme les parterres de fleurs sauvages colorées le long des routes. Les pommiers et les poiriers étaient chargés de fruits et les plants de tabac montraient les premiers signes de leur jaunissement automnal. Dans un mois, la récolte du tabac commencera. Une fois qu'elle serait terminée, le football universitaire, le NASCAR et la chasse aux canards, les trois principales passions de la vie ici, commenceraient pour de bon.

Il passa devant l'un des terrains de golf de la banlieue qui avait été creusé dans l'une des anciennes fermes. Linda l'avait harcelé tout l'été pour qu'il prenne un jour de congé "santé mentale" et joue une partie. Ce ne serait pas une mauvaise idée s'il s'intéressait au golf ou s'il avait la moitié de la patience nécessaire pour jouer à un tel jeu, ce qui n'est pas le cas. Bob s'est dit que c'était une histoire de second mariage. Elle s'accrochait encore à l'espoir de pouvoir le changer, et il s'accrochait encore à l'espoir qu'elle arrêterait d'essayer. Ni l'un ni l'autre n'était susceptible d'arriver de sitôt.

Après la prise de bec à Atlantic City, elle lui a même acheté un jeu de clubs de golf. "Tu as dit que tu allais devenir un 'gentleman' agriculteur semi-retraité. Tu te souviens ? Eh bien, laisse-moi appeler le pro du club pour qu'il t'emmène faire un tour."

"Le golf ? Est-ce que je t'ai déjà raconté la dernière fois que j'ai joué ?" lui demande-t-il avec un sourire narquois. "Cela doit faire cinq ou six ans. Ace a trouvé un vieux parcours près d'une base aérienne abandonnée au sud de Kandahar, probablement quelque chose que les Britanniques ont construit il y a des décennies. Quoi qu'il en soit, notre mission a été annulée pour la journée, alors Koz a déniché quelques jeux de clubs auprès des gars de l'armée de l'air, et Ace, Chester, Lonzo, The Batman et moi sommes allés jouer une partie."

"C'est un fivesome, pas un foursome", a essayé de le corriger Linda.

"Pas vraiment. Notre Humvee servait de voiturette de golf, et nous nous relayions pour nous asseoir à l'extérieur d'un trou, monter sur le toit et faire le guet avec la mitrailleuse de calibre 50."

"Je vois - le golf à contact complet de l'USGA".

"Une journée normale au pays des Indiens. Alors, nous avons bu quelques bières..."

"Un couple ? Ces gars-là ?"

"C'est une façon de parler. Quoi qu'il en soit, je pense que nous sommes sortis de trois, peut-être quatre trous quand Lonzo frappe ce magnifique drive au milieu du fairway. Sa balle a dû heurter une mine, parce que Ka-Boom ! Tout d'un coup, le terrain a un nouveau bac à sable."

"Mettre un terme à la sortie, je suppose ?"

"Nous ? Tu plaisantes certainement. À la majorité, nous avons décidé qu'il s'agissait d'une "balle perdue" et lui avons infligé une pénalité d'un coup."

"Tu as continué à jouer ?"

"Bien sûr !"

"Vous étiez vraiment fous".

"Hé, il y avait de sérieux paris en cours".

"Très bien, qu'est-ce que tu as tiré ?"

"Un quatre-vingt-cinq, je crois".

"Quatre-vingt-cinq, c'est super".

"L'honneur du scout", dit-il en souriant, "mais nous n'avons pas joué les neuf derniers mètres". Elle a secoué la tête et lui a jeté un regard noir, alors il a ajouté : "Et c'est pour ça que tu ne veux pas m'envoyer avec un pro. Le pauvre gars pourrait ne plus jamais vouloir jouer. En plus, je suis trop occupé ici pour penser à perdre quatre heures à courir après une petite balle blanche."

Comme il l'a dit, elle continuait à espérer le changer, et lui continuait à espérer qu'elle arrêterait.

Bob a quitté la route pour s'engager dans la longue allée d'entrée de Sherwood Forest et s'est garé dans l'aire de retournement devant la maison principale. Attrapant sa mallette et son sac d'ordinateur, il a monté les escaliers de l'entrée jusqu'aux grandes portes jumelles. Dois-je prendre la peine de sortir mes clés, se demanda-t-il. Il y avait une chance sur deux pour que ces satanées portes ne soient même pas verrouillées, alors il a attrapé la poignée décorative en laiton et l'a fait tourner rapidement. Bien sûr, la lourde porte à panneaux de chêne s'est ouverte, comme il le savait. Les portes étaient fabriquées sur mesure. Chacune était munie d'une plaque d'acier à l'intérieur, ce qui les rendait assez solides pour arrêter un char d'assaut, mais si délicatement équilibrées qu'un petit enfant pouvait en pousser une pour l'ouvrir. Les charnières et les serrures étaient en titane et les systèmes d'alarme et de détection sophistiqués sur les portes et les fenêtres assuraient une sécurité de "niveau ambassade". Malheureusement, Linda avait pris de mauvaises habitudes auprès des habitants. Peu importe l'argent qu'il a investi dans les systèmes de sécurité, si tu ne verrouilles pas ces satanées choses, elles ne fonctionnent pas.

"Lucy, je suis à la maison !" l'appelle-t-il depuis le foyer, en faisant son meilleur Desi Arnaz.

"Alors tu ferais mieux de partir d'ici", répond-elle depuis la salle familiale. "Mon mari va rentrer d'une minute à l'autre".

"Tu penses que ça le dérange ?"

"Lui ? Probablement pas, mais le chat oui."

"Godzilla est là-dedans ? Maintenant, je sais que je vais rester à l'écart."

"Si Ellie t'entend encore l'appeler ainsi..."

"Je sais, je sais, je serai gentil", répond-il en entrant dans la salle familiale. "Au fait, j'ai remarqué que tu n'as pas refermé la porte d'entrée à clé".

"Bob, Chéri, si je ferme les portes à clé, les voisins vont penser que c'est impoli", a-t-elle expliqué, comme si elle parlait à un élève de CE2 lent. "Ils ne font pas ça ici".

Grossier ? Il la regarda et secoua la tête, sachant que cela conduirait à des problèmes tôt ou tard, mais que pouvait-il faire ? Il était 23 heures, et la seule lumière allumée dans la salle familiale provenait de la télévision à écran plat de 60 pouces fixée au mur. Elle diffusait un vieux film qu'il savait que Linda n'avait pas regardé. Pire encore, elle était affalée sur le canapé, un bras et une jambe pendants sur le côté, et la tête enfouie sous un gros oreiller de chambre. Un seul coup d'œil lui suffit pour comprendre que ce n'était pas bon. De plus, elle portait encore son vieux peignoir en tissu éponge le plus miteux, ce qui signifiait qu'elle ne s'était pas habillée aujourd'hui, ce qui était encore pire.

"Quelqu'un a passé une mauvaise journée ?" demande-t-il en fronçant profondément les sourcils.

"Tu n'as pas idée", a-t-elle marmonné sous l'oreiller.

"Hmmm... Les Huns sont-ils en train de prendre d'assaut les remparts ? Les eaux de crue ont-elles emporté le sommet de la digue ? Les enfants se sont-ils mal comportés ?" demande-t-il en posant son sac d'ordinateur et sa mallette sur la table d'appoint, en prenant un coin de l'oreiller et en l'embrassant.

Finalement, elle a soulevé l'oreiller suffisamment haut pour le regarder d'un seul œil. "Qu'est-ce qu'il y a sur le devant de ta chemise ?" marmonne-t-elle. "C'est du sang ? Et une coupure ?"

"Rien de bien dramatique", a-t-il essayé de hausser les épaules et de se détourner.

Elle n'y croyait pas. "Très bien, dans quoi t'es-tu embarqué cette fois-ci ?"

"Des motards ont essayé de voler mon camion sur le parking de l'aéroport".

"Et nous ne pouvions pas laisser cela se produire, n'est-ce pas ?".

"Ma nouvelle camionnette ? Un 'garçon du sud' comme moi ? Vous plaisantez certainement."

"Un garçon du sud comme toi ?" Elle a soulevé l'oreiller de quelques centimètres et l'a regardé avec ses deux yeux. "Combien de motards ? Six, huit, deux douzaines ?"

"Seulement quatre, ça ne vaut guère la peine d'être mentionné".

"A peine, sauf que l'un d'entre eux a réussi à te couper, n'est-ce pas ?".

"Une égratignure. Je ne pouvais pas les laisser prendre le camion, n'est-ce pas ?"

"Nous avons une assurance, tu sais. Elle aurait remplacé ce stupide camion. Et, Dieu nous en préserve, la ville a des policiers qui sont réellement payés pour s'occuper de la criminalité, Robert. Pourquoi prendrais-tu un tel risque ?"

"Moi ? Je ne pensais pas l'être. Après tout, ils n'étaient que quatre."

Elle s'est renversée en arrière avec un grand gémissement et a tiré l'oreiller sur sa tête. Finalement, elle abandonna et regarda à nouveau. "En parlant d'enfants, il faut que tu trouves quelque chose pour occuper les Geeks. Ils s'ennuient et une 'intervention exécutive' est indispensable."

"C'est ce que je craignais. La chasse aux comptes bancaires de la mafia new-yorkaise a fait son temps."

"N'importe quel instituteur te dira que ce sont les enfants intelligents qui s'ennuient qui posent toujours de gros problèmes de discipline."

"Je les ai fait asseoir avant de partir et je leur ai dit de bien se comporter ; qu'ont-ils fait cette fois-ci ?".

"Voyons, hier, le Russe fou..."

"Sasha est maintenant le Russe fou ?"

"Il l'était quand il s'est retrouvé Krazy Glued sur le siège des toilettes à 3 heures du matin. As-tu la moindre idée de la pilosité de ce type ?"

"Ugh ! Ce n'est pas beau à voir. Ne me dis pas que tu as dû l'arracher ?"

"Moi ? Dieu non, mais j'ai vu le siège des toilettes après. On aurait dit un Chia Pet."

"Aïe !"

"Sans blague. Ce matin, il avait téléchargé un virus sur les ordinateurs de jeu de Jimmy et Ronald. Il faisait défiler à l'écran un bloc de texte en russe au-dessus d'un dessin animé classé X avec des écureuils qui chantent, encore et encore."

Bob a éclaté de rire. "Des écureuils chantants classés X ? Qu'est-ce qu'ils chantaient ?"

"Comment le saurais-je ? Je ne parle pas russe, mais j'ai compris l'image. Patsy a fini par demander à Jimmy de la traduire, mais c'était tellement dégoûtant sur le plan anatomique qu'elle n'a même pas voulu *me* le dire. Ça, c'était drôle."

"C'est pour cela que je les ai fait venir de Chicago, pour te divertir".

"Et tu as réussi. Mais le vrai problème, c'est que le robot-message de Sasha a bloqué leurs ordinateurs, ils ont raté leur tour dans un méga-jeu mondial en ligne auquel ils jouaient, et le Grand Vizir a brisé leurs épées sur son genou et les a disqualifiés."

"Comment peux-tu briser une épée numérique sur ton genou ? J'en déduis que la guerre n'est pas terminée ?"

" Oh, non ! Ce n'est *vraiment* pas fini. S'ils ont leur mot à dire, ça vient à peine de commencer. Alors Patsy a dit que tu devais leur trouver quelque chose à faire. Avec tout le temps qu'il a sur les bras, Jimmy est sur le point de l'épuiser aussi... si tu vois ce que je veux dire."

"Aussi bizarre que cela puisse paraître, je pense que oui", dit Bob en se détournant, en ouvrant sa mallette sur le bureau et en commençant à en sortir des rapports. "En parlant d'enfants, comment va Ellie ?"

"Elle va très bien, il n'y a pas de problème de ce côté-là", répond Linda. "Oh, et j'allais oublier, le général Stansky t'a appelé ce matin".

"Stansky ? Tu m'as appelé ?" Bob a souri et a secoué la tête. "Je ne crois pas."

"Il voulait que tu viennes déjeuner avec lui au JSOC aujourd'hui, et il n'était pas très content quand je lui ai dit que tu n'étais pas en ville".

"Tu es sûr que ce n'est pas Pat O'Connor qui a appelé ?"

"Normalement, tu pourrais avoir raison. D'habitude, je ne peux pas dire où l'un d'eux finit et où l'autre commence ; mais cette fois, ce n'était pas le sergent-major de commandement, c'était sans aucun doute le général lui-même."

Bob la regarde et fronce les sourcils. "Linda, Stansky n'a pas pu comprendre le *dernier* système téléphonique qu'ils ont installé là-bas, et encore moins le nouveau. O'Connor passe tous ses appels."

"Pat ? Mon Dieu, j'adore ce vieux monsieur..."

"Tu te souviens de la règle de Godzilla ? Tu ferais mieux de ne pas le laisser t'entendre l'appeler 'vieux'. "

"Pat est un petit chat. Nous discutons chaque fois qu'il appelle. Alors, non, c'était bien le général Stansky. Il voulait déjeuner avec toi, mais comme tu n'étais pas là..."

"Pas demain, j'espère, j'ai déjà..."

"Non, il a dit qu'il devait prendre un vol pour l'Allemagne pour des réunions pendant quelques jours. Il a dit la semaine prochaine, peut-être mardi au JSOC à *Oh-twelve-hundred*", dit Linda en faisant une imitation passable de la voix de Stansky. "Il aura une salle privée pour vous dans le mess des officiers. Appelle Pat pour confirmer, alors si tu ne veux pas y aller..."

Bob secoue la tête. "Linda, ce type est un général de division, ce qui signifie qu'il a deux étoiles et qu'il me dépasse de quatre échelons."

"Tu oublies que tu es un civil maintenant. Tu es plus haut placé que lui."

"C'est bien que tu penses comme ça", lui dit-il en la regardant de haut et en riant, "mais c'est le commandant adjoint du commandement des opérations spéciales conjointes de l'armée, et c'est un type très utile à connaître. Tu te souviens de la nuit où Dorothy et Lonzo se sont fait tirer dessus à Atlantic City et où nous avions besoin d'une évacuation médicale rapide. Il ne lui a fallu que dix secondes pour les emmener à Fort Dix. En plus, c'est l'un des rares francs-tireurs qui restent dans l'armée, et nous nous sommes toujours bien entendus."

"C'est probablement pour cela qu'il nous invite à toutes ces réceptions et à tous ces dîners au JSOC", sourit-elle. "Personne ne fait de meilleures crevettes et de meilleurs crabes, ou ces petits desserts en forme de doigts, que le chef du JSOC."

"Je suis sûr que c'est pour cela qu'il nous invite".

"Non, il nous invite pour pouvoir te coincer et se défouler. Il sait que tu resteras là, que tu hocheras la tête et que tu écouteras. Ça, ou alors il a besoin que tu sois là pour ne pas être le plus petit dans la pièce. C'est l'un des deux, mais je ne sais pas vraiment lequel."

"Très drôle. Pour ta gouverne, lui et moi faisons la même taille."

Elle a tourné la tête et l'a regardé d'un œil. "Dans tes rêves", répondit-elle. "Mais ses yeux bleus et froids pourraient geler une chute d'eau", a-t-elle frissonné.

"Sans aucun doute. As-tu déjà entendu comment il est arrivé là où il est ?" Bob lui demande. "Je suis allé à West Point, comme mon père, mais Stansky est sorti tout droit d'une ferme de blé du Dakota du Nord. Le jour de ses dix-huit ans, il est allé voir le recruteur et s'est engagé pour le Vietnam. Un an et demi plus tard, il était un adjudant de 130 livres, pilotant des hélicoptères de combat et d'évacuation médicale dans la 7e cavalerie, l'ancienne unité de Garryowen du général Custer."

"Celui de Custer ? Cela ne semble pas être un bon présage."

"Je pense que tu as raison. Il s'est fait tirer dessus avec quatre hélicoptères dans les derniers mois du Vietnam. Le général Creighton Abrams lui a personnellement décerné la Croix du service distingué et l'a retiré du terrain, malgré ses fortes objections, je pourrais ajouter, et l'a envoyé à l'OCS."

"Tu as aussi cette médaille, n'est-ce pas ?" demande-t-elle. "Je suppose que c'est une autre chose que vous partagez tous les deux".

"Probablement, mais Stansky est incroyable - irascible et irrévérencieux. Il a un dédain particulier pour les West Pointers, les officiers d'état-major et les sous-officiers supérieurs qui ont oublié d'où ils venaient. Pat O'Connor sait qu'il ne faut pas commettre une telle erreur."

"Ces deux-là ressemblent à toi et à Ace Randall. Et quand tu m'as emmenée à ce dernier dîner, je me souviens que vous vous teniez tous les quatre en petit cercle dans vos bleus de travail. Même Dorothy se demandait lequel d'entre vous avait le plus de médailles."

"Le vrai concours était de savoir lequel d'entre nous déteste le plus les porter".

"Oui, je vois ça. D'accord, qu'est-ce que tu penses qu'il veut ?" demande Linda.

"Stansky ? Probablement rien. Lui et moi nous sommes retrouvés pour déjeuner tous les mois ou presque, juste pour 'discuter'. "

"Pour 'discuter' ?" Linda rit. "Comme tu l'as dit, toi et un général deux étoiles ? Vraiment ?"

"Hé, ils m'appellent tous maintenant - le secrétaire de l'armée, le chef d'état-major, parfois même le président". Il la regarde et elle lui rend son regard, tous deux impassibles.

"En parlant d'enfants qui s'ennuient et qui n'ont rien à faire, on dirait que tu dois trouver quelque chose à faire pour Stansky aussi", a-t-elle suggéré.

"Lui ? Quelque chose me dit que ce sera l'inverse", dit Bob.

"Oui, probablement, mais je me disais, puisque tu es de retour en ville, pourquoi ne pas inviter tout le monde à un barbecue dimanche après-midi ?".

"On peut, mais Ace a mentionné que Koz, The Batman, The Bulldog et Lonzo se sont déployés quelque part".

"As-tu une idée de quand ils seront de retour ?"

"Non, ils sont "devenus sombres", donc on ne peut pas savoir".

"De toute façon, on peut demander aux autres. J'ai besoin de sortir de ce canapé, et ça me donnera quelque chose à faire."

Il a baissé les yeux vers elle et s'est rapproché pour mieux la regarder. "Tu vas bien ?" osa-t-il enfin demander. "Je déteste dire ça, mais on dirait qu'un camion t'a roulé dessus".

"Un camion ? Tu es sûr de vouloir recommencer ? Mais, puisque tu as enfin pris la peine de demander, tu te souviens qu'Ellie t'a dit qu'elle voulait un petit frère, et tu lui as dit que tu regarderais sur Internet pour voir si tu pouvais lui en commander un sur Amazon ? Eh bien, tu n'as pas à le faire... je suis enceinte."

"Tu es quoi ?" demande-t-il, les yeux écarquillés, surpris, avec un grand sourire.

"Ne me dis pas ça. Tu m'as entendu, et tout est de ta faute."

CHAPITRE SEPT

Base aérienne d'Ain al-Assad, Irak

Al-Assad est l'une des installations militaires les plus importantes d'Irak. Située à une centaine de kilomètres à l'ouest de Bagdad, elle a servi l'armée de Saddam Hussein pendant des décennies. Depuis sa chute, c'est une base aérienne conjointe américano-irakienne, plus ou moins importante selon ce qui se passait dans la province d'An-Bar et à côté en Syrie. Avec la nouvelle guerre chaude contre ISIS, de nombreux moyens américains y avaient été transférés, notamment des avions de transport et de chasse à voilure fixe, des hélicoptères et toute la panoplie des forces d'opérations spéciales.

Près de l'arrière de la base, derrière trois clôtures en fil de fer barbelé, se trouvaient une douzaine de bâtiments de bureaux "modulaires" à toit plat et une petite forêt d'antennes et de paraboles. L'enseigne à l'extérieur montrait un insigne inoffensif du DoD et le nom "Joint Imaging and Research Delivery Center", que personne ne comprenait, et encore moins ne croyait. Il n'y avait qu'une seule entrée au complexe et le poste de contrôle ainsi que chacun des bâtiments préfabriqués à l'intérieur étaient recouverts de sacs de sable et barricadés jusqu'au rebord des fenêtres comme s'ils s'attendaient à une attaque indienne d'un moment à l'autre. Toute personne connaissant un tant soit peu l'Irak ou l'Afghanistan savait que ce genre de bâtiment high-tech pouvait être le bureau local de Facebook, Netflix ou HBO, mais comme il n'y avait pas de drones de livraison Amazon garés à l'extérieur, il devait s'agir d'une sorte de centre de commandement d'opérations de guerre spéciale.

L'un des principaux atouts de ces nouveaux bâtiments était qu'ils disposaient de certaines des meilleures unités de climatisation modulaires du pays. Elles pouvaient "geler le cul d'un esquimau", comme l'a dit délicatement un général. C'était une bonne chose, car ce qui se passait à l'intérieur était souvent plus chaud et plus intense que l'air du désert à l'extérieur.

"Pourriez-vous me dire ce qui s'est passé là-bas la nuit dernière, sergent de première classe Kozlowski ?" Le colonel Jefferson Adkins lui lance un regard noir et exige de savoir. Il n'y avait pas une seule feuille de papier sur son bureau, ni une photographie, un livre ou un bloc de papier dans le bureau, ce qui signifiait qu'Adkins n'était pas basé ici. C'était un adjoint du JSOC à Bagdad, qui était arrivé par avion vers midi. Il s'est assis sur une joue sur le bord avant du bureau, pour pouvoir se pencher en avant et essayer d'intimider les quatre enrôlés dépenaillés assis sur les chaises en face de lui. Koz était à droite. L'homme chauve-souris était assis à côté de lui, puis le Prez Washington, et Illegal Rodriguez était assis à l'extrémité gauche. Du haut de son mètre quatre-vingt-dix, noir comme le charbon et pesant bien plus de 230 livres, Adkins pouvait dominer n'importe quelle pièce ou conversation qu'il voulait, surtout lorsqu'il était assis comme ça, planant au-dessus d'eux, essayant de les rendre nerveux. Malheureusement pour lui, les quatre hommes assis devant lui étaient des Deltas et ils ne se laissaient pas facilement intimider.

Koz se déplaça sur sa chaise et leva les yeux vers le colonel, dont le visage semblait suspendu comme le flanc d'une falaise prête à lui tomber dessus à tout moment ; mais Koz avait déjà vu ce numéro et n'était pas particulièrement inquiet. Il haussa les épaules et finit par répondre : "Eh bien, colonel, je ne sais vraiment pas. Vous avez mon rapport. Tout s'est passé comme prévu jusqu'à ce qu'ils nous ouvrent la porte. C'était un piège, cela ne fait aucun doute. Ils savaient que nous allions venir, alors il n'y avait pas..."

"Ce n'est pas de cela que je parle, et tu le sais. Qu'est-il arrivé à ces trois Irakiens qui sont montés dans l'hélicoptère avec vous ?"

Koz lève les yeux vers lui et fronce les sourcils. "Je suis désolé, Monsieur, mais vous allez devoir me renseigner, car je ne suis pas sûr de savoir de quoi vous parlez."

Adkins a tapé du poing sur le bureau. "Je parle des trois Irakiens que vous, les quatre crétins, avez jetés par la porte de cet hélicoptère", a-t-il dit en les fixant du regard, l'un après l'autre, dans la file d'attente.

"Nous ? Je suis complètement perdu, monsieur. Quelqu'un vous a dit que nous avions fait ça ? Ça te dérangerait de nous montrer le rapport ?" demande Koz, en utilisant le mot "rapport" à dessein. Si Adkins l'avait par écrit, ils étaient grillés. Sinon, il n'avait rien, et ils le savaient tous.

Adkins n'a pas bougé. "On m'a dit que trois Irakiens - un capitaine, un lieutenant et un sergent de section - étaient montés dans cet hélicoptère avec vous lorsque vous avez décollé de Raqqah la nuit dernière, mais qu'ils n'y étaient pas lorsque vous avez atterri ici. Ce matin, leurs corps ont été retrouvés dans le désert à une dizaine de kilomètres à l'est de l'endroit où vous avez décollé."

"Wow !" Koz a levé les yeux au ciel, le visage impassible, et a secoué la tête. "Qu'est-ce qu'ils faisaient là-bas ?" Les yeux d'Adkins se sont rétrécis avec colère, comme s'il était prêt à exploser, alors Koz a continué : "Écoutez, colonel, qu'est-ce que vous voulez que je vous dise ?".

"Je veux que tu me dises ce qui s'est vraiment passé là-bas, bon sang !".

"Eh bien, c'était une embuscade, un piège, tout simplement. Quelqu'un les a vendus, et nous aussi. Lorsque les Irakiens ont atteint la maison, une grosse bombe artisanale a explosé. Ceux qui marchaient encore ont essayé de retourner à leur Chinook, avec les gars de l'ISIS qui leur tiraient dessus depuis le toit, mais le pilote irakien ne les a pas attendus. Il a décollé et les a laissés derrière lui, jusqu'à ce qu'un RPG élimine son Chinook. C'est à ce moment-là que le lieutenant Winkler nous a ordonné de sortir, et alors que nous nous retirions, certains des Irakiens qui restaient ont couru à côté de nous et ont continué à avancer. Jusqu'où ils sont allés, je n'en ai aucune idée, monsieur."

"On m'a dit qu'ils étaient montés dans l'hélicoptère avec toi".

"Dans l'hélicoptère ? Vous avez mal entendu, monsieur. J'étais occupé à riposter quand l'oiseau du lieutenant a été touché par un autre lance-roquettes. Il a explosé et s'est écrasé sans aucun survivant, alors nous n'avions pas d'autre choix que de sortir de là nous aussi. J'ai été le dernier à sauter à l'intérieur. Il faisait bien sombre là-dedans, mais tout ce que j'ai vu, ce sont nos gars - Batman, Prez, Illegal et l'équipage de conduite."

Adkins l'a étudié un instant, puis s'est penché plus près. "Tu vas t'en tenir à cette histoire ridicule ?"

"Maintenant, j'admets que les choses étaient un peu glaciales là-bas, Monsieur. Peut-être que vos trois Irakiens se sont agrippés aux montants lorsque nous avons décollé et qu'ils se sont accrochés pendant un certain temps ?" Koz haussa les épaules. "Nous étions au milieu d'une fusillade, et..."

Adkins roule des yeux. "Vous tous ?" dit-il, puis il se tourne vers les autres. "C'est votre histoire ?" demanda-t-il.

"Oui, monsieur", ont répété les trois Deltas.

"Tu sais que ça ne va pas s'arrêter là", prévient Adkins.

Koz haussa les épaules. "Si quelqu'un nous a accusés de faire quelque chose, donne-nous un nom et laisse-nous voir le rapport. J'aimerais vraiment lui parler et mettre les choses au clair."

Adkins le regarde de haut en bas. "Les Irakiens sont vraiment en colère à cause de ça, Kozlowski, et tu es assez intelligent pour savoir que si j'avais des informations exploitables, tu serais déjà dans la palissade."

"Innocent jusqu'à preuve du contraire", Illegal en a finalement eu assez et a pris la parole.

"Bien reçu, monsieur", a grogné le Prez. "Jusqu'à *preuve du contraire !"*

"Très bien, faites comme bon vous semble, tous autant que vous êtes. Il y a un C-130 qui attend sur le tarmac. Il est autorisé à se rendre jusqu'à Pope Field à Bragg. Je ne pourrai peut-être rien vous faire, mais je veux que vous sortiez de mon AO, sergent."

"Bien reçu, monsieur", dit Kozlowski en regardant autour de lui dans la petite pièce. "Dommage. Vous avez une super climatisation ici, et nous commencions justement à l'apprécier."

Adkins lui lance un regard furieux. "Tu sais, des hommes comme toi et "Ace" Randall, "Chester" Blackledge, même "Lonzo" Hardisty et "The Bulldog" Peterson, que Dieu ait leur âme, étaient des soldats exceptionnellement bons jusqu'à ce que vous tombiez sous le charme de ce clown, Bob Burke."

Cette fois, c'est au tour de Koz de se hérisser. Il leva des yeux durs vers le colonel. " Eh bien, puisque vous semblez accorder beaucoup d'importance aux histoires, Monsieur, j'ai lu qu'au Moyen Âge, lorsqu'un homme était un traître, quelqu'un qui prenait les armes contre son propre peuple, ou un lâche qui s'enfuyait, il était torturé, écartelé et écartelé pendant qu'il était encore en vie. Ensuite, on lui coupait la tête et on la plantait sur une pique au milieu de la ville, juste par dépit."

"Qu'est-ce que ça a à voir avec quoi que ce soit, Kozlowski ?" Adkins rugit.

"Tout. Ces deux officiers irakiens et le sergent étaient responsables de cette opération. Si ce sont eux qui nous ont dépassés en courant, alors ils sont les seuls à s'être échappés. Peut-être étaient-ils les coureurs les plus rapides de l'unité, ou peut-être avaient-ils une bonne longueur d'avance, ou peut-être étaient-ils loin derrière leurs hommes pendant toute la durée de l'opération ; je n'en sais rien. Mais s'ils sont tombés de l'hélicoptère, comme tu le prétends, il y a bien pire qui aurait pu leur arriver", dit Koz en se levant et en regardant Adkins pour une fois.

"Je n'en ai pas fini avec vous, sergent !", fulmine le colonel.

"Oh, je suis sûr que vous ne l'êtes pas, Monsieur, mais nous avons perdu quatre bons Deltas et l'équipage de vol du 160e cette nuit-là", dit Koz, sachant qu'Adkins était peut-être affecté au JSOC et au Delta, mais qu'il n'était qu'un autre bureaucrate du DoD, pas un guerrier. "Je n'ai jamais eu le plaisir de servir sur le terrain avec vous ; mais j'ai participé à des dizaines d'opérations avec le major Burke, et il s'est toujours soucié beaucoup plus de ses propres hommes que de l'ennemi."

Adkins l'a regardé fixement, en colère et troublé.

"Alors, si vous n'avez rien d'autre pour nous, Monsieur, si nous avons un avion à prendre, alors nous avons des choses à régler".

CHAPITRE HUIT

Raqqah, nord de la Syrie

Il était presque midi, "Showtime", pensa Henry Shaw alors qu'ils marchaient dans la rue bondée et poussiéreuse de la ville. Pour des raisons de sécurité, on lui avait dit que le lieu du discours et du service de prière du calife resterait un secret bien gardé jusqu'à une heure avant qu'il ne commence. Aujourd'hui, ce devait être dans un vieil entrepôt de céréales sur la rivière, près du centre-ville, qui avait été transformé en mosquée de fortune. Alors qu'il s'approchait, avec un des frères Khan sur chaque coude, la foule s'est mystérieusement écartée pour les laisser passer. Shaw s'apprêtait à demander aux Khans lequel d'entre eux était Moïse, mais un coup d'œil aux frères acariâtres lui apprit que ni l'un ni l'autre n'avait le sens de l'humour. Lorsqu'ils atteignirent la porte d'entrée, il leva les yeux et vit le soleil monter haut dans un ciel bleu électrique. Même ici, dans les rues étroites de la ville, la température montait. À la fin de l'office de midi, l'intérieur du vieux bâtiment bondé serait un véritable four.

Pour les vrais fidèles, la prière de Salat al-Jumu'ah du vendredi midi était l'heure la plus importante de la semaine, d'autant plus que le calife al-Zaeim y prononçait le sermon. Shaw n'en revenait pas d'arriver à temps pour l'entendre parler. Malgré les destructions et les batailles en cours autour de la ville, la prière rituelle était une obligation solennelle pour un musulman. Elle était l'un des cinq piliers de la foi et définissait qui ils étaient, établissant la ligne de démarcation entre les croyants et les hérétiques.

C'est alors qu'il a entendu l'appel à la prière du Muezzin, l'*Adhan,* retentir dans les vieux haut-parleurs en fer-blanc qui avaient été placés à la hâte sur le toit de l'entrepôt. Le message était peut-être brouillé, en fer-blanc et difficile à comprendre, mais en regardant dans la rue, il a vu que tout s'était arrêté. " Allahu Akbar, *Dieu est grand...* " et " La, ilaha al-lah, il *n'y a pas d'autre Dieu que Dieu* ", entendit-il, alors que le message retentissait dans toute la ville.

Les fidèles laissaient leurs chaussures dehors le long du mur, en rangs bien ordonnés. Il eut à peine le temps d'enlever les siennes que les frères Khan le poussaient à travers la porte d'entrée et dans l'entrepôt bondé. Il restait à peine un centimètre carré ; mais la foule se sépara à nouveau et ils le conduisirent au centre de la pièce, où un espace s'ouvrit soudain pour eux sur les vieux tapis qui avaient été déroulés sur le sol en béton nu. L'état de délabrement du bâtiment, avec ses fenêtres brisées et ses trous dans le toit, n'avait pas d'importance. Lorsque le calife prendrait la parole, l'entrepôt deviendrait la Mosquée bleue d'Istanbul, al-Azhar au Caire, al-Aqsa à Jérusalem, al-Haram à La Mecque ou l'une des autres grandes mosquées de l'islam.

Même avec les portes et les fenêtres ouvertes, il n'a pas fallu longtemps pour que la salle bondée se réchauffe. Néanmoins, le suspense et l'anticipation sont devenus palpables alors que tout le monde attend l'apparition de son calife. Supposant qu'il entrerait par la rue comme tous les autres, Henry Shaw continue de jeter des coups d'œil par-dessus son épaule. Il remarqua immédiatement que la plupart des regards de la salle étaient braqués sur lui, se méfiant sans doute de ses cheveux blonds, de ses yeux bleus et de sa peau claire. D'un autre côté, d'après leurs visages et leurs vêtements, il vit de nombreuses tribus et nationalités différentes, aussi différentes les unes des autres qu'elles l'étaient de lui - différents âges, teints, barbes et couvre-chefs - mais rien de tout cela n'avait d'importance ici. C'est intéressant, pensa-t-il. En comptant approximativement, il estima qu'il devait y avoir plus de cinq ou six cents hommes entassés à l'intérieur du bâtiment, se sentant sans doute aussi peu nombreux que les Spartiates aux Thermopyles face aux Perses, les précurseurs de l'Iran d'aujourd'hui, ce qui prouve que les chiffres ne veulent rien dire.

Le long du mur de droite de l'entrepôt, il y avait une petite porte d'homme fermée, que personne ne remarquait, mais lorsqu'elle s'est soudain ouverte, les murmures et les marmonnements dans la pièce se sont immédiatement arrêtés. C'était le calife ! Et derrière lui, portant l'Étendard noir, le grand drapeau de bataille de l'ISIS, marchaient l'imposante silhouette d'Aslan Khan et un autre grand soldat. Le drapeau était enroulé autour de deux longues perches.

Khan en tenait un et l'autre homme tenait l'autre alors qu'ils suivaient al-Zaeim jusqu'au mur du fond, déroulaient le drapeau et plaçaient chaque poteau dans un grand support en laiton derrière le calife. Inspiré du légendaire drapeau de bataille du calife Muhammad du IXe siècle, il était entièrement noir, avec le sceau de Muhammad en blanc au centre et les mots "Muhammad est le calife de Dieu" et "Il n'y a pas d'autre Dieu qu'Allah" écrits au-dessus. Il n'y avait pas de symbole plus définitif de l'islam en guerre que le drapeau noir.

Shaw avait été placé dans la rangée du milieu, au centre même de la foule, pris en sandwich entre les Khans musclés comme une fine tranche de fromage entre deux épais morceaux de pain. Malgré tout, il n'a pu s'empêcher d'écouter attentivement le calife lorsqu'il a commencé à parler. L'arabe de Shaw était aussi bon que celui de la plupart des hommes présents dans la salle, et il comprenait chaque mot. En le regardant parler en personne pour la première fois, la première impression de Shaw fut qu'Al-Zaeim était un homme petit et frêle, mais un orateur magistral qui savait comment manipuler une foule. Il a commencé lentement, doucement, presque en chuchotant, exigeant un silence absolu pour se faire entendre. Il n'y avait pas de chuchotements, de toux, de froissements de vêtements ou de grattements, alors que chaque homme dans la pièce s'efforçait d'entendre ses paroles. Lentement, il a augmenté son rythme et son volume, regardant le ciel puis la foule, ses yeux se déplaçant d'un homme à l'autre, entraînant chacun d'eux avec lui.

Shaw avait entendu de nombreux sermons Kutbah d'al-Zaeim, mais seulement dans de mauvais enregistrements sur bande. Celui-ci était différent. Les enregistrements ne pouvaient pas rendre compte de ses expressions faciales, de ses gestes ou de l'émotion brute qu'il projetait lorsqu'il s'insurgeait contre les Américains, les Russes, les baathistes syriens de Bagdad, les riches États pétroliers du Golfe, les Juifs et, pire que tout, les hérétiques iraniens, en expliquant clairement ce pour quoi chaque homme se battait et ce que l'islam attendait de lui.

Abu Bakr Al-Zaeim avait confiance en ses capacités d'orateur, mais la chaleur et le manque de sommeil continuaient à miner son énergie. Néanmoins, il connaissait son discours : chaque mot, ses signaux, quand faire les pauses appropriées, quand faire un geste, quand établir un contact visuel, et comment arracher la dernière once d'émotion à la foule. Mergen et Batir Khan l'avaient exercé toute la matinée jusqu'à ce qu'il s'effondre, mais il n'avait pas le choix. S'il n'était pas à la hauteur, ils auraient tous les trois des comptes à rendre à leur bâtard de grand frère. Et si Aslan Khan n'était pas complètement satisfait lorsqu'il entendrait le discours final, cela signifierait encore une fois la cave, ou un endroit encore pire. Oh, Aslan aurait une excuse ou une autre, mais al-Zaeim ne pourrait rien y faire, si ce n'est continuer à souffrir.

Devant le mur oriental, qui indique la direction de la Mecque, ils avaient placé un petit escalier portable surmonté d'une plate-forme qu'il devait utiliser pour prononcer son discours. C'était comme un minbar dans une vraie mosquée, et ils le traînaient dans la ville d'un endroit à l'autre, en partie parce que c'était la tradition et en partie parce qu'il était si petit. Lorsque le calife a finalement atteint le sommet et s'est retourné, il s'est arrêté pour balayer lentement la foule du regard. Avec le contact visuel, les gestes de la main et le ton implorant de sa voix, il allait bientôt faire croire à chaque homme dans la salle qu'il s'adressait à lui et à lui seul, tenant la foule sous le charme par la puissance de son éloquence.

Il y avait un petit microphone sur la chaire, mais il était là pour enregistrer ses paroles, pas pour les amplifier. En bas de la rue, dans un autre bâtiment abandonné, se trouvait un studio d'enregistrement de fortune, où le message du calife serait copié sur des centaines de cassettes audio et de CD avant la fin de la nuit, pour être diffusé aux cellules ISIS éparpillées du Maroc au Pakistan, en passant par les Philippines, Bruxelles, Paris, Berlin, Londres et même l'Amérique, téléchargé sur une douzaine de sites Internet, et diffusé à ses partisans dans le monde entier.

Alors qu'il continuait à parler, la température à l'intérieur de la pièce a commencé à monter, alimentée par l'émotion de la foule. Finalement, au bout de quarante minutes, alors que tout le monde dans la salle ruisselait de sueur et qu'il savait qu'ils étaient émotionnellement épuisés, il s'est penché en avant et a laissé ses yeux parcourir la foule. C'est ainsi qu'il a personnalisé son message à chaque homme qui se tenait devant lui, et c'est la clé de sa prestation.

Comme d'habitude, il a clôturé la Kutbah par un appel dramatique à l'action. "Nous allons rendre les rues de leurs villes rouges de sang, *Insha Allah*, si Dieu le veut et que Son nom soit loué", a-t-il crié, établissant un contact visuel avec chaque homme dans la pièce. En baissant les yeux, il savait qu'il les tenait dans la paume de ses mains, comme toujours. Tout ce qu'il avait à faire maintenant, c'était de pointer la porte et de murmurer : "Allez !". C'était cathartique ; et pour un homme, ils obéiraient. Ils se lèveraient, se tourneraient et marcheraient vers les lignes de front pour attaquer leurs ennemis à mains nues si c'était tout ce qu'ils avaient. Il les avait amenés au bord du gouffre, comme le voulait Aslan Khan, mais le moment était maintenant venu de les ramener doucement vers le bas avec une série de prières de groupe et de récitations du Coran.

Une fois la dernière prière prononcée, le calife s'est retourné, a descendu les escaliers menant à l'étage principal, a baissé la tête et s'est dirigé vers la porte latérale. Étant beaucoup plus petit que la plupart des spectateurs, il a semblé disparaître. Le tour de main et l'émotion, pensa-t-il. La seule chose qui manquait à son numéro de magie était une bouffée de fumée et peut-être un pigeon ou un lapin dans sa manche. Il proposerait bien cela aux Khans, mais il craignait qu'ils ne pensent que c'est une bonne idée. Ce serait de l'hérésie, bien sûr, mais qu'importait à ce stade, de toute façon. Il était déjà condamné à l'enfer.

Agenouillé au centre de la foule, Henry Shaw n'avait jamais rien connu de tel que cette ferveur religieuse collective. Il était agnostique, cynique et escroc de premier ordre, mais l'effet des mouvements rythmés, des corps serrés et de la récitation collective des prières publiques qui suivait était stupéfiant, et il s'est retrouvé pris dans l'émotion, peu importe à quel point il essayait de la combattre. Hystérie de masse ? Hypnose de groupe ? Quoi qu'il en soit, elle l'a pris à la gorge et ne l'a pas lâché. Shaw pouvait voir que les autres autour de lui étaient également en feu. Les rangées parallèles d'hommes, serrées les unes contre les autres, s'étendaient d'un mur à l'autre dans l'entrepôt caverneux. Comme ils le faisaient depuis leur enfance, ils se tenaient debout, s'agenouillaient, se prosternaient sur le sol, s'asseyaient, se relevaient et recommençaient encore et encore tandis qu'al-Zaeim les guidait à travers la sélection des prières de midi. Au fur et à mesure qu'il les guidait, ils devenaient un seul être unifié, répondant au calife par le corps et l'esprit.

Lorsque l'office s'est enfin terminé et qu'al-Zaeim est parti, Shaw est resté debout, abasourdi, et il s'est finalement retourné pour regarder la foule. La plupart des autres faisaient la même chose que lui, absorbant tout et savourant la dernière goutte d'émotion dans la pièce comme on tendrait les mains vers les braises mourantes d'un feu de camp avant de se détourner et de sortir dans la nuit froide et solitaire. Un à un, patiemment et poliment, ils commencèrent à sortir par les portes arrière de l'entrepôt. De nombreux soldats se saluent d'un signe de tête et se serrent parfois la main, reconnaissant les visages d'autres hommes du front. Une fois dehors, ils ont rassemblé leurs chaussures et leurs fusils, leurs grenades à main et leurs bandoulières de balles, qui avaient été soigneusement empilés le long du mur d'entrée du bâtiment, et se sont éloignés par groupes de deux ou trois.

En se retournant, Shaw a vu plusieurs fidèles se précipiter vers la porte latérale dans une tentative futile de rattraper le calife, peut-être pour lui poser une question, obtenir une bénédiction ou pour qu'il intercède dans une affaire personnelle ou autre. La raison n'a aucune importance. Deux gardes du corps costauds et Aslan Khan leur barrent la route. Personne n'était autorisé à suivre le calife - enfin, presque personne. Aslan fit signe à ses frères, Batir et Mergen, qui saisirent à nouveau Henry Shaw par un coude et le firent léviter à travers l'embrasure de la porte. Les deux gardes du corps acquiescèrent et s'écartèrent pour leur permettre de passer.

Personne dans la salle ne savait qui était l'étranger grand et mince avec les frères Khan, et ils savaient qu'il ne fallait pas le demander. Avec son teint clair, ses cheveux blonds et ses vêtements propres, il n'aurait pas pu paraître plus déplacé dans cette pièce remplie de combattants de rue sales, bruns et barbus. L'homme avait l'air d'être originaire d'Europe du Nord, peut-être britannique ou allemand, ou même américain. Mais que faisait-il ici avec leur calife, se demandaient-ils. C'est vraiment étrange. Ils ne savaient peut-être pas qui il était, mais tout le monde dans la salle savait qui étaient les trois frères Khan. Ils étaient les plus proches subordonnés du calife, ses hommes de main et ses hommes de main, comme certains osaient le suggérer - trois hommes qu'aucun homme sain d'esprit n'oserait contrarier.

Aslan prenant l'arrière, la courte procession des frères Khan continua dans un couloir faiblement éclairé, tourna à droite et passa une autre porte, pour finalement déboucher dans l'éclat lumineux de la rue au-delà. L'étranger blond dépassait d'une tête les deux plus jeunes Khans, mais ce n'était pas inhabituel. Comme la plupart des hommes et des femmes turkmènes, ils étaient bâtis comme de gros ouaouarons bien droits - avec une poitrine en tonneau et sans cou, des bras et des jambes musclés. Le Turkménistan est un petit pays aride situé à l'extrémité orientale de la mer Caspienne. Il était coincé entre l'Iran et l'Afghanistan au sud et l'Ouzbékistan, le Tadjikistan et les autres républiques d'Asie centrale de l'ancienne Union soviétique au nord, à l'est et à l'ouest, de l'autre côté de la mer Caspienne.

Les hommes turkmènes parlent rarement et ne sourient ni ne discutent jamais, s'en remettant toujours à leurs aînés. Élevés par des mères aimantes et battus tôt et souvent par des pères sévères et intransigeants, ils avaient la personnalité de leurs chiens de berger Alabai. Ces énormes mastiffs étaient puissants, courageux et intensément loyaux. Que les chiens aient pris les caractéristiques de leurs maîtres ou que les maîtres aient pris les caractéristiques des chiens, leur élevage s'est perdu quelque part dans l'antiquité.

Aux XVIIIe et XIXe siècles, les ancêtres d'Aslan Khan ont migré vers l'ouest à travers la haute et rude chaîne de montagnes du Kopetdag, et se sont installés dans le nord-est de l'Irak, où les autres tribus ont rapidement appris à les laisser tranquilles. Bien que leur nombre soit insignifiant, ils ont été intensément loyaux envers Saddam Hussein et sont devenus l'un des rares groupes tribaux en qui le dictateur avait confiance, en plus de ses propres parents à Tikrit.

En conséquence, il a placé les Turkmeni à un certain nombre de postes clés de sécurité et de défense au sein de son gouvernement. Aslan avait cinq ans de plus que ses frères et les dépassait d'une bonne tête, mais Batir et Mergen étaient à peine moins imposants et menaçants physiquement. Tous trois avaient des cheveux noirs bouclés, d'épaisses moustaches, des yeux sombres et encapuchonnés, et pouvaient déchirer un annuaire téléphonique de Bagdad en deux à mains nues. Ils ont suivi Aslan dans la Garde républicaine et venaient de terminer leur propre formation de pilote lorsque la deuxième guerre du Golfe a frappé, que le régime s'est effondré et que leurs carrières militaires ont pris fin brutalement.

Les Américains avaient gagné la guerre, mais ils ont vite perdu la paix. Aslan a été surpris de voir à quel point ils étaient incroyablement stupides et naïfs. Avec la disparition de Saddam et de son régime, les Américains pensaient que la démocratie allait simplement germer comme les fleurs sauvages du désert après une pluie de printemps. C'est le cas, mais elles se flétrissent et meurent rapidement sous le soleil brûlant de l'été. L'Irak avait une culture ancienne. C'était un État tribal, sectaire et policier, dont le peuple s'était toujours soumis aux hommes forts, aux dictateurs et aux rois. C'est pourquoi ISIS a attiré d'anciens officiers de la Garde républicaine pleins de talent, comme les frères Khan. En vérité, ISIS était les mêmes vieux politiciens et généraux irakiens qui faisaient la même chose, mais ils ont rapidement appris que la ferveur religieuse, les cagoules noires, les camionnettes avec des mitrailleuses lourdes montées à l'arrière, et la décapitation occasionnelle sur Al Jazeera et CNN se vendent beaucoup plus vite qu'un despote maussade et meurtrier.

Batir et Mergen Khan ont poussé Henry Shaw dans la rue latérale éclairée par le soleil. Après le discours intense et les prières de groupe, le professeur ne sentait même pas leur poigne ferme sur ses coudes ou la rue pavée poussiéreuse sous ses pieds. Peut-être avait-il passé trop de temps dans la chaleur de l'entrepôt, mais il avait l'impression de voler. Il n'avait aucune idée de l'endroit où les Khans l'emmenaient, mais s'ils relâchaient leur emprise sur ses bras, le professeur était persuadé qu'il se serait envolé.

Mais il n'avait pas besoin de s'inquiéter. Il n'allait nulle part où Batir et Mergen Khan ne voulaient pas qu'il aille. Aslan prit l'arrière, un 9 millimètres automatique accroché nonchalamment à son côté, tandis qu'ils avançaient avec assurance dans la rue étroite et tournaient le premier coin de rue. C'est là qu'une Mercedes poussiéreuse, vieille de dix ans, était garée, et qu'un autre de leurs tireurs les attendait, armé d'un AK-47. Il y avait trop de traîtres en ville, trop de toits où un assassin armé d'un fusil pouvait se cacher, et trop d'occasions de poser une bombe si une voiture restait longtemps sans surveillance.

Lorsqu'ils s'approchèrent de la Mercedes, Aslan fit un signe de tête à son homme, qui ouvrit rapidement les portes avant et arrière, posa sa main sur la tête de Shaw et le poussa à l'intérieur du siège arrière. Il se retrouve bientôt pris en sandwich entre Batir et Mergen Khan, tandis que le garde s'installe au volant, Aslan Khan sur le siège arrière et le calife entre les deux.

Il ne fallut pas longtemps à la puissante berline pour négocier le dédale de rues étroites et atteindre la route poussiéreuse qui les menait à une petite maison située à l'extrémité est de la ville. Elle ne comportait qu'un seul étage, avec un haut parapet autour du toit, et était construite en stuc rose pâle sur des blocs de béton. Indiscernable de la plupart des autres maisons du quartier ouvrier surpeuplé, elle était cachée derrière un solide mur de maçonnerie de deux mètres de haut et un portail en tôle qui entourait une petite cour avant, protégeant ainsi la maison de la route. La Mercedes s'arrête devant le portail et Mergen en sort rapidement. Il déverrouille le portail et l'ouvre suffisamment pour laisser passer la voiture. Il s'arrête pour regarder la route de haut en bas pour voir s'ils ont été suivis, mais ce n'est pas le cas.

À la fin du trajet, Henry Shaw était visiblement plus posé qu'au départ - posé, mais tout aussi excité. Aslan Khan est sorti et a tenu la porte d'entrée ouverte pour le calife, mais le professeur ne se tenait pas aux formalités. Il était déjà à moitié sorti et impatient de suivre al-Zaeim, jusqu'à ce qu'Aslan Khan l'arrête d'un doigt dans la poitrine.

"Un moment, s'il vous plaît, professeur. Il y a des hommes à l'intérieur avec des armes, qui n'apprécieront peut-être pas qu'un étranger à la peau pâle essaie d'entrer à l'improviste."

"Oh, oui, bien sûr, j'étais seulement..." Il laissa sa voix s'éteindre lorsqu'il réalisa à quel point il avait l'air stupide. Quelqu'un à l'intérieur a dû les regarder arriver, car la porte d'entrée de la maison s'est immédiatement ouverte, juste assez pour que le calife puisse passer. Un instant plus tard, Mergen prit Shaw par le coude et le conduisit à l'intérieur, tandis qu'Aslan demandait à Batir de faire demi-tour pour que la Mercedes soit face à la porte. En entrant, Shaw a regardé derrière lui. Batir était assis sur le siège du conducteur, le moteur en marche, sans doute dans l'éventualité où ils devraient partir rapidement.

CHAPITRE NEUF

Sherwood Forest, Caroline du Nord

La caractéristique la plus distinctive de la "ferme" de Bob dans la forêt de Sherwood était cette allée d'entrée longue d'un quart de mille, qui allait directement de l'autoroute à la porte d'entrée de la grande maison victorienne située au centre de la propriété. Bob et Linda ont été époustouflés dès qu'ils l'ont vue. Une rangée de grands chênes courait de chaque côté de l'allée, formant une voûte arquée au-dessus de la surface pavée, rappelant le plan d'ouverture de Tara dans *Autant en emporte le vent*. La maison elle-même était une maison victorienne blanche en pain d'épices, pas une grande maison géorgienne avec de hautes colonnes blanches comme dans le film ; mais cela a donné à Linda de nombreuses occasions de lui dire "Franchement, mon cher, je m'en fiche complètement".

C'est elle qui l'a baptisée "Forêt de Sherwood", car elle constituait la cachette idéale pour "Robin des Bois et sa bande de joyeux lurons", comme lui et ses hommes ont commencé à s'appeler en plaisantant, parce qu'ils volaient les escrocs et donnaient l'argent aux gens qui en avaient besoin, principalement par l'intermédiaire d'œuvres de bienfaisance pour les anciens combattants. La propriété de 600 acres appartenait auparavant à une compagnie d'assurance du Connecticut, dont le président devait avoir en tête la maison des Walton dans l'ancienne série télévisée d'Earl Hamner lorsqu'il l'a transformée en lieu de retraite pour son entreprise et en centre de conférence de haute technologie. La maison principale était une grande maison victorienne de huit chambres, à laquelle il a ajouté une aile de salles de réunion, une grande piscine, un système moderne de communication par satellite, un champ de tir intérieur, une piste de course, un héliport, un centre d'exercice, et une demi-douzaine de grandes granges et de dépendances éparpillées dans les arbres à l'arrière.

La maison elle-même s'élevait sur deux étages et demi, avec du pain d'épice blanc, des coupoles au sommet pointu et un toit de tôle à joint surélevé vert forêt caractéristique. Un profond porche couvert longeait la façade et les deux côtés et accueillait deux douzaines de chaises longues Adirondack blanches. Pendant ce temps, la propriété continue d'être une ferme en activité. Alors que certaines des dépendances continuaient d'abriter des semences et divers véhicules agricoles, les plus grandes avaient été converties en chambres d'hôtes supplémentaires et en centre de sécurité et de télécommunications. En outre, Ace, Chester et Koz ont installé quelques surprises de sécurité "surplus de l'armée" qui, selon eux, "sont tombées de l'arrière d'un camion de bananes" et que personne ne s'attendrait à trouver dans une ferme de Caroline du Nord à l'apparence innocente.

Le premier étage de la maison principale contenait le salon, la salle à manger principale, les salons, les salles de loisirs et une immense cuisine centrale. Les six chambres du deuxième étage avaient été transformées en deux grandes suites. Bob et Linda prirent l'une d'entre elles pour eux, ainsi qu'Ellie et le chat d'attaque d'Ellie, Crookshanks - Godzilla, comme Bob l'appelait quand Ellie ne l'écoutait pas. Ace Randall et sa nouvelle femme Dorothy, ex-capitaine de l'armée de l'air, ont pris l'autre suite, maintenant qu'ils sont tous les deux à la retraite. Il y avait aussi une annexe arrière séparée, qui ressemblait à une grange de l'extérieur, mais qui contenait une douzaine de chambres d'hôtes haut de gamme.

Certaines étaient individuelles, mais d'autres étaient disposées en pods ou en suites. Toute la moitié droite de l'annexe était affectée aux Geeks. Sasha l'avait baptisée "le centre de données des maîtres-espions du KGB". Leur vaste gamme de matériel informatique et de télécommunications, leur centre de divertissement et leur salle de jeux vidéo occupaient le premier étage de leur moitié, et leurs propres chambres à coucher se trouvaient au deuxième étage. Deux d'entre elles étaient des garçonnières pour Sasha et Ronald, tandis que la troisième avait une touche plus douce pour Jimmy et Patsy. L'autre moitié de l'annexe était destinée aux autres joyeux lurons lorsqu'ils venaient en visite.

Les Geeks étaient très exigeants, mais ils en valaient la peine. Dans les mois qui ont suivi la "bagarre" d'Atlantic City, ils ont dérobé plus de 27 millions de dollars aux casinos de la mafia à Atlantic City et aux comptes bancaires des familles Lucchesi et Genovesi à New York. Bob s'est dit que c'était le moins qu'ils devaient pour avoir jeté le sergent de première classe Vinnie Pastorini par la fenêtre du cinquième étage de leur casino de Bimini Bay. C'était tout de même une somme prodigieuse pour un modeste major de l'armée américaine. Il l'a rapidement divisée en contributions importantes à une série d'organismes de bienfaisance pour les anciens combattants, à l'achat et à l'amélioration de Sherwood Forest, et en primes pour les hommes et les femmes qui ont mis leurs fesses en jeu pour réaliser tout cela. Au fil du temps, le nombre de joyeux lurons est passé à dix-sept, dont ses sergents de la Delta Force, les femmes, les Geeks, le capitaine Ernie Travers, détective de la police de Chicago, le général de division Arnold Stansky, le sergent-major Pat O'Connor, Dimitri Karides le pickpocket, Ellie et, bien sûr, Godzilla le chat.

Ils ont intitulé Sherwood Forest au nom d'une fondation philanthropique internationale et obscure créée en Suisse, qui appartenait à son tour à une douzaine d'autres couches de sociétés et de cabinets d'avocats par l'intermédiaire de banques à Genève, Berne, aux Caïmans, au Lichtenstein et à Singapour. Les familles de la mafia new-yorkaise ne comprendraient jamais ce qui les a frappées ou qui les a frappées, car les Geeks avaient des années-lumière d'avance sur les sociétés d'investissement que la mafia utilisait à New York en matière de subterfuges et d'obscurcissements. Pourtant, Bob savait qu'il ne fallait pas les sous-estimer. La vengeance est un moteur puissant et les Gumbahs ont la mémoire longue. Comme toutes les cultures tribales, les Calabrais et les Siciliens étaient aussi connus pour leurs querelles de sang que les Sunnites, les Chiites, les Ghilzais et les Pachtounes. Et puis, une bande de vieux Deltas usés par le temps pouvait être rancunière comme les meilleurs d'entre eux. Tôt ou tard, cependant, les mauvaises personnes pourraient s'en prendre à lui, à sa famille et à ses amis, et Bob Burke n'allait pas permettre que cela se produise. S'ils devaient "aller au matelas", comme les Corleones, la forêt de Sherwood avait été construite pour leur fournir cette marge de sécurité.

Dès qu'il a acheté la grande ferme, il a invité quelques vieux amis de la CIA de Langley à venir passer un week-end autour de brats et de bières et à peaufiner la sécurité de ses bâtiments et de son périmètre. Ils étaient les meilleurs dans le domaine, mais avec plus de 600 acres de bois et de ferme ouverte, neuf bâtiments et une porte arrière à couvrir, la forêt de Sherwood était un défi. Ils ont installé un système intégré de fils invisibles, de clôtures laser, de capteurs, de détecteurs de mouvement, d'alarmes silencieuses, de caméras infrarouges et optiques, de serrures magnétiques et d'éclairage de secours. Comme la plupart des hommes d'un certain âge, Bob a fait ses études post-doctorales en gestion d'entreprise en regardant des rediffusions tardives du *Parrain*. Quelle que soit la question que tu te poses en matière d'organisation, de personnel ou de politique, Vito Corleone a la réponse. En matière de sécurité, le Don disait : "Les femmes et les enfants peuvent se permettre d'être négligents, mais pas les hommes." Comme d'habitude, le Don avait raison.

Cependant, pour ce qui est de participer à une autre "chasse au Gumbah", comme Ace aimait les appeler, c'était la dernière chose dans laquelle Bob Burke voulait s'impliquer à nouveau. Tout ce qu'il voulait maintenant, c'était se fondre dans la masse et disparaître. Plus de tirs, plus de bombes, plus de batailles. Il faudrait de la dynamite pour qu'il sorte des bois de Caroline du Nord et se batte avec qui que ce soit.

Au fil des semaines et des mois qui ont suivi leur installation à Sherwood Forest, Bob s'est senti de plus en plus à l'aise dans la grande ferme. Malheureusement, il avait toujours de grandes responsabilités à Chicago. Il reste président et président du conseil d'administration de Toler TeleCom. Bien qu'il dispose d'une excellente équipe dans la ville des vents pour gérer cette opération et que celle-ci ne lui demande que peu d'interventions directes, la taille et l'échelle des opérations de la société l'obligent à se montrer de temps en temps. Il devait également faire des visites à domicile au Pentagone pour garder les colonels de l'approvisionnement à Washington dans le droit chemin, mais le fait d'être un visiteur du week-end en Caroline du Nord est vite devenu ennuyeux. C'est alors qu'il a eu une révélation. Il a promu Maryanne Simpson, l'assistante exécutive de longue date d'Ed Toler, au poste de présidente, lui a donné, ainsi qu'à une demi-douzaine d'autres employés clés, de grandes quantités d'actions, et s'est retiré de la gestion quotidienne. Il est resté président du conseil d'administration, mais il pouvait faire ce travail en dormant, se rendant aux réunions et aux présentations deux fois par mois.

Malheureusement, il devait toujours voyager ; et lorsqu'il s'agissait de voyager, il était foncièrement frugal. Cela avait été inscrit dans son ADN par un père qui considérait comme un péché mortel de gaspiller l'argent de quelqu'un d'autre, qu'il s'agisse du gouvernement ou d'une entreprise. Son grand-père était encore pire. "L'intégrité, c'est ce que tu fais quand personne ne te regarde", disait Bob. La seule chose qu'il faisait avec l'argent de la société était de permettre à Maryanne de lui réserver des places en première classe, afin qu'il ait assez de place pour ouvrir son ordinateur portable, lire quelques rapports et utiliser son temps de façon efficace.

Le côté obscur des vols vers Chicago, bien sûr, c'est l'atterrissage à O'Hare. Le contrôle du trafic aérien faisait toujours entrer les gros avions à réaction dans l'aéroport dans le sens des aiguilles d'une montre, les amenant par l'ouest et sur la piste préférée de Bob, la L-110. C'était comme si les dieux de la tour savaient qu'il était à bord et prenaient un plaisir sadique à réveiller les mauvais souvenirs d'un vol de ce type l'année précédente. C'est pourquoi il insistait toujours pour que Maryanne lui trouve un siège dans l'allée et ne regardait jamais par la fenêtre. Une fois que les voyages sont devenus réguliers, il a encore abaissé son profil en vendant sa maison de ville d'Arlington Heights et en réservant des chambres dans une série d'hôtels d'affaires de chaîne sans nom.

"Ne t'inquiète pas", dit Linda en riant. "Les Gumbahs n'auraient jamais l'idée de te chercher dans des dépotoirs de ce genre. Cela heurterait leur sensibilité."

"Peut-être, mais j'ai appris à les aimer, et 'Dave' laisse vraiment la lumière allumée pour moi".

CHAPITRE DIX

Raqqah, nord de la Syrie

L'intérieur de la petite maison était aussi spartiate que son extérieur, avec un vieux canapé usé, deux chaises surchargées dépareillées, une petite table de cuisine, avec deux chaises de table à cartes branlantes. Des draps blancs avaient été cloués sur les fenêtres, laissant passer la lumière, mais guère plus. En plus de l'homme qui a ouvert la porte d'entrée, Shaw a vu deux autres hommes armés monter la garde à l'intérieur. L'un d'eux bloquait la porte voûtée qui menait aux chambres arrière, tandis que l'autre était assis à la table de la cuisine et feuilletait un vieux journal. Tous les trois étaient grands et musclés, vêtus de costumes sombres et de chemises blanches à col ouvert, avec des barbes sombres taillées de près. Ils portaient des AK-47 sans stock, à canon court, accrochés à leur cou par des lanières, avec la familiarité décontractée d'hommes qui savent s'en servir. Ils jetèrent un rapide coup d'œil évaluateur à l'étranger à la peau pâle, regardèrent Aslan Khan et retournèrent rapidement à ce qu'ils faisaient, ce qui ne semblait pas être grand-chose.

Pour Shaw, la maison semblait être utilisée de façon très passagère, très probablement par des hommes uniquement. Il y avait une pile de journaux en langue arabe sur la table de la cuisine, deux cendriers débordants et des sacs poubelles en plastique remplis de contenants de nourriture en polystyrène empilés dans le coin de la cuisine. La maison empestait l'ail et trop de cigarettes, et avait désespérément besoin d'une bonne aération, ce qui ne semblait pas près d'arriver. Quelques instants plus tard, Shaw entendit le léger bruit de pieds chaussés dans le couloir arrière. Il leva les yeux et vit le calife se faufiler devant le grand garde dans l'embrasure de la porte du couloir arrière, se glissant sous son bras comme un enfant espiègle. Le calife se séchait les mains sur une serviette et sortait apparemment de l'unique salle de bains de la maison. Il avait changé de vêtements et portait maintenant une dishdasha longue comme le sol, le vêtement extérieur ample et fluide qui était courant dans le monde arabe. Il semblait fait d'un coton bon marché, non décoré, du genre de ceux que l'on peut acheter dans n'importe quel marché de rue ou magasin local.

Shaw et lui échangent un regard, chacun faisant le point sur l'autre. Pour Shaw, il paraissait très ordinaire et beaucoup plus petit ici, à hauteur des yeux, que lorsqu'il se tenait sur l'estrade de la mosquée bondée. Shaw ne pouvait que supposer qu'il apparaissait aussi décevant et ordinaire au calife, mais il n'attendit pas de le savoir. Comme il l'avait prévu depuis des semaines, lorsque al-Zaeim s'est avancé pour le saluer, Shaw s'est immédiatement jeté par terre aux pieds du calife et s'est prosterné, le front contre le sol et les bras tendus le long du corps. Cela a stoppé net al-Zaeim dans son élan.

"Professeur Shaw, qu'est-ce que vous... ?" demanda nerveusement al-Zaeim en faisant un pas en arrière et en jetant un coup d'œil à Aslan Khan pour lui demander de l'aide, mais il n'en trouva aucune. De toute évidence, ils étaient tous deux abasourdis par les actions soudaines de l'Américain.

"Mon calife, je sais que vous ne pouvez pas comprendre, mais c'est quelque chose que je dois faire, quelque chose qu'on m'a... ordonné de faire".

"Ordonné ?" demande al-Zaeim en se penchant et en saisissant la main de Shaw. "Levez-vous, s'il vous plaît, professeur Shaw, s'il vous plaît. Ordonné par qui ?"

"Si je te le dis, tu vas penser que je suis fou", a répondu Shaw. "Tu vois, j'ai eu une vision. Non, j'ai eu la même vision, encore et encore. Il est venu à moi au milieu de la nuit, et..."

"Qui ? Qui est venu te voir ?" demande al-Zaeim, aussi inquiet que curieux. Ils avaient investi beaucoup de temps sur cet Américain, et apprendre maintenant qu'il pourrait être fou était déconcertant. "Dis-nous qui est venu te voir ? Qui a ordonné cela ?"

"C'était... c'était... An-Nasir Salah ad-Din Yusuf ibn Ayyub, mon calife".

La mâchoire d'Al-Zaeim se décroche en entendant le nom, mais c'est Aslan Khan qui prend la parole en premier. "Tu parles du grand Saladin ?" C'était le célèbre général arabe du douzième siècle dont les armées ont vaincu les Européens lors de la troisième croisade. Il les a chassés de Palestine, a repris Jérusalem et a même battu Richard Cœur de Lion, du moins dans les films. Un musulman dévot qui, grâce à sa bravoure et à son leadership militaire, a gravi les échelons pour devenir le premier sultan d'Égypte et de Syrie.

"Je sais ce que tu penses", a déclaré Shaw. "Saladin ? Mais je ne suis pas fou. Il est venu me voir au milieu de la nuit, encore et encore, pendant une semaine, et ça m'a fait peur. Tiens", dit Shaw en rabattant le col de sa robe ample sur son épaule, révélant une grande cicatrice et une ampoule qui suppure. "C'est comme si un éclair m'avait frappé", dit-il. Les deux hommes se penchèrent plus près et examinèrent la blessure, et leurs sourires s'estompèrent lentement. Ils n'avaient aucun moyen de le savoir, mais la grande cicatrice provenait d'un engin explosif improvisé en Irak, des années auparavant, et son couteau Ka-Bar chauffé au-dessus d'une canette de Sterno dans l'hôtel de Sanliafa avait fait le reste.

Al-Zaeim tendit la main et voulut toucher la plaie ouverte, mais il se retint. " Oui, je vois ", dit al-Zaeim en la fixant du regard. "Mais comment as-tu su de qui il s'agissait ? Comment as-tu su qu'il s'agissait du grand Saladin ?"

"Oh, c'était lui !" Shaw tremblait. "Il ressemblait exactement à ses photos dans tous les livres - grand, avec une barbe sombre et pointue, et il portait une redingote de soie blanche avec des broderies dorées, et un turban rouge couvert de perles."

"Il est venu te voir dans ta chambre, tu dis ?"

"Oui, c'était au milieu de la nuit, il y a trois mois. J'étais dans mon lit, je dormais profondément, quand quelque chose m'a réveillé. Un bruit ? Ou un mouvement ? Puis j'ai vu une faible lueur fumeuse, comme un nuage mince et vaporeux qui s'élevait au-dessus du pied de mon lit. Elle s'est agrandie, s'est densifiée et a gagné en luminosité, jusqu'à ce que quelque chose y prenne forme."

"Qu'est-ce que c'était ?" demande al-Zaeim, les yeux écarquillés. "C'était quoi cette chose ?"

"Un homme, un fantôme, grand et d'une pâleur mortelle, avec une barbe étroite et pointue. Il s'est matérialisé et a flotté au-dessus du pied de mon lit. Les fenêtres de ma chambre étaient fermées et l'air ne bougeait pas, mais sa redingote semblait scintiller et couler autour de lui. La chose la plus terrifiante de toutes, cependant, était l'épée brillante et dorée qu'il tenait dans sa main. C'était un cimeterre courbé et tranchant comme un rasoir, et il clignotait comme un éclair lorsqu'il le balançait d'avant en arrière au-dessus de ma tête."

"Un cimeterre ?" demande Khan, réalisant qu'il est lui aussi aspiré.

"Oui ! Je me suis redressée dans mon lit, sachant que ce devait être une sorte de rêve, c'est sûr ! Mais l'apparition semblait si réelle, si réaliste. J'avais passé la soirée à lire un texte d'histoire arabe médiévale sur les terres saintes pendant les croisades, et j'avais dû m'endormir. Le livre était encore ouvert à côté de moi sur le lit, et je n'avais même pas éteint ma lampe de lecture. L'image du texte doit être à l'origine de cet horrible rêve."

Khan s'est levé et a hoché la tête. "Oui, ça a dû être horrible".

"Je me suis frotté les yeux et j'ai essayé de m'en sortir, sachant qu'on ne peut pas rêver quand on est bien réveillé, mais le fantôme était toujours là, planant au pied de mon lit... et puis il a pointé son épée vers moi et j'ai crié : "Qu'est-ce que tu veux ?" ".

" "Toi ! " répondit-il en se rapprochant. 'Je suis venu pour *toi*. Tu es le Rédempteur ! Tu es mon épée,' dit-elle. 'Tu dois aller te prosterner devant le calife. Ta mission t'attend ! " me répéta-t-il, encore et encore. "

"Il t'a dit de te prosterner devant... moi ?" demande Al-Zaeim.

"Oui !" Finalement, il s'est éloigné et a disparu à nouveau dans son nuage. J'ai supposé que c'était un rêve ou un cauchemar, alors je me suis rendormi et je l'ai ignoré. Bien sûr, la nuit suivante, il est réapparu au pied de mon lit. Il m'a dit : "Toi, tu dois obéir ! Tu dois obéir", me dit-elle en me fixant du regard. Va te prosterner devant le calife comme je te l'ai dit, car ta mission t'attend. Le fantôme le répéta, plus fort et avec plus d'insistance cette fois, levant l'épée et la balançant au-dessus de ma tête, me menaçant à nouveau. C'est ton destin. Tu dois partir, c'est ton dernier avertissement !' "

"J'ai sauté du lit, mais il s'est à nouveau volatilisé. Quelqu'un jouait-il avec moi, me suis-je demandé ? Rapidement, j'ai fait le tour de la maison et vérifié les portes et les fenêtres, certain que quelqu'un était derrière tout ça. Un de mes élèves ? Ils n'oseraient pas. Un professeur jaloux ? C'est plus probable. Ou alors, c'était un mauvais repas qui se rebellait dans mon estomac, peut-être mon dîner ou une touche de moutarde qui avait mal tourné." Shaw a tiré cette idée de l'un de ses films en noir et blanc préférés, *Un chant de Noël*, le vieux film avec Alastair Sim. Shaw a remplacé les chaînes cliquetantes par un cimeterre, mais il s'est souvenu de la phrase de Scrooge sur "un morceau de bœuf non digéré, une tache de moutarde ?" et s'est dit que cela impressionnerait ces Arabes ignorants.

"Épuisée, je me suis finalement recouchée, mais j'ai eu la même vision la nuit suivante, la nuit d'après, et la nuit d'après. À chaque fois, le fantôme devenait de plus en plus agité, plus insistant et plus menaçant. Vraiment, j'étais terrifiée."

"Avec un fantôme vieux de huit cents ans qui te menace avec une épée ?" Aslan Khan glousse, essayant de retrouver son scepticisme. "Je crois que je peux le comprendre."

"Oui ! Mais la sixième nuit, j'en ai eu assez de ce type. Je suis allée dormir dans ma chambre d'amis à l'autre bout de la maison et j'ai fermé la porte à clé, pensant que le fantôme pourrait perdre son intérêt s'il ne me trouvait pas dans ma chambre."

"Et est-ce que ça a disparu ?" demande Al-Zaeim.

"Non. J'ai dû le mettre en colère. Il a traversé le mur et m'a crié : 'Va te prosterner devant le calife ! Prosterne-toi, car ta mission t'attend'. "

"Aller où ?" Je lui ai répondu en hurlant : "Quel calife ? "

"Il n'y a qu'un seul calife !", a-t-elle dit, "*le* calife de Raqqah !", a répondu l'apparition en tendant son cimeterre étincelant et en me touchant l'épaule avec la pointe de la longue lame courbée, ici !". dit Shaw en désignant la plaie qui suppure. "Lorsque l'épée m'a touché, c'est comme si j'avais été frappé par un éclair. Un éclat de lumière blanche pure a traversé la pièce et m'a projeté hors du lit."

" "Vas-y !" m'a-t-il encore crié. 'Montre au calife ma marque', m'a-t-il dit. 'C'est à cela qu'il te reconnaîtra.' C'est la dernière chose dont je me souvienne. Lorsque je me suis réveillé, je me suis retrouvé allongé sur le sol, à un mètre cinquante du lit. Le soleil du matin entrait en cascade par la fenêtre de ma chambre et mon téléphone sonnait sur la table de nuit. J'ai fini par me retourner et j'ai pu atteindre le cordon du téléphone. Chaque muscle de mon corps me faisait mal, mais j'ai tiré sur le cordon et il est tombé de la table, manquant de peu ma tête. C'était mon assistante pédagogique qui me disait que j'avais raté mon cours de dix heures. J'avais dormi pendant tout ce temps et je n'avais aucune idée de ce qui m'avait frappé. Je me suis finalement levé et j'ai trébuché dans la salle de bains. C'est là que j'ai vu cette énorme marque de brûlure à vif sur mon épaule. J'étais choqué, je peux te le dire."

Shaw lève la tête, ses yeux vont et viennent entre al-Zaeim et Khan.

"C'est alors que je me suis souvenu de ce que le fantôme avait dit. 'Va te prosterner devant le calife !' a ordonné sa voix. 'Prosterne-toi. Ta mission t'attend', et tout m'est revenu en mémoire. C'est alors que j'ai compris ce que je devais faire. Le fantôme avait tout dit, quand il m'a dit : 'Il n'y a qu'un seul calife, le calife de Raqqah !'. Alors me voilà."

Shaw avait l'air pathétique alors qu'il s'affaissait sur le sol devant eux. C'était un escroc doué, et il avait mis tout ce qu'il avait dans cette histoire grotesque, sachant que plus le mensonge était gros et plus il paraissait ridicule, plus il était facile à vendre. Qu'est-ce que ces salauds de Chicago lui avaient dit ? Qu'il n'était pas "assez radical" ? Shaw essaie de ne pas rire. Quand tout cela serait terminé, il afficherait dans le journal du campus une photo de lui se tenant sur les lignes de combat ici à Raqqah, le bras autour du calife, le drapeau noir flottant derrière eux, tenant un AK-47 bien haut au-dessus de sa tête. Serait-ce assez radical pour eux ?

Al-Zaeim a posé ses mains sur la tête de l'Américain, sachant qu'il n'y avait pas grand-chose en matière de "miracles" religieux, de "guérisons" ou de simulacres de conversions qu'il n'avait pas vu, dont il n'avait pas entendu parler ou dont il n'avait pas fait partie au cours des trois dernières années. Ils l'ont laissé très déprimé. Oh, il *croyait*, probablement plus que la plupart des hommes, mais il avait toujours été un homme modeste et pratique. Il était un simple prédicateur, pas un faiseur de miracles. En regardant Shaw, cependant, il se souvenait des histoires qu'on racontait aux enfants dans les écoles religieuses de la madrasa, à propos de miracles et de grandes batailles, et de la façon dont Allah descendait et touchait les personnes les plus singulières. À cette époque, les gens croyaient à ce genre de choses. Quelque part sur le chemin sinueux qui mène d'hier à aujourd'hui, al-Zaeim avait cessé de croire, mais ses yeux voyaient la vérité. Quelque chose était en effet arrivé à ce camarade Shaw, quelque chose qu'Abu Bakr al-Zaeim avait espéré ne jamais avoir à affronter - un miracle et un vrai croyant.

C'est alors qu'Aslan Khan rompt le charme. "Cela va peut-être vous surprendre, professeur, mais nous savons que vous dites la vérité", dit-il, impressionné, mais n'ayant pas l'intention de laisser cet Américain les escroquer. "Voyez-vous, le grand Saladin est également apparu au calife la semaine dernière, ici à Raqqah, alors qu'il dormait."

"Il l'a fait ?" Shaw fronce les sourcils, sentant que son plan risque de mal tourner.

"Oh oui, n'est-ce pas, mon calife ?" Aslan Khan verrouilla ses yeux sur ceux d'al-Zaeim, avant que le petit homme ne puisse ouvrir la bouche et dire ce qu'il ne fallait pas. "Saladin lui a dit qu'il nous envoyait un homme pâle et érudit de l'Ouest, destiné à faire de grandes choses. Il a dit que nous le reconnaîtrions à la marque qu'il lui laisserait."

Le calife n'était pas sûr de ce que Khan était en train de faire. Il fixa profondément les yeux de l'Américain, et ce qu'il vit l'effraya. Au cours des trois dernières années, il avait regardé dans les yeux des soldats, des fermiers, des paysans, des meurtriers, des hommes intelligents, des hommes arrogants et des hommes stupides, mais il n'avait jamais regardé dans les yeux de quelqu'un qui avait été touché par la main de Dieu, et il ne savait pas quoi lui dire.

Aslan Khan était cependant loin d'être aussi réticent. "C'est en effet un lourd fardeau que vous portez, professeur. En tenant compte de ce que le vieux général a dit au calife, lui et moi avons décidé d'une mission très importante pour vous. Nous en avons discuté ce matin même. Elle est si importante que l'avenir du califat repose désormais entre vos mains."

"Je le savais !" Shaw bondit sur ses pieds, essayant de reprendre le contrôle. "Quand le grand m'a touché avec son épée, j'ai été refait, j'ai rené. C'est pour cela qu'il m'a envoyé ici, pour combattre à tes côtés et t'aider à chasser les infidèles de tes terres, pour aider à établir le califat."

"C'est très courageux de ta part de dire cela", dit al-Zaeim en tendant la main et en prenant les mains de Shaw. " Cela montre que les feux brûlent en toi. Mais Allah a un travail bien plus important pour toi que de porter un fusil sur le champ de bataille. Ce serait gâcher une très grande opportunité."

"Mais je suis un Marine ! Tu as entendu ce que j'ai fait aux Syriens hier. Dix d'entre eux. I..."

"En effet, vous êtes un combattant émérite, un Marine, comme vous dites, et cela ne fait aucun doute", le coupa Khan avant qu'il ne puisse aller plus loin. "Mais vous devez écouter le calife, professeur. Le fantôme du grand général vous a parlé d'une mission, mais elle n'est pas ici, sur *notre* champ de bataille ; elle est chez vous, sur le vôtre."

"Aslan et moi discutons depuis que le grand Saladin m'a parlé pour la première fois", al-Zaeim s'est engouffré dans la brèche et a pris les devants. "Les fantômes sont des signes d'Allah, et nous ne pouvons pas désobéir".

"Vous êtes un Américain, originaire de Caroline du Nord, de Fayetteville. Vous vivez là, au milieu de ce nid de vipères", poursuit Khan. "Avec vos cheveux blonds, vos yeux bleus et votre peau claire, avec votre passeport, vous pouvez aller là où nous ne pouvons pas aller et faire ce que nous ne pourrions jamais faire. Alors, parle-nous un peu plus de cette université où tu travailles près de Fort Bragg."

"Eh bien, ce n'est pas une université, simplement un petit collège, le Blue Ridge College".

"Ah, oui, mais c'est à Fayetteville, n'est-ce pas ?" demande al-Zaeim avec un mince sourire.

Shaw les regarde fixement. " Je vois que vous avez entendu parler de Fayetteville ", dit-il, perplexe.

"Oh, oui, nous le connaissons bien... ainsi que votre Fort Bragg. Nous le connaissons bien... ainsi que votre Fort Bragg," Aslan Khan se tourne et regarde al-Zaeim ; les deux hommes échangent un signe de tête.

"Eh bien, ce n'est pas *mon* Fort Bragg", dit Shaw en riant et en essayant de les corriger.

"Peut-être, mais c'est la patrie de la 82e division aéroportée, du commandement des opérations spéciales, et même de la force Delta, n'est-ce pas ?" Khan lui demande, sans se décourager alors qu'il égrène les noms. "Tu connais sûrement ces diables ?"

"Moi ? Eh bien, pas vraiment. J'étais un marine... Semper Fi", tente-t-il de répondre sans conviction.

Les deux autres hommes se sont regardés un instant. "Mais nous avons cru comprendre que vous enseignez aussi là-bas, sur la base de l'armée ?" Aslan Khan l'interrogea.

"En fait, ils appellent ça un poste". Shaw le corrige. "Et oui, j'ai des soldats dans mes classes, surtout dans les cours du soir. En fait, j'étais censé donner un cours au poste ce trimestre, mais quand je ne me présente pas..."

"Vous devez vous présenter, professeur", lui a dit Khan. "Nous comptons là-dessus".

"Mais je suis venu ici pour me battre, pour être à vos côtés sur le champ de bataille contre les Croisés et les infidèles", leur a dit Shaw. "Je ne veux pas... enseigner".

"Nous savons que ce n'est pas le cas", le rassura al-Zaeim en lui prenant la main, en l'aidant à se lever et en le conduisant jusqu'au canapé. Il plaça Shaw d'un côté, tandis qu'il prenait l'autre, et Aslan Khan tira une chaise et les rejoignit. "Mais il y a des moments où nous devons tous ouvrir nos cœurs et nos esprits et entendre ce qu'Allah nous dit vraiment, et non ce que nous croyons entendre."

"Bien sûr, bien sûr, mais..."

Khan se rapproche et lui dit : "J'ai servi dans la Garde républicaine pendant deux guerres, professeur, et je sais à quel point le métier de soldat est difficile dans n'importe quelle armée, même dans votre corps des Marines. Les hommes deviennent mécontents de leur sort, de leur solde et de leurs conditions de vie, et des choses qu'ils sont obligés de faire dans des guerres lointaines et étrangères. Je pense que c'est particulièrement vrai pour tes soldats noirs, les Hispaniques et d'autres personnes opprimées, comme les musulmans nés aux États-Unis. Penses-tu que l'un d'entre eux serait sensible à notre cause ?"

"Aslan fait preuve de délicatesse", sourit al-Zaeim en se penchant plus près. "Penses-tu pouvoir recruter l'un d'entre eux - les Noirs, les Musulmans, ou tout autre soldat mécontent, ceux qui sont maintenant dans l'armée, ceux qui en sont peut-être sortis ?"

"Ce que le *calife* veut dire", poursuit Khan, "c'est que tu penses pouvoir les recruter et former une cellule ISIS dans ton Fayetteville ?".

Shaw fronce les sourcils, et ses yeux font des allers-retours entre les deux hommes au fur et à mesure que leurs paroles s'imprègnent. "Une cellule ISIS ?" demande-t-il, alors qu'il comprend enfin ce qu'ils attendent de lui.

"Oui, en Caroline du Nord, dans la base de l'armée", confirme al-Zaeim en regardant Khan pour obtenir son soutien. "Ils forment ces tueurs là-bas et les envoient ici pour nous attaquer - les Rangers, la Delta Force et le reste. Tu ne le sais peut-être pas, mais ils ont essayé de tuer le calife la nuit dernière, ici à Raqqah. Ils ont envoyé la force Delta en hélicoptère au milieu de la nuit, et ont attaqué la maison où il se trouvait. Ils essayaient de l'assassiner, mais nous avons appris leurs plans et l'avions déplacé juste avant qu'ils ne frappent."

"Nous en avons eu assez d'eux", dit Aslan Khan en se penchant en avant. "Le temps est venu de leur rendre la pareille".

Shaw y réfléchit un instant, son esprit s'emballant. "Je euh, je suppose que je pourrais faire quelque chose comme ça", concéda-t-il finalement.

"C'est excellent, professeur !" Khan sourit : "Parce que vous nous seriez bien plus utile là-bas que vous ne le serez jamais en restant ici. Mais dites-moi, ce Blue Ridge College qui est le vôtre, est-ce qu'ils 'gardent un œil sur vous', comme vous dites, vous les Américains ?"

"Le collège ?" Shaw a gloussé. "Non, non, ils n'oseraient pas. Nous avons ce qu'on appelle la 'liberté académique'. Plus j'agis de façon scandaleuse, plus je crache sur le drapeau, j'insulte le gouvernement, je crie au capitalisme et à l'impérialisme, ou j'appelle à une révolution, plus ils ont peur de moi. Mais... tu veux que je retourne là-bas ? En Caroline du Nord ?" demande Shaw, l'air profondément déçu. "Je n'avais pas prévu... de faire ça".

"Mais si tu le fais, ce sera avec un nouveau but et dans le cadre d'une mission vraiment significative qui peut décider de la guerre que nous menons contre les infidèles", l'a encouragé al-Zaeim.

"Allah a horreur du gaspillage, professeur", ajoute Khan. "C'est pour cela qu'il vous a envoyé ici à nous en ce moment même, que la vision du grand Saladin est apparue devant vous et moi, et qu'il vous a touché avec son épée. Nous avons des milliers d'hommes qui peuvent aller dans les tranchées, se battre et mourir. Ce que nous n'avons pas, c'est un homme comme toi qui peut retourner en arrière et marcher parmi nos ennemis."

"Regarde-toi", lui a dit al-Zaeim. "Tu es un professeur d'université américain, blond aux yeux bleus. Oserais-je dire, ce qu'on appelle une 'tête d'œuf' ? Je ne veux pas vous offenser. Nous avons aussi de tels universitaires dans notre pays ; et personne ne les prend au sérieux. Ai-je raison ?"

Khan a tendu la main et l'a posée sur le genou de Shaw. "Ne soyez pas offensé, mon jeune ami. Vous avez été envoyé ici par Allah lui-même, parce que vous êtes précisément l'homme qu'il faut, au moment qu'il faut et à l'endroit qu'il faut."

"Tu es l'un d'entre eux", dit al-Zaeim. "Tu peux entrer librement dans cette fosse aux serpents où se cachent tous leurs chefs des opérations spéciales. Ce sont eux qui sont dangereux, les maîtres criminels qui dirigent les combats ici tous les jours. Grâce à ton leadership, aux bons hommes qui t'entourent et au bon plan, tu peux les frapper de l'intérieur, tuer leurs officiers, déchirer leur cœur, semer le doute et le mécontentement dans leurs rangs, et mettre un terme à toute leur opération."

"Êtes-vous cet homme, professeur ? Êtes-vous ce chef ?" Aslan Khan a exigé de savoir.

"Oui, oui !" Shaw se leva d'un bond en souriant, comme si un nuage sombre s'était soudain détaché de lui. "Je suis. Je suis ce chef !"

"Excellent !" Khan s'empresse de répondre. "Nous voulons que tu restes ici avec nous pendant quelques jours, le temps que nous réglions les détails. Au final, ce sera une tâche bien plus importante que celle que tu avais en tête, crois-moi. Tu seras le chef de notre cellule et la pointe de *notre* épée."

"Je comprends. Oui, je comprends maintenant."

"Et tu ne seras pas seul en Caroline du Nord", lui dit Khan. "Mes deux frères, Batir et Mergen, vous rejoindront bientôt".

Shaw l'a regardé et a froncé les sourcils. "Mais ce sera ma cellule ? A moi de diriger, comme tu l'as dit ?"

"Bien sûr", sourit Aslan Khan en le rassurant. "Allah leur a fixé une autre tâche, tout aussi importante, que nous planifions depuis de nombreux mois", a ajouté Khan en joignant ses mains et en entrelaçant les doigts. "À l'image de ces mains et de mes doigts, lorsque les deux plans seront réunis et que nous frapperons, ce sera un coup puissant que les Américains n'oublieront jamais !"

CHAPITRE ONZE

Sherwood Forest, Caroline du Nord

Lorsque Bob Burke a déposé ses papiers de retraite sur le comptoir du service du personnel à Fort Bragg, cela a choqué beaucoup de monde, et pas seulement l'armée. Son grand-père, sergent-major de la Seconde Guerre mondiale, qui a servi trente ans dans les troupes aéroportées et s'est fait tatouer l'emblème "AA" de la 82e et un parachute sur les fesses, n'a jamais compris. Son père, colonel et vétéran du Vietnam, l'a probablement compris, mais ne voulait pas l'admettre. Cependant, qu'ils pensent qu'il avait raison ou tort, tout le monde savait qu'il avait gagné le droit de faire ce qu'il voulait sans être remis en question.

Il aurait été facile de rejeter la faute sur sa première femme, Angie Toler, "cette... tentatrice !", comme l'appelait sa mère. Ils se sont rencontrés alors qu'il était en repos à Hilton Head après son dernier déploiement particulièrement sanglant en Afghanistan. C'était une superbe blonde au visage de mannequin new-yorkais, au corps d'athlète professionnel et au tempérament de tornade du Kansas. Lorsqu'ils se sont rencontrés, les étincelles ont jailli comme l'acier sur le silex.

Une semaine plus tard, elle a traîné Bob dans le bureau de Toler TeleCom de son père à Chicago et l'a présenté comme son fiancé. Ed avait déjà entendu cela de nombreuses fois, et il est resté étonnamment calme, supposant qu'il s'agissait encore d'une fois de sa fille qui faisait une autre de ses nombreuses blagues tordues. D'habitude, il s'agissait d'un autre joueur de tennis professionnel aux dents longues ou d'un homme avec plus de tatouages que de cerveaux qu'elle avait rencontré dans un bar branché de River North. Ce nouveau poisson, cependant, n'aurait pas pu être plus différent. En se levant et en contournant son bureau, Ed s'est retrouvé face à un jeune homme petit et compact qui savait comment regarder un autre homme dans les yeux et lui serrer la main. Sa poigne était comme un étau, mais ces yeux ! Ils étaient d'un noir de jais et puissants, donnant à Ed l'impression qu'il fixait les deux canons d'un fusil de chasse. Et lorsque ses yeux se sont fixés sur ceux d'Ed Toler, le jeune homme a clairement montré qu'il observait l'homme plus âgé tout autant qu'Ed l'observait lui.

Pour couronner le tout, Angie l'a présenté comme un major de l'armée fraîchement rentré d'Afghanistan. Un major de l'armée ? Avec sa fille casse-pieds ? Mais qui est donc ce type ? se demande Ed. Et qu'est-ce qu'Angie essayait de faire cette fois-ci ? Elle avait ses deux bras enroulés autour de lui, comme si elle n'avait pas l'intention de le lâcher, et cette expression de "chat satisfait et endormi" qui disait à Ed exactement ce qu'ils avaient fait tous les deux pendant tout le week-end. Il avait déjà vu ce regard sur elle des dizaines de fois, et rien de ce que faisait Angie ne le surprenait plus. C'était une femme adulte, comme elle le lui avait clairement fait comprendre des années auparavant, et elle allait faire tout ce qu'elle voulait, surtout s'il n'aimait pas ça !

S'opposer, se plaindre ou même lui donner le moindre signe de désapprobation ne ferait qu'empirer les choses. Après avoir regardé plus longuement sa dernière conquête, Ed s'est mis à jeter un coup d'œil dans son bureau à la recherche de la caméra vidéo cachée qu'elle avait dû placer quelque part pour l'enregistrer en train de se ridiculiser. Après tout, c'était forcément une blague, n'est-ce pas ? Celui-ci ne correspondait pas du tout à son moule. Surtout ces cicatrices sur son visage, ses bras et ses mains. Des cicatrices ? Il ne fait aucun doute qu'il y avait une histoire douloureuse derrière chacune d'entre elles, laissant Ed se demander combien il y en avait d'autres qu'il ne pouvait pas voir.

Cela a pris quelques jours, mais plus Ed apprenait à connaître ce type et à comprendre ses capacités, plus il savait qu'il pourrait être exactement le chef qu'il recherchait. Angie ne le savait pas encore, mais la santé d'Ed était chancelante. Il cherchait désespérément quelqu'un qui pourrait reprendre son entreprise, la diriger vers l'avenir et protéger les emplois de ses employés, que ce soit ou non ce que sa fille avait en tête lorsqu'elle l'a traîné au bureau.

Pourtant, Ed Toler n'était pas complètement stupide. Il avait fait sa part de contributions politiques au fil des ans et avait quelques relations à Washington. Comme les jours passaient et qu'Angie ne mettait pas ce nouveau poisson de côté comme elle l'avait fait pour tous les autres, Ed prit le téléphone et appela son député local. Il détestait cette race de pantouflards et d'égoïstes, mais de temps en temps, ils avaient leur utilité. "Barney, Ed Toler à l'appareil, commença-t-il. "Je me demande si vous pouvez demander à l'un de vos assistants de faire une petite recherche pour moi. Ça ne devrait pas être long. Tu vois, il y a ce type..."

Deux jours plus tard, le membre du congrès a rappelé en riant nerveusement. "Ed, euh, je ne sais pas dans quoi ta fille sauvage t'a embarqué cette fois-ci, mais la plupart des dossiers personnels de ce type en 201 ont été expurgés."

"Rédigée ? Qu'est-ce que ça veut dire ?"

"Cela signifie que quelqu'un a pris un gros stylo marqueur noir et a tracé des lignes à travers tous les bons éléments. Dans le cas de ton major Burke, c'est à peu près tout ce qu'il y a dans ce fichu dossier."

"Mais pourquoi feraient-ils cela ?" Ed a demandé, ne comprenant pas.

"En un mot, des affaires de sécurité nationale de grande envergure".

"La sécurité nationale ? Tu veux dire que tu n'as rien pu découvrir ?"

"Je n'ai pas dit cela. Étant donné notre 'amitié', j'ai appelé un colonel que je connais au Pentagone. Il a jeté un coup d'œil dans le vrai dossier du major Burke. Quand il m'a rappelé, il m'a dit que toi et moi pourrions finir à Guantánamo accrochés à un chargeur de batterie si nous continuons à fouiner."

"Ce petit gars ? Tu veux dire que c'est une sorte de super espion ou quelque chose comme ça ?"

"Non, ce n'est pas un espion. Ton gars est la troisième génération de l'armée, et il a été diplômé de West Point en tant que commandant des cadets. Ce n'est pas rien. Et il est dans l'infanterie, donc il est probablement dans les opérations spéciales. Et bien que le dossier soit en grande partie vide, il contient une liste des médailles qu'il a gagnées - une DSC, trois Silver Stars, des purple hearts, et un tas d'autres que tu ne trouveras pas dans une boîte de Cheerios."

"Alors, c'est un soldat professionnel, un héros de guerre ?".

"Probablement l'un des plus grands, mais nous ne le saurons jamais, car tout est classé".

"Avec mon Angie ? Je ne sais pas si je dois rire ou pleurer."

"Tu es en sécurité avec l'un ou l'autre, il suffit de ne pas l'énerver".

Trois mois plus tard, le mariage de Robert T. Burke et d'Angela Marie Toler a failli détruire l'un des country clubs les plus chics de Wheeling, dans l'Illinois, en présence d'un grand nombre de ses camarades du 82e régiment aéroporté de Fort Bragg, du 77e régiment de Rangers, des opérations spéciales et du Delta. Les gars de l'armée de l'air voulaient même prendre un C-130 et faire un "saut" d'entraînement sur le terrain de golf, mais le club ne l'a pas permis. Malheureusement, ce que le *Daily Herald de la* banlieue nord-ouest a appelé "le mariage de l'année" ne s'est pas avéré moins incendiaire et éphémère que le mariage qui a suivi. Pendant qu'il durait, cependant, les jeunes mariés étaient "plus chauds qu'une pousse de poivron", comme l'ont dit Nancy Sinatra et Lee Greenwood.

Angie savait ce qu'elle voulait, mais son père savait aussi ce qu'il voulait. Il a continué à faire pression jusqu'à ce que "toutes les étoiles soient alignées" et a finalement réussi à convaincre son nouveau gendre que les défis et les opportunités de Toler TeleCom valaient la peine qu'il y consacre du temps. Angie aussi pouvait être "exceptionnellement persuasive", mais Bob se tenait déjà debout, les orteils suspendus au bord du précipice, depuis très, très longtemps. C'est cette dernière opération ratée en Afghanistan qui a été la goutte d'eau qui a fait déborder le vase. Il est retourné à Bragg, a déposé ses papiers et n'a jamais regardé en arrière.

Ed avait créé Toler TeleCom à partir de rien. Il s'agissait d'une entreprise de développement de logiciels de télécommunications de haute technologie en pleine croissance, située à Schaumburg, dans l'Illinois, à l'ouest d'O'Hare, qui fournissait des logiciels de télécommunications, du matériel spécialisé et des services de programmation à un large éventail d'entreprises du secteur privé. Ces dernières années, Ed s'est laissé convaincre par Angie de poursuivre les contrats militaires du ministère de la Défense. De l'extérieur, le travail du ministère de la Défense semblait assez simple et très lucratif ; et tout ce qu'Angie voyait, c'était la partie lucrative. Il a fallu environ six mois à Ed pour se rendre compte à quel point cette entreprise pouvait être féroce et sournoise ; mais il avait alors obtenu quelques contrats, recruté du personnel et il était trop tard pour faire marche arrière. Il détestait chaque fois qu'il devait se rendre à Washington et faire les "deux pas" avec les colonels chargés de l'approvisionnement, mais il était coincé.

Pour son premier jour chez Toler TeleCom, Bob s'est présenté à l'heure au "0-7-100". Il a dû convaincre un agent de sécurité de le laisser entrer dans le bâtiment. Les seules personnes qu'il a trouvées à l'intérieur étaient Ed et son assistante de direction Maryanne Simpson. Apparemment, ils étaient les deux seuls à être entrés aussi tôt, et Bob allait en faire trois. Lorsque Maryanne lui a demandé comment il prenait son café, il s'est empressé de répondre : "Chaud, noir et souvent, Madame."

Elle sourit. "Une question idiote, n'est-ce pas ? Et c'est Maryanne."

Ed aimait son entreprise et ses employés. Il aimait aussi sa fille, mais Angie était fille unique et aussi gâtée que possible. Elle voyait Toler TeleCom comme une grosse tirelire rose, et elle avait l'intention de la réduire en mille morceaux et de s'emparer de l'argent à la première occasion. Tout ce qu'elle attendait de Bob, à part qu'il soit un Superman au lit, c'était qu'il reste en dehors de son chemin. Après tout, pourquoi ne le ferait-il pas ? Il ne connaissait absolument rien aux télécommunications, ni aux affaires d'ailleurs. Après ce qu'il avait vécu au cours des douze dernières années, tout ce que son nouveau "boy toy" avait à faire, c'était de s'allonger et de profiter du voyage. Dommage qu'elle n'ait jamais parlé de tout cela avec Ed ou Bob. Un "animal domestique" ? Personne n'aurait droit à un tour gratuit à Toler TeleCom en épousant sa fille. Il a fait suivre à Bob un programme de formation qui lui a appris à connaître l'entreprise de fond en comble, du balayage des sols dans l'entrepôt à la préparation des commandes, en passant par l'assemblage, la réparation des équipements, la conception des circuits, le service à la clientèle, les ventes, le marketing, les contrats fédéraux et les finances.

Ce n'est pas ce que la "féroce et redoutable" Angie avait en tête. Plus Bob passait de temps au bureau et plus il excellait dans son travail, plus leur relation se dégradait rapidement. C'est l'une des raisons pour lesquelles le mariage n'a pas dépassé le premier anniversaire, mais le travail, oui. Il avait gagné le respect des employés, des syndicats et des banques, et s'était mérité le titre de vice-président exécutif, ce qui avait mis Angie dans une colère encore plus violente.

Depuis son lit d'hôpital, peu avant sa mort, Ed a nommé Bob président de la société. Bob et Angie s'étaient séparés quelques mois auparavant et elle ne pouvait rien y faire, à part crier et demander le divorce. Les relations de Bob avec les principaux clients, prêteurs et employés de l'entreprise étaient solides, et elle ne pouvait rien y faire non plus. Pourtant, même s'il était président du conseil d'administration, chaque fois qu'il rendait visite à des clients et leur tendait une de ses cartes de visite Toler TeleCom, ils supposaient que le jeune homme légèrement bâti devait être "l'homme du téléphone", qui était venu réparer leurs téléphones.

Après avoir déménagé à Chicago, Bob a accroché ses uniformes de l'armée au fond du placard et a fermé la porte sur ce chapitre de sa vie, pensant qu'ils ne lui iraient plus au bout de six mois. Il avait lu quelque part que c'était la demi-vie des vieux uniformes et des mauvais souvenirs, comme ceux qu'il avait ramenés d'Irak et d'Afghanistan. Ils continuaient à ricocher dans sa tête, lui laissant espérer qu'un jour ils apprendraient à s'effacer dans le placard avec les uniformes.

Malheureusement, lorsque "l'homme au téléphone" est venu en aide à une demoiselle en détresse à Chicago, il s'est retrouvé aux prises avec la tristement célèbre famille criminelle DiGrigoria de la ville. Trois mois plus tard, le mariage de Bob et Linda n'a pas eu lieu dans un country club huppé comme le précédent. Il s'agissait d'un mariage militaire en bonne et due forme dans le nouveau centre de conférence de Fort Bragg, avec de vieux amis. Lorsqu'ils sont rentrés à Chicago, il était déterminé à ce que rien de tel ne se reproduise. Plus d'accrochages, plus de bagarres, plus de coups de feu. Après tout, il avait maintenant une famille et une entreprise à gérer.

Trois mois plus tard, il reçoit un coup de téléphone au milieu de la nuit. L'un de ses sous-officiers Delta de longue date, Vinnie Pastorini, avait accumulé de sérieuses dettes de jeu à Atlantic City. Le temps que Bob arrive sur place pour payer les marqueurs, Vinnie avait mystérieusement piqué une tête par la fenêtre du cinquième étage d'un casino de grande hauteur. Un accident ? C'est peu probable. Un suicide ? Encore moins. Non, si Vinnie s'est envolé par la fenêtre, c'est qu'il avait de l'aide ; et quand tu fais ça à un Delta, la vengeance va être une saloperie. C'est ce genre de fraternité. Et pour ce qui est de "l'homme au téléphone" ? Si les crétins de la mafia à New York avaient eu la moindre idée de qui ils avaient en face d'eux, ils n'auraient jamais touché à un Delta pour commencer. Ils se seraient enfuis à Brooklyn pendant qu'ils en avaient l'occasion.

CHAPITRE DOUZE

Raqqah, nord de la Syrie

Henry Shaw a passé les quatre jours suivants enfermé à l'intérieur de la petite maison avec les Khans, les trois gardes et Abu Bakr al-Zaeim, se faisant cuisiner sur les stratégies, les tactiques, les techniques, les armes et les explosifs. Les voies de sortie normales d'ISIS de la Syrie étaient lentement fermées et leurs ennemis resserraient inexorablement l'étau autour de Raqqah, étranglant l'approvisionnement d'ISIS en nourriture, en armes et leur source de vie, les volontaires motivés. Ainsi, si la mission de Shaw devait accomplir quoi que ce soit, il devait agir rapidement et frapper fort les Américains ; car une fois Raqqah tombée, le califat s'effondrerait et ne serait plus qu'un souvenir. Malheureusement, alors qu'ils voulaient maintenant que Shaw retourne en Amérique le plus rapidement possible, il n'avait pas de passeport, pas de papiers et peu de vêtements, tout ce qu'il avait laissé à l'hôtel de Sanliafa. La police secrète turque, le MIT, avait saisi tout cela, y compris son passeport, et aurait prévenu le bureau américain du FBI à Ankara. À l'heure qu'il est, sa photo serait affichée à chaque poste frontière et à chaque aéroport de Turquie, d'Edirne à Yuksekova, et dans toute la région.

Lorsqu'il a fait part de ces problèmes à al-Zaeim, le calife les a écartés d'un geste de la main, comme s'il s'agissait de détails techniques mineurs dont Khan et ses hommes s'occuperaient. " Ne craignez rien, professeur ", lui dit al-Zaeim. "Il leur faudra peut-être encore un jour ou deux, mais nous vous ramènerons sain et sauf à la maison. Allah ne nous pardonnera jamais si nous ne le faisons pas."

Au coucher du soleil du quatrième jour, le calife et les trois frères Khan l'escortèrent jusqu'à la vieille Mercedes par la porte d'entrée. Vêtu d'une des dishdashas bon marché qu'il avait empruntées à al-Zaeim, il leur a serré la main et leur a fait ses adieux, accordant à contrecœur sa confiance aux assurances d'Aslan Khan selon lesquelles il n'y aurait aucun problème pour le ramener chez lui, aux États-Unis.

Alors que le bastion ISIS de Raqqah était toujours encerclé par leurs ennemis, les frontières de la Syrie étaient longues, et poreuses. Les Russes étaient à craindre, tout comme le Hezbollah, et les "volontaires" iraniens de la Force Quds et des Gardiens de la révolution, mais ils ne pouvaient pas être partout. La plupart des petits tours de garde étaient assurés par l'armée syrienne, composée de conscrits mal formés issus de la tribu alaouite de Bachar Assad. Ils n'avaient pas d'amour particulier pour l'Iran, les Russes ou quiconque au-delà de leur cercle étroit, mais pas de haine particulière pour ISIS non plus. Après tout, ils étaient aussi sunnites, pas comme les chiites détestés de Bagdad et de Téhéran. Ainsi, lorsqu'il s'agissait de faire sortir Shaw, un groupe était aussi corrompu et incompétent qu'un autre.

Mergen et Batir Khan ont conduit la Mercedes vers le nord-ouest sur une route sombre et non goudronnée dans le désert rocailleux au-delà de Raqqah, pour finalement atteindre un croisement routier non marqué qui était bloqué par un autre camion de l'armée syrienne. Batir s'est approché et a eu une brève conversation, en souriant, avec l'un des Syriens. Batir a tendu au Syrien une enveloppe épaisse et les deux hommes ont souri à nouveau, se sont serré la main, et la Mercedes s'est enfoncée plus loin dans le désert. Vingt minutes plus tard, Shaw a vu une camionnette Toyota blanche familière garée au bord de la route, et le même vieil homme crotté à la peau de cuir qui l'avait conduit de Sanliafa se tenait à côté.

Shaw poussa un soupir audible lorsque Batir Khan se gara à côté du camion, Mergen sortit et ouvrit la portière de Shaw. Ce dernier secoua la tête et sortit lentement, résigné à son sort. Derrière lui, il entendit les portières des voitures se fermer. Batir a fait tourner la Mercedes, Mergen et lui ont salué et sont partis, laissant Henry Shaw et le vieil homme se regarder une fois de plus. Comme d'habitude, le vieil homme ne dit rien tandis qu'il fouille dans le camion, sort le foulard et le kaftan crasseux et les tend. "J'ai déjà fait ça", pense Shaw en levant les yeux vers le ciel noir pour espérer une intervention divine. Il savait qu'il n'y avait pas à discuter avec le vieux bouc, alors il a pris le foulard et l'a enroulé autour de sa propre tête, a enfilé le kaftan et est monté sur le siège passager du camion pour ce qui, il le savait, allait être un long et inconfortable voyage de retour.

De retour dans la maison de Raqqah, Aslan Khan se dirigea vers la porte du sous-sol, l'ouvrit et attendit qu'Abu Bakr al-Zaeim prenne l'indice et descende de lui-même. Le calife fronça les sourcils, se leva lentement du canapé où il était assis, et se dirigea vers la tête des escaliers. Khan attendit impatiemment qu'il descende ; mais cette fois, le calife s'arrêta, le regarda et lui demanda : "Penses-tu vraiment que l'opération que nous avons planifiée pour Shaw a une chance de réussir, Aslan ? Penses-tu que l'Américain peut nous sauver ?"

Khan le dévisagea et ricana, réalisant à quel point cette petite créature qu'il avait créée était vraiment crédule. "Bien sûr que non, mais notre opération ici est à peu près terminée, al-Badri", dit-il en appelant le petit prédicateur itinérant effrayé de Fallujah par son vrai nom. "Nous n'avons pas d'armée de l'air, pas de marine, et nous sommes dépassés en nombre et en armement à chaque instant ici en Syrie. C'est donc à toi et à tes discours de maintenir notre peuple uni assez longtemps pour que mes frères puissent frapper et enfoncer un pieu dans leur cœur en Amérique."

"Et si ça ne marche pas ?"

"Je suis l'homme derrière le rideau, al-Badri. Mais toi... ? Ton visage a fait la couverture de *Time Magazine*, du *New York Times*. C'est toi qu'ils veulent, mon calife."

"Mais nos cellules en Afrique du Nord et en Égypte, en Libye, en Tunisie, au Maroc et en Europe occidentale ? Ne pouvons-nous pas nous appuyer là-dessus une fois de plus ?"

"Des rêves en l'air. Nous avons perdu notre chance de prendre Damas et Bagdad, nos deux capitales historiques. Sans au moins l'une d'entre elles, nous sommes condamnés à dépérir et à mourir ici dans le désert avec les scorpions et les chacals. C'est pourquoi le nouveau plan audacieux de frappe massive contre l'Amérique, qui brisera leur confiance et attisera les flammes des fidèles, doit réussir. C'est un coup de maître dont ils ne se remettront pas avant des années."

"Vous voulez dire ce sur quoi vous avez travaillé avec Shaw ? Pour construire des cellules ISIS en Amérique ?"

"Shaw ?" Aslan rit à voix haute. "Le fantôme de Sal-a-din ? Le 'rédempteur' ? Son 'épée' ? En effet ! Cet homme est un dilettante et un imbécile, un escroc qui est venu ici pour se faire photographier avec toi, rien de plus. La seule chose que sa 'mission' accomplira, c'est de créer des distractions, de la poudre aux yeux pour que le FBI détourne le regard pendant que mes frères entreprennent la vraie frappe", dit-il alors que son regard se fait froid et dur, et qu'il pointe à nouveau les escaliers du sous-sol. "Le temps presse. Veille à ce que tu restes utile pour moi, al-Badri. Enfin, si tu ne souhaites pas devenir l'une des odeurs 'désagréables' de plus au sous-sol", dit-il en tenant la porte ouverte. "Allez-y, votre lit vous attend."

Le vieil homme a conduit vers l'ouest le long d'une série de routes secondaires et de chemins de terre. Ils ont traversé l'Euphrate sur un ferry branlant pour deux voitures, puis ont continué vers le sud-ouest en passant par Al Bab, en contournant Alep, et enfin jusqu'à Burj Islam. C'était un petit village de pêcheurs sur la côte rocheuse au-dessus de Lattaquié, dans l'étroite bande de Syrie qui donnait sur la côte méditerranéenne orientale entre la Turquie et le Liban. Il leur a fallu deux nuits entières pour y arriver, se cachant dans l'arrière-pays accidenté pendant la journée. Avant de le confier au capitaine d'un petit bateau de pêche, le vieil homme lui a remis une liasse d'argent pour la traversée de soixante-quinze miles jusqu'à Mari, un petit village de pêcheurs sur la côte sud de Chypre.

Alors que le vieil homme remontait dans son camion pour repartir, Henry Shaw s'est dirigé vers lui, a hoché la tête et lui a tendu la main. "Je vous remercie. Tu es un vieux fils de pute acariâtre, mais tu m'as amené ici, et je suppose que ça compte pour quelque chose", a dit Shaw. Le vieil homme sourit et hocha la tête en retour, sa tête allant de haut en bas comme une poupée à tête branlante tandis qu'il marmonnait quelque chose en retour en turkmène. Ils se sont serré la main, se mettant probablement d'accord sur le fait qu'ils étaient tous les deux des fils de pute acariâtres, mais Shaw en a profité pour enlever le shemagh et le kaftan crasseux et les jeter à l'arrière de la Toyota avant de se tourner vers le bateau de pêche. Il avait l'air encore plus délabré que la Toyota blanche, et Shaw pouvait sentir l'odeur nauséabonde du poisson en décomposition depuis le quai. L'idée d'être enfermé dans l'une de ses cales lui retournait l'estomac.

Ni les vents ni les courants n'ont voulu coopérer, et il a fallu presque toute la journée du lendemain pour que le petit bateau fasse la traversée jusqu'à Chypre, luttant contre une mer de dix pieds pendant tout le trajet. Henry Shaw n'a jamais été un grand marin, à part une poignée de sorties de pêche et deux excursions à la voile à partir de Nags Head, et il est donc resté sous le pont pendant tout ce temps. Lorsqu'ils sont finalement arrivés dans le petit port de Mari, le capitaine lui a dit dans un anglais approximatif qu'il y avait un arrêt de bus au centre du village, en haut de la colline, a tendu dix euros à Shaw et lui a dit que le bus l'emmènerait à Nicosie ; puis il a fait demi-tour et est reparti vers l'est aussi vite qu'il le pouvait.

Trois heures plus tard, vêtu de la dishdasha bon marché qu'il avait empruntée au calife, d'une paire de sandales paysannes et sentant le poisson pourri, Henry Shaw se retrouve devant les grilles en fer forgé de l'ambassade américaine à Nicosie. Après avoir expliqué son sort à deux policiers chypriotes renfrognés, puis à deux gardes des Marines américains lourdement armés et encore moins sympathiques, il a finalement été escorté à l'intérieur de l'ambassade sans rien d'autre sur lui qu'un vilain coup de soleil et quelques petites pièces d'euros. Ils l'ont fait passer par un détecteur de métaux, l'ont fouillé de la tête aux pieds et l'ont laissé assis à une table dans une petite salle d'interrogatoire pendant près d'une heure et demie. La porte était fermée à clé et il se doutait qu'un garde était posté à l'extérieur, mais où pensaient-ils qu'il allait de toute façon ?

En plus de la petite table, la pièce comportait trois chaises en bois bon marché. Il a passé les deux heures suivantes à raconter son histoire à un homme vêtu d'un costume d'affaires mal ajusté et froissé, qui s'est identifié comme l'agent spécial du FBI Tom Pendergrass, et qui lui a posé les mêmes questions de manière légèrement différente, encore et encore. Pendergrass avait la trentaine, était rondouillard, portait d'épaisses lunettes à monture noire et avait des cheveux en bataille qui le faisaient ressembler à Leonard Hofstadter dans *The Big Bang Theory*. Finalement, un deuxième homme, plus âgé et portant un costume mieux taillé, est entré et s'est joint à eux. Il s'est identifié comme "Johnson, des affaires consulaires". Il avait une coupe de cheveux courte et militaire et les yeux froids et morts d'un requin. Shaw en déduit qu'il est de la CIA et qu'il est probablement le chien alpha de la pièce. Cependant, Pendergrass était celui qui portait le classeur en manille avec le nom de Shaw sur l'onglet. Cela signifiait qu'il était le responsable, même s'il ne l'ouvrait jamais. Peut-être en avait-il lu le contenu tant de fois qu'il n'avait pas besoin d'y jeter un nouveau coup d'œil. Ou peut-être qu'il n'y avait rien dedans pour commencer.

Johnson le fixe pendant quelques minutes, alors Shaw brise la glace avec assurance en se retournant vers Pendergrass et en demandant : " Le FBI ? Ici à Chypre ? Qui l'aurait cru ?"

"Nous avons des 'centres d'assistance locaux' dans un certain nombre de 'points chauds' du monde de nos jours", lui dit Pendergrass. "Vous avez pas mal voyagé, je ne pense pas que cela vous surprenne, Monsieur Shaw."

" 'Professeur', si cela ne vous dérange pas, agent Pendergrass ", corrige Shaw avec un mince sourire. " C'est une petite manie de ma part. Vous voyez, mon père sera toujours Mister Shaw pour moi ; alors, quand quelqu'un m'appelle ainsi, je commence à regarder autour de moi pour voir s'il est entré dans la pièce."

"Très bien, *professeur...* je suppose que nous pouvons faire cela", répond l'agent du FBI en souriant. "Alors, revoyons encore une fois votre histoire pour le bénéfice de monsieur Johnson ici présent", dit-il en baissant les yeux sur quelques notes. "Kidnappé en Turquie, évadé, embarqué sur un bateau de pêche, débarqué sur une île étrange...", demanda-t-il en jetant un coup d'œil à l'intérieur du dossier, "Vous n'enseignez pas la musique, n'est-ce pas ?". Ça ressemble beaucoup à Gilbert et Sullivan."

"Non, je vous assure que ce n'était pas Gilbert et Sullivan, agent Pendergrass", répond Shaw, réalisant que ces gens ne sont pas des imbéciles et qu'il devra être prudent. "C'était assez terrifiant. J'étais convaincu qu'ils allaient me tuer, ou même pire. Au fait", demande Shaw en montrant le dossier. "Ça veut dire que j'ai un dossier du FBI maintenant ?"

Pendergrass l'ignore. "Vous faisiez des recherches dans l'est de la Turquie grâce à une bourse de l'UNESCO, si j'ai bien compris."

"J'ai de la chance. Oui, je suis sociologue et j'étudie les minorités dans les provinces de l'est. J'ai visité la région de nombreuses fois et je n'ai jamais eu de problèmes auparavant. Mais la première nuit à Sanliafa, lorsque j'ai quitté ma chambre pour aller aux toilettes, quatre hommes masqués m'ont enlevé. Je pense que c'était pour demander une rançon. Je ne sais pas si c'est moi qu'ils cherchaient, ou simplement le premier étranger qu'ils ont vu, mais ils m'ont jeté à l'arrière d'un camion, et c'est tout."

Johnson, des "Affaires consulaires", le fixe un instant et lui demande : "Sais-tu que la police secrète turque, le MIT, t'a mis sous surveillance dès que tu as quitté l'aéroport ? Ils ont dit qu'il n'y avait aucun signe d'enlèvement et que tu avais disparu tout seul."

"C'est ça qu'ils étaient ? La police secrète ? Ouah ! Je savais qu'il y avait deux hommes en costume bon marché et une berline moche qui nous suivaient depuis Ankara, mais nous pensions que c'était la mafia ou quelque chose comme ça. Quand les ravisseurs m'ont porté dans les escaliers, j'ai vu qu'un de ces types dormait dans le hall et que l'autre était endormi dans leur voiture. Pas étonnant qu'ils n'aient jamais rien vu."

Il était évident que ni Johnson ni Pendergrass n'y croyaient, mais Shaw a quand même continué à parler. "Ils m'ont jeté dans le coffre d'une voiture et sont partis. Je suppose que nous sommes allés dans le désert, parce qu'il faisait tellement chaud que je me suis évanoui. Finalement, ils se sont arrêtés et m'ont jeté dans un hangar de stockage en bois crasseux. Je me suis dit que c'était ma dernière chance, alors j'ai arraché quelques planches de la fenêtre arrière, je suis sorti et j'ai couru. Les étoiles étaient là et je connaissais une poignée de constellations pour les avoir vues chez les scouts, alors j'ai pris la direction de l'ouest et j'ai continué à avancer.

J'ai marché, j'ai fait du stop sur un camion et j'ai volé un vélo. J'ai continué à aller vers l'ouest, jusqu'à ce que j'entende des mouettes et que je sente enfin l'océan. J'ai trouvé un petit village de pêcheurs. J'étais complètement épuisé et c'était le milieu de la nuit, mais j'ai trouvé un vieux bateau, je l'ai traîné dans l'eau et j'ai commencé à ramer. Lorsque j'ai atteint le brise-lames, j'ai réussi à hisser la voile, mais c'est alors que j'ai entendu des hommes me crier dessus. Puis ils ont commencé à me tirer dessus. J'ai entendu quelques balles frapper l'eau puis la coque du bateau, mais je suis resté bas et j'ai vite été hors de portée."

"La police locale chypriote a fouillé la côte au-dessus et en dessous de Mari, mais elle n'a trouvé nulle part un voilier abandonné de quinze pieds portant des marques turques."

"Peut-être que quelqu'un l'a volé ?" Shaw sourit.

"Tu es sûr que c'est comme ça que tu es arrivé ici en premier lieu ?".

"C'était la nuit, j'étais épuisé. Quand j'ai atteint la haute mer, je me suis effondré au fond du bateau et je me suis endormi."

"La haute mer entre ici et la Turquie faisait entre 10 et 12 pieds la nuit dernière", a déclaré Pendergrass, quelque peu incrédule. "Tu étais dans la marine ?"

"Non, j'étais un marine".

"Oui, c'était dans ton "dossier", avec la décharge pour mauvaise conduite".

"Nous faisons tous des choses stupides quand nous sommes jeunes", a répondu Shaw. "Même les agents de la CIA".

"Mais on ne traverse pas soixante-dix milles de mer de dix à douze pieds tout seul dans un bateau comme ça".

"Je n'avais pas vraiment le choix", dit Shaw en haussant les épaules. "Écoute, je ne suis pas un marin, je n'avais aucune idée d'où j'étais ni d'où j'allais, à part m'éloigner d'eux. Ce matin, j'ai enfin vu la terre et j'ai dirigé le bateau sur une petite plage. Je n'avais pas d'ancre ou quoi que ce soit d'autre. Peut-être qu'elle a été emportée par le vent. Quoi qu'il en soit, j'ai marché le long de la côte jusqu'à ce que j'arrive à une petite ville. Des hommes m'ont dit que j'étais à Chypre, sur la côte sud, et le prêtre local a eu la gentillesse de me donner quelques pièces pour le bus. Maintenant, je suis ici. Fin de l'histoire."

Les deux hommes le regardent fixement à travers la table. Finalement, Pendergrass tousse, regarde à nouveau le dossier et dit : "Les Turcs ont confisqué tes affaires à Sanliafa - tes vêtements, tes livres, ta voiture et ton passeport. Ils ont interrogé votre chauffeur à ce sujet. Il leur a dit que tu étais parti volontairement au milieu de la nuit, en direction du sud de la Syrie, et que tu l'avais payé pour ne rien dire."

"Bien sûr qu'ils diraient ça", rétorque Shaw. "Ils ont probablement torturé le pauvre homme. Tu sais comment est ce pays."

Les deux hommes du gouvernement le dévisagent. "Pardonnez-moi de vous le demander", dit l'homme de la CIA, "mais avez-vous de l'argent ? Vous ou votre famille ?"

"Moi ? Mon Dieu, non. J'ai essayé d'expliquer aux ravisseurs que je n'étais qu'un pauvre professeur d'université qui faisait des recherches, mais ils s'en moquaient. Ils pensaient probablement que mon université paierait beaucoup d'argent pour me récupérer. Ils sont loin de s'en douter", dit Shaw en riant.

Les deux hommes se sont regardés. "Eh bien, dit Pendergrass, je ne prévois pas de retourner en Turquie de sitôt. Ils disent que tu t'es mêlé de causes révolutionnaires et ils t'ont déclaré *persona non grata*."

"Figures", Shaw a secoué la tête et s'est adossé à sa chaise. "Très bien. Alors, comment je fais pour sortir d'ici et rentrer chez moi ? Je n'ai pas d'argent, pas de papiers, rien."

Les deux hommes se dévisagent à nouveau, puis le regardent un moment, jusqu'à ce que l'agent Pendergrass prenne enfin la parole. "Comme d'habitude, votre oncle Sam s'occupera de vous, professeur. Il faudra peut-être quelques jours pour tout organiser, mais nous vous ramènerons chez vous. En attendant, nous allons vous trouver une chambre d'hôtel, de l'argent de poche, un passeport temporaire et un billet d'avion... avec un prêt, bien sûr."

"Bien sûr", leur sourit-il. "Et, si vous n'avez besoin de rien d'autre, messieurs, peut-être pourriez-vous m'indiquer vingt dollars, pour que je puisse me restaurer ? Je n'ai rien mangé depuis trois jours."

Après avoir envoyé Shaw en taxi dans un petit hôtel local, Pendergrass s'est tourné vers "Johnson" et lui a demandé : "Eh bien, qu'en penses-tu, Herb ?".

"C'est vraiment n'importe quoi. Je ne sais pas ce que fait ce type - de la drogue, des femmes, de la contrebande..."

"Je suis d'accord. J'aime à penser qu'il n'est qu'un autre stupide professeur d'université américain qui essaie de jouer au terroriste..."

"Ou peut-être un terroriste pas si stupide qui essaie de ressembler à un professeur d'université stupide".

"Quoi qu'il en soit, ce fils de pute arrogant est dans quelque chose, un grand moment".

"D'accord. Et ce sont eux qui pensent toujours que c'est nous qui sommes stupides. Pour moi, cette décharge pour mauvaise conduite est la cerise sur le gâteau", dit Johnson. "Comment un type avec un tel dossier peut-il entrer dans une école comme UCLA ou Harvard, de toute façon, et encore moins être embauché comme enseignant ?"

"Depuis le Vietnam, aucune de ces écoles ne veut entendre ce que le ministère de la Défense a à dire".

"Tu as raison. Ça lui a probablement permis d'obtenir quelques points bonus."

"Je vais te dire, écrivons tous les deux sur ce type".

"Oui, quelque chose me dit que nous n'avons pas fini d'entendre parler du "bon" professeur Shaw."

"Je vais le transmettre à notre SAC à Charlotte", a déclaré Pendergrass. "Fayetteville fait partie de sa région. À part pourchasser les alcooliques clandestins et regarder les courses de NASCAR, ils n'ont de toute façon pas grand-chose à faire là-bas."

"Construis Shaw suffisamment, et peut-être que tu pourras être transféré là-bas pour garder un œil sur lui toi-même".

"Tu crois ? Parce que j'en ai vraiment marre de cet amas de pierres".

CHAPITRE TREIZE

Fayetteville, Caroline du Nord

Pour aller de l'aéroport international de Larnaca, à Chypre, à l'aéroport international Douglas de Charlotte, en Caroline du Nord, il a fallu à Henry Shaw cinq vols et près de trente-huit heures de vol. Les billets qu'on lui a donnés l'ont fait passer d'un aéroport européen de second rang à un autre, pris en sandwich dans un siège étroit au milieu d'une série de vieux avions usés. C'était intentionnel, sans aucun doute. Et ces trente-deux heures n'incluent pas le trajet initial poussiéreux, "chèvre et poulet", dans un bus de banlieue de Nicosie à Larnaca.

Normalement, le retour aux États-Unis prend moins de la moitié de ce temps, mais la plupart des voyageurs internationaux n'ont pas d'agent du FBI vindicatif qui joue les agents de voyage pour eux. Pour être honnête, l'agent spécial Pendergrass lui a dit que le gouvernement lui achèterait un billet pour rentrer chez lui, mais il n'a jamais dit à quel point il le rendrait inconfortable et peu pratique. Pourtant, Henry Shaw a la mémoire longue. Cela pourrait lui prendre un certain temps, mais il ferait payer Pendergrass pour l'avoir traité de la sorte. Après tout, il n'était pas un traître ou un terroriste, pas encore en tout cas.

Les 400 dollars en liquide que l'ambassade lui a remis à titre d'"avance de voyage" ont suffi pour acheter une paire de jeans bleus, une chemise grossière à manches longues et un blazer bleu bon marché. Ces vêtements n'étaient guère à sa hauteur, mais c'était ce qu'il avait trouvé de mieux à Nicosie. Les "sandales de Jésus" paysannes qu'il portait depuis la Turquie devraient faire l'affaire, car il avait besoin de suffisamment d'argent pour payer la chambre et quelques repas décents jusqu'à ce qu'il rentre chez lui, et pour acheter une cabine téléphonique à l'aéroport Heathrow de Londres. Ce salaud de Pendergrass lui avait collé une escale de cinq heures à Londres, au milieu de la nuit, alors que la ville était devenue un village bruyant et malodorant du tiers-monde. N'ayant rien de mieux à faire, Shaw a utilisé le temps et une partie de l'argent qu'il lui restait pour consulter sa boîte vocale au bureau, chez lui et sur son téléphone portable.

Cela faisait maintenant près de deux semaines que Shaw avait quitté Fayetteville, et il n'avait parlé à personne de son intention de quitter la ville, et encore moins de se rendre dans la zone de guerre en Syrie. Lorsqu'il a consulté sa boîte vocale, il s'attendait à trouver un tas de conneries, et c'est exactement ce qu'il a trouvé, et même plus. En commençant par son bureau, il a parcouru vingt-sept messages vocaux, dont la plupart avaient été laissés au cours des quatre derniers jours. Écartant ceux des élèves qui posaient des questions sur leurs notes ou sur les cours à venir, il a prêté plus d'attention à près d'une douzaine de messages du département et du collège qui voulaient savoir où il se trouvait.

Fred Gadsden était le "président" du département des interactions entre les groupes humains, anciennement connu sous le nom de département de sociologie. Si tu regardes bien, tu peux encore voir l'ancien nom du département, moins politiquement correct, se dessiner dans la peinture sous le nouveau lettrage des portes de leurs bureaux. C'est pourquoi Shaw aimait écouter les diatribes de plus en plus stridentes et officielles de Gadsden dans les messages vocaux qu'il avait laissés au cours de la semaine écoulée. C'était un vrai bourrin.

"Henry, voici Fred. Gladys, mon assistante administrative, n'a pas eu beaucoup de chance de te trouver, et il y a beaucoup de paperasse dont tu dois t'occuper pour tes cours du semestre d'automne... Henry, c'est encore Fred. Appelle-moi ou passe au bureau. C'est *mucho important,* si tu vois ce que je veux dire... Henry, écoute, nous avons des gens qui s'inscrivent à tes cours, et j'ai besoin de récupérer tous ces formulaires. Appelle-moi... Henry, écoute, où diable es-tu ? Henry, si tu ne donnes pas ces foutus cours, je vais devoir faire appel à un remplaçant... Henry, trop c'est trop ! Personne ne te trouve nulle part, et si je n'ai pas de nouvelles de toi avant 17 heures aujourd'hui, je donne tes cours à quelqu'un d'autre. C'est tout !"

Heathrow était presque vide à 2 heures du matin, alors peu importe si Shaw riait fort. À cette heure-là, très peu de voyageurs hagards allongés sur les bancs parlaient anglais de toute façon, mais les quelques messages suivants sont devenus encore plus intéressants. La voix de Gadsden se réduit à un murmure nerveux lorsqu'il dit : "Henry, j'ai reçu trois appels téléphoniques du FBI aujourd'hui concernant ton enlèvement ou ton implication dans des groupes terroristes en Turquie. Je suis un homme raisonnable, mais il est impératif que tu mettes les choses au clair. Et juste pour que tu le saches, je t'informe officiellement que nous avons demandé à Jeff Bloomberg de prendre en charge ta classe ici, et celle de Bragg. Tu peux te considérer comme suspendu."

Ils ont donc donné mes cours à Jeff Bloomberg, Shaw a regardé le téléphone et a réfléchi. Voilà un autre emmerdeur dont j'aurai plaisir à me débarrasser ! Il ne pouvait pas être plus heureux d'être débarrassé de ces cours, mais ils étaient soudain devenus une partie intégrante du plan d'Aslan Khan, et il devait être sur le podium lorsqu'ils commenceraient. Puis il y a eu un dernier coup de téléphone de Jason Schrempf, le doyen des arts et des sciences, qui lui a dit de sa voix de baryton sonore : "Professeur Shaw, le FBI nous a informés que vous avez été arrêté pour être interrogé à Chypre, à la suite de plaintes du gouvernement turc. Comme Fred Gadsden vous l'a déjà dit, vos privilèges de professeur de l'université ont été suspendus, alors j'apprécierais que vous veniez nous rencontrer, le président Ringgold et moi-même, dès que possible."

Le FBI les a informés ? C'était encore ce maudit Pendergrass ! Il lui faudra encore quinze heures avant d'arriver à Charlotte, grâce à deux autres vols de correspondance à Toronto et à JFK. Cela devrait lui laisser plus de temps que nécessaire pour mettre la dernière main à son plan d'action avec l'université et cet imbécile de Jeff Bloomberg. Lorsque Shaw a fait ses études de premier cycle à l'UCLA, il s'est souvenu des histoires sur l'époque de la ruée vers l'or en Californie, lorsqu'un homme pouvait se faire tirer dessus pour avoir "sauté une concession", sans qu'aucune question ne lui soit posée. D'après ses souvenirs, Jeff Bloomberg venait de New York, de Brooklyn, d'après son accent ridicule, et non de Californie. C'est dommage, sinon Jeff aurait pu être mieux informé.

Mais être de retour en Caroline du Nord ! Cela semblait si agréable après ce qu'il avait vécu ces dernières semaines. Le semestre d'automne avait déjà commencé et de savoureuses jeunes étudiantes allaient s'allonger sur le quadrilatère en bikini et en dos nu cet après-midi même. Il avait toujours été leur professeur "préféré", et lorsqu'il emmenait l'une d'entre elles, ou l'un de ses assistants plus "expérimentés", faire un tour à la campagne, c'était dans son emblématique Peugeot 205 GTI 1997 à hayon - française, bien sûr - d'un blanc délavé, avec juste ce qu'il faut de rouille sur les ailes et les bas de caisse pour lui donner du caractère, tout comme lui.

Shaw a une vision parfaite de 20-20. Il n'avait pas besoin de lunettes, mais il portait toujours une paire de montures Armani rouge vif à monture en corne et à verres transparents sur le campus, parce que... eh bien, parce qu'il les aimait bien et qu'il le pouvait. Avec ses cheveux blonds élégamment ébouriffés, une chemise blanche à col ouvert et un manteau de sport en tweed à l'ancienne, la Peugeot offrait le cachet parfait pour un professeur d'université américain des temps modernes, pensait-il. Avec une jeune étudiante guillerette et désireuse de plaire blottie contre lui et le vent soufflant dans ses cheveux, il pouvait rouler pendant des heures dans sa voiture classique vieille de 20 ans, profitant de la vue lorsqu'ils se rendaient dans les collines pour un "pique-nique" au milieu des lauriers de la montagne.

En parlant d'étudiantes savoureuses, Shaw décroche le téléphone et passe un autre appel international. Lorsqu'une voix féminine répond à la quatrième sonnerie, c'est une Stephanie Brisbane endormie, sa dernière assistante d'enseignement et vétéran enthousiaste de plusieurs de ses "chevauchées". Blonde, aux yeux bleus et à la poitrine généreuse, elle était inventive, coopérative et juteuse, avec peut-être dix kilos en trop, juste ce qu'il faut pour la pincer et s'y accrocher. Oui, pensa-t-il, c'était le choix parfait.

"Stéphanie, Henry Shaw est là..."

"Oh, Professeur ! Je suis si heureux que vous ayez appelé. Le doyen, le département, ils ont tous été..."

"Oui, je sais. Juste un petit malentendu, que je suis en train de régler avec le ministère. Au fait, je me demande si tu peux me rendre un petit service ?"

"Oh, tout ce que vous voulez, professeur, tout ce que vous voulez... vous le savez".

"Tu es une poupée, Steph. Écoute, mon vol atterrit à Charlotte à 16 h 30 demain après-midi. On m'a tout volé là-bas, y compris mon portefeuille, mes clés, tout le tralala. Je vais avoir besoin d'une chambre demain soir, car je ne pourrai pas entrer dans mon appartement tant que je n'aurai pas trouvé le gérant. Peux-tu appeler le Quality Inn, et... ?"

"Oh, ce n'est pas la peine, tu sais que tu peux rester chez moi".

"Tu es sûre, Steph ?"

"Ne sois pas bête, Henry. Ce n'est pas comme si... eh bien, tu sais."

"Comment pourrais-je oublier, Steph, et ce sera vraiment génial, parce que tu m'as vraiment manqué et ça nous donnera l'occasion de rattraper le temps perdu. Une chose, cependant, il faudra que cela reste strictement entre nous deux. Tu comprends ? Nous aurons tous les deux beaucoup d'ennuis si le collège l'apprend."

"Ne t'inquiète pas, je n'embrasse pas et ne raconte pas... ou ne fais rien d'autre et ne raconte pas", a-t-elle gloussé.

"Je savais que je pouvais compter sur toi. Écoute, j'ai deux ou trois choses à régler avec la TSA à Charlotte, alors il se peut que je ne sois pas chez toi avant dix heures environ."

"Quand tu veux, je t'attends. Assure-toi juste de bien dormir dans l'avion, parce que je ne veux pas que tu t'endormes sur moi."

"Au sens propre, ou au sens figuré ?" répond-il de façon suggestive et l'entend rire. "Ne t'inquiète pas, j'essaierai vraiment de ne pas te décevoir. À tout à l'heure, dit-il en raccrochant, le sourire aux lèvres. Il ne fait aucun doute que Steph sera très amusante et qu'elle constituera l'alibi parfait - un alibi qu'il ne divulguerait que si les choses venaient à se gâter. D'ailleurs, si les choses devaient vraiment se précipiter, l'adorable Stéphanie pourrait disparaître aussi facilement que cet imbécile de Jeff Bloomberg et tous ceux qui se mettraient en travers de son chemin ou de ses plans.

L'avion d'Henry Shaw a atterri à Charlotte à 16 h 37. Le temps qu'il se fraye un chemin à travers les services d'immigration et de douane avec seulement un passeport temporaire et aucun bagage, il était presque 18 h avant qu'il ne se retrouve dans la rue. N'ayant pas de clés de voiture, c'était une bonne chose que les vieilles voitures françaises soient notoirement faciles à câbler, une compétence qu'il avait conservée de sa jeunesse turbulente à Los Angeles. Les deux heures et demie de route entre Charlotte et Fayetteville auraient pu être beaucoup plus rapides si la route 27 était une autoroute, mais ce n'était pas le cas. C'était une route de campagne sinueuse, le genre de route qu'il aimait conduire lorsqu'il n'était pas pressé.

Ce soir, cependant, il voulait rentrer chez lui le plus rapidement possible, car il avait un travail à faire. La route le conduit à travers la forêt nationale d'Uwharrie. Elle passait au milieu de nulle part et était l'une des routes les plus pittoresques de l'État, surtout en début de soirée, avec les longs rayons jaunes et orange du soleil couchant filtrant à travers les arbres. Il y avait de nombreux embranchements à gauche et à droite sur des chemins forestiers à une voie, des endroits parfaits pour enterrer un corps, pensa-t-il. Il pourrait planter Jeff Bloomberg ici plus tard dans la soirée et ils ne trouveraient jamais son pauvre cul, mais Shaw savait qu'il n'avait pas assez de temps pour aller à Fayetteville, puis revenir ici, puis retourner à Fayetteville. Non, il allait passer au plan B. Ou était-ce le plan C ou D ? Quelle différence cela fait-il, rit-il à voix haute ? Bloomberg était déjà un homme mort en marche ; il ne le savait tout simplement pas encore.

Il arriva à Fayetteville à 20 h 30, au moment où le soleil se couchait, ce qui lui laissa le temps de passer devant la petite maison de Bloomberg, un Cape Cod de banlieue de mauvais goût, située dans le quartier de Cross Creek, à trois miles à l'ouest du campus. Le corps professoral du Blue Ridge College a toujours été peu nombreux et incestueux, et Shaw a toujours été attentif aux petits détails, surtout lorsqu'il s'agit de ses pairs, de ses rivaux et de ses ennemis. Bloomberg était l'un des plus jeunes professeurs du département "Soc". Il y avait un nombre préétabli de postes de professeurs permanents, c'était donc un jeu actuariel à somme nulle, qui nécessitait une certaine "amélioration proactive de la carrière" pour éliminer la concurrence la plus ennuyeuse, si un collègue ne voulait pas être laissé derrière comme professeur associé pour le reste de sa carrière.

En passant devant la petite maison de Bloomberg, il a vu qu'il faisait nuit. Il n'y avait pas de garage et Shaw n'a pas vu la Hyundai Elantra beige de Bloomberg garée devant, comme d'habitude. Sachant à quel point ce type était un nerd radin, Shaw doutait que Bloomberg soit sorti faire la fête, ou même aller dîner, à moins qu'il n'ait opté pour le menu "Two-Fer" de fin de soirée chez Taco Bell. Shaw a continué et a conduit jusqu'au campus, en faisant une boucle rapide autour du bâtiment des bureaux du ministère. Les lumières du bureau du crétin au deuxième étage étaient allumées, et Shaw a vu que Bloomberg avait eu le culot de garer sa Hyundai d'importation coréenne bon marché sur l'emplacement que Shaw réservait à sa Peugeot ! L'asphalte était habitué à voir une belle voiture classique comme sa Peugeot s'asseoir là, et il était surpris qu'elle ne se soit pas déformée. Le sort de Bloomberg est ainsi scellé ! Jusqu'à présent, tout cela n'était que du "business". Maintenant, c'est soudain devenu profondément personnel. En regardant la Hyundai, Shaw savait qu'il aimerait beaucoup faire souffrir Bloomberg pour cet affront, mais pour infliger une douleur de qualité, il fallait plus de temps qu'il n'en avait ce soir.

Il a garé sa Peugeot au coin de la rue, à l'abri des regards depuis la porte d'entrée de l'immeuble, a enfilé une paire de gants de conduite en cuir italien, très chers et fins comme du papier, et a sorti le démonte-pneu de son coffre. Il s'est entraîné à faire quelques swings, en faisant rouler ses poignets pour assouplir ses avant-bras, comme un joueur de ligue 1 qui s'échauffe dans le cercle des joueurs. Il savait que l'astuce consistait à ne pas laisser d'empreintes digitales ou de traces de pas, ni de miettes de pain, au sens propre comme au sens figuré, qui montreraient qu'il était près d'ici ce soir. Les serrures magnétiques du bâtiment ne se sont pas activées avant 21 heures, et il est entré à l'intérieur avec deux minutes d'avance. Il se dirigea immédiatement vers le téléphone interne du campus installé sur le mur du hall et composa le numéro du bureau de Bloomberg. "Per-fessor", dit-il en baissant la voix de quelques octaves et en prenant un accent de Caroline passable. "Ici Clemmons, de la sécurité. Pourriez-vous sortir une minute ? J'ai bien peur que quelqu'un ait fait des bêtises avec votre voiture."

"Ma voiture ? Vraiment ? Euh, oui, j'arrive tout de suite", dit Bloomberg, et il raccroche rapidement.

Shaw attendait dehors, au coin de la rue, derrière un buisson. Quelques instants plus tard, Bloomberg est sorti en courant du bâtiment, les clés à la main. Lorsqu'il est arrivé à mi-chemin de sa voiture et qu'il n'a pas vu d'agent de sécurité ni personne d'autre, il s'est arrêté net.

C'est alors que Henry Shaw s'avance derrière lui, le démonte-pneu dans la main droite, appuyé contre la jambe de son pantalon, en disant : "Salut, Jeff, j'ai entendu dire que tu braconnais."

Bloomberg se retourna et recula d'un pas lorsqu'il vit de qui il s'agissait. "Shaw ? Qu'est-ce que tu... ? Et que veux-tu dire par 'braconnage' ? Tu ne peux t'en prendre qu'à toi-même."

"Vraiment ?" Répond Shaw en faisant un pas en avant, et en pointant soudainement vers sa droite, au-delà de Bloomberg. "C'est quoi ce bordel ?" demande-t-il.

Sans réfléchir, Bloomberg s'est retourné et a regardé vers lui. Ce faisant, Shaw a ramené le démonte-pneu et a frappé Bloomberg sur le côté droit de sa tête, au-dessus de l'oreille, assez fort pour faire vaciller ses genoux et "sonner sa cloche", mais pas assez pour l'assommer. Shaw voulait qu'il soit assommé, mais conscient, pour qu'il ressente la douleur, et Bloomberg a parfaitement coopéré. Bloomberg était sur le point de s'effondrer sur le trottoir lorsque Shaw l'a rattrapé, a fouillé dans sa veste et a sorti son vieux couteau Ka-Bar. Il avait une lame épaisse, que Shaw gardait aiguisée comme un rasoir. Il l'a tendue de l'autre côté du cou de Bloomberg et l'a retirée, coupant profondément, tranchant les muscles, les tendons, les veines et la gorge, rapidement et profondément, presque jusqu'à l'os du cou. Le sang jaillit à gauche, à droite et en avant, mais Shaw, qui se tenait derrière lui, évita les éclaboussures en laissant Bloomberg basculer en avant.

"Je t'avais prévenu pour le braconnage, Jeff. C'est dommage, c'est si triste, mais il y a toujours un prix à payer."

Il prend les clés de voiture de Bloomberg et appuie sur le bouton pour ouvrir le coffre de sa Hyundai. Saisissant le jeune homme par la ceinture, Shaw l'a soulevé du béton et l'a jeté à l'intérieur. À moins d'un kilomètre à l'ouest du campus se trouvait le boulevard Bragg, une route très fréquentée à quatre voies, qui s'étendait du centre-ville de Fayetteville au poste de l'armée. Au milieu, on y trouvait aussi la plus forte concentration de bars gays du comté. Il fallait moins de cinq minutes à Shaw pour rejoindre le boulevard Bragg dans le Hyundai, tourner vers le nord et se garer derrière "My Secrets", un repaire bien connu des amateurs de cuir et de motards au milieu d'une longue bande de clubs où tout est permis. La clientèle préférant rester "discrète", l'éclairage extérieur du parking à l'arrière du bâtiment était inexistant, ce qui est compréhensible.

Shaw savait que l'action sérieuse à l'intérieur de ces lieux ne reprendrait qu'après minuit, il a donc été facile de trouver une place de parking sombre derrière le bâtiment à côté de la benne à ordures. Après avoir jeté un coup d'œil rapide autour de lui et constaté qu'il était seul, Shaw a ouvert le coffre, sorti le corps de Bloomberg et l'a jeté dans la benne à ordures.

"Easy peasey", s'est-il moqué à lui-même en enfonçant le démonte-pneu dans la jambe de son pantalon, en retirant ses gants pour les mettre dans sa poche, et en s'éloignant. Il estimait qu'il faudrait un jour ou deux pour que quelqu'un trouve le corps de Bloomberg, selon la fréquence de ramassage des ordures. Encore une fois, étant donné l'acuité mentale de l'agent d'assainissement moyen, ils pourraient ne jamais remarquer le corps si Bloomberg ne tombait pas à leurs pieds. Shaw a regardé sa montre et a vu qu'il était maintenant 9 h 20. Il ne devrait pas lui falloir plus de vingt minutes pour retourner sur le campus jusqu'à sa propre voiture et dix autres pour se rendre à l'appartement de Stéphanie. Un timing parfait, comme d'habitude, pensa-t-il, comme elle le découvrirait bientôt.

Il a marché vers le nord jusqu'à ce qu'il atteigne l'angle du campus, où la rue rencontre Cross Creek, un ruisseau sombre et densément boisé qui longe un côté du Blue Ridge College. Quelques centaines de mètres plus loin, il a trouvé un endroit où le ruisseau avait une large et profonde piscine au centre. Il essuie le démonte-pneu dans l'herbe, le jette au centre de la mare sombre et y jette les clés de voiture de Bloomberg. Cela devrait suffire, pensa-t-il en continuant à marcher jusqu'à sa propre voiture, qu'il avait laissée garée près du bâtiment du ministère.

Stephanie Brisbane vivait dans un complexe d'appartements bon marché qui accueillait des étudiants diplômés à plusieurs kilomètres au nord-ouest du campus, près du périphérique de l'autoroute 401. Il avait couché avec elle plusieurs fois au cours des deux dernières années, dont une fois ici, dans son appartement, et il savait donc où il se trouvait. Ils avaient également fait l'amour plusieurs fois dans son bureau lorsqu'elle suivait l'un de ses cours et venait le voir pendant ses heures de "portes ouvertes", puis lorsqu'il l'avait emmenée en "pique-nique" dans les montagnes, bien qu'il y en ait eu tellement d'autres qu'il ne se souvenait plus des détails. Ce dont il se souvient, c'est que Stéphanie est l'une des partenaires les plus enthousiastes qu'il ait trouvées sur le campus, ce qui a grandement facilité sa candidature au poste d'assistante pédagogique pour ce semestre.

Il a revérifié pour voir si quelqu'un l'avait suivi, a fait le tour de son complexe d'appartements et a jeté un dernier et long coup d'œil au parking. Il n'a vu personne regarder, alors il s'est approché de sa porte et a frappé. Quelques secondes plus tard, elle s'est ouverte en grand et il a trouvé Stéphanie debout devant lui dans un peignoir blanc en éponge, ses cheveux blonds tombant sur ses épaules.

"Mon Dieu, tu es magnifique, Steph ; et ça fait bien trop longtemps", lui dit-il en entrant, en fermant la porte et en lui tendant les bras.

"Pourquoi, professeur Shaw, vous allez me faire rougir", dit-elle en laissant la robe s'ouvrir lentement et tomber sur le sol. Elle resta là un moment et le laissa absorber tout cela, avant de faire un pas dans ses bras et de le laisser l'attirer près de lui. Alors qu'ils s'embrassaient, ses mains sont allées à sa ceinture, elle a ouvert son pantalon et a mis sa main à l'intérieur. "Je dirais que ça fait longtemps, n'est-ce pas ?" Elle lui sourit, lui prit la main et l'entraîna dans le couloir vers sa chambre.

Alors qu'ils passaient devant le salon, il vit une petite brune à la peau crépusculaire allongée sur le canapé en train de lire un manuel. Ses lunettes montaient sur le bout de son nez tandis qu'elle les regardait passer. "C'est ma colocataire, Amy", dit Stéphanie. "Tu te souviens d'Amy, n'est-ce pas ? Elle dit qu'elle se souvient de toi." Shaw a regardé et il se souvenait effectivement de la fille, probablement depuis un ou deux autres délicieux pique-niques plusieurs années auparavant. "Elle m'a dit qu'elle était jalouse".

Shaw les a regardés tous les deux et s'est arrêté. "Eh bien, on ne peut pas faire ça, n'est-ce pas, Steph. Je suis sûr qu'il y a assez d'amour ici pour tout le monde... si tu es d'accord bien sûr", a-t-il ajouté.

Stephanie a tendu son autre main à Amy, et bientôt elles se sont débarrassées de leurs vêtements restants en marchant dans le couloir jusqu'à la chambre du fond.

Parfait, se dit Shaw. Deux alibis pour le prix délicieusement épuisant d'un seul.

En plus des avantages académiques liés au fait de coucher avec l'un de leurs professeurs, Henry Shaw savait que c'étaient ses prouesses sexuelles, sa créativité et son endurance qui faisaient que les filles en redemandaient. Pourtant, après deux jours de voyage et de manque de sommeil, Steph et Amy l'avaient épuisé au matin. Il a finalement pu se détacher et embrasser les filles pour leur dire au revoir, mais seulement après leur avoir promis qu'il reviendrait, très bientôt. Après s'être arrêté dans une crêperie pour prendre une grande pile de glucides dont il avait grand besoin, une demi-bouteille de sirop sucré et un pot de café, il s'est finalement traîné jusqu'à son bureau hors campus un peu après 11 heures.

C'était dans le Centre musulman des étudiants, où il occupait le poste de directeur exécutif. Contrairement au bureau de son département habituel sur le campus, c'était son château personnel, gardé par plusieurs douzaines d'hommes hargneux, barbus et à la peau sombre. Personne dans l'administration n'osait le poursuivre ici. Il s'agissait d'une ancienne maison de fraternité que l'université avait achetée à bas prix après que les libéraux de la faculté, virulemment "anti-grecs", eurent chassé la dernière fraternité nationale de la ville en invoquant de fausses accusations les unes après les autres ; sans doute pour se venger du fait qu'ils avaient été rejetés au cours de leurs propres études universitaires. Que ce soit pour cette raison ou simplement pour être politiquement correct, l'université a ensuite dépensé trois millions de dollars de fonds de dotation pour en faire un centre pour étudiants musulmans, comme elle l'avait fait pour la communauté LGBT l'année précédente, et pour le programme d'études afro-américaines l'année d'avant. Derrière les portes closes, même l'administration a dû admettre qu'elle était à court de "groupes ayant droit" à qui accorder ses largesses, maintenant que le football, l'équipe de golf et le centre juif avaient été démantelés.

Le bureau de Shaw était situé à l'arrière du premier étage, ce qui lui permettait de faire une entrée rapide et de vérifier ce que faisaient ses fidèles recrues et sous-fifres en arrivant de sa place de parking. Comme d'habitude, ils étaient vautrés dans le salon du sous-sol ou dans la salle de télévision du premier étage, dormant, discutant de politique, jouant au backgammon, à la mabusa ou à la narde, ou regardant des dessins animés abrutissants de Roadrunner. Ce qu'il n'a jamais vu, c'est un livre ouvert, comme c'est souvent le cas avec les droits et les ayants droit. La plupart d'entre eux étaient issus des classes supérieures ou gouvernementales de leur pays d'origine, et les études sérieuses avaient toujours été un défi culturel. Mais ce sont précisément ces jeunes gens qui constituent les meilleures recrues pour une philosophie radicale.

Lorsqu'il a enfin atteint son bureau, il a passé l'heure et demie suivante à jeter de la paperasse dans sa boîte de réception, à vérifier ses courriels et à écouter trop de nouveaux messages vocaux. À ce moment-là, il s'est dit qu'il s'était écoulé suffisamment de temps pour décrocher le téléphone et répondre aux nombreux appels du "président" Fred Gadsden - "tête de président", préférait-il l'appeler. Shaw détestait avoir affaire à des réceptionnistes, des secrétaires, des assistants ou tout autre gardien. À chaque étape de sa carrière, il se faisait un devoir de trouver les numéros de téléphone directs des personnes pour lesquelles il travaillait et des personnes pour lesquelles elles travaillaient. C'était une manœuvre de pouvoir classique. La possibilité de débarquer à l'improviste dans le bureau de quelqu'un et de le prendre au dépourvu, ne serait-ce que par téléphone, pouvait être déconcertante et intimidante pour les esprits étroits qui se trouvaient à l'autre bout du fil. Fred Gadsden en était un exemple classique.

"Fred," Shaw est passé à l'attaque, de manière bruyante et agressive. "J'ai reçu tes messages. Qu'est-ce qui se passe, bon sang ? Je me fais kidnapper lors d'un voyage de recherche et la prochaine chose que je sais, c'est que tu as donné mon travail ! Tu as intérêt à avoir une sacrée bonne raison, sinon je vais voir le syndicat, puis mon avocat."

"Une sacrée bonne raison ?" Gadsden commence à bégayer. "Tu te lèves et tu disparais juste au moment où le semestre devait commencer, et ensuite on reçoit tous ces appels du FBI..."

"Ces fascistes ? C'est des conneries, et tu le sais. J'ai été kidnappé et j'ai réussi à m'échapper de justesse. C'était l'idée de ce salaud de Jeff Bloomberg, n'est-ce pas ? Qu'est-ce qu'il a ? Des photos de toi avec des moutons ?"

"Ce n'est pas drôle, Henry ! Et cela enfreint la nouvelle politique du collège en matière de discours haineux."

"Pas assez politiquement correct, Fred ? Eh bien, je veux une réunion avec le doyen et le président, et je veux que toi et cet abruti de Bloomberg y soyez aussi. Cet après-midi, ou tu auras affaire à mes avocats."

"Ça me va, ils veulent aussi te parler !"

Shaw a raccroché en riant. Il adorait lancer des grenades.

La réunion a été fixée à 16 heures dans le bureau du président. Shaw est entré intentionnellement à 16 h 12 exactement, sachant que dix minutes de retard font une déclaration, tandis que quinze minutes de retard sont une impolitesse inacceptable. Sans surprise, il aperçoit dans un coin de la pièce quatre chaises soigneusement disposées en arc de cercle autour d'une cinquième. Près d'elles se tenaient Gadsden, Jason Schrempf, doyen des arts et des sciences, et la présidente du collège, Hermione Ringgold. La quatrième chaise, vraisemblablement réservée à Bloomberg, était vide, et la cinquième, vers laquelle toutes les autres étaient dirigées, était pour lui. Shaw sourit en s'avançant vers eux, se disant, que les jeux commencent.

"C'est bon de vous revoir, professeur", commence le président Ringgold, "et en un seul morceau".

"Je ne peux pas te dire à quel point c'est bon d'être de retour ici 'en un seul morceau', Hermione", répondit rapidement Shaw, ignorant son titre. Ils s'assirent tous, et il prit l'unique chaise qui faisait face aux trois autres, plus que prêt pour l'inquisition. "Ça a été une sacrée semaine."

"Nous comprenons donc", dit Ringgold en regardant sa montre, la chaise vide et enfin Gadsden avec une irritation évidente. Tout ce qu'il a fait, c'est de répondre par un haussement d'épaules confus. Comme tout bon bureaucrate, ils auraient tenu une réunion avant l'arrivée de Shaw, ce qui rendrait Bloomberg doublement en retard dans l'esprit de Ringgold. Elle est loin de s'en douter, se dit Shaw. "Pour en venir au fait, cependant, poursuit Ringgold, nous avons reçu une série d'appels téléphoniques et de visites du FBI et du département d'État concernant vos récents... "voyages". "

"Département d'État mon cul", a fulminé Shaw. "C'était la CIA !"

"C'est encore pire, professeur ! Pour être tout à fait franc, l'université reçoit un financement fédéral substantiel et nous n'apprécions pas une telle notoriété. Comme nous leur avons dit, nous ne savions pas que vous étiez allé quelque part, et certainement pas au Moyen-Orient, sans avoir d'abord obtenu l'approbation du département et de l'université", déclare fermement Ringgold, avant de le regarder avec assurance.

"Wow ! Mea Culpa, mais je ne comprends pas la confusion", a rapidement répondu Shaw. "Comme tu le sais, je travaille sur une importante subvention de l'UNESCO. Mon dernier renouvellement et la mise à jour que j'ai donnée au ministère le 30 mai indiquaient clairement que je ferais un bref voyage dans la région avant le début du semestre d'automne. Voici une copie de cette page et de la feuille de distribution, qui incluait Fred, le secrétaire du département et mon avocat, pour n'en nommer que quelques-uns", dit Shaw en tendant une feuille de papier à Ringgold. "S'il y a eu confusion sur ce que cela signifiait, eh bien... ce n'est pas de mon fait."

Les trois bureaucrates de l'université se sont rapidement penchés sur la feuille de papier. Ringgold et Schrempf s'échangèrent un regard, puis se tournèrent tous deux vers Gadsden, puisque le rapport avait été déposé auprès de lui et de son département.

"Hermione, tu ne crois pas que je lis tous les foutus..." Gadsden essaie de chuchoter.

"Oui, oui, je vois", dit Ringgold en se détournant et en essayant de retrouver son calme. "D'accord, mais qu'avez-vous à dire sur ces allégations concernant votre association avec des groupes terroristes en Turquie et en Syrie ?"

"C'est de la foutaise, concoctée par Big Brother à Washington en coopération avec la police secrète fasciste turque à Ankara. Ils feraient n'importe quoi pour empêcher le monde de connaître les effets à long terme du génocide et des mauvais traitements qu'ils ont perpétrés sur les minorités ethniques de leurs provinces orientales, ce qui est exactement ce que mes recherches montraient."

"Professeur", a lancé le doyen Schrempf. "Accusez-vous..."

"C'est exactement ce que je fais, et vous trois et le collège seriez en train de vous joindre à ce bon combat, d'affronter les nazis et les crypto-fascistes à Washington, s'ils n'avaient pas volé mes papiers et fait en sorte qu'on m'enlève de mon hôtel. Au début, j'ai cru qu'il s'agissait d'un enlèvement pur et simple pour obtenir une rançon. Ils m'ont conduit dans le désert et je les ai entendus parler. C'est alors que j'ai compris qu'il s'agissait d'agents du gouvernement turc et qu'ils allaient me tuer pour me faire taire. J'ai réussi à m'échapper, c'est pourquoi ils ont publié l'histoire selon laquelle je m'étais enfui avec des terroristes."

"Vous vous rendez compte que ce *n'est PAS* ce que le FBI nous a dit", a répondu le président Ringgold. "Et cela met le collège dans une position très difficile".

" Bien sûr ! C'est pour cela qu'ils l'ont fait. Le Département d'État et le FBI sont sous la coupe du Département de la Défense, qui veut que leurs bases en Turquie se battent dans une guerre malencontreuse au Moyen-Orient après l'autre. Ils feront tout ce que les Turcs leur diront de faire. Mais je sais que l'université et le bureau du président ne céderont pas à de telles pressions immorales. Vous vous tiendrez aux côtés de votre faculté et défendrez l'intégrité académique de cet établissement, n'est-ce pas ?" dit Shaw, sachant qu'il les tenait exactement là où il voulait qu'ils soient.

"Et en ce qui concerne mes cours", poursuit Shaw. "J'ai passé beaucoup de temps et d'énergie à préparer les cours de ce semestre, à la fois sur le campus et à Fort Bragg, et je ne vois pas comment vous pourriez me refuser l'opportunité d'enseigner à ces étudiants simplement parce que j'ai eu quelques jours de retard parce que les fascistes m'ont kidnappé et ont essayé de me tuer."

Il les faisait se tortiller maintenant, et c'est Fred Gadsden qui était coincé pour répondre. "Néanmoins, quand tu as disparu..."

"Disparu ? En parlant de disparition, où est le *remplaçant* que j'ai choisi, l'éminent professeur Bloomberg ?" Demande Shaw en regardant la chaise vide. "Eh bien, si vous n'y voyez pas d'objection, je vais retourner dans mon bureau et finaliser la préparation de mon cours, puisque c'est *moi qui le* donne *ce* soir. Je te laisse le soin d'annoncer la nouvelle à ce pauvre Bloomberg, si jamais il se présente."

Une fois Shaw débarrassé de ces petites distractions, il pouvait retourner à ses cours, et surtout terminer son recrutement et construire une cellule de fanatiques crachant du feu. À Fayetteville, en Caroline du Nord, et à Fort Bragg, cela devait être comme tirer sur des poissons dans un tonneau. Ils étaient les soldats de rang inférieur peu instruits d'une armée d'occupation étrangère. C'est ce qu'étaient les Américains au Viet Nam, en Irak et en Afghanistan, qu'ils veuillent l'admettre ou non, et ils ne pouvaient rassembler qu'une quantité limitée d'émotions et de patriotisme pour une cause qu'ils comprenaient à peine. Après les premières années, les effusions de sang et les housses mortuaires ont inévitablement fait des ravages.

C'est exactement ce que le calife lui avait dit : "Dans toute guerre, l'esprit martial commence à s'estomper après la première année, la spirale descendante s'accélère après la troisième année, et elle est irréversible après la cinquième. Ce qui commence par des plaintes mineures et des grondements de soldats mécontents remonte rapidement la chaîne de commandement, en passant par les sergents et les officiers de rang inférieur. Tout le monde le voit, tout le monde le sait et tout le monde le nie."

Si l'on ajoute à cela les divisions ethniques et religieuses, les mauvaises rémunérations et les séparations familiales, le moral et le recrutement chutent rapidement. Les nouveaux enrôlés n'atteignent jamais le niveau des hommes qu'ils remplacent, et la spirale de la mort se poursuit. Ce sont ces hommes que le calife voulait qu'il recrute - les hommes plus âgés, plus amers et de rang moyen. Ce sont eux qui ont l'expérience du combat, qui ont vu du sang et qui savent comment tuer. Payez-les, achetez-leur des choses, convainquez-les qu'ils sont les élus. Tandis que l'armée les déplaçait d'un poste à l'autre, propageant la cellule poste après poste, sa cellule maîtresse étendait ses tentacules, augmentant de façon exponentielle jusqu'à ce qu'elle s'insinue dans toutes les grandes bases militaires à travers les États-Unis et à l'étranger. Ce faisant, ses hommes éliminaient les principaux dirigeants, semaient la discorde et mettaient à mal la "grosse machine verte" des opérations spéciales.

CHAPITRE QUATORZE

Sherwood Forest, Caroline du Nord

Dans le coin petit-déjeuner de la cuisine de la maison principale, il y avait une petite table qui convenait parfaitement pour deux personnes. Elle était placée dans une baie vitrée qui donnait sur un jardin à l'anglaise et sur les champs et les bois derrière la maison. Franchement, le jardin anglais avait connu des jours meilleurs. Lorsque Bob et Linda l'ont vu pour la première fois, il était immaculé, comme si quelqu'un, probablement un Britannique que les anciens propriétaires avaient importé pour ce travail, avait dû tailler les buis avec des tondeuses à ongles.

Bob avait engagé un service local pour s'occuper de tous les terrains, mais ce ne serait jamais pareil. Néanmoins, à 5 h 45 du matin, lorsque le soleil commençait à poindre à travers les arbres, il pensait que c'était le plus bel endroit au monde pour s'asseoir, prendre sa première tasse de café et parcourir les éditions en ligne du *Army Times,* du *Fayetteville Observer-Times* et du *Washington Post,* avant que le reste de la maison ne soit debout et que les choses ne s'emballent. Ce sont les trois quotidiens qui l'affectent le plus, lui et son entreprise. Ensuite, il jetait un coup d'œil sur les onglets des contrats fédéraux de *Government Executive, de FCW* sur la technologie fédérale et du *Federal Times* pour voir quels méfaits les pirates du Potomac avaient causés depuis le matin précédent.

À un demi-mille à l'ouest, par la baie vitrée, au-delà du jardin et de la limite des arbres, s'étendait la rivière Cape Fear. S'il pouvait voir à travers les arbres et de l'autre côté de la rivière, ce qui n'était pas le cas, il verrait la limite sud-est de Fort Bragg, ce qui ne veut pas dire qu'il ne savait pas exactement ce qui se passait là-bas à cette heure de la matinée. À "0h 545", comme ils l'appelaient, les troupes aéroportées et les troupes d'opérations spéciales étaient déjà sorties de leurs baraquements et alignées pour les exercices physiques dans les secteurs de leur compagnie. L'herbe était mouillée et l'air épais et brumeux - parfait pour leurs courses matinales en petits groupes, en pelotons ou même en formations de compagnie, en comptant la cadence et en chantant "Je veux être un Ranger aéroporté, vivant de sang, de tripes et de danger", avec de nombreux autres versets et variations qui ne sont généralement pas destinés à une compagnie mixte. Pendant qu'ils couraient à travers le poste, chaque botte ou chaussure de course frappait le sol à l'unisson. C'était l'une de ces activités psychologiquement cohésives qui lient les hommes et les unités entre eux ; quelque chose que vous ne pouvez pas expliquer aux "civils", aux avocats ou aux présidents qui n'en ont jamais fait.

En moins d'une heure et demie, ils avaient installé leurs quartiers, pris leur petit déjeuner et partaient s'entraîner, travailler ou travailler dans l'un des dizaines de champs de tir et de zones d'entraînement situés dans les vastes forêts de pins au nord-ouest. Une ou deux fois par mois, ils se rassemblaient et se rendaient en bus à l'aérodrome militaire de Pope, qui fait maintenant partie de Fort Bragg, où ils s'équipaient et montaient à bord de C-130 pour un saut à l'aube.

Boire son café du matin dans la baie vitrée était une excellente façon de se réveiller, pensait Bob. Mais à côté d'un combat acharné et du bruit des balles qui vous passent au-dessus de la tête, il n'y avait pas de meilleur moyen de faire pomper le sang le matin que de sauter d'un C-130 dans les zones de largage de Normandie, de Sicile ou de Hollande, ou dans l'une des deux douzaines d'autres situées encore plus à l'ouest, à Fort Bragg. Mon Dieu, pensa Bob, cet endroit lui manquait !

Une fois qu'il avait fini de lire les journaux, il se rendait généralement à la salle de sport pour une séance d'entraînement brutale avec des poids et un sac lourd, courait rapidement trois miles autour de la ferme, revenait à temps pour prendre une douche rapide et se raser, et se retrouvait dans la cuisine à temps pour préparer le petit déjeuner pour Ellie et Godzilla lorsqu'ils descendaient les escaliers en bondissant pour aller à l'école. Il est amusant de constater que le seul moment où le pit-cat le tolérait, c'était lorsqu'il avait cette boîte de nourriture pour chats Fancy Feast dans la main. Le regarder sauter sur sa table et le regarder fixement était... inestimable ! L'affection feinte ne durait que jusqu'à ce qu'il pose le plat du chat sur le sol, et alors la même vieille bête reviendrait. Et qui a dit que les animaux de compagnie n'étaient pas comme les gens ?

L'autre avantage de se lever à cette heure-là, c'est qu'il avait une heure d'avance sur le bureau de Chicago. Il appelait généralement Marianne, qu'il avait nommée présidente quelques semaines auparavant. Ils discutaient rapidement des problèmes de la journée après qu'elle ait eu le temps de trier le courrier de l'entreprise. Ainsi, à 9 heures du matin, alors que le reste du monde arrive à peine à son bureau, Bob contrôle déjà les deux extrémités de son empire commercial nord-sud.

Ce matin-là, cependant, les choses ont commencé un peu différemment. Il venait de s'asseoir dans le coin petit-déjeuner avec cette première tasse de café lorsqu'il a décidé de prendre son téléphone portable et a appuyé sur le numéro abrégé du sergent-major de commandement Pat O'Connor, le bras droit du général Arnold Stansky. Il savait que Pat serait lui aussi debout à cette heure-là, et il voulait savoir pourquoi Stansky avait laissé le message qu'il voulait le voir. Ils ne devaient déjeuner que mardi prochain, après le retour de Stansky d'Europe, mais sa curiosité prenait le dessus.

À la troisième sonnerie, il entend la salutation croustillante de la cour de parade du sergent-major du commandement. "O'Connor, Monsieur. Que puis-je faire pour vous aider à passer une bonne journée ?"

"Pat, Bob Burke est là..."

"J'entends les C-130 qui s'échauffent à Pope, monsieur. C'est une belle matinée aéroportée, tu veux aller sauter ?"

"J'aimerais bien, Pat, mais tu sais comment sont les jeunes épouses. Elle me tuerait."

"Ça fait pleurer un homme d'entendre des mots comme ça venant d'un guerrier comme vous, Major".

"J'en suis sûr !" Bob éclate de rire. "Hé, pendant que j'étais en déplacement, je crois que tu as appelé, ou peut-être que c'était le général, pour organiser un déjeuner avec moi au JSOC mardi prochain. Pour me donner un petit coup de pouce, tu sais ce qu'il veut ?"

Cette fois, c'est au tour d'O'Connor de rire. "Major, toi et moi, nous sommes ce qu'on appelle des "soulageurs de stress". De temps en temps, quand le vieux en a assez de râler et de me ronger, il appelle l'enclos des taureaux et te fait venir."

"De la viande fraîche ?"

"Ou une oreille fraîche, en tout cas. À son âge, je ne suis pas sûr que la viande fraîche doive encore figurer à son menu, mais tu sais écouter et il apprécie cela."

"Sais-tu ce qui le dérange cette fois-ci ?"

Il y a eu un long silence à l'autre bout du fil, avant que O'Connor ne dise : "Oh, c'est vrai, tu n'étais pas en ville ; donc, je suppose que tu n'as pas entendu. Une opération a très mal tourné dans le désert, et nous avons perdu des gens il y a quelques jours... certains d'entre eux étaient les tiens."

"Quelques-uns des miens ?"

"Tout est classé, donc je ne peux rien dire d'autre ; mais je suis sûr que tu peux obtenir le reste si tu demandes autour de toi."

"Tu crois que c'est de ça qu'il veut parler ?"

"Plus que probablement. Et pour me défouler sur les conneries politiques en cours - les coupes budgétaires, les réductions d'effectifs dans les opérations spéciales, et le fait que ce sont des bureaucrates et cette foutue armée de l'air qui dirigent le Pentagone aujourd'hui. Ils en savent peut-être beaucoup sur les ordinateurs et les logiciels, mais ils ne savent absolument pas comment employer correctement des bottes sur le terrain."

"Copie ça. Il n'aura aucun désaccord de ma part", soupire Bob en regardant par la fenêtre un autre des premiers rayons d'un glorieux lever de soleil rouge, or et orange s'élevant au-dessus des arbres. "Comme tu peux le comprendre, Pat, je vais passer quelques coups de fil, mais je te verrai mardi".

"J'ai hâte d'y être, monsieur. Et je laisserai un laissez-passer à l'entrée pour vous."

Bob se lève du fauteuil, se verse une autre tasse de café et appuie sur un autre numéro abrégé de son téléphone portable. Trois sonneries plus tard, une autre voix familière a répondu : "Maison de retraite Sunny Acres, c'est Ace le gardien qui vous parle."

"Que s'est-il passé en Afghanistan ?"

"Major, j'ai essayé de vous appeler il y a quelques jours quand l'histoire a commencé à se répandre, mais vous n'étiez pas en ville. Je me suis dit que ça pouvait attendre votre retour."

"Eh bien, je suis de retour. J'ai entendu dire que nous avions perdu des gens ?"

"Oui, Lonzo et The Batman ont été tués, ainsi que deux autres gars de l'unité, le lieutenant 'Fonzi' Winkler et le sergent Leo 'Beer' Stein. Je ne pense pas que tu aies servi avec l'un ou l'autre. Je pense qu'ils sont tous les deux arrivés plus tard, après que tu aies pris ta retraite."

Bob est resté silencieux pendant un moment. "Ça peut être une affaire qui prend aux tripes, n'est-ce pas ?" dit-il finalement. "Je crois que je me souviens de Stein, mais pas de ce lieutenant. Ils étaient trop nombreux à l'époque ", dit Bob. "Mais perdre quatre Deltas en une seule opération ? Pas étonnant que le vieux soit en colère. Qu'est-ce qui s'est passé ? Pat O'Connor n'a rien pu me dire."

"C'est tout ce que je sais, sauf que les tambours de la jungle ont dit que c'était un mauvais Op".

"Tu oublies que je connais moi-même quelques trucs sur les mauvaises opérations. Où étaient-ils ?"

"La Syrie, entre autres. D'après ce que j'ai entendu, huit de nos gars sont allés couvrir une section d'infanterie irakienne, qui s'est envolée à bord d'un Chinook pour un assaut nocturne sur une maison dans la banlieue de Raqqah."

"Raqqah ? C'est le pays d'ISIS."

"Bien reçu, le pire du pire".

"Et ensuite, tout est parti en vrille ?"

"Aussi loin qu'il peut descendre. Les Irakiens faisaient leurs meilleures imitations de John Wayne *Sands of Iwo Jima* en chargeant la maison, mais c'était un piège. Les méchants attendaient, et tout leur a explosé à la figure, tuant la plupart des fantassins irakiens. Leur Chinook a essayé de s'enfuir, mais il a été touché par un lance-roquettes et a explosé. À ce moment-là, il n'y avait plus grand-chose à faire pour nos hommes, alors ils ont abandonné et sont retournés à leur LZ pour un ramassage rapide, en essuyant des tirs tout le long du chemin. Les méchants étaient partout dans la zone d'atterrissage. Lorsque les Stealth Hawks ont atterri et qu'ils ont sauté à bord, l'oiseau qui transportait Lonzo, The Bulldog, Fonzi et Beer Stein a été touché par un autre RPG et a explosé lui aussi."

"Jésus. Quel fiasco. On dirait une opération imaginée par le crétin Adkins."

"Ça aurait pu être le cas, mais je n'en suis pas sûr".

"D'accord, mais qu'en est-il de Lonzo, du Batman et des deux autres gars qui ont été tués ? Est-ce qu'il y aura un service ?"

"On parle d'un service commémoratif. Peut-être la semaine prochaine, mais ils n'ont pas pu récupérer de restes. L'hélicoptère a explosé, s'est écrasé et a brûlé, puis ils l'ont touché avec deux missiles Hellfire."

"Pour protéger la technologie furtive, bien sûr", acquiesce Bob. "Mais tu as dit qu'il y avait huit gars et deux oiseaux sur l'opération, qui étaient les autres ?".

"Koz et le bouledogue..."

"Koz ? J'aimerais bien lui parler à son retour, pour savoir ce qui s'est passé."

"Tu n'as pas besoin d'attendre. Il est arrivé hier : lui, le Batman, et les deux autres gars qui étaient à bord de cet oiseau. Tu ne les connais probablement pas non plus, deux sergents nommés 'The Prez' Washington et 'Illegal' Rodriguez."

"Ils les ont ramenés tout de suite ? C'est un retournement de situation rapide", commente Bob. "Il se passe quelque chose d'autre. Qu'est-ce que c'est ?"

"Tu dois demander à Koz. Il n'a pas été très coopératif avec moi. Les autres non plus. Je n'ai eu droit qu'à des conneries. Peut-être qu'il te donnera l'heure juste", lui dit Ace.

Bob réfléchit un instant. "Très bien, Linda a parlé d'organiser un barbecue à Sherwood dimanche après-midi. Je ne pensais pas que c'était une bonne idée avec tant de gars partis, mais maintenant ça semble parfait. Nous inviterons tous les Merry Men et tu peux inviter tous les autres gars que tu connais et qui sont en ville. Disons qu'il est 13 h. Dis à Koz et au Bulldog. Après quelques bières, quelques torsions de bras et quelques coups de tête, nous irons au fond des choses. Dis-leur qu'ils peuvent courir, mais qu'ils ne peuvent pas se cacher."

"Je le ferai".

"Oh, et en parlant de coups de tête, j'ai une autre petite corvée pour vous, sergent-chef. Les Geeks s'ennuient. Ils se sont rendus fous, ainsi que Linda, alors emmenez-les derrière la grange et ayez une séance de 'retour à Jésus' avec eux."

"Comment se fait-il que je ne sois jamais le bon flic ?"

"Oh, tu te renfrognes tellement mieux que moi. Quoi qu'il en soit, utilise ton imagination. Tu peux menacer de renvoyer Patsy à Chicago, d'expulser 'le Russe fou', comme l'appelle maintenant Linda, ou de les envoyer dans le 'sud des quarante' ramasser des copeaux de vache, pour ce que j'en ai à faire. Fais simplement comprendre que nous attendons d'eux qu'ils remettent leurs jeunes fesses au travail, sinon."

"Est-ce que je peux m'amuser ?" demande Ace.

"Tu veux dire une cagoule noire, un 9 millimètres et le waterboarding ? N'allons pas aussi loin."

"Merde, ça commençait à être amusant".

"Et dis-leur que je passerai les voir à la première heure dimanche matin. J'ai quelques tâches à leur confier pour qu'ils se préparent à la fête. Ce sera leur pénitence."

CHAPITRE QUINZE

Fayetteville, Caroline du Nord

Henry Shaw a toujours préféré son bureau au centre musulman des étudiants à celui du département de sociologie, mais il devait faire une apparition symbolique de temps en temps. Le bâtiment du département se trouvait au milieu du campus, et il avait l'impression que quelqu'un était toujours sous la coupe de quelqu'un quand il était là. Ils surveillaient et écoutaient tout ce qu'il disait et faisait, mais au CSM, il était le roi, le Grand Vizir, le Big Kahuna, ou peu importe. Certes, son "califat" était peut-être beaucoup plus petit que celui d'Abu Bakr al-Zaeim, mais c'était le sien, et chacun des deux douzaines d'hommes qui traînaient à l'intérieur était un fidèle. Ils avaient intérêt à l'être. Il avait recruté chacun d'entre eux et il allait bientôt les mettre à l'épreuve.

N'ayant jamais été un lève-tôt, lorsqu'il est entré dans le bureau de son service vers 10 heures le lendemain matin, il s'attendait à trouver le corps de Jeff Bloomberg drapé sur son bureau et deux flics de Fayetteville en manque de bière debout à côté, les bras croisés, attendant de se jeter sur lui avec les menottes. Même si cela ne s'est pas produit, il savait qu'il devait être prudent. À présent, il s'attendait à ce que le FBI, la CIA, la NSA, la police de Fayetteville, les flics à louer du campus et même l'attrapeur de chiens du comté le surveillent vingt-quatre heures sur vingt-quatre, avec des mouchards sur ses téléphones, des cookies et des robots espions dans son ordinateur, des micro-caméras vidéo dernier cri cachées dans chaque pièce de sa maison et de son bureau, et une douzaine d'agents qui le suivaient à travers la ville. Mais pas ici. Le Centre musulman des étudiants était toxique pour l'administration du collège et était devenu son sanctuaire personnel "trop politiquement correct pour oser y toucher". Malgré tout, il a jeté un coup d'œil rapide pour trouver une caméra ou un mouchard, mais il n'a rien trouvé. Au fil de la journée, il en est venu à la conclusion que soit les fédéraux étaient très, très bons dans ce qu'ils faisaient, soit ils n'étaient pas là au départ.

Son recrutement était terminé. Suivant les conseils du calife et d'Aslan Khan, il avait fait une recherche intense des candidats les plus probables de ses classes et avait trouvé dix-huit jeunes hommes prêts à exécuter ses ordres, à des degrés divers. Ils prétendaient s'engager à affronter le Grand Satan et à attaquer le château du Croisé, à condition qu'il puisse continuer à attiser leurs passions, leur fournir suffisamment d'"incitations" et les faire sortir de la télévision et des salles de jeux. Il apprenait que *The Roadrunner*, *Shark Tank* et *Iron Chef* pendant la journée et le porno soft de fin de soirée sur Cinemax étaient vraiment des inventions du Diable, conçues pour kidnapper l'esprit de jeunes hommes arabes impressionnables. Leur enthousiasme et leur capacité d'attention étaient toujours de courte durée. S'il ne devenait pas "opérationnel" et ne commençait pas bientôt à semer la pagaille à Fayetteville et à Fort Bragg, ils s'éteindraient et disparaîtraient aussi vite qu'ils étaient venus. Malheureusement, Shaw n'est pas prêt. Jusqu'à ce qu'il le soit, il doit faire profil bas jusqu'à ce qu'il puisse lancer une série d'attaques coordonnées et dévastatrices. Malheureusement, Henry Shaw n'a jamais su attendre. Cela le rendait nerveux et à bout de nerfs, tandis que ses meilleurs anges continuaient à lui murmurer à l'oreille : "Reste sous leur radar ; reste sous leur radar !". Parfois, cependant, peu importe la prudence dont vous faites preuve, "le radar" vous trouve quand même.

Il était presque 14 heures et, comme prévu, il n'avait reçu aucune réponse de Gadsden, de Schrempf ou de son Altesse, Hermione Ringgold, elle-même. Il avait fait l'une de ses apparitions symboliques dans son bureau du département de sociologie, tuant le temps en examinant les notes léchées qu'il utiliserait pour son premier cours plus tard dans l'après-midi. C'était un cours d'introduction à la sociologie pour les étudiants de première année, quelque chose qu'il détestait presque autant que le minuscule bureau qu'on lui avait collé ce semestre. Il faisait partie d'un nouveau groupe de cinq bureaux avec une petite salle d'attente centrale. L'idée stupide de Gadsden, sans aucun doute, se voulait un affront personnel de la part d'un bureaucrate qui n'avait pas le courage de s'attaquer directement à Shaw.

Cependant, étant donné la rareté de l'utilisation de ces bureaux, quelqu'un chargé de l'aménagement de l'espace et de la décoration intérieure de l'université a dû faire des calculs et décider que cet arrangement serré était moins coûteux et tellement plus efficace. Ce petit bureau exigu et ce cours étaient indignes de lui, mais Shaw n'avait pas le choix. Pourtant, il était passé maître dans l'art de rendre ce qu'il avait reçu, que ce soit bon ou mauvais. Il a mis au point un cours recyclé emprunté à des cours de premier cycle qu'il avait suivis et à une demi-douzaine de textes standard sur le sujet. "De la sociologie de bande dessinée, pensa-t-il, du "manga", mais c'était tout ce que ces crétins méritaient.

Il s'est assis et a senti la tension monter en lui. Il savait qu'il avait besoin de quelque chose qui l'aiderait à se détendre et à se calmer avant qu'il n'explose. Il avait fumé la dernière dose de dope avant de partir pour la Turquie et sentait déjà la tension monter quand son assistante, Stephanie Brisbane, est entrée en courant dans son petit bureau, toute rouge et essoufflée. Les bureaux des aides-enseignants se trouvaient ici, dans le bâtiment du département, et le fait de la revoir lui a donné une excellente idée sur la façon de se débarrasser de la tension.

"Oh, mon Dieu, Henry... ! Professeur Shaw, je veux dire ", se corrige-t-elle rapidement en se retournant vers les autres bureaux, mais constate qu'ils sont seuls.

"Oh, mon Dieu ! Steph ? Vraiment ?", dit-il en riant. "Tu sais combien de fois j'ai entendu ça hier soir ? Le problème, c'est que je ne pouvais pas dire si c'était toi ou Amy... et je ne suis pas sûr que ça m'intéresse."

"Henry ! Écoute-moi", dit-elle en essayant de redevenir sérieuse. "Tu as entendu parler du professeur Bloomberg ? Il est mort."

"Mort ? Sans blague ?" Il se rassit sur sa chaise, déçu qu'ils aient trouvé le corps de Bloomberg si tôt. La décharge semblait être une si bonne idée à l'époque. "Ferme la porte, Steph", lui dit-il. Ses mains le picotaient depuis qu'il avait brisé le cou de Bloomberg et il avait besoin de quelque chose pour se calmer. Stephanie était exactement ce que le docteur avait ordonné. "Viens par ici." Il lui tapota le genou. "Tu pourras me raconter tout ça".

"Tu ne penses qu'à ça ?" Elle le dévisagea avec méfiance, mais elle savait exactement ce qui allait se passer lorsqu'elle retourna, ferma la porte à clé et s'assit quand même sur ses genoux. "C'est partout dans les nouvelles, tu sais, et sur Internet. Ils disent que son corps est tombé d'une benne à ordures quand le camion l'a renversée dans la décharge de la ville. Tu peux croire ça ? C'est dégueulasse, hein ?"

"Dégueulasse, carrément", a-t-il répondu en commençant à embrasser son cou et à la caresser. "Tu m'as excité hier soir, Steph. À quoi t'attendais-tu ?" Il a poussé les livres et les papiers de côté et l'a soulevée sur son bureau.

"Nous avons cours dans vingt minutes, Henry." Elle lui sourit tandis qu'il soulève sa jupe et la repose sur le bureau. "Tu es sûr qu'on a le temps ?", a-t-elle gloussé.

"Oh, ne t'inquiète pas, je ne te déçois jamais", a-t-il promis.

"Tu ferais mieux de ne pas le faire. Je n'ai pas baisé sur le bureau d'un professeur depuis que j'étais en première année."

Cela ne les a arrêtés ni l'un ni l'autre, et ils venaient juste d'atteindre leur vitesse maximale lorsque le téléphone de son bureau a sonné. À contrecœur, il regarde l'écran et constate que l'appel provient de cet abruti de Fred Gadsden. Shaw le laisse sonner. Puis, après réflexion, il a baissé les yeux vers Stéphanie et a posé son doigt sur ses lèvres. "Chut", a-t-il dit avant de décrocher le récepteur, mais il a continué à pomper.

"Tu es vraiment un salaud", a-t-elle gémi, mais elle ne s'est pas arrêtée non plus.

" Fred ! J'ai cours dans quelques minutes. Que puis-je faire pour toi ?" demande Shaw.

"Tu as l'air tout essoufflé, Henry".

"Oh, juste mon entraînement cardio habituel de l'après-midi. Mais si c'est à propos de Jeff Bloomberg, je viens de le voir sur le web. Wow, qu'est-ce qui s'est passé ?"

"Je ne sais pas, mais la police de Fayetteville a appelé. Ils veulent nous rencontrer, toi, moi et d'autres membres de la faculté, plus tard dans l'après-midi. Je t'ai cherché autour du bâtiment du département tout à l'heure, mais je ne t'ai pas trouvé."

"Eh bien, je ne suis revenu ici que tout à l'heure".

"Oui, tu sembles passer énormément de temps dans ce centre musulman maintenant".

"C'est parce que j'ai beaucoup de choses à faire là-bas en ce moment".

"D'accord, d'accord. Je ne vais pas me disputer avec toi. Je dirai à la police qu'elle peut te retrouver *ici,* dans le *bureau de* ton *département,* quand ton cours sera terminé."

"Très bien", a-t-il répondu en regardant Stéphanie. Elle avait les yeux fermés et le visage rougi. Elle se mordait la lèvre et s'accrochait à lui des deux mains en se balançant d'avant en arrière. Il la tenait bien, alors qu'il disait : "Mon bureau est vraiment en désordre en ce moment, mais je le remettrai en ordre d'ici là."

"Ton bureau ? Je doute que la police s'en préoccupe. Contente-toi d'être là", dit Gadsden en raccrochant.

"Oh, mon Dieu", s'exclame soudain Stéphanie, haletante. "Oh, mon Dieu."

"Voilà que tu recommences", lui dit-il en se penchant en avant et en lui donnant un long baiser humide, "mais je peux certainement comprendre ta confusion". Finalement, il s'est éloigné d'elle et a remonté son pantalon.

Elle roula lentement hors du bureau, et essaya également de se remettre en place, avant de s'approcher, de poser ses mains sur sa poitrine, et de demander : "J'ai une question importante à te poser, Henry. Qu'est-ce que tu prévois pour moi pour le prochain semestre et l'année prochaine ?"

"Pour avoir un bureau plus grand, avec un canapé, j'espère".

"Non, idiot." Elle lui donne une tape amusante sur le bras. "Je veux parler de moi et de ma position. Je dois aussi faire des projets, tu sais."

"Je pensais que ta position était très bien". Il lui sourit.

"Je suis sérieuse !" dit-elle en lui donnant une autre gifle, plus forte cette fois.

"Je te taquine", a-t-il répondu en la rapprochant et en lui donnant un autre long baiser. "Ne t'inquiète pas, Steph, tu es une grande partie de mes projets. Une grande partie. Ce sera une surprise, crois-moi. Oh, et après les cours, je dois rencontrer les flics de Fayetteville dans les bureaux du département pour parler de Bloomberg, alors tu restes ici. Après tout, on ne voudrait pas qu'ils se fassent de fausses idées sur ce qui se passe ici, n'est-ce pas ?"

Il s'est promené tranquillement sur le campus après la fin de son cours avant de se rendre au bureau de son département, espérant qu'ils abandonneraient et iraient déranger quelqu'un d'autre s'il les laissait refroidir leurs talons pendant quarante-cinq minutes, mais il s'est trompé. En entrant dans la suite de bureaux, il a vu trois hommes en veste et cravate appuyés contre les murs de la zone d'attente centrale devant sa porte. De toute évidence, ce n'étaient pas des universitaires. L'un d'eux était plus âgé, avait les cheveux courts et portait un costume gris foncé bon marché qui aurait pu sortir du rayon chez Sears, une chemise blanche froissée et une cravate à carreaux à pince. Armée, pensa Shaw. On aurait dit qu'il se faisait encore couper les cheveux au poste. Le second était plus jeune, vêtu d'un jean bleu et d'un polo vert sous un blazer en lin dont les manches remontaient sur ses avant-bras. Il portait une barbe branchée, taillée de près, et des cheveux ébouriffés à la mode. Les deux fumaient, et le plus jeune avait sa chaussure appuyée contre le mur derrière lui. Des flics, devine Shaw. Sans doute les inspecteurs de la police de Fayetteville "susmentionnés".

Lorsque Shaw est entré dans la pièce, ils l'ont regardé avec l'indifférence étudiée de deux croque-morts essayant de déterminer la quantité de travail que ce macchabée pourrait nécessiter. Mais la surprise de l'après-midi fut de voir son vieil "ami" du FBI à Chypre, Tom Pendergrass, qui était assis sur le canapé le long du mur le plus éloigné. Shaw jura que Pendergrass portait le même costume fripé et la même cravate rayée bon marché que la dernière fois qu'ils s'étaient rencontrés. Mais ce sont des poids légers, pensait-il, tous autant qu'ils sont.

"Eh bien, si ce n'est pas l'agent spécial Pendergrass", dit Shaw, ignorant les deux flics pour offrir à la Fédé un mince sourire froid. "Vous êtes arrivé ici rapidement, n'est-ce pas ? Je suppose que vous avez dû bénéficier de meilleures correspondances aériennes que moi."

"À quoi peux-tu t'attendre quand tu vas au chômage ?" Pendergrass a répliqué. "Pouvons-nous entrer dans votre bureau, professeur Shaw ? Nous avons quelques points à discuter avec vous."

"Personne ne va me lire mes droits ?" Shaw a jeté un regard plein d'attente sur les deux autres.

"Vous n'en avez pas", répond le détective le plus âgé de Fayetteville.

"Tu sais que tu enfreins tout un livre de lois rempli d'ordonnances municipales et de règles de l'université en fumant dans l'un de nos bâtiments scolaires, n'est-ce pas ?".

"La journée a été longue, *Per-fesser*. Ne nous énerve pas." Le plus jeune détective a laissé tomber sa cigarette sur le carrelage et l'a écrasée. "On a creusé jusqu'aux chevilles dans une décharge. Alors tu peux ouvrir la porte de ton maudit bureau et nous pouvons entrer et discuter, gentiment, ou bien nous pouvons envoyer ton petit malin en ville. Rien ne garantit que ta paperasse ne se perdra pas et que tu ne verras pas la lumière du jour avant le milieu de la semaine prochaine, mais qu'importe."

Shaw haussa les épaules, tourna la poignée de la porte et poussa la porte de son bureau non verrouillé. "Si c'est si important, vous auriez pu commencer sans moi". Shaw entra et se cala dans son fauteuil de bureau tandis que les trois policiers prenaient les chaises en face. Pendergrass fut le premier à prendre la parole, ce qui en disait long à Shaw sur l'ordre hiérarchique qui régnait ici.

"Voici l'inspecteur Harry Van Zandt et l'inspecteur George Greenfield de la police de Fayetteville", commence Pendergrass, jusqu'à ce que Shaw le devance.

"Que diable est-il arrivé au professeur Bloomberg ?" Shaw s'est penché en avant.

"Et nous étions en train d'espérer que vous pourriez nous le dire", a répondu l'inspecteur le plus âgé, Greenfield.

"Moi ? Je le connaissais à peine. Comme l'attestera mon "agent" de voyage Pendergrass, je ne suis rentré de Chypre qu'hier soir. Après avoir voyagé pendant un jour et demi, je ne me suis même pas levé avant midi aujourd'hui."

"Tu as quelqu'un qui peut corroborer ça ?" demande Van Zandt.

"Corroborer ? Si nécessaire, mais je ne suis pas du genre à embrasser et à dire, inspecteur."

"C'est comme ça, hein ?" Van Zandt l'a regardé et a souri.

Shaw lui a fait un haussement d'épaules embarrassé. "Parfois, tu as de la chance. Que puis-je dire ?"

"Comment ça, tu ne le connaissais pas ?" demande Greenfield.

Shaw pose ses pieds et s'assoit en avant. "Lui et moi sommes tous les deux nouveaux ici ; nous ne sommes à la faculté que depuis un an environ. À part avoir fumé quelques joints avec lui lors d'une réunion du département... je plaisante. Je ne le connaissais pas parce que je n'avais aucune raison de le connaître. D'ailleurs, tu as dit que tu avais trouvé son corps dans la décharge de la ville ? Je ne sais même pas où c'est."

"Elle est tombée d'une benne à ordures qui avait été garée dans un club du boulevard Bragg, un endroit appelé My Secrets", a répondu Greenfield. "Tu en as entendu parler ? Tu y es déjà allé ?"

Shaw sourit. "C'est une jolie façon de me demander quelque chose que tu ne devrais pas me demander, n'est-ce pas, inspecteur ? Comme tout le monde le sait sur le campus, My Secrets est l'un des bars gay les plus connus de la ville. Et comme tout le monde sur le campus le sait aussi, je suis notoirement hétérosexuel. Mais pour la petite histoire, non. Je n'y suis jamais allé. Quant au professeur Bloomberg ? Je n'en sais rien. Mais que lui est-il arrivé ? Penses-tu qu'il s'agit d'un meurtre ?"

"Tu crois qu'il a grimpé tout seul dans cette benne à ordures ?" Greenfield a reniflé. "Il avait une grosse contusion sur le côté droit de la tête. La meilleure hypothèse est qu'il a été frappé là par quelque chose de dur - une planche, un tuyau en métal, quelque chose comme ça."

"Son côté droit ? Alors tu cherches quelqu'un qui est gaucher, n'est-ce pas ?"

Demande innocemment Shaw en levant les mains et en remuant les doigts. "Je suis droitier."

"Vous avez trop regardé la télévision, professeur. Ça ne veut pas dire que le criminel était gaucher, ça veut juste dire qu'il avait l'arme dans sa main gauche quand il l'a utilisée, ou peut-être qu'il l'a attaqué par derrière", rétorque Van Zandt. "De plus, ce qui a tué le gars, c'est une fracture du cou. Quelqu'un l'a cassé comme une branche de pin sèche".

"Oh, dégueulasse !" Shaw frissonne et se tourne vers l'agent spécial Pendergrass. " Mais dis-moi... Tom, si je peux t'appeler ainsi, qu'est-ce qui fait de cette affaire un problème fédéral ? L'utilisation abusive de la décharge ? La surcharge des bennes ?"

"Non, un peu d'aide locale". Pendergrass sourit. "Mais droitier ou gaucher, briser le cou d'un homme comme ça n'est pas facile. Vous étiez un Marine si je me souviens bien, n'est-ce pas ?"

"Mais pas un très bon, comme je suis sûr que tu t'en souviens aussi".

"C'est des conneries. Bon ou mauvais, le combat sans arme et le meurtre silencieux étaient enseignés au camp d'entraînement des marines à Parris Island quand j'y suis passé, et l'ont probablement toujours été", a interjeté Greenfield. "On appelle ça une manivelle du cou ou une fracture du pendu, et ce qu'il faut, c'est des mains fortes, une bonne technique et une très mauvaise attitude."

Shaw a levé les mains et agité les doigts. "Inspecteurs, je les utilise pour des activités bien plus agréables, comme les filles du campus seront heureuses de l'attester. Mais si vous n'avez pas d'autres questions, je dois retourner à la préparation de mon cours."

Les trois hommes se sont regardés un instant, puis se sont levés. "D'accord, *Per-fesser*", dit Harry Van Zandt alors qu'il franchit la porte avec Greenfield. "Ça suffira pour l'instant, mais faites-nous savoir si vous avez l'intention d'aller quelque part".

"On dirait *Law and Order*, ou *CSI*", a répondu Shaw avec un sourire confiant.

"Peut-être", dit Pendergrass en s'arrêtant dans l'embrasure de la porte et en souriant à son tour à Shaw. "Mais ne vous inquiétez pas, je suis sûr que vous et moi nous reverrons d'ici peu, professeur".

Lorsque Pendergrass et les deux autres se sont retournés et sont sortis, Henry Shaw n'a pas cillé mais il a senti son sourire s'effacer. Ils avaient raison. Les Marines lui ont appris beaucoup de choses, notamment à briser le cou d'un homme, mais ils lui ont aussi appris à ne jamais sous-estimer un ennemi, et c'est ce que son propre ego monstrueux venait de faire. Il avait sous-estimé Pendergrass depuis Chypre, et c'était stupide. Cet homme ressemblait peut-être à Leonard Hofstadter dans *The Big Bang*

Theory, mais à quel point était-il intelligent ? N'importe qui peut résoudre un crime lorsqu'il sait qui l'a commis et qu'il peut remonter le fil de l'histoire. C'est probablement ce que Pendergrass était en train de faire à ce moment précis, et Shaw savait qu'il devait passer ses plans à la vitesse supérieure et passer à l'attaque s'il voulait garder une longueur d'avance sur lui.

Anticipant ce jour, Henry Shaw avait constamment évalué ses recrues, qu'elles soient issues de ses classes d'université ou de Fort Bragg. Quatre d'entre elles avaient particulièrement attiré son attention. Deux étaient des militaires et deux des civils : Farrakhan Muhammad, Sameer al-Karman, Shahid Halabi et George Enderby. Muhammad était un commis à l'approvisionnement noir de Fort Bragg qui avait eu des ennuis tout au long de sa carrière. Plus récemment, il avait été rétrogradé de deux grades à E-2, et ce n'était pas la première fois. Il avait assisté à l'un des cours de Shaw le semestre précédent. Shaw l'avait vu plusieurs fois depuis à la mosquée et savait qu'il était toujours dans l'armée. C'était un raciste vénal et mesquin, qui rendait les Blancs responsables de ses nombreux problèmes. Après plusieurs conversations avec le jeune homme, Shaw ne pouvait toujours pas dire s'il était atteint d'un retard congénital ou simplement paresseux et inculte. En fin de compte, le soldat pourrait être une affiche pour le contrôle des naissances, l'avortement, ou même les avantages sociétaux des fusillades au volant dans les quartiers défavorisés.

Avant leur rencontre, Muhammad s'était essayé à la Nation de l'Islam et à d'autres groupes nationalistes noirs radicaux, et faisait de son mieux pour quitter l'armée à cause de ses visites répétées à la palissade. Shaw avait toujours pensé qu'il était à moitié inutile, mais le grand soldat s'est avéré être l'entrée d'une demi-douzaine d'autres soldats noirs mécontents.

Sameer al-Karman, quant à lui, était un immigrant yéménite tranquille, extrêmement intelligent et très radical, un civil qui préparait sa maîtrise en chimie avancée. Il a assisté à l'un des cours de Shaw pendant quelques semaines, puis a abandonné. Lorsque Shaw l'a rencontré plus tard à la mosquée locale et lui a demandé pourquoi, al-Karman l'a poliment informé qu'il avait grandi en connaissant la matière du cours et qu'il avait décidé qu'elle ne lui serait plus d'aucune utilité. Intéressant, pensa Shaw en le mettant mentalement dans ses favoris pour une étude plus approfondie.

Un autre étudiant qu'il a rencontré à la mosquée locale était Shahid Halabi. C'était un fils colérique, gâté et mécontent d'un bureaucrate saoudien de niveau intermédiaire à Riyad. Il n'était pas intelligent, ne s'intéressait pas aux études et n'avait aucune aptitude, et avait déjà été recalé de deux universités américaines. Sans l'intervention de son père, que Shahid détestait, il aurait perdu son visa d'étudiant et aurait été forcé de retourner en Arabie Saoudite, qu'il détestait encore plus que son père.

Enfin, il y avait George Enderby, une recrue tardive de Fort Bragg et sa plus belle prise. Enderby était afro-américain, sergent E-5 de l'armée de terre dans la 82e division aéroportée qui avait servi en Irak. Il avait été chef d'escouade et avait mené des hommes au combat, ce qui, pour être tout à fait franc, était plus que ce qu'Henry Shaw pouvait dire de lui-même.

Il savait que Pendergrass et ses deux amis flics reviendraient et fouilleraient minutieusement le bureau une fois qu'ils auraient obtenu leur mandat de perquisition, ce qui, dans une petite ville comme celle-ci, ne devrait pas prendre beaucoup de temps. Quand ils le feraient, ils seraient déçus, parce qu'il avait l'intention de ne rien laisser de compromettant derrière lui. Il y avait un dictionnaire Merriam Webster d'apparence très ordinaire dans l'étagère derrière lui. Il le sortit et vit les bouts de papier déchirés qu'il utilisait comme signets à divers endroits du livre. La plupart étaient sans intérêt, sauf celui de la page 333, qui contenait une liste manuscrite de trois douzaines de numéros de téléphone. Il n'y avait pas de noms, seulement des numéros, avec les chiffres inversés. Seul un numéro sur deux était réel au départ, mais la sécurité de la liste en valait la peine.

Il a mis la liste dans sa poche, a pris son ordinateur portable et a quitté son bureau. Il a emprunté un itinéraire sinueux dans les rues secondaires du quartier pour voir si quelqu'un le suivait, puis il s'est rendu dans un magasin d'électronique discount près du centre commercial Cross Creek Mall, où il a acheté une demi-douzaine de téléphones portables génériques prépayés bon marché. De retour dans sa voiture, il a sorti sa liste et a commencé à passer des coups de fil pour organiser des réunions séparées dans des lieux différents avec Farrakhan Muhammad, Shahid Halabi et George Enderby, avec un peu de chance ce soir-là.

Sameer al-Karman sera plus difficile. Il était foncièrement paranoïaque et ne possédait même pas de téléphone portable, de connexion Internet ou de courrier électronique, convaincu que la NSA américaine traquait ses moindres faits et gestes. Très bientôt, il pourrait avoir raison. Mais en attendant, Shaw savait que l'horloge tournait et que le temps n'était plus de son côté.

CHAPITRE SEIZE

Fayetteville, Caroline du Nord

Samedi, la première rencontre de Shaw a eu lieu à 20 heures avec Farrakhan Muhammad dans un bar sportif de la Route 401. L'endroit était bondé et bruyant, et proposait des ailes de poulet, des dizaines de marques de bière pression, et un mur de grands écrans de télévision, diffusant principalement des matchs de baseball, l'endroit idéal pour qu'un homme noir et un homme blanc s'assoient et discutent sans être remarqués ou entendus. Shaw est arrivé le premier, prenant une cabine à l'arrière où il pouvait surveiller les portes avant et arrière pour voir s'il avait été suivi. Il a commandé deux bières et deux paniers d'ailes de poulet, s'attendant à ce que Muhammad arrive en retard pour faire valoir son point de vue. Vu les circonstances, Shaw s'en moque un peu. La colère, c'est bien. En colère et engagé, c'est encore mieux. En colère, stupide, arrogant et irrespectueux serait un désastre.

À 20 h 15, Shaw a vu Muhammad entrer. Ce qui lui manquait en intelligence, il le compensait largement par sa taille. Petit, gros et pesant environ 250 livres, il louche à travers ses lunettes de soleil foncées jusqu'à ce qu'il repère enfin Shaw et retourne à sa table. "Ok, Doc, qu'est-ce qui est si sacrément important que tu ne veux pas me le dire sur ce foutu téléphone portable ?". Il a continué à fanfaronner jusqu'à ce qu'il voie la bière et les ailes de poulet, et s'est rapidement assis. "Ok, on dirait que tu viens de t'acheter un panier plein de mon temps. Des ailes de poulet ? Comment sais-tu que c'est mon plat préféré ? Et la bière ? Des ailes et de la bière ? Quoi, tu me profiles, ou quelque chose comme ça ?"

"Ce n'est qu'une supposition farfelue, Farrakhan. Et la bière ? Il y a dévot, et encore une fois, il y a dévot, hein ?" Shaw sourit.

"Ouais, c'est ce que j'appelle Dee-troit dee-vout", dit-il en avalant la moitié du verre.

"Alors, comment ça se passe ?"

"Ça craint, mec. La Grande Machine Verte m'a pris par les couilles et ne veut pas me lâcher."

"Assez pour te mettre en colère ?"

"Bon sang oui, je suis en colère ! Qu'en penses-tu ?"

"Vraiment en colère ?"

"Bien sûr !" dit-il en rétrécissant ses yeux. "Qu'est-ce que tu veux ?"

"Pour voir si tu es assez en colère pour faire quelque chose à ce sujet". Shaw s'est penché et a chuchoté : "Tu es assez en colère pour te venger ?".

Muhammad le regarde avec méfiance, puis ses yeux se rétrécissent. "Tu portes un micro ou quelque chose comme ça, tu essaies de me faire trébucher ? Je ne suis pas si bête que ça, mec."

"Tiens, vérifie-moi", dit Shaw en se levant, en s'approchant et en posant la main de Muhammad sur sa poitrine. "Vas-y." Muhammad a tâté le terrain et n'a rien trouvé.

"D'accord." Les yeux de Muhammad se sont rétrécis et il a lancé un regard à Shaw. "Mais si tu te moques de moi, ce sera la dernière chose que tu feras, Doc."

Shaw s'est assis, a ouvert son ordinateur portable et a regardé autour de lui les tables et les cabines adjacentes pour voir si quelqu'un les observait. "Malgré la bière, tu es un bon musulman, n'est-ce pas ? Tu suis les événements au Moyen-Orient, et tu as entendu parler d'ISIS, n'est-ce pas ?" Muhammad acquiesce lentement. "Et tu as entendu parler du calife, Abu Bakr al-Zaeim ?"

"Tu crois que je suis stupide ? Bien sûr que oui ; j'ai même écouté une des cassettes de ce type."

"Et tu as vu une photo de lui aux informations ? Tu sais à quoi il ressemble ?" Muhammad acquiesça à nouveau, alors Shaw tapa longuement l'adresse IP d'un site Internet protégé par la sécurité que Batir Khan lui avait donné. La seule chose qui apparut fut une petite boîte, dans laquelle Shaw tapa un long mot de passe. Il tourna l'écran vers Farrakhan et presque instantanément, il montra Henry Shaw et al-Zaeim debout l'un à côté de l'autre devant le drapeau noir. Le calife a commencé à parler en arabe, mais ses paroles étaient traduites en sous-titres anglais qui couraient en bas de l'écran. Le calife a dit : "Mon cher ami, le professeur Henry Shaw, travaille avec moi et avec ses frères de l'État islamique pour aider à construire le califat. Son travail est vital et il a besoin de ton aide. Il ne te montrerait pas cela s'il ne te faisait pas confiance et tu es également important pour ce que nous faisons. S'il vous plaît, aidez-le et faites ce que vous pouvez." Le calife et Shaw se sont serré la main, puis l'écran est devenu noir.

Shaw a immédiatement refermé la couverture du carnet et a regardé Muhammad. "Vas-tu l'aider et te joindre à nous ?" a-t-il demandé.

Muhammad réfléchit une minute et dit : "D'accord. Qu'est-ce que tu as en tête, mec ?"

"Créer un peu de désordre, donner un coup de pied au cul de la grosse machine verte, et peut-être même tuer quelques-uns de ces salauds. Comme je l'ai dit, tout ce qu'il faut pour t'aider à te venger et à rendre une justice qu'ils n'oublieront jamais."

Muhammad le regarde et commence lentement à hocher la tête. "Ok, qu'est-ce que tu veux que je fasse ?"

"Nous avons besoin d'armes. Je pourrais aller à Walmart et les acheter, mais cela laisse des traces écrites. Et au poste ? Tu travailles dans la salle d'armes ; quelles sont les chances de voler des pistolets, voire des fusils ?"

"Ils ont enfermé toutes les armes et les autres trucs dans la salle d'armes, mec. Les portes sont en acier renforcé, les fenêtres ont des barreaux et tout est éclairé à l'extérieur. À l'intérieur, tout est dans des cages. Et les portes, les cages, les râteliers et tout le reste ont de gros cadenas en acier cémenté." Muhammad secoue la tête. "Les temps ont changé, mec. C'est beaucoup plus facile de s'introduire dans un Walmart si ce sont des armes que tu veux. Mais combien d'argent as-tu ?"

"Autant que j'en ai besoin. Pourquoi ?"

" Parce que ce serait beaucoup plus facile d'aller les acheter. "

"Comme je l'ai dit, je ne veux pas de traces écrites qui remonteront jusqu'à nous".

Muhammad se moque de lui. "Je ne parle pas de traces écrites, mec. Je connais des gars qui te vendront ce que tu veux - pas de papier, pas de permis, juste beaucoup d'argent."

Shaw sourit. "D'une manière ou d'une autre, j'ai pensé que vous le feriez. J'ai besoin de quelques pistolets 9 millimètres, Berettas ou Glocks, peut-être une douzaine, et je veux au moins une douzaine de fusils automatiques, M-16 ou M-4, deux douzaines si tu peux les avoir, avec des munitions."

"Ça va te coûter cher, mec, mais ouais". Il sourit. "Je peux le faire."

"Combien ?" demande Shaw en se penchant plus près.

Muhammad y réfléchit un instant. "Je n'ai pas acheté d'armes depuis longtemps. J'avais l'habitude de les acheter en Caroline du Sud et de les vendre à New York et dans le New Jersey. Tu pouvais gagner pas mal d'argent en faisant ça le week-end, mais ça fait longtemps. Je dirais qu'ils demandent 500 dollars chacun pour les pistolets, et 900 dollars pour un M-4. Il y a aussi les chargeurs et les munitions."

"Et des suppresseurs de bruit, si tu peux en avoir", lui dit Shaw en faisant tourner les chiffres dans sa tête. "Qu'en penses-tu ? 25 000 dollars pour tout ça ?"

Muhammad a cligné des yeux. "Oui, oui, à peu près. Bien sûr, les données dépendent du degré de hâte que tu as, et du risque que tu veux prendre de te faire prendre."

"Je suis pressé, mais je ne veux pas me faire prendre".

"Je m'en doutais. Il vaudrait mieux que ce soit 30 000 dollars, alors."

"Qu'en est-il du C-4 ? Je veux au moins cinq livres, peut-être plus. Tu peux l'avoir aussi ?"

"C-4 ? Non, je ne peux plus en avoir. Ils ont retiré tous ces trucs des salles d'armes il y a un an et les ont donnés aux ingénieurs. On n'en voit que sur le champ de tir ou dans les démonstrations. Peut-être que tu peux en voler sur un chantier ou quelque chose comme ça."

"Ou trouve quelqu'un qui connaît quelqu'un dans les ingénieurs", lui a dit Shaw.

"Peut-être, peut-être que je peux travailler sur des trucs de données aussi", a ri Muhammad.

"Tu peux aller chercher les armes demain ? Au moins deux pistolets et des munitions, et peut-être deux M-4 pour commencer ?"

"Laisse-moi parler à quelques personnes. Je t'appelle."

"Sur le numéro sur lequel je t'ai appelé. Demain. Il faut qu'on avance là-dessus."

Confiant qu'il tenait son premier tireur, Shaw s'est rendu au Campus Student Union vers 21 heures, dans le café du sous-sol presque vide. Comme il s'y attendait, il a trouvé Sameer al-Karman assis seul à une table le long du mur arrière. Ses pieds étaient appuyés sur une chaise voisine et il avait deux manuels de chimie avancée ouverts sur la table devant lui, ainsi qu'un ordinateur portable haut de gamme, deux blocs de papier, une demi-douzaine de crayons et une tasse de thé.

Comme la plupart de ses autres recrues, Shaw l'avait rencontré à la mosquée locale et brièvement dans l'un de ses cours. En apparence, al-Karman semblait être un jeune homme calme, intelligent et très sérieux. En réalité, il s'agissait d'un immigrant yéménite rusé, concentré et très religieux, un civil qui passait la plupart de son temps à la mosquée ou sur le campus à travailler sur sa maîtrise en chimie organique. Il avait déjà posé sa candidature au programme de doctorat de NC State et ne semblait guère s'intéresser à la politique, aux révolutions ou aux Occidentaux.

Sameer al-Karman ne possédait pas de téléphone portable. Il croyait que la NSA écoutait tout ce que tout le monde disait sur Internet, et il n'avait aucun intérêt à les aider à l'expulser. Si quelqu'un voulait le trouver, il savait qu'il tenait sa cour à sa table dans le sous-sol du Student Union. Il était ouvert 24 heures sur 24, 7 jours sur 7, et on pouvait le trouver en train d'y étudier presque tous les soirs. Shaw s'est approché, a pris une chaise et s'est assis à côté de lui.

"Comment se fait-il que je ne te voie jamais avec les autres étudiants arabes ?" demande le professeur.

"Parce que ce sont des imbéciles. Tout ce qu'ils font, c'est s'asseoir dans l'aire de restauration à l'étage et discuter de politique arabe, et moi, j'ai mieux à faire de mon temps."

"Une excellente réponse, et très précise", ricane Shaw. "Je n'ai guère de tolérance pour les imbéciles non plus, et je sais que tu n'en es pas un. Mais aimerais-tu faire quelque chose qui soit une bien meilleure utilisation de ton temps que de rester seul ici toute la nuit à boire du thé ?"

"J'aime le thé. En plus, je suis en train d'étudier."

"Je pense que tu as déjà glané tout ce qu'il y avait à glaner dans ces manuels. Il est temps que tu mettes ces connaissances approfondies en chimie à mon service."

Le jeune yéménite le dévisage avec méfiance. "Que voulez-vous, professeur ?"

"J'ai besoin que tu prépares un lot de C-4 pour moi."

Al-Karman a relevé la tête et l'a dévisagé un instant. "Vous me surprenez, professeur. Je n'avais pas réalisé que vous étiez devenu radical."

Shaw place son ordinateur portable sur la table devant al-Karman et lui montre la même vidéo avec le calife que celle qu'il avait montrée à Muhammad. À la fin, al-Karman lève les yeux vers lui et secoue la tête. "Tu voyages en intéressante compagnie ces jours-ci", dit al-Karman en souriant. "Es-tu devenu un révolutionnaire ? Ou n'es-tu qu'un autre dilettante qui déteste l'Amérique et qui a fait le 'Grand Tour' ?"

"Peut-être un peu des deux, mais qu'est-ce que *tu* es, Sameer ? Je sais que tu es intelligent. Avec tout ce qui se passe au Yémen et dans le reste de la région, es-tu prêt à sortir de ta cachette au sous-sol et à nous aider ?"

"Avec le C-4 ? T'aider à faire quoi ?"

"Cause un peu de malheur. Je pourrais essayer de l'acheter ou de le voler, mais il serait beaucoup plus facile de te payer pour que tu le fasses pour moi. Je pense à dix livres, disons par blocs d'une livre, mais plus si tu peux le fabriquer, beaucoup plus."

"Dix livres, c'est un sacré coup, professeur", répond Sameer, visiblement surpris. "Apparemment, vous avez vraiment une idée de malice en tête, n'est-ce pas ?". Il glousse. "Il est surtout utilisé par les militaires et les entrepreneurs civils, car il est beaucoup plus sûr et beaucoup plus facile à travailler que la dynamite. Comprends bien que la fabrication du C-4 en tant que tel n'est pas ce que tu pourrais appeler de la 'science des fusées'. Environ 90 % sont constitués de RDX, qui est l'ingrédient principal. Le problème est bien sûr d'obtenir ou de fabriquer le RDX. Son nom chimique est cyclotriméthylènetrinitramine, une nitroamine, un solide blanc et cristallin. L'armée y ajoute des plastifiants, de l'huile minérale et d'autres ingrédients pour le rendre malléable, mais tu as besoin d'un permis de destruction de l'ATF et du shérif du comté pour le posséder ou l'utiliser. Si tu n'as pas de permis et que tu te fais prendre, c'est un crime grave." Sameer ajoute : "Mais je pense que tu le sais déjà, n'est-ce pas ?".

Shaw rit et lui répond : "D'où mon problème. Peux-tu le fabriquer pour moi ?"

"Cela ne devrait pas poser de problème, une fois que j'aurai trouvé l'équipement adéquat. Tout ce dont tu as besoin, c'est d'hexamine, d'acide nitrique, d'eau, de sel et de nitrate d'ammonium. La production proprement dite peut se faire dans une salle de classe de chimie du lycée ou même dans ta cuisine, d'ailleurs, mais l'intimité est fortement conseillée. Si quelqu'un me voit en train de préparer ce produit, il supposera probablement que je dirige un laboratoire de méthamphétamine."

"Mais tu peux y arriver, n'est-ce pas ?"

Al-Karman le regarde fixement pendant un long moment. "Oh, oui, mais cela te coûtera 50 000 dollars".

Shaw le regarde fixement. "Je croyais que tu étais un adepte dévoué ?"

"Mais c'est le cas, professeur. Il y a des coûts importants pour le matériel, plus le risque d'être trahi et déporté... sans parler du risque de faire exploser mon jeune cul au plafond. Pour ma part, je ne suis pas tout à fait prêt à aller au paradis et à rencontrer toutes ces jeunes vierges tendres, voyez-vous. Il y a aussi le risque que tu encours d'être réduit en miettes lorsque tu le fais exploser. Je ne suis pas un marchand de tapis. Si tu veux que ce soit fait à peu de frais, je peux te recommander plusieurs étudiants en chimie de premier cycle qui pourraient essayer de le fabriquer pour toi."

"Très bien, Sameer, 50 000 dollars pour dix livres. Combien de temps cela prendra-t-il ?"

Sameer réfléchit pendant une minute. "Si je peux obtenir les ingrédients dont j'ai besoin, peut-être trois jours. Mais j'aurai besoin de la moitié d'avance, pour l'achat des matériaux dont j'ai besoin. Et tu auras aussi besoin de détonateurs. Le C-4 n'explosera pas sans détonateur approprié. Disons 10 000 dollars de plus pour une demi-douzaine de détonateurs."

"C'est fait. Je te retrouverai ici demain à midi avec l'argent. Mais je compte sur toi, Sameer. Nous avons *tous les deux* des amis à la mosquée et ailleurs qui chercheront à exercer des représailles si quelque chose tourne mal ou si la police se présente, n'est-ce pas ?"

La cellule de Shaw commence à prendre forme. Avec un homme à la gâchette et ses explosifs en jeu, il avait besoin de fantassins entraînés qui suivraient les ordres. Shahid Halabi était en tête de liste. Effronté, arrogant et modérément stupide, il serait le premier, espérons-le, de beaucoup d'autres à suivre. Saoudien en colère, gâté et mécontent, Shahid était le plus jeune fils d'un bureaucrate de niveau intermédiaire à Riyad, et il n'avait aucun intérêt ou capacité académique perceptible. Il avait déjà été recalé de deux universités américaines, expulsé d'une troisième, brisé plusieurs voitures de sport en cours de route et avait un casier judiciaire chargé pour ivresse et troubles de l'ordre public et autres délits mineurs. Seule l'intercession de son père, qu'il détestait, l'a empêché de perdre son visa d'étudiant et d'être forcé de retourner en Arabie Saoudite, qu'il détestait encore plus. Shaw savait que s'il parvenait à canaliser toute cette colère et cette désaffection, il pourrait le manipuler pour qu'il monte dans le compartiment de première classe du train djihadiste.

Alors que Muhammad était prudent et intelligent dans la rue à sa manière, et qu'al-Karman était trop intelligent, Shahid Halabi n'était rien de tout cela. Il pensait l'être, mais il ne l'était pas. Il se rendait de temps en temps à la mosquée pour se faire voir et pour que son assiduité soit rapportée à l'ambassade, mais il assistait rarement aux cours, passant le plus clair de son temps dans les bars locaux ou dans les salons de télévision du Centre des étudiants musulmans, où il regardait les matchs de football internationaux et les dessins animés américains. Comme Sameer al-Karman, il fuyait les discussions politiques de l'association des étudiants ou du centre musulman où traînaient les autres étudiants arabes, non pas parce qu'il les prenait pour des imbéciles, comme al-Karman, mais parce qu'il trouvait impossible de se concentrer sur quelque chose de sérieux pendant plus de cinq minutes sans se bagarrer. En outre, les discussions politiques profondes interféraient avec ses principales préoccupations : conduire des voitures rapides, courir après les jeunes filles et se saouler. Cela dit, il était évident qu'il était le choix parfait pour plusieurs attaques que Shaw avait en tête.

Ils se sont rencontrés à 22 heures dans un Pizza Hut situé juste à côté du campus, où Shaw lui a montré la vidéo de lui-même avec le calife al-Zaeim. Elle se voulait convaincante, et plus l'intellect du spectateur était marginal, plus elle l'était. Halabi est resté assis, très attentif, lorsque Shaw s'est penché en avant et l'a regardé dans les yeux. "Es-tu avec moi, Shahid ? Es-tu prêt à te tenir aux côtés du calife al-Zaeim ? Il te fera une place à la table de son conseil, peut-être même une place dans son cabinet. Après qu'il aura balayé les infidèles et les hérétiques, tu pourras rentrer chez toi en tant que héros et grand chef parmi ton peuple." Shaw pouvait voir l'esprit d'Halabi s'emballer à l'idée d'être un héros, d'obtenir une position, de l'autorité, de la gloire et des femmes.

"Tu as vraiment rencontré le calife ?" Halabi chuchote, toujours méfiant. "Tu ne me mens pas, n'est-ce pas ? Tu lui as vraiment parlé ?"

"J'ai passé quatre jours à Raqqah, juste nous deux et ses principaux assistants. Il m'a dit qu'il comptait sur moi et sur les hommes que je peux rassembler autour de moi pour former une cellule ISIS ici même à Fayetteville. Et il m'a confié une mission sacrée. Je ne peux pas te donner de détails, mais il veut que nous portions des coups aux militaires américains à Fort Bragg, des coups qui les feront vaciller. C'est pourquoi j'ai besoin de toi avec moi. J'ai besoin de toi à mes côtés en tant que commandant adjoint, et j'ai besoin que tu m'aides à recruter plus de soldats, au moins une douzaine. Acceptes-tu l'appel ? Es-tu avec moi ?"

"Bien sûr, Shaw, bien sûr !" dit le jeune homme en se léchant les lèvres.

Il était presque midi le lendemain lorsque Farrakhan Muhammad l'a rappelé sur le téléphone portable jetable que Shaw lui avait donné. "As-tu pu tout obtenir ?" demanda Shaw.

"Quoi ? Tu doutes de moi ?" Muhammad a essayé de paraître offensé. " Bien sûr que je peux. J'ai tout prévu pour ce soir. Quelques Glock 17 et encore plus de 19, avec deux douzaines de chargeurs et une centaine de cartouches de 9 millimètres. Ils n'ont que trois M-4 et six M-16. Avec les chargeurs et les munitions, je pense qu'ils devraient faire l'affaire pour commencer. Ça te va ?"

"Et tu fais confiance à ces types ? Ils ne sont pas de l'ATF ou du FBI ou quoi que ce soit d'autre, n'est-ce pas ?"

"Doc, tu penses que je suis stupide ? J'ai déjà fait des affaires avec ces garçons. Ils viennent des collines, des suprémacistes blancs, je crois, mais ça va. Ils me détestent, je les déteste, et personne ne fait confiance à personne, sauf à l'argent. Alors j'ai besoin de 12 000 dollars pour 21h30 ce soir, quand je dois aller les rencontrer et récupérer la marchandise."

"Nous nous retrouverons là où nous nous sommes rencontrés hier soir, et je t'accompagnerai, pour couvrir tes arrières".

"Qui essaies-tu d'embobiner ? Tu couvres ton argent, mais ça va aussi. Ces garçons sont plutôt mauvais. Ne t'attends pas à les voir dans ta classe de sitôt. Mais tu as une arme ?"

"De retour à mon bureau".

"Pas de problème, je t'en apporterai un. Si tu viens avec moi, tu as intérêt à faire tes valises."

À 22 h 30, Shaw a conduit sa Peugeot blanche dans le parking d'un relais routier situé à une sortie rurale à vingt miles au sud de l'I-95, vers la frontière de la Caroline du Sud. Farrakhan Muhammad était assis sur le siège passager, un revolver .357 Magnum et un Colt .45 automatique sur les genoux. Shaw s'est rendu à l'arrière du parking, a tourné derrière le rack de lavage et s'est arrêté à un coin du bâtiment en briques. Devant eux, à l'autre coin, ils ont vu deux camionnettes garées à quelques mètres l'une de l'autre, leurs phares allumés à fond, éclairant la Peugeot et empêchant d'y voir grand-chose.

"Thas dem in the trucks", dit Muhammad en se protégeant les yeux et en se tournant vers Shaw. Ce faisant, il a tendu les deux pistolets. "Tu étais un Marine, tu prends le Colt. Il est de la vieille école, comme toi. Moi, je prends le 357." Muhammad a enfoncé une cartouche dans le récepteur et l'a tendu. "Mais ne te tire pas dessus... et ne me tire pas dessus non plus."

Shaw n'a rien dit pendant qu'il prenait le Colt, faisait immédiatement tomber le chargeur, éjectait la balle dans la carcasse, regardait le canon, vérifiait le chargeur, le remettait dans la crosse et désactivait la sécurité, le tout en quelques secondes, sous le regard de Muhammad. "Ouais, eh bien, je suppose que tu en as déjà vu un, n'est-ce pas ? Mais tu restes dans la voiture. Les bouseux peuvent être un peu nerveux."

"Nous ne voudrions pas cela, n'est-ce pas ?" Shaw lui sourit.

"Écoute, je vais leur donner une partie de l'argent pour quelques armes et je te les ramène. Tu les vérifies. S'ils sont d'accord, nous ferons le reste."

"Bon plan", acquiesce Shaw en lui tendant une pile d'argent.

Muhammad est sorti de la voiture, a rangé le gros magnum .357 dans le creux de son dos et s'est dirigé vers les phares lumineux. Il a fait un signe de la main et quatre hommes blancs costauds avec des barbes et des casquettes de baseball portant des salopettes à bretelles sont sortis des camions. Les cinq hommes ont commencé à parler. Lentement, sous le regard de Shaw, les quatre rednecks se sont rassemblés autour de Muhammad, souriant et riant. Tout semblait assez amical jusqu'à ce que leur chef, celui avec le chapeau John Deere, tende la main et que les bousculades commencent. L'un d'eux saisit le magnum .357 dans la ceinture arrière du pantalon de Muhammad. Il s'est retourné et a frappé l'un d'entre eux avec son poing droit de taille 12, mais lorsqu'il s'est retourné, les autres avaient déjà sorti leurs armes et le combat était terminé.

"Hé, mec, tout ce qu'on veut, c'est da guns", dit Muhammad en levant les mains et en essayant de reculer jusqu'à ce que l'un des autres lui enfonce une arme dans le dos.

"Ouais, eh bien, *mon frère*, tout ce qu'on *veut,* c'est de *l'*argent", dit John Deere en tendant à nouveau la main. À contrecœur, Muhammad tendit la petite pile que Shaw lui avait donnée. Le redneck l'a rapidement mis en éventail et s'est renfrogné. "Il n'y a que 1 500 dollars ici. Où est le reste ?" dit-il en s'avançant et en frappant Muhammad dans le ventre avec un revolver Smith & Wesson .44 Magnum "Dirty Harry" à long canon et de couleur bleu fusil.

"Da other guy, da one in the car, he got it", répond Muhammad en tournant la tête et en regardant la Peugeot, garée au coin opposé de la station de lavage éclairée par les phares de la camionnette. Les rednecks tournent la tête et regardent aussi. Les deux portières avant de la voiture étaient ouvertes, mais la voiture était vide. Il n'y avait personne.

"Qu'est-ce que c'est que ce bordel ?" Muhammad fronce les sourcils.

"À quel genre de jeu tu joues ?" demande le redneck en se détournant de Muhammad et en pointant son gros canon sur la Peugeot. "Quel autre gars ?"

"Tu parles de moi ?" Shaw chuchote à l'oreille de John Deere tandis que sa main droite se glisse autour de la poitrine du redneck. Il tenait un couteau Ka-Bar de 7 pouces en acier bleu de l'USMC, et la première chose que John Deere a sentie, c'est sa lame aiguisée comme un rasoir qui lui tranchait la gorge. Le gros magnum 44 du redneck est parti comme un canon, frappant l'un de ses propres hommes à la jambe et l'assommant. Alors que John Deere commençait à tomber, du sang a jailli du côté de son cou, éclaboussant le visage de Muhammad. Henry Shaw pousse alors John Deere dans l'un des deux rednecks restés debout, se tourne vers l'autre redneck et lui tire deux balles dans la poitrine.

Muhammad est resté stupéfait, la bouche ouverte, les mains tendues le long du corps. Peut-être était-ce le rugissement du magnum 44, le sang sur son propre visage ou l'explosion subséquente du 45, mais il était figé, se regardant lui-même, les yeux écarquillés. Shaw choisit de l'ignorer en continuant à avancer et en pointant le .45 sur le redneck qui gisait sur le sol, coincé sous John Deere. Il lui a tiré deux balles dans la tête avant de s'approcher de l'endroit où gisait le péquenaud qui avait été touché à la cuisse par le .44 Magnum de John Deere et de pointer le Colt sur lui.

"Où sont les armes ?" Shaw lui a demandé d'une voix calme et déterminée.

"Ain't no guns, man", gémit le redneck en se tortillant d'avant en arrière sur le sol.

Shaw se retourne vers Muhammad et lui dit : " Regarde dans leurs camions ", mais le grand homme n'entendait pas. Il était encore en transe. Shaw a donné une gifle à Muhammad pour attirer son attention. "Réveille-toi ! Maintenant, va regarder dans ces camions et vois s'ils ont apporté quelque chose."

Muhammad s'est finalement éloigné en titubant, a regardé dans les coffres des camions et derrière les sièges avant des deux camionnettes. "Non, mec, il n'y a rien ici".

Shaw regarda à nouveau le dernier redneck. "C'est tout ce que c'était ? Une arnaque ?" lui demanda-t-il avec colère avant de lui tirer deux balles dans la poitrine. "Viens." Il fit signe à Muhammad de le suivre. "Prenez leurs armes et mon argent. Au moins, ce ne sera pas une perte totale. Et éteins ces phares !" dit-il en retournant vers la Peugeot, en y montant et en attendant Muhammad.

Le grand homme noir le rejoint finalement et déverse une poignée de pistolets sur le plancher de la voiture, côté passager. "Ce n'est pas un mauvais butin", dit-il alors que Shaw s'éloigne rapidement et retourne sur l'Interstate, en direction de Fayetteville. "J'ai un gros calibre 44, un revolver 38 Colt Diamondback et deux Glocks. Ils n'avaient pas de fusils, mais on n'a rien payé non plus", dit-il en riant, avant de redevenir sérieux en voyant l'expression du visage de Shaw.

"Tu n'as rien compris, Farrakhan ! Nous sommes venus ici pour des fusils. Tout le reste, c'est des conneries. Il faut que tu retournes voir tes potes dans l'une des salles d'armes et que tu nous trouves des fusils et des munitions. Tu as compris ?"

"Ouais. Oui, bien sûr, je vais me renseigner et voir ce que je peux trouver. Mais tu sais, tu m'as bien eu, mec. C'était froid, ce que tu as fait là-bas, les tuer tous comme ça. Vraiment froid."

"Le seul bon témoin est un témoin mort". Shaw lui lance un regard noir. "Ne l'oublie jamais. En plus, personne ne va se soucier de quatre péquenauds."

"Oui, eh bien, tu as probablement raison à ce sujet." Il s'est penché en arrière et a soupiré. "Mais ça m'a vraiment secoué, mec. J'ai besoin d'un verre, peut-être même de plusieurs."

"Pas encore. Nous avons encore un travail à faire ce soir."

"Un travail ? Oh, allez, mec."

"Tais-toi ! C'est toi qui as tout fait foirer. J'aurais tout aussi bien pu te laisser allongé là-bas avec les autres. Ne l'oublie pas !"

Shaw est sorti de l'I-95, a pris la route 87 qui contourne Fayetteville et la "All-American Expressway" au nord de Fort Bragg. Le portail principal était large de huit voies et ressemblait davantage à une rangée de postes de péage sur le Jersey Turnpike, mais Shaw avait le statut d'enseignant contractuel sur le campus et un transpondeur autocollant pour sa voiture qui lui permettait de passer sans s'arrêter. Peu après les barrières, il atteint Gruber Road et tourne à droite.

"Où allons-nous ? Cette partie du poste n'est pas vraiment mon quartier, tu sais."

"Nous allons au club de golf, celui qui se trouve sur le terrain de golf de Stryker. C'est là que beaucoup d'officiers se retrouvent le soir pour boire", lui dit Shaw alors qu'il passe devant le clubhouse en briques et fait le tour par l'arrière de son parking faiblement éclairé. Il s'est arrêté dans une allée latérale et a tendu à Muhammad le pistolet Colt .45. "Tu voulais te venger ? Eh bien, ça commence ce soir."

"Qu'est-ce que tu fais, Shaw ?" Le grand homme noir fronce les sourcils en regardant le vieux semi-automatique sur ses genoux.

"La révolution. Elle commence ici, ce soir. Les officiers traînent ici. Tu attends dans l'ombre, près de la porte arrière. Quand tu en vois deux ou trois - tu vois ce que je veux dire, ceux qui ont des aigles ou des étoiles sur leur col et des insignes d'opérations spéciales - alors tu les fais sortir."

"Sors-les de là, hein ?"

"C'est la mission que le calife nous a confiée : frapper durement les membres de leurs opérations spéciales, ici, chez eux, là où ils vivent et travaillent, pour éliminer leurs dirigeants et semer la discorde et la désunion dans leurs rangs. C'est pour cela qu'ils m'ont envoyé ici, et que je t'ai choisi."

"Oui, mais..."

"Pas de "ouais mais". Attends que deux ou trois officiers sortent, des majors ou des colonels. Ils ne seront pas armés et ne s'attendront pas à des ennuis. Tu pourras les descendre avant même qu'ils ne se rendent compte de ta présence. Dès qu'ils auront touché le sol, je viendrai te chercher en voiture. Nous serons sortis par la porte arrière avant même que les députés ne se rendent compte de ce qui s'est passé", dit Shaw en posant sa main sur l'épaule de Muhammad. "Ce soir, Muhammad. Ce soir, nous commençons à construire notre cellule. C'est notre devoir sacré, et ce pour quoi j'ai été renvoyé ici. Allahu Akbar !"

"Euh, ouais, Allahu Akbar", répète Muhammad avec un manque d'enthousiasme marqué. À contrecœur, il ouvrit la portière comme si la poignée était chauffée au rouge, et sortit de la voiture. Il avait une propension de grand homme à se montrer, à se vanter et à fanfaronner, mais c'était sa propre grande gueule qui l'avait mis dans ce pétrin. Il n'avait jamais eu l'intention de tuer quelqu'un, surtout pas un officier de l'armée, mais c'était le piège dans lequel il était tombé. Il n'y avait plus aucun moyen de s'en sortir. Il referma la portière de la voiture derrière lui et s'éloigna dans l'herbe sur des jambes de bois fatiguées.

Shaw a fait demi-tour et s'est garé le long du trottoir, face à la porte arrière du club de golf. Les cinq minutes suivantes s'écoulèrent avec une lenteur angoissante pour lui, et probablement bien pire pour Muhammad, caché dans les buissons. Personne ne quitta le club, et aucune nouvelle voiture n'arriva sur le terrain arrière pendant au moins dix minutes. Puis la porte arrière du bâtiment s'est ouverte. La lumière a envahi le trottoir et Muhammad a vu deux hommes sortir, silhouettés dans l'embrasure de la porte. Quelques secondes plus tard, la nuit de fin d'été a été ponctuée d'éclairs bleu-blanc et de l'aboiement bruyant de deux coups de feu suivis de deux autres. Shaw enclencha immédiatement la vitesse et avança jusqu'à l'endroit où le trottoir partant de la porte arrière rejoignait le parking. Il s'était à peine arrêté que la grande silhouette de Farrakhan Muhammad s'est précipitée sur lui depuis les ombres sombres, a arraché la portière de la voiture et s'est glissée à l'intérieur.

"Allez, allez", dit le grand homme, mais Shaw avait déjà fait avancer la voiture. "Mon Dieu, mon Dieu, je n'ai jamais rien fait de tel", dit-il, la poitrine soulevée, en hyperventilation.

"Calme-toi, calme-toi". Shaw essaie de le stabiliser. "Ça va aller ?" a-t-il demandé en contournant l'arrière du club de golf et en se dirigeant vers la porte arrière.

Muhammad a baissé la vitre et a sorti sa tête pour prendre l'air. "Oui, oui, ça va aller. Jes me sors d'ici".

Ils ont franchi la porte de sortie sans être arrêtés et ont enfin commencé à se détendre alors que Shaw descendait dans la ville. "Qui étaient-ils ? Qui as-tu tué ?"

"J'ai vu leurs pattes de collier. C'était un colonel d'oiseaux et un major. Non, peut-être un colonel léger, ah ne pouvait pas dire dans l'obscurité."

"Les as-tu reconnus ou sais-tu de quelle unité ils proviennent ?"

"Non, c'est trop sombre pour tout ça, mais je sais que je les ai bien eus".

"Et tu es sûr qu'ils sont morts ?"

"Un dans le corps et un dans la tête ? Ah oui ? Ils sont morts, tous les deux."

"Bien, bien. Tu t'es bien débrouillé, Muhammad", lui dit Shaw, exultant. "Et ce n'est que le début." Shaw se sourit à lui-même. Alors ils ne pensent pas que je suis assez radical ? Eh bien, c'est ce que nous verrons, se dit Shaw.

Finalement, il s'est retourné et a regardé Muhammad. "J'ai besoin que tu jettes un autre coup d'œil à ces salles d'armes. Les armes de poing que nous avons ramassées ce soir sont bien, mais nous n'avons plus affaire à des ploucs. Il nous faut des fusils automatiques, des bons, des M-4 et des M-16. Si nous sommes censés être une vraie armée, nous devons avoir de vraies armes. Il faut que tu trouves un moyen d'en faire "disparaître" de l'une des salles d'armes du poste. Et j'ai besoin de ce C-4. Je suis en train d'en faire fabriquer, mais il m'en faut suffisamment pour que nous puissions commencer."

"C-4 ? Mec, je te l'ai dit. Peut-être que je peux avoir les armes, mais ils ont déplacé tous les explosifs et le C-4 chez les ingénieurs. Comment je vais m'y prendre ?"

"Vole-le, achète-le, soudoie quelqu'un. Fais ce que tu as à faire."

Muhammad secoue la tête. "Comme je l'ai dit, je peux me procurer les armes, mais il me faudra plus d'argent, *beaucoup d'*argent pour faire quelque chose comme ça, à moins que tu n'essaies de me faire tuer, Shaw."

"D'accord, combien ?" demande Shaw.

"2 000 $... pour chaque bloc... si je peux l'obtenir."

"Très bien, Muhammad, voici 10 000 dollars", dit Shaw en lui tendant une partie de la cachette qu'il a apportée pour payer les rednecks. Puis il a fixé longuement le grand privé afro-américain. "Prends le C-4. J'en ai besoin pour lundi soir. Ça te laisse deux jours pour trouver comment faire. Tu as compris ? Je t'appellerai pour fixer une heure, et tu as intérêt à être là !"

CHAPITRE DIX-SEPT

Forêt de Sherwood, dimanche

Organiser un grand barbecue en Caroline du Nord, au Tennessee ou au Texas, où tout le monde se prend pour un expert, est un jeu d'enfant. Et le barbecue a donné à Bob une bonne excuse de plus pour avoir acheté le nouveau pick-up. La caisse du camion était juste assez grande pour contenir deux grands tonneaux de Bud, une caisse de whisky et de vodka du Kentucky, plusieurs caisses de boissons gazeuses en boîte, des articles de papeterie, une demi-douzaine de caisses de steaks et de côtes, une douzaine de bouteilles de sauce barbecue, de la sauce piquante, une douzaine de gallons de Ben & Jerry's, plusieurs grands seaux d'huile de palme, de l'huile d'olive, de l'huile d'olive et de l'huile d'olive. Jerry's, plusieurs grands seaux d'huîtres fraîches, six douzaines d'épis de maïs non décortiqués, des pommes de terre à cuire, du papier d'aluminium, de grands seaux de salade de pommes de terre, de salade de chou et tout ce à quoi Bob pouvait penser alors qu'Ace et lui traversaient l'économat en poussant deux chariots chacun.

Dieu merci pour l'économat, pensait-il. Les médecins étaient toujours indulgents lorsqu'il s'agissait de déterminer les pourcentages d'"invalidité" pour les "préretraités" de Delta, suffisamment pour leur permettre d'atteindre le seuil minimum pour bénéficier des privilèges de l'économat et du PX. C'était probablement le seul avantage qu'ils avaient pour avoir accumulé autant de blessures par balle et d'os cassés qu'ils l'avaient fait au fil des ans, sans parler de la perte d'audition due à l'artillerie et aux engins explosifs improvisés.

Mais avant de quitter la forêt de Sherwood, Bob avait une dernière tâche à accomplir. Il se rendit à l'annexe, au "centre de données du KGB" des Geeks, ou "The Geekdom", comme l'appelait Ellie, où ils effectuaient tous leurs travaux informatiques. Bob prit les escaliers deux par deux, en faisant beaucoup de bruit pour s'assurer qu'ils l'entendent arriver. C'est Charlie Newcomb, le directeur financier de Toler TeleCom, qui a embauché Jimmy Barker et Ronald Talmadge pour être ses "wunderkinds", des prodiges de la technologie, au bureau de Chicago.

L'un avait l'air d'avoir quinze ans et l'autre ressemblait à son jeune frère. Avec leurs tee-shirts de super-héros, leurs poches pleines de stylos et leurs diplômes de maîtrise de Berkeley, ils étaient brillants en analyse informatique. Bob les a emmenés à Atlantic City pour attaquer les systèmes financiers et de sécurité du casino lors de l'affrontement avec les mafieux new-yorkais Genovesi et Lucchesi à propos de l'assassinat de Vinnie Pastorini. Lorsqu'ils ont ajouté Sasha Kandarski, un camarade de classe russe poilu, tout aussi brillant et qui se tient les coudes à Berkeley, l'équipe d'assaut numérique de Bob était au complet, et le "Centre de données du KGB" était officiellement ouvert pour déstabiliser les escrocs.

Les Geeks étaient bien plus doués pour trouver de l'argent et le faire disparaître que les banquiers et consultants new-yorkais de la mafia ne l'ont jamais été pour le cacher. Ils ont vidé l'argent du casino et les comptes d'investissement de la mafia, l'ont divisé en centaines de petits morceaux, l'ont blanchi à travers des dizaines de banques et de comptes aux Caïmans, en Suisse, au Nigéria, en Thaïlande, en Bulgarie et dans bien d'autres endroits encore. Des semaines plus tard, l'argent s'est retrouvé sur une série de nouveaux comptes appartenant à une société obscure à plusieurs niveaux appelée "The Merry Men of Sherwood Forest", une organisation à but non lucratif basée en Suisse qui fait des dons à des associations caritatives d'anciens combattants américains et qui possède le centre de conférence et la ferme à l'extérieur de Fayetteville, en Caroline du Nord.

Lorsque Bob est entré dans le salon central et la salle de jeux du "Geekdom", il était 8 heures du matin le dimanche. Il s'est dirigé vers leur nouvelle chaîne stéréo Sony de 2400 watts RMS, qui comportait "des subwoofers, des médiums séparés et des tweeters suffisamment grands pour créer des basses percutantes, des aigus criards et réveiller le voisinage", c'est du moins ce que lui avait dit le vendeur. Bob s'est dit qu'il allait vérifier la véracité de ces affirmations en faisant jouer à sa trompette préférée des enregistrements de Réveil et du vieil appel de cavalerie "Chargez !". Pour en tirer le maximum d'avantages, il a inséré le disque dans le lecteur CD et a monté le volume à fond. Heureusement, les fenêtres n'ont pas explosé, mais il n'a fallu que trente secondes de notes de clairon tranchantes pour que les trois Geeks aux yeux écarquillés et à moitié nus, ainsi que la "main squeeze" de Jimmy, Patsy Evans, sortent en titubant des trois chambres à coucher, les mains sur les oreilles.

Bob laisse la musique tourner encore cinq secondes avant d'éteindre la stéréo. "Bonjour ! Je vois que tout le monde est là et prêt à aller travailler", leur dit-il, les mains sur les hanches, en les examinant, un mince sourire sadique aux lèvres.

"Aller travailler ?" Ronald a commencé à se plaindre jusqu'à ce que Bob lui coupe la parole.

"J'ai cru comprendre que vous aviez tous les trois rencontré le sergent-chef Randall hier ?" demande-t-il en regardant autour de lui, mais les seules réponses qu'il entend sont des gémissements, des grognements et quelques "Ouais mais", alors il continue. "Bien. Nous invitons quelques amis cet après-midi pour un barbecue à l'ancienne, et j'ai besoin que vous vous occupiez de quelques tâches mineures avant qu'ils ne commencent à arriver."

Après d'autres gémissements et grognements, il continue : "Tonds la pelouse derrière la maison, nettoie le patio au jet d'eau, mets-y six grandes tables rondes et cinquante chaises, et roule cette grande grille de barbecue qui se trouve dans la grange, celle qui est faite des deux moitiés d'un baril d'huile de cinquante-cinq gallons. Quand je reviendrai du magasin, tu pourras le charger de charbon de bois. Tu trouveras aussi de grandes glacières dans la grange. Sors-les aussi. J'y mettrai un tas de viande et de nourriture à mon retour."

"Mais, mais", balbutie Jimmy, "vous n'avez pas des jardiniers qui peuvent faire ce genre de choses ? Nous allions faire une autre tentative sur certains de ces comptes aux Bahamas plus tard dans la matinée..."

"Est-ce que c'est le genre de "course" qui inclut la colle Krazy Glue ? Ou des dessins animés classés X avec des écureuils qui parlent ? Ou le Grand Vizir qui brise ton épée numérique sur son genou ?"

"Euh, eh bien, euh, pas vraiment..." Ronald commence à bredouiller. "Tu vois..."

"Exceptionnel, alors !" Bob beugle, les poings sur les hanches, en les regardant autour de lui. "Je serai de retour du magasin à 11 heures, c'est-à-dire 11 heures du matin pour vous, les crétins. Je m'attends à ce que la cour et le patio soient terminés, et ensuite vous pourrez commencer les tables et le gril. Je veux que la bière refroidisse et que le gril soit allumé à midi, que les côtes cuisent à 12 h 30 et que les premiers steaks soient prêts à 12 h 45, parce que les choses devraient bouger à 13 h. Tu as compris ?"

À 13 heures, "Chester" Blackledge et deux douzaines d'autres sergents et officiers subalternes de l'unité, ainsi que leurs épouses et petites amies, étaient arrivés. À ce moment-là, Bob est sorti, vêtu de son tablier blanc avec la mention "Master Chef" brodée sur la poitrine et d'une grande toque blanche en forme de tuyau de poêle. Linda, Dorothy, Patsy et Ellie ont pris plaisir à s'asseoir à l'une des tables près de la grille du barbecue, où elles ont commencé à taquiner Bob et à rire de lui pendant qu'il jetait la première fournée d'huîtres sur le gril et qu'Ace tapait sur le premier tonneau.

"Joli chapeau", s'exclame Linda.

"Garçon, tu ne nous apportes pas de la bière et des huîtres ?" Patsy a appelé. C'est alors que Jimmy est arrivé en titubant, portant une haute pile d'assiettes provenant de la cuisine.

Bob l'interpelle : "Boy Toy, nos femmes ont envie de bière et d'huîtres. Ton prochain travail est de t'assurer que leur table ne manque de rien tout au long de l'après-midi."

"Oh, mec... je suis crevé. Nous avons fait tous les..."

"De la colle Krazy, des écureuils qui dansent, des grands vizirs. Vous avez vos ordres."

"Oui, monsieur", marmonne Jimmy en se dirigeant vers le tonneau de bière.

C'est alors que le sergent-major de commandement Pat O'Connor arrive, escortant le colonel William Jeffers, le commandant régimentaire du 1er détachement opérationnel des forces spéciales - Delta et son sergent-major Pete Krasner. Jeffers était petit et trapu, et lui et Bob Burke avaient l'air d'être les avortons de la portée comparés à ces deux grands sous-officiers et à Ace. Tous ceux qui se trouvaient là étaient vêtus de blue jeans et de divers polos décontractés ou de chemises de cow-boy, comme le reste de la foule. Personne ne portait d'uniforme ni d'insignes de grade, mais tout le monde savait qui était qui.

"C'est gentil à vous de nous inviter, nous les vieux grognards fatigués, Major", dit Jeffers avec un grand sourire quand Ace les rejoint et qu'ils se serrent tous la main. Le colonel regarde longuement la toque et le tablier de Bob. "C'est ton nouvel uniforme ?"

"L'uniforme du jour, colonel. Et je vais vous dire, quand vous l'accrocherez, vous découvrirez que beaucoup de choses se sentent à l'aise que vous n'auriez jamais pensé qu'elles le seraient."

Jeffers fait une pause et regarde autour de lui la grande ferme. "Belle répartition que vous avez là".

"Oh, ce n'est pas à moi", a rapidement répondu Bob, sachant qu'un major à la retraite ne pouvait absolument pas s'offrir une telle ferme. "Elle appartient à une association à but non lucratif avec laquelle je travaille". Jeffers ne faisait pas partie des joyeux lurons. Un jour, il le serait peut-être, il comprendrait alors, mais pas maintenant.

"Je suppose que le général n'est toujours pas en ville ?" demande Jeffers. "Il est en train de rater une grande fête".

"Je lui ai parlé ce matin", a répondu Pat O'Connor. "Il voulait venir, mais il est coincé en Allemagne jusqu'à lundi. Il m'a dit de dire au major à quel point il se réjouit de leur déjeuner de mardi."

"Je ne peux pas te dire à quel point je le suis", dit Bob avec un sourire crispé.

"Oui, j'en suis sûr", a répondu O'Connor, et ils ont tous ri.

Le colonel Jeffers s'est approché et a demandé à Bob à voix basse : "Tu as des idées sur les fusillades qui ont eu lieu au poste hier soir, Robert ?"

"Quelles fusillades ? J'ai couru toute la matinée et je n'ai rien entendu."

"Deux officiers ont été tués par balle devant l'entrée arrière du club de golf Stryker, un colonel et un major. Deux balles chacun dans le dos. Ce genre de choses n'arrive pas souvent par ici ; ça fait tourner le quartier général en bourrique."

"Étaient-ils à nous ?"

"Non, le colonel était avec Post Finance et le major était avec les transports", a déclaré Jeffers. "La police criminelle poursuit son enquête, mais apparemment, il ne s'agissait pas d'un vol. C'est à peu près tout ce qu'ils savent, sauf que le pistolet qui a tiré était un 45, probablement un vieux Colt M1911."

"Vieille école, mais je peux comprendre que ça mette tout le monde à cran là-bas, étant donné tout ce qui s'est passé ces jours-ci. On dirait que Fort Bragg n'est pas à l'abri."

"Non, et je suis sûr que le vieux monsieur en parlera mardi quand vous déjeunerez".

"Sans aucun doute. Merci de m'avoir prévenu", lui dit Bob en se tournant vers Jimmy, qui venait de finir d'apporter des bières aux femmes. "Boy Toy, dessine quelques bières pour ces guerrières. Ensuite, tu pourras demander à Patsy de te faire un gros câlin."

"Oui, monsieur." Jimmy rayonne en remplissant rapidement quelques tasses et en les faisant circuler.

"Je ne l'ai pas vu autour du poste". Pete Krasner regarde Jimmy.

"Ou ces deux autres", dit Jeffers en penchant la tête vers Ronald et Sasha, qui étaient en train de monter les dernières tables et chaises. Ronald avait commencé à se laisser pousser un bouc hirsute, tandis que Sasha ressemblait à l'ours russe poilu qu'il était. "Ce sont les nôtres ?" demande Jeffers. "Ces deux-là ont l'air d'avoir besoin d'un peu de PT", dit-il en regardant Jimmy et Ronald. "Le grand a juste besoin d'être rasé de la tête aux pieds", ajoute-t-il en parlant de Sasha.

"Non, Fort Bragg est le dernier endroit où tu verras ces trois-là", dit Bob en riant. "Ce sont les informaticiens de mon bureau de Chicago. Je les ai fait venir ici pendant quelques semaines pour travailler sur des systèmes pour la fondation. Ils n'ont pas l'air de grand-chose, mais ils ont tous les trois une maîtrise de Berkeley et ils sont plus intelligents que nous tous réunis." Bob regarda en direction de la maison et vit Koz, The Batman et deux autres jeunes hommes en civil marcher au coin de la rue depuis le parking.

Ace les a vus, a dit "Excusez-moi une minute" et s'est dirigé vers eux.

Jeffers les a vus aussi et a bu une gorgée de sa bière. "Étant donné votre vaste réseau de renseignements, je suis sûr que vous avez aussi entendu dire que nous avons perdu des hommes la semaine dernière - certains des vôtres, en fait."

"Lonzo et Bulldog. J'ai entendu, mais pas grand-chose d'autre. Quand a lieu le service ?"

"Dans le courant de la semaine prochaine. Je demanderai à Pete de te tenir au courant. Notre équipe de médecins légistes a balayé le site deux fois, mais c'est dans l'ouest de la Syrie et ils ont essuyé des tirs les deux fois. Il ne reste plus grand-chose à trouver, alors nous ne les renvoyons pas sur place. C'est trop risqué."

"C'est malheureux, mais je comprends", dit Bob en jetant un coup d'œil à sa montre. "Colonel, je vais commencer à jeter les premiers steaks sur le gril dans quelques minutes. Pourquoi n'iriez-vous pas chercher des huîtres et remplir vos bières pendant que je vais jouer les hôtes et presser un peu la chair."

Jeffers et les deux sous-officiers attrapent quelques assiettes tandis que Bob en profite pour prendre quelques bières et se diriger vers Koz et les trois autres sergents qui marchent à l'arrière du patio avec Ace. Bob tend l'un des gobelets de bière à Koz et lui dit : "Je suis content que vous ayez pu venir", puis il leur serre la main.

"Nous n'étions pas sûrs d'être bien accueillis", dit Koz à voix basse en jetant un coup d'œil à Jeffers et aux sous-officiers de haut rang. "Pas avec tous les gradés ici".

"Koz, tu es toujours le bienvenu. Tu es l'un des premiers Merry Men, depuis Chicago", le rassure Bob. "Tu es toujours le bienvenu. Maintenant, dis-moi ce qui s'est passé là-bas."

Koz regarde les autres et boit une gorgée de sa bière. "Soldat contre soldat ?" demande-t-il.

"Ça n'ira pas plus loin. Écoute, je sais que c'était une mauvaise opération et que tu es tombé dans une embuscade, mais qu'est-ce qu'ils te reprochent ?".

"C'était un piège, et un sacrément bon. Nous sommes allés en avant de l'infanterie irakienne pour fournir un tir de couverture si cela devait arriver. Nous n'avons vu aucun problème jusqu'à ce que leur Chinook atterrisse. Ils ont rebondi sur la rampe et ont chargé la maison, et c'est à ce moment-là que tout a basculé. Un gros engin explosif improvisé a explosé au milieu d'eux, et une escouade de combattants ISIS a surgi sur le toit et a déversé ses tirs sur les survivants. Nous avons engagé, mais à ce moment-là, c'était peine perdue.

Fonzi... le lieutenant Winkler, nous a ordonné de nous replier vers le point de ramassage, en ripostant tout le long du chemin, mais quand nous sommes arrivés à notre oiseau, nous avons réalisé que nous avions de la compagnie - deux officiers irakiens et un sergent nous avaient en quelque sorte miraculeusement devancés et se cachaient à l'intérieur du Stealth. Nous ne les avons jamais vus à la maison. Selon toute vraisemblance, ce sont eux qui ont dénoncé leurs propres hommes et se sont tenus à l'écart lorsque les autres ont été touchés. Quoi qu'il en soit, à peine les deux oiseaux ont-ils décollé que le Stealth de Fonzi a été touché..." Koz s'arrête pour regarder les autres.

"Je ne suis pas sûr de vouloir entendre la suite".

"C'est toi qui as demandé". L'homme chauve-souris lance un regard à Bob.

Le Prez Washington est intervenu et a déclaré : "Avec quatre de nos gars tués, nous n'avions pas envie de faire du covoiturage ! Bien sûr, nous étions à deux mille pieds d'altitude à l'époque."

"Je vois le tableau et *je* comprends", leur a dit Bob.

"On ne peut pas dire qu'on ait beaucoup réfléchi à ce qui s'est passé ensuite", admet Koz avec un rire triste. "C'est juste arrivé, mais aucun de nous ne regrette de l'avoir fait".

"Si nous les avions dénoncés, les Irakiens ne leur auraient rien fait, major", lui dit Illegal. "Ce capitaine irakien était probablement le cousin d'un mollah, et ces trois salauds ont eu ce qu'ils méritaient".

"Malheureusement, le copilote a dû voir le dernier sortir par la porte et a dit quelque chose à quelqu'un quand nous sommes revenus à al-Assad. C'est à ce moment-là que tout a basculé."

"Je peux imaginer", se désole Bob. "Mais avec quatre Deltas morts plus l'équipage, si ton copilote était aussi du 160th SOAR, je suis surpris qu'il ait dit quoi que ce soit à qui que ce soit. Une opération de nuit ? Avec tout ce qui se passait ?"

"On nous a dit qu'il était nouveau. Il a essayé de tout reprendre le lendemain, et maintenant il dit qu'il n'a rien vu", lui a dit Koz. "Ça n'a pas eu d'importance. Tard le lendemain, nous nous sommes retrouvés grillés par ton vieil ami, le colonel Adkins du JSOC, et il n'avait pas l'intention de lâcher l'affaire."

"Adkins ?" Bob renifle. "Tu veux dire qu'il est colonel à part entière maintenant ? Et il est avec le JSOC et dirige ton opération ? Comment ont-ils pu faire passer ça en douce à Stansky ?"

"Il a repris les opérations il y a plusieurs semaines", répond Koz.

"Ça n'a pas d'importance. Nous n'avons rien dit à ce connard. On s'en est tenu à nos histoires", a déclaré le Prez.

"Adkins ? Ce n'était pas l'abruti chargé des renseignements lors de la dernière opération que tu as menée en Afghanistan ?" demande Ace, mais Bob ne répond pas, ce qui en dit long. "Il a aussi fait tuer deux gars ce jour-là".

"Vraiment ?" demande Bob d'un air morose. "Peut-être qu'il a un jumeau ?"

"Celui à qui il manque aussi une dent de devant ?" Ace rit. "Je n'étais pas dans la pièce à Kandahar, mais j'ai entendu dire que tu l'avais décoré et que tu lui avais fait un œil au beurre noir."

"Tu sais qu'il ne faut pas croire ce genre d'histoires", répond Bob avec un mince sourire. "Je pense qu'il essaie toujours de se venger de moi, et que vous êtes tombés sur ses genoux comme une manne du ciel. Mais il n'a porté plainte contre aucun d'entre vous, n'est-ce pas ?"

"Non. Ça se résume à nous quatre par rapport à la déclaration initiale qu'il a obtenue du copilote", a répondu Koz. "Et je ne vois pas comment il peut monter un dossier à partir de ça".

Ace regarde Bob. "Koz dit qu'il a même évoqué ton nom quand il les a cuisinés. Si j'ai bien compris, ce n'était pas très positif."

"Oh, Adkins va continuer à essayer, mais c'est à peu près tout ce qu'il peut faire", dit Bob en se tournant vers Koz. "S'il continue d'insister, fais-le moi savoir. Je passerai quelques coups de fil et je vous trouverai des avocats de premier ordre." Bob s'est retourné et a regardé les autres, les yeux dans les yeux. "C'est mon combat, pas le vôtre, alors tenez-vous en à vos histoires. En plus, avec vous ici et lui là-bas, il ne peut pas faire grand-chose."

"Ce serait exact", lui dit Ace, "mais il est revenu ici aussi, il y a quelques jours. À mon avis, il veut faire ça dans ton jardin, en plein visage."

Bob acquiesce. "Tu as sans doute raison, pour que vous restiez givrés. Mais la vengeance peut être une saloperie, et c'est encore pire quand elle revient une deuxième fois."

"Copiez ça", ont dit les autres, presque à l'unisson. "Et nous voulons une part de cela".

Bob s'est approché et a demandé à voix basse : " Mais qu'est-ce que vous faisiez à Raqqah pour commencer ? Vous essayez d'abattre al-Zaeim avec quatre tireurs et une escouade d'Irakiens ? Je veux bien admettre qu'il vaudrait la peine de prendre le risque, mais une opération comme celle-là nécessite une planification de premier ordre, des renseignements et une coordination multiservice aérienne, terrestre et satellitaire qui dépasse largement les capacités d'Adkins."

"D'après ce que nous avons entendu, ils ont triangulé certains trafics de téléphones portables vers cette maison", lui a dit Koz. "Et ils avaient une source qui affirmait avoir des 'yeux' sur al-Zaeim et trois grands Turkmènes là-bas. Ils semblent toujours être autour de lui. Peut-être que ce sont ses gardes du corps ou quelque chose comme ça. Quoi qu'il en soit, il semble qu'Adkins ait attrapé l'anneau de cuivre et..."

"Il est tombé du manège sur le cul et vous a accusés. Intéressant", répond Bob.

À 14 h 30, la fête battait son plein. Il y avait plus de cinquante personnes, qui allaient et venaient, mais ils avaient fini le premier tonneau, la plupart des huîtres, une caisse et demie de steaks, et avaient fait des percées importantes dans tous les côtés. C'est à ce moment-là que Bob a vu deux hommes contourner la maison depuis le parking latéral. L'un d'eux était son vieil ami de l'aéroport O'Hare, le capitaine détective Ernie Travers de la police de Chicago. Il les avait aidés à faire tomber la mafia DiGrigoria à Chicago lors de leur petite prise de bec l'année précédente. En conséquence, Ernie est maintenant vice-chef du groupe de travail sur le crime organisé de la ville.

En tant qu'un des autres membres fondateurs des Merry Men, il était déjà venu à Sherwood Forest et savait que les blue-jeans et les bottes de cow-boy étaient l'uniforme du jour, mais du haut de son mètre quatre-vingt-dix et de ses 240 kilos, il faisait un cow-boy prodigieux. Bob ne connaissait pas l'homme qui accompagnait Ernie. Il était petit et trapu, portait un costume d'homme d'affaires banal et d'épaisses lunettes à monture noire que l'on ne trouve que sur un comptable, un instituteur de troisième année ou l'un des personnages de la série *The Big Bang Theory,* pensa Bob, et non un agent principal du FBI.

Linda, Patsy, Dorothy et Ellie se sont immédiatement précipitées sur Ernie pour le serrer dans leurs bras et l'embrasser. Bob s'est joint à elles et lui a donné une poignée de main dans le dos en lui disant : "C'est super de te voir, mec. Qu'est-ce que tu fais en ville ?"

"Linda m'a parlé de la fête, et l'un des pilotes du personnel du CPD avait besoin d'heures de vol, alors il m'a fait venir. Je ne manquerais ça pour rien au monde", explique-t-il en saluant quelques habitués assis à d'autres tables. "Bob, je te présente un autre vieil ami, Tom Pendergrass. Nous nous sommes portés l'un l'autre à l'académie de police de Chicago..."

"Je soupçonne que tu as eu la pire part de ce marché, Tom, mais fais comme chez toi", dit Bob en riant et en serrant la main de Tom. "Quelqu'un qui pourrait porter ce gros lourdaud..."

"Je voulais dire cela au sens figuré, bien sûr, pas au sens propre", a déclaré Ernie en riant.

"Tu vas peut-être avoir du mal à le croire, Tom, mais je l'ai vraiment eu en costume de fantaisie, allongé dans les bois près de O'Hare."

"Faire semblant d'être une botte de foin ?" Pendergrass rit.

"Hé, pour ton information, nous avons fini numéro un et numéro deux de cette classe", ajoute Ernie. Quelques années plus tard, Tom est passé du "côté obscur" et a rejoint les Feebs, tandis que j'ai fini par travailler dans les projets immobiliers de Cabrini Green et de Robert Taylor Homes, où j'ai eu suffisamment de trous pour qu'ils me jettent à O'Hare, et c'est là que j'ai rencontré Bob un soir. Tom s'est lancé dans le secteur international et a trouvé des endroits comme Le Caire, Ankara et, plus récemment, Chypre."

"Tu travailles au bureau local du FBI sur Morganton Road maintenant ?" demande Bob.

"J'ai un bureau là-bas pour quelques semaines, mais ce n'est que temporaire".

"Il y a des endroits pires, je peux te l'assurer", lui a dit Bob. "Alors, considère la forêt de Sherwood comme ta deuxième maison. Quel est le côté international de l'affaire ? Le crime organisé, les terroristes ?"

"Tout ce qui précède. Mon travail consiste à les arrêter avant qu'ils n'arrivent ici, et à briser leurs cellules s'ils y parviennent."

C'est alors qu'Ernie est intervenu. "J'ai invité Tom à venir avec moi parce que je me suis dit que vous devriez vous rencontrer. Il y a quelques jours, notre vieux copain Phil Henderson, du bureau du FBI à Northfield, dans le New Jersey, m'a appelé à propos de quelques détails qu'il était encore en train de régler dans l'affaire du casino d'Atlantic City. Il m'a dit de te saluer. Je lui ai dit que je me rendais à Fayetteville pour la fête, et il m'a dit de passer un coup de fil à Tom quand je serais là. Quand il m'a dit pourquoi Tom était là, j'ai su qu'il fallait que vous vous rencontriez et que vous fassiez de la pollinisation croisée."

Ernie a pris Bob et Tom par le bras et les a entraînés à l'écart des autres. "Pas pour l'attribution", dit Ernie à voix basse à Bob, "mais Tom surveille des gens effrayants en ce moment, avec des liens possibles avec ISIS ici même à Fayetteville, peut-être même à Fort Bragg."

"ISIS ? Des terroristes islamiques ? Ici ? Tu te fous de ma gueule ?" demande Bob. "Je peux les imaginer en train d'installer une cellule dans beaucoup d'endroits, mais pas ici. La culture patriotique du Sud et un poste de l'armée étroitement surveillé ? C'est un mélange difficile à infiltrer. Ils se feront remarquer comme des pouces douloureux."

"Pas s'ils sont dirigés par un Américain blond aux yeux bleus".

Bob est resté debout et l'a regardé fixement pendant un moment. "Tu as raison. Cela pourrait être dangereux. Je les ai combattus dans et hors de deux pays pendant suffisamment d'années pour savoir qu'ils ne sont pas tous stupides. Fanatiques, oui, mais pas stupides. À mon humble avis, Dieu est neutre. Mais si tu es si "juste" que tu penses pouvoir utiliser des bombes et des gilets-suicides pour tuer des femmes et des enfants innocents, alors je doute que Dieu soit content de toi."

Pendergrass a souri et a hoché la tête. "Vous êtes un homme intéressant, major Burke".

"Appelez-moi Bob, et on m'a appelé de beaucoup de choses, dont la plupart ont quatre lettres, mais "intéressant" n'a jamais été l'une d'entre elles. Plus précisément, l'armée se préoccupe depuis longtemps des infiltrés et des convertis, en particulier dans les rangs inférieurs et dans les grandes garnisons américaines comme Fort Bragg, Benning ou Riley. Ce sont des cibles faciles. Mais si tu t'intéresses à Fayetteville et à Bragg, je suppose que tu travailles avec la Division des enquêtes criminelles de l'armée, la CID, sur cette affaire ?"

Pendergrass jette à nouveau un coup d'œil autour de lui. "Ernie m'a dit que je pouvais parler franchement avec vous, major. Il m'a renseigné sur vos antécédents et vos relations au sein du JSOC, sinon je ne dirais jamais ça, mais pour être franc, ce n'est pas leur domaine d'expertise. Les locaux, qu'ils soient militaires ou civils, n'aiment jamais que le FBI mette son nez dans leurs affaires, mais en toute franchise, les gens de votre CID local n'en ont pas la moindre idée. Et même s'ils en avaient la moindre idée, ils ont les mains pleines en ce moment."

"Avec ces deux fusillades ?" demande Bob.

"C'est exact."

"D'après ce que j'ai compris, ils n'ont pas encore de pistes, mais il est encore tôt".

"Et ils n'ont pas la moindre idée".

Bob acquiesce. "Bon, entre nous deux, qui regardes-tu ?"

"Tu vas peut-être trouver ça sacrément difficile à croire, mais c'est un professeur de sociologie au Blue Ridge College. Il a soi-disant été kidnappé ou perdu en Syrie, entre autres, et je faisais partie de l'équipe chargée de l'interviewer après qu'il soit rentré à Chypre."

"Un professeur de sociologie ?"

"Je sais, mais ne le sous-estime pas. Il est intelligent et rusé, et je n'aurais rien dit de tout cela si Ernie ne m'avait pas raconté comment vous avez 'coloré en dehors des lignes' à Chicago et dans le New Jersey, et ne m'avait pas dit que je pouvais vous faire confiance. Il faut que quelqu'un ici comprenne ce qui se passe, parce que le CID ne le comprend pas."

"Je garderai les oreilles ouvertes", dit Bob avec un sourire. "Mon peuple a quelques capacités qui sont un peu au-dessus de ce que le CID peut mettre en œuvre."

Pendergrass sourit à son tour. "C'est ce que j'espérais que tu dirais. Et je soupçonne furtivement qu'il ne m'a pas tout dit sur ce qui s'est passé lors de vos petites 'poussières', n'est-ce pas ?"

CHAPITRE DIX-HUIT

Fayetteville

Il était 20 h 45, juste après le coucher du soleil ce même soir, lorsque le professeur Henry Shaw a conduit sa Peugeot blanche dans le parking du centre commercial Cross Creek, au nord-ouest de la ville, ni trop vite, ni trop lentement. Les magasins du centre commercial allaient fermer dans quelques minutes et la plupart des voitures partaient plutôt que d'arriver. Il a fait le tour du grand bâtiment du centre commercial sur la boucle intérieure, à la recherche de voitures de police, de sécurité marquées ou non, vérifiant constamment ses rétroviseurs pour voir s'il était suivi.

On avait dit à Shaw de chercher des berlines ou des VUS non décrits, noirs ou gris, parfois deux ou trois véhicules travaillant ensemble, se relayant, avec de petites antennes radio sur le toit. À l'intérieur de chaque véhicule, il voyait des hommes d'âge moyen, généralement deux, en costume d'affaires. Les Khans avaient expliqué que c'était le profil universel d'une équipe de surveillance du FBI, et que la police locale et toutes les autres agences de renseignement du pays copiaient toujours le FBI. Shaw a continué à tourner en rond et à regarder, mais il a continué à ne rien voir, nulle part. Étaient-ils là ? Ou avait-il laissé ce maudit Pendergrass et les deux détectives de Fayetteville, Van Zandt et Greenfield, lui monter à la tête ?

Finalement convaincu que personne ne le suivait, il a conduit sa Peugeot blanche jusqu'à la porte arrière du grand magasin Sears et s'est garé. Sears était l'un des quatre grands magasins piliers du centre commercial, chacun étant situé à l'un de ses angles. Rien ne pouvait être plus classiquement américain, ni un endroit plus parfait pour comploter leur chute. Il recula la Peugeot jusqu'à une place de parking entre deux autres voitures, d'où il pourrait partir rapidement s'il le fallait, et se glissa dans le siège. Il appuya sa tête contre l'appui-tête et put voir à travers les vitres et le capot de la voiture sans être vu.

Avant son retour de Syrie, ce salaud arrogant d'Aslan Khan l'avait interrogé pendant des heures sur la sécurité et le "tradecraft", des choses dont Henry Shaw ne savait rien. Tant qu'il était plus intelligent que ses adversaires, ce qu'il savait être toujours, où était le problème ? Aslan Khan n'a pas mâché ses mots lorsqu'il l'a traité d'imbécile, d'Américain stupide et de bien d'autres choses encore. Peu à peu, Shaw commence à comprendre. Il a même lu en accéléré plusieurs manuels techniques piratés de la CIA et du MI6 britannique que Khan lui avait fournis. Google lui a également été utile. C'est incroyable ce qu'on peut trouver en ligne de nos jours, s'esclaffe-t-il. Lorsqu'il eut terminé, il fut forcé d'admettre que Khan avait raison. Il avait été un imbécile et un Américain stupide, mais plus maintenant. Il n'avait pas l'intention d'en faire une mission suicide, de finir ses jours dans une prison américaine, ou pire. Pour la première fois de sa vie, il commença à penser et à agir comme si des gens l'observaient, et à être conscient de ce qui l'entourait.

Alors, qui le surveillait ? Ce salaud du FBI, Pendergrass ? Peut-être "Johnson" de la CIA ? Ou bien la NSA ou une autre agence américaine de la "soupe à l'alphabet" dont il n'avait jamais entendu parler. Shaw n'avait fait aucun effort pour dissimuler son voyage de "recherche" en Turquie pour la simple raison qu'il ne pensait pas revenir de sitôt, voire jamais. Depuis des mois, son intention était de rejoindre ISIS et de devenir un combattant de première ligne, un djihadiste, ce qui lui donnerait une bonne foi chromée que même le professeur le plus arrogant de l'élite de l'Université de Chicago ne pourrait pas nier. C'est pourquoi toute cette histoire d'ISIS n'était qu'un simple jeu pour lui. Il ne s'est jamais considéré comme un maître espion, un révolutionnaire ou un djihadiste dont la mission était de faire tomber l'armée américaine, mais soit. Ce que le calife et les frères Khan lui ont dit avait du sens. Si Fayetteville, en Caroline du Nord, était l'endroit où il pouvait avoir un impact spectaculaire, alors Fayetteville était l'endroit où il commencerait sa propre petite guerre.

À 20 h 57, il observe une vieille Honda Civic qui fait le tour du parking. Elle était d'un bleu délavé avec une porte verte et sans pare-chocs avant. Elle a remonté son allée jusqu'au bout, a fait demi-tour et est revenue sur ses pas avant de se garer dans une place située à cinq voitures de l'endroit où Shaw était garé. La portière de la voiture s'est ouverte et Shaw a vu Farrakhan Muhammad en sortir et s'approcher de lui. Il portait le nouvel uniforme de combat de l'armée à motif de camouflage, une casquette de baseball " patrouille " assortie et des bottes de désert de couleur beige. Dans la plupart des autres communautés, les gens prendraient note de quelqu'un qui se promène avec un uniforme de l'armée, mais pas à Fayetteville. Fayetteville abrite le plus grand poste de l'armée de la côte Est, et la vue d'hommes en uniforme est la norme attendue, pas l'exception. Malgré tout, petit, trapu et pesant bien plus de 250 livres, Muhammad ressemblait à une boule de bowling "camouflée" et se ferait remarquer n'importe où. Il semble l'avoir compris et regarde nerveusement autour de lui avant de s'approcher de la Peugeot, d'ouvrir la portière du côté passager et de se glisser à l'intérieur.

"Tu es en retard", l'a réprimandé Shaw.

"Je faisais attention !" Muhammad a répliqué.

"Tu as l'air nerveux et effrayé", lui dit Shaw en essayant d'avoir l'air compréhensif, mais il pouvait sentir la sueur et la peur qui se déversaient sur lui. "Être prudent est une bonne chose pour un soldat, mais être trop prudent n'est pas naturel. Cela te fera sortir du lot."

"C'est facile à dire pour toi. Je n'ai jamais rien fait de tel auparavant", avoue-t-il en se retournant et en regardant par la fenêtre les autres voitures du parking.

"Tu n'as pas à t'inquiéter, j'ai déjà vérifié. Je n'ai pas été suivi. Tu l'as été ?" Demande Shaw en le regardant droit dans les yeux. "Tu ne le sais même pas, n'est-ce pas ? C'est pourquoi il est essentiel que tu suives mes instructions, Farrakhan, que tu les suives précisément. Est-ce que c'est clair ?"

"Oui, oui", dit l'homme noir en se retournant et en jetant un coup d'œil à l'extérieur de la voiture.

"Avez-vous pu obtenir le C-4 ?"

"Je t'ai dit que je le ferais, n'est-ce pas ?"

"Combien ?"

"Quatre blocs, c'est environ cinq livres, plus quelques détonateurs".

"Excellent, tu peux être fier", a dit Shaw d'une voix encourageante en s'approchant et en posant sa main sur l'épaule de l'homme noir. "Farrakhan, tu dois puiser au plus profond de toi et prendre courage dans ta foi", a-t-il dit de sa voix de "professeur sérieux". "Nous sommes des guerriers, toi et moi, et rien ne peut nous arrêter maintenant".

"Peut-être, mais beaucoup de gens parlent beaucoup. C'est moi qui mets mon cul en jeu pour obtenir ce genre de choses, pas toi. Alors, où est le 'eight large', mon gars ?" Muhammad se renfrogne.

Shaw a fouillé dans sa veste, en a sorti une enveloppe épaisse pleine de billets de cent dollars. "Ça fait dix mille dollars, Muhammad, parce que tu le mérites".

La mine renfrognée de l'homme noir costaud a soudain été remplacée par un sourire édenté tandis qu'il éventait les billets avant de dire : "Tu sais, tu vas bien après tout, Shaw. Tu vas bien."

Shaw a regardé sa montre. "Tu l'as dans la voiture ?"

Muhammad acquiesce. "J'ai aussi les armes que tu voulais".

"Combien en as-tu obtenu ?" demande Shaw en lui tendant une deuxième enveloppe contenant l'argent convenu.

"Une douzaine de fusils, des M-4 et des M-16, et une demi-douzaine de Berettas. Plus les armes de poing que nous avons prises à des ploucs."

"Excellent. Et les munitions ? Tu as obtenu des munitions ?"

"Oui, bien sûr, j'ai les munitions, deux boîtes de conserve et un tas de chargeurs.

"Tu t'es bien débrouillé, Farrakhan". Shaw sourit. "Tu t'es très bien débrouillé en effet."

Muhammad a regardé à l'intérieur, a éventé les billets et a souri. "Ça va, Shaw, ça va".

"Très bien, nous devons déplacer les armes dans mon coffre. Il y a des couvertures pour les envelopper. Ensuite, nous laisserons ma voiture ici et nous prendrons la tienne, puisque nous sommes allés dans ma voiture hier soir. Tu peux conduire."

Ils ont roulé les fusils et les pistolets dans la couverture de Shaw et les ont ramenés dans sa voiture avec les chargeurs et les boîtes de munitions. Avant de fermer le coffre, Shaw choisit l'un des Berettas 9 millimètres et deux chargeurs garnis. Il a fait fonctionner la glissière et vérifié la pression sur la détente avant de mettre un des chargeurs dans le pistolet et de le coincer derrière sa ceinture, dans le bas de son dos.

"Tu n'as pas pu te procurer de silencieux ?" demande-t-il à Mahomet.

"Pas question, mec. Les seuls à avoir ce genre de choses sont les Delta et les opérations spéciales, et ils ne vendent rien."

"C'est malheureux", a déclaré Shaw. "Ces choses peuvent être bruyantes".

"Sho' can", s'empresse d'acquiescer Muhammad. "Alors, on va où ?" demande le grand homme noir, avec une expression d'inquiétude sur le visage.

"Fort Bragg. Il est temps de s'amuser un peu plus."

Ils ont remonté le boulevard Bragg, la route 24, et ont franchi la porte arrière de Fort Bragg, d'où ils étaient sortis la veille sur Butner, passant devant l'économat, et se dirigeant vers le grand North Post Exchange. Il était entouré d'un vaste parking, avec sa propre agence bancaire et un magasin d'entretien automobile Firestone devant. Pendant qu'ils roulaient, Shaw a enfilé une paire de gants chirurgicaux en latex et s'est mis à travailler sur les blocs de C-4 apportés par Muhammad. Il coupe deux d'entre eux en deux, insère des détonateurs à l'intérieur et connecte chacun d'eux à l'un des téléphones cellulaires à brûleur qu'il avait achetés plus tôt au magasin d'électronique à prix réduit. Lorsqu'il a terminé le câblage, il a enveloppé chacun d'eux d'une demi-douzaine de tours de ruban adhésif, exactement comme les Khans le lui avaient appris.

"C'est tout ce que tu as à faire pour en fabriquer un, hein ?" demande Muhammad en pointant du doigt le C-4. "Ça n'a pas l'air d'être grand-chose".

"Ça dépend si tu veux te faire exploser ou pas", répond rapidement Shaw en tendant le bras et en éteignant le plafonnier. " C'est pour qu'il ne s'allume pas et que personne ne nous voie à l'intérieur de la voiture quand j'ouvrirai la porte... mais je suis sûr que tu le savais ", dit-il en regardant Muhammad d'un air sceptique.

"Euh, oui, bien sûr, ah je le savais".

Il était 21 h 30 et le bureau de poste était déjà fermé pour la nuit. Le parking était vide, ce qui était exactement ce que Shaw voulait. Il aurait tout le temps de tuer des gens plus tard. Pour l'instant, tout ce qu'il voulait, c'était répandre un peu de terreur aux yeux écarquillés.

"Descends jusqu'à l'extrémité du parking, puis reviens en arrière en longeant la façade du bâtiment de l'Échange", a-t-il dit à Muhammad.

"Pourquoi ? C'est tout fermé, mec".

"Fais-le !" lui dit Shaw, déjà fatigué de ses questions. Devant la porte d'entrée de l'immeuble, il a vu deux grandes poubelles, une de chaque côté des portes d'entrée. "Arrête-toi là", a-t-il dit à Muhammad. Avant que la voiture ne s'arrête de rouler, Shaw a pris l'une des charges explosives de C-4, a ouvert sa porte et s'est dirigé rapidement vers la poubelle, a déposé le C-4 à l'intérieur et est retourné à la voiture.

"Vas-y", a-t-il dit à Mahomet alors qu'il montait à bord. "Doucement et gentiment, mais vas-y. Il y a un bureau de recrutement de l'armée de l'air au nord, à l'extrémité de Pope Field. Va y faire un tour et on y jettera un coup d'œil."

Comme le Post Exchange, le bureau de recrutement était sombre, tout comme les bâtiments qui l'entouraient, mais il n'y avait pas de poubelles à l'extérieur. Shaw est sorti de la voiture, a pris l'un des paquets d'explosifs et l'a jeté sur le toit à la place.

"Un petit changement de rythme", dit-il en disant à Muhammad de prendre la grande boucle autour de Hurst Drive et de Lewis Street pour revenir à Butner. Lorsqu'il a vu la 139e académie de formation du régiment, il a dit à Muhammad de se garer et de conduire jusqu'à ce bâtiment.

"C'est cette foutue garde nationale", se plaint Muhammad en s'approchant de la façade du bâtiment. "Vous pouvez tous les faire sauter, je m'en fiche, mais pourquoi ces endroits minables ? Pourquoi ne vous en prenez-vous pas au grand bâtiment du JSOC ou à l'un des régiments aéroportés ? L'économat et les recruteurs ? La foutue Garde nationale ? Ils ne veulent rien dire".

Shaw secoue la tête. "Tu n'as peut-être pas remarqué, Muhammad, mais ces lieux n'avaient pas de caméras ni de gardes de sécurité. Et ils ont beaucoup d'importance pour les gens que je veux secouer. Crois-moi, une bombe n'importe où sur ce poste a beaucoup d'importance, et ces bombes mettront l'establishment en panique jusqu'à Washington." Cela dit, Shaw est rapidement sorti, a déposé un autre paquet de C-4 dans une poubelle près de l'entrée, et est remonté dans la voiture. "Très bien, lui dit Shaw, puisque tu préfères une cible de "grande valeur", essayons le bureau du prévôt, où traînent les députés. Je suppose que tu peux le trouver sans aucune aide de ma part."

"Oh oui ! Je sais où c'est". Muhammad sourit.

"Je m'en doutais. Il y a un parking à droite du bâtiment. Tourne dans Armistead et fais une boucle à travers le parking."

"Tu ne vas pas monter dans ce bâtiment, n'est-ce pas ? Il y a des caméras partout."

"Regarde et apprends", répond Shaw alors que Muhammad entre dans le parking, traverse l'allée extérieure, fait demi-tour et redescend dans celle qui est plus proche du bâtiment, où une longue file de voitures de la police militaire est garée.

"Continue à rouler, doucement", lui dit Shaw en abaissant sa main par la fenêtre de la voiture et en jetant son paquet sous l'une des voitures de police garées. "Très bien, continue, doucement, comme tu l'as fait".

"Ah j'ai compris maintenant", a rayonné Muhammad. "Tu es intelligent, Shaw. Tu es malin. Personne ne verra rien jusqu'à ce que cette poire s'éteigne, n'est-ce pas ?"

"Espérons que non. Maintenant, dirige-toi vers l'ouest en direction de Longstreet. Nous sortirons par cette porte." Shaw regarde sa montre. "Au fait, j'ai faim. Je suppose que terroriser la population ouvre l'appétit."

"Tu n'as terrorisé personne. Quand vas-tu faire exploser ces choses ?"

"Bientôt, très bientôt, mon ami impatient. Retournons dans ce bar sportif du 401 où tu as englouti ce panier d'ailes de poulet, et je t'en achèterai d'autres."

"Des ailes de poulet ? Tu penses à des ailes de poulet alors qu'il y a ces bombes là-bas ? Tu es fou, mec." Muhammad secoue la tête nerveusement.

"Détends-toi. Plus nous serons loin de Fort Bragg quand ils se déclencheront, mieux ce sera.

Il est presque 23 heures lorsqu'ils atteignent le bar sportif et trouvent un endroit où se garer. Shaw a porté un sac en papier avec lui pendant qu'ils entraient et trouvaient une cabine à l'arrière où ils pourraient avoir un peu d'intimité. C'était lundi soir et l'endroit était bondé, avec un match de football bruyant diffusé sur une douzaine de téléviseurs à grand écran. Shaw a commandé les deux bières pression habituelles et trois paniers d'ailes, reconnaissant l'appétit prodigieux de Muhammad. Pendant qu'ils attendaient, Shaw a levé les yeux vers l'écran de télévision le plus proche et a fouillé dans le sac qu'il avait apporté de la voiture. Il a sorti l'un des téléphones portables et l'a allumé.

"Un jour, il faudra que tu m'expliques le football américain", dit Shaw à Muhammad en tapant un numéro de téléphone. "Tu es prêt ?", a-t-il demandé en laissant son doigt planer sur le bouton vert d'envoi.

"Bon sang oui, ah je suis prêt !" Muhammad fait un geste de colère.

Shaw a souri et a poussé le téléphone vers Muhammad. "Alors, fais-le. Tu peux avoir l'honneur, mon 'bon ami à lécher les doigts'. Appuie sur le bouton d'envoi."

Le grand homme noir s'est assis, a regardé le téléphone et a penché la tête. "C'est tout ? D'accord", et il a appuyé son doigt sur le bouton. Il a penché la tête et s'est efforcé d'écouter. "Je n'entends rien, Shaw. Tu es sûr..."

"Oui, j'en suis sûr. Nous sommes à plus de dix kilomètres, assis ici dans un bar sportif à boire tranquillement nos bières."

"D'accord. Lequel était-ce ?"

Shaw a regardé l'écran d'affichage du téléphone portable. "Ça aurait dû être l'économat", lui dit-il en composant un deuxième numéro et en laissant Farrakhan appuyer à nouveau sur le bouton vert. Cela fait, il lui dit : "Maintenant, le centre de recrutement". Il compose un numéro sur le troisième téléphone et fait de même. Sur le quatrième téléphone, il a composé un numéro puis a tendu le téléphone à Muhammad. "Celui-ci est celui de tes amis du bureau du prévôt. Voudrais-tu leur faire les honneurs à eux aussi ?"

"Tu as bien raison, je le ferais !" Muhammad grogne en enfonçant fortement son index sur le bouton vert et sourit. "Ça m'a fait du bien, sacrément du bien, mec. Comme je l'ai dit, Shaw, tu vas bien finalement. Mais comment sais-tu que ces saloperies ont explosé ?"

Shaw haussa les épaules. "Je ne sais pas, mais nous le saurons bien assez tôt", a-t-il dit en plongeant avec appétit dans ses ailes. "Crois-moi, nous le saurons.

"

CHAPITRE DIX-NEUF

Fort Bragg, Caroline du Nord

Bob avait une règle stricte concernant les fêtes : personne ne va se coucher tant que tout n'a pas été nettoyé et rangé. Comme au moins la moitié d'entre eux étaient des joyeux lurons, dont certains logeaient dans la maison d'hôtes, il a pu obtenir toute l'aide nécessaire pour nettoyer la maison et se coucher à 22 heures, son heure de sorcellerie habituelle.

Il dormait à poings fermés lorsqu'un coup de coude sec lui a donné un coup dans les côtes. "Tu as entendu ça ?" Linda lui a demandé, puis a fait une pause et a ajouté : "Ça aussi".

"J'ai entendu quoi ?" répond-il, à peine à moitié réveillé.

"Explosions. Il y en a une autre ; ça fait trois."

Il n'avait pas entendu les deux premiers qu'elle avait cru entendre, mais il avait bien entendu le troisième. Elle avait raison. C'était un léger Bang ! Une explosion, quelque part au loin. Entre l'Irak et l'Afghanistan, ses oreilles étaient aussi fines qu'une antenne radar. À l'époque, il pouvait faire la différence entre des obus de mortier de différentes tailles, et entre ceux-ci et un 105, un 155, un RPG ou un IED. En fonction du vent et du bruit ambiant, il pouvait parfois dire à quelle distance se trouvait l'obus et dans quelle direction il se dirigeait. Malheureusement, comme toutes les compétences, elle commençait à s'éroder lorsqu'elle n'était pas utilisée, et cela faisait plus de deux ans qu'elle ne l'avait pas été. En fin de compte, cependant, plus il restait allongé dans son lit et essayait d'analyser le son, moins il pouvait conclure qu'il s'agissait même d'une explosion. Quoi qu'il en soit, elle devait se trouver à des kilomètres au nord-ouest, dans la direction générale de Fort Bragg.

"Alors ?" demande-t-elle. "Qu'est-ce que c'était ?"

Il s'est retourné et a regardé l'horloge. Il était 11 h 45. "Je n'en ai aucune idée".

"Tu veux dire que tu ne vas pas sortir et chercher ?"

"Non. Il fait nuit, et je ne verrais rien de toute façon. Alors retourne dormir. Si c'est quelque chose d'important, tu sauras tout demain matin, mais j'en doute", mentit-il. D'après le bruit et la distance, il doutait qu'il s'agisse de rien. Mais quelque chose ? Le matin le dirait, mais quoi que ce soit, ce n'était plus son problème.

À 5 h 45, il était vêtu d'un pantalon chino, d'un sweat-shirt West Point très délavé et d'une paire de pantoufles Garfield le chat très pelucheuses qu'Ellie lui avait offertes pour Noël. Il venait de se verser sa première tasse de café et de s'asseoir dans le coin repas lorsque son téléphone portable a sonné. En jetant un coup d'œil à l'écran, il vit qu'il s'agissait de Pat O'Connor et répondit immédiatement. "Sergent-major, tout le monde s'est bien amusé hier ?"

"À en juger par le nombre de steaks consommés, de coquilles d'huîtres et de gobelets de bière vides à notre table, je dirais oui, et merci de nous avoir invités. Mais ce n'est pas pour cela que j'ai appelé. Nous devons changer nos plans pour le déjeuner de demain."

"Pourquoi ? Le général ne va pas revenir ?"

"Non, non, il est déjà en route. Il devrait arriver vers 9 heures, et il veut avancer le déjeuner à aujourd'hui. Tu peux venir ?"

"Bien sûr, chaque jour est un samedi quand tu es à la retraite. Aujourd'hui, demain ? '*Macht nichts*', ça ne fait aucune différence", dit Bob en utilisant le vieil idiome allemand fracturé. "Mais pourquoi se presser ? Dis-moi que ça n'a rien à voir avec ce qui ressemblait à deux explosions que nous avons cru entendre au milieu de la nuit."

"Vous avez tous les deux de bonnes oreilles. Trois bombes ont explosé au poste vers 23 h 45, probablement du C-4. Les analyses médico-légales viennent juste d'arriver, mais je peux attester qu'elles étaient sacrément bruyantes ici."

"Quelqu'un est blessé ?"

"Heureusement, non. L'un d'eux a explosé près de la porte d'entrée de l'économat nord, un autre près de la porte d'entrée de la 139e académie de formation, et un autre sous une voiture de patrouille de la police militaire garée devant le bureau du prévôt. Cela les a vraiment énervés, alors le poste est fermé depuis minuit. En milieu de matinée, la circulation sera bloquée jusqu'à Fayetteville, alors je viendrai te chercher dans la berline du général. Et si on se retrouvait au Bojangles sur Santa Fe Road, à la sortie de l'autoroute, à 11 h 15 ?"

"Ça a l'air bien. Penses-tu que les bombes ont quelque chose à voir avec les fusillades à l'extérieur du club de golf samedi soir ?"

"Je ne sais pas. Je peux te dire que le général et beaucoup d'autres personnes ont attisé un feu rugissant sous les fesses du prévôt jusqu'à ce qu'il le découvre."

Dans des conditions normales, Fort Bragg est un poste relativement ouvert. Les véhicules officiels et les véhicules autorisés munis des autocollants, des cartes d'identité et des transpondeurs appropriés peuvent franchir les portes. Une fois le portail franchi, tu peux rouler presque partout, y compris dans les quartiers généraux des unités et les casernes, les logements familiaux, les services commerciaux, les réfectoires, les terrains de parade, et même passer devant les nombreux champs de tir et les zones de largage de Manchester Road sans être arrêté. D'autre part, des cercles de sécurité de plus en plus serrés commencent à se former lorsque tu t'approches de quelque chose d'important, comme le quartier général du Commandement des opérations spéciales conjointes, le Commandement des opérations spéciales de l'armée, le quartier général du XVIIIe corps aéroporté, le quartier général de la 82e division aéroportée, le Commandement des forces spéciales, le 3e groupe des forces spéciales, Delta, et des dizaines d'autres bâtiments et sites d'entraînement des groupes aéroportés et d'opérations spéciales.

Les bâtiments du JSOC sont protégés de tous côtés par des bois épais, ils ne sont visibles d'aucune des routes environnantes et ont été effacés des cartes Google, des cartes GPS et de tout ce qui pourrait montrer qu'ils existent. Pour voir les bâtiments, et encore moins pour frapper à leurs portes, tu dois passer plusieurs points de contrôle rigoureux et des inspections spéciales. Le bâtiment du JSOC lui-même était plutôt banal et ressemblait à une grande salle de classe ou à un immeuble de bureaux, du type de ceux que l'on peut trouver sur n'importe quelle base militaire américaine à travers le pays. Cependant, le grand nombre d'antennes paraboliques et de poteaux situés derrière le bâtiment en dit long.

Associé à un dispositif de sécurité extraordinaire s'étendant sur un demi-mile dans toutes les directions, les multiples couches de clôtures, les points de contrôle, les multiples portes, les barrières en béton, les hautes clôtures à mailles losangées, les fils barbelés, les bornes, les lumières, les capteurs, les détecteurs de mouvement, les patrouilles itinérantes, les barrières en béton pour les véhicules, les étangs et les fossés stratégiquement placés, les portes et les caméras, le tout sous les yeux de Humvees portant des mitrailleuses de calibre 50 et de gardes lourdement armés protégeant l'endroit, ont poussé beaucoup de gens à l'appeler "le Pentagone Sud".

Même pour quelqu'un ayant le bagage de Bob, il était difficile d'entrer dans le même code postal que le JSOC sans le bon laissez-passer. Ce n'était pas le genre d'endroit qui tolérait les étrangers ou les gens qui se présentaient sans invitation. C'est pourquoi Pat O'Connor l'a rencontré devant les portes de Bojangles dans la berline du général à 11 h 45 précises. Lorsque Bob est monté, O'Connor a pointé du doigt la camionnette blanche 150.

"Au fait, tu as l'air en forme avec tes nouvelles roues "terre à terre"". Il remarque alors l'absence de la vitre côté passager. "Qu'est-ce que c'est ? L'air conditionné des ploucs ou les vitres sont-elles un équipement optionnel maintenant ?"

"Une longue histoire", a-t-il répondu d'un air penaud. "Ils sont en rupture de stock".

"Une longue histoire ?" O'Connor rit. "Et je parie que c'est une bonne histoire."

Ils remontent rapidement l'autoroute américaine jusqu'au poste. Avec une berline OD et le fanion rouge à deux étoiles du général flottant sur le pare-chocs avant, ils ont passé un quart de mile de voitures et de camions bloqués, et se sont faufilés dans la voie réservée aux véhicules officiels à l'extrême droite.

"On dirait que le prévôt n'a pas reculé sur les contrôles de sécurité", dit Bob.

"Non, la situation n'a fait qu'empirer. Il y a deux heures, ils ont trouvé une quatrième bombe sur le toit du bureau de recrutement de l'armée de l'air à Pope. Apparemment, quelqu'un l'a jetée là-haut, ce qui semble avoir détaché l'un des fils. Quoi qu'il en soit, elle n'a pas explosé. Maintenant, ils fouillent littéralement tous les autres toits accessibles du poste pour voir s'il y en a d'autres."

"Est-ce qu'ils l'ont déjà démonté et regardé ?"

"Oui, et c'est la partie la plus effrayante. C'était un demi-bloc de C-4 de l'armée, notre propre matériel, avec l'un de nos détonateurs et un téléphone à brûleur commercial bon marché comme dispositif de déclenchement. Le téléphone a été acheté au centre commercial Cross Creek. Ils essaient de le tracer, mais c'est sans espoir, et ils font l'inventaire de chaque gramme de C-4 sur le poste. Les spécialistes de la neutralisation des explosifs et des munitions pensent que les trois bombes qui ont explosé étaient de cette taille. Un bloc entier pèse environ une livre et quart, alors il manque au moins deux blocs, soit deux livres et demie de C4. C'est impossible à dissimuler. Nous devrions en savoir beaucoup plus sur le C4 d'ici la fin de la journée, ainsi que sur les douilles trouvées sur les lieux de ces deux meurtres derrière le Stryker Golf Club."

Bob avait pénétré à de nombreuses reprises dans le bâtiment du JSOC au fil des ans, en tant que membre de diverses unités d'opérations spéciales, dont la Delta Force, et avait même travaillé au sein du personnel pendant quelques mois. Plus récemment, il a souvent été l'invité du général Stansky. Ce qu'il a retenu de ces réunions, c'est la façon dont les hommes et les femmes des différents services - armée de terre, marine et armée de l'air - travaillaient côte à côte et s'entendaient apparemment bien. Comme il le savait, l'harmonie entre les services n'est pas le fruit du hasard. Elle ne se produit que lorsqu'il y a un leadership fort et unificateur au sommet, et il soupçonne qu'un certain deux-étoiles, petit et énergique, y est pour beaucoup.

Alors qu'ils sortent de la voiture sur le parking sécurisé du JSOC et se dirigent vers la porte d'entrée du bâtiment, Pat O'Connor lui tend un "Cred Pack" en plastique épais et transparent sur une chaîne à accrocher autour de son cou. Il contenait son laissez-passer et sa photo. Sans l'avoir autour du cou, personne ne pouvait franchir le contrôle de sécurité des portes d'entrée. Après avoir été contrôlé, fouillé, scanné et vérifié par rapport aux listes d'invités autorisés, personne n'allait plus loin sans les badges appropriés ou n'entrait dans le bâtiment sans une escorte armée de la police militaire, quelle que soit son identité ou la personne à laquelle il était censé rendre visite. Dans le cas de Bob, il figurait sur la liste et était escorté par le sergent-major du commandement. La mine renfrognée de Pat pouvait à elle seule ouvrir la plupart des portes, mais pas celles-ci. Aux portes d'entrée du JSOC, il n'y a pas de raccourcis.

Le bureau du général de division Arnold Stansky était l'un des rares à se trouver au dernier étage, et il fallait encore une autre carte-clé autorisée pour que l'ascenseur puisse s'élever au-dessus du premier étage. En plus du bureau de Stansky, de ses assistants et de son personnel, il y avait une demi-douzaine d'autres membres clés du personnel au quatrième étage, y compris le commandant général, un théâtre, un centre d'opérations et plusieurs salles de réunion. Lorsque Bob et Pat O'Connor sont finalement entrés, Stansky était penché sur son bureau au téléphone, aboyant des ordres et n'étant pas très heureux. Ils se mirent au garde-à-vous à la bonne distance de son bureau, comme d'habitude, mais il écarta la formalité et indiqua les deux chaises à dossier droit qui se trouvaient devant son bureau. Il raccrocha, fit le tour du bureau et tendit une main ferme à Bob. Dommage pour les non-initiés, comme Bob et beaucoup d'autres ici l'avaient appris, car serrer la main d'Arnold Stansky, c'est comme mettre votre main dans la mâchoire d'un étau. Cet homme pouvait casser des noix avec ses doigts nus, mais Bob était prêt.

"Content de te voir, Bobby", aboie Stansky en le rapprochant et en le regardant dans les yeux. C'était une tactique désarmante, que Bob avait apprise il y a des années auprès du vieil homme. "Alors, comment va ta charmante nouvelle femme ? Elle ne s'est pas encore enfuie en criant, n'est-ce pas ?"

"Non, monsieur. Elle va bien, sauf qu'elle est un peu enceinte. Elle m'a dit de te dire que tu lui avais beaucoup manqué hier."

"Un peu enceinte ? À ton âge, je pensais que tu trouverais la cause de ce phénomène."

"Oh, je pense que nous avons compris cela il y a longtemps, monsieur".

"Bien. Et tu pourras lui dire que je suis vraiment désolé d'avoir manqué la fête. Maudits Allemands ! Je n'ai pas eu d'autre choix que d'aller faire craquer quelques têtes - les membres de nos opérations spéciales et les leurs, mais je pense que j'ai mis les choses sur la bonne voie maintenant, du moins là-bas." Stansky fait le tour de sa chaise de bureau et ils s'assoient tous. "À peine ai-je quitté la ville que l'enfer se déchaîne ici. Qu'est-ce qui se passe ? Deux officiers abattus par balles à l'extérieur du club de golf, et maintenant ces bombes. On n'est pas à Bruxelles ! C'est la Caroline du Nord ! Qui étaient-ils, Pat ?"

"Aucun des nôtres. L'un était au service des finances du poste et l'autre au bureau des transports. Un pur hasard, d'après ce que l'on sait", explique le sergent-major de commandement. "Ils étaient à des tables séparées à l'intérieur, en train de boire avec d'autres personnes, et il se trouve qu'ils ont quitté le bâtiment en même temps, du moins c'est ce qu'il semble. La police criminelle poursuit son enquête."

"Des meurtres au hasard". Stansky fronce les sourcils. "Ceux-là sont censés être les plus difficiles à essayer de percer, mais j'ai cru comprendre qu'ils ont récupéré les douilles ?".

"Six cartouches de calibre 45 ACP. Equipement standard de l'armée pour l'ancien 1911 Colt".

"C'était négligent de la part du tireur, de laisser ses douilles derrière lui", fait remarquer Bob. "N'importe qui ayant suivi une formation d'opérations spéciales sait qu'il faut mettre la main sur les cuivres, et ils n'auraient pas utilisé un Colt .45 de toute façon. Ce sont des antiquités. Je doute que le tireur ait été l'un des nôtres."

"La police militaire fait un inventaire surprise dans toutes les salles d'armes du poste ce matin", poursuit O'Connor. "Le prévôt vient de signaler qu'il nous manque une douzaine de fusils M-4 et M-16 et le même nombre de Berettas de l'une des unités du quartier-maître, plus des munitions et des chargeurs. Mais la bonne nouvelle, c'est qu'on n'a pas encore parlé de fusils de calibre 45."

"Tu penses qu'ils les vendent ?" demande Stansky.

"Ce ne sont pas les milices suprématistes blanches qui manquent et qui flottent dans les montagnes".

"Nous ferions mieux de l'espérer", a ajouté Bob. "Si ce n'est pas le cas, quelqu'un va commencer une guerre".

"Tu veux dire contre nous ?"

"Deux officiers assassinés ? Trois bombes posées sur le poste ? Qui d'autre ?" Bob répond. "Ont-ils appris quelque chose sur le C-4 ?"

"Ça vient d'une des compagnies de la 20e brigade du génie", lui dit Stansky. "Ce sont les seuls à avoir du C-4 en stock, à part les opérations spéciales. Je viens d'avoir le Provost Marshall au téléphone ; ils les ont inventoriés à la première heure ce matin et il manquait quatre blocs."

Bob y réfléchit un instant. "Tu as dit quatre blocs ? Les trois explosions plus le demi-bloc qu'ils ont trouvé sur le toit signifient..."

"La moitié est encore dehors". Stansky a regardé O'Connor et s'est mis à rire. "Ce type est intelligent, n'est-ce pas, Patrick ? Ce qui veut dire qu'on est loin d'en avoir fini avec ces types. Les policiers militaires sont en train de croiser les registres d'inscription des unités et les feuilles d'inventaire avec les registres des portes et les vidéos des voitures et des plaques d'immatriculation, et de faire suer tous ceux qui ont eu accès au C-4. Cela prend du temps, mais nous pensons avoir les noms d'ici la fin de la matinée."

"Ensuite, l'astuce consistera à les faire rouler sur celui à qui ils l'ont vendu", a ajouté Pat.

"Guantanamo peut être une forte source de motivation. Que veux-tu que je fasse ?" demande Bob.

"Qu'est-ce qui te fait croire que je veux que tu fasses la moindre chose, Bobby ?" Stansky le regarde, les mains sur les hanches, et grimace.

"Parce que je ne serais pas là si tu ne l'avais pas fait". Bob lui répond par un sourire.

Stansky rit. "Eh bien, rien pour l'instant. Bragg est un grand poste, et quelqu'un pense que c'est une proie facile. Alors reste près de nous. Il se peut que je doive faire venir les Merry Men avant la fin."

"Envoie-moi les fichiers. J'aimerais y jeter un coup d'œil."

"Si le CID n'a rien trouvé d'ici demain midi, je le ferai".

"Qui s'occupe de l'enquête ?" demande Bob.

"Un jeune agent du CID nommé Sharmayne Phillips. Je l'ai rencontrée hier soir. Personnellement, je pense qu'elle est dépassée, mais ni elle ni son patron n'aiment que le JSOC mette son nez dans leurs affaires. Je comprends, mais je les tiens en laisse de toute façon."

"Tu veux que je lui parle ?"

"Toi ?" Stansky rit. "Si elle ne m'aime pas, elle ne t'aimera vraiment pas".

"Moi ?" Bob feint la surprise. "Bon sang, je ne comprends pas pourquoi".

"Moi non plus, tu es 'Monsieur Douceur et Lumière', n'est-ce pas ?"

"C'est moi, monsieur. Au fait, tu te souviens d'Ernie Travers, n'est-ce pas ?"

"Je me souviens de tout le monde, Bobby. C'est ton ami, ce grand capitaine de police de Chicago qui nous a aidés à Atlantic City, n'est-ce pas ? Et un colonel de réserve de la police militaire, en plus."

"C'est lui. Ernie est passé à notre fête hier et a amené un ami, un agent du FBI qui vient d'arriver de Chypre. C'est un expert du Moyen-Orient, et il m'a dit quelque chose en toute confidentialité que tu dois entendre."

"Le FBI ? Officieusement ? D'habitude, ils ne coopèrent avec personne."

"Ce gars-là, oui. Encore une fois, c'est un vieil ami d'Ernie et de l'agent responsable à Atlantic City. Mais il a bien précisé que c'était 'pour les yeux seulement'. "

"Ça n'a pas l'air bon." Stansky fronce les sourcils. "D'accord, donne-le-moi."

"Il traque certains liens entre ISIS, Fayetteville et Fort Bragg".

"ISIS !" Stansky a failli exploser. "Bon sang, c'est tout ce qu'il nous faut, mais je ne peux pas dire que c'est inattendu. Ça revient tout le temps dans les briefings du Pentagone maintenant, mais tu sais à quel point tout le monde est devenu politiquement correct là-bas."

"Et il ne pense pas beaucoup à la capacité du CID à gérer quelque chose comme ça, non plus. Franchement, il ne pense pas qu'ils pourraient trouver leur cul avec les deux mains."

Stansky secoue la tête puis se penche en avant avec son regard d'acier "rayon de la mort". "Je vais te dire une chose, Bobby, il faut qu'on attrape ces types. Nous sommes la 'pointe de la lance' ici à Bragg. Si quelqu'un tue nos gens et que cette bande du CID ne se bouge pas le cul très vite pour les attraper, ils auront un général deux étoiles qui répond à un quatre étoiles, qui leur tombera dessus."

"Bien reçu", acquiesce Burke.

"Et j'ai une autre mauvaise nouvelle pour toi... non, pour nous deux, je suppose. Ils m'envoient un nouvel adjoint."

"Je ne savais pas que tu en avais un 'ancien'".

"Je n'en veux pas ! Je n'en veux pas et je n'en ai pas besoin, mais ces crétins ne veulent rien entendre."

"Pourquoi ne transfèrent-ils pas simplement Bill Jeffers de Delta dans le créneau ?" demande Bob. "C'est un 06 et un excellent homme d'opérations spéciales avec une tonne d'expérience au combat, et il n'y a pas de pénurie de 05 qu'ils peuvent faire monter en grade pour prendre en charge Delta."

"Ça aurait déjà été toi, tu sais, si tu ne t'étais pas éclipsé." Stansky lui lance un regard noir. "Mais ce n'est pas la peine de remettre ça sur le tapis. De toute façon, transférer Bill aurait été très logique, n'est-ce pas, sauf que Bill n'a jamais été un politicien. Toi non plus, et c'est pour ça que tu es sorti et qu'il prendra sa retraite en tant que 06."

"D'après ce que j'ai entendu, tu n'étais pas non plus un grand politicien. Ça ne t'a pas arrêté." Bob sourit.

"Tu as raison ! Mais j'avais quelques 'oncles hollandais' avec beaucoup d'étoiles sur leurs cols qui veillaient sur moi. Malheureusement, ils sont tous partis maintenant, et c'est pourquoi le Pentagone essaie de me forcer à partir depuis quatre ans. C'est une autre de leurs petites astuces, mais je ne vais nulle part."

"Très bien, qui est le nouvel adjoint ?" demande Bob, sans vraiment s'en soucier.

"Un de tes anciens "potes"..." Stansky répond très lentement pour laisser le nom s'imprégner. "Le colonel Jefferson Tyrone Adkins."

"Oh, jeez, pas ce crétin !" Bob secoue la tête. "Désolé de vous dire ça, Monsieur, mais vous allez avoir l'air d'un couple bizarre à côté l'un de l'autre. Il fait quoi ? Un pied de plus et une bonne centaine de kilos de plus que toi ? Et il est du genre à regarder de haut tous ceux qu'il peut. Mais il y a une bonne chose. S'il essaie de faire ça avec toi quand tu porteras ta robe verte, ses deux rangées de médailles "J'ai été dans l'armée, je te baise le cul" auront l'air vraiment stupides à côté de ce que tu as sur le torse."

"Ou la tienne", dit Stansky. "Ou celle de Bill Jeffers, ou celle de Pat O'Connor".

"Adkins est un politicien, pas un guerrier, et chaque soldat du Delta le sait".

"Peut-être". Stansky rit. "Mais j'ai entendu dire qu'il n'était pas trop grand pour que tu puisses tendre la main et faire tomber une de ses dents de devant".

"L'incisive avant supérieure gauche", l'a corrigé Bob. "Dès qu'il ouvre la bouche, tu peux dire que c'est un implant. Fais-toi un devoir de la fixer. Ça va le rendre fou."

"Je ne serais pas surpris qu'il ait énervé le dentiste, comme il l'a fait pour tous les autres. Ce n'est jamais une bonne chose à faire", dit O'Connor en riant.

"C'est pour ça que tu es sorti ?" Stansky s'est penché en avant. "À cause de lui ?"

"La vérité ? Il a fait tuer trois de mes hommes lors d'une opération près de Khost - mauvais renseignements, mauvais plan, mauvaise réponse et aucun soutien. Il nous a laissés là. Puis, quand tout a été fini, il a eu les couilles de rejeter la faute sur les autres."

"Cette merde de poulet..." Stansky répondit, son expression à peu près aussi énervée que Bob l'avait jamais vue. "Mais le frapper, tu penses que ça en valait la peine ?"

"L'un des meilleurs coups de poing que j'ai jamais donnés". Bob regarde en face de lui et sourit. "Directement de l'épaule, un contact parfait, avec tout mon poids derrière. Il est resté dans les vapes pendant deux bonnes minutes. En fait, j'ai cru que je l'avais tué, mais quand les médecins l'ont emmené, j'ai eu droit à une ovation de la part des hommes. Cela en valait-il la peine ? Tu as bien raison, ça en valait la peine."

"Tu sais que c'est lui qui a lancé cette chasse aux sorcières contre Al-Assad il y a une semaine. Le rapport m'est parvenu par l'intermédiaire de Jeffers. C'est une blague, bien sûr, mais il est toujours après Kozlowski et les autres. Il n'en a pas fini avec eux."

"C'est à moi qu'il en veut. Il pense que s'en prendre à mes hommes est un jeu sûr, surtout ici, dans mon jardin. Et il pense que je ne peux rien y faire."

"Calme-toi, Bobby. C'est un crapaud inutile, mais nous sommes tous les deux coincés avec lui pour un petit moment. Mais si tu le remets à terre, j'ai une bouteille très spéciale de scotch Macallan 30 ans d'âge que j'ai gardée pour la bonne occasion. Je ne veux cependant pas l'ouvrir dans la palissade, alors ne te fais pas prendre."

CHAPITRE VINGT

Fayetteville

C'était un bel après-midi de fin d'été, le moment idéal pour être un membre à part entière de l'établissement d'enseignement supérieur américain. La fenêtre du bureau de Shaw était ouverte. Elle donnait sur le quadrilatère principal du Blue Ridge College et l'air qui y pénétrait était encore chaud et parfumé comme en été, avec un léger soupçon d'automne. Les arbres devant sa fenêtre étaient remplis d'oiseaux bruyants, et la pelouse verte et luxuriante qui s'étendait vers le sud était parsemée de jolies étudiantes allongées sur des couvertures avec leurs petits amis, faisant semblant d'étudier. C'est tout simplement merveilleux, pensa Henry Shaw en continuant à les regarder d'un air absent pendant quelques instants encore. Malheureusement, il savait qu'il devait se remettre au travail. Il avait passé la majeure partie de la matinée et le début de l'après-midi à écouter la radio, passant d'une station à l'autre, essayant de trouver des informations sur les bombes qui avaient explosé à Fort Bragg la nuit dernière. Il était déjà 14 heures lorsqu'il a ouvert le tiroir de son bureau, déchiré l'emballage en plastique d'un autre téléphone à brûleur et tapé un numéro.

À la cinquième sonnerie, une voix familière et revêche répond. "Oui, qu'est-ce que tu veux maintenant ?"

"Les choses étaient-elles un peu excitantes autour du poste aujourd'hui ?" demande Shaw en ignorant la question.

"Tu as bien raison. Ces foutus députés fouillent partout. Ils m'ont harcelé deux fois."

"Que cherchaient-ils ?"

"Les armes, mec, ce sont ces maudites armes. Ils ont interrogé tous ceux qui avaient signé quoi que ce soit dans cette salle d'armes. Tout le monde, mec. Ils veulent récupérer leurs armes, et ils veulent savoir qui les a prises."

"Je suis sûr qu'ils le font, mais nous sommes couverts, tous les deux".

"Oui, eh bien, c'est facile à dire pour toi. Ils ne sont pas encore dans ta voiture, n'est-ce pas ?"

"Bien sûr que non". Shaw se hérisse. "Ils sont bien rangés".

"Ah oui ? Eh bien, un de tes petits "paquets" ne s'est pas déclenché la nuit dernière."

"C'est ce que j'ai entendu dire", reconnaît Shaw, irrité que ce bouffon le questionne. "Apparemment, le détonateur et le téléphone portable étaient un tantinet plus délicats que je ne le pensais."

"Ils ont fait des tests et ils savent d'où vient ce C-4, mec, et le détonateur."

"Comme prévu, concède Shaw, mais ça n'a pas d'importance. Ils n'apprendront rien qu'ils ne découvriraient pas grâce aux tests médico-légaux qu'ils effectuent sur les trois autres sites d'explosion. Ils le sauront juste un peu plus tôt, c'est tout."

"Ouais, eh bien, ils ont verrouillé le poste toute la journée. Ça a vraiment énervé tout le monde. Et ils se sont fait chasser le cul dans tout le poste à la recherche d'autres bombes, mec. C'était marrant. Si j'avais pu vendre du pop-corn et de la bière à tous les frères assis dehors en les regardant courir, j'aurais gagné beaucoup d'argent aussi."

"Et le gars à qui tu as acheté le C-4 ? Tu penses qu'il va se retourner contre toi ?"

"Dans une minute à New York ! Tout ce qu'il voulait, c'était l'argent. Je n'ai jamais fait confiance à cet imbécile."

"Tu l'as choisi. Tu aurais dû mieux choisir."

"Oui ? Tu voulais ce truc, et il n'y avait pas vraiment le choix, tu sais. Alors, qu'est-ce qu'on va faire s'il se retourne contre moi ? Je déteste cette maudite palissade, mec."

"Peut-être devrions-nous le "retirer du tableau" avant qu'il n'en ait l'occasion. J'ai mon premier cours sur le poste ce soir à 19h00. Je devrais être sorti à 9h00. Pourquoi ne me rejoindrais-tu pas sur le parking du Papa John's Pizza à Butner, ici sur le poste ?"

"C'est cool, mec. J'aime bien leur pepperoni."

"Je ne voulais pas de pizza !"

"Oh, tu veux faire l'ingénieur en chef".

"Si tu penses qu'il n'est pas fiable et qu'il ne faut pas lui faire confiance, oui. Mais il y a d'autres choses dont nous devons nous occuper d'abord, comme répandre un peu plus de méfaits. Ensuite, nous pourrons rendre visite à l'ingénieur et le faire taire. Il est tout à toi, Muhammad."

Après avoir sonné, Henry Shaw a enlevé le dos du téléphone, retiré la carte Sim et les a mis dans sa poche. Ils iraient dans des poubelles séparées plus tard, après avoir quitté le campus. Il était 11 heures. Il n'avait pas cours avant presque trois heures, alors il a décroché son téléphone de bureau et a composé le numéro de poste de Stéphanie.

"Hé, Steph, qu'est-ce que tu crois qu'Amy est en train de faire ?" demande-t-il d'une voix suggestive. "J'ai pensé que vous seriez d'accord pour un "déjeuner" tranquille aujourd'hui, peut-être un petit "takeout" avec moi ?".

Stéphanie s'est esclaffée. "Je peux lui passer un coup de fil, mais le problème, c'est que ton "déjeuner" n'implique jamais de nourriture".

"C'est parce que tu n'aimes pas les miettes de craquelins dans ton lit", dit-il, appréciant vraiment la conversation et l'anticipation de ce qui allait suivre, lorsqu'il remarqua qu'une ligne extérieure clignotait sur son téléphone de bureau. Il la fixe un long moment, la laisse sonner trois ou quatre fois avant de dire à Stéphanie : "J'ai un autre appel qui arrive. Appelle Amy et préviens-moi." Il a appuyé sur ce bouton, sachant que rien de bon ne passait jamais par le poste de son bureau, et que personne à qui il voulait parler ne l'appelait jamais sur ces lignes pour commencer.

"Ici le professeur Henry Shaw", a-t-il répondu avec son habituelle arrogance confiante.

"Et c'est si bon d'entendre à nouveau votre voix, professeur. Je suis heureux de voir que vous êtes arrivé chez vous sain et sauf", entendit-il une voix trop familière à l'autre bout du fil. L'homme n'a pas dit son nom, mais ce n'était pas nécessaire. C'était Mergen Khan.

"Oui, oui, Mergen... C'est bon d'entendre ta voix. Écoute, je suis déjà en retard pour le cours, alors..."

"Cela ne prendra qu'un instant. Dans une dizaine de minutes, un jeune homme vous remettra un paquet contenant tous les formulaires nécessaires pour que deux hommes soient admis au Blue Ridge College et s'inscrivent à plusieurs de vos cours. Nous apprécierions que tu utilises tes charmes considérables pour 'promener' ces documents à travers le processus d'admission à l'université cet après-midi."

"Cet après-midi ? Pour ce semestre ? Tu plaisantes ? Les cours ont déjà commencé, et ils n'approuveront jamais..."

"Oh, bien sûr qu'ils le feront, professeur. À condition que vous fassiez de votre mieux."

"Mes meilleurs efforts ?" Shaw a failli exploser. "Tu n'as pas idée..."

"Ah, mais c'est le cas", se désole Mergen. "C'est vrai. Et je sais à quel point deux étrangers ingrats peuvent représenter pour toi un nouveau défi difficile à relever. Mais si tu n'y arrives pas, je demanderai à notre frère Aslan de t'appeler et tu pourras lui expliquer en quoi les défis bureaucratiques du collège étaient tout simplement au-dessus de tes capacités."

"Très bien, très bien. Tu as dit que les documents seraient bientôt là ?"

"Qui sait ? Aslan pourrait même décider de venir et de 'compatir' personnellement avec vous, professeur."

"D'accord, d'accord, je vais voir ce que je peux faire, Mergen, mais il est très tard pour faire quelque chose comme ça". Shaw a essayé de trouver des excuses, mais il s'est retrouvé à parler dans un téléphone éteint. "Merde !" dit-il en entendant frapper à la porte de son bureau et en tapant du poing sur le bureau, sachant que son délicieux badinage avec Stéphanie et Amy venait d'être annulé.

Shaw se dirigea vers la porte et trouva de l'autre côté un livreur qui lui tendit une épaisse enveloppe manille de la taille d'une lettre, exactement comme Mergen Khan l'avait promis. Shaw roula des yeux, puis la fixa un instant avant de retourner à son bureau, la portant avec précaution comme s'il s'attendait à ce que l'épais paquet lui explose au visage s'il le bousculait. Le côté droit de son cerveau lui criait : "C'est absurde, jette-le !", mais le côté gauche se souvenait à qui il avait affaire et lui conseillait de ne pas être si rapide.

Il a posé le paquet sur son bureau avec beaucoup de précautions. Comme il ne se passait rien, il a trouvé ses ciseaux dans le tiroir du haut de son bureau, a ouvert le bord supérieur de l'enveloppe et a laissé le contenu se répandre. Devant lui se trouvaient deux séries de demandes d'inscription au Blue Ridge College soigneusement dactylographiées, des relevés de notes de l'enseignement secondaire, des lettres de divers représentants du gouvernement jordanien, des copies photocopiées de deux passeports jordaniens et de deux visas d'étudiant américains. Ignorant pour l'instant les demandes d'inscription, il prend les copies des deux passeports et les étudie. Comme il s'y attendait, les photos des passeports étaient celles de Mergen et Batir Khan, mais les noms étaient Abdul-Aziz Mifsud et Hamzah Hadad. En arabe, le premier signifiait "serviteur du puissant", et le second, "le lion", et il pouvait voir la main habile d'Aslan Khan partout sur eux.

Henry Shaw laisse tomber les passeports sur son bureau et prend les demandes d'inscription. Sur le papier, du moins, les deux jeunes gens avaient fréquenté certaines des meilleures écoles privées d'Amman et de Londres, obtenant de bons résultats dans un large éventail d'études générales, de sciences et de cours de commerce. C'est de la foutaise, bien sûr. Ils n'avaient jamais fréquenté ces écoles, et aucun de ces cours n'était enseigné dans le désert occidental d'Irak, au Turkménistan ou à Raqqah, en Syrie, et encore moins dans les camps de lutte, les écoles de pilotage ou les écoles d'aspirants officiers de la Garde républicaine. Dégoûté, il ouvrit sa mallette et jeta les papiers à l'intérieur, sachant ce qu'il allait faire le reste de l'après-midi, que cela lui plaise ou non.

Alors que Shaw fait le tour du bureau des admissions du collège, du bureau des finances et du bureau du département de sociologie avec les papiers qu'il a reçus de Mergen Khan, il se retrouve près du syndicat des étudiants et en profite pour visiter le café au sous-sol, où il trouve Sameer al-Karman assis à sa table, seul comme d'habitude, derrière une haute pile de livres et de papiers.

"Ah, professeur Shaw, que puis-je faire pour vous ?" demande al-Karman sans lever les yeux.

"J'apprécie un homme qui accorde de l'importance au temps, Sameer. As-tu déjà terminé ?"

"Très bientôt. Ce n'est pas une tâche que l'on peut précipiter, alors disons ce soir, à minuit. Je veux que la 'soupe' refroidisse et soit complètement stable avant que tu ne la remues."

"Ou quoi ? Tu penses que ça pourrait faire 'Boom' ?"

Il n'y a pas de "pourrait", professeur. J'ai rencontré certains des jeunes hommes avec lesquels vous travaillez actuellement - Farrakhan Muhammad et Shahid Halabi en sont des exemples classiques. Ils sont bien trop excitables et imprévisibles pour qu'on leur confie mes documents. Si vous leur permettez de toucher à ce matériel, je vous assure qu'*il* fera "boum". Si je ne suis pas dans les parages et qu'il ne s'agit que d'un problème théorique, je ne pense pas m'en préoccuper. Mais si je me trouve dans le même code postal qu'eux, cela devient un problème éminemment pratique pour moi, comme je suis sûr que tu peux le comprendre."

"Est-ce que je peux te convaincre de prendre leur place ?"

Al-Karman lève les yeux vers lui et sourit. "Avec tout le respect que je vous dois, comme le dit votre Dirty Harry dans le film, "un homme doit connaître ses limites". Mes limites sont la prise de risques inacceptables et la menace d'être expulsé... ou de me faire exploser. Tu peux peut-être comprendre."

"Une philosophie sensée, Sameer, mais j'ai besoin de la "soupe". Où devons-nous nous rencontrer ?"

"En supposant que tu aies l'argent dont nous avons convenu, je l'emballerai et je serai prêt à le récupérer à minuit. Crois-moi, je ne veux pas qu'il soit en ma possession une minute de plus que ce qui est absolument nécessaire."

"Compris. Pourquoi ne pas nous retrouver sur le parking du bâtiment des sciences à minuit ?" suggère Shaw. "Tu apportes ton 'Chicken Noodle', et j'apporterai l'argent".

Al-Karman lui sourit à nouveau. "En fait, je pensais à un endroit plus public. Que dirais-tu du parking du bureau du prévôt ? Ou le parking du bâtiment du FBI sur Morganton Road, près du centre commercial ? Cela nous offrirait à tous les deux un grand degré de sécurité mutuelle, tu ne crois pas ?"

Shaw sourit. "Je ne pense pas, mais juste au nord de là, il y a un restaurant McDonald's sur Morganton, au niveau de l'autoroute. Il est ouvert jusqu'à minuit et est toujours très fréquenté. Pourquoi ne pas nous retrouver sur leur parking arrière à 11 h 45. L'échange ne devrait pas prendre plus d'une minute ou deux."

"D'accord. McDonald's est un excellent compromis... mais ne t'attends pas à ce que je mange de leur nourriture."

"Non, mais peut-être pouvons-nous recommencer à nous faire confiance".

"Confiance ?" Sameer sourit. "Je pense que cela s'étend à peu près jusqu'à ton argent".

"C'est vrai. Et merci d'avoir mentionné le bâtiment du FBI. Il faudra que je m'en souvienne."

Sameer l'a regardé pendant un moment. "Je commence à m'inquiéter pour vous, professeur".

"Comme il se doit. 11:45. Ne sois pas en retard."

À l'extérieur du Student Union, Henry Shaw a sorti son téléphone portable et a appelé le sergent E-5 de l'armée, George Enderby. C'était un grand homme noir de la 82e division aéroportée de l'armée, un chef d'escouade d'infanterie décoré et expérimenté qui avait servi deux fois en Irak. Il était de loin la recrue la plus prisée de Shaw, et l'homme qu'il avait chargé de trouver le plus grand nombre possible de personnes comme lui. Que ce soit à la caserne ou à la mosquée, Shaw avait besoin d'hommes qui savaient manier les armes et n'avaient pas peur de s'en servir. Il pouvait trouver beaucoup de "vrais croyants". Il y en avait à la pelle dans la mosquée. Mais comme il l'a lui-même appris au camp d'entraînement des Marines à Parris Island, ils ne suffiraient pas. Il avait besoin d'hommes capables de tuer.

Lorsque Enderby a répondu, Shaw n'a pas perdu de temps à faire la conversation. "Enderby, combien d'hommes as-tu réussi à rassembler ?"

"Vingt, dont cinq de la mosquée".

"Est-ce qu'ils valent quelque chose ?"

"Je suppose que nous verrons. Je peux parler pour la plupart des hommes en vert, en supposant que nous puissions leur procurer des armes. Qu'en pensez-vous ?"

"Ma source m'a procuré douze fusils, des M-4 et des M-16..."

"C'est un bon début, mais qu'en est-il des autres ?"

"Nous allons en chercher d'autres, George. Nous avons aussi une douzaine de pistolets de différents types. D'ailleurs, je ne vois pas utiliser plus d'une douzaine d'hommes à la fois pour le moment. Savent-ils tirer ?"

"Les hommes du poste ? Oh, oui. Les autres, pas vraiment. Je les ai tous emmenés dans les bois et je les ai laissés tirer. Mais ils sont nerveux, professeur. Si nous ne frappons pas bientôt..."

"Nous le ferons. Sois patient. Dis-leur d'être patients. Nous frapperons très bientôt."

Enseigner un cours que tu as déjà donné trois ou quatre fois dans des institutions académiques bien meilleures que le Blue Ridge College à des post-adolescents riches mais peu éduqués, aux yeux vitreux, qui n'ont pas pu être admis dans un mauvais collège, était un signe de la déchéance de Shaw. Ce n'est pas que les installations de l'armée soient inadéquates. Les salles de classe de leur centre de formation et d'éducation étaient en fait tout aussi bonnes que celles du Blue Ridge College. Debout au pupitre, il fait semblant d'être comme d'habitude ironique et sarcastique. Mais à l'intérieur, il bouillonnait. Il devrait se tenir sur la scène d'un grand amphithéâtre à Harvard, Stanford ou Chicago pour enseigner à l'élite, et non pas enterré ici, dans le RFD Mayberry d'Andy Griffith. Il n'y avait qu'une seule raison pour laquelle il se soumettait à cette humiliation permanente : donner un cours dans le cadre du programme de formation continue de l'armée lui donnait un laissez-passer et un accès gratuit à Fort Bragg. Si ce n'était pas le cas, il ferait exploser le bâtiment de l'université à l'heure qu'il est.

À 20 h 15, Shaw avait eu tout ce qu'il pouvait supporter de la classe, et ils avaient probablement eu tout ce qu'ils pouvaient supporter de lui. "Sociologie et interaction humaine" était un cours qu'ils devaient ponctionner dans une liste de blanchisserie de cours obligatoires. Ce n'était pas quelque chose dont ils se souciaient. C'était probablement ça ou un cours de littérature anglaise victorienne, d'histoire américaine jusqu'à la guerre de Sécession, ou d'économie 101, et leurs amis leur avaient probablement dit que Shaw était une note facile.

Ceux qui ne dormaient pas ne cachaient pas leur ennui en lisant des magazines, en écoutant de la musique sur leurs écouteurs ou en le fixant avec des expressions vides qui donnaient l'impression qu'ils avaient récemment subi une lobotomie. On avait l'impression d'être pris au piège dans la scène de la salle de classe du film *Ferris Bueller's Day Off*. "Quelqu'un ? Quelqu'un ?", dit-il en imitant Ben Stein, mais personne dans la classe n'a compris. Eh bien, s'ils étaient à peine en train de faire les gestes, il l'était aussi.

"Très bien, c'est tout pour ce soir, *Mesdames et Messieurs*", a-t-il ajouté d'un ton sarcastique, et la classe s'est soudain ranimée comme lors de l'apocalypse zombie. "Pour jeudi, lisez les chapitres trois et quatre, répondez aux questions à la fin de chacun d'eux et rendez-les. Et soyez prêts pour l'examen de lundi prochain."

Aucun d'entre eux ne le savait à ce moment-là, mais tous leurs gémissements n'ont servi à rien. Il n'y aurait pas d'examen lundi. Ce serait son dernier cours, et le leur aussi. Et s'il lui restait assez de C-4, le cours de jeudi pourrait leur exploser à la figure.

CHAPITRE VINGT ET UN

Fayetteville

Il est 8h55. Henry Shaw était assis seul dans sa Peugeot sur le parking de la pizzeria Papa John's, sur Butner Road, dans le quadrant nord-ouest de Fort Bragg, lorsque la porte du côté passager s'est ouverte. Farrakhan Muhammad, toujours vêtu de son uniforme de l'armée et de ses bottes de combat, a reculé le siège du passager au maximum, mais a eu du mal à se glisser dans le siège à côté de Shaw.

"Je pensais qu'on allait manger une pizza". Muhammad fronce les sourcils.

Shaw secoue la tête. "Peut-être plus tard, après que nous nous soyons occupés d'un autre travail, et après que nous nous soyons occupés de ton ingénieur".

"Je ne sais pas si ça va marcher encore. Les policiers militaires étaient partout dans cette compagnie d'ingénieurs juste après que je t'ai parlé. Je parie qu'ils sont en train de lui faire suer les fesses en ce moment même."

"Tu penses qu'il te dénoncerait ?" demande Shaw.

"Un mec comme ça ? Ah je ne sais pas, mec. Peut-être."

"Très bien. Nous nous occuperons de lui plus tard. Pour l'instant, il y a un autre travail que je veux que tu fasses." Shaw s'est penché sur le siège arrière, a ramassé un lourd sac en papier et l'a déposé sur les genoux de Muhammad. Le sergent ouvrit le couvercle et jeta un coup d'œil à l'intérieur. "Hé, mec ! C'est un putain de bloc de C-4, n'est-ce pas ? Et merde ! Je ne veux pas de ce truc sur moi !"

"Tu ne l'auras pas là très longtemps. Et ne t'inquiète pas, il ne se déclenchera pas", tente de le rassurer Shaw. "Une partie de ma mission consiste à te former pour me remplacer, à t'apprendre à faire ce que je fais, afin que tu puisses prendre le contrôle de la cellule."

"Ah oui ? Eh bien, euh, c'est cool, mais je n'aime toujours pas ce genre de choses, Shaw."

"Il est juste là pour être gardé en sécurité. Pendant ce temps, je veux que tu prennes ta voiture et que tu te rendes au siège du FORSCOM."

"Tu parles de ce gros con sur Randolph qu'ils viennent d'ouvrir ?"

"Oui, c'est notre prochaine cible".

"FORSCOM ? Tu te moques de moi ? Cet endroit a des gardes."

"C'est parfait, Farrakhan. C'est juste en face du bâtiment de ma classe, et je les ai observés. C'est la dernière chose à laquelle ils s'attendent."

"Oui, mais tu ne peux pas t'approcher avec une voiture. Ils ont construit des murs d'enceinte et mis toutes les bornes en béton autour de l'endroit. Il te faudrait un char d'assaut, mec."

"Pas de problème. Tu es en uniforme et ta voiture a tous les bons autocollants. Tu peux te garer dans le rond-point avant et marcher jusqu'aux portes vitrées. Ils ne t'arrêteront pas."

"Non ? Eh bien, si c'est une si bonne idée, pourquoi ne le fais-tu pas ?" Muhammad se renfrogne et tente de rendre le sac à Shaw.

"Comme je l'ai dit, tu es en uniforme. Pas moi", répond Shaw en repoussant le sac sur les genoux de Muhammad. "Tout ce que tu as à faire, c'est d'arrêter ta voiture devant les bornes et de descendre, comme si tu étais là pour déposer quelque chose. Marche jusqu'aux portes d'entrée. Essaie de les ouvrir. Elles seront alors verrouillées, mais tu peux faire semblant de regarder à l'intérieur du bâtiment, puis déposer le sac dans une poubelle ou le mettre derrière un pilier."

"Et si les portes s'ouvrent ?

"Tant mieux. Rentre à l'intérieur, regarde peut-être le répertoire du bâtiment, puis trouve une poubelle à l'intérieur. Le truc, c'est d'avoir l'air naturel, comme si tu ne cachais rien. Ce sera exactement comme pour le travail à la poste."

"Oui ? Et tu seras où ?" Muhammad s'est hérissé.

"Retourne dans mon bureau au centre d'éducation. Deux voitures attireraient trop l'attention."

Muhammad fronce les sourcils en y réfléchissant. "Et s'ils ont des gardes cette fois-ci ? Qu'est-ce que je suis censé faire alors ?"

"Il n'y a aucune raison pour qu'ils t'arrêtent", dit Shaw en lui tendant l'automatique Colt de calibre 45. "S'ils le font, il suffit de pointer et de tirer. Ils ne s'y attendront pas. Ensuite, remonte dans ta voiture et va-t-en." Muhammad n'était pas content et il fixa le .45 posé sur ses genoux comme s'il s'agissait d'un rat mort. "Vas-y", a continué Shaw pour l'encourager. "Ce sera notre plus grande frappe. Quand on aura fini, on ira s'occuper de cet ingénieur et tu seras libre."

Muhammad n'était pas très content, mais il est finalement sorti de la voiture en portant le sac en papier et le pistolet semi-automatique, qu'il a rangé dans son dos, et s'est dirigé vers sa Honda Civic abîmée. En le regardant, Shaw s'est dit : "Quel crétin !" Il y avait une douzaine de failles évidentes dans ce que Shaw venait de dire à Muhammad, et pourtant il ne s'était rendu compte d'aucune d'entre elles. Pas étonnant que l'armée américaine ne puisse gagner aucune guerre. Shaw pensait qu'il leur rendait un grand service en éliminant le bois mort. Même les Marines l'auraient mis à la porte.

Shaw a regardé Muhammad s'éloigner. Il est ensuite monté dans sa voiture et a suivi, en restant bien en retrait, la Honda qui traversait Butner Road et empruntait

Knox Street en direction du sud. La façade du nouveau bâtiment du siège du FORSCOM apparaît bientôt sur leur gauche. Il ressemblait à un immeuble de bureaux moderne, et non à un bâtiment gouvernemental stérile - haut de quatre étages, il avait une superficie de près de trois quarts de million de pieds carrés et possédait une façade incurvée avec des bandes horizontales de briques rouges et beiges, ainsi que deux entrées principales. Le FORSCOM est une nouvelle organisation et ce nouveau siège social n'a ouvert ses portes que récemment. Shaw soupire. Quel dommage de tout gâcher, mais le personnel est maintenant très nombreux et il est responsable de l'entraînement et du fonctionnement de toutes les unités de la réserve de l'armée et de la garde nationale dans tout le pays.

Le bâtiment était situé à environ 200 pieds de la route, protégé par des murets "décoratifs", d'épaisses bornes en béton et un long demi-cercle de mâts en acier portant les drapeaux colorés des cinquante États, ce que l'on ne trouve pas normalement sur un bâtiment commercial. Même si les murs, les bornes et les mâts sont jolis, ils ont été construits pour arrêter les voitures et les camions transportant des bombes, et non pas pour être un autre élément de design artistique que l'architecte a ajouté pour arrondir ses fins de mois.

Shaw avait observé le site à de nombreuses reprises depuis l'un des salons situés au dernier étage du bâtiment de l'éducation du campus, au bout de la rue. Ces bornes en béton étaient beaucoup plus épaisses que la normale, de la taille d'un baril de pétrole de cinquante-cinq gallons, espacées de quatre pieds, renforcées par de l'acier et enfoncées profondément dans le sol, à mi-chemin entre les places de parking et le bâtiment. Muhammad avait raison. Il ne fait aucun doute que tu pourrais les percer avec un char d'assaut, concéda Shaw, mais c'était le moins qu'on puisse faire. Ce qu'ils n'étaient pas censés arrêter - se dit Shaw en riant - c'était une "bombe stupide", comme un gros sergent de l'armée surchargé portant un sac en papier rempli de C-4.

Alors qu'il était encore à un pâté de maisons, Shaw s'est arrêté sur le côté de Knox et a sorti une petite paire de jumelles "d'ornithologue". Il avait une vue dégagée sur Farrakhan Muhammad alors qu'il garait sa Honda devant les bornes, prenait le sac et marchait avec précaution sur le large trottoir avant en direction de l'immeuble de gauche. Le regarder rappelle à Shaw le vieux tour d'Halloween que lui et ses copains du quartier avaient l'habitude de jouer. Ils déposaient un sac de crottes de chien sur le perron de quelqu'un, y mettaient le feu et sonnaient à la porte. Lorsque leur cible ouvrait la porte et tentait d'éteindre les flammes, les choses devenaient très vite désordonnées.

À sa décharge, Muhammad ne s'est pas arrêté. Il a continué à marcher en ligne droite vers les portes d'entrée gauche du bâtiment. Il est à mi-chemin lorsque deux hommes en uniforme portant des casques et des gilets pare-balles, des brassards noirs de la police militaire et des fusils automatiques prêts à l'emploi débouchent sur le côté du bâtiment et l'aperçoivent. Muhammad a continué à marcher vers la porte d'entrée tournante, qui n'était plus qu'à une vingtaine de mètres, mais les deux gardes ont accéléré le pas et ont commencé à lui barrer la route. Shaw les a vus appeler Muhammad. Il n'a aucune idée de ce qu'ils ont dit, mais Muhammad a tourné la tête et leur a répondu quelque chose. Ils avaient les bras posés sur leurs fusils automatiques. Très vite, l'un des députés a pointé son doigt sur le sac que portait Muhammad et Shaw a pu voir qu'une dispute commençait.

Muhammad a fait un geste vers eux et ils ont fait un geste en retour. De toute évidence, ils lui avaient dit d'arrêter et n'allaient pas le laisser aller plus loin tant qu'ils n'auraient pas jeté un coup d'œil à l'intérieur du sac. Finalement, Muhammad le posa sur le sol à ses pieds, probablement comme ils lui avaient dit de le faire. Tant pis, se dit Shaw. Il avait espéré que Muhammad arriverait jusqu'au bâtiment avant que Shaw ne fasse exploser la bombe, mais cela n'avait pas vraiment d'importance. Ce serait la fin de l'histoire. Le gros soldat avait trouvé un moyen de s'achever lui-même. Finis !

Shaw avait préparé un autre de ses nouveaux téléphones à brûleur. Il l'a sorti de sa poche et a trouvé le numéro dans sa composition rapide. Ce faisant, il a vu Muhammad attraper le Colt .45 dans son dos, tourner la tête et jeter un coup d'œil à Shaw. À cette distance, Shaw ne savait pas si le grand homme noir cherchait de l'aide ou s'il avait enfin compris ce qui allait se passer. Quoi qu'il en soit, il décide de courir. Il se retourna, fit deux grandes enjambées et leva son colt en le pointant dans la direction générale des policiers militaires. Il a commencé à tirer en même temps qu'eux, c'est-à-dire au moment où Shaw a appuyé sur le bouton vert "Envoyer" du téléphone portable.

Une fraction de seconde plus tard, un éclair de lumière aveuglant et un grand Blam ! illuminent la façade du quartier général du FORSCOM lorsque la pleine livre de C-4 explose avec le bruit sec d'une porte qui claque et l'éclair aveuglant d'une foudre. L'explosion a fait un trou de deux pieds de profondeur dans le trottoir et a envoyé des morceaux de béton dans toutes les directions. L'explosion et les débris volants ont brisé les portes d'entrée tournantes du bâtiment, toutes les grandes fenêtres du hall d'entrée allant du sol au plafond au centre du premier étage, et la plupart des fenêtres des bureaux situés au-dessus au deuxième et au troisième étage de la façade avant de quatre étages. Cela a envoyé un million d'éclats de verre tranchant dans le hall d'entrée.

Si cela s'était produit à midi ou à 17 heures, cela aurait été un bain de sang à l'intérieur. Heureusement pour les abeilles ouvrières, le hall d'entrée était vide à cette heure. D'autre part, le bâtiment était encore debout. La plupart des dégâts semblaient être purement esthétiques, comme il s'y attendait. Il faudrait bien plus qu'une livre et quart de C-4 pour l'abattre, mais à travers la fumée, Shaw pouvait voir qu'il occuperait tous les vitriers et charpentiers du sud-est de la Caroline du Nord pendant quelques semaines.

Il ne pouvait pas dire si Muhammad ou les députés avaient réussi à s'entretuer avant que la bombe n'explose. Cette question est devenue quelque peu hors de propos lorsque les trois hommes ont été projetés en arrière sur le trottoir et masqués par la fumée et les débris volants. Morts ou vivants ? Shaw ne pouvait pas le dire à cette distance et ne s'en souciait pas particulièrement, mais si le grand sergent noir parvenait à survivre à cette explosion, Shaw commencerait à l'appeler Houdini.

Le professeur range ses jumelles et enclenche la vitesse de sa Peugeot. Lentement et facilement, il continua à rouler dans Knox Street sur la courte distance nécessaire pour atteindre le parking de l'Education Center et revint à la même place que celle où il s'était garé précédemment. Il n'était que 21 h 45. Il lui restait encore deux heures avant de rencontrer Sameer al-Karman et ce n'était pas particulièrement le bon moment pour être vu en train de rouler, alors il est monté à son bureau. Il pouvait déjà entendre les sirènes qui commençaient à converger vers le bâtiment du FORSCOM, et ce n'était que le début du défilé des voitures de la police militaire, des ambulances du SAMU et des camions de pompiers. La chose la plus sûre à faire était de prendre sa mallette et son matériel de cours et de trouver une chaise confortable dans la salle des professeurs du deuxième étage pour l'heure et demie à venir. Le salon est orienté vers le nord, en direction du site de la bombe. Il pourrait prendre une bonne tasse de thé, lire un magazine ou un livre, et être aux premières loges pendant que les secours de l'armée entreraient en action sous ses pieds. Trop peu, trop tard, pensa-t-il, comme d'habitude. Tous les chevaux du roi et tous les hommes du roi n'ont pas été assez intelligents pour attraper Henry Shaw avant qu'il ne soit trop tard.

À 23 h 30, Shaw en avait vu plus qu'il n'en fallait. Dans le premier quart d'heure, ce qui devait être tous les camions de pompiers, toutes les voitures de police et une demi-douzaine d'ambulances du poste et de Fayetteville ont convergé vers le site. En peu de temps, ils ont ramassé les trois corps qui gisaient devant le bâtiment et les ont emmenés, sirènes hurlantes, au grand centre médical de l'armée Womack, à 800 mètres de là, à l'ouest. Avant même cela, une petite armée de policiers militaires avait bouclé la zone et entamé une fouille systématique du bâtiment, des véhicules qui y étaient garés, du site et de la propriété environnante. Après ce premier coup d'éclat, l'activité a semblé tomber dans une routine ennuyeuse et répétitive. Et ils disaient que la sociologie était ennuyeuse, se dit-il en riant tout en continuant à regarder.

Oh bien sûr, toutes les bonnes choses ont une fin, décida-t-il. Il est temps de partir. Il range son matériel de cours dans son porte-documents et sort pour rejoindre sa voiture. Alors qu'il sortait du parking pour entrer dans Knox, il a rencontré le premier de plusieurs points de contrôle de sécurité, car quatre députés lourdement armés entouraient sa voiture.

"Pouvons-nous voir une pièce d'identité, Monsieur ?" demande sévèrement l'un d'entre eux tandis que les trois autres pointent leurs fusils M-4 et un fusil de chasse sur lui. Shaw sourit en sortant son portefeuille et en tendant au jeune homme son permis de conduire et sa carte d'identité de la faculté de formation continue des services spéciaux. Pendant que les policiers militaires les examinent attentivement et les transmettent par radio, Shaw tourne la tête et semble remarquer tous les gyrophares en bas de la rue.

"Wow ! Qu'est-ce qui se passe, les gars ? J'étais à l'arrière du bâtiment en train de travailler sur des notes pour mon prochain cours et je n'avais aucune idée de ce qui se passait ici."

"Tu as été dans le bâtiment pendant tout ce temps ?"

"Mon cours a commencé à sept heures et s'est terminé vers neuf heures, puis j'ai commencé à travailler sur les notes. Alors oui, je suppose", a-t-il répondu innocemment.

"Tu n'as pas entendu l'explosion ?" demande un autre député. "Vers 23 heures ?"

"Oh ! C'est bien ça ? J'ai entendu quelque chose, mais la climatisation est très bruyante dans ma classe. Tu sais, je m'en suis plaint à..."

Le député a passé sa longue lampe de poche noire à travers la vitre arrière, a vérifié la banquette arrière, l'ignorant complètement. Satisfait, il lui demande alors : "Ça vous dérangerait d'ouvrir votre coffre pour moi, Monsieur ?".

"Pas de problème, monsieur l'agent", répond Shaw en faisant sauter le loquet. Il n'a fallu qu'une seconde ou deux au policier pour regarder à l'intérieur et déterminer que le coffre était vide, alors il l'a claqué et est retourné à la fenêtre côté conducteur.

"C'est tout ce dont nous avons besoin, monsieur Shaw. Vous pouvez partir", lui dit le député en lui tendant ses pièces d'identité. "Il se peut que nous vous contactions plus tard si nous avons besoin d'autres informations".

Shaw enclenche la vitesse et s'éloigne lentement en descendant Knox jusqu'à Gruber, puis jusqu'à la voie rapide en direction du sud. Les policiers militaires avaient mis en place un autre barrage à ce coin de rue, et sur les voies de sortie en face de la porte d'entrée. Ils arrêtaient toutes les voitures et il dut à nouveau montrer ses papiers d'identité et ouvrir le coffre, mais à ce moment-là, cela devenait à la fois routinier et amusant. Comme des chiots qui tournent en rond en courant après leur queue, les députés n'avaient pas la moindre idée.

Ce processus lui a fait perdre encore dix minutes, et il était presque minuit avant qu'il n'entre dans le parking du restaurant McDonald's, cinq miles plus au sud, à l'arrière du centre commercial Cross Creek Mall, sur la rocade de la route 401. Le parking était à moitié vide, mais Shaw n'avait aucune idée du modèle de voiture du chimiste yéménite. Il aurait dû demander, pensa-t-il en faisant le tour du parking une fois et en ne le voyant pas. Pourtant, al-Karman était méfiant, et Shaw savait qu'il devait l'observer. Shaw fit le tour du parking une deuxième fois, car il vit finalement al-Karman sortir d'une petite voiture compacte beige et lui faire un signe de la main. Shaw se gara à côté de lui, sortit et rejoignit al-Karman qui se tenait entre les deux voitures. C'était une Honda Civic berline deux portes bon marché, vieille de cinq ou six ans, avec trop de bosses, de creux et de taches de rouille pour qu'on puisse les compter.

"Sameer, j'espère que tu n'as pas envoyé de photos de cette ordure à ta famille au Yémen. Ils penseront que tu es un raté embarrassant et te renieront."

"Oh, bien au contraire, professeur. Ils sauront que je dois être un pauvre fils et un mari dévoué qui vit au jour le jour en Amérique et qui leur envoie chaque dollar que je peux me permettre de leur envoyer chaque mois. Si les oncles de ma femme voyaient une photo de moi et d'une belle voiture, ils me saigneraient à blanc... Et c'est très agréable de vous revoir, Monsieur."

Sameer était un immigrant yéménite grand et mince, à la peau foncée, vêtu d'un polo vert pâle, d'un pantalon chino et de sandales en cuir. Il se tenait debout, le dos appuyé contre sa voiture et les bras croisés sur sa poitrine. Shaw pouvait voir qu'il l'observait et l'évaluait tout autant que Shaw l'observait et l'évaluait. "Alors, toute ta famille est de retour au Yémen ?"

"Oui, ma femme, mes trois enfants et beaucoup trop de beaux-parents. Peut-être est-ce un problème uniquement yéménite, mais je ne pense pas. Cela crée de lourdes responsabilités au sein de mon peuple, c'est pourquoi je n'ai pas de temps à consacrer à vos jeux s'ils ne valent pas la peine que j'y consacre du temps."

"Je t'assure que ce ne sont pas des jeux, Sameer", lui a répondu Shaw. "C'est pourquoi j'ai rejoint le combat. Tu devrais puiser dans ta foi et te joindre à nous."

Al-Karman secoue la tête et sourit. "Professeur Shaw, je ne veux pas vous manquer de respect. Je vous ai vu lors des prières à la mosquée. Mais qu'est-ce qu'un professeur d'université américain converti, blond aux yeux bleus, peut bien connaître de l'expérience arabo-américaine ? Ou de ce que mon peuple vit chez lui." Il a fixé Shaw pendant un long moment tendu, puis a relevé la tête et regardé vers le nord, en direction de Fort Bragg. "Il semble que vous ayez été occupé ce soir, n'est-ce pas ?"

Shaw lui adresse un haussement d'épaules sans engagement. "Disons que j'ai fait bon usage d'un peu de C-4 volé".

"Je n'ai aucune objection à ce que vous faites, ou à la déclaration que vous pensez essayer de faire, mais nous sommes une petite communauté ici en ville, au collège, et sur le poste de l'armée. Vos frasques vont inévitablement rendre la vie un peu plus inhospitalière pour nous."

"Tu dois apprendre à me faire confiance et à faire confiance au calife".

"Le calife ?" Il rit. "Professeur, ce pauvre type est piégé dans une oasis désertique de plus en plus petite sur l'Euphrate en Syrie, pilonné quotidiennement par les Russes et les Américains. Franchement, il ne reste plus grand-chose de lui ou du califat à qui faire confiance."

Shaw a souri. "Me croiriez-vous si je vous disais que j'étais là, à Raqqah, en train de parler avec al-Zaeim il y a seulement dix jours ? J'y suis entré et j'en suis ressorti, et la situation est loin d'être aussi désespérée que les infidèles veulent vous le faire croire. De nouveaux combattants arrivent pour rejoindre le combat tous les jours."

"Quoi que tu en dises, je ne suis qu'un pauvre chimiste amateur. Je ne suis qu'un pauvre chimiste amateur ; qu'est-ce que j'en sais ?"

Shaw l'a regardé et n'a pu que s'interroger. "Très bien. As-tu le C-4 ?"

"Il est dans le coffre de ma voiture", répond Sameer. "Tu as mon argent ?"

"Bien sûr", a répondu Shaw en regardant de nouveau sa voiture.

"Comme je vous l'ai déjà dit, je n'aime pas me faire prendre avec cinq kilos de C-4. La police criminelle n'a aucun sens de l'humour en ce moment lorsqu'il s'agit de personnes à la peau foncée et aux noms maladroits à trait d'union qui se font prendre avec des explosifs."

"Puis-je le voir ?" demande Shaw. Sameer est passé par derrière et a ouvert son coffre à l'aide d'une clé. "À l'ancienne, je vois", dit Shaw en riant lorsque le coffre s'ouvre. Il regarde à l'intérieur, mais tout ce qu'il voit, ce sont deux boîtes en carton étiquetées Castrol.

Sameer soulève le rabat en carton de l'une des boîtes, révélant six bouteilles en plastique d'un quart de litre à l'intérieur. "Si tu regardes bien, tu noteras qu'une des bouteilles de chaque boîte a une petite égratignure sur le bouchon. Elle ne contient rien d'autre que de l'huile de moteur. Si quelqu'un regarde la boîte d'un air soupçonneux, assure-toi de retirer cette bouteille s'il veut vérifier à l'intérieur. Les cinq autres bouteilles de chaque boîte contiennent une livre de C-4 au fond, et de l'huile de moteur sur le dessus, mais je ne te recommande pas de la verser dans ta Peugeot. Cela donnerait un nouveau sens au mot 'turbocompressé' !" Al-Karman rit. "Quand tu veux l'utiliser, vide l'excès d'huile - il n'a aucun effet sur l'explosif - coupe la bouteille en plastique, insère ton détonateur, et tu es prêt à partir."

Shaw acquiesce. "Très intelligent".

"C'est bien ce que je pensais. Maintenant, mon argent, si tu veux bien. Et pas de jeux ! J'ai un ami allongé dans une camionnette de l'autre côté de la rue, avec un M-16 pointé sur toi par l'ouverture du feu arrière. Si c'est un piège, ou si vous avez d'autres personnes qui attendent dehors, sachez qu'il est un excellent tireur d'élite, et que vous êtes sa cible. Alors ne me mets pas à l'épreuve".

"Très intelligent en effet". Shaw a souri, s'est retourné et a fouillé à l'intérieur de sa Peugeot. Il a ouvert sa mallette, a mis la main à l'intérieur et est ressorti en tenant une épaisse enveloppe en manille, qu'il a tendue à al-Karman. "J'apprécie votre prudence et votre professionnalisme, et un homme qui comprend la planification, mon ami. Rejoins-nous. Des millions de personnes feront l'éloge de votre nom d'ici la semaine prochaine."

"Et j'apprécie votre offre, professeur, mais je préfère passer mon tour pour l'instant et rester en vie". Sameer a regardé à l'intérieur de l'enveloppe et a éventé les billets, s'assurant qu'il ne s'agissait pas de papier vierge ou de remplissage, puis il a fourré l'enveloppe à l'intérieur de la poche de sa veste. Shaw et lui ont ensuite transféré les deux cartons dans le coffre de la Peugeot.

"C'est un jeu extrêmement dangereux auquel vous jouez ici, professeur. Comment l'appellent-ils ? Terrorisme, sédition, trahison ?" demande Sameer. "J'ai eu ma dose de tueries et de haine en grandissant au Yémen avec tous ses seigneurs de la guerre et ses milices. Maintenant, je ne suis qu'un simple étudiant en chimie avec de nombreuses bouches à nourrir et de nombreux oncles qui regardent par-dessus mon épaule. Demain, et le lendemain, *Insha Allah,* si Dieu le veut, on me trouvera à ma table habituelle dans le Student Union, entouré de mes livres, de mon ordinateur portable et d'une bonne tasse de thé. Où seras-tu ?"

CHAPITRE VINGT-DEUX

Forêt de Sherwood

Bob était en plein sommeil paradoxal lorsqu'il a entendu la sonnerie de son téléphone portable. Il était posé sur la table d'appoint à côté du téléphone de la maison et du radio-réveil. Pendant une seconde, Bob n'a pas su lequel des trois sonnait. À contrecœur, il a ouvert un œil et a vu qu'il était 3 h 15 sur l'horloge. Seul un ami l'appelait sur ce numéro pour commencer, et seul un très bon ami oserait l'appeler à cette heure maintenant qu'il était un civil.

"Burke", a-t-il marmonné.

"Bobby, réveille-toi. C'est l'heure d'aller travailler !" dit le général Arnold Stansky à l'autre bout du fil. Comme d'habitude, le vieil homme n'était pas du genre à faire la causette. Il continua sans introduction, reprenant à peine son souffle, et dit : "Une bombe a explosé devant le FORSCOM vers 23 heures, une putain de grosse bombe. Les techniciens du crime pensent qu'il s'agissait d'un bloc entier de C-4 cette fois."

Qu'il s'agisse d'une obscure caractéristique familiale, de trop nombreux échanges de coups de feu à l'aube ou d'un rare gène de préservation qui remonte aux hommes des cavernes et aux tigres à dents de sabre, Bob avait la capacité de se réveiller en un clin d'œil. Mais quand la sonnerie de ton téléphone portable est le chant de guerre de West Point et qu'elle commence par le refrain "En avant, brave vieille équipe de l'armée ! On to the fray", il n'était pas très difficile de le réveiller, ou de réveiller Linda, et ce n'était jamais une bonne chose.

Après quelques plaintes vivement marmonnées, elle se coince la tête sous son oreiller. "La prochaine fois, je prendrai une hache pour cette chose et je ne m'arrêterai peut-être pas là... SOYEZ AVISÉS !".

Il a balancé ses jambes hors du lit avant qu'elle ne puisse essayer et a rapidement emporté le téléphone portable dans la salle de bain. "Des blessés, monsieur ?" demanda Bob en fermant la porte.

"Un député de garde est mort et un autre blessé, mais ils ont attrapé le salaud. Il a essayé de leur tirer dessus et il est toujours au bloc, mais ils pensent qu'il vivra."

"Qui est-ce ?"

"Un sergent ravitailleur noir du Mississippi qui sert dans l'une des compagnies de soutien à la maintenance. C'est un grand gaillard, de petite taille et en fort surpoids. Tu avais raison sur un point : il ne fait pas partie des opérations spéciales. S'il essayait de sauter d'un C-130, il déchirerait probablement le parachute et ferait un Splat ! Il s'appelle Jefferson Leroy Jackson, ou du moins c'est ce qu'il était quand il s'est engagé il y a six ans. Il s'est converti à l'islam et a changé son nom en Farrakhan Muhammad, ou Muhammad Farrakhan, ou quelque chose comme ça. Il semble qu'il ait toujours eu des ennuis depuis. Il y a huit mois, il a été arrêté à deux grades de sergent à E-3 pour avoir déserté, insubordination et s'être battu avec son sergent de peloton."

"Ce n'est jamais une bonne idée", interrompt Bob.

"Tu as raison. Ils commencent tout juste à creuser sur le gars, mais son sergent-chef a dit au CID qu'il avait commencé à fréquenter une mosquée et à changer de nom environ un mois avant le combat. Depuis, il a suivi des cours de formation continue sur le Moyen-Orient et s'est fait prendre à distribuer de la documentation radicale à d'autres soldats. Quoi qu'il en soit, dans le cadre de la construction du nouveau bâtiment du FORSCOM, ils ont installé des mini-caméras de surveillance autour du périmètre et sur des poteaux d'éclairage, de sorte que le bâtiment est sous surveillance vidéo 24 heures sur 24 et 7 jours sur 7 depuis son ouverture. Nous l'avons filmé en train de garer sa vieille Kia miteuse devant le bâtiment, d'en sortir et de remonter le trottoir avec un sac en papier à la main. Dieu merci, il n'a fait que la moitié du chemin quand les policiers militaires l'ont arrêté. C'est alors que la fusillade a commencé et que la bombe a explosé."

"Intéressant", dit Bob. "C'est une bonne chose qu'ils l'aient sorti de la rue."

"Ce n'est pas tant "ils" que j'aurais voulu. C'est la bombe qui a fait sortir son gros cul de la rue. Je dirais qu'elle l'a fait sauter d'un mètre cinquante en l'air, et qu'elle a permis à un certain général de division de se débarrasser de tes fesses par la même occasion. Mais cette fois, on dirait qu'on a eu notre homme."

"Y a-t-il quelque chose que tu veux que je fasse ?"

"Rien pour l'instant. Nous en saurons plus quand cet abruti sera là et qu'ils pourront l'interroger ; mais si je comprends bien, les fabricants de C-4 ajoutent un marqueur chimique, ou taggant, dans le mélange. C'est comme une empreinte chimique qui permet de remonter à la source et même au lot. Le laboratoire travaille encore dessus, mais les résidus du C-4 du FORSCOM semblent correspondre au C-4 des trois sites de bombes précédents, plus celui qui n'a pas explosé. Tout ce matériel provenait du lot qui a disparu du 20ème Génie. De plus, il portait un vieux Colt .45 qui semble correspondre aux balles qui ont tué les deux officiers au club de golf l'autre soir."

"Tu penses qu'ils savent que le C-4 et les balles peuvent être tracés, n'est-ce pas ?".

"Seulement s'ils se font prendre, et ils ne s'attendent jamais à ce que cela arrive. Au fait, le CID s'intéresse de près à ce C-4. Dieu merci, les ingénieurs le gardent sous clé dans la salle d'armes, et ils ont interrogé trois gars qui y travaillent, dont l'un l'a probablement vendu à Muhammad. Nous devrions le savoir bientôt, mais il semblerait que tu puisses retourner dormir."

"Je ne pourrais pas être plus heureux... mais tu ne veux toujours pas que je fasse quoi que ce soit ?".

"Non, non, le CID devrait être en mesure de conclure."

"En supposant que Muhammad travaillait seul, bien sûr".

Stansky s'est arrêté un instant. "Tu aimes bien gâcher mes matinées, n'est-ce pas, Ghost ?"

"Ce n'est pas fait exprès, Monsieur, mais avez-vous pu obtenir les fichiers des sites de bombardement ?".

"Oui, j'ai cassé une copie des dossiers du CID et du dossier 201 de Muhammad. Je suppose que cela signifie que tu veux toujours les voir, n'est-ce pas ?"

"Ce serait peut-être une bonne idée de regarder avant qu'ils ne tamponnent "Affaire classée", tu ne crois pas ? Au cas où il y aurait d'autres serpents sous cette pierre ? Si quelqu'un lui a planté ce micro dans le cul, on devrait peut-être vérifier la mosquée et les cours qu'il a suivis dans cette université pour trouver qui."

"D'accord, d'accord, mais avance doucement. Je ne veux pas me retrouver sur CNN à me faire cuisiner par ce salaud de Wolf Blitzer. Tu ne te soucies jamais de qui tu fais chier ; mais en de rares occasions, je le fais."

"Qui ? Moi ? Je suis le fantôme, tu te souviens ? Jamais vu, jamais entendu."

"Crois-moi, tu n'es ni l'un ni l'autre. Mais je suppose que tu es à l'extérieur, ce qui te donne la liberté de mouvement que je n'ai pas ; et tu es sacrément efficace. Alors si tu commences à bricoler, fais bien attention. Le Pentagone est plus politiquement correct qu'Hollywood de nos jours, et je ne peux lancer mes étoiles qu'un nombre limité de fois avant qu'ils ne me jettent avec l'eau du bain."

"Oui Monsieur. Je crois que vous m'avez dit que l'agent du CID en charge est une femme nommée Sharmayne Phillips ?"

"Je viens de l'avoir au téléphone. Ils ont travaillé comme des forcenés toute la nuit sur le site du FORSCOM et du 20e Génie, et à peu près 24 heures sur 24 depuis trois jours maintenant. Je leur accorde cela. Elle est intelligente et agressive, et probablement aussi épuisée et colérique qu'un putois en ce moment, alors elle ne va pas être très heureuse de te voir. Mais je te connais. Quand ça te démange, tu dois le gratter. Je vais donc envoyer Pat chez toi avec les dossiers. Regarde-les ; et si tu décides de faire une excursion sur les scènes de crime de l'hôpital, reste sur la hanche d'O'Connor. Personne n'oserait arrêter ce salaud de crocheteur."

"Bien reçu. Et je serai gentil. Promis."

"Non, tu as raison, bon sang. Va au fond des choses !"

"Et si je tombe sur l'agent Phillips ? Dois-je t'appeler si nous sommes arrêtés pour ingérence dans une enquête officielle et obstruction à la justice ?".

"Non. Je vais l'appeler et lui dire que vous allez peut-être passer tous les deux. Elle n'en sera pas ravie, mais ce n'est pas une dispute qu'elle souhaite pour l'instant, pas plus que moi."

Stansky a sonné et Bob est resté là à fixer le téléphone. "Elle ne sera pas contente ?" pensa-t-il en secouant la tête et en riant.

Trente minutes plus tard, il entendit une lourde voiture descendre l'allée, suivie d'un coup ferme sur la porte d'entrée. Ce devait être Pat O'Connor dans la berline du général Stansky, devina Bob. Il était déjà debout et habillé d'un pantalon chino, d'un sweat-shirt gris et de ses bottes de désert de l'armée. Il avait préparé un grand pot de café et apporta deux tasses fumantes à la porte d'entrée. Lorsqu'il l'a ouverte, comme prévu, il a trouvé Pat qui tenait dans ses bras une demi-douzaine d'épais classeurs. Il ne fait aucun doute qu'il portait la même robe verte que la veille, mais il avait l'air fraîchement rasé. Pat avait laissé sa veste avec tous les rubans et les écussons ainsi que son béret dans la berline et ne portait plus qu'une chemise beige à manches longues, un pantalon qui gardait un pli impeccable parce qu'il n'osait pas ne pas le faire, et des chaussures cirées à la bombe. Son col était déboutonné et sa cravate était rabattue au niveau du cou, mais l'homme restait la définition d'un guerrier. Tu ne saurais jamais qu'il est debout depuis plus de vingt-quatre heures, si tu ne le regardais pas dans les yeux.

"Pat, quelque chose me dit que tu n'as pas beaucoup dormi la nuit dernière".

"Tu as raison ! Et 'Garder un sergent-major éveillé toute la nuit' devrait être l'une des exceptions à une accusation de meurtre capital en vertu de l'article 118 de l'UCMJ."

"Ça me semble tout à fait raisonnable", répond rapidement Bob en regardant la berline vide de l'armée garée dans le rond-point. "La deuxième tasse était pour ton chauffeur".

"J'ai conduit. Le général a laissé partir le pauvre gamin à 3 heures du matin. Nous avions peur qu'il s'endorme au volant et qu'il nous fasse tous tuer. Mais ne t'inquiète pas, je les boirai tous les deux si tu ne le fais pas", répond Pat en prenant les deux tasses et ils se dirigent à nouveau vers le coin petit-déjeuner, où il dépose les dossiers sur la table et prend l'une des deux chaises qui donnent sur la ferme sombre au-delà. "On dirait une autre matinée magnifique dans le pays de Dieu, n'est-ce pas ?" O'Connor soupire.

"Il ne manque plus qu'un MRE froid, un mauvais café et le craquement d'un tir de fusil".

"Tu es tellement romantique, Fantôme".

"Dis ça à Linda", répond-il en s'asseyant et en attrapant le dossier du haut de la pile. Avec les multiples rapports de la police militaire, le dossier 201 de Muhammad et toutes les photographies des multiples scènes de crime, le travail serait lent. Toutes les trente minutes, les deux hommes s'échangent les dossiers et recommencent.

Lorsqu'il a enfin terminé, Bob s'est assis et a dit : "Très bien, récapitulons."

"Récapitulation ? C'est comme ça que vous parlez vraiment, vous les cadres d'entreprise ?" demande O'Connor. "Nous avons ce clown de Farrakhan qui fait exploser une bombe devant le FORSCOM. Tu penses que c'est un terroriste ou juste un stupide soldat qui a une dent contre l'armée ?"

"Quoi qu'il en soit, il n'a pas pensé à ça tout seul. Quelqu'un l'a poussé à le faire."

"Les dossiers montrent qu'il a suivi des cours d'études arabes à l'État de Mickey Mouse en bas de la route, qu'il s'est converti à l'islam et qu'il a changé de nom. Est-ce que ce sont des drapeaux rouges ou des faux-fuyants ?"

"Tu sais", dit Bob en haussant les épaules, "je n'ai aucun problème avec son changement de nom. Mohamed Ali a changé de nom, alors si ce clown veut se faire appeler Farrakhan ou 'Fils de Sam', je m'en fiche. Ce qui me pose problème, c'est que quelqu'un essaie de faire tomber la Grande Machine Verte de l'intérieur. L'armée est formée pour faire face aux menaces extérieures contre le pays et à la guerre organisée contre les États-nations, mais pas à quelque chose comme ça."

"J'ai lu quelque part que l'armée n'avait pas pendu de soldat depuis 1961. C'était il y a cinquante-six ans, et bien avant notre époque - celle de la guerre froide. Mais je soupçonne que c'est sur le point de changer", dit O'Connor en se rasseyant sur sa chaise.

"Tu penses vraiment que c'est un 'tireur solitaire' ? Regarde ce type. Il avait un mauvais dossier avant même d'avoir revêtu un uniforme ; et il est tellement stupide que je ne lui ferais pas confiance pour faire une tournée de bière à la caserne. Qui l'inclurait dans un complot terroriste de grande envergure ? Pas du tout. Je ne sais même pas comment il a pu quitter l'école primaire, et il n'aurait jamais pu quitter le lycée s'il n'avait pas joué au football. Regarde les résultats qu'il a obtenus au test AFQT. Comment il est entré dans l'armée, je ne le saurai jamais."

"Ce ne sera pas la première fois que le recruteur local truque les choses pour atteindre un quota".

"Fudging ? Bon sang, il était accusé de vol avec effraction dans le Mississippi et le juge lui a donné le choix - trois ans au pénitencier d'État de Parchman ou s'enrôler dans l'armée. Puis le juge a scellé son dossier local pour que l'armée n'en sache rien."

"Tu sais combien de fois j'ai entendu cette phrase ?"

"Moi aussi, et après les gens se demandent pourquoi l'armée a des problèmes".

"Il est fonctionnellement analphabète".

"Il est aussi complètement fauché, Pat", dit-il en poussant une feuille de papier sur la table. "C'est son relevé de compte. Il est déficitaire de 16,30 dollars, parce que ces salauds de la banque prélèvent des frais de service de 25 dollars chaque mois où le solde passe en dessous de 1 000 dollars. L'armée exige maintenant qu'ils déposent directement leurs chèques de paie, ce qui nécessite un compte bancaire. Il ne leur reste jamais beaucoup d'argent au milieu du mois et ils doivent payer des frais de service. Quel racket ! Mais le fait est que Muhammad n'avait pas d'argent. Alors qui a payé pour le C-4 ? Il ne l'a pas fait."

"Tu as raison, quelqu'un lui a donné", dit O'Connor en regardant la feuille.

"Peut-être un certain professeur de sociologie bien nanti qui dirige le centre des étudiants musulmans sur le campus", propose Bob. "On dirait qu'il vient de rentrer du Moyen-Orient et qu'il est sur la liste de surveillance du FBI". O'Connor leva les yeux vers lui et lui adressa un froncement de sourcils perplexe, alors Bob poursuivit : " Cet agent du FBI, Tom Pendergrass, qu'Ernie a amené à la fête, m'a parlé de ce type, en toute confiance, bien sûr, mais il savait exactement ce qu'il faisait et voulait que nous soyons prévenus. Il pense que le CID est sans espoir."

"Alors, il l'a dit à la bonne personne, n'est-ce pas ?" O'Connor sourit.

"Oui. Qu'est-ce qu'ils ont dit dans le film sur le Watergate ? Follow the money ?"

"Et le C-4. Il est très contrôlé et sacrément cher. Je ne sais pas ce qu'il coûte sur le marché noir ici aux États-Unis, mais en Irak ou en Afghanistan, tu parles de milliers de dollars pour un bloc."

"Et si personne n'a donné cette somme à Mahomet par bonté d'âme, et qu'il n'est pas entré par effraction pour la voler au 20e ingénieur, ce qui ne semble pas s'être produit, où a-t-il trouvé l'argent pour l'acheter ?".

"Bob, je ne suis pas surpris que tu aies demandé au général si tu pouvais jeter un coup d'œil à tout ça, surtout après le tuyau que tu as reçu du FBI, mais ils ont mis Muhammad hors d'état de nuire. N'oublie pas qu'il était en possession du 45 qui a tué un député et deux officiers au club de golf. Ses empreintes sont partout dessus."

"C'est vrai, mais y en avait-il sur l'une ou l'autre des douilles sur l'une ou l'autre des scènes ? Ou sur les balles du chargeur ? Ou étaient-elles seulement sur l'extérieur du 45 ?"

O'Connor a feuilleté à nouveau les pages et a froncé les sourcils. "Merde. Rien, nada."

"Alors je suppose que nous devrions demander à l'agent Phillips ce qu'il en est, n'est-ce pas ?".

O'Connor tourna la tête et regarda par la baie vitrée. Le soleil commençait tout juste à se lever sur la ferme, et la douce brume matinale donnait à la scène un air d'ailleurs. "Espèce de petit veinard. Tu t'assois ici tous les matins quand toi et moi nous parlons, n'est-ce pas ?" demande O'Connor. "Je n'avais jamais réalisé à quel point cet endroit était magnifique. Quel que soit le prix que tu as payé, ça valait chaque centime."

"Oui, et c'est particulièrement agréable le matin, n'est-ce pas ?" Bob sourit en feuilletant quelques pages de plus, puis se lève et leur verse à tous deux une autre tasse de café. "J'ai une autre question à te poser, Pat. Le mécanisme de déclenchement de la bombe non explosée était un téléphone portable, c'est ça ? Et ils ont trouvé des fragments de téléphones portables lors des trois autres explosions, plus celle de la nuit dernière, n'est-ce pas ?" demande-t-il en pointant du doigt la feuille d'inventaire de la police militaire. "Et il est dit que Muhammad avait un téléphone portable sur lui, dans sa poche de hanche, quand ils ont coupé ses vêtements à l'hôpital. Si c'est le cas, comment a-t-il déclenché la bombe ?"

"Peut-être un appel du cul ?" O'Connor haussa les épaules.

"Je ne pense pas." Bob prend une autre feuille. "La déclaration du garde survivant dit que Muhammad a posé le sac, a sorti son 45, s'est retourné et a commencé à leur tirer dessus alors qu'il se mettait à courir. Ils ont échangé des coups de feu, puis la bombe a explosé, quelques secondes plus tard. Il ne mentionne pas de téléphone portable, et s'il en avait un dans l'autre main, comment a-t-il pu composer un numéro et tirer avec le 45 en même temps ?"

O'Connor le regarde fixement. "Quelque chose d'autre à lui demander, n'est-ce pas ?" Il réfléchit encore une longue minute, puis demande : "Penses-tu que le numéro de téléphone du brûleur de la bombe non explosée se trouve dans les numéros abrégés du téléphone de Muhammad ?"

"Une autre bonne idée. L'agent spécial Phillips de la police criminelle devrait être heureux de recevoir toute l'aide que nous sommes sur le point de lui apporter, n'est-ce pas ?"

"Espérons qu'elle a une bonne longueur d'avance sur nous en ce qui concerne les réponses". C'est alors que le téléphone portable du sergent-major de commandement a sonné, et il a baissé les yeux sur un message texte. "Le soldat de première classe Farrakhan Muhammad a repris connaissance. Devons-nous lui présenter nos respects ?"

"Absolument !" répond Bob.

"Tu viens avec moi dans la berline du général ? Elle a une meilleure climatisation que ton camion."

"Non, je vais te suivre. Dis à la barrière de me faire signe de passer".

"D'accord, mais la berline a droit aux places de parking les plus proches".

Bob rit. "Vraiment ? Qui fait attention aux panneaux dans un parking ?"

CHAPITRE VINGT-TROIS

Centre médical de l'armée Womack

Le grand hôpital militaire de Fort Bragg est un joli bâtiment en briques de sept étages avec des ailes et des angles qui partent dans toutes les directions. Situé au centre du grand poste de l'armée, il est facile d'accès de presque partout ; et comme la plupart des hôpitaux partout, militaires ou civils, il est constamment agrandi et rénové. Bien qu'il ait quinze ans, il ne fait pas son âge, malgré le stress et la tension engendrés par la gestion d'un flot de blessés provenant de deux guerres majeures et d'une douzaine de petites guerres. Récemment, le centre de traumatologie a fait l'objet d'une rénovation majeure, avec une nouvelle entrée et trente-cinq salles de traitement séparées.

Pat O'Connor conduisait la berline du général Stansky et l'avait garée dans l'espace VIP près de l'entrée du centre de traumatologie. Lorsqu'il est sorti de la voiture, il a enfilé sa lourde veste verte, qui était recouverte d'un des plus impressionnants ensembles de rubans, d'écussons, de rayures, de hachurages de manches, de galons d'épaules et d'insignes que quiconque à l'intérieur était susceptible de voir. C'était un homme grand et puissant pour commencer, et il prit un moment supplémentaire pour incliner son béret beige de Ranger légèrement vers l'avant sur sa tête, froncer les sourcils et prendre son expression sinistre de "ne me faites pas chier" sur son visage. Le temps qu'il mette en place son personnage de sergent-major, Bob Burke l'a rejoint et ils se sont mis en route vers la porte du centre de traumatologie à grandes enjambées, au pas de course.

"Essayez de suivre, Major, parce que je ne m'arrêterai pas !"

Sans doute à cause du prisonnier qui se trouve à l'intérieur, deux grands gardes de la PM en tenue de combat encadrent les portes d'entrée automatiques. Tu ne voyais pas ça tous les jours à Womack, pensa Bob. Cependant, au lieu d'arrêter O'Connor, les deux policiers militaires ont poussé l'ouverture de la porte et se sont tenus intelligemment à l'écart pendant qu'il entrait sans s'arrêter. Tout le monde sur le poste savait qui était Patrick, et ils ne se mettraient pas plus en travers de son chemin qu'ils ne se mettraient en travers d'un char de combat Abrams arrivant à pleine vitesse sur un champ de boue. S'il ne les écrasait pas, leurs propres sergents-majors et sergents-chefs le feraient plus tard, car Pat O'Connor n'était pas un homme qu'un simple soldat de

Fort Bragg osait contrarier ; et du haut de son mètre soixante-dix et de ses cinquante kilos, ils ne voyaient même pas Bob Burke qui le suivait dans son sillage.

Trois couloirs partaient du hall central du centre de traumatologie. O'Connor s'arrêta net au centre, jeta un coup d'œil dans les trois couloirs et repartit à toute vitesse dans celui de gauche, où il vit deux autres policiers militaires lourdement armés se tenir devant une salle de soins à mi-chemin du couloir. O'Connor a pris les deux policiers militaires dans la pleine lumière de ses " phares ", mais ils n'ont pas fait un pas de côté. O'Connor s'arrêta à nouveau en claquant des talons juste devant eux. Celui qui avait le grade le plus élevé avait des galons de sergent de première classe sur le bras et " Mullins " sur sa bande d'identification.

O'Connor l'a devancé d'au moins deux ou trois pouces et s'est penché en avant, son nez se trouvant à six pouces des SFC. Il était évident qu'O'Connor ne s'amusait pas.

De près comme ça, on pouvait voir le pauvre bougre cligner des yeux et commencer à transpirer alors qu'il bredouillait : "Euh, sergent-major, mes ordres sont de... euh..."

"Bien sûr, ils le sont, Frank", dit O'Connor à voix basse. "Mais le général m'a demandé de jeter un coup d'œil sur votre prisonnier et de dire un mot à l'agent spécial Phillips. Alors, si cela ne te dérange pas, j'apprécierais qu'elle me consacre quelques minutes de son temps."

Mullins ouvrit la bouche et commença à dire quelque chose d'autre, mais il prit une décision rapide concernant la personne qu'il voulait le moins énerver. Il s'est rapidement écarté, a ouvert la porte et O'Connor n'a pas attendu qu'il ait une seconde pensée. Il est entré à grands pas.

Lorsque Bob Burke a commencé à suivre, le député s'est avancé pour l'arrêter. O'Connor a tourné un œil vers lui et a grogné : "Il est avec moi", et le député a rapidement reculé.

À l'intérieur, ils ont vu à peu près ce qu'ils s'attendaient à voir : un grand Afro-Américain lourdement bandé, allongé sur le seul grand lit d'hôpital de la pièce, qui était placé au centre du mur le plus éloigné. Au-dessus et autour de lui se trouvaient des poches d'intraveineuse sur des poteaux, une banque de moniteurs électroniques et deux autres grands policiers militaires avec des fusils de chasse. L'autre personne dans la pièce était une petite femme afro-américaine vêtue d'une tenue ACU complète et de bottes de désert, avec un Beretta dans un étui à la hanche. Elle se tenait au pied du lit et regardait Muhammad lorsque Pat O'Connor est entré dans la pièce, suivi de près par Bob Burke. Elle tourna la tête vers eux et ses yeux verts clignotèrent lorsqu'elle reconnut leurs visages. Si des poignards pouvaient sortir de ces deux étroites fentes, lui et O'Connor seraient déjà embrochés sur le mur du fond.

"Il s'agit d'une enquête officielle du CID... et vous !" dit-elle en commençant par O'Connor, mais en visant aussi directement Bob Burke avec son dernier commentaire barbelé.

O'Connor s'arrêta, leva les deux mains en signe de reddition et sourit, ce que Bob n'était même pas sûr que le visage du vieux sergent-major se souvienne comment faire. "Agent spécial Phillips", commença-t-il, "pourrions-nous vous dire un mot... en privé, s'il vous plaît", ajouta-t-il en posant une main délicate sur son épaule et en l'orientant vers le coin comme s'il s'agissait d'une grenade active.

" Écoute, O'Connor ", commença-t-elle encore une fois. Bob a vu Pat tressaillir, mais elle n'a sans doute pas compris. "Vous savez que vous n'avez rien à faire..."

"Restez en retrait, agent spécial", parle Pat à voix basse mais fermement en se penchant plus près. "Vous avez tout à fait raison, mais considérons la situation dans son ensemble. Vous êtes un adjudant CW-3 qui travaille pour un colonel. Je travaille pour un deux-étoiles qui travaille pour un quatre-étoiles, qui m'a dit de ramener mes fesses ici et de vous parler, à toi et au prisonnier. Aurait-il dû le faire ? Probablement pas, mais il peut le faire et il l'a fait. Alors, si tu veux faire un concours de pisse pour voir qui est le plus long, ton colonel va te laisser pendre au vent, n'est-ce pas ? Et comme je suis le sous-officier le plus gradé de ce poste, tous les soldats qui travaillent pour toi le seront aussi. Alors pourquoi ne pas avoir une petite discussion tous les trois, gentiment et poliment. D'accord ?"

Elle lui lança un regard noir ; mais qu'elle le veuille ou non, elle savait qu'elle était en infériorité numérique et qu'elle était sérieusement dépassée. "Très bien, O'Connor, dis-moi ce que tu veux", dit-elle avec colère en croisant les bras sur sa poitrine et en le fixant.

"Agent spécial Phillips, mettons les choses au clair entre nous". O'Connor se redressa de toute sa hauteur et la regarda avec une expression encore plus dure, alors qu'il lui disait : "Vous pouvez m'appeler sergent-major de commandement ou vous pouvez m'appeler Pat, si vous le souhaitez, mais seuls ma femme et le général de division Arnold Stansky peuvent s'en tirer en m'appelant O'Connor. Et avec tout le respect que je vous dois, vous et moi n'avons pas ce genre de relation, n'est-ce pas... Sharmayne ?" Pat se tourne alors vers Bob, qui avait été bien content de rester en retrait de la mêlée et ajoute : "Oh, et au cas où vous n'auriez pas été présentés, voici le major Robert Burke, aujourd'hui à la retraite, qui est un proche conseiller et ami du général, et..."

"Je sais qui il est... le sergent-major du commandement. J'ai été prévenu."

"Bien, alors tu dois savoir que personne dans l'armée ne connaît mieux l'état d'esprit de nos engagés ou des terroristes du Moyen-Orient que le major Burke", a déclaré Pat O'Connor.

Ses yeux verts sont restés sombres et vifs. "Très bien. Qu'est-ce que tu veux ?"

"Lui et moi avons examiné les dossiers ce matin et..."

"Et quoi ?", ajoute-t-elle. "Vous pensez tous les deux que j'ai raté quelque chose ?"

"Écoute, Sharmayne..." dit finalement Bob.

"*Monsieur* Burke", a-t-elle claqué, les mains sur les hanches. "*Vous pouvez m*'appeler agent spécial Phillips ou vous pouvez m'appeler agent spécial Phillips, parce que vous et moi n'avons *aucune* relation, c'est bien clair ?".

Bob rit. "D'accord. Bien joué. Parlons du C-4. Les gars de la salle d'armes du 20e Génie ont-ils déjà cédé et t'ont-ils dit comment il se l'était procuré ? Il l'a acheté chez eux ?"

Elle le fixe un long moment avant de finalement répondre : "Oui, il leur a acheté. Quatre blocs à 1 000 dollars chacun, en liquide..."

"Quatre ?" demande Bob, soudainement alarmé. "Ça veut dire..."

"C'est vrai, Sherlock, il y a un autre putain de bloc de C-4 là-bas".

"Ces types du 20e ingénieur devraient être pendus", a déclaré Pat O'Connor.

"Tu ne crois pas qu'ils le savent ?" riposte Phillips. "C'est probablement pour cela qu'ils nous ont fait faux bond jusqu'à ce que nous trouvions l'argent caché dans leurs voitures. Maintenant, ils ont peur. C'est drôle comme la mention des restitutions spéciales et de Gitmo peut amener des hommes adultes à se pisser dessus. Muhammad a juré qu'il l'apportait à quelqu'un en dehors de l'État et que ça ne leur retomberait pas dessus. C'est stupide, hein ? Quand nous avons fini par les convaincre qu'ils allaient passer de longues vacances dans les Caraïbes, ils se sont enfin ouverts et ont coopéré."

"Ont-ils vu quelqu'un avec lui ? Est-ce que quelqu'un d'autre traînait dans les parages ?" demande Bob.

"Non, juste Muhammad".

"Alors la grande question est de savoir où il a trouvé 4 000 dollars ?".

"Non, la plus grande question est de savoir où se trouve l'autre bloc de C-4 ?"

"La réponse est la même", lui dit Bob. "Nous avons regardé son compte en banque. Sa voiture est une épave, il vit de prêts sur salaire et il est complètement fauché depuis presque un an."

"D'accord. Nous avons vu ça aussi", dit-elle à contrecœur.

"D'après ses examens de l'AFQT et son dossier, il n'a pas le cerveau que Dieu a donné à un élan, alors j'ai du mal à croire qu'il ait pu mettre sur pied une série d'attaques aussi complexes."

"D'accord. Quelqu'un tire ses ficelles." Elle traîne les pieds et regarde par-dessus le lit d'hôpital. "Peut-être quelqu'un de cette mosquée".

"Peut-être", répond Bob. "Mais dans toutes les mosquées que nous avons rencontrées à l'étranger, en Afghanistan et en Irak, les problèmes graves ne venaient presque jamais des imams à l'intérieur, mais toujours des jeunes qui traînaient devant les portes arrière, fumant et se disputant."

"Un peu comme au lycée", a-t-elle grommelé.

"Exactement comme au lycée. C'est pourquoi nous devons vérifier la mosquée, mais nous devons aussi examiner ces cours qu'il a suivis au centre-ville. Sais-tu qui les a enseignés, et si Muhammad les a vraiment suivis ?"

"Pas encore, mais nous devrions le faire dans quelques heures. Nous essayons aussi de savoir avec qui il traînait au poste. Nous avons appelé son commandant."

O'Connor acquiesce. "Je vais aussi mettre mes canaux de sous-officiers à sa disposition. Les engagés peuvent tromper leurs officiers et la police militaire, mais personne ne ment à sa première chemise."

Sharmayne lève les yeux vers lui pendant un moment, réfléchissant. "D'accord, peut-être que tu as ton utilité... Pat."

"Et son téléphone portable ?" demande Bob. "Il était dans sa poche quand la bombe a explosé, alors qui l'a déclenché ? En plus des appels passés récemment, qu'y avait-il dans son Speed Dial ? Quel était le numéro de portable de la bombe du bureau de recrutement qui n'a pas explosé ?"

Elle a levé les yeux vers Bob avec un nouveau respect, et il pouvait voir les roues tourner dans sa tête. "Ce sont toutes de bonnes questions. Et la vérité, c'est que je ne sais pas, mais je vais le découvrir."

Bob acquiesça, reconnaissant qu'elle commençait enfin à s'ouvrir à eux. "J'en ai une encore meilleure", a-t-il dit. "Avez-vous eu l'impression que l'ISIS pourrait être impliqué dans cette affaire ?"

Ses yeux s'écarquillent. "ISIS ! D'où ça sort, bon sang ?"

Il l'a regardée puis a dit : "Très officieusement, un ami d'un ami du FBI. J'ai entendu dire qu'ils traquaient un lien avec une possible cellule ISIS ici à Fayetteville, mais c'est tout ce que j'ai."

"Bon sang ! Comment diable sais-tu quelque chose comme ça et pas moi ?"

"Parce que les agences fédérales ne partagent jamais rien entre elles sur quoi que ce soit. Tu le sais mieux que moi. La seule raison pour laquelle j'ai entendu parler, c'est par l'intermédiaire d'un ami commun. Ce n'est pas pour l'attribution, mais je vais voir ce qu'il va partager d'autre."

"Je veux être là".

"Je vais voir ce que je peux faire. C'est un franc-tireur."

"C'est un grand éloge pour le FBI".

"Bien, et maintenant que nous sommes tous sur la même longueur d'onde, tu es d'accord pour que nous allions tous parler à Muhammad ?". demande Pat O'Connor.

Elle tourne la tête et regarde l'homme noir lourdement bandé qui gît écartelé sur le lit. "D'accord, mais je me réserve le droit de te couper la parole et de te jeter dehors si je n'aime pas où tu vas".

"Pas de problème, Sharmayne", répond Bob en se retournant et en se dirigeant vers le lit. Muhammad avait des tubes et des fils qui partaient dans tous les sens, mais il n'était pas sous respirateur, ses yeux étaient à moitié ouverts et il était assez alerte pour les regarder s'approcher.

Bob s'est approché du lit et l'a examiné de la tête aux pieds. "Bon sang, tu es dans un sale état, Muhammad, mais je suppose que ça n'a pas d'importance, n'est-ce pas ? Tu sais où ils t'emmènent maintenant, n'est-ce pas ?"

Le grand homme noir le dévisagea et haussa les épaules, essayant de paraître complètement indifférent. "La palissade, je suppose. Ça n'a pas d'importance. J'y suis déjà allé."

Bob l'a regardé de haut et a ri. "Oh, non, pas cette fois, mon frère. Dès qu'ils pourront te débrancher, tu seras dans un jet 'privé' en direction de Gitmo. Tu sais ce qu'est Gitmo, n'est-ce pas ?" Muhammad continue de le fixer, mais un gros froncement de sourcils commence à prendre le dessus sur sa confiance mal placée. "Pas d'avocats ni de juges cette fois, pas de procès ni de jury, juste une cellule de six sur dix avec quatre murs en béton, un lit de camp en acier, peut-être un exemplaire du Coran si tu en veux vraiment un, et pendant une heure par jour, tu peux te promener en cercle dans la cour avec tous les autres. C'est tout, Muhammad... Gitmo, pour le reste de ta vie. Je parie qu'il ne t'a pas dit ça, n'est-ce pas ?"

Les yeux de Muhammad se sont rétrécis. "Non, mais qui es-tu ?"

"Ton pire cauchemar", dit Bob en souriant. "Je viens d'une agence tellement secrète que si je te le disais, je devrais te tuer".

"J'ai déjà entendu ce genre de conneries", renifle Muhammad. "Tu n'es rien".

"Peut-être, mais c'est moi qui vais t'envoyer là-bas. Quand je le ferai, 'pouf', tu disparaîtras. Tous tes proches au Mississippi, ta mère et tes frères, bientôt ils se demanderont tous : 'Qu'est-il arrivé au vieux Jefferson ? Ce garçon a tout simplement disparu, n'est-ce pas ? Maintenant, dis-moi pourquoi l'autre gars voulait te tuer ?"

"Quel autre type ? Comment ça, il a essayé de me tuer ? De quoi tu parles, mec ?"

"Je parle du type qui a appuyé sur le bouton de son téléphone portable et fait exploser la bombe alors que tu te tenais à côté. Il n'avait pas l'intention de te laisser partir, Farrakhan. Un aveugle peut le voir. Il a appuyé sur le bouton "Envoyer" de son téléphone et a essayé de te faire exploser en même temps que le bâtiment FORSCOM parce que tu en sais trop."

"Non, mec, il ne ferait pas..."

"Non ? Comment penses-tu que la bombe a explosé ?" Bob s'est penché et lui a mis la main au collet. "Tu ne l'as pas déclenchée, n'est-ce pas ?"

"Non, non, ah n'a pas..." La voix confuse de Muhammad s'est éloignée.

"Dès que les députés sont arrivés au coin de la rue et qu'ils étaient sur le point de t'attraper, tu es devenu un élément de responsabilité. C'est pourquoi il a appuyé sur le bouton de son téléphone. Heureusement pour toi, tu t'es éloigné de quelques pas avant qu'il ne se déclenche, sinon tu aurais été en bas, à la morgue, avec les policiers militaires. Tu ne lui étais plus d'aucune utilité et il voulait ta mort."

"Ce n'était pas comme ça. Il..."

"Tu ne peux pas être aussi stupide, Muhammad. Tu n'as pas déclenché la bombe. C'est lui qui l'a fait, avant que tu puisses t'enfuir. Il l'a fait exprès, pour ne plus avoir à s'inquiéter pour toi. Qui était-il, le gars d'ISIS ?" Les yeux de Muhammad se sont rétrécis, mais cette fois, il n'a rien dit. "Dis-nous ce qu'il va faire de cette dernière livre de C-4. Et qu'en est-il des armes que vous avez volées ?" Encore une fois, la même réaction. "Dernière chance, Muhammad. Dis-nous qui il est, et tu pourras toujours avoir le procès et la palissade. Ce sera bien mieux que la vie à Gitmo."

Comme Bob continuait à le fixer, l'expression de Muhammad se transforma en inquiétude, puis en peur. Il n'était pas beaucoup plus doué pour réfléchir que pour agir. Comme un rat pris dans un coin très étroit, la vérité était dans ses yeux. Finalement, Bob se tourna et s'éloigna, laissant le grand homme étendu là.

"On dirait qu'il ne va pas nous en dire beaucoup plus, n'est-ce pas ?" Demande Sharmayne alors qu'elles se retrouvent près de la porte du couloir.

"Peut-être pas maintenant, mais il le fera au fur et à mesure que les choses continueront à se mettre en place", lui a dit Bob. "D'ailleurs, il n'a peut-être rien confirmé directement, mais il nous a dit la plupart des choses que nous avions besoin de savoir. La dernière livre de C-4 est toujours là, il travaillait certainement avec quelqu'un d'autre, et il réalise maintenant que le type a essayé de le tuer. Après quelques jours, si tu reviens et que tu continues à insister, tôt ou tard, Muhammad le dénoncera."

Phillips hausse les épaules. "Espérons que tu as raison."

"Celui pour qui il travaille va s'en rendre compte aussi, alors je doublerais la garde et je verrouillerais toute cette aile. Et fais passer le mot qu'il est mort. Le dernier kilo de C-4 est toujours là, et ça le ferait taire définitivement."

CHAPITRE VINGT-QUATRE

Blue Ridge College

Henry Shaw était assis à son bureau dans le bâtiment du département de sociologie, mangeant un déjeuner rapide composé d'une salade de tofu, de poivrons rouges et de gingembre. Les événements de la nuit précédente n'étaient guère plus qu'un souvenir agréable alors qu'il prenait quelques notes rapides pour son prochain cours. Du tofu ? Si ses anciens instructeurs du camp Lejeune l'avaient vu manger une telle merde, ils auraient déchiré son uniforme, et probablement quelques parties de son corps aussi. Mais cela faisait maintenant partie de son "personnage" sur le campus. Tout comme la tenue qu'il portait - un T-shirt noir "lips and tongue" des Rolling Stones, une fine veste en lin avec les manches remontées sur les avant-bras, un jean bleu, des Docksiders sans chaussettes et, bien sûr, ses lunettes Gucci rouge vif caractéristiques. Je ne sais pas ce que les inspecteurs en penseraient, mais tout cela faisait partie de son look de "professeur d'université" bien cultivé, qu'il continuait à renforcer. Il essayait d'être ce qu'ils attendaient de lui, mais un "professeur" ? Il jeta un nouveau coup d'œil à ses notes et se demanda comment on pouvait dynamiser la prochaine fournée de génies de premier cycle sans avoir recours à un aiguillon électrique ou à un tonneau de bière.

Shaw venait de prendre une autre bouchée de sa salade lorsque son téléphone portable a sonné. Les appels téléphoniques ne le dérangeaient pas, même à des moments inopportuns, parce qu'il y répondait rarement de toute façon, laissant la plupart d'entre eux mourir dans la boîte vocale. En fixant le téléphone, il s'apprêtait à laisser celui-ci aller dans la boîte vocale également, lorsqu'il eut une drôle de sensation. Il ne reconnaissait pas le numéro, mais quelque chose dans ses tripes lui disait qu'il devait répondre à cet appel. Le numéro provenait de l'indicatif régional de Fayetteville, mais le central et le préfixe étaient bizarres. Un autre téléphone jetable ? C'est fort probable, pensa-t-il alors que sa curiosité prenait le dessus et qu'il appuyait sur le bouton "recevoir".

"Professeur, je suppose que vous avez pu compléter nos inscriptions à l'université ?" demande une voix arabe profonde et lourdement accentuée. Shaw n'avait pas besoin d'un nom pour savoir que c'était encore ce salaud de Mergen Khan à l'autre bout du fil. Il s'était mis à détester intensément les trois frères Khan, mais c'est

Mergen qu'il détestait le plus. Il n'avait vu ni entendu parler d'aucun d'entre eux jusqu'à ce que Mergen appelle la veille et que le livreur lui remette une enveloppe contenant deux passeports, des visas d'étudiant, des formulaires d'inscription au Blue Ridge College dûment remplis et tous les autres documents nécessaires pour qu'ils soient admis et inscrits dans sa classe et dans plusieurs autres.

"Tu ne m'as pas laissé beaucoup de temps, tu sais", a soufflé Shaw. "Ces demandes ont été déposées trois jours après la date limite, et j'ai dû aller chapeau bas aux personnes chargées des inscriptions au bureau des admissions, puis au bureau du doyen ce matin. Tu n'as pas idée à quel point je déteste faire ce genre de choses."

"Mais tu l'as fait, n'est-ce pas, comme notre frère te l'a demandé".

"Oui, bon sang, c'est fait ! Mais un peu plus de préavis aurait été utile. Pourquoi cette précipitation de dernière minute, d'ailleurs ? Quand est-ce que tu viens ?"

"Terminé ? Nous sommes déjà là, professeur."

"Ici ? Pourquoi ne m'a-t-on rien dit ? Pourquoi ne m'as-tu pas fait ton rapport ?" Shaw répond, choqué, et parvenant à peine à contenir sa colère. "C'est moi qui suis censé diriger cette opération !"

"Professeur, vous avez les tâches qui vous sont assignées, et nous avons les nôtres".

"Qu'est-ce que ça veut dire ?"

"Cela signifie que si tu as des plaintes à formuler, tu devrais en parler à Aslan", a répondu Mergen, sa voix dégoulinant de sarcasme. Cela a poussé Shaw à bout.

"Comment suis-je censée faire ça avec moi ici et lui en Syrie ?"

"Cela peut s'arranger. En fait, il veut te parler, te donner plus d'instructions", lui dit le jeune Turkmène.

"Ton frère, Aslan ? Quelles instructions ?"

"Je vais vous dire, professeur, pourquoi ne viendriez-vous pas dehors et vous pourrez lui parler vous-même sur mon téléphone portable", a rapidement répondu Mergen.

L'esprit de Shaw commence à s'emballer. "Dehors ? Où es-tu ?"

"Batir et moi sommes garés devant votre immeuble en ce moment même", dit Mergen. "Si vous voulez savoir ce que nous avons fait, sortez et nous vous montrerons... à moins que vous n'ayez peur de nous, professeur".

"Non, non, bien sûr que non. Je descends tout de suite", répondit Shaw qui regretta immédiatement d'avoir dit cela. Certes, il voulait des réponses, mais pas comme ça, pas seul avec les deux frères Khan. Malheureusement, son tempérament vif et sa grande gueule l'avaient mis dans cette situation. Avant qu'il ne puisse penser à quoi que ce soit à dire pour se sortir du pétrin, le téléphone s'éteignit. Mergen avait mis fin à l'appel. Shaw s'affaissa sur sa chaise et fixa le téléphone pendant quelques secondes supplémentaires. Qu'est-ce que *les* Khans préparaient, se demanda-t-il. Plus important encore, qu'est-ce que ces salauds prévoyaient de *lui faire ?* Il ouvrit le tiroir du bas de son bureau et déverrouilla une petite caisse qui avait été poussée au fond derrière une boîte de Kleenex. À l'intérieur se trouvait un Beretta de calibre 38. Il l'a sorti et a vérifié le chargeur, avant de tirer une balle, de désengager la sécurité et de glisser le petit pistolet dans la poche de sa veste. Plus loin, derrière la caisse, se trouvait son couteau Ka-Bar préféré du corps des Marines, dans sa fine gaine de cuir. Il le sortit et le mit dans la poche intérieure de sa veste. Les Khans étaient des hommes puissants, des bodybuilders ciselés, mais deux balles dans la tête ou sept pouces d'acier tranchant comme un rasoir coincés sous le sternum arrêteraient Arnold Schwarzenegger.

Shaw a pris l'escalier de secours et non l'ascenseur. Au premier étage, il a jeté un coup d'œil par l'encadrement de la porte et a regardé à travers les doubles portes en verre du bâtiment et a vu une grande berline Mercedes bleu foncé garée au bord du trottoir. La portière arrière du passager est ouverte. Lorsqu'il a rassemblé suffisamment de courage, il a ouvert la porte coupe-feu. Le menton levé, le sourire aux lèvres, il a traversé le hall avec autant d'assurance qu'il le pouvait en direction de la porte d'entrée de l'immeuble. En s'approchant, il aperçoit Mergen Khan assis à l'arrière de la voiture et son frère Batir qui l'attend à l'avant, derrière le volant.

"Montez, professeur Shaw", appelle Mergen d'une voix amicale. "N'ayez crainte, Batir et moi dînons rarement sur des professeurs d'université aussi tôt dans la journée".

À contrecœur, Shaw a fait ce qu'on lui demandait et est monté à l'intérieur, mais il a laissé la porte de la voiture debout, ouverte, avec une jambe à l'extérieur et la main sur le pistolet dans sa poche. "Où allons-nous ?" demanda-t-il finalement, plus que méfiant. "J'ai un cours..."

"Pas avant 14 heures, alors ferme la porte", dit Mergen en riant. "Tu as demandé ce que nous avons fait, alors nous avons pensé t'emmener faire un tour à la campagne et te montrer".

Une balade à la campagne ? Shaw avait l'impression de mettre son cou directement sous la lame de la guillotine en tirant sa jambe à l'intérieur et en fermant la portière de la voiture, mais quel choix avait-il ? Ils sont sortis du campus, ont tourné au sud sur Murchison et ont continué jusqu'à la rocade à quatre voies de la ville. En quelques minutes, ils ont dépassé l'aéroport, traversé l'I-95 et accéléré vers le sud sur la State Route 87, dans les terres agricoles luxuriantes et vallonnées de l'arrière-pays.

"Un beau pays, n'est-ce pas ?" Mergen commente en regardant par la fenêtre et en souriant. "Je te le dis, pour deux garçons comme Batir et moi, qui avons grandi dans les hautes montagnes et les déserts secs et arides au sud de la mer Caspienne, voir des champs verdoyants et des forêts denses comme celles-ci est tout simplement inconcevable."

"Ce n'est que du tabac", rétorque Shaw d'un air morose. "Maintenant, où est-ce qu'on va ?"

Mergen secoue la tête. "Vous savez, professeur, lorsque nous avons appris à vous connaître à Raqqah, vous m'avez fait croire que si nous vous ouvrions, nous trouverions un poète raté enfoui au plus profond de vous." Le grand Turkmène s'est mis à rire et a tapé Shaw dans la poitrine. "Toute cette beauté et tout ce que tu peux voir, c'est du "tabac". Comme c'est malheureux. Eh bien, assieds-toi et détends-toi. Bientôt, tu verras où nous allons et ce que nous avons fait."

Batir a appuyé sur l'accélérateur et la Mercedes a rapidement avalé la route de campagne sinueuse à quatre voies divisées alors qu'ils fonçaient vers le sud entre un patchwork de forêts denses, de fermes de tabac, de maïs et de soja. Shaw doit admettre que c'est vraiment charmant. Trois minutes plus tard, ils sont passés devant un petit panneau d'affichage qui indiquait "Gray's Creek Aviation" avec une grande flèche rouge qui pointait vers une route secondaire à gauche. Depuis un an ou deux, Shaw avait parcouru la plupart des routes de campagne autour de Fayetteville, mais celle-ci était nouvelle pour lui.

La Mercedes ralentit et tourna. Un quart de mile plus loin sur la gauche, il vit un deuxième panneau et un terrain d'aviation privé avec huit ou dix grands bâtiments métalliques. L'un d'eux était un bâtiment de service, mais les autres étaient assez grands pour être des hangars à avions. En outre, il y avait plus d'une douzaine de petits avions garés dans l'herbe en une ligne soignée au-delà des bâtiments. Entre eux, il vit une série de pistes de roulage et une longue piste asphaltée qui disparaissait au nord-ouest.

Batir a tourné dans la route d'entrée de l'aérodrome, a roulé jusqu'au bout et s'est garé derrière le dernier bâtiment à gauche. C'était un nouveau bâtiment blanc-métal fraîchement peint avec des bandes décoratives rouges et bleues tout autour. Quel patriotisme ! Shaw ne connaissait rien aux avions ou à l'aviation générale, mais il devina qu'il devait s'agir d'un hangar à avions. Le bâtiment ne semble pas avoir de fenêtres, seulement une petite porte au centre du mur arrière. Comme les autres bâtiments situés de l'autre côté de la piste, il avait vraisemblablement de grandes portes de l'autre côté, face à la voie de circulation et à la piste, des portes suffisamment larges pour permettre à un petit avion de passer. Sur le mur du fond, tourné vers la route d'entrée, il vit un nom bien en évidence : "Caspian Aviation Services". Au-dessus du nom, il y avait un grand logo avec des palmiers et un magnifique coucher de soleil rouge, jaune et violet au milieu. Sous les palmiers, il a lu "Formation au vol", "Livraison express" et "Service de taxi aérien".

Alors que les trois hommes sortent de la voiture, Mergen fait une pause et se tient les mains sur les hanches, regardant fièrement le nouveau bâtiment et l'enseigne. "Eh bien, professeur, que pensez-vous de notre nouvelle entreprise ? L'aile aérienne de la Garde républicaine n'a jamais rien eu d'aussi joli, je peux vous l'assurer."

Shaw étudia le bâtiment pendant un moment, ne sachant pas trop ce qu'il était censé dire, mais il finit par se risquer : "C'est très joli, Mergen, très joli. Vous travaillez ici ?"

"Non, non, professeur", a reniflé Batir. " Nous ne *travaillons pas* ici, nous en sommes les propriétaires ! C'est le nôtre. Viens à l'intérieur et jette un coup d'œil." Il se dirigea vers l'entrée arrière, déverrouilla un épais cadenas de maître sur la porte et l'ouvrit. Alors qu'ils entraient, Shaw vit Batir tourner la tête et jeter un coup d'œil rapide sur le périmètre de l'aérodrome, puis remonter jusqu'à la route d'entrée par laquelle ils étaient arrivés et l'autoroute au-delà. Les frères Khan étaient toujours prudents et sur leurs gardes, avait-il observé à Raqqah, tout comme Aslan avait dû leur apprendre à l'être.

Il faisait nuit noire à l'intérieur. Mergen a ouvert son téléphone portable et a utilisé la fonction lampe de poche pour éclairer le mur arrière suffisamment longtemps pour trouver le boîtier de circuit monté près de la porte. Il a lancé une série de disjoncteurs et a mis sous tension les bancs de luminaires fluorescents suspendus au plafond. Ils ont immédiatement transformé la nuit en jour à l'intérieur. La lumière blanche et crue fit cligner des yeux Shaw, et lorsqu'il prit sa première inspiration à l'intérieur du hangar, il fut frappé par l'odeur accablante de peinture émaillée fraîche, de diluants et de solvants, qui lui donna envie d'éternuer.

Tout comme le bâtiment lui-même, les luminaires et le sol en béton frais avaient l'air neufs. À l'intérieur, un assortiment d'outils de métallurgie, d'armoires à pièces, de compresseurs d'air, de générateurs, de pots de peinture vides, d'un chalumeau à acétylène, de bouteilles de gaz et de morceaux de ferraille de différentes tailles étaient éparpillés. Au centre se tenait une paire d'avions monomoteurs à hélice, rouges, blancs et bleus, fraîchement peints, avec des ailes basses, et dont les couleurs et les logos correspondaient à ceux du hangar.

"Vraiment, Mergen ?" Shaw sourit. "Rouge, blanc et bleu ? Je n'avais pas réalisé que le calife avait le sens de l'humour."

"Il ne le fait pas, professeur. Les couleurs ont été choisies par notre frère Aslan."

"Ce sont des Cessna TTX T240, les meilleurs que l'on puisse trouver", ajoute fièrement Batir. "Tu ne croirais pas comment ils volent", a-t-il ajouté alors que ses mains effectuaient un mouvement de balayage spectaculaire.

"Intéressant", répond Shaw en s'approchant et en les contournant lentement. Il pouvait voir qu'il s'agissait de modèles élégants et récents, sans aucun doute coûteux, tout comme le hangar et tout le matériel d'entretien éparpillé à l'intérieur. Shaw avait toujours pensé que les petits avions de ce type étaient des jouets pour les riches dirigeants d'entreprise ou les grandes sociétés, mais Batir a dit qu'ils leur appartenaient. Si c'était le cas, où les Khans trouvaient-ils ce genre d'argent ? Et en regardant de plus près les deux avions, il a vu une autre bizarrerie. Ils portaient tous les deux le même numéro d'immatriculation FAA peint sur leur fuselage et leur queue - N792CH. Là encore, il ne connaissait rien aux avions, mais il se doutait bien que deux avions n'étaient pas censés utiliser le même numéro FAA. Lorsqu'il dépassa le coin le plus éloigné du hangar, il vit plusieurs lits de camp, des sacs de couchage, un réchaud à propane, deux valises ouvertes, une table de cuisine et un ensemble de chaises pliantes. De toute évidence, Mergen et Batir vivaient et travaillaient dans le hangar.

Mergen a fait un geste fier en direction des deux avions. "Alors, tu approuves ?"

Henry Shaw les regarde fixement pendant un moment. "Je savais que vous étiez pilotes, mais je ne savais pas que vous étiez aussi mécaniciens et peintres. Vous ouvrez une école de pilotage ou quelque chose comme ça ?"

"Oui", dit Batir en riant. "Ou quelque chose comme ça."

"Et les mêmes numéros d'immatriculation ? C'est une façon d'esquiver les frais ?"

"Oui", a rapidement répondu Mergen. "Vous êtes très perspicace et vous avez vu clair dans notre jeu, professeur. C'est un moyen d'esquiver les frais et les taxes."

Shaw s'est retourné contre lui, un éclair de colère dans les yeux. "Écoute, je me fiche complètement de ce que tu fais ici, Mergen, mais je me suis cassé le cul pour vous inscrire tous les deux dans une université dont je ne sais même pas pourquoi vous voulez y entrer", dit Shaw, visiblement irrité. "Mais maintenant je vois que vous étiez ici à jouer avec cette merde pendant tout ce temps" il fit un signe vers les avions et l'équipement. "Qu'est-ce que tu fais, d'ailleurs ? Tu vas suivre ces fichus cours, ou rester ici à jouer avec tes nouveaux jouets ?"

Mergen se hérissa. "Ce ne sont pas des jouets, comme tu le verras bientôt !" lui lança-t-il en guise de regard. "Et nous avions besoin des documents d'admission et des cours pour valider nos visas d'étudiants. C'est pour cela qu'on t'a dit d'aller les chercher."

"Eh bien, si tu fais foirer les cours, ils retireront ces visas et me frapperont à la tête avec. Alors qu'est-ce que tu auras ?"

"D'ici là, cela n'aura plus d'importance. Cela n'aura aucune importance", a répondu Batir.

"Notre frère Aslan peut répondre à tes questions", renchérit Mergen.

"Ça tombe bien, puisqu'il n'est pas là, n'est-ce pas ?" Shaw leur fait face les mains sur les hanches, frustré.

Mergen lui a souri, a sorti son téléphone portable et a commencé à appuyer sur des touches. Un instant plus tard, il a tendu le téléphone à Shaw. Il avait activé la fonction vidéo. Non seulement il a entendu la voix familière de baryton d'Aslan Khan à l'autre bout du fil, mais il a vu le visage du grand homme de près, en train de l'étudier. "Bonjour, professeur. Avez-vous terminé votre visite ?"

Surpris, Shaw se retrouve à fixer les larges épaules et la poitrine en tonneau d'Aslan Khan vêtu d'une dishdasha blanche. Khan lui rendit son regard, regardant apparemment les vêtements "campus" à la mode que le professeur portait ce matin-là, et fronça les sourcils. Cette tenue impressionnait toujours les étudiantes, mais apparemment, elle n'impressionnait pas Aslan Khan. "Je croyais que votre pittoresque fête américaine d'Halloween n'était pas encore célébrée dans plusieurs mois ?" dit-il.

"J'ai un cours aujourd'hui".

"Ah ! et les apparences peuvent être trompeuses, n'est-ce pas ? Comme ce que je suppose être un couteau et un pistolet à l'intérieur de ta veste ?".

"Tu as une vision à rayons X, depuis la Syrie ?" Shaw a essayé de plaisanter.

"Professeur, vous savez que je vois tout. Si je pensais qu'ils représentaient un danger pour nous, il y a longtemps que j'aurais demandé à Mergen et Batir de vous en soulager."

"Tu veux dire que tu peux leur dire d'essayer", répond Shaw en rejetant ses épaules en arrière et en s'étirant de toute sa taille. Il était plus grand que les deux jeunes frères Khan, plus maigre, mais puissamment bâti. Pourtant, ils le dépassaient tous les deux de trente kilos ou plus. "Tu peux demander à cette patrouille de l'armée syrienne à quel point c'était facile. Ils ont tous fini morts, si je me souviens bien ?"

Khan le dévisagea un instant, puis acquiesça. "Tu as peut-être raison en ce qui concerne les apparences. Espérons-le en tout cas." Comme Shaw ne mordait pas à l'hameçon, le grand homme se pencha en avant et le fixa dans les yeux. "Eh bien, que pensez-vous de notre nouvelle opération, professeur ?"

"Je suis sûr que les avions sont très beaux, si j'en avais quelque chose à foutre ; mais à quoi servent-ils ?" Demande Shaw en les montrant du doigt, visiblement irrité. "Mais la Mercedes, les deux avions, ils ont dû coûter une fortune au calife".

"Tous sont loués, par l'intermédiaire de multiples holdings étrangères".

"Mais une école de pilotage ? Après le 11 septembre, ce n'est pas un signe avant-coureur ?"

Les yeux de Khan s'illuminent. "Nos frères saoudiens si longtemps regrettés étaient des étudiants, pas des pilotes de chasse et des instructeurs de vol compétents. Si tu n'as rien appris d'autre à ce jour, tu dois savoir que mes frères et moi ne sommes pas dans le domaine du martyre."

"Je ne sais pas dans quel domaine tu es. Je croyais que c'était moi qui étais censé être responsable ici. Pourquoi n'ai-je pas été informé ?"

Khan fixe Shaw pendant un long moment, comme si l'Américain était un insecte sur lequel il voulait marcher. "Professeur, c'est le calife lui-même qui vous a ordonné de vous charger de cette mission sacrée consistant à attaquer les membres des opérations spéciales américaines à Fort Bragg. D'après ce que Mergen et Batir m'ont dit, vous semblez faire un travail des plus louables. Bien que vos succès aient été quelque peu *limités*, vous devez être félicités ; mais nous avons besoin de beaucoup, beaucoup plus de votre part."

Shaw était heureux d'entendre un compliment, quel qu'il soit, sortir des lèvres du grand bâtard, mais il se hérissa à la qualification pas si subtile. "Oui, eh bien, nous n'en sommes qu'au début, Aslan, mais tu ne m'as toujours pas dit ce que tu fais ici, et ce que tu veux."

"C'est vraiment très simple", répond Khan alors que ses yeux durs et sombres semblent émerger du téléphone et forer le crâne du plus petit homme. "Tu dois créer autant de désordre et de destruction que possible au cours des trois prochains jours. Cela détournera l'attention des infidèles de ce qui pourrait arriver d'autre. En outre, moins chacun de nous en saura sur ce que fait l'autre, moins nous courrons de risques en matière de sécurité. Au moment opportun, tu seras intégrée au processus et tu recevras tous les détails pertinents, je te l'assure."

Alors que l'attention de Shaw était rivée sur la conversation au téléphone portable, Mergen s'était détourné et avait fait un pas vers l'embrasure de la porte. Il est retourné à l'intérieur, a pris une paire de jumelles puissantes qui se trouvaient sur une étagère à proximité, et a scanné la ligne de bois et la route d'entrée au loin. Quand Aslan eut fini de parler, Mergen tendit les jumelles au professeur. "Il y a une berline marron clair garée au-delà de l'entrée, en haut près de l'intersection. La vois-tu ?"

Perplexe, Shaw se retourne, prend les jumelles et concentre les lentilles dans la direction indiquée par Mergen. "Oui, je vois une voiture marron clair. Pourquoi ?"

"Est-ce que tu le reconnais ? Ou l'homme à l'intérieur ?" demande Mergen.

"Non, je peux voir que c'est une voiture et que quelqu'un est assis à l'intérieur", Shaw recentre à nouveau les jumelles. "Mais je n'arrive pas à voir clairement le visage de l'homme. Il est dans l'ombre."

"Il t'a suivi".

Shaw s'est retourné et lui a jeté un regard noir : "J'étais sur le siège arrière. Ce n'est pas moi qui conduisais."

"Tu ne reconnais pas l'homme ou la voiture des environs du campus ?".

"Non, j'ai fait attention, et je n'en avais aucune idée", dit Shaw en voyant un éclair de lumière solaire réfléchie sur le siège avant de la voiture. "Qu'est-ce que c'était ?" demande-t-il.

"Le soleil se reflète sur ses jumelles. Apparemment, il nous a observés, tout comme nous l'observons maintenant." Mergen répond en prenant les jumelles de Shaw et en les remettant sur l'étagère.

"Qui penses-tu qu'il soit ?" demande Shaw. "Le FBI ?"

"Très probablement, mais il garde ses distances".

"J'ai eu un accrochage avec un agent spécial du FBI à Chypre en revenant de

Syrie".

Cette fois, c'est Aslan qui prend la parole. "C'est très imprudent de ta part", dit-il.

"Imprudent ?" Shaw se hérisse. "Non, 'imprudent' c'était de me coller sur ce maudit bateau de pêche à Lattaquié et de penser que je pouvais rentrer chez moi sans argent, sans passeport, sans papiers d'identité, et que personne ne se soucierait de l'endroit où j'avais été ou de ce que j'avais fait. Bien sûr, le FBI m'a interrogé ! C'était un agent nommé Pendergrass, mais il n'avait rien sur moi. Il m'a même rendu visite dans mon bureau il y a quelques jours, avec deux inspecteurs de Fayetteville."

"Sans doute une conséquence de l'autre professeur qui a été assassiné sur votre campus", répond rapidement Aslan Khan. "Ce n'était pas nécessaire. Vous pensiez peut-être faire preuve de prudence et éliminer un concurrent, mais vous n'avez pas été assez prudent. Il est probable que ce soit lui qui vous suive maintenant, alors nous devons tous être plus prudents ; et c'est pourquoi vos activités à Fort Bragg doivent s'accélérer. Tu dois leur donner de nouvelles raisons de s'inquiéter."

"Et s'il insiste ? S'il devient une menace ?" demande Shaw.

"Alors tu devras t'occuper de lui, mais seulement en dernier recours. Votre FBI désapprouve les agents morts, mais cela suffit pour l'instant. Ce n'est pas pour cela que j'ai dit à Mergen que nous devions vous parler. Comme je l'ai dit, tu as fait un travail remarquable au poste de l'armée. D'après les descriptions, je suppose que vous avez utilisé du C-4 pour les explosions que vous avez déclenchées. Où l'avez-vous obtenu ?"

"De l'une de mes recrues", dit-il en reprenant son calme. "Il a pu l'acheter à un autre soldat, qui l'a volé dans l'une des salles d'armes".

"Tu peux en avoir plus ?" demande Khan.

"Malheureusement, non. Aux dernières nouvelles, la police criminelle de l'armée est à la recherche de la source et l'arrêtera probablement bientôt. Hier soir, je me suis arrangé pour que le contact que j'ai utilisé avec eux - un gros soldat de l'armée, lourdaud et à l'intelligence limitée - fasse une 'attaque martyre' sur le grand bâtiment du quartier général du FORSCOM. Boum !" dit Shaw avec un sourire cynique. "C'était un maillon faible, et il n'aurait pas fallu longtemps pour que le CID frappe à sa porte, puis à la mienne."

"Alors, tu as fait en sorte qu'on puisse se passer de lui ?"

"Je préfère penser qu'il s'est rendu remplaçable", dit Shaw en haussant les épaules.

"Quelle quantité de C-4 te reste-t-il ?"

"Pas grand-chose. Il a obtenu quatre blocs pour moi, et il m'en reste un. Mais je travaille maintenant avec un chimiste compétent. C'est une autre de mes recrues, et il est occupé à fabriquer plus de C-4 pour moi, dix livres de plus."

"Combien le payes-tu pour cela ?"

Shaw réfléchit une seconde avant de répondre. "J'ai dû payer 2 000 dollars pour chacun des blocs originaux d'une livre".

"C'est cher", pense Khan, "mais vu les circonstances..."

"Oui, le chimiste est encore plus cher, mais il doit acheter des matériaux à usage restreint et faire cuire les produits. Ces deux opérations sont très risquées. Il demande 50 000 dollars pour trois kilos, plus 10 000 dollars pour les détonateurs."

Khan fronce les sourcils. "Oui, je suis sûr que c'est ce que vous, les Américains, appelez un "marché de vendeurs", n'est-ce pas ? Quand est-ce que tu viens le chercher ?"

"Dans un jour ou deux. Quand il appellera", a menti Shaw, soudain incertain de la confiance qu'il accordait à Khan et ne sachant pas s'il devait lui montrer toutes ses cartes.

Khan a réfléchi un moment puis lui a dit : "J'ai besoin de vingt livres. Trente livres, ce serait encore mieux."

"Trente livres ?" Shaw a réagi. "Tu peux faire exploser la moitié de la ville avec ça !"

"Je vous assure que ce n'est pas mon intention, professeur, mais j'en ai néanmoins besoin. Pouvez-vous me le procurer ?"

"Je lui demanderai, mais il lui a fallu trois jours pour faire les dix livres", a-t-il menti, décidant qu'il valait mieux garder ses options ouvertes.

"Ça l'a 'pris' ?" Les yeux d'Aslan se sont rétrécis. "Je croyais que tu avais dit qu'il s'en sortait encore."

"Il n'a pas encore terminé", a essayé de faire marche arrière Shaw. "Il a dit qu'il fallait que ça refroidisse et que ça guérisse".

"Peut-être que mes frères devraient t'accompagner lorsque tu rencontreras ce type".

"Non. Il est prudent, très nerveux. Il ne réagirait pas bien si je me présentais avec deux grands étrangers. De plus, je le rencontre sur le poste et tu n'as pas les laissez-passer requis", a encore menti Shaw. "Si vous essayez d'entrer à Fort Bragg, cela ne fera que déclencher des questions, des listes et des photos, rien de tout cela n'est souhaitable. Alors, laisse-moi m'occuper de ça."

"Quel est le nom de ce type ?" demande Mergen Khan.

"Al-Karman, Sameer al-Karman", répond Shaw. "C'est un immigré yéménite que j'ai rencontré à la mosquée il y a plusieurs mois".

"Quel est son degré de dévouement ? As-tu confiance en lui ?"

Shaw haussa les épaules. "Je n'en suis pas sûr. Il est musulman et assiste aux offices, mais il a grandi au Yémen et prétend ne pas s'intéresser à la politique ou aux causes des autres. Il travaille sur sa maîtrise de chimie ; et s'il est dévoué à quelque chose, je soupçonne que c'est à l'argent. À cet égard, je lui fais entièrement confiance."

"Oui", soupire Aslan. "Comme la plupart des choses dans votre monde occidental, professeur, lorsqu'ils corrompent notre peuple, c'est généralement à cause de l'argent, n'est-ce pas ? Alors, permettez-moi d'"inciter" votre transaction avec ce type, comme on dit dans vos émissions de télévision sur Wall Street. Dites-lui que je paierai 200 000 dollars, le double de votre prix pour vingt livres, le double s'il peut m'en faire trente."

Shaw a cligné des yeux. "Cela devrait attirer son attention... et sa loyauté."

"Je l'espère sincèrement, car je dois l'avoir pour samedi soir".

"Samedi ? Ça ne lui laisse que trois jours. Je ne sais pas..."

"Mais c'est le cas. S'il ne peut pas faire tous les nouveaux vingt livres, alors j'aurai besoin des dix livres qu'il fait pour toi, et tu pourras avoir tes dix livres quand il aura fini le reste. Donc, samedi soir est ma date limite. Est-ce que c'est clair ?"

"Si vous prenez mon C-4, qu'est-ce que je suis censé utiliser ?"

"Évidemment, tu dois t'assurer qu'il termine le tout à temps. De plus, tu as les armes que tu as volées. Tu as aussi le bloc d'un kilo de C-4 qui te reste de tes précédentes attaques", répond rapidement Khan.

"Cela ne servira pas à grand-chose", se plaint Shaw.

Khan s'est arrêté un instant. "Tu as peut-être raison. Je dois faire diversion, alors vous pouvez garder deux livres de ce premier lot qu'il prépare pour vous, jusqu'à ce que nous sachions exactement quand il terminera le reste. Faites-en bon usage, professeur. Ce sera une excellente occasion de tester le matériau qu'il fabrique et d'être certain que le produit est aussi bon que le C-4 de qualité militaire. Soyez assuré que lorsque je frapperai avec le reste, mes cibles sont d'une importance tellement critique que j'aurai besoin de tous les explosifs possibles, et je n'aurai qu'une seule chance."

Shaw acquiesce. "D'accord, mais si je peux le convaincre de fabriquer plus de C-4, j'ai besoin de l'argent maintenant. J'ai utilisé le mien pour acheter le premier lot, et maintenant je suis fauché."

Aslan dit quelque chose à Mergen. Son jeune frère se dirigea rapidement vers le coin arrière du hangar, où se trouvaient les lits de camp et la table de la cuisine, laissant Shaw derrière lui avec Batir. Shaw regarda Mergen ouvrir une valise et ramasser un sac McDonald's vide sur le sol. Lorsqu'il est revenu, le sac était plein et il l'a tendu à Shaw. Le professeur a commencé à regarder à l'intérieur, puis s'est arrêté.

"Vous y trouverez 350 000 dollars, professeur", lui dit Aslan Khan. "C'est pour couvrir vos dépenses passées, le nouveau lot, et tout autre élément imprévu dont vous pourriez avoir besoin. Je ne veux pas que vous pensiez que nous ne sommes pas reconnaissants... et je veux être généreux."

Shaw fixa le sac, surpris. "Merci, mais ne me laisse pas en dehors des autres attaques que tu prépares, Aslan", insista Shaw. "Dis-moi comment je peux t'aider ?"

"Votre enthousiasme est très apprécié, professeur, et j'ai effectivement besoin de votre aide. Entre maintenant et samedi soir, je veux que vous et votre cellule deveniez très actifs. Vous devez détourner l'attention des autorités de ce qui se passe réellement. Vous devez redoubler d'efforts et faire disparaître Fort Bragg de la carte. Vous devez "lâcher les chiens de guerre" sur ces infidèles, professeur. 'Libérez les chiens de guerre !' "

CHAPITRE VINGT-CINQ

Fort Bragg

Après avoir quitté la chambre de Farrakhan Muhammad dans le centre de traumatologie du Womack Army Medical Center, l'agent spécial Sharmayne Phillips s'est tournée vers Bob et lui a demandé : "Ok, Sport, et après ?".

"Le gardien de la PM est-il sorti du bloc opératoire, celui qui a survécu à la bombe ?".

Phillips se dirige vers le poste central des infirmières et revient quelques minutes plus tard. "Il est dans l'autre couloir, mais je ne sais pas ce qu'on va pouvoir en tirer. Ils disent qu'il est encore assez groggy."

"Eh bien, puisque nous sommes là, parlons-lui quand même", lui dit Bob.

Alors qu'ils se tournaient vers l'autre couloir, Pat O'Connor les arrêta et leur dit : "Si ça ne vous dérange pas, je retourne au JSOC. Je ne sais pas dans quoi le général s'est fourré pendant mon absence. Mais tiens-moi au courant, Bob."

"Bien reçu, Pat".

"Et si tu as besoin de quoi que ce soit, de quoi que ce soit...".

"Ne t'inquiète pas, je ne le ferai pas", répond Bob en se retournant et en s'éloignant dans le couloir. "Il faut juste qu'il ne soit pas mêlé à ça et qu'il ne nous touche pas pendant un moment".

"Bien reçu !" Pat O'Connor et Sharmayne Phillips ont répondu en même temps alors qu'ils s'éloignaient tous.

La plupart des autres salles de soins sont vides, sauf celle qui se trouve au centre, à droite. Elle portait tous les panneaux habituels accrochés à la porte, de "Calme" à "Oxygène en cours d'utilisation" en passant par "Visites limitées à un membre de la famille à la fois", ainsi que les noms des infirmières et des médecins traitants. À côté de la porte se trouvait un porte-cartes avec une affichette portant le nom du patient, "Danielson", sans aucune référence au grade. C'était le système hospitalier typique de l'armée que Bob ne connaissait que trop bien, qui identifiait les patients et même les médecins et les infirmières par leur nom de famille et jamais par leur grade ou leur position militaire. À l'intérieur, comme dans la chambre de Muhammad, il y avait un seul lit d'hôpital le long du mur le plus éloigné, avec l'habituel ensemble compliqué de moniteurs numériques, de perches et de poches à perfusion, de tubes, de fils, et un médecin de sexe masculin avec une blouse blanche et un presse-papiers. Il se retourna, étudia un instant l'uniforme de Phillips et fronça les sourcils. "Vous vous êtes enregistrés à la réception ?" demande-t-il. "Les visiteurs ne sont pas..."

"Je suis sûre qu'ils ne le sont pas", sourit Sharmayne Phillips. Elle avait déjà sorti son portefeuille de lettres de créance et le lui tendait. "Malheureusement, il s'agit d'une enquête sur un meurtre et nous avons besoin de son aide". Se retournant vers les draps blancs immaculés du lit, elle vit que les yeux de Danielson semblaient groggy, mais qu'ils étaient ouverts. "Nous n'en avons que pour un instant."

Le médecin haussa les épaules et recula. "Pourquoi pas, je ne suis que son médecin".

Lorsqu'ils s'approchèrent du lit, Bob eut l'occasion de mieux regarder le député. Son visage était abîmé et couvert d'ecchymoses, et il avait les yeux vitreux. Son bras droit était plâtré, sa jambe lourdement bandée à cause d'une blessure par balle, et sa tête bandée. Cependant, compte tenu de ce que le jeune homme avait traversé, Bob avait vu pire.

"Spécialiste Danielson", commence Bob. "Tu te souviens de ce qui t'est arrivé la nuit dernière ? L'explosion ? Le grand noir avec le sac en papier devant le quartier général du JSOC ?"

Alors que Danielson tourne la tête et le regarde, ses yeux s'éclaircissent soudain. "Ce gros bâtard avec le sac en papier ? Bien sûr que oui. Il m'a tiré dans la jambe, mais j'en ai tiré quatre en retour avant que tout n'explose. Je l'ai eu, n'est-ce pas ?"

"C'est suffisant, spécialiste. Maintenant, parlez-moi un peu du criminel. Dans ton rapport, tu dis que toi et ton partenaire, le caporal Haggerty, patrouilliez sur le terrain autour du bâtiment, quand vous l'avez vu remonter le trottoir en tenant le sac dans sa main gauche, c'est bien ça ?" Danielson acquiesce. "Alors, vous l'avez interpellé et lui avez dit de poser le sac par terre, c'est bien ça ?". Danielson a de nouveau hoché la tête. "Alors, il a posé le sac et a sorti son 45, c'est ça ?". Une fois de plus, Danielson acquiesce. "Maintenant, je veux que tu fermes les yeux et que tu imagines ce qu'il a fait dans les dernières secondes après avoir commencé à tirer, mais avant que la bombe n'explose. Qu'a-t-il fait ?"

Danielson réfléchit un instant et finit par dire : "Il a tiré, puis nous avons tiré, et il a commencé à courir, juste quelques pas, jusqu'à ce que la bombe explose."

"Courait-il vers sa voiture ?"

"Oui, mais il regardait à sa gauche, vers la rue, pas vers sa voiture ; et puis il a eu cette expression bizarre sur son visage, comme s'il était peut-être surpris par ce qu'il a vu."

"Surpris ?" demande Bob. "As-tu vu quelque chose là-bas ? Quelque chose qu'il aurait pu voir ? Essaie de t'en faire une idée. Une autre voiture ? Un autre homme

?"

Danielson fronce les sourcils, les yeux toujours fermés. "Je ne sais pas ; tout s'est passé si vite. Il y avait des voitures sur le parking, beaucoup, mais pas beaucoup de circulation dans la rue. Non, je retire ce que j'ai dit. Il y *avait* une autre voiture arrêtée plus loin, près du coin. Elle était beige ou blanche, ou peut-être grise, quelque chose de léger en tout cas ; mais comme je l'ai dit, Haggerty et moi étions concentrés sur le type et le sac, et je n'ai aucune idée de qui était à l'intérieur de l'autre voiture. C'était trop loin."

"Hé, tu t'es très bien débrouillé", le rassure Bob. "On t'a fait sonner la cloche. Je suis surpris que tu te souviennes d'autant de choses. Une dernière chose. Il avait le sac dans une main et le 45 dans l'autre. Quand il a posé le sac, tu l'as vu sortir son téléphone portable ?".

"Non, je n'ai jamais vu de téléphone".

"Pas dans sa main, pas du tout ?"

"Non, s'il en avait un, je ne l'ai jamais vu".

Bob fit une pause et le regarda un instant, attendant de voir s'il avait d'autres pensées. Comme elles ne venaient pas, il dit : "Ça suffit pour l'instant, spécialiste Danielson. Dormez un peu, vous nous avez été d'une grande aide."

Bob Burke et Sharmayne Phillips quittent le centre de traumatologie et s'arrêtent de l'autre côté des grandes portes vitrées coulissantes. "Vous avez raison", dit-elle. "Muhammad n'a pas appuyé sur le bouton, n'est-ce pas ?"

"Non. Je pense que le plan était que Muhammad place le C-4 près du bâtiment, et qu'ils allaient le faire exploser plus tard, après qu'il ait nettoyé la zone."

"Et puis quoi ? Les deux députés leur ont-ils fait peur ?"

"Eux ? Je pense que cela a effrayé son partenaire. Quand il a semblé que Muhammad pourrait se faire prendre, je pense que l'autre gars, celui qui avait le téléphone portable, a décidé de se débarrasser d'une responsabilité trop lourde."

"Je pense que tu as raison. D'accord, qu'est-ce qu'on fait ensuite ? Nous avons son téléphone portable, le C-4 et le téléphone portable de la bombe qui n'a pas explosé, le 45, les balles et tous les résidus de la bombe. J'ai envoyé tout ça au laboratoire de Quantico tôt ce matin. Je vais retourner à l'intérieur et pousser notre gros ami Muhammad encore une fois, puis je dois retourner au bureau et frapper le laboratoire. Nous avons besoin de ces rapports médico-légaux si nous voulons obtenir des mandats de perquisition. Alors, si vous n'avez rien d'autre..."

Bob allait répondre lorsqu'il remarqua un homme petit et trapu, vêtu d'un costume civil marron froissé et d'une cravate marron bon marché, qui remontait le trottoir incurvé dans leur direction. C'était Tom Pendergrass, l'agent spécial du FBI de Chypre qu'Ernie Travers lui avait présenté à la fête de Sherwood Forest le samedi.

Derrière Pendergrass et sortant tout juste de leur grosse Crown Vic bleu marine de la police de Fayetteville, deux autres hommes avaient les yeux rivés sur Bob et Sharmayne. L'un d'eux ressemblait à presque tous les vieux sergents de l'armée que Bob avait connus. Il était vêtu d'un vilain manteau de sport à carreaux, d'un pantalon gris bon marché, d'une chemise blanche froissée et d'une cravate à pince, et on aurait dit qu'il se faisait encore couper la tête au poste. Le troisième homme était considérablement plus jeune que les deux autres, avec une barbe élégante et taillée de près, un jean bleu et un polo vert sous un blazer en lin souple.

"Agent spécial Pendergrass", appela Bob lorsque l'agent fédéral s'approcha et tendit la main. Si l'on se demandait si les deux autres hommes étaient avec lui, la réponse fut donnée lorsqu'ils rejoignirent le petit cercle qui se tenait sur le trottoir et prirent position de part et d'autre de l'agent du FBI. " Ça fait longtemps qu'on ne s'est pas vus ", plaisante Bob en se tournant vers Sharmayne et en disant : " Permettez-moi de vous présenter l'agent spécial de la police criminelle de l'armée, Sharmayne Phillips. Sharmayne, Tom est l'agent spécial du FBI dont j'ai parlé, qui est ici en mission temporaire depuis Chypre."

"La rumeur dit que tu cherches une cellule d'ISIS ?" demande Sharmayne.

Pendergrass regarde Bob. "Rien ne reste secret très longtemps dans cette ville, n'est-ce pas ?"

"Pas quand c'est important", a ajouté Sharmayne. "Il faut qu'on parle".

"C'est ce qu'il semblerait", lui a répondu Pendergrass, puis il a regardé Bob. "Le major et moi avons un ami commun au sein de la police de Chicago qui m'a prévenu qu'on pouvait généralement le trouver là où les méchants se rassemblent... pas toi, bien sûr, mais ces méchants-là."

"Vraiment ?" Bob rit. "Ernie t'a dit ça ?"

"Il l'a fait. Mais laisse-moi te présenter deux autres 'parties intéressées' dans cette affaire : Les inspecteurs Harry Van Zandt et George Greenfield de la police de Fayetteville. Ils m'ont dit avoir déjà travaillé avec vous, agent spécial Phillips."

"Oui", leur sourit-elle alors qu'ils se serrent tous la main. "Nous avons eu quelques réseaux de vols mutuels et de vols de voitures de temps en temps, et ils se répartissent généralement entre le poste et la ville."

"Puisque personne ne travaille pour personne ici, et que je suis un civil de toute façon, pourquoi ne pas commencer par les prénoms ?", suggère Bob en se tournant vers Tom Pendergrass. "Alors tu penses que tu as toi aussi un chien dans ce combat ?".

"Cela ne me surprendrait pas, pas plus que cela ne surprendrait Harry ou George", a répondu Pendergrass.

"Quel est leur chien ?" demande Bob.

"Un professeur d'université mort qui est tombé d'une benne à ordures à la décharge et qui gît maintenant à la morgue de la ville", lui dit Van Zandt. "George et moi pensons que c'est le même 'chien' qui fait probablement ce genre de choses".

"Maintenant, comprenez", dit Pendergrass en regardant Sharmayne et Bob droit dans les yeux. "Je n'ai pas la moindre chose qui lie ce type à *quoi que ce soit* ; mais si vous passez plus d'une minute à lui parler, vous saurez qu'il est plus tordu qu'un bretzel de Pennsylvanie. C'est lui. C'est dans ses yeux. Quand tu les regardes, tu peux dire qu'il joue avec nous, qu'il s'amuse, qu'il observe et qu'il attend. Et il est intelligent, égocentrique et psychopathe. C'est pourquoi nous devons mettre nos ressources en commun et coopérer, sinon nous n'arriverons jamais à l'arrêter."

"Tu penses vraiment qu'il est responsable de nos attentats à la bombe ici au poste, ainsi que de ton meurtre en ville ?" Sharmayne demande, l'air sceptique.

"Je n'en doute pas", répond Pendergrass. "C'est un professeur d'université en bas de la route à Blue Ridge State qui enseigne la sociologie et les études du Moyen-Orient. Il s'appelle Henry Shaw. Il a disparu en Turquie et en Syrie il y a quelques semaines, et a soudainement surgi à Chypre où j'étais stationné. Nous pensons qu'il a rencontré ISIS à Raqqah, avec le calife lui-même, et qu'on lui a dit de revenir ici, de créer une cellule et de commencer sa propre guerre sainte privée."

"ISIS ? Bon sang, c'est tout ce dont nous avons besoin ! Mais quel est le rapport avec ton meurtre ?" demande Sharmayne en sortant son carnet à spirales et en commençant à feuilleter les pages.

"Il y a quelques jours, George et moi avons dû enfiler nos cuissardes et nos masques à gaz pour extraire l'autre professeur d'université de la décharge de la ville, où il était tombé lorsqu'un entrepreneur avait renversé une benne à ordures. Quelqu'un a frappé le gars à la tête avec un tuyau ou quelque chose comme ça, puis lui a tranché la gorge d'une oreille à l'autre."

"Il a presque décapité ce pauvre bâtard. C'était un meurtre aussi méchant que celui que j'ai vu depuis très, très longtemps", a ajouté George Greenfield. "Quelque chose comme ça, c'est personnel. Celui qui a fait ça s'est vraiment amusé."

"Quel est le lien avec Shaw ?" demande Bob.

"Tu vas adorer ça", dit Van Zandt en s'approchant et en secouant la tête. "Il semblerait que Shaw soit revenu en ville de son petit voyage au Moyen-Orient le jour où cet autre professeur a disparu. En fait, seulement trois ou quatre heures avant."

"Le collège a perdu la trace de Shaw quand il a disparu en Syrie", poursuit Greenfield. "Ils se sont énervés et ont donné tous les cours de Shaw à cet autre type. Il s'appelait Bloomberg. Soudain, Shaw réapparaît. Nous savons qu'il a consulté sa boîte vocale depuis Londres, donc il savait ce qui se passait. De toute évidence, il voulait récupérer ces cours..."

"Alors, il les a eus à l'ancienne", a déclaré Van Zandt. "Avec un morceau de tuyau et un couteau très aiguisé, mais nous ne pouvons pas le lier à cela. Nous ne pouvons même pas prouver qu'il était à Fayetteville quand Bloomberg a été assassiné."

"Quand même", dit Sharmayne. "Un professeur de sociologie ? Tu dois te moquer de moi."

Pendergrass rit aussi. Ce n'est pas le "Soc Prof" de ton père ? Eh bien, avant d'être professeur d'université, il était un Marine qui a fini par être réformé pour mauvaise conduite", a ajouté Pendergrass. "Alors, ne te laisse pas berner par son rôle de professeur d'université".

"UN BCD ? C'est difficile à obtenir, même pour un marine. Il faut y travailler", dit Bob.

"Doucement, moi aussi j'ai été un marine", dit l'inspecteur Greenfield en riant. "Et oui, il faut travailler dur pour en obtenir un. Mais laisse-moi te dire ceci : tu es déjà allé au zoo ? Dans le bâtiment d'herpétologie, où ils gardent tous les gros serpents ? Je travaille ici et à Philadelphie depuis près de trente ans. Une fois, peut-être deux, je suis tombé sur un criminel comme lui, un type qui a des yeux aussi froids et sans vie qu'un de ces gros cobras royaux. Tu vois ce que je veux dire ? Tu regardes le serpent, et pendant ce temps, le serpent te regarde, et tu réalises soudain que tu es sacrément content d'avoir ce gros morceau de verre entre toi. Eh bien, c'est lui."

Sharmayne a soudain pointé un doigt sur une entrée de son carnet. "Farrakhan Muhammad, notre poseur de bombe, s'est converti à l'islam et a suivi des cours d'études arabes à Blue Ridge State. Il y a peut-être un lien."

"C'est ce qu'enseigne Shaw", répond Pendergrass. "Il s'est également converti à l'islam il y a un an, et nous avons découvert qu'il a deux bureaux. L'un se trouve dans le bâtiment du département Soc et l'autre dans le centre musulman des étudiants, qui est devenu son fief personnel."

"Farrakhan s'est converti lui aussi, il y a peut-être six mois. Même mosquée, donc ils auraient pu se connaître", ajoute Bob. "Impossible de savoir avec qui d'autre il parlait là-bas, ou au téléphone, ou dans un groupe de discussion en ligne, tant que nous n'aurons pas retrouvé tous ses élèves, ses contacts et ses liens."

"Dis-nous ce que tu as sur le clown du centre de traumatologie", demande Van Zandt.

"Il portait une livre de C-4 et un calibre 45 lorsqu'il a été attrapé sur les lieux par deux députés. Nous pensons que quelqu'un d'autre a fait exploser la bombe qu'il transportait par téléphone portable. Le 45 qu'il avait a été utilisé pour tirer sur les deux députés et pour tuer deux officiers de l'armée il y a quelques nuits, au club de golf. Nous avons ses empreintes digitales partout dessus", poursuit Phillips. "Ce que nous n'avons pas, c'est un lien avec quelqu'un d'autre."

"Comme je l'ai dit, ce type est intelligent. Le FBI a demandé des mandats de perquisition à la Cour fédérale pour obtenir les relevés de téléphone portable, les recherches sur Internet et les courriels de Shaw, mais en l'absence d'autres preuves," Pendergrass haussa les épaules d'un air impuissant, "je ne suis pas optimiste quant à notre capacité à les obtenir."

"Foutus avocats !" Van Zandt grommelle. "C'est ISIS pour Chrisake !"

"Nous ne pouvons rien y faire. La CIA fouille aussi dans ses dossiers et vérifie auprès de toutes ses sources étrangères, mais la NSA a le même problème que nous. Pas de preuve, pas de cause probable, pas de mandat. J'ai des équipes SWAT du FBI à Charlotte et Atlanta en attente, plus le HRT à Quantico, mais ils se tournent les pouces."

Sharmayne Phillips acquiesce. "Après trois jours de travail 24 heures sur 24, mon équipe est déjà à la limite de ses capacités. Nous allons faire venir quatre équipes de police judiciaire supplémentaires de Quantico et une nouvelle section de police militaire de Benning. Ils seront en poste dès ce soir."

"Bien", lui a dit Pendergrass, "mais ce que je n'ai pas, c'est une once de quoi que ce soit que je puisse présenter à un juge fédéral pour obtenir un mandat de perquisition".

"Oui, c'est aussi notre problème", concède Van Zandt. "Soyons réalistes, ce type est intelligent et il a été prudent. Pour le meurtre, nous n'avons pas d'empreintes, pas d'ADN, pas d'arme, rien, et pas de mandat de recherche. Nous sommes morts dans l'eau."

"C'est la même chose pour les bombes et les téléphones portables. Ils sont propres", dit Bob en y réfléchissant un instant. "Et les dossiers des cours que Muhammad a suivis à l'université ?" demande-t-il. "Ce serait bien de savoir qui les a enseignés et qui d'autre était dans les classes avec lui".

"Nous sommes déjà sur le coup. Nous avons commencé à 'interroger' le plus grand nombre possible de soldats de Fort Bragg qui ont assisté à ses cours ici sur le poste", a répondu Sharmayne. "Nous avons ces dossiers à notre centre d'éducation, et nous avons tout à fait le droit d'y accéder ; mais nous avons décidé de laisser le collège tranquille pour le moment. Il est peu probable qu'ils coopèrent avec nous de toute façon, et nous ne voulons pas lui mettre la puce à l'oreille."

"Ce serait bien si nous pouvions les comparer et les faire correspondre avec vos enregistrements d'accès à la porte. La mosquée a-t-elle des caméras de sécurité en circuit fermé ?" Bob demande à Greenfield.

"Je serais choqué si ce n'était pas le cas", répond l'inspecteur de la ville. "Mais ils ne sont pas plus susceptibles de coopérer que l'ACLU du campus, n'est-ce pas ?"

"Non, mais ce serait bien aussi, n'est-ce pas ?" Pendergrass se tourne vers Bob et demande . "Et peut-être ses relevés de téléphone et de serveur ?"

"Ce serait encore plus sympa, n'est-ce pas ?" Bob sourit.

Pendergrass sourit. "Ernie Travers m'a dit que vous aviez des enfants très intelligents dans votre équipe".

"Les Geeks ?" Bob rit. "Oui, ils sont intelligents, c'est vrai. Ils ont le meilleur équipement du secteur, et ils adorent les bons défis."

"Comment Ernie a-t-il dit qu'ils l'appelaient ? Le centre de données des maîtres espions du KGB ?"

"Le KGB ?" Sharmayne a levé les yeux de son carnet, soudainement alarmée.

"Détends-toi, c'est juste un peu d'humour "millénariste". L'un d'entre eux, Sasha, est un ex-patron russe. Les autres l'accusent toujours d'avoir été formé par le KGB."

"Alors ? Il l'était ?" demande Sharmayne.

Bob haussa les épaules. "Qui sait avec ces gens-là, mais il était camarade de classe à Cal Tech avec mes deux autres, et c'est un maniaque du clavier. Ça ne les a pas dérangés, et je ne pense pas que ça me dérange."

Phillips roule des yeux. "D'accord, mais ne fous pas tout en l'air avec une sorte de fouille illégale, Burke. Tu m'entends ?"

"Moi ?", se tourne-t-il vers elle avec un simulacre de surprise. "Je suis un civil qui dirige une petite entreprise privée de télécommunications. Depuis quand une ou deux recherches sur Google sont-elles illégales ?"

" 'Recherche Google' mon cul !" Phillips a mis en garde. "Rappelle-toi juste ce que j'ai dit".

"Oui, madame", lui sourit Burke. "Mais pendant que vous attendez les mandats de perquisition dont vous avez besoin et qui ne sont pas très probables, que pensez-vous que Shaw et ses copains vont faire ? Mes gars marchent sur des petites 'pattes de chat', comme ma femme aime à l'appeler. Et personnellement, quand les corps commencent à s'empiler, je préfère jouer l'attaque, pas la défense."

Les autres ont acquiescé, tous sauf Sharmayne Phillips.

"Moi aussi", dit Tom Pendergrass. "Ces derniers jours, j'ai eu l'occasion de passer au Centre des étudiants musulmans. C'est juste à côté du campus, et c'est là que se trouve l'autre bureau universitaire de Shaw. J'essayais de me faire une idée de ses mouvements, mais je dois te dire qu'il y a un groupe de personnages vraiment intéressants qui passent et repassent ces portes."

"Vous ne nous apprenez rien que nous ne sachions déjà", acquiesce Van Zandt. "La ville aimerait bien fermer ce maudit endroit, mais le collège nous combat à chaque étape du processus".

"La place de parking réservée à la faculté de Shaw se trouve sur le côté du bâtiment", leur a dit Pendergrass. "J'ai trouvé une place plus loin dans la rue où je peux voir sa voiture, la porte d'entrée du bâtiment et la fenêtre de son bureau latéral".

"Intéressant. Au fait, quel genre de voiture conduit-il ?" Bob demande. "Quelle couleur ?"

"C'est une Peugeot blanche, une vieille Peugeot. Pourquoi ?"

Bob et Sharmayne se sont regardés l'un l'autre. "Nous pensons que le type qui a fait exploser la bombe au JSOC la nuit dernière conduisait une voiture de couleur claire. Ce n'est pas grand-chose, mais c'est un élément de plus."

"C'est vrai", dit Pendergrass. "Et je vais te raconter une autre petite anecdote.

Hier, je campais là-bas, dans les bureaux du département Soc, depuis une heure environ, quand j'ai vu une Mercedes noire s'arrêter devant la porte d'entrée et le prendre. D'après son langage corporel, je n'avais pas l'impression qu'il voulait vraiment monter dans la voiture, mais il l'a fait. Ils ont quitté la ville en direction du sud, jusqu'à une piste d'atterrissage privée. Gray's Creek, je crois que ça s'appelle ?"

"Oui, c'est en bas de la route 87, sur Butler Nursery Road", lui dit Van Zandt.

"C'est celui-là. Ils se sont arrêtés aux hangars, un nouveau, et sont entrés à l'intérieur", poursuit Pendergrass. "J'ai dû rester en retrait et les observer depuis la route, mais le nom sur le hangar était Caspian Aviation Services. Il n'y avait pas de couverture là où j'étais, et je pense qu'ils m'ont repéré, alors je suis parti. J'ai lâché les ordinateurs du FBI au Hoover Building sur Caspian. Ils vérifient tout ce qui est fédéral et étatique pour moi, mais je n'ai pas encore trouvé grand-chose. Tout ce qu'ils ont trouvé, ce sont des sociétés écrans à l'intérieur de sociétés écrans à l'intérieur d'autres sociétés écrans. Cette Mercedes est louée par Caspian."

"Mes collaborateurs ont de l'expérience dans le démontage des sociétés écrans", lui dit Bob avec un mince sourire. "Tout ce qu'il faut, c'est du temps".

"J'aimerais bien entrer dans ce hangar, mais nous n'avons pas la moindre chose sur eux qui nous permettrait de franchir cette porte", dit Pendergrass en regardant Bob et en souriant. "Peut-être tes joyeux lurons ?"

Bob lui lance un regard surpris. "Il me semble qu'un flic de Chicago a parlé en dehors de l'école".

"Parfois, les flics parlent mieux qu'ils ne peuvent boire", concède l'agent du FBI.

"Burke !" Sharmayne Phillips s'est interposée. "Qu'est-ce que tu prépares ? Pas de grandiloquence ou de trucs hors livres. J'ai entendu deux histoires à ton sujet. La première, c'est que tu étais vraiment de la CIA ; et la deuxième, que tu étais vraiment de l'armée, mais que tu étais complètement hors de contrôle. Alors, si tu fous en l'air mon enquête..."

"Sharmayne, Sharmayne", dit Bob en levant les mains pour faire semblant de se rendre. "Je n'ai jamais été CIA, du moins pas que je sache ; et je n'ai jamais été incontrôlable, malgré ce que ma femme pourrait vous dire. De plus, la dernière fois que j'ai regardé une carte, Gray's Creek se trouvait à dix miles de Fort Bragg et de votre juridiction. Tu n'as donc aucune raison de t'inquiéter."

"En dehors des nôtres aussi", s'empresse d'acquiescer Greenfield avec un sourire. "C'est pourquoi nous nous moquons éperdument de ce qu'il fait. Parfois, il faut combattre le feu par le feu, du moment qu'il aide à mettre ce type dans un sac et qu'il nous fait entrer."

"On dirait que la majorité l'emporte", dit Pendergrass en haussant les épaules. "La rumeur dit qu'il y a une association d'anciens élèves de Delta qui organise des opérations d'entraînement hors poste dans les bois autour d'ici."

Bob rit. "Ça ressemble à une autre rumeur civile farfelue pour moi".

"Oh, j'ai entendu dire qu'ils ont même autorisé un vieux capitaine de police de Chicago à "observer" une ou deux "opérations de formation"."

"Mignon, vraiment mignon", dit Sharmayne Phillips aux autres en se retournant et en commençant à s'éloigner. "Cependant, contrairement à vous autres *messieurs*, j'ai encore du travail à faire aujourd'hui. Rappelez-vous ce que je vous ai dit, Burke. Ne fous pas tout en l'air."

Alors que les autres se retournent et commencent à partir, l'inspecteur Greenfield donne un coup de coude dans les côtes de Van Zandt et lui indique une camionnette Ford 150 blanche garée sur le trottoir à côté de leur voiture bleu foncé banalisée du département de la police de Fayetteville. "Hé, Harry", dit Greenfield. "Wuddju, regarde ça. Une 150 blanche avec une vitre manquante du côté passager."

"Sans blague, George ! On dirait que quelqu'un l'a fait éclater, n'est-ce pas ?"

"Euh, qu'est-ce qui est si intéressant, les gars ?" demande Bob. "C'est mon camion".

"Oui, nous le savons", a déclaré Greenfield. "Nous avons vérifié les plaques quand nous nous sommes arrêtés".

"Mais c'est vraiment intéressant, n'est-ce pas ?" Van Zandt poursuit . "Tu vois, nous avons eu ce rapport vraiment étrange la semaine dernière à propos de quatre motards au gros cul de Charlotte, qui ont été pris en train de cambrioler des camions sur le parking de l'aéroport de Fayetteville."

"Attrapé par la police ?" demande Sharmayne.

"Non, et c'est ça qui est bizarre. Ils disent qu'ils se sont fait tabasser par un petit gars qui conduisait une Ford 150 blanche. Ils disent qu'ils ont cassé la vitre de son camion et qu'il a commencé à les descendre tous les quatre, et qu'il a même tiré sur les moteurs de leurs motos."

"Alors il avait aussi une arme ?" demande Bob.

"Non, il l'a pris à l'un d'entre eux", dit Greenfield en riant, "un de ces monstrueux Desert Eagles à 357 Magnum, qu'il a vidé sur leurs vélos avant de le jeter sous l'une des voitures voisines".

"On dirait qu'ils ont eu ce qu'ils méritaient", dit Sharmayne.

"Oh, ils ont eu beaucoup plus que ça", dit Van Zandt en riant. "Deux d'entre eux sont encore à l'hôpital".

"Alors, tu cherches le gars dans un camion blanc ?" demande Pendergrass.

"Nous ? Pas vraiment, et je ne pense pas que les motards le soient non plus", dit Greenfield. "Ils espéraient porter plainte contre lui et se tirer d'affaire pour l'entrée par effraction et le vol, mais il n'y avait aucune chance que cela fonctionne avec les dégâts que nous avons trouvés sur d'autres véhicules dans le lot."

"Nous n'avons cessé de menacer de trouver le gars au camion et de lui demander de les interroger s'ils ne disaient pas la vérité", dit Greenfield en se tournant vers Bob et en inclinant la tête. "C'est la seule façon dont nous avons finalement découvert ce qui s'est réellement passé. Non, ces gars-là vont retourner à Charlotte dès que le dernier sortira de l'hôpital, et je ne pense pas qu'on les reverra jamais, ni eux ni le reste de leur bande, ici. Au fait, comment as-tu fait pour que ta fenêtre soit cassée ?"

"Moi ? Oh, j'ai mis un piquet de clôture dedans", a répondu Bob. "Tu sais à quel point un citadin peut être stupide face à du matériel agricole".

"Ouais, je parie", a dit Van Zandt alors que lui et Greenfield commençaient à s'éloigner en riant.

CHAPITRE VINGT-SIX

Fayetteville

Alors que Bob suivait les deux détectives de Fayetteville vers le parking, il a sorti son téléphone portable et a appuyé sur la deuxième touche de sa composition abrégée.

"Ace Storm Door and Window Company", répond une voix féminine agréable. "Nous sommes à la retraite maintenant, et nous ne faisons plus rien d'autre que de rester allongés et de grossir - ou du moins l'un d'entre nous. Mais laissez un message et nous vous rappellerons."

"Ace, c'est le fantôme. Appelle-moi." Comme le sergent-chef de l'armée "Ace" Randall et son ex-capitaine pilote de chasse de l'armée de l'air et désormais épouse Dorothy avaient pris leur retraite de leurs services respectifs, Bob les a convaincus que rester à Sherwood Forest en tant que son chef d'état-major et Main Squeeze serait bien plus amusant que d'ouvrir un ranch de chevaux dans le Wyoming.

Moins d'une minute plus tard, Ace a répondu à l'appel. "Qu'est-ce qui se passe ?" demande-t-il. "Quelque chose de bien, j'espère, parce que je commence à me sentir positivement domestiqué".

"Rassemble les Merry Men, tous ceux qui veulent jouer, et dis-leur d'être dans la salle de conférence à 17 heures. Les Geeks aussi, mais dis-leur que je les rencontrerai à 16 h 30 dans leur "salle de guerre". Tu ferais mieux de leur dire que c'est 16h30 cet après-midi, sinon ils ne comprendront jamais."

"Et nos gars de l'unité, ont-ils besoin d'apporter quelque chose ?".

"Je ne pense pas que ce soit le cas. Notre salle d'armes à Sherwood est assez bien équipée maintenant, probablement mieux que la leur, et je pense qu'ils trouveront tous les jouets qu'ils voudraient à l'intérieur."

"Bien reçu, mais qu'est-ce qu'on regarde ?" demande Ace. "Un petit "coup de gueule" avec les dindes qui ont semé la zizanie sur le poste ?".

"C'est possible".

"Quand les gars entendront ça, il n'y aura que des places debout, parce que nous devons à quelqu'un une tonne de vengeance".

"Bien reçu, et la vengeance sera une salope".

"Encore une fois ? J'ai hâte d'y être", dit Ace.

"Une dernière chose. Je veux que tu renforces la sécurité à Sherwood d'un cran

- toute l'électronique - et que tu fasses appel à des entrepreneurs privés pour la sécurité du bâtiment et du périmètre. Je veux que l'on fasse le tour des wagons et que l'on se retranche un peu."

"Tu crois qu'ils vont nous emmerder aussi ?"

"On ne peut jamais savoir. Comme mon grand-père me l'a martelé dans ma petite tête pointue, 'Écoute bien, abruti. N'oublie jamais les 6 P -- La planification préalable permet d'éviter les mauvaises performances'. "

"Bien reçu. C'est un vieux salaud affectueux, n'est-ce pas ?"

"Ça l'est toujours", dit Bob en sonnant et en glissant son téléphone dans la poche de son pantalon.

Les inspecteurs Harry Van Zandt et George Greenfield venaient de remonter dans leur voiture de patrouille Crown Vic bleu foncé du FPD lorsque Bob les a appelés. "Hé les gars, puisque vous êtes deux des "meilleurs" de Fayetteville..."

"Les deux seuls", répond Van Zandt.

"Qu'est-ce que tu penses d'une "excursion" à trois au centre musulman des étudiants pour voir si notre copain Henry est chez lui ?".

"Pourquoi ?" Van Zandt a répondu. "Le voir assis derrière son bureau, tout en sécurité et suffisant, ne va faire que m'énerver pour le reste de la journée".

"Moi aussi, mais j'aime tellement voir les animaux dans leur habitat d'origine. Pas toi ?"

Greenfield a gloussé. "J'ai tout entendu sur toi, Burke. Tu te fous de leur 'habitat naturel' ; tu aimes juste les enfermer dans leur cage avec un gros bâton."

"Moi ? Tu sais que les gens aiment exagérer. Vous venez ?" Bob leur demande.

Les deux flics se regardent et Van Zandt répond : "Oh, diable oui ! Mais tu y vas en premier. Nous vous suivrons et resterons un peu en retrait... vous savez, être là pour 'contrôler la foule'. "

Le Muslim Student Center était une ancienne maison de fraternité reconvertie, un grand bâtiment en briques de trois étages situé de l'autre côté de la rue du campus. L'université l'a acheté au rabais et a ensuite dépensé plus de trois millions de dollars pour le rénover et le convertir en bureaux, salles de réunion, salons, salle de télévision et grande salle de jeux avec tables de cartes, ping-pong et de nombreux jeux d'arcade, tout ce que l'on peut souhaiter pour satisfaire une minorité déjà gâtée d'étudiants pour la plupart étrangers.

Bob a garé sa Ford 150 sur le trottoir, juste devant le MSC. Son pantalon chino, son sweat-shirt gris et ses bottes de désert de l'armée étaient parfaits pour jouer à l'entrepreneur. Il plonge la main dans la boîte de rangement métallique derrière la cabine et en sort un casque jaune, une planchette à pince avec des formulaires de construction d'apparence officielle et un rouleau de deux pouces d'épaisseur de vieux plans datant de la rénovation de l'une des dépendances de Sherwood Forest. Il soulève le rouleau un instant. Il était bien enroulé et assez lourd pour frapper des balles au sol jusqu'à la deuxième base, ce qui rendait le costume complet. Les plans étant rangés sous son bras gauche, il fit semblant de regarder le presse-papiers tout en commençant à marcher vers la porte d'entrée du centre. À mi-chemin de l'allée, il tourne la tête et voit Van Zandt et Greenfield assis dans leur voiture de police banalisée à mi-chemin de la rue, en train de l'observer et de rire.

Il ne prit pas la peine de s'arrêter pour frapper à la porte d'entrée ; il l'ouvrit et passa dans le foyer, puis dans le grand salon du premier étage. Il doit admettre que l'endroit est joliment meublé, avec des fauteuils et des canapés surchargés placés en groupes autour du sol. Vous ne devineriez jamais qu'il s'agit d'un centre de recrutement et d'entraînement terroriste si vous ne le saviez pas. C'était le milieu de la matinée d'un jour de semaine, alors que la plupart des cours de l'université battaient leur plein sur tout le campus, l'heure à laquelle on s'attendrait à ce que les étudiants soient soit en classe, soit à la bibliothèque, soit en train de se promener en couple sur la place.

En jetant un coup d'œil dans les salons du premier étage du MSC, Bob aperçoit quatre jeunes hommes à la peau foncée, vautrés sur les chaises et les canapés à l'extrémité, en train de regarder un match de football sur un énorme téléviseur HD de soixante pouces. C'est du bon travail si tu peux en avoir, pensa-t-il. Ils ne faisaient absolument pas attention à lui lorsqu'il se promenait dans le bâtiment, mais il faisait attention à eux, surtout à leurs visages. Bob pouvait oublier l'anniversaire de sa femme, leur anniversaire de mariage ou même son numéro de téléphone portable, mais il n'oubliait jamais le visage d'un adversaire potentiel.

En faisant le tour de la maison, il regardait le plafond puis la moquette, faisant semblant de vérifier les prises électriques. Périodiquement, il feuilletait les pages de son presse-papiers. Finalement convaincu que ces types étaient complètement décérébrés, il a sorti son téléphone portable, désactivé le flash et commencé à prendre des photos de la moquette et des éléments structurels du bâtiment. Ce faisant, il s'est assuré d'avoir les visages des jeunes hommes sur les clichés. Les geeks pouvaient faire des merveilles avec ça. À sa droite, il remarqua un large escalier et l'emprunta pour descendre à ce qui avait été le sous-sol. Celui-ci avait été transformé en un grand salon de télévision et en une salle de jeux.

Le long du mur le plus éloigné se trouvaient une demi-douzaine de cabines équipées des derniers modèles d'ordinateurs de bureau et de moniteurs HD. Une seule de ces cabines était occupée. Deux des autres jeunes hommes de la pièce étaient penchés sur une table de jeu, criant et hurlant l'un sur l'autre, complètement absorbés par une partie de baby-foot. Un quatrième homme était allongé sur un canapé et regardait un dessin animé de *Beavis et Butthead* à la télévision. Bob les a rapidement ajoutés à sa galerie de photos, sans trop savoir pourquoi.

Cependant, sa chance a fini par tourner et l'un des jeunes hommes qui jouaient au baby-foot a levé les yeux et froncé les sourcils. "Hé ! Qui es-tu ?" demande-t-il d'une voix moyen-orientale aux accents prononcés. "Qu'est-ce que tu fais ici ?"

"Assureurs de l'université. Après le grand incendie à Clemson, nous inspectons toutes les installations hors campus. Sais-tu où se trouve la boîte à disjoncteurs ?"

"Briseur... ? Boîte... ?", répond-il, sans en avoir la moindre idée.

"Pas de problème. Retourne à ton jeu. Je vais le trouver." Bob a souri et s'est détourné, se dirigeant vers le couloir arrière, où il a vu deux portes de placard. Il essaya la première, mais elle était verrouillée et cadenassée. Intéressant, pensa Bob. La seconde s'ouvrit et contenait la panoplie habituelle de serpillières, de seaux, d'aspirateurs, de produits de nettoyage, ainsi que le boîtier du disjoncteur. Il ne prit même pas la peine de l'ouvrir avant de tourner les talons et de retourner au premier étage.

Cette fois, il a tourné à droite et s'est dirigé vers les bureaux de l'arrière, en procédant à la même routine avec le presse-papiers et l'appareil photo que dans les autres pièces. Il y en avait deux. Il passa la tête au coin du premier et vit une blonde plantureuse très séduisante, assise derrière un bureau, en train d'appliquer du vernis rouge vif sur ses ongles.

Elle a levé les yeux et a demandé : "Bonjour, qui êtes-vous ?"

"Joe Samadafatch de Nelson Carpet Cleaning. Nous faisons une offre pour nettoyer toutes les moquettes de six bâtiments hors campus du collège, et je voulais jeter un coup d'œil rapide pour voir dans quoi nous nous engageons."

"Oh, ce serait cool", a-t-elle rayonné. "Cet endroit en a vraiment besoin. Ces gars-là peuvent vraiment se laisser aller."

"Qui est là, Steph ?" Bob entend une voix masculine irritée demander depuis le bureau du fond.

"Le gars qui nettoie les tapis, professeur", a-t-elle répondu en tournant la tête.

"Quel nettoyeur de tapis ? Je ne sais rien des tapis qui sont nettoyés", entendit Bob, alors qu'un homme blond d'une trentaine d'années avec des lunettes à monture rouge s'avançait dans le hall depuis le bureau du fond, à quinze pieds de là. D'après son apparence - un jean bleu, un tee-shirt rock 'n' roll, des lunettes à monture rouge et des cheveux blonds mi-longs, Bob savait qu'il s'agissait d'Henry Shaw, le visage renfrogné. Derrière lui se trouvait un jeune homme afro-américain portant un uniforme de l'armée américaine. Bob n'a pu l'apercevoir que rapidement, mais il a vu un écusson de la 82e division aéroportée, un badge de la CIB et un insigne aéroporté avant de se détourner.

"Qui êtes-vous ?" Shaw s'est rapproché et a exigé de savoir.

"Joe Samadafatch", lui dit Bob. "Je travaille pour Central Carpet Cleaning, comme je l'ai dit à la jeune femme ici présente..."

Stéphanie fronce les sourcils. "Tu m'as dit que c'était Nelson Carpet Cleaning".

"Même chose. Nous avons un côté syndical et un côté non syndical, et..."

"Qui t'a envoyé ici ?" Shaw a alors exigé, sa voix s'élevant.

"Services de construction", répond Bob avec un sourire en commençant à reculer dans le couloir. "Ecoutez, comme je l'ai dit à la jeune femme ici présente, nous soumissionnons pour le nettoyage des tapis, mais si le moment est mal choisi..." et c'est alors qu'il se retrouve à reculer contre un autre jeune homme du Moyen-Orient, plus grand cette fois-ci, épaule contre poitrine ; et ce type était solide.

"Services de construction ?" Shaw se moque. "Ça n'existe pas. Attrape-le, Fouad."

Bob se retourne et se retrouve à regarder ce qui doit être Fouad. Il mesurait six pouces de plus et pesait bien cinquante kilos de plus que Bob. On aurait dit qu'il aurait pu jouer au poste d'attaquant dans l'équipe de football saoudienne, si les Saoudiens avaient une équipe de football. Un autre haltérophile, se dit Bob quand les yeux de Fouad se rétrécirent. Il saisit Bob par les deux épaules et sourit. C'était une erreur. Les bras de Fouad étant tendus, son ventre était grand ouvert.

Bob l'a regardé, lui a souri, puis a attrapé le grand type au plexus solaire avec un coup de poing supérieur en utilisant les doigts en coupe de sa main droite. Fouad est peut-être grand et fort, mais c'est un coup de poing que Bob sait donner avec un effet dévastateur - court, compact et de l'épaule. C'est une technique orientale d'autodéfense que "le fantôme" connaît bien. Il a enfoncé ses poings sous le sternum et les côtes de l'homme, et c'était fini. Mais Fouad a eu de la chance, Bob a un peu perdu son coup de poing. S'il avait mis tout ce qu'il avait et enfoncé sa main plus loin, ce qu'il aurait pu faire, cela aurait pu arrêter son cœur et le tuer. En l'occurrence, les yeux de Fouad se sont exorbités, il s'est penché brusquement en avant au niveau de la taille et est resté là, pratiquement paralysé, pendant que Bob le contournait et retournait dans la pièce principale, suivi rapidement par Shaw.

"Arrêtez-le !" hurle encore Shaw en désignant la poignée de lézards de salon allongés sur les canapés et les chaises du salon. Deux d'entre eux se sont levés et ont essayé de barrer la route à Bob qui se dirigeait vers la porte. C'était une autre erreur, ou deux. Alors que le premier s'approchait de lui, Bob se retourna et utilisa le rouleau de plans pour balayer les jambes du jeune homme. Il atterrit durement sur le dos, ce qui lui coupa le souffle. Le deuxième s'est approché de lui par la droite, Bob a fait pivoter le presse-papiers et l'a attrapé à la gorge. Les mains du jeune homme se sont levées, une ou deux secondes trop tard, et il est tombé à genoux, les yeux écarquillés, les mains sur la gorge, rejoignant son ami sur le sol et essayant de respirer.

Bob continua à marcher vers la porte d'entrée, avec Shaw et le reste de sa "troupe" sur ses talons. À part le professeur, ils n'étaient pas trop pressés de le rattraper. Alors qu'il se retourne pour ouvrir la porte, il entend quelque chose passer à côté de sa tête. Un grand couteau avec une lame sombre en acier au carbone et un manche en cuir s'est planté dans le cadre de la porte à environ 15 cm de la tête de Bob. Il s'est arrêté, l'a regardé pendant un moment et l'a retiré du bois. Elle était enfouie profondément, à près d'un centimètre. Impressionnant, pensa-t-il en se retournant pour faire face à Shaw, qui tenait le couteau devant lui, la lame sortie. Shaw et deux autres de ses copains du Moyen-Orient se sont arrêtés à un mètre de lui.

"Joli lancer, professeur. Bon sang, c'est un Ka-Bar à l'ancienne, n'est-ce pas ? Un vieux Ka-Bar du corps des Marines Mark Two ? Je n'en ai pas vu depuis des années."

"Qu'est-ce que tu en sais ?" Shaw grogna, voulant poursuivre l'attaque, mais sachant ce que cette lame aiguisée comme un rasoir pouvait faire.

"Moi ?" sourit Bob en soulevant un instant le lourd couteau. "Eh bien, pour commencer, je sais que tu n'es pas le seul à savoir en lancer un", répondit-il. D'un geste rapide comme l'éclair, il ramena son bras en arrière et lança le Ka-Bar sur Shaw. La lourde lame dégringola bout à bout, passa entre les jambes du professeur et se planta dans le sol deux pieds derrière lui avec un lourd Thunk ! "Alors, je ferais attention, professeur. La prochaine fois, je ne manquerai pas mon coup."

Alors que Shaw et les autres fixaient, les yeux écarquillés, le couteau planté dans le sol derrière lui, Bob s'est retourné, s'est glissé par la porte d'entrée et a marché rapidement sur le trottoir. Lorsqu'il a atteint son camion, il a jeté les plans et le presse-papiers sur le siège avant, a sauté dans le véhicule et est parti rapidement.

À mi-chemin dans la rue, il aperçoit la voiture de police de Fayetteville et s'arrête à côté.

Van Zandt penche la tête et regarde le centre étudiant musulman en haut de la rue. "Eh bien, je vois qu'il est toujours debout", dit-il. "Vous n'avez tué personne là-dedans, n'est-ce pas ?"

"Je ne pense pas que ce soit le cas. Au fait, n'as-tu pas dit que l'autre professeur d'université que tu as trouvé dans la décharge avait eu la gorge tranchée par un couteau à lame lourde et aiguisée ?"

Van Zandt et Greenfield se sont regardés, puis Greenfield a dit : "Oui, le médecin légiste a pensé qu'il pouvait s'agir d'un couteau de chasse ou quelque chose comme ça."

"Tu étais un marine. Que dirais-tu d'un vieux Ka-Bar ?"

Greenfield y a réfléchi et a lentement hoché la tête. "Oui, c'est possible".

"Ne me dis pas que tu l'as trouvé là-dedans ?" La bouche de Van Zandt s'est ouverte.

"Non, mais notre garçon vient de m'en lancer une... Oorah !".

"Et tu ne l'as pas gardé ?"

"Avec le recul, j'aurais dû le faire, mais je le lui ai renvoyé et l'ai planté dans le sol entre ses jambes. Sur le moment, j'ai pensé que c'était plus utile pour me faire remarquer de lui et de ses sbires, qui essayaient de m'attraper."

"Même si c'est dommage que tu aies raté ton coup", dit Van Zandt.

À l'intérieur du centre étudiant musulman, Henry Shaw était dans une colère noire. Cet exaspérant "nettoyeur de tapis" venait d'entrer dans son centre opérationnel, de passer devant huit ou dix de ses hommes et de l'humilier devant eux. L'esprit de Shaw s'emballe pour essayer de comprendre ce qui vient de se passer. Qui était ce type ? Il était manifestement à la fois audacieux et dangereux. La police ? LE FBI ? CIA ? Qui était-il, que faisait-il à l'intérieur du bâtiment et qu'est-ce que cela signifiait pour les plans de Shaw ? Il se retourne et voit George Enderby debout dans l'embrasure de la porte de l'aile des bureaux, en train d'épier le bord de la porte. "Qui était cet homme, Enderby ?"

Enderby était le plus stable de ses hommes. Peut-être était-ce le résultat des combats auxquels il avait participé, mais son expression placide ne changeait presque jamais, jusqu'à maintenant. Alors qu'il fixait Shaw, le professeur vit pour la première fois une expression d'inquiétude sur le visage du sergent.

"Je ne suis pas sûr que tu veuilles le savoir", répond finalement Enderby. "Il y a peut-être quatre ou cinq ans, lors de ma première année ici à Bragg dans l'un des bataillons aéroportés, il y avait un type qui s'appelait Burke. C'était un major des opérations spéciales, probablement de la force Delta. Il a fait quelques démonstrations sur le corps à corps, le meurtre silencieux, ce genre de choses. C'était un petit gars. Il ne payait pas de mine, mais tous les autres instructeurs étaient en admiration devant lui, presque effrayés. Très effrayant."

"Et tu dis que c'était lui ? Ce petit con était Burke ?" demande Shaw.

"Ça aurait pu l'être, mais comme je l'ai dit, c'était il y a longtemps".

"Ça aurait pu être le cas ?" Shaw a crié. "Découvre-le. Trouve qui il est."

CHAPITRE VINGT-SEPT

Campus du Blue Ridge College

Sameer al-Karman avait la possibilité de s'asseoir à sa table dans la cafétéria du sous-sol du Student Union et de se concentrer sur ses problèmes de mathématiques pendant des heures, plongé dans ses manuels et ses calculs. Sans quitter des yeux l'écran de son ordinateur, il pouvait écrire une note, consulter son courrier électronique ou prendre une autre gorgée de thé. Néanmoins, al-Karman restait très conscient de tout ce qui se passait autour de lui dans le café, comme l'approche d'Henry Shaw.

"Ah, professeur Shaw", le salue al-Karman, sans lever les yeux. "Vous êtes encore en train de vous encanailler avec vos élèves ?".

"Non, en fait, je fais des courses", répond Shaw, toujours agité, en tirant une chaise près de la table du jeune chimiste avec une tasse de café chaud.

"Tu dois passer au thé, de préférence au thé vert, avec du miel. Tu verras que cela calme l'estomac et apaise les nerfs."

"Mes nerfs vont bien ; mais ils iraient beaucoup mieux si tu avais un téléphone portable, pour que je puisse te joindre quand j'en ai besoin. Tiens, je vais même t'en donner un", dit Shaw en sortant de sa poche l'un des téléphones à brûleur qu'il lui reste et en le faisant glisser sur la table vers Sameer.

Sameer l'a attrapé et l'a fait glisser en arrière tout aussi rapidement. "Tu sais qu'ils peuvent te viser avec un missile Hellfire si tu utilises une de ces abominations ? Ou écouter chaque mot que tu prononces, s'il se trouve dans la même pièce que toi."

"Tu es paranoïaque".

"Et je suis toujours en vie", répond al-Karman. "Alors, qu'est-ce que tu achètes ?"

"Encore vingt livres de ton breuvage de sorcière".

"Mon breuvage de sorcière ? Nous, les musulmans, nous croyons aux djinns, pas aux sorcières. Mais personnellement, je l'appelle souvent de la pâte à modeler idiote quand les enfants sont là."

"Des enfants ? Pas étonnant que tu aies besoin d'argent."

"J'en ai quatre - trois filles, qui vont me ruiner, qu'Allah ait pitié, et un garçon, le plus jeune", dit Sameer en inclinant la tête et en se penchant plus près. "Mais est-ce que je vous ai bien entendu, professeur ? Vous avez dit que vous vouliez *vingt* livres *supplémentaires* ? En plus des dix ?"

"C'est ce que j'ai dit, n'est-ce pas ?" Shaw lui lance un regard noir. "En fait, trente livres de plus, ce serait mieux. Maintenant, arrête de me questionner."

"Je ne voulais pas te vexer. J'ai supposé que mon ouïe avait baissé, puisque je n'ai pas entendu une série de nouvelles explosions en ville depuis notre dernière rencontre. Qu'est-ce que tu vas faire avec ça ?"

Shaw haussa les épaules. "J'ai cru comprendre que cela faisait une excellente pâte à modeler".

"Une très chère".

"Mon problème, pas le vôtre. Comme je l'ai dit, je veux vingt livres de plus et je te paierai 150 000 dollars pour cela, en liquide. Mieux encore, je te propose 200 000 dollars pour trente livres."

Sameer a cligné des yeux tandis que les roues tournaient dans sa tête. "C'est très généreux, je dois l'admettre", dit-il alors que des images défilent devant lui de toutes les choses qu'il pourrait faire avec tout cet argent.

"Considère cela comme un acompte sur quatre études universitaires", lui a dit Shaw.

"Une seule formation universitaire, mon ami, pour mon fils. Tu vois, la famille de ma femme est très traditionnelle, et l'école n'est pas la vocation des filles dans ma culture. Elles sont très mignonnes et câlines quand elles sont jeunes, mais elles exigent des dots prodigieuses et des mariages énormes, ce que nous, les hommes arabes, appelons le fonds de retraite islamique."

"Bien sûr, comme c'est bête de ma part". Shaw sourit. "Mais il y a un problème. Je dois avoir ta 'pâte à modeler' avant demain soir."

Sameer a gémi en baissant les yeux sur ses épais manuels de chimie. "Vous allez me recaler, professeur. Vous allez me faire échouer."

"Tu peux le faire, ou pas ?"

"Je pense que oui, mais ce ne sera pas facile..." Al-Karman continue à réfléchir au problème. "Oui, bien sûr, je peux, mais il me faudra une avance substantielle pour acheter les matériaux dont j'ai besoin".

Shaw passe la main sous sa chaise et pose un sac McDonald's sur la table. "Il y a 75 000 dollars là-dedans. Samedi soir, même endroit, et mettons cette fois dix heures du soir. Si tout se passe bien, je te donnerai même le Big Mac qui se trouve dans le sac. Et si ce n'est pas le cas, je veux que tu me rendes l'argent, Sameer. N'essaie pas de me courir après ; tu n'iras jamais assez vite ni assez loin."

"Est-ce une menace, professeur ?"

"Bien sûr que oui... mon ami." Shaw lui a souri avec ses petites dents d'alligator.

À l'extrémité de la cafétéria, au coin de la ligne de paraboles, se trouvait une porte coupe-feu avec de petits panneaux en verre armé. Si tu te tiens de l'autre côté dans la cage d'escalier sombre, tu peux regarder à l'intérieur de la cafétéria très éclairée et voir la plupart des places assises et tout ce qui se passe, en particulier le long du côté de la pièce où Henry Shaw était assis en train de parler à un jeune homme arabe. La fenêtre sombre était l'endroit idéal pour que Mergen Khan puisse observer "le professeur" et voir à qui il avait affaire. La question est de savoir pourquoi ? Et pour quelle raison ? Était-il l'une de ses recrues, ou une source d'approvisionnement en armes ou en explosifs ?

Lorsque Shaw s'est finalement éloigné et que le jeune homme est retourné à ses livres, Mergen s'est glissé à l'intérieur de la cafétéria et a fait semblant de regarder les desserts dans la file d'attente. Il a fait le tour de la salle jusqu'à ce qu'il soit certain que personne d'autre ne l'observait. Finalement, il se dirigea vers la table d'al-Karman, s'assit sur la chaise d'en face et le regarda fixement. Le chimiste leva les yeux vers lui et le fixa en retour, mais il ne dit rien. Il était cool, Mergen devait lui reconnaître cela. Très peu d'hommes s'assoient sous le regard d'un Khan et ne commencent pas au moins à transpirer et à se tortiller. Finalement, Mergen tourna les yeux vers les couvertures des manuels scolaires qui se trouvaient entre eux. Des livres de chimie. Il a vu l'épais sac de McDonald's et a souri.

"Tu es le chimiste, n'est-ce pas ?" Mergen demande en arabe.

"Et toi, tu l'es ?", répond al-Karman dans la même langue.

"Je suis l'homme aux 300 000 dollars".

Al-Karman sourit et se penche plus près. "Il m'a dit que c'était 150 000 dollars... ou 200 000 dollars".

Mergen a également souri. "Il semblerait que nous soyons tous les deux trompés".

"Oui, c'est vrai. Qu'est-ce que tu veux ?"

"Je veux que tu viennes avec moi".

Al-Karman baissa les yeux sur ses livres et haussa les épaules d'un air impuissant. "J'ai un examen..."

"Et j'ai le reste de l'argent et un 9 millimètres automatique. Viens."

Il était 16 heures lorsque Henry Shaw est retourné au Centre musulman des étudiants, un bon moment pour prendre des nouvelles de ses "étudiants", pensait-il. Comme il s'y attendait, la plupart d'entre eux traînaient dans le salon du premier étage, mais il n'a pas vu ses deux favoris du moment : Shahid Halabi ou George Enderby. Halabi était un Saoudien de la classe dirigeante, le plus jeune fils gâté d'un bureaucrate de Riyad, et aussi arrogant que possible. D'après ce que Shaw pouvait voir, son seul intérêt à fréquenter l'université était de conserver son visa d'étudiant, de rester loin du désert et d'échapper à la colère de son père. La spécialité de Shaw n'est pas la psychologie, mais même un cours d'introduction à cette matière en première année suffirait à conclure qu'Halabi était le choix parfait pour une tâche très spécifique qu'Henry Shaw avait en tête.

George Enderby, cependant, se révélera bien plus largement utile à son plan.

Comme feu le grand sergent Farrakhan Muhammad, aujourd'hui décapité, et contrairement à la plupart des autres recrues de Shaw, qui étaient arabes, George Enderby était un Afro-Américain et un soldat en règle de l'armée américaine. C'était un jeune homme réfléchi qui s'était converti à l'islam plusieurs années auparavant, après deux missions en Irak. Shaw l'avait rencontré quatre mois auparavant à la mosquée, et la conversion et la mosquée étaient à peu près les seules similitudes d'Enderby avec Mahomet. Ce dernier était une grande, grosse et stupide grande gueule à peine qualifiée pour les tâches limitées qu'Henry Shaw lui avait confiées, comme tirer dans le dos d'officiers de l'armée non armés et placer des charges explosives pour que Shaw les fasse exploser.

Enderby, en revanche, était un sergent E-5 grand et mince, un chef d'escouade qui servait dans la prestigieuse 82e division aéroportée, avait combattu en Irak et en Afghanistan, et arborait sur son uniforme vert toutes sortes d'insignes et de rubans de l'armée dont un Marine rejeté se fichait éperdument. Une chose était sûre cependant, George Enderby était un bon chef et il savait exactement pour quoi il se battait. La raison pour laquelle il s'est retourné contre son propre pays et sa propre armée ne regarde que lui, mais Shaw avait plus besoin de lui que de tous les autres réunis, car Enderby avait réellement dirigé de petits groupes d'hommes au combat, une expérience et une compétence dont même Henry Shaw ne connaissait pas grand-chose.

Même George Enderby pouvait attendre plus tard, jusqu'à ce soir, cependant.

Pour l'instant, c'est ce jeune Saoudien à l'égocentrisme irritant, Shahid Halabi, dont il doit s'occuper. Henry Shaw a finalement trouvé Halabi assis au sous-sol du Centre musulman des étudiants, en train de jouer au nouveau jeu vidéo Mortal Kombat X sur la Play Station 4 que le ministère leur avait fournie. Elle était branchée à la télévision HD de soixante pouces du salon, que le ministère avait également fournie. Halabi transpirait et hurlait devant l'écran, ses pouces clignotaient d'avant en arrière sur la console à deux mains comme un maniaque, tellement absorbé par le jeu qu'il ignorait totalement que Shaw était même entré dans la pièce, jusqu'à ce que Shaw se dirige vers le mur et retire la fiche de la Play Station de la prise de courant.

L'écran de télévision est soudain devenu noir et Shahid Halabi a failli sursauter.

" Quoi ? " hurle-t-il en tournant la tête. "Qui diable... Qui a fait... ?"

"Lève-toi, Shahid", lui a dit Shaw.

"Mais je..." Halabi bafouille. "J'étais presque au niveau 5, et je..."

"Grandis ! Toi et moi avons un travail important à faire aujourd'hui et j'ai besoin de toute ton attention. Tu es avec moi, ou pas ?"

"Oui, oui, professeur, mais..."

"Pas de mais, Shahid. Lève-toi. Tu as toujours ta vieille voiture Toyota ?"

"Oui... euh, oui, c'est derrière". Shahid a hoché la tête d'un air soupçonneux.

"Bien. D'abord, j'ai quelques affaires dans le coffre de ma voiture que nous devons apporter à l'intérieur, et ensuite, toi et moi, nous allons faire un petit tour."

Shaw avait garé sa Peugeot entre la Toyota de Halabi et la porte arrière du sous-sol du Centre. Lorsqu'ils sortirent, il prit un long moment pour regarder le petit parking, la rue voisine et les bâtiments adjacents avant de faire sauter le coffre ; mais il ne vit personne qui les observait. "Tendez les bras", dit-il au jeune Saoudien. Halabi s'exécuta et Shaw plaça un lourd paquet enveloppé d'une couverture en travers d'eux.

"Whoa." Halabi vacille sous l'effort et manque de le faire tomber.

"Du nerf, Shahid, ils ne sont pas si lourds que ça", lui a coupé Shaw.

"Mais qu'est-ce que..."

"Des fusils automatiques", a répliqué Shaw. "Maintenant, arrêtez de vous plaindre et descendez-les par l'escalier arrière jusqu'au placard à balais du sous-sol pendant que j'apporte le reste. Allez !" Pendant qu'Halabi descendait les escaliers en titubant, Shaw ramassa une boîte en carton pleine de pistolets, ceux qu'ils avaient pris aux rednecks du relais routier, plus ceux que Muhammad avait achetés avec les fusils. Il plaça la boîte sur deux boîtes de munitions de l'armée de terre olive et suivit Halabi dans le sous-sol.

Halabi se tenait dans le couloir du sous-sol devant la porte de la réserve, s'efforçant de ne pas laisser tomber le lourd paquet emballé, tandis que Shaw posait la boîte en carton sur le sol devant la porte. Elle était munie d'un moraillon plus solide et d'un cadenas très lourd en acier trempé. Shaw sortit une clé de sa poche et ouvrit la porte, lui disant : "Nous allons les mettre ici", tandis qu'il enlevait les paquets de fusils des bras d'Halabi et les empilait contre le mur latéral, en suivant les boîtes et les bidons de munitions.

"Ce sont les nouveaux fusils américains M-4, n'est-ce pas ?" demande Shahid, les yeux écarquillés. "Allah soit loué, où les as-tu trouvés ?" Il en a pris un et l'a rapidement examiné.

"Ce sont les Américains qui me les ont données. Ils m'ont dit : tiens, professeur, pourquoi n'irais-tu pas tirer sur quelques personnes pour nous... Qu'est-ce que tu en penses ?". Demande Shaw, en se demandant si ce stupide Saoudien était assez intelligent pour ce travail, après tout. "Nous avons maintenant assez d'armes et de munitions pour armer au moins une douzaine d'hommes et frapper les Croisés d'une peur qu'ils n'ont jamais ressentie auparavant. Est-ce que tout cela est trop pour toi, Shahid ? Es-tu toujours avec moi ?"

"Oui, oui, bien sûr", a répondu le jeune saoudien excité.

"Alors ne pose pas toutes ces questions stupides. Fais ce qu'on te dit."

"Oui ! Oui ! Je le ferai, et je suis avec vous, professeur Shaw."

"Bien, car toi et moi avons un travail important à faire cet après-midi. Tu auras l'honneur de faire le premier coup, Shahid. Cela fera de toi une légende, mais nous devons nous dépêcher", lui dit-il en regardant sa montre. Il est maintenant 16 h 15. "Le FBI et la CIA sont à mes trousses. Ils veulent mon sang, et nous n'avons qu'une demi-heure pour y parvenir."

De retour sur le parking, Shaw a jeté un coup d'œil autour de lui, puis est retourné à sa Peugeot. "Ouvre ton coffre", dit-il à Halabi en prenant dans son coffre la boîte en carton contenant quatre bouteilles en plastique de Castrol et en la portant jusqu'à la voiture de Halabi. Son coffre contenait une paire de chaussures de foot boueuses, deux ballons de foot mal éraflés et un survêtement sale. Parfait, pensa-t-il en les mettant de côté et en plaçant la boîte d'huile de moteur à l'intérieur, vers l'avant du coffre.

"Ce n'est pas de l'huile de moteur, n'est-ce pas ?" Halabi a regardé à l'intérieur de la boîte et a demandé avec méfiance.

"Non, c'est six livres d'explosif plastique C-4".

Halabi écarquille les yeux, ne sachant pas si Shaw était sarcastique ou non, jusqu'à ce qu'il voie le regard du professeur. "Dans ma voiture ? Qu'est-ce... qu'est-ce que tu vas en faire ?"

"Tu dois me faire confiance, Shahid. Tu dois faire confiance au calife et à ta foi."

"Oui, oui, bien sûr, professeur", répond Shahid nerveusement. "Mais monter dans mon coffre comme ça... ça ne va pas exploser, n'est-ce pas ?".

"Non, bien sûr que non." Shaw sourit pour essayer de mettre Halabi à l'aise. La dernière chose qu'il voulait faire était d'effrayer cet abruti à ce moment critique de son plan. Shaw sortit son téléphone portable de sa poche, l'ouvrit et le montra au jeune homme. "Il ne fera rien tant que je ne l'aurai pas fait exploser. Maintenant, monte dans ta voiture et suis-moi."

"Où allons-nous ?"

"Tu n'as pas regardé l'emploi du temps des cours et tu n'as pas vu qu'aujourd'hui était un jour de musée ?" Shaw lui a demandé avec un sourire malicieux.

"Le programme ? ... Une journée au musée ? Je ne..." Halabi balbutie, ne comprenant pas.

"Je plaisante, Shahid. Tu n'es jamais allé au musée des troupes aéroportées et des opérations spéciales de la ville ?"

"Tu parles du nouveau bâtiment blanc à l'ouest du centre-ville ?"

"Oui, c'est le merveilleux nouveau sanctuaire que les Croisés ont érigé pour honorer les soldats qu'ils ont envoyés tuer nos frères".

"Pourquoi voudrions-nous aller dans un endroit aussi détestable ?"

"Pourquoi ? Pour le faire exploser, bien sûr."

La mâchoire d'Halabi s'est décrochée. "Faire sauter un musée ?", a-t-il presque chuchoté.

"Ce n'est pas simplement un musée, c'est un symbole de tout ce qui essaie de nous détruire. Mais si nous parvenons à le détruire, nous porterons un coup terrible à leur ego et à leur moral, et nous creuserons un fossé entre la communauté locale et le poste de l'armée. Entre ceci et ce que nous avons fait ces dernières nuits à Fort Bragg, ils sauront qu'il n'y a pas de refuge, pas d'endroit où ils peuvent se cacher, nulle part où nous ne les chercherons pas et ne les détruirons pas. C'est pourquoi nous devons partir, maintenant. Suis-moi. Il ferme à cinq heures et il ne nous reste que quelques minutes pour frapper."

Ils roulent vers le sud sur Murchison, passent sous la 401 Beltway et s'approchent bientôt du nouveau et moderne musée des opérations aéroportées et spéciales, la Peugeot de Shaw en tête et la Toyota de Halabi en queue de peloton. Le musée était l'un des joyaux de la couronne de Fayetteville et de Fort Bragg. Il était situé à l'endroit idéal, à l'intersection de deux rues très fréquentées adjacentes au centre-ville, à la gare et aux casernes centrales de police et de pompiers, au début du boulevard Fort Bragg, où il était devenu un pôle d'attraction touristique pour la ville. S'approchant du musée par le nord, dès que le bâtiment blanc et moderne est en vue, Shaw se range sur le côté de Hillsboro Street, s'arrête et fait signe à Shahid de le rejoindre sur le siège avant de la Peugeot.

"Lorsque tu prendras le virage devant toi", lui explique patiemment Shaw en faisant un geste avec ses mains, "la route passera entre le côté du musée et la voie ferrée. Tu verras sur ta droite une petite allée de service qui mène au quai de chargement du bâtiment. Elle se trouve derrière les climatiseurs du musée. Je veux que tu t'y rendes et que tu gares ta voiture le plus près possible du bâtiment. Je serai de l'autre côté des voies, sur le parking de la gare. Tu devras laisser ta voiture là et traverser les rails à pied, où je viendrai te chercher. Une fois que nous serons en sécurité, je déclencherai la bombe. Est-ce que c'est clair ?"

"Oui, mais... et ma voiture, ma Toyota ?"

"C'est un tas de ferraille, Shahid. Je t'en achèterai un nouveau demain. Ça te va ?" Le jeune Saoudien a finalement souri et a hoché la tête. "Maintenant vas-y, il est presque cinq heures".

"Mais s'ils m'arrêtent et fouillent le coffre ?"

"Laisse-les faire. Qu'est-ce qu'ils vont trouver là-dedans ? Quelques vêtements de sport sales et une caisse d'huile de moteur. Quoi de plus normal ?" Shaw sourit. "De plus, personne ne t'arrêtera. Il te suffit de te garer près du quai de chargement du musée, de sortir et de t'éloigner, ni trop vite, ni trop lentement. 'Easy, peasey', comme on dit."

"Doucement, mon petit", marmonne Shahid, sa voix manquant totalement de conviction alors qu'il ouvre la portière de la voiture pour en sortir, puis regarde en arrière. "Ce n'est pas toi qui te promène avec tout ce C-4 dans ton coffre, Shaw".

"Chahid, Allah, loué soit son nom, t'a donné cet honneur, pas à moi".

"Oui, oui, louange à son nom", répète le plus jeune, toujours pas sûr.

"C'est *toi qui porteras* ce coup pour ton peuple, en frappant l'ennemi là où ça fait le plus mal. Des millions de fidèles à travers le monde vont louer *ton* nom ce soir, louer Shahid Halabi. Ton père et toute ta famille seront fiers de ce que tu fais aujourd'hui."

Shahid lui a jeté un regard rapide et incertain, mais il est finalement sorti et a fermé la porte. Sous le regard de Shaw, il est retourné à sa Toyota et les deux voitures ont repris leur route vers le sud. Shaw a tourné à gauche au prochain coin de rue, a traversé la voie ferrée et est descendu jusqu'à la gare, tandis qu'Halabi a continué vers le sud jusqu'au musée.

Shaw est entré dans le parking de la gare et a trouvé une place de choix contre la voie ferrée, d'où il pouvait voir directement l'arrière du grand musée beige et blanc des troupes aéroportées et des opérations spéciales, de l'autre côté de la voie ferrée et de la rue Hillsboro. Il n'était qu'à quelques centaines de mètres, alors il s'est glissé dans le siège. Il pouvait voir la zone de chargement par-dessus le tableau de bord et attendit. Moins d'une minute plus tard, la Toyota de Shahid Halabi descendait lentement Hillsboro. Lorsqu'il a atteint l'entrée de service, il a tourné, tout doucement, et a monté la courte pente jusqu'au quai de chargement.

Avec précaution, Halabi a fait basculer sa voiture sous l'avancée de béton protectrice qui couvrait le quai des camions, et s'est garé. Sous le regard de Shaw, Halabi est sorti de sa voiture et est resté là un moment, jetant des coups d'œil nerveux autour de lui. Shaw secoue la tête. C'était une bonne chose qu'il n'y ait pas de gardes en service dans ce musée. Même à cette distance, il pouvait voir le jeune Saoudien s'agiter et transpirer. C'était tout ce que Shaw avait besoin de voir. Alors qu'Halabi s'éloignait pour la première fois de sa Toyota, Shaw prit sa décision. Le jeune Saoudien était trop peu fiable, trop risqué. Cette fois, Shaw n'allait pas laisser son poseur de bombe s'éloigner en marchant ou en rampant et vivre pour en parler, pas cette fois.

Shaw a sorti son téléphone portable de sa poche, a appuyé sur l'étoile pour faire apparaître son petit répertoire de "Favoris" et l'a fait défiler vers le bas. Sa liste ne comportait que des numéros, sans aucun nom. Le deuxième en partant du bas était celui qu'il cherchait. Il s'agissait d'un des nombreux téléphones jetables qu'il cachait dans le tiroir du bas de son bureau, mais ce numéro de téléphone ne sonnerait pas là. Il sonnait dans le coffre de la Toyota de Shahid Halabi, alors Shaw a appuyé dessus.

Les appels par téléphone cellulaire peuvent parfois prendre plusieurs longues et irritantes secondes pour passer d'une tour de téléphonie cellulaire à un serveur, d'un satellite à un serveur et vice-versa, à travers des commutateurs téléphoniques sans nom et sans visage dans des bâtiments de "fermes de serveurs" froids et vides. Dans le cas présent, la ferme de serveurs se trouvait à Charlotte, à près de 180 miles de là, au-delà des montagnes à l'ouest. Malgré cela, l'appel, qui voyageait à une vitesse vertigineuse, a traversé le système téléphonique et est arrivé à Fayetteville en moins de deux secondes. Lorsque l'appel a atteint le téléphone portable dans le coffre de Halabi, il a complété un circuit et envoyé simultanément un signal à chacun des quatre détonateurs qu'il avait insérés dans différentes bouteilles de C-4. Un détonateur aurait pu se déclencher une microseconde avant ou après les autres, mais cela n'avait pas d'importance. Le résultat a été une explosion puissante et aveuglante qui a déchiré la Toyota et envoyé des pièces de carrosserie et des panneaux de voiture dans toutes les directions.

Comme Shahid Halabi avait suivi à la lettre les instructions de Shaw et garé sa voiture contre le lourd quai de chargement en béton, sous l'épais surplomb en béton du bâtiment et derrière le mur en parpaings qui protégeait l'équipement de climatisation, un pourcentage substantiel de l'explosion a été piégé à cet endroit, multipliant ainsi son effet plusieurs fois. La voiture a explosé, soulevant le châssis à quatre pieds dans les airs. Lorsque la force de l'explosion a frappé le surplomb en béton situé au-dessus, elle a rebondi vers le bas et de nouveau vers le haut, brisant la lourde dalle de béton. Le châssis de la voiture est retombé sur le sol en même temps que le panneau de béton du surplomb s'est écrasé sur lui. C'est alors que le réservoir d'essence de la voiture a explosé dans une boule de feu jaune orangé qui a rapidement englouti la scène dans un nuage sombre et huileux de fumée et de poussière de béton. Quant à ce pauvre et malheureux diable de Shahid Halabi, Henry Shaw ne pouvait pas le dire. Entre la puissante explosion du C-4, les pièces volantes de la voiture et le fracas du panneau de béton, le jeune Saoudien s'est tout simplement volatilisé.

Eh bien, c'était vraiment "Easy Peasey", conclut Shaw, décidant qu'il en avait assez vu. Il a regardé sa montre ; il était maintenant 17 heures. La journée avait été bien remplie et productive, et il avait à peine commencé. Il se lève, démarre la voiture, pose son téléphone portable sur l'autre siège et sort de la place de parking en marche arrière. De l'autre côté de la voie ferrée, l'amas de caoutchouc et de ferraille en feu remplissait la rue d'une fumée noire et huileuse, dont la plus grande partie dérivait vers le nord. Shaw s'est rendu à l'arrière du terrain, dans le parking adjacent de l'AIT Festival Hall, près de Maiden Lane, et a trouvé une autre place de parking qui lui donnait une vue raisonnable du site de l'explosion. Il voulait voir comment l'équipe locale d'intervention d'urgence avait réagi et qui pourrait se présenter sur les lieux.

Connais ton ennemi, se dit-il.

Shaw commence enfin à se détendre en prenant à nouveau son téléphone portable et en appelant George Enderby. Avant de partir en voiture avec Halabi, il avait dit à Enderby de rester au Centre musulman pour recevoir d'autres ordres. Lorsque Enderby a répondu au téléphone, Shaw a évité les mondanités et est allé droit au but.

"George, les armes et les munitions que je t'ai promises se trouvent dans le placard du concierge au sous-sol du CSM - des fusils M-4, quelques M-16 et des pistolets. Il y a aussi plusieurs boîtes métalliques de munitions. Prends six de tes meilleures recrues et demande-leur d'apporter tout ça dans mon bureau."

"Cela signifie-t-il que nous activons enfin la cellule ?"

"Ne m'interromps pas ! La cellule est 'active' depuis trois jours maintenant, que vous le sachiez ou non. Qu'ils dépouillent et nettoient les fusils et qu'ils chargent les chargeurs. Pendant ce temps, je veux que tu te rendes chez Dick's Sporting Goods ou Gander Mountain, peut-être les deux, et que tu achètes une douzaine de masques de ski. Tu sais, celles qui ne laissent que les yeux et la bouche ouverts, mais avec des motifs différents. Tu as compris ?"

"Pour ce soir ?"

"Oui, je veux qu'ils soient équipés et prêts à partir à 19h30. Toi et tes hommes porteront un coup paralysant aux oppresseurs croisés ce soir."

Shaw raccroche et tourne à nouveau son regard vers le musée. Comme il était beaucoup plus loin maintenant, il a ouvert sa boîte à gants et en a sorti une paire de jumelles "d'observation des oiseaux" qu'il gardait pour ses promenades d'après-midi dans les collines avec des étudiantes. Elles semblaient toujours tomber dans le panneau, surtout quand il sortait les jumelles, les entourait de ses bras, les ramenait contre lui et leur montrait "comment ça marche". Il aimait se presser contre elles, de près et de loin, et cela ne semblait jamais échouer. Mais assez de ces pensées agréables. Il s'affaissa à nouveau dans le siège, concentra les jumelles sur l'épave fumante de la voiture et attendit.

CHAPITRE VINGT-HUIT

Forêt de Sherwood

Plus tôt dans l'après-midi, Bob a monté l'escalier principal jusqu'au "Centre de données du maître-espion du KGB" au troisième étage, le domaine exclusif des Geeks. À l'origine, il y avait huit chambres à coucher, et elles avaient été converties en une grande suite de trois chambres à coucher, une cuisine, une salle de jeux, une salle de fitness, et une salle de divertissement multimédia de niveau hollywoodien, le tout entourant leur centre de données central. Bob n'y était pas allé depuis près d'un mois et reconnaissait à peine l'endroit ou le nouvel ensemble d'équipements de l'ère spatiale assis sur les bureaux, fixés aux murs et suspendus au plafond. Il n'en fallait pas plus pour qu'il s'arrête net et prenne toute la mesure de la situation. Le centre de données est sombre. Les fenêtres avaient été fermées et seuls un éclairage indirect et la lueur des dizaines de composants électroniques des écrans d'ordinateur éclairaient l'intérieur. Au milieu de la pièce, formant un "Y", étaient assis trois modules de postes de travail informatiques attachés, incurvés, à plusieurs niveaux et à 270°, qui ressemblaient à la salle de contrôle du vaisseau Enterprise.

Chaque poste de travail est équipé d'une "chaise de commandement" moulée et rembourrée qui ressemble à une pièce de la navette spatiale. Celui de Jimmy avait été spécialement conçu pour que Patsy Evans, l'éternelle "maîtresse de maison" de Jimmy, puisse sourire et s'asseoir à côté de lui, comme elle le faisait habituellement. Chaque poste de travail était également équipé d'un grand moniteur à cinq panneaux, fabriqué sur mesure, avec un grand panneau central et deux autres de chaque côté, un haut et un bas. Chaque unité était pilotée par deux ordinateurs à piédestal ultramodernes. Sur le côté de la pièce se trouvaient une banque d'imprimantes, en noir et blanc et en couleur, une énorme unité de sauvegarde par batterie et un grand serveur dédié.

Bob fait une pause, essayant de tout assimiler. L'endroit était stupéfiant, même lui devait l'admettre ; et s'il voulait vraiment creuser, il était certain qu'il trouverait un chèque en blanc signé par Linda au bas de celui-ci. Bob était économe, et il venait d'une longue lignée d'écolos. Normalement, il aurait explosé à l'idée de ce genre d'excès grossier, mais les Geeks avaient déjà prouvé qu'ils valaient n'importe quel prix.

Jimmy Barker, Ronald Talmadge et Sasha Kandarski, les Geeks, étaient à leur bureau, assis dans leur fauteuil de commandement, attendant l'arrivée de Bob. Cette fois, Ace a dû leur faire comprendre la gravité de la situation, car ils étaient tous sur le pont comme on le leur avait ordonné, sans que l'on puisse voir ni Krazy Glue ni écureuils chantants. Cela fait plaisir à Bob. Jimmy avait encore l'air d'avoir quinze ans et Ronald de ressembler à son jeune frère, mais ils étaient en train de changer. Ils prenaient de l'avance.

Depuis que Patsy a emménagé ici avec Jimmy après Atlantic City, il arbore en permanence un sourire hébété et satisfait, tout comme elle. Ronald, quant à lui, portait sa paire habituelle de lunettes noires épaisses à monture en corne, avec un gros morceau de ruban adhésif qui maintenait l'arête du nez. Ce qui était nouveau, cependant, c'était les cheveux bleus cobalt de Ronald, hérissés de pointes. C'est un nouveau look intéressant, pense Bob, non pas qu'il n'ait pas besoin d'un peu d'excitation lui aussi.

Mais ce qui est encore plus surprenant, c'est l'apparition de Sasha Kandarski, le troisième Geek. Cet ex-patron russe, camarade de classe de Jimmy et Ronald à Berkeley, était aussi grand physiquement que les deux autres réunis. Lorsque Bob l'a rencontré pour la première fois, il avait d'épais cheveux noirs bouclés et une barbe noire touffue et mal entretenue, le tout ayant poussé comme un arbuste agressif qui entourait maintenant sa tête comme une couronne de Noël. La plupart des joyeux lurons pensaient qu'il ressemblait à un gros ours russe, et il sentait généralement comme lui. Cependant, ayant une belle-fille de six ans qui regardait sa télévision éducative, Bob pensait qu'il ressemblait plus à Cookie Monster, mais avec des cheveux noirs et non bleus. Les cheveux mis à part, la seule impression durable que Sasha laissait aux gens était sa paire d'yeux noirs fascinants enfoncés au centre de cette énorme couronne de cheveux noirs touffus.

À sa grande surprise, lorsque Bob est entré dans la pièce, il a vu que Sasha avait tout rasé - les cheveux, la barbe noire touffue et même l'épaisse moustache. Il avait même rasé son crâne de si près qu'il brillait.

Bob a regardé à deux fois. "Kojak ! Je ne t'aurais pas reconnu."

Sasha s'est tourné vers les deux autres, confus. "*Kto Kojack ?*" *Qui est ce Kojak ?*

"Nous t'expliquerons plus tard", dit Ronald en ricanant. "Mais je pense que cela signifie que le major aime ta nouvelle coiffure".

Bob s'est arrêté pour regarder les bureaux et tout le nouvel équipement de bureau. "Qu'est-ce que c'est que ces trucs ?" demande-t-il à Jimmy. "Je croyais qu'on vous avait acheté du nouveau matériel quand vous avez emménagé ?".

"Monsieur B", Jimmy secoue la tête, comme s'il avait affaire à un élève de troisième année lent. "C'était avant. Maintenant, c'est maintenant. Quand tu veux *vraiment faire* du rock, une guitare acoustique à 50 dollars de chez Walmart ne suffira pas. Vraiment ? Les meilleurs ont besoin des meilleurs."

Bob soupire. "Linda a acheté tous ces trucs, n'est-ce pas ?" répondit-il à sa propre question sans la poser. "Elle a toujours été une tendre", dit-il en se penchant et en regardant l'étiquette de l'ordinateur sous le bureau de Jimmy. "Tu n'as pas acheté ces bébés chez Walmart, n'est-ce pas ? Qu'est-ce que c'est ?"

"Walmart ? Pas tout à fait", commence Jimmy en glissant.

"Je ne vois même pas de marque sur quoi que ce soit", dit Bob.

" C'est ce qu'on pourrait appeler une... "marque privée". "

"Il a l'air grand et rapide. C'est vrai ?"

"Oh, ouais !" Ronald ricane. "Six-deux GHz, 128 gigaoctets de mémoire vive. Rapide comme un voleur. Même la NASA ou la NSA n'ont rien de comparable."

"Est-ce que je peux jouer au Pong sur eux ?" demande Bob.

"Pong ? Chto Pong ?" demande Sasha, de nouveau confus. *Qu'est-ce que Pong ?*

"Ce n'est pas grave", lui a dit Jimmy.

"Ils pourront vous l'expliquer plus tard", dit Bob en regardant chacun d'eux dans les yeux. "Il est temps de me montrer que vous les méritez. J'ai du travail sérieux à vous confier, et j'ai besoin que ce soit fait hier."

"*Breeng eet* on ! Camarade général !" Sasha a rugi dans son anglais fortement accentué.

"Il y a un professeur qui s'appelle Henry Shaw au Blue Ridge College", commence Bob. "Et comme l'a dit le Parrain, 'je veux savoir ce qu'il a sous les ongles'. "

"*Kto Godfather* ?" *Qui est Godfather*, demande Sasha, encore plus confus. "Feeengernails ?"

"Ne t'inquiète pas, nous t'expliquerons cela aussi plus tard", a ajouté Ronald.

"Shaw enseigne au Blue Ridge College, ainsi que quelques cours à Fort Bragg. Il dirige également le centre des étudiants musulmans sur le campus. Je veux que tu fouilles dans son budget, ses membres, son financement, et que tu obtiennes une liste de ses employés. Ensuite, demande une liste de tous les cours qu'il donne. Remonte deux ans en arrière, croise les noms et les cours. Et vois ce que tu peux apprendre sur la mosquée. S'ils ont des listes de membres, croise-les avec les deux autres. Quant à Shaw, je veux que tu le mettes en pièces - comptes bancaires, cartes de crédit, passeport, tous les biens qu'il possède, voitures, ce qu'il achète, ce qu'il boit, ses voyages, ses petites amies, ses relevés téléphoniques et ses activités sur Internet. Tout. Enfin, pour toutes les correspondances, obtiens leurs photos et vois si tu peux accéder aux dossiers de la police de Fayetteville, aux permis de conduire, au FBI et à la police secrète turque aussi. Je veux savoir tout ce qu'on peut apprendre sur eux aussi."

"Euh, tu sais que la moitié de ces trucs sont illégaux, n'est-ce pas, monsieur B ?" demande Jimmy.

"Nan, tout ça est illégal, c'est pour ça que je suis venu vous voir les gars", sourit Bob. "Vous savez comment entrer et sortir sans laisser d'empreintes. Plus tard, je voudrai peut-être que vous y retourniez et que vous le salissiez, mais ça peut attendre."

"Da, c'est du gâteau, camarade général !" Sasha salue en se tournant vers son clavier. "Jimmy, tu prends deees weasel person Shaw. Ronald, tu prends l'université et la mosquée. Je prends le FBI et ces salauds de Turcs ! Patsy la mignonne, va dans la glacière. Prends une tournée de Red Bull pour tout le monde et apporte des grignotines, beaucoup de grignotines. Le centre de données du KGB s'en occupe, patron !"

"Une autre chose", dit Bob. "Jimmy, je t'ai envoyé par mail des photos que j'ai prises de l'équipe à l'intérieur du centre étudiant musulman. Lance la reconnaissance faciale sur chacune d'entre elles, et compare-les avec les autres noms et photos que tu as rassemblés."

"Je le ferai, patron", dit Jimmy avec un salut de travers.

"Aussi, il y a une piste d'atterrissage privée en bas de la route ici dans le comté de Cumberland qui s'appelle Gray's Creek. Renseigne-toi sur eux. Et jette un coup d'œil à une nouvelle entreprise qui vient d'ouvrir ses portes là-bas et qui s'appelle Caspian Aviation Services. Priorité absolue à ces deux-là."

"Tu veux ce qui est "sous les ongles", c'est ça ?" demande Sasha.

"D'accord. Sasha, tu peux t'occuper de Caspian Aviation et de l'aérodrome. Faites-le avant le reste. C'est aussi important que ça", leur dit Bob en regardant les Geeks se détourner, l'un après l'autre, s'attaquer à leurs claviers et zoner. Il a immédiatement su qu'il était temps pour les simples mortels de laisser les dieux de la communauté des geeks tranquilles. Regarder un pur génie en action, c'est comme regarder une saucisse se faire. Bob avait déjà vu les Geeks faire cela auparavant, et il savait que c'était une perte de temps totale que de s'immiscer dans leur petit monde maintenant. Comme pour la saucisse, il vaut mieux attendre que les fabricants de saucisses aient terminé.

Il se tourna vers la porte et jeta un coup d'œil à Patsy. Elle était probablement la seule personne dans la pièce à se douter qu'il était encore là. "Tu vas jouer le rôle de "mère de famille" ici pour les prochaines heures. S'ils trouvent quelque chose de prometteur, traduis-le en langage humain et envoie-le-moi par texto."

"Oui monsieur, camarade général", dit-elle avec un accent russe et un sourire.

"Pas toi aussi. Un seul Sasha suffit."

Alors que Bob quittait le Geekdom et descendait rapidement les escaliers jusqu'au premier étage, il entendit le claquement sourd d'une explosion à l'extérieur, à l'ouest, et s'arrêta de bouger. Instinctivement, il fit pivoter sa tête et ses épaules pour orienter ses oreilles et son nez dans la direction d'où il pensait que le bruit venait. C'était un vieux truc d'infanterie. Après de longues et dures années passées dans de trop nombreuses zones de combat, il savait que le son des coups de feu, des mortiers, des tirs d'artillerie, voire des engins explosifs improvisés et des bombes, pouvait prendre des tournures étranges à l'extérieur, surtout lorsque vous étiez entouré de bois et de bâtiments. Malgré tout, il avait appris à faire confiance à ses oreilles et à son cerveau, alors qu'il tournait légèrement la tête vers la droite et vers la gauche, comme une parabole de radar. Au bout de quelques secondes, il était presque certain que le grondement venait de plein ouest, à travers les bois et de l'autre côté de la rivière. Mais qu'est-ce que c'était ? Il était certain d'avoir entendu un claquement sec, suivi d'un Boum étouffé et roulant, et ce n'était pas le tonnerre. Le ciel était trop clair pour cela. C'était une bombe. Une autre à Fort Bragg ? Non, le poste de l'armée était situé au nord-nord-ouest de l'endroit où il se trouvait. L'explosion est venue de l'ouest et elle était beaucoup plus proche que Fort Bragg.

C'est alors que Bob a vu un panache de fumée noire s'élever au-dessus de la limite des arbres, directement à l'ouest de l'endroit où il se trouvait. Il a rapidement conclu qu'il s'agissait d'une bonne ou d'une mauvaise nouvelle. Une bonne nouvelle pour Fort Bragg, mais une mauvaise nouvelle pour la ville de Fayetteville. Bob sort son téléphone portable et appuie sur le numéro de téléphone portable du sergent-major Pat O'Connor. "Pat, dit-il, tu viens d'entendre ça ? Il y a eu une forte explosion à l'ouest de Sherwood Forest, peut-être à Fayetteville."

Pat fait une pause, puis répond : "Non, nous n'avons rien entendu, mais nous sommes assez loin au nord. Le général et moi avons passé l'après-midi à sauter dans les zones de largage de Normandie et de Salerne avec la 82e, et je ne pense pas que je pourrais entendre grand-chose en ce moment si ça explosait juste à côté de moi. Tu penses que c'est une autre bombe ?"

"Je vais appeler les deux policiers de la ville et voir ce qu'ils savent. Je reviendrai vers toi si j'apprends quelque chose."

"Fais-le. Pendant ce temps, j'appelle l'agent spécial Phillips."

Bob raccroche et tape l'un des nouveaux numéros abrégés qu'il a entrés cet après-midi, celui de l'inspecteur Harry Van Zandt du département de police de Fayetteville. Quand il a répondu, Bob a dit : "Harry, est-ce que je viens d'entendre quelque chose de grave ?" La question s'est avérée inutile lorsqu'il a entendu le puissant hurlement des sirènes d'urgence en arrière-plan.

"Oui, on dirait qu'une grosse voiture piégée a explosé au musée des troupes aéroportées et des opérations spéciales sur Hay Street. Elle a fait exploser l'aile ouest. George et moi nous y rendons en ce moment même. Ce putain de musée ? Pourquoi quelqu'un..."

"Parce que c'est un symbole et que cela signifie probablement qu'ils n'ont pas fini. Je vais appeler les autres."

"Pas la peine, Phillips vient d'appeler".

"Je vais le faire savoir à Tom Pendergrass et je passerai dans peu de temps".

"Fais comme tu veux, tu sais où nous serons".

"Des victimes ?"

"Pas que nous sachions pour l'instant, sauf peut-être le poseur de bombes, mais il est encore tôt".

Bob a continué jusqu'à la salle de conférence de la maison principale. Il a cinq minutes d'avance et il n'y a déjà plus que des places debout. La plupart des Merry Men qui étaient "au pays" étaient présents, plus quelques autres - "Ace" Randall, "Chester" Blackledge, "Koz" Kozlowski, et Joe "The Batman" Hendrix, qui faisaient partie du groupe d'origine depuis la bagarre de Chicago. Les nouveaux venus, George "The Prez" Washington et José "Illegal" Rodriguez, qui avaient participé au raid en Syrie avec Koz et Batman, sont également présents.

Il y avait aussi le sergent-chef Frank "SpaghettiOs" Spagnolo, un ami proche d'Ace et de Pat O'Connor, le sergent-chef Ernie "Kraut" Krauthammer, que Koz avait amené, le sergent de première classe Max "Pad" Baughman, le sergent-chef Kimba "Dictionary" Webster, et l'adjudant-chef John "High Rider" Carmody. Ce dernier était le pilote d'hélicoptère du général Stansky, les rares fois où le vieil homme laissait quelqu'un d'autre piloter son oiseau à sa place. Il y avait aussi Linda, Dorothy et même Ellie, qui circulait avec un plateau de biscuits Oreo.

"Très bien, écoutez", commence Bob sans préliminaires. "J'avais prévu que ce soit une réunion de planification, mais cela vient de tomber à l'eau. Comme tu l'as peut-être entendu ou non ici, il y a quelques minutes, une grosse voiture piégée a explosé au musée des troupes aéroportées et des opérations spéciales de la ville..."

"Oh, Jeez !" 'High Rider' Carmody a dit. "Le vieux va péter les plombs. Cet endroit était l'un de ses bébés."

"Génial", grommelle Bob, bien conscient de ce que cela signifierait.

Linda était hors d'elle. "Qu'est-ce qui se passe, Bob ?" Elle secoua la tête, inquiète, et de plus en plus en colère. "On n'est pas à Paris ou à Bruxelles. Si je voulais ces conneries, j'aurais pu rester à Chicago."

"Chicago ? Vraiment ? Eh bien, que tu le veuilles ou non, c'est ici maintenant et nous allons l'arrêter", répond Bob en retournant ses yeux durs et froids sur les autres. "Alors, écoutez bien. Nous avons beaucoup de chemin à parcourir en quelques minutes. Les opérations spéciales sont attaquées, et c'est quelque chose que je ne prends pas avec un visage souriant. Je n'ai pas aimé ça en Irak ou en Afghanistan, et je suis sûr que je n'aime pas ça ici à Fayetteville. Ace est mon chef d'état-major quand je ne suis pas là. Va le voir pour dégainer les armes et l'équipement dont tu as besoin. Les geeks du centre de données travaillent sur leurs claviers pour nous fournir de meilleures informations, et Patsy Evans coordonne tout cela pour nous. Je m'attends à ce qu'ils aient une idée précise de ce à quoi nous avons affaire dans quelques heures, ainsi que des profils et des détails sur l'opposition."

"Les distances sur lesquelles nous travaillons sont trop grandes pour que nous puissions utiliser nos radios tactiques habituelles "Rifleman"", poursuit-il. "J'ai donc des téléphones portables sécurisés à la place. Ils sont sur la table à l'extérieur. Prenez-en un et restez en contact, mais ramenez-les. Ils ne sont pas bon marché, mais moi je le suis. Je publierai des mises à jour dès que nous apprendrons quelque chose. Oh, et étant donné la nature erratique de ce qui se passe là-bas, j'ai demandé à Ace de renforcer le périmètre ici à Sherwood Forest. Ace ?"

"Nous avons maintenant neuf de nos "opérateurs" rassemblés ici, que nous pouvons déployer ailleurs si nécessaire, plus toi et moi. Je mets un homme dans le nid, sur le toit, avec une lunette d'observation et une arme longue, un autre ici, à l'intérieur de la maison principale, et un autre qui surveille la sécurité électronique, les caméras vidéo et infrarouges, et les détecteurs de mouvement, qui seront en état d'alerte maximale, principalement du crépuscule à l'aube. Cette pièce sera notre centre d'opérations, et le tableau de service est affiché sur la porte. J'ai également passé un contrat avec mes vieux amis d'Atlantic Security pour que six de leurs employés soient présents sur le site dans une heure, à 18 heures, aussi longtemps que nous en aurons besoin. Deux hommes parcourront le site vingt-quatre heures sur vingt-quatre et sept jours sur sept."

"Et Crookshanks gardera la maison", ajoute Ellie en faisant le tour de la pièce avec une assiette de biscuits Oreo.

Bob a regardé les sourires autour de lui. "Soyez prudents", prévient-il. "Vous risquez de vous frotter au chat d'attaque à vos risques et périls." Il se tourne ensuite vers Koz et lui dit : "Je veux que tu emmènes trois hommes - deux équipes de tir - dans le sud jusqu'à une petite piste d'atterrissage privée sur Butler Nursery Road, à la sortie de la route 87, appelée Gray's Creek. Il y a un grand hangar rouge, blanc et bleu à l'extrémité avec le nom Caspian Aviation Services dessus. C'est la cible. Nous avons des cartes quadrillées USGS de toute cette zone à la bibliothèque, alors fais une reconnaissance topographique avant de sortir, et choisis quelques bons endroits où tu pourras couvrir le bâtiment, des deux côtés. Notre ami Shaw y est allé aujourd'hui, et il se passe quelque chose. Prends le matériel et les armes dont tu as besoin dans la réserve - les armes longues de ton choix, les combinaisons de protection, les lunettes de vision nocturne, tout ce que tu veux, et va là-bas dès que possible. Pour l'instant, contentez-vous d'observer et de faire un rapport à Ace, et prenez un appareil photo numérique à infrarouge avec un téléobjectif. Vois si tu peux prendre des photos de quelqu'un qui entre ou qui sort. Les geeks pourront comparer les photos avec les autres visages dont nous gardons la trace."

"Bien reçu", répond Koz. "Illegal, Prez et Batman, c'est à moi de jouer.

Allons-y."

"Vous autres, restez ici un moment, ou prenez un téléphone et retournez à Bragg. Mon instinct me dit qu'il y aura bientôt des choses à faire", leur dit Bob.

Lorsque le groupe s'est séparé, Linda s'est approchée et a tapé sur l'épaule de Bob. "Tu sais, quand nous sommes allés à Atlantic City, tu nous as mis, Patsy et moi, en charge du ravitaillement et de la logistique. Tu te souviens ? Eh bien, si nous devons "divertir" autant de personnes pendant quelques jours, il nous faut de la nourriture, beaucoup de nourriture."

"Commandez tout ce dont vous avez besoin".

"J'ai déjà commencé, mais nous devons faire une course à l'économat".

Bob a regardé sa montre et a dit : "Ils sont ouverts jusqu'à 9h00. Ace et moi allons vous conduire dans le camion".

"Dorothy peut m'emmener. Elle a tous les papiers d'identité."

"Je ne veux pas que vous y alliez tous les deux seuls", dit-il en regardant à nouveau sa montre. "Je dois aller en ville pour quelques minutes. Nous irons dès que je serai de retour, vers 7 h 30. Cela devrait vous laisser beaucoup de temps."

Bob se retourne et se dirige vers la porte d'entrée. Sa Ford 150 était garée dans l'aire de retournement, et il descendait les escaliers en sautillant lorsque son téléphone portable a sonné. Il a jeté un coup d'œil au numéro de téléphone qui l'appelait et a gémi.

" Ghost, ici Dinosaur Actual ", entendit-il Stansky commencer, en utilisant son ancien indicatif radio. " 'L'Irlandais' et moi sommes en train de traverser la rivière dans ma berline. Nous viendrons te chercher dans deux minutes."

"Général, je me rendais en ville pour..."

"Le musée ? Nous aussi", répond Stansky. "Nous ferons du 'covoiturage', et je peux m'y rendre bien plus vite que toi".

Il voulait argumenter, mais Stansky avait déjà raccroché. "On fera du covoiturage ", marmonne Bob en secouant la tête. C'est tout simplement génial. Il resta où il était sur l'escalier d'entrée et regarda l'allée d'entrée, attendant, mais cela ne prit pas longtemps. En deux minutes, il a vu une voiture sombre tourner sur l'autoroute, envoyant un nuage de feuilles et de poussière voler dans la longue allée jusqu'au cercle devant la maison et s'arrêter en glissant devant lui. La porte arrière du côté passager s'ouvre et Bob sait qu'il ne faut pas attendre. Il saute sur la banquette arrière et se retrouve à côté du général de division Arnold Stansky, vêtu d'une tenue de camouflage impeccable. Pat O'Connor était habillé de la même façon sur le siège avant, les deux hommes semblant prêts à partir en guerre. Stansky n'a pas attendu que Bob ferme la portière de la voiture. "Allez-y", dit-il à son chauffeur et se retourne vers Burke. "Qu'as-tu appris, Bobby ? L'agent Phillips est-il arrivé à quelque chose ? Plus important encore, as-tu progressé ?"

"Elle s'est dépensée sans compter. Comme beaucoup d'autres personnes. Nous avons constitué un groupe ad hoc - Phillips, deux inspecteurs de la police de Fayetteville et l'agent spécial du FBI de Chypre qui a interrogé le crapaud pour la première fois."

"Le "crapaud" ? Le crapaud a-t-il déjà un nom ?"

"Nous pensons qu'il y a un professeur de sociologie blond aux yeux bleus au Blue Ridge College qui a lancé toute cette affaire".

"Un putain de professeur de 'Soc' ?" Grogne Stansky. "Tu dois te moquer de moi."

"Non. C'est aussi un ancien marine avec un BCD, arrogant comme l'enfer et sans aucun sens de l'humour", lui dit Burke.

"Un ancien marine ?" demande Stansky, ses yeux se rétrécissent avec colère. "À l'époque, au Vietnam, ou même en Irak ou en Afghanistan, je t'aurais envoyé avec une équipe de tir et ton Barrett. Ça aurait réglé le problème de ton 'crapaud', n'est-ce pas ?"

"D'accord, et j'ai les Merry Men en pleine capacité opérationnelle, mais nous avons encore beaucoup de travail avant de pouvoir coincer ce salaud et débusquer le reste de sa cellule. Au mieux, il est lié à ISIS, et il a probablement des adeptes civils et militaires ici à Fayetteville et Fort Bragg, peut-être à d'autres endroits pour ce qu'on en sait."

"ISIS ! Nous devons arrêter ce type, Bobby, et je me fiche pas mal de savoir comment."

"D'accord, mais je ne veux pas qu'un numéro deux prenne la relève et que la cellule devienne clandestine. De plus, nous sommes en Caroline du Nord, pas à Kandahar, et les balles ont des conséquences."

"La Maison Blanche et le Pentagone font de la politique avec toute cette affaire, refusant d'admettre qu'il existe une cellule terroriste locale, ou que nous pourrions en avoir une qui opère dans notre OA. Mais quelqu'un nous vise, et j'ai besoin de toi et de ton équipe pour le faire taire."

"Je le ferai, monsieur, mais nous n'en sommes pas encore là. Shaw revient tout juste du Moyen-Orient, de Turquie et probablement de Syrie, et il est depuis sur la liste de surveillance du FBI. Ce sont eux qui nous ont renseignés sur lui, alors quand nous arriverons au musée, sois gentil avec Phillips et avec Pendergrass, le type du FBI."

"Moi ?", répond Stansky avec un mince sourire. "Je suis un chaton."

Il leur a fallu cinq minutes pour traverser la rivière Cape Fear sur Person Street et courir à travers le centre-ville jusqu'au musée des opérations aéroportées et spéciales situé à l'autre bout. Le plus proche qu'ils pouvaient atteindre, même avec les fanions rouges "deux étoiles" de Stansky sur les pare-chocs de la berline en toile olive, était à un demi-bloc de là. Au-delà, toutes les routes autour du bâtiment étaient bloquées par des véhicules d'urgence et barrées par du ruban jaune de scène de crime et des flics lourdement armés.

Alors qu'ils s'approchaient à pied, la vue sur Person Street offrait une vue parfaite de la destruction. Ils ont vu la carcasse brisée et fumante d'une automobile au centre du virage par le quai de chargement arrière. Le surplomb en béton qui la surplombait s'était détaché et était tombé sur la voiture, éventrant une section de cinquante pieds de large du mur arrière derrière elle, ce qui leur permettait de regarder directement à l'intérieur du théâtre et des zones d'exposition au premier et au deuxième étage.

Stansky fixe l'épave, les mains sur les hanches, son visage devenant rouge, incapable de bouger. "J'étais ici en 2000 quand nous avons ouvert cet endroit. À l'époque, j'étais lieutenant-colonel au sein du 3e groupe de forces spéciales. Henry Shelton, chef du JCS, et Ross Perot étaient les principaux orateurs. C'était un moment de fierté pour tout le monde, et pourquoi pas ? Je connaissais beaucoup d'hommes dont les noms figurent sur toutes ces plaques à l'intérieur. C'est une profanation, et ton "crapaud" l'a fait pour essayer de nous démoraliser. Cela ne marchera pas. Cela n'a pas marché à Pearl Harbor ni au World Trade Center le 11 septembre. Ce que cela fait, c'est que j'ai envie d'enfoncer un tisonnier chauffé à blanc dans la tête de celui qui a fait ça. Mieux encore, cela me donne envie de vous relâcher, toi et les joyeux lurons, quoi qu'il arrive", dit Stansky en se tournant vers Bob et en le fixant du regard.

"Bien reçu, Monsieur", répond Bob en traversant la voie ferrée en direction du lieu de l'explosion. Quand ils sont arrivés, ils ont trouvé l'agent spécial du CID de l'armée, Sharmayne Phillips, agenouillée sur le sol, avec trois de ses techniciens du CID vêtus de combinaisons blanches, de la tête aux pieds, ainsi que les détectives Van Zandt et Greenfield, et l'agent spécial du FBI, Pendergrass.

"Je pensais que tu serais déjà venu", dit Phillips en levant les yeux et en jetant un regard hostile à Bob Burke par-dessus son épaule.

"Je l'ai retenu", a grogné Stansky.

Lorsqu'elle s'est retournée et qu'elle a vu les deux étoiles noires sur la languette velcro au centre de sa poitrine, Phillips s'est immédiatement levée. "Désolé, Monsieur, j'étais..."

"Ne me laisse pas t'arrêter, Sharmayne", dit Stansky en lui serrant rapidement la main, ainsi qu'aux trois autres. "Qu'est-ce que tu as ?" Il s'est approché et s'est agenouillé à côté d'elle. Ce regard acerbe dans ses yeux avait été connu pour faire pisser plus d'un lieutenant ou capitaine dans son pantalon, mais elle n'a même pas cligné des yeux.

"Voiture piégée", dit-elle en se retournant vers l'épave. "Nous avons des techniciens de scène de crime qui travaillent sur les lieux en ce moment - la police de Fayetteville et la nôtre, avec une équipe du FBI en route depuis Quantico. Tout est encore provisoire, mais il semble que ce soit une Toyota. Nous avons trouvé une plaque d'immatriculation de Caroline du Nord gravement brûlée que nous cherchons encore à retrouver, mais rien n'indique pour l'instant qu'il s'agit d'une voiture militaire. À l'intérieur, il y a quelques personnes très secouées avec des blessures légères, et un mort gravement brûlé ici. On dirait qu'il était près de la voiture quand l'explosion a eu lieu, probablement le coupable. Il a été écrasé contre le mur d'écran en blocs de béton autour des unités de climatisation. Le corps est en route pour Quantico avec toutes les autres preuves que nous trouverons, alors il faudra attendre un peu avant d'avoir quelque chose de solide. Nous pensons qu'il s'agit d'un homme et qu'il ne portait pas d'uniforme militaire."

"Eh bien, remerciez Dieu pour cela." Stansky secoue la tête en étudiant la scène. "Quelque chose sur l'explosif ?"

"D'après la façon dont la voiture a explosé, il se trouvait dans le coffre. Nous sommes toujours à la recherche de fragments de téléphone portable ou de dispositif de déclenchement. En utilisant des tests de terrain très rudimentaires sur les résidus, il semble que ce soit encore du C-4, mais pas du même lot que précédemment. Les autres avaient tous les mêmes marqueurs, mais celui-ci est différent. Premièrement, il était beaucoup plus gros, d'un facteur de cinq ou dix. Deuxièmement, nous n'avons trouvé aucun marqueur, et encore moins qui corresponde au lot précédent."

"Fait maison ?" demande Bob.

"C'est ce que nous pensons ; et si c'est le cas, ce serait vraiment grave. Nous avons coupé leur approvisionnement à Fort Bragg, mais s'ils ont commencé à le préparer eux-mêmes, c'est une toute autre histoire. As-tu trouvé quelque chose ?" se retourna-t-elle pour demander à Bob.

"Point majeur numéro un, partout où nous regardons, nous trouvons le professeur Henry Shaw au fond de l'affaire. Pour des raisons de sécurité, dit Bob en regardant le général Stansky, nous l'appelons désormais "le Crapaud". "

"Cela semble être un choix parfait", a rapidement approuvé Van Zandt.

"J'ai pensé que tu aimerais ça, Harry ; et j'ai mis les claviers les plus rapides de l'Ouest sur tous les points de données que nous avons trouvés ce matin. Connaissant mes gars, ils ne tarderont pas à trouver des corrélations, des correspondances et des visages pour les accompagner. Et j'ai aussi deux équipes qui vont surveiller le hangar à avions dès la tombée de la nuit", dit Bob. Il se tourne vers Tom Pendergrass. "Tes hommes ont-ils trouvé quelque chose ?"

"Nos amis de l'Agence sont en train de marteler les Turcs. Ils ont trouvé le capitaine de ce bateau de pêche qui a emmené Shaw à Chypre et ils sont en train de le faire suer, lui et le vieux qui l'a conduit là-bas. Le vieux est aussi coriace que le cuir d'une vieille chaussure. Ils ne pensent pas obtenir grand-chose de lui, mais le capitaine du bateau parle à tort et à travers, et son histoire n'est absolument pas celle que Shaw nous a racontée."

L'inspecteur Van Zandt regarde sa montre et se joint à la conversation. "Le procureur du comté de Cumberland arpente les couloirs de la Cour supérieure, essayant de trouver un juge amical qui pourrait délivrer des mandats de perquisition dès que nous aurons la moindre preuve permettant de relier tout cela à notre ami le professeur Shaw."

"Bien. Je te le transmettrai dès que je l'aurai reçu. Restons en contact", dit Bob en regardant sa montre et en se tournant vers Stansky. "Peut-être devrions-nous laisser ces gens à leur travail, monsieur".

"D'accord !" dit Stansky. "Vous vous débrouillez tous très bien. Et faites-moi savoir si je peux faire quoi que ce soit. N'importe quoi !" Stansky regarde Sharmayne et acquiesce, puis lui, O'Connor et Bob Burke tournent les talons et retournent à sa voiture de fonction.

CHAPITRE VINGT-NEUF

Fayetteville

Recroquevillé sur le siège avant de sa Peugeot sur le parking du centre AIT, Henry Shaw avait une vue dégagée de la zone de chargement arrière du musée à travers ses jumelles. Il était 17 h 30. Malgré la circulation à l'heure de pointe, quelques minutes après l'explosion, un camion de pompiers à bras, deux pompes, six ambulances et une douzaine de voitures de police de la ville et du comté sont arrivés sur les lieux en provenance de toutes les directions, gyrophares allumés et sirènes hurlantes.

Bien sûr, le fait que les postes centraux de la police et des pompiers se trouvent juste au coin de la rue a aidé, et l'aide en uniforme se fait presque tripper les uns sur les autres maintenant. Sous les yeux de Shaw, ils s'attaquaient aux flammes autour de l'enveloppe brûlante de la Toyota de Shahid Halabi, fermaient les rues avoisinantes et passaient au peigne fin les débris dans les pièces arrière du bâtiment à la recherche de victimes. Dans l'ensemble, c'était un exercice intéressant à observer. À aucun moment, cependant, personne n'a jeté un regard suspicieux sur la voiture française classique garée à moins de 800 mètres de là, dans un parking arrière situé de l'autre côté de la voie ferrée.

Cinq minutes après l'explosion, une Ford Crown Victoria bleu foncé avec des pneus à flancs noirs et trois antennes fouets a franchi le cordon de police et s'est garée dans la rue Hillsboro, derrière le musée. Une Crown Vic ? Shaw s'esclaffe. Seuls les services de police bon marché ou les fédéraux achètent des voitures aussi laides. Deux hommes en sont sortis, que Shaw a rapidement reconnus comme étant l'inspecteur George Greenfield et son partenaire malin, Harry Van Zandt. C'est bien, pensa Shaw. Le capharnaüm derrière le musée était un excellent endroit pour qu'ils ruinent un costume bon marché. Dans la minute qui suivit, un grand step-van noir s'arrêta, avec le CSU de la police de Fayetteville et l'écusson de la ville peints sur les côtés. Comme prévu, pensa-t-il. Ils étaient suivis par deux voitures de police de la MP de l'armée et un fourgon Hazmat de l'armée, qui s'est arrêté dans la rue. Bientôt, les techniciens de scène de crime militaires et civils ont revêtu leurs combinaisons hazmat jaunes et fouillent les décombres, côte à côte.

Shaw a continué à observer et a bientôt atteint le tiercé gagnant lorsqu'il a vu une berline grise du gouvernement américain s'arrêter à côté des autres voitures.

L'agent spécial du FBI Pendergrass en est sorti et a rejoint le groupe. Shaw n'était pas particulièrement inquiet au sujet de la police locale, mais le FBI était une autre affaire. Le "Feeb", comme les flics locaux appelaient toujours le FBI, était une épine dans son pied depuis Chypre. Il était temps qu'il s'occupe de Pendergrass, avant que "Leonard Hofstadter" ne passe du statut d'épine ringarde à celui de menace majeure.

En déplaçant les jumelles, il a vu une femme debout dans le cercle des hommes, supervisant les techniciens de la MP. Une femme ? C'est intéressant. Il avait lu qu'une enquêtrice de la police militaire travaillait sur les attentats précédents. Elle s'appelait Sharmayne Phillips, et il y avait fort à parier que c'était elle. C'était une adjudante, d'après ce qu'il se rappelait. Moitié sous-officier, moitié officier, et une vraie garce, sans aucun doute. Lorsqu'il était dans le corps d'armée, ces grades hybrides avaient toujours dérouté Henry Shaw, alors il avait résolu le problème en les détestant tout autant. Pendant qu'il regardait, la femme se pencha au milieu du groupe, passa les débris au crible et montra quelque chose aux autres. Étonnamment, ils se sont penchés autour d'elle et ont écouté ce qu'elle disait. C'était encore plus intéressant.

Il tourne la tête et voit une berline de l'armée de couleur vert olive s'arrêter à quelques centaines de mètres en haut de la rue du musée. Shaw a braqué ses jumelles sur la berline et a vu les fanions rouges avec les deux étoiles argentées sur les ailes - un général de division, rien de moins - et a regardé trois hommes sortir de la voiture. Deux portaient des uniformes de camouflage de l'armée, et l'autre des vêtements civils décontractés - des chinos, un sweat-shirt et des bottes de désert de l'armée, comme on s'attendrait à en voir sur un charpentier ou un petit entrepreneur. Il fait un zoom sur son visage et refait la mise au point. C'est bien ce qu'il pensait ! C'était ce salaud arrogant de Samadafatch ou Burke, ou quel que soit son nom, qui était entré dans le centre étudiant musulman plus tôt dans l'après-midi et avait agressé ses hommes. Pendant qu'il regardait, ces trois-là ont rejoint les autres autour du site de la bombe où ils se sont serré la main et ont commencé à parler. Il étudie les visages des autres. Personne ne les a chassés ou n'a eu l'air surpris de leur présence. Manifestement, ils faisaient aussi partie du groupe et ne devaient pas être pris à la légère, surtout le civil en chinos.

Pendergrass, ce général deux étoiles - il pensait qu'il s'appelait Stansky, d'après quelques journaux postaux qu'il se souvenait avoir vus - et ce maudit Burke : ils avaient apparemment formé une alliance contre nature pour l'arrêter, et il ne pouvait pas laisser faire ça. Il y avait aussi les deux inspecteurs de la police de Fayetteville et cette femme agent du CID, mais Greenfield et Van Zandt étaient des flics de ville ordinaires. Ils n'avaient aucune autorité sur le poste de l'armée, et l'autorité de Sharmayne Phillips ne s'étendait pas au-delà des portes de Fort Bragg.

Tout en continuant à regarder, Pendergrass a regardé sa montre, a donné une poignée de main rapide et est remonté dans sa voiture grise du FBI pour s'en aller.

Quelques minutes plus tard, Burke et les deux autres hommes de l'armée ont retraversé la voie ferrée, sont remontés dans la berline du général et sont également partis. Il a vu Pendergrass atteindre le coin de la rue et tourner à droite sur Hay Street, sans doute pour retourner aux bureaux du FBI plus haut sur Morganton, à l'intersection de la All-American Expressway. Shaw s'attendait à ce que la voiture de l'armée se dirige également dans cette direction, puisque c'était le chemin le plus court pour retourner à Fort Bragg ; mais, étonnamment, la berline OD a fait demi-tour et s'est dirigée vers le sud-est, loin de Fort Bragg. Shaw décida que c'en était assez de jouer les voyeurs, il s'assit et rangea les jumelles dans sa boîte à gants.

Il est temps de bouger, décida-t-il, alors qu'il démarrait la voiture et s'éloignait lui aussi. Il sortit du parking et se dirigea vers l'est sur Maiden Lane, sachant que la berline de l'armée se dirigeait vers l'est sur Hay. Alors que les deux rues étaient parallèles au départ, elles se croisaient de l'autre côté du centre-ville ; et s'il le faisait au bon moment, il y arriverait en même temps. Il pourrait alors les suivre et découvrir où ils allaient. Et il avait raison. Alors qu'il s'insère dans la circulation sur Person, il aperçoit la berline OD à seulement quatre voitures devant lui. Il est resté en arrière et a suivi leur vitesse, persuadé qu'ils ne se doutaient pas qu'il était derrière eux.

Depuis son arrivée à Fayetteville, Henry Shaw a passé la plupart de son temps dans la ville elle-même, sur le campus, à Fort Bragg, ou à parcourir les collines au nord et à l'ouest de la ville lors de l'un de ses "pique-niques". Ce qu'il faisait rarement, c'était conduire à l'est ou au sud de la ville, ou à l'est de la rivière Cape Fear. Pour lui, c'était surtout des fermes de tabac ennuyeuses, des parcelles de bois éparses et des routes plates et ennuyeuses, peuplées de rednecks ennuyeux qui mâchaient du tabac.

À l'est du centre-ville, Hay Street devient Person Street, qui traverse bientôt la rivière Cape Fear, et il suppose qu'elle disparaît à jamais dans les terres agricoles légèrement vallonnées au-delà. Moins d'un quart de mille après avoir traversé la rivière, cependant, la berline de l'armée du général a tourné vers le sud sur Deep Creek Road. C'était l'une des rares routes que Shaw avait déjà empruntées, parce qu'elle était longue et droite, ce qui en faisait un endroit idéal pour faire rouler la Peugeot et faire sortir le carbone. Mais pas cette fois-ci. Il n'y avait qu'une seule voiture entre lui et la berline de l'armée, alors Shaw a freiné et a reculé encore plus. Tôt ou tard, il savait que la berline devait tourner, parce que cette route croisait l'I-95 quelques kilomètres plus loin et qu'ils n'auraient pas pris la peine de venir par là si tout ce qu'ils voulaient, c'était monter sur l'Interstate.

Shaw avait raison. Les terres situées à l'ouest de la route s'effondrent jusqu'à la rivière Cape Fear. Les promoteurs avaient commencé à acheter les anciennes fermes de tabac et à les découper en "farmettes" yuppies de cinq ou dix acres, qui envahissaient peu à peu la région. Les embranchements de part et d'autre de la route restent rares, mais devant lui, il aperçoit les feux arrière de la berline de l'armée de terre olive qui ralentit et tourne sur une route secondaire à droite. Shaw ralentit également. C'était l'entrée d'une allée, et en la dépassant, il a aperçu la berline qui disparaissait dans une longue allée bordée d'arbres qui menait à une grande maison victorienne au bout de l'allée.

Il a rapidement basculé sur l'accotement, s'est arrêté et a couru jusqu'à l'entrée de l'allée. La première chose qu'il a vue, c'est une boîte aux lettres ornée d'une version miniature de la maison victorienne blanche sur le dessus, au-dessus du nom "Sherwood Forest."

Lorsque la berline du général Stansky s'est arrêtée devant la porte de la maison principale, il a tendu la main et touché l'épaule de Burke. "Bobby, dit-il, je suis un vieux cheval de bataille fatigué, et j'ai participé à plus de batailles que je n'ose y penser, mais c'est différent. L'armée est embourbée dans deux guerres sanglantes qui durent depuis bien trop longtemps. Nous continuons à y renvoyer nos meilleurs éléments, l'un après l'autre, dans les deux sens, encore et encore, jusqu'à ce qu'ils s'usent ou craquent sous l'effort. Ce sont nos gens, les meilleurs des meilleurs, mais je n'ai aucune idée de la façon dont ils continuent à le faire. Le nombre de divorces et de suicides ? Je n'ose pas y penser."

"Ce sont des professionnels, monsieur. C'est pour cela qu'ils ont signé."

"C'est vrai ? Tu es sorti depuis trois ans, et c'est bien pire maintenant. Si tu fermes les yeux et que tu ouvres les oreilles, tu peux entendre les cris silencieux jusqu'ici. Le moral est au plus bas. Fort Bragg est leur seul sanctuaire en ce moment, et une situation comme celle que nous avons connue ces derniers jours - la fusillade et les attentats à la bombe - pourrait faire basculer les choses. Je suis certain que c'est exactement la raison pour laquelle ton professeur de sociologie a été envoyé ici. C'est pourquoi tu dois l'arrêter, de toutes les façons possibles."

"Bien reçu, monsieur. Je comprends."

"Est-ce que tu le fais ? Vraiment ? Parce que faire un procès à une grande gueule intelligente comme lui et lui permettre de médiatiser ces incidents et de pousser leur agenda n'est pas dans l'intérêt de l'armée. Admettre que nous avons une cellule dormante qui s'est infiltrée dans notre communauté d'opérations spéciales ? Ce n'est pas possible. Quand je dis l'arrêter, je veux dire définitivement. Tu me reçois ?"

"Bien reçu, monsieur".

En regardant à travers la longue voûte d'arbres et l'allée, il vit que la berline de l'armée s'était arrêtée dans un virage au bout de l'allée. Burke, ou qui que ce soit, en est sorti, a parlé un instant aux occupants de la berline, puis a fait un signe de la main alors que la berline remontait l'allée en direction de l'endroit où se trouvait Shaw. Ce dernier en avait assez vu. Il a sprinté jusqu'à la Peugeot, a sauté à l'intérieur et s'est éloigné. Il a continué vers le sud sur Deep Creek, en gardant un œil sur le rétroviseur. Comme prévu, la berline de l'armée est sortie et a tourné à gauche, dans le sens où elle était venue, sans doute vers le nord, à Fort Bragg. Lorsqu'il l'a perdue de vue, il a fait demi-tour dans le prochain endroit large de la route et a fait la même chose. En repassant devant l'entrée de Sherwood Forest, il ralentit et jeta un dernier coup d'œil rapide sur l'allée. Sherwood Forest, c'est ainsi qu'on l'appelle. Il devait faire des recherches sur la ferme et son propriétaire dès qu'il serait de retour à son bureau. Tout comme ce "Burke" savait qui était son ennemi, Henry Shaw savait maintenant qui était son ennemi.

Il sort son téléphone portable et appuie sur le numéro abrégé de George Enderby. Lorsque le jeune sergent noir a répondu, Shaw a dit : "C'est l'heure, George. Mes troupes de choc sont-elles prêtes ?"

"J'ai huit hommes ici au centre. Nous procédons à des vérifications de dernière minute."

"Je savais que je pouvais compter sur toi. Les fusils et les chargeurs ? Les pistolets ? Tout est prêt ?"

"Oui, les armes et les masques de ski, tout".

"Excellent. Je compte sur toi et sur eux. Ils seront l'avant-garde. Amenez-les sur le parking arrière du Centre d'éducation, où se trouve mon bureau, à 19 h 45 ce soir, et pas une minute plus tard. Est-ce que c'est clair ? Demandez aux militaires de conduire leur voiture. Ils ne devraient pas avoir de problème pour se rendre au poste, et les autres pourront monter avec eux."

"Où allons-nous ?" Enderby demande. "Quelle est la cible ?"

Shaw fait une pause, puis lui dit : " Tu le découvriras quand nous y serons, George, comme tout le monde. Tu dois constamment penser à notre sécurité. Mais ne t'inquiète pas, nous frapperons ce soir un coup qui mettra les infidèles à genoux, en criant et en pleurant."

Lorsque Bob bondit dans l'escalier et entre dans la salle familiale, Linda est assise sur le canapé à côté d'Ellie, l'aidant à faire ses devoirs. Avant qu'il ne puisse dire quoi que ce soit, elle a levé la main, paume tendue, et l'a arrêté dans son élan.

"Tu ferais mieux de monter au centre de données et de voir Jimmy. Patsy appelle ici toutes les cinq minutes pour te chercher. Ton portable était-il éteint ? Elle a dit qu'elle t'a envoyé des textos."

"Pendant que j'étais avec Stansky, je l'avais mis en sourdine", répond-il en le sortant et en voyant les textos stridents s'empiler les uns après les autres. "Tu sais ce qu'il veut ?"

"Non. Apparemment, Ronald a trouvé des choses que tu dois voir. Jimmy dit que c'est important, alors tu ferais mieux de monter avant qu'il ne mouille son pantalon."

"D'accord, je vais aller là-haut. Mais si tu veux toujours faire cette course à l'économat, dis à Ace et Dorothy de nous retrouver devant dans cinq minutes", dit-il en faisant un "180" et en se dirigeant vers le Geek-Plex au troisième étage. Il n'a pas fait la moitié de l'escalier qu'il voit Jimmy en haut de l'escalier qui le regarde. "Monsieur B ! Où étais-tu, mon pote ?"

"Mec ? J'espère qu'il ne s'agit pas encore d'écureuils dansants et de Krazy Glue..."

"Non, non, Ronald et Sasha ont trouvé des choses que tu dois voir. Ronald a fouillé dans les dossiers de l'université..."

"Je n'ai pas beaucoup de temps", lui dit Bob en se dirigeant vers l'endroit où Ronald est assis derrière sa console d'ordinateur. "Très bien, allons droit au but, 'Dude'. Qu'est-ce que tu as ?"

"Très bien." Ronald se pencha en avant et se mit à travailler sur l'écran tactile de l'ordinateur. "J'ai passé en revue tous les cours de Shaw à l'université et les nouveaux qu'il enseigne en poste, cette année et l'année dernière, et j'ai fait des recoupements avec toutes les listes que j'ai pu trouver au Centre musulman. Il y a dix-sept correspondances croisées. J'ai ensuite consulté les dossiers d'admission du collège et j'ai imprimé leur biographie et leur photo à partir de leur carte d'étudiant. J'ai obtenu la plupart d'entre eux, mais pas tous", dit-il alors que l'imprimante s'anime soudain et commence à cracher du papier.

"Super", lui dit Bob en les ramassant et en feuilletant rapidement les pages, les divisant en deux piles. "Ce sont ceux que je reconnais du centre musulman. D'après leur attitude, ce sont certainement des sous-fifres de Shaw. C'est de ceux-là qu'il faut se méfier. Je n'ai pas vu les autres, mais cela signifie simplement qu'ils n'étaient pas là quand j'y étais", dit-il en les engageant tous dans sa mémoire. "C'est du bon travail, les gars."

"Ce n'est pas la meilleure partie", a gloussé Jimmy. "Montre-lui, Sasha."

Ils se sont approchés de la console du Russe fou et ont regardé ses gros doigts parcourir l'écran tactile, laissant des empreintes de sueur partout où ils passaient, mais deux visages ont rapidement émergé - des clichés de visage de passeport de deux jeunes hommes aux barbes taillées de près. Leur ressemblance est troublante ; ils pourraient facilement être frères ou même jumeaux.

Bob s'est penché en avant et a regardé de plus près. "Qui sont-ils ?"

"D'après les dossiers d'admission du collège, deux nouveaux étudiants que Shaw a fait courir sur le campus pour se faire admettre il y a deux jours", a répondu Ronald. "Les passeports sont jordaniens, et les noms sont Abdul-Aziz Mifsud et Hamzah Hadad".

"Probablement des faux. La moitié des touristes arabes en Europe en ont", répond Bob.

"Regardez ça, patron ! Vous n'avez rien vu", dit Sasha d'une voix excitée tandis que ses doigts sautent à nouveau sur l'écran et qu'apparaît un collage de vieux articles de journaux en noir et blanc avec d'autres photographies. Bob reconnaît immédiatement les journaux comme étant irakiens, de Bagdad. Les photos d'actualité montraient les deux mêmes hommes, des années plus tôt à partir des genoux ou de la taille, avec une poitrine en tonneau, des bras puissants, portant des maillots de catch moulants, souriant avec des dents de crocodile alors qu'ils tenaient des trophées au-dessus de leur tête ou portaient des médailles autour de leur cou. À côté de ces photos, il y avait un cliché plus ancien d'un troisième homme en tenue de lutte ; il était beaucoup plus grand que les deux premiers, mais avait la même barbe et des traits de visage similaires.

"Sasha les a trouvées dans de vieux articles de journaux sur la lutte".

"Lutte ?" demande Bob. "Ne me dis pas que 'l'ours russe' était aussi un lutteur ?"

"Oh, oui, patron". Sasha sourit. "Bon lutteur aussi. Bon lutteur russe, mais pas aussi bon que ces trois-là." Il pointe l'écran du doigt.

"Des lutteurs irakiens avec des passeports jordaniens ?" demande Bob.

"Pas les Arabes. Pas les Jordaniens. Pas les Irakiens." Sasha secoue la tête comme un ours qui sort d'un ruisseau. "Une tribu turkmène dans l'équipe olympique irakienne. Ce n'étaient que des adolescents à l'époque, les deux à droite, mais nous savions qui ils étaient, parce qu'ils nous ont tous botté le cul."

"Très bien, qui sont-ils ?"

"Les frères Khan. Des jumeaux ? Des frères ? Qui sait ?" Sasha rit en pointant l'écran du doigt. "Mergen ees à gauche. Batir est à droite. Le grand, c'est son frère aîné, Aslan."

Pendant qu'ils parlaient, Bob a entendu une autre voix derrière lui. C'était Ace Randall qui s'était avancé derrière eux et qui avait rapidement scanné les vieilles coupures de journaux et les photos d'identité sur l'écran de Ronald. "Mec, tu te fous de moi !" s'exclama-t-il en sortant son téléphone portable et en feuilletant de vieilles photos. Finalement, il s'est retourné et a montré à Bob un cliché de deux hommes debout dans l'embrasure d'une porte en train de discuter. Il y avait une voiture garée devant eux et une lumière vive accrochée au mur au-dessus d'eux. "Koz m'a envoyé ces photos par courriel il y a environ vingt minutes, depuis cette piste d'atterrissage privée au sud que tu lui as dit de surveiller. La lumière n'est pas la meilleure et la résolution n'est pas terriblement claire, mais ce sont les deux mêmes types."

Bob a fait des allers-retours entre les images du téléphone portable et les photos sur l'écran de l'ordinateur et a hoché la tête. "Il les a prises au hangar ?"

"Bien reçu. Qui sont-ils ?" demande Ace.

"Deux nouveaux élèves dans la classe de Shaw nommés Mergen et Batir Khan, avec des noms bidons et des passeports jordaniens bidons. Shaw a fait passer leurs papiers pour qu'ils soient inscrits."

"Et des lutteurs !" ajoute Sasha. "L'équipe olympique irakienne. Des bâtards costauds, comme leur grand frère, Aslan. Quand ils te mettent la main dessus, qu'ils t'entourent de leurs bras..."

"Aslan ? Tu as dit Aslan Khan ?" Ace fronce les sourcils. "Voilà un nom qui vient de l'enfer. Tu ne te souviens pas de qui il s'agit ? Le '8 de carreau' ? Le numéro trente-quatre sur la vieille liste des cartes à jouer de la guerre d'Irak. C'était l'un des copains d'Uday Hussein, de la Garde républicaine, et le pilote personnel de Saddam, je crois. C'était un sale type et un tueur de pierre."

"Et catcheur", a ajouté Sasha. "Cinq, dix ans avant les frères cadets. Des bêtes."

Bob regarde à nouveau l'écran et les photos. "Et ses deux jeunes frères sont à Fayetteville, en Caroline du Nord, en bas de ce hangar à avions, où Tom Pendergrass a vu Shaw. N'est-ce pas intéressant ?"

"Mais quel est le lien ?" demande Ace.

"Quel est le lien avec tout ça ? Pendergrass pense que Shaw était en Syrie, peut-être à Raqqah."

"Un professeur de sociologie américain, le 8 de carreau et ISIS ?" Ace secoue la tête. "J'ai une idée. Pourquoi ne pas les tuer tous et laisser Dieu régler le problème ?"

"Après ce qui se passe en ville, ce n'est peut-être pas une mauvaise idée. Pendant ce temps, fais savoir à Koz ce que nous avons là-bas et vois s'il peut obtenir d'autres photos d'eux ou de toute autre personne qui se montrerait là-bas. Toi et moi devons emmener les filles à l'économat", dit-il à Ace, avant de se tourner vers les Geeks. "Bon travail, les gars, vraiment bon. Continuez à creuser pour trouver les autres trucs de la liste. Nous serons de retour dans une heure."

Le soleil se couchait lorsque Henry Shaw a retraversé la rivière Cape Fear et franchi la ligne qui mène à Fayetteville. Il ne pouvait que sourire. Ses plans commençaient à avancer rapidement maintenant, plus rapidement qu'il ne l'aurait jamais cru possible lorsqu'il est entré en voiture dans Raqqah cet après-midi fatidique, quelques semaines auparavant. Depuis, il avait lancé une série d'attaques de plus en plus violentes contre les infrastructures de l'armée américaine à Fort Bragg, le cœur de leur empire des opérations spéciales, exactement comme le calife lui avait ordonné de le faire. Étaient-elles parfaites ? Non. Avait-il fait beaucoup de dégâts physiques ? Un peu, mais pas autant que ce qu'il voulait faire. Ce qu'il avait fait, en revanche, c'était de les mettre au pied du mur et d'ébranler leur confiance.

L'attaque de ce soir serait le point culminant de son plan visant à les ébranler jusque dans leurs fondements. Ensuite, il disparaîtrait. Il connaissait quelques terriers de lapins en Californie où il pouvait se cacher, et beaucoup d'autres à Chicago où un homme pouvait "sortir du réseau" aussi longtemps qu'il le souhaitait. Après tout, l'Université de Chicago était son objectif depuis le début. Il voulait enfoncer leurs portes et montrer à ces lâches à quoi ressemblait un vrai révolutionnaire. Non pas que Chicago n'ait pas ses risques. Il y avait toujours l'Europe. Il serait facile de disparaître en Belgique, en France ou même en Italie. Avec suffisamment d'argent et plusieurs faux passeports, se cacher en Europe ne poserait guère de problème. Facile ? Facile, mon petit.

Mais qu'en est-il du Moyen-Orient ? Ne serait-il pas préférable de revenir triomphant à Raqqah et d'être vu et photographié avec le calife ? Al-Zaeim avait désespérément besoin de victoires, et les succès de Shaw à Fayetteville le placeraient à l'avant-garde du mouvement. Imagine-toi être photographié aux côtés du calife devant le drapeau noir, les bras enlacés et les AK-47 brandis en l'air. Cela suffirait-il à le faire entrer dans le cercle restreint du calife ? Peut-être comme son héritier présomptif ? Serait-ce l'étape ultime de la construction de son CV radical ? Shaw n'est plus sûr de s'en préoccuper. Chicago ? En vérité, il commençait à en profiter et ne se souciait plus du tout de ce qu'ils faisaient.

Il laisserait cette nuit prendre cette décision à sa place. Si sa prochaine attaque réussissait à répandre le sang et la terreur, et mettait Fort Bragg à genoux, il quitterait Fayetteville et disparaîtrait dans la nuit et le brouillard. Si celle-ci ne réussissait pas, il avait encore en tête deux ou trois autres frappes qui pourraient être tout aussi spectaculaires. Mais il était perfectionniste. Il détestait les détails qui traînaient, et il y en avait plusieurs qui traînaient en longueur et dont il savait qu'il devait s'occuper avant de faire quoi que ce soit d'autre. Il avait éliminé Farrakhan Muhammad et Shahid Halabi, mais il s'agissait de convertis marginaux, utiles comme "jetables" de toute façon, et auxquels on ne pouvait pas faire confiance. Et ils n'étaient que le début de l'affaire, pas la fin. Maintenant, il y avait quatre autres noms sur la liste - Stephanie, sa tout aussi délicieuse colocataire Amy, l'agent spécial du FBI Thomas Pendergrass, et peut-être cette nouvelle irritation Burke, ou quel que soit son nom.

Il détestait l'idée d'éliminer Steph et Amy. Elles avaient été très amusantes, mais elles savaient trop de choses, comme l'heure de son arrivée, ce qui en faisait des risques qu'il pouvait difficilement se permettre. Snip, snip. D'un autre côté, Pendergrass était beaucoup plus gênant. Henry Shaw était très fier d'être un excellent menteur. Il a toujours pensé que c'était un talent inné et qu'il aurait fait un escroc, un banquier, un politicien ou un sexologue très performant si c'était ce qu'il avait voulu être.

C'est pourquoi Pendergrass l'irritait. Dès leur rencontre à Chypre, Pendergrass avait vu clair dans son histoire. Tel un limier avec l'odeur dans les narines, il l'avait traqué depuis et Shaw savait qu'il serait impossible de s'en défaire. Lorsque Pendergrass s'est présenté pour la première fois dans son bureau cet après-midi-là,

Shaw a été fortement tenté de saisir le couteau Ka-Bar caché dans le tiroir de son bureau, de sauter de sa chaise et de lui trancher la gorge ; et il l'aurait fait si l'agent spécial du FBI n'avait pas été accompagné de deux inspecteurs de la police de Fayetteville.

Lorsqu'il a ajouté ces trois éléments, plus la police militaire de l'armée et le CID, Henry Shaw s'est rendu compte qu'il avait maintenant une formidable coalition de forces de l'ordre dressée contre lui. Alors que la police de Fayetteville et la police militaire disposaient d'un grand nombre de personnes et de ressources qu'elles pouvaient mettre à sa disposition, l'empreinte du FBI à Fayetteville se limitait à Pendergrass. Si Shaw parvenait à l'éliminer, il pourrait briser le cercle qui se refermait sur lui et gagner quand même.

Mais il y avait ce nouvel irritant, ce "Burke". Qui qu'il soit, il avait un général de division à sa remorque et était également un élément clé de leur cercle. Shaw ne connaissait pas encore l'ampleur du risque que représentait Burke, mais il le découvrirait demain, une fois qu'il en aurait terminé avec la mission de ce soir. Ce serait la première avec son équipe de choc, et donc sa priorité absolue. Ces hommes étaient la crème de la crème de ses recrues, de l'armée pour la plupart. Avec Enderby à leur tête, sous la direction de Shaw, ils allaient frapper, frapper et frapper encore. Et si quelqu'un se mettait en travers de son chemin, comme Burke ou un autre, il le frapperait aussi.

Tous ces éléments étaient importants, mais il avait presque oublié le C-4. Ce soir mis à part, le C-4 devait être sa priorité pour le moment. Il se dirigea vers le nord jusqu'au Campus Student Union, se gara sur l'une des places réservées aux professeurs et descendit rapidement les escaliers arrière jusqu'au café. Il a traversé la moitié de la pièce avant de réaliser que la chaise d'Al-Karman était vide et s'est arrêté. Ses livres et ses tasses de thé étaient là, mais pas de chimiste ni de sac McDonald. Peut-être était-il aux toilettes, se demanda-t-il, alors Shaw s'assit sur la chaise vide en face et attendit. Au bout de cinq minutes, il se rendit aux toilettes voisines et regarda à l'intérieur. Al-Karman était introuvable. Il est donc retourné à la cafétéria, dans la file d'attente, et a demandé à la vieille femme noire à la caisse.

"Ce gentil garçon arabe qui s'assoit toujours à cette table ? Non, non, je ne l'ai pas vu depuis le déjeuner, peut-être. Je crois que je l'ai vu partir avec un autre homme."

"Et il a laissé toutes ses affaires là-bas ? A quoi ressemblait cet autre homme ?"

Elle réfléchit un instant, puis dit : "Il était grand, avec des cheveux noirs, et..." mais c'est tout ce qu'Henry Shaw devait entendre. C'était Mergen Khan. Bon sang ! Il n'avait aucun doute sur ce que cela signifiait. Le gros animal était en train de le presser, et ces détails perdus étaient devenus encore plus importants. Snip, snip. Il est temps de bouger.

Henry Shaw a conduit sa Peugeot jusqu'à Fort Bragg. Lorsqu'il a atteint le centre éducatif, il est entré dans le parking arrière et a vu trois automobiles civiles garées les unes à côté des autres au centre, sous l'un des grands poteaux d'éclairage à vapeur de sodium. Il se gare à côté d'eux et George Enderby sort de sa vieille Pontiac marron et le rejoint à mi-chemin.

"Sont-ils prêts ?" demande Shaw. "Sont-ils prêts à mourir pour leur foi ?"

"Ils le sont", répond Enderby nerveusement.

"Combien en as-tu ?"

"Neuf si l'on compte moi-même. Dix si tu viens aussi".

"Je ne peux pas les laisser me voir, pas encore... mais tu n'as pu avoir que huit hommes ?".

"Je pensais que d'autres viendraient, mais ce sont les meilleurs, tous de l'armée ou anciens de l'armée, armés des M-4 que vous nous avez apportés, et bien entraînés."

"Très bien, très bien. Huit suffiront, et nous nous appuierons sur eux."

"Maintenant, vas-tu me dire quelle est la cible ?" Enderby demande avec impatience. "Est-ce le groupe des opérations spéciales ? Le quartier général du corps aéroporté ? Ou le 82e ?"

"Avec neuf hommes ? Même un vieux marine comme moi peut voir qu'il nous faudrait dix fois plus d'hommes pour réussir une telle attaque. Non, j'ai une bien meilleure cible en tête - l'économat du nord."

Enderby l'a regardé avec stupeur. "L'économat du Nord ? Mais..."

"C'est bien plus que ces quartiers généraux que tu as mentionnés, avec tous leurs colonels et leurs généraux. L'économat est le cœur du poste, son institution la plus démocratique, qui traverse tous les rangs et toutes les familles, comme le font l'hôpital et le PX. Je me souviens du camp d'entraînement des Marines à Parris Island. Il n'y a rien de tel que de trouver votre main tendue vers la glacière pour obtenir le même paquet de hot-dogs ou un pack de six bières qu'un colonel ou un général de division pour vous faire penser que vous êtes tous pareils."

"Oui, mais l'économat... ?"

"Réfléchis, Enderby. Nous allons briser le moral et le sentiment de sécurité des moins gradés, de leurs femmes et de leurs familles, comme nous ne l'avons jamais fait auparavant. Et cela ne devrait poser aucun risque. Il n'y a pas de gardes armés à l'intérieur du bâtiment, personne pour les arrêter. Souviens-toi, je veux que tes hommes portent l'uniforme, mais pas d'écusson ni de badge. Ils peuvent infliger des pertes massives, enlever leurs masques de ski et s'évanouir dans la nature. C'est la définition ultime de la terreur ; et je t'assure que ce coup de maître se répercutera sur l'ensemble de l'establishment militaire américain dans le monde entier en quelques minutes."

Lorsque Henry Shaw atteint l'appartement de Stephanie, situé au nord de la ville, il se gare à l'ombre d'un grand chêne en bas de la rue de son appartement, sort son téléphone portable et appuie sur son numéro. Avec un peu de chance, ils seraient tous les deux à la maison et il pourrait réussir le tiercé aujourd'hui.

Lorsque la voix d'une jeune femme familière a répondu, il a dit : "Hé, Steph, c'est Henry."

"Pourquoi, professeur Shaw, quelle agréable surprise !"

"C'est possible. Amy et toi êtes à la maison ?"

"C'est sûr que nous le sommes. Qu'est-ce que tu as en tête ?" demande-t-elle d'une voix enjouée.

"Beaucoup de choses. Mais je me demande si tu ne pourrais pas d'abord m'aider pour quelque chose."

"Bien sûr que je le ferai, Henry. De quoi as-tu besoin ?"

" J'ai un ami que j'aimerais beaucoup voir se joindre à nos petits... jeux, mais il est très guindé, et il va falloir l'"amadouer". "

"Vraiment ?", dit-elle en riant. " Tu sais à quel point je suis douée pour 'amadouer'. "

"C'est pour cela que je t'ai appelé. Je le retrouve dans le parking arrière d'un immeuble de bureaux à l'angle de Morganton et de l'autoroute, en face du centre commercial Westwood, dans dix minutes. Ce n'est pas loin de ton appartement. C'est un bâtiment en briques qui abrite des bureaux du gouvernement américain, comme le FBI. Tu verras les panneaux, tu ne peux pas le rater. Attends-moi derrière si je ne suis pas là".

Shaw est resté dans sa voiture pendant quelques minutes et sa patience a vite été récompensée. Il a vu Stéphanie bondir hors de sa maison de ville, monter dans une petite Hyundai verte et s'éloigner. Le professeur n'a pas attendu. Il a de nouveau enfilé ses gants de conduite italiens fins comme du papier, est sorti de sa voiture et a remonté le trottoir jusqu'à la porte d'entrée de Stephanie.

Il a appuyé sur la sonnette de sa boîte aux lettres. Une minute plus tard, il reconnaît la voix d'Amy qui répond : "Oui, qui est-ce ?".

"Henry Shaw, Amy".

"Oh, mince, Steph est déjà partie à ta rencontre, Henry".

"Je sais, Amy. Mais j'ai une grande surprise pour elle et j'ai besoin de ton aide."

"Bien sûr, professeur, montez".

Il connaissait la disposition de leur appartement, et lorsqu'elle l'a fait entrer en sonnant, il s'est retrouvé dans un couloir étroit, face à elle.

"Alors, quelle est la grande surprise ?" demande-t-elle de façon suggestive en se retournant et en commençant à marcher vers la grande salle.

"Oh, tu verras très bientôt, Amy", dit-il en refermant la porte derrière eux et en la rattrapant, il lui saisit le menton d'une main et l'arrière de la tête de l'autre, et leur donna à tous les deux une torsion brusque. Son cou s'est brisé comme un os de poulet sec. Alors qu'elle commençait à tomber, il l'a rattrapée et l'a transportée dans la salle de bains. Il y avait une tasse sur le lavabo. Il la remplit d'eau et la versa au centre du sol, devant les toilettes. La tenant par les épaules, il l'a poussée vers l'avant de sorte que sa tête a heurté le côté de la baignoire.

Elle est tombée sur le sol, où il a positionné son corps à un angle gênant pour que cela ressemble à un accident, comme si elle avait glissé et était tombée. Il doutait qu'elle puisse passer un examen médico-légal sérieux, ou même un examen amateur, mais cela prendrait un jour ou deux, ce qui était plus que suffisant.

CHAPITRE TRENTE

Fayetteville

Shaw a garé sa Peugeot dans le parking du centre commercial de Westwood et a traversé l'autoroute à pied jusqu'au parking arrière de l'immeuble commercial où se trouvaient les bureaux du FBI. Le parking était presque vide, il était donc facile de repérer la Hyundai verte de Stephanie, qui se trouvait deux rangées derrière l'affreuse berline grise du gouvernement de Pendergrass. Elle sursaute lorsqu'il ouvre brusquement la portière côté passager et se glisse sur le siège avant à côté d'elle.

"Jeez, Henry ! D'où viens-tu ? Je regardais..."

"Pouf ! Un de mes tours de magie, Steph." Il sourit et pose sa main sur sa cuisse. "Ça va être très amusant, tu verras. Mon pote Tom est avec le FBI, et..."

"Le FBI ?" Elle fronce les sourcils. "Je ne vais pas avoir d'ennuis, n'est-ce pas ?"

"Non, non, nous allons faire un petit 'jeu de rôle', c'est tout. Nous serons les flics et tu seras notre indic."

"C'est censé être sexy ?"

"Ce sera le cas quand nous aurons terminé. Tu l'appelles et tu lui dis que tu as des informations sur l'un des attentats, mais que tu as trop peur pour entrer. Dis-lui que tu lui parleras sur le parking, mais seulement s'il vient tout de suite, avant que tu ne perdes complètement tes nerfs."

"Tu es sûr que c'est bon ?" demande-t-elle, encore hésitante.

"Steph, tu ne me fais pas confiance ? C'est juste un petit jeu de rôle. On va s'éclater chez toi, avec des menottes, des fouilles au corps et quelques 'interrogatoires renforcés'. Tu vas adorer. Vas-y, appelle-le. Ensuite, tu iras te placer à côté de sa voiture jusqu'à ce qu'il sorte. Quand il commencera à te parler, je viendrai le surprendre, puis nous le convaincrons tous les deux de participer à cette petite fête chez toi."

Elle n'en était pas encore très sûre, mais elle est sortie de la voiture et a passé l'appel. Trois minutes plus tard, il a vu Pendergrass franchir la porte arrière du bâtiment. Il s'est arrêté pour jeter un coup d'œil autour de lui, a vu Stéphanie debout près de sa voiture et a commencé à marcher vers elle. Ce faisant, Shaw est sorti des buissons sur le côté de la porte arrière, s'est approché derrière lui, son Beretta sorti, et l'a pointé sur l'arrière de la tête de l'agent du FBI.

"Ravi de vous revoir, agent spécial Pendergrass", commence Shaw, mais l'homme se retourne et lui fait face.

"Shaw !" Les yeux de Pendergrass se sont rétrécis lorsqu'il s'est retrouvé à regarder le canon d'un 9 millimètres automatique. "Un problème avec les amateurs qui s'amusent avec des pistolets automatiques, c'est qu'ils oublient toujours de chambrer une cartouche, et oublient la sécurité", dit-il en tendant soudain la main vers le canon du Beretta, espérant que ce qu'il disait amènerait Shaw à faire une pause et à réfléchir.

Malheureusement pour Pendergrass, Shaw a retiré le pistolet juste assez loin pour être hors de portée de Pendergrass, et a répondu : "Un problème avec les professionnels qui pensent que tous les autres sont des amateurs, c'est que parfois ils ont tort", et a tiré sur l'agent spécial en plein front. "Semper Fi, connard !" Le coup de feu a fait basculer Pendergrass en arrière, aux pieds de Stéphanie. Elle se tenait derrière lui, les yeux écarquillés et la bouche ouverte, le visage éclaboussé de sang.

"Désolé, Steph", lui a-t-il dit en lui tirant également une balle dans le front, "mais tu es un autre problème dont je n'ai plus besoin". Elle s'est effondrée sur le trottoir à côté de Pendergrass. Shaw s'est avancé et leur a tiré à chacun une nouvelle balle dans la tête. Stéphanie avait laissé son sac à main dans la voiture, elle n'avait donc aucune autre pièce d'identité sur elle, mais Pendergrass en avait une. Shaw a pris son portefeuille et son porte-badge, puis il a traîné Stéphanie derrière les buissons près de la porte arrière du bâtiment. Il l'a fait rouler sur le dos, a poussé sa jupe jusqu'à la taille et lui a arraché sa culotte.

"Quel gâchis", dit-il tristement en la regardant, puis il retourna chercher Pendergrass. Il l'a traîné lui aussi derrière les buissons, a descendu son pantalon jusqu'aux genoux, lui a écarté les jambes et l'a allongé sur elle. Est-ce que quelqu'un le croirait ? Bien sûr que non, mais cela ferait une distraction utile. Il a pris son sac à main dans la Hyundai et est retourné à sa Peugeot, pensant qu'il le jetterait dans la rivière avec les affaires de Pendergrass une fois qu'il serait remonté sur la route 41.

Eh bien, pensa-t-il, c'était trois fois moins, et il ne restait plus que ce fauteur de troubles de la forêt de Sherwood à affronter. Snip, snip, snip.

Fort Bragg a deux économats, l'original dans le quadrant nord-est du poste, astucieusement appelé l'économat du nord, et le "nouveau", qui a maintenant vingt-cinq ans, dans le quadrant sud-ouest, appelé l'économat du sud. Linda et Dorothy ont pris leurs "jouets" et les ont traînés dehors pour s'approvisionner en steaks, en pommes de terre à cuire, en hamburgers, en pain, en épis de maïs, en pâtes, en pizzas surgelées, en bière et en tous les autres "produits essentiels" qu'une douzaine d'hommes pouvaient vouloir lorsqu'ils allaient "au matelas", comme l'appelait Bob, peu importe ce que cela signifiait, ce qui n'était probablement pas ce que Linda espérait que cela signifiait.

Le North Commissary était plus pratique pour Sherwood Forest. Ils ont traversé la rivière, sont passés au nord de la ville, ont remonté le boulevard Bragg et ont franchi la porte d'entrée à 19 h 45. À l'intérieur, la plupart des commissariats ne se distinguaient pas des grandes épiceries civiles de la ville. Si tu en as vu un, tu les as tous vus. Et comme ils avaient déjà fait beaucoup de ces courses "puissantes", ils n'ont pas perdu de temps une fois à l'intérieur. Bob et Linda se dirigent vers les condiments tandis qu'Ace et Dorothy s'occupent des fruits et légumes. Ils se donnent rendez-vous quinze minutes plus tard au comptoir des viandes fraîches, au fond du magasin, avant de passer au pain et à la bière. Normalement, ils auraient emmené Ellie avec eux pour courir et aller chercher des choses dans les allées, mais elle avait des devoirs, alors ils ont dû se débrouiller seuls pour courir et aller chercher ce soir. Malheureusement, l'économat fermait rapidement à 21 heures, ce qui faisait des deux ou trois heures entre le dîner et la fermeture les moments les plus chargés de la journée.

Lorsqu'ils ont franchi les portes d'entrée, Bob a arrêté Ace et a dit aux femmes d'aller de l'avant pendant une minute, et qu'ils les rattraperaient. Quand ils ont été hors de portée de voix, il a dit à Ace : "Envoie un texto à Koz. Demande-lui ce qui se passe dans ce hangar. Y a-t-il une chance qu'ils puissent entrer et voir ce qu'il y a à l'intérieur ?"

Ace a sorti son téléphone portable et a commencé à taper avec ses deux pouces. "Comme je suis nul avec ces trucs, je vais probablement finir par commander une pizza ou déclencher une guerre nucléaire... Voilà, c'est fait". Ils sont restés quelques instants de plus dans l'allée principale jusqu'à ce que la réponse arrive. " 'Tout est calme', dit-il. 'L'un des frères est parti il y a un moment avec la Mercedes. L'autre est toujours à l'intérieur. Il n'y a pas beaucoup de chances de rentrer. Il dit qu'il y a presque toujours l'un d'eux à l'intérieur."

"Copie. Dis-leur de continuer à observer et à faire des rapports."

Bob rattrape Linda alors qu'elle fouille dans les assiettes en papier et les serviettes, et ils se frayent un chemin à travers les congélateurs verticaux jusqu'aux glacières ouvertes le long du mur du fond et au rayon des viandes. C'est alors que Bob entendit un bruit provenant de l'avant du bâtiment qu'il ne pensait jamais entendre à nouveau, et certainement pas aux États-Unis dans un établissement de soutien aux familles comme un commissariat de l'armée. Il s'agissait sans aucun doute d'une fusillade, avec le son caractéristique d'une balle de 5,56 OTAN, ce qui signifie qu'elle provenait d'un fusil M-16 ou d'une carabine M-4 de l'armée américaine. Les coups de feu ont été immédiatement suivis de cris, de fracas et de bruits de verre brisé - le cauchemar de tout soldat américain ayant une famille.

Lorsque les coups de feu ont commencé, Bob était penché sur l'une des glacières et en sortait une douzaine de steaks. En un clin d'œil, douze années d'instinct de combat ont pris le dessus. Il a levé les yeux et a vu Ace et Dorothy qui s'approchaient d'eux par l'allée arrière. Ace et lui échangent un regard rapide. D'après l'expression d'Ace, il était arrivé à la même conclusion que Bob. Ils se retournèrent tous les deux et regardèrent dans les allées vers l'avant du magasin. C'est là qu'il a vu deux hommes portant des uniformes de l'armée américaine et des masques de ski, qui tiraient sur des gens avec ce qui semblait être les nouvelles carabines M-4 A1 de l'armée. Ce n'était pas une bonne nouvelle. Le M-4 est une version plus courte et compacte du M-16 datant de l'époque du Vietnam, et il est tout aussi mortel.

Bob a immédiatement attrapé Linda et l'a poussée à travers les portes battantes dans l'arrière-salle du rayon des viandes. "Tiens", lui dit-il en lui lançant son téléphone portable et en commençant à regarder autour des tables de découpe. "Appelle Sharmayne Phillips. Elle est dans mes 'Favoris'. Et appelle Pat O'Connor. Dis-leur que l'économat du nord est attaqué." Le temps de terminer, il avait trouvé ce qu'il cherchait - des couteaux à découper et des hachoirs à viande. En cas d'attaque, Bob avait toujours préféré une arme à feu, en particulier un pistolet semi-automatique ou un fusil de sniper à long canon, dont il était un expert. Étant maintenant officiellement à la retraite, ni lui ni Ace ne portaient de pistolets ou d'autres armes sur le poste, à l'exception d'un stylo à bille. Ceux-ci avaient été plus qu'adéquats, mais n'importe quel port dans une tempête. Il était tout aussi doué pour le combat au corps à corps et même un couteau pouvait faire l'affaire en cas de besoin. D'ailleurs, tous ceux qui l'ont connu ont compris que "le fantôme" n'était jamais "désarmé", même s'il ne portait que ses doigts et ses orteils.

Mais les couteaux ? Qu'il s'agisse de les lancer ou de les utiliser de près, ce sont probablement les compétences qu'il utilise le moins, car il laisse rarement un ennemi s'approcher d'aussi près. Pourtant, qu'il s'agisse d'un rouleau de plans ou d'une planchette à pince, il pouvait être aussi mortel que nécessaire. Il sortit rapidement une demi-douzaine de couteaux à découper de l'étagère et les souleva pour s'assurer de leur poids et de leur équilibre, tandis qu'Ace poussait Dorothy par la porte la plus éloignée. Les lames semblaient bien aiguisées. En succession rapide, il lança trois couteaux à Ace, le manche en premier, gardant pour lui deux autres couteaux et un lourd hachoir à viande. Le temps ne jouant pas en leur faveur, les deux hommes se dirigèrent vers les portes d'un rapide signe de tête.

"Restez ici", a-t-il dit à Linda en se retournant. "Toutes les deux. Mettez-vous derrière le congélateur ou quelque chose comme ça, mais ne sortez pas !" Linda a commencé à dire quelque chose, mais le regard qu'il lui a lancé lui a indiqué que ce n'était pas négociable.

Alors que lui et Ace remontaient l'allée centrale en courant, la fusillade avait empiré, si ce n'est plus. Les balles frappaient le plafond, les étagères d'aliments emballés et les murs du fond. À gauche et à droite, il a vu des hommes et des femmes allongés dans les allées ou accroupis derrière leurs chariots d'épicerie, tandis qu'une douzaine ou plus couraient vers le fond du magasin, poussant et bousculant, ne voulant pas être les derniers. Sans réfléchir, Bob se précipita sur eux, remontant le centre de l'allée en tenant le lourd hachoir à viande dans sa main gauche, un couteau à découper de 8 pouces dans sa main droite et un second long couteau rangé dans sa ceinture. Les clients qui couraient vers lui ont jeté un coup d'œil à l'expression sinistre et meurtrière de son visage et se sont écartés de son chemin, se séparant comme la mer Rouge devant lui.

Alors qu'il était à mi-chemin de l'allée, il avait déjà acquis ses premières cibles. À environ trente pieds devant lui se tenaient deux hommes armés. Ils se tenaient en tête de l'allée, l'un d'eux avec son M-4 pointé vers la gauche et l'autre vers la droite. Cela a donné à Bob un avantage de deux ou trois secondes, qu'il n'a pas gaspillé. Il s'est précipité sur eux encore plus vite, ramenant son bras droit en arrière et lançant l'un des couteaux à découper sur le tireur de gauche. L'homme armé a dû sentir un mouvement ou apercevoir du coin de l'œil l'éclair d'une lame de couteau qui dégringole vers lui. Il a tourné la tête et le haut du corps vers Bob, mais au lieu d'approcher le canon de son fusil et de tirer, il s'est figé, ce qui était précisément la mauvaise chose à faire.

Bob Burke était rapide, mais il ne doutait pas que le tireur n'avait jamais vu auparavant un maniaque muni de couteaux clignotants courir à toute vitesse droit sur lui. C'était sans doute un peu déconcertant, mais dans un combat rapproché et mortel, soit tu réagis, soit tu es mort. Si le tireur avait été formé par les Rangers ou les Delta, il se serait retourné et aurait tiré, et leur brève altercation aurait pris fin. Bob aussi. Au lieu de cela, le tireur s'est figé et le lourd couteau de 8 pouces l'a frappé à la base de la gorge, entre le masque de ski et l'os de la poitrine, et s'est enfoncé profondément. C'est parti, c'est parti, c'est parti. Ses mains se sont portées à sa gorge, agrippant le couteau, et il a lâché le M-4. Il a vacillé d'avant en arrière pendant un moment, gargouillant du sang, jusqu'à ce qu'il s'effondre à genoux.

Bob ne s'est pas arrêté. Le deuxième tireur non plus. Ayant une ou deux secondes de plus pour réagir, il commença à balancer son fusil automatique autour de lui. Bob avait déjà fait passer le hachoir à viande dans sa main droite et l'avait lancé aussi fort qu'il le pouvait. Faire tourner un couteau de lancer bien équilibré avec le nombre exact de tours pour frapper une cible avec la pointe de sa lame demandait beaucoup de coordination et d'entraînement. Faire en sorte qu'un couteau à découper inconnu y parvienne, comme il l'avait fait lors de son premier lancer, relevait plus de la chance que de l'habileté. Faire en sorte qu'un hachoir à viande lourd et déséquilibré fasse quelque chose, c'est de la pure chance. En l'occurrence, dès qu'il a lancé le couperet, il a senti qu'il n'avait pas fait le bon nombre de rotations pour frapper le type avec le tranchant de la lame. Il s'en est fallu de peu, mais il a visé juste et c'est tout ce qui comptait. L'épais bord supérieur ou l'épine dorsale du hachoir à viande a frappé l'homme armé au centre de son front. Il ne l'a pas coupé, ni même pénétré, mais le coup l'a couché sur place, comme s'il avait heurté le bord d'une lourde porte en chêne.

Alors qu'il tombait, son doigt pressa la gâchette et le M-4 tira une courte rafale de balles qui déchira les étagères et le carrelage, mais ne toucha personne.

Sans s'arrêter, Bob s'est baissé, a ramassé la carabine M-4 du premier tireur et s'est agenouillé au bout de l'allée. Il a rapidement balayé l'avant du magasin à travers son viseur optique Aimpoint M-68, à la recherche de nouvelles cibles. Ce qu'il a vu, c'est le chaos. Plusieurs dizaines de civils gisaient sur le sol, beaucoup ensanglantés et blessés, d'autres non, tandis que d'autres encore tentaient de se cacher derrière les comptoirs et les tables d'exposition. Pire encore, quatre autres hommes armés se tenaient au-dessus des comptoirs, vêtus de masques de ski, d'uniformes de l'armée sans insignes et de bottes de désert, tenant des M-4 et tirant sur tout ce qui bougeait à l'avant du magasin. Deux autres hommes armés se tenaient sur le sol entre les comptoirs, et un autre était posté sur le seuil de la porte d'entrée et aboyait des ordres.

Ace lui jeta un coup d'œil depuis le coin de l'allée suivante, et Bob lui lança la carabine M-4 du deuxième tireur. "Masques de ski. Tu commences par la gauche, je commence par la droite", dit Bob en visant le tireur à l'extrême droite, qui se retournait déjà dans la direction de Bob. Lorsqu'il a vu ses deux amis allongés sur le sol, il ne lui a pas fallu longtemps pour conclure que quelque chose n'allait pas et pour balancer son fusil dans la direction de Bob. Que leurs ACU soient légitimes ou volées, la façon dont le tireur se déplaçait et tenait son arme montrait clairement qu'il avait reçu un entraînement militaire. Des opérations spéciales ? Bob en doute. Ils n'avaient pas l'air très bien, mais ils avaient reçu une solide formation d'infanterie quelque part et c'était tout ce qu'il fallait.

Bob a placé le réticule du viseur optique M68 au centre de la tête de l'homme, a basculé le sélecteur sur le tir semi-automatique, a laissé échapper la moitié de son souffle et a pressé la gâchette trois fois. Il avait déjà fait cela des centaines de fois et obtenu le même résultat. Entre les mains d'un tireur d'élite expert comme lui, avec une cible à découvert à moins de cent pieds, il n'y avait pas de contestation possible. Les balles de 5,56 millimètres M855A1 à gaine de cuivre ont voyagé sur ce qui était pratiquement une ligne droite et ont frappé le tireur au centre de sa tête, exactement là où se trouvait le réticule de Bob, le faisant basculer en arrière. Avant qu'il ne touche le sol, Ace avait tiré deux balles sur l'homme à l'autre bout de la ligne et l'avait mis à terre de façon tout aussi permanente. À partir de ce moment-là, il s'agissait d'un "tir à la dinde" rapide et le fait que les tireurs restants les voient ou non n'avait plus d'importance. Il n'a pas fallu plus de trois secondes et moins d'une douzaine de balles à Bob et Ace pour abattre les quatre hommes qui se tenaient sur les caisses.

Il restait donc les deux dans les allées, plus celui à la porte d'entrée. Ace et lui ont tous deux tiré sur eux, mais la fraction de seconde qu'il leur a fallu pour pivoter de quelques degrés supplémentaires et fixer le réticule sur leurs troisièmes cibles a suffi pour que les deux tireurs se baissent sous les comptoirs et que leurs balles manquent le haut du panier.

À peine l'un des tireurs s'est-il laissé tomber sous le comptoir qu'il est remonté entre les comptoirs comme un Jack-in-the-Box, exactement comme Bob s'y attendait. Deux autres tirs à la tête ont éliminé cette menace, ce qui en a laissé une autre. Que le tireur le sache ou non, il était confronté à un problème tactique de base avec trois options. Avec deux hommes armés qui lui tirent dessus, il peut choisir de concentrer ses tirs sur l'un d'entre eux, choisir d'arroser la zone générale et d'essayer de les attraper tous les deux, ou il peut s'enfuir aussi vite qu'il le peut et espérer des lendemains meilleurs. Dans ce cas, les deux hommes qui lui tirent dessus sont des tireurs d'élite et sont bien mieux entraînés que lui, donc les chances qu'une de ces trois options fonctionne n'étaient pas très bonnes. Il a donc choisi de lever le fusil au-dessus du comptoir et d'opter pour un tir automatique à la John Wayne. Malheureusement, il visait haut et tout ce qu'il a réussi à faire, c'est déchirer les étagères de conserves et de sauces en bouteille au-dessus de l'endroit où Bob était agenouillé, l'éclaboussant de sauce tomate Mama Mia et de maïs en conserve.

Celui-ci étant resté derrière le comptoir, les yeux de Bob se portèrent sur celui qui se trouvait dans l'embrasure de la porte et qui donnait des ordres. Ignorant les éclaboussures de nourriture, Bob se leva et tira une courte rafale sur lui. Malheureusement, il n'était pas aussi stupide que ses hommes. En voyant ce qui leur était arrivé, il avait déjà reculé et commencé à courir.

Il se tenait dans la sécurité relative du "sas", entre les portes vitrées automatiques extérieure et intérieure, jusqu'à ce que deux des tirs de Bob frappent le verre incassable près du cadre de la porte avec un "Palang, Palang" sonore, et fassent des toiles d'araignée sur la surface vitrée. Bob pense que la troisième balle a touché l'homme, probablement à l'épaule ou dans le haut du dos, car quelque chose l'a soudain fait tomber. Il est tombé entre les portes extérieures, protégé par le verre épais des portes intérieures, mais il n'est pas resté longtemps au sol. Il a réussi à se remettre debout. Penché en avant et visiblement en proie à la douleur, il a regardé Bob et s'est enfui dans le parking.

Il ne restait plus que le tireur toujours caché derrière la caisse. Après tous les échanges de coups de feu poilus qu'Ace et Bob avaient vécus ensemble, plusieurs signes rapides de la main ont suffi pour qu'ils changent de tactique et passent à l'offensive. Ace s'est déplacé rapidement, avançant le long de l'allée avant perpendiculaire, son fusil d'emprunt serré contre son épaule, pour flanquer les comptoirs. Pour un fantassin expert habitué à utiliser sa propre arme qu'il avait personnellement nettoyée, avec laquelle il s'était entraîné, dont il avait réglé le zéro et qu'il avait chargée, l'idée d'utiliser un fusil "de récupération" d'origine douteuse était une hérésie. Le moins que l'on puisse dire, c'est qu'il se sentait mal à l'aise, mais il s'est débrouillé. Le fusil se déplaçait d'avant en arrière en synchronisation avec ses yeux tandis qu'il regardait entre chaque allée, tandis que Bob faisait de même sous l'angle opposé.

"Lâchez votre arme et sortez maintenant !" Bob a crié à l'homme.

"C'est ton dernier avertissement", a beuglé Ace.

"Tous tes amis sont morts, et tu es sur le point de les rejoindre".

"Très bien, très bien", ils entendent une voix appeler depuis l'allée voisine, suivie du cliquetis d'un fusil automatique atterrissant sur le carrelage, comme deux mains qui s'élancent par-dessus le bord du comptoir. "Je sors, je sors, ne tirez pas !"

"Allonge-toi sur le comptoir", ordonne Bob. Le tireur était afro-américain, vêtu d'un uniforme de combat complet de l'armée américaine, et il a rapidement obtempéré. Ace s'est avancé, l'a fouillé et l'a dépouillé de sa ceinture, qu'il a utilisée pour attacher les bras du jeune homme derrière lui. Il a ensuite attaché les lacets de ses bottes ensemble, ce qui a complètement neutralisé l'homme. Ce faisant, Bob a regardé de plus près l'uniforme qu'il portait. Il était bien usé et tout semblait réel. Il en était de même pour le M-4 qu'il avait utilisé.

Bob a fouillé dans la poche de hanche de l'homme, a sorti son portefeuille et a vu une carte d'identité de l'armée d'apparence tout aussi réelle. "Billingsley ?" Bob a demandé et a vu l'homme lever les yeux vers lui, ce qui était tout ce qu'il avait besoin de savoir. Il a pointé son doigt sur le jeune homme et lui a dit : "Si tu bouges d'un pouce de ce comptoir, tu es un homme mort. Tu as compris ?" Billingsley acquiesce rapidement et s'affaisse. Il était évident que ce qu'il y avait eu de combatif en lui avait complètement disparu.

Dehors, George Enderby a continué à courir et à trébucher à travers le parking, en s'agrippant au côté droit et à l'épaule. Derrière lui, c'est le chaos. Les clients de l'économat commençaient à sortir des portes, courant dans toutes les directions en criant. Enderby s'est arrêté, cherchant désespérément de l'aide autour de lui. Au cinquième rang, il aperçut enfin Henry Shaw qui se tenait entre deux voitures, le fixant du regard alors qu'Enderby courait à sa rencontre.

"Qu'est-ce qui s'est passé ?" Shaw a exigé de savoir alors que sa colère montait en flèche. "Ne me dis pas que tu m'as laissé tomber, Enderby. Un commissariat ? Où est le reste de nos hommes ?"

"Disparus... abattus... la plupart d'entre eux sont morts..."

"Parti ? Mortes ? Tous les neuf ? Ma 'force de frappe' ? Tu n'as même pas pu faire tomber un commissariat puant ?"

"Nous avons attaqué comme tu l'avais ordonné, Shaw, et ils ont abattu beaucoup de gens à l'intérieur, comme tu nous l'avais demandé, mais ensuite, sortis de nulle part, deux hommes..."

"Deux hommes ? Deux hommes ! Vous étiez neuf là-dedans, Enderby ! Je comptais sur eux, et sur toi ; et maintenant tu me dis qu'ils sont tous partis ? Comment ?"

Enderby s'est appuyé contre une voiture, respirant bruyamment. "L'un d'entre eux était cet homme qui est entré dans le centre musulman et qui nous a bousculés".

"Burke ? Celui dont tu as dit qu'il s'appelait Burke ? Et il vous a fait tomber tous les neuf ? Qui est-il ? Superman ?"

"Il y avait aussi un autre homme avec lui, pas seulement lui ; mais je n'oublierai jamais son visage. Quand je l'ai regardé, il... il..."

"Oui, et je suis sûr qu'il n'oubliera jamais ton visage non plus", répond Shaw. "Où est ta voiture ?" Enderby a levé la main et a pointé vers une vieille Pontiac bordeaux, deux rangées plus loin. "Donne-moi les clés", demande Shaw. Enderby a fouillé dans sa poche puis s'est arrêté à mi-chemin, le regardant avec perplexité. C'est alors que Shaw a levé son Beretta et tiré sur Enderby au centre de sa poitrine. "Voilà ce qui arrive quand tu me fais faux bond".

Shaw prit les clés d'Enderby dans sa poche, se dirigea vers la Pontiac et la conduisit jusqu'au fond du terrain, où il la gara à côté de sa Peugeot. La Pontiac se conduisait comme une merde à quatre roues, pensa Shaw. Elle avait des sièges baquets déchirés et inconfortables, elle démarrait mal et crachait d'horribles nuages noirs de gaz d'échappement. Pourtant, il était temps pour lui de changer de roue.

Il avait pensé à prendre la voiture de Stéphanie, ou même celle de Pendergrass, mais il se doutait qu'elles étaient déjà chauffées à blanc, comme le serait bientôt sa Peugeot bien-aimée. La vieille Pontiac d'Enderby devait faire l'affaire, alors il sortit, s'approcha de sa Peugeot et ouvrit le coffre. Dans une boîte, enveloppée dans une serviette, il y avait deux autres charges explosives C-4 d'une livre, prêtes à l'emploi, avec des téléphones portables attachés. Il les transfère dans le coffre de la Pontiac, pensant qu'elles n'y resteront pas longtemps.

Bob a entendu ce qui ressemblait à un coup de feu à l'extérieur, mais il l'a ignoré. Il y avait bien assez de choses à faire pour l'occuper à l'intérieur de l'économat. Il a jeté un coup d'œil aux portes d'entrée et a finalement vu le staccato lumineux des clignotants d'urgence rouges et bleus, accompagné du gémissement de différents types de sirènes de voitures de police, de camions de pompiers et d'ambulances qui convergeaient tous vers le bâtiment.

" Voilà cette foutue cavalerie ", grommelle Ace en abaissant son fusil. "Il était temps." Comme tout bon sergent de section, Ace a rapidement évalué et pris en charge la situation. " La police militaire et les infirmiers seront partout en un clin d'œil ", crie-t-il à Bob en jetant son M-4 par la porte d'entrée. "Tu dois faire de même, Ghost. On ne sait pas qui ils vont décider de commencer à tirer." Il entreprit ensuite d'organiser les survivants pour qu'ils s'occupent des blessés et de mettre en place un triage rapide pour ces derniers.

"Tu es touché ?" Bob lui demande en faisant ce qu'Ace a dit et en jetant son

M-4 par la porte.

Ace a regardé le sang sur ses bras et sa chemise et a dit : "Pas le mien. Pourquoi ne retournes-tu pas t'assurer que les filles vont bien. Je connais encore la plupart des députés, et je peux leur expliquer les choses avant qu'ils ne pètent les plombs contre nous." Ace désigna la chemise et le visage de Bob et fronça les sourcils. "Mais qu'en est-il de toi ? Tu es touché ?"

Bob a baissé les yeux et a vu que sa chemise était également éclaboussée de rouge. Comme il le savait bien, le corps humain peut réagir à une blessure par balle de façon étrange. En général, tu sais quand tu as été touché, mais parfois ce n'est pas le cas. Il passa rapidement son doigt dans l'épais liquide rouge sur sa poitrine et le goûta. "Sauce spaghetti, probablement Mama Mia ou Chef Boyardee, mais merci d'avoir demandé", sourit-il en sprintant vers l'arrière du magasin.

Il a su qu'il avait un problème dès qu'il a atteint l'allée qu'il avait empruntée, et il a couru rapidement à travers le verre brisé et les boîtes de conserve endommagées. Le tireur avec le couteau dans la gorge était toujours là, mort, mais le clown qu'il avait frappé à la tête avec le hachoir à viande avait disparu. La dernière fois que Bob l'avait vu, il était allongé sur le sol, les yeux révulsés, mort de froid. Maintenant, il avait disparu, tout comme le hachoir à viande. Bob avait jeté le M-4, mais il se souvint qu'il avait encore un couteau à découper dans sa ceinture. Cela devrait suffire, pensa-t-il en le sortant et en courant à toutes jambes vers le rayon des viandes fraîches.

Son cerveau s'est immédiatement mis en mode "Full-Burke Action Figure Mode", comme l'appelaient ses copains. Le couteau était sorti et il glissait sur la pointe des pieds en franchissant les deux portes battantes et en pénétrant dans la boucherie, s'attendant à se retrouver de l'autre côté dans un combat mortel au corps à corps. Mais alors que ses yeux se balançaient d'avant en arrière, absorbant et assimilant tout ce qui se passait dans la pièce, il s'est rapidement rendu compte qu'il n'avait pas besoin de s'en préoccuper. Le type avec la bosse linéaire "préexistante" sur le front était étendu sur le sol, transi de froid, les yeux à nouveau retroussés dans sa tête, le nez cassé et ensanglanté, et un deuxième gros nœud sur le coin avant gauche de son front. Dorothy se tenait d'un côté de lui, tenant le hachoir à viande à deux mains, prête à commencer à couper des parties du corps, tandis que Linda se tenait de l'autre côté, tenant ce qui ressemblait à un steak d'aloyau de deux livres, emballé et congelé, par-dessus son épaule, lui criant dessus et prête à le frapper à nouveau.

"Cessez le feu, mesdames", dit Bob en riant, "il ne va nulle part".

"Facile à dire pour toi !" Linda a tourné la tête et lui a lancé un regard noir. "Tu nous laisses ici tout seuls, sans armes..."

"Tu as pris le T-bone ; on dirait que c'est tout ce dont tu avais besoin", a-t-il indiqué à l'énorme tranche de steak congelé qu'elle tenait dans ses mains.

"Très drôle !"

"En fait," Dorothy l'a corrigé, "il est entré en brandissant ce hachoir à viande, et elle l'a attrapé au ras du sol avec un petit filet surgelé de six onces. Tu serais fier. Elle le lui a lancé à la tête comme une balle rapide de Nolan Ryan. Elle l'a attrapé au niveau de l'épaule et l'a mis à terre comme s'il s'agissait d'une balle de polochon. Tu lui as appris à lancer comme ça ?"

"Non, je suis plutôt du genre à aimer les côtelettes d'agneau".

"Très drôle", s'emporte Linda. "J'ai entendu des coups de feu. Qu'est-ce qui se passe ?"

"Ne t'inquiète pas. On s'occupe de tout", dit Bob en souriant.

"Tout est réglé ?" entendit-il la voix forte et énervée d'une femme alors que les portes battantes derrière lui s'ouvraient et que l'agent spécial du CID, Sharmayne Phillips, entrait dans la pièce en position de tir à jambes fléchies. Elle tenait son Beretta devant elle, prêt à l'emploi, tout en demandant : " Comme l'a dit la dame, Burke, qu'est-ce qui se passe ici ? "

CHAPITRE TRENTE ET UN

L'économat nord de Fort Bragg

À mi-chemin dans le parking bondé, au centre d'une rangée intermédiaire, entre un gros SUV et un monospace cossu, Henry Shaw était assis, affalé sur le siège avant de la Pontiac bordeaux d'Enderby, regardant une fois de plus les événements se dérouler par-dessus son tableau de bord. Mais cette fois, les choses ne se sont pas déroulées comme il l'avait prévu. Loin de là. Cela aurait dû être son moment de triomphe. Au lieu de cela, il venait de perdre ses neuf meilleurs hommes, et la seule chose qu'il avait en tête était la vengeance. Quelqu'un paierait pour cela. Non, beaucoup paieraient, il l'a juré. Le premier avait été George Enderby, qui s'était révélé d'une incompétence décevante. Mais c'était le premier, pas le dernier.

Shaw n'était pas certain de savoir pourquoi il était resté aussi longtemps à l'économat. Il s'agissait probablement d'une curiosité morbide pour les morts et les mourants, qui remontait à loin. En outre, il voulait voir comment l'armée avait réagi à cette attaque, pour s'y référer plus tard. C'est pourquoi il a gardé les yeux rivés sur les portes d'entrée et les fenêtres de l'économat, observant les gens qui continuaient d'affluer sur le parking. Beaucoup d'entre eux étaient ensanglantés, et un certain nombre atteignaient la chaussée avant de s'effondrer sur le trottoir. Tout cela paraissait si artificiel sous la lumière bleu-blanc des grands lampadaires à vapeur de mercure disséminés sur le terrain.

Lorsque les premiers véhicules d'urgence sont arrivés sur les lieux, leurs gyrophares rouges et bleus ont ajouté une tension inquiétante. Les trois premiers étaient des voitures de police militaire. Vient ensuite une voiture de la police militaire en civil avec un gyrophare sur le tableau de bord, puis la première d'une série d'ambulances et de camions de pompiers. Ils avaient tous leurs clignotants et leurs sirènes allumés, tout comme les véhicules d'urgence civils de Fayetteville qui arrivaient pour aider. C'est très bien, pense-t-il. Ils étaient tellement concentrés sur l'économat et ce qui s'était passé à l'intérieur qu'ils n'avaient pas encore pensé à l'extérieur. Tôt ou tard, cependant, quelqu'un trébucherait sur le corps du pauvre Enderby à quatre allées de la porte. Henry Shaw voulait être loin avant que cela n'arrive, avant qu'ils ne mettent en place leurs barrages routiers et avant qu'ils ne verrouillent à nouveau le poste.

Dommage, pensa-t-il en regardant sa montre, mais toutes les bonnes choses ont une fin et il était temps pour lui de partir. Après tout, la nuit était jeune et il y avait encore quelques personnes qu'il voulait tuer ce soir pour faire place nette. Cependant, alors qu'il se redressait et tournait la clé dans le commutateur d'allumage, il vit une autre voiture arriver à toute allure dans l'allée centrale, s'arrêtant sur le côté à une centaine de mètres de la porte d'entrée. C'était une berline de l'armée de terre de couleur olive, avec un fanion rouge sur son pare-chocs qui portait deux étoiles argentées. Mon Dieu, mon Dieu, sourit Shaw. Il s'est peut-être précipité. Peut-être ne devrait-il pas partir tout de suite après tout.

Dès que la berline s'est arrêtée, la porte avant du côté passager s'est ouverte. Un gros sergent en est sorti et a fait signe au conducteur de s'éloigner. Il s'est ensuite tourné pour ouvrir la porte arrière côté passager, mais l'homme qui était assis derrière l'avait déjà ouverte et a sauté dehors. Les deux portaient des uniformes de service verts de classe A de l'armée. Celui qui se trouvait sur la banquette arrière avait des étoiles argentées scintillantes sur ses pattes d'épaule et son chapeau plat et habillé était festonné de galons dorés. Il se dirigea vers l'économat au pas de course. Le sergent mit lui aussi son chapeau, se laissa distancer et essaya de le suivre. Lorsqu'il se rapprocha des lumières à l'avant du magasin, Shaw vit suffisamment de galons jaune vif et de bascules sur sa manche pour constater qu'il était au moins sergent-major.

Le général était un homme de petite taille, mais il avait plus de rangées de rubans sur son uniforme que Shaw n'en avait jamais vu. Le sergent était grand et musclé et arborait lui aussi des galons, des médaillons et des rubans. Dans l'obscurité, Shaw n'était pas sûr de leur identité, mais il s'agissait du même général et de la même berline que ceux qu'il avait vus sur le site de la bombe du musée des opérations spéciales et aéroportées, avec Burke qui parlait à Pendergrass, les flics de Fayetteville et la députée. Il est clair que ce général était un élément clé de l'alliance impie qui se dressait maintenant contre lui. Il avait éliminé Pendergrass, et il avait maintenant la possibilité de faire tomber un domino de plus.

Shaw est sorti de la voiture d'Enderby, a ouvert le coffre et a sorti l'une des charges de C-4. Après avoir jeté un long coup d'œil au parking, il a commencé à marcher vers les portes d'entrée de l'économat. Le chaos n'avait fait qu'augmenter, avec des gyrophares, des sirènes, des policiers militaires, des personnes allongées sur le trottoir et prises en charge par des médecins ou d'autres civils, et des gens qui entraient et sortaient des portes en panique, ce qui rendait son travail incroyablement facile.

La berline du général était garée sur le côté de la longue allée. Shaw avait toujours son Beretta dans la poche extérieure de sa veste et son couteau Ka-Bar dans sa poche intérieure, mais le conducteur n'avait pas l'air de représenter une grande menace. Shaw s'est approché de la berline par l'arrière et a vu que le type était seul. Il portait des vêtements verts, comme le général et le sergent, mais avec seulement deux bandes sur la manche, et un chapeau plat avec une bande noire unie et sans galon doré. Il était assis, adossé à sa portière, son attention concentrée sur le tourbillon d'activité devant lui, tandis que Shaw s'approchait de la voiture par le côté conducteur, à l'arrière. La fenêtre du conducteur était ouverte et Shaw pouvait voir les yeux du jeune homme dans le rétroviseur latéral. Finalement, Shaw s'est penché et a demandé : "Wow, quel désordre, hein ?" Cela a fait sursauter le conducteur, qui s'est redressé et a tourné la tête lorsque Shaw a glissé sa main à l'intérieur de sa veste. "Pour quel général conduis-tu ?"

"Oh, euh, le général Stansky, monsieur, commandant adjoint du JSOC".

"C'est ce que je pensais", dit Shaw en passant la main par la fenêtre ouverte et en tirant le couteau Ka-Bar aiguisé sur le côté du cou du conducteur, coupant profondément et tranchant sa veine jugulaire. Les yeux du conducteur s'écarquillent et Shaw recule pour éviter la première giclée de sang. Le conducteur a porté ses mains à sa gorge, mais c'était trop peu, trop tard. Ses yeux se sont rapidement voilés et il s'est affaissé vers l'avant, Shaw a tendu le bras et l'a rattrapé. Il l'a redressé et l'a coincé entre la portière de la voiture et le dossier du siège. Enfin, il a enfoncé le chapeau du conducteur sur sa tête et l'a laissé assis là, comme s'il s'était endormi. Une fois cette tâche accomplie, Shaw s'est arrêté et a regardé autour de lui. Rien n'avait changé. Personne n'avait vu ou entendu quoi que ce soit, alors il s'est dirigé vers le côté passager de la voiture, s'est agenouillé et a placé sa charge explosive C-4 de la taille d'une balle de baseball sous le côté passager arrière de la voiture.

C'est facile, pensa-t-il en marchant lentement vers sa Peugeot. En regardant autour de lui, il a décidé que cette place de parking était peut-être un peu trop proche de l'action à venir, alors il est remonté dans la Pontiac, s'est rendu à l'arrière du terrain près de la sortie et s'est garé à un endroit d'où il avait une vue dégagée de la berline et de la façade de l'économat ; ensuite, il a attendu.

Au rayon boucherie, **Sharmayne Phillips** ne l'admettrait jamais, mais elle a regardé l'agresseur inconscient allongé sur le sol et a été impressionnée. "Je suppose que tu l'as mis dans le sac lui aussi ?" demande-t-elle à Bob. "C'est un sacré nombre de cadavres que vous avez ce soir, *Major*".

"Non, j'avais déjà dépassé "la prise du jour". Les dames ont emballé et étiqueté celui-ci, je suis juste revenu pour vérifier. D'après ce que j'ai compris, c'était une combinaison d'un filet mignon congelé de Nolan Ryan dans le honker, lancé par ma femme, suivi d'un T-bone de grand garçon sur le côté de sa tête, avec les compliments de l'armée de l'air là-bas."

Sharmayne se pencha et menotta l'agresseur inconscient au lourd pied du billot de boucherie, puis leva les yeux vers Linda. "Mesdames, vous avez toutes les deux mes compliments... et Mme Burke, mes profondes sympathies".

"Tu n'es pas le premier", répond Linda en déposant le filet congelé sur la table.

Sharmayne se retourne alors vers Bob. "Tu essaies de me dire que tu n'as rien à voir avec ceux qui sont devant les comptoirs ?".

"Oh, non, c'est une toute autre histoire. Le sergent-chef Harold Randall, un spectateur innocent comme moi - c'est sa femme Dorothy avec le T-Bone - étaient en train de faire des courses pour acheter des steaks, quand nous avons entendu la fusillade près de l'entrée principale. Des carabines M-4, à ce qu'il paraît."

"Tu pouvais dire quel type d'arme c'était depuis tout à l'heure ?" demande-t-elle.

"Le bruit d'un M4 ?" lui demande-t-il avec une expression surprise. "Tu plaisantes, n'est-ce pas ? Quoi qu'il en soit, nous avons eu un échange vif avec les hommes responsables, et le sergent-chef Randall et moi avons réussi à les maîtriser ; malheureusement, pas assez rapidement pour éviter un certain nombre de blessés graves."

Tout ce qu'elle pouvait faire, c'était de le fixer un instant, incapable de parler. "J'ai entendu parler de vos 'échanges musclés', mais lâchez-moi un peu ! Tu es en train de me dire que vous deux, sans armes, avez réussi à mettre hors d'état de nuire huit hommes lourdement armés et munis de fusils automatiques..."

"Il fait des choses comme ça", lui a dit Linda, presque gênée.

"Je crois qu'il y en avait neuf, mais Ace le saurait", dit Bob en haussant les épaules. "Il est plus doué que moi pour les chiffres".

"Est-ce que vous avez laissé l'un d'entre eux en vie cette fois-ci ?" demande Linda.

"Celui-ci, et je suppose un autre devant", a répondu Phillips.

"C'*est* surprenant", dit Linda d'un ton neutre, jusqu'à ce qu'elle voie l'expression sur le visage de l'agent spécial de la police criminelle. "Hé, qu'est-ce que je peux dire ?"

Sharmayne se retourne et fixe Bob. "J'ai entendu beaucoup d'histoires à ton sujet de la part de diverses personnes au cours du dernier jour ou des deux derniers jours, mais j'en ai jeté 90 %, en me disant que c'était encore des conneries de Delta Superman. Je n'ai jamais..."

Bob lui a fait un haussement d'épaules plein d'autodérision. "On fait ce qu'on a à faire".

Elle secoue la tête, passe la main dans la poche de hanche de l'homme inconscient et en sort son portefeuille. À l'intérieur se trouvaient deux cartes d'identité : un permis de conduire de l'Illinois et une carte d'identité militaire verte et plastifiée. "Johnson, Ahmed, Spec Four. Bon sang ! Ce type est de l'armée, *notre* armée."

"Il est comme les autres. Pas d'insignes, de grade, d'écusson d'unité ou de nom sur l'uniforme ; mais d'après les bottes bien usées et la façon dont ils ont manié leurs fusils, je pense que tu trouveras que la plupart d'entre eux le sont", a répondu Bob.

"En supposant que les uniformes et les cartes d'identité soient authentiques, nous venons d'être frappés par nos propres hommes."

"Retournons devant", répond-elle, puis elle se tourne vers Linda et Dorothy. "Mesdames, si vous voulez bien rester ici et surveiller celle-ci, je renverrai deux députés pour vous relever dès que possible".

"Et peux-tu les raccompagner à la forêt de Sherwood ?" demande Bob. "Je pense que nous allons rester ici pendant un certain temps. Tu pourras toujours obtenir une déclaration de leur part plus tard."

Sharmayne l'a regardé puis a hoché la tête. "Bien sûr", a-t-elle souri. "Je peux le faire."

Lorsqu'ils atteignent l'avant du magasin, les médecins sont déjà bien avancés dans leur triage et ont déjà évacué la plupart des cas graves vers l'hôpital. Sharmayne arrête un sergent de première classe de la police militaire et lui demande : "Tony, quel est le compte ? Combien de morts et de blessés ?"

"Cinq morts, madame, sans compter les tireurs, ce qui est surprenant, vu le nombre de balles tirées, et seize blessés. La plupart d'entre eux sont graves, et ceux-là ont été transportés à Womack."

"Bien. Envoie trois de nos hommes au rayon boucherie. Ils y trouveront deux femmes. Je veux que l'un de vos hommes les ramène chez elles. Ils trouveront également l'un des terroristes menotté à une grande table de boucherie. Mettez ce crétin en garde à vue et amenez-le devant avec les autres."

Les techniciens du CID de Sharmayne étaient déjà entrés en action et photographiaient la scène, ramassaient les armes et les douilles, et prenaient les dépositions. Les corps des six autres agresseurs qui gisaient dans le rayon fruits et légumes ont été déposés dans une allée latérale où leurs visages ont été photographiés et leurs empreintes digitales relevées. Deux agents de la police criminelle avaient pris le seul survivant que Bob et Ace avaient désarmé, l'avaient fait asseoir dans une autre allée latérale et l'interrogeaient. C'est alors qu'Ace Randall s'est approché et que Bob l'a présenté à Sharmayne.

Ace était bâti comme un tight end de la NFL et avait l'air aussi robuste qu'une affiche de recrutement des troupes aéroportées de la Seconde Guerre mondiale. "Je suis content que tu ne te sois pas fait arrêter là-bas", lui dit Bob.

Sharmayne a jeté un long regard à Ace et lui a dit : "Bon sang, tu ressembles à une version plus jeune de ce vieux bâtard rusé qu'est O'Connor. Ce n'est pas ton père, n'est-ce pas ?"

"Pas que ma mère m'ait jamais dit, madame", répond rapidement Ace. Sharmayne lui a tendu la main, mais Ace s'est retenu, lui montrant le sang sur ses mains et ses vêtements. "J'apprécie le geste, mais j'ai vraiment besoin de me nettoyer.

Nous avons eu un triage difficile là-bas avant que les médecins n'arrivent. C'était très délicat", dit-il en se dirigeant vers l'une des autres tables de fruits et légumes, en ramassant un tablier d'épicier blanc sur une pile de tomates et en commençant à essuyer le sang sur ses mains.

C'est alors qu'un des techniciens de scène de crime de Sharmayne s'est approché et lui a tendu un jeu de photos polaroïd. Il lui fait signe de s'écarter un instant et murmure : " Agent spécial Phillips, je ne sais pas si vous savez ce qui s'est passé ici ", dit-il en désignant Ace avec une expression d'admiration. "Cet homme a pris les choses en main et a organisé une demi-douzaine de civils abasourdis pour prodiguer de sérieux premiers soins à tous ces blessés. Sans lui, nous aurions eu trois ou quatre morts de plus. Tu peux demander aux médecins, si tu ne me crois pas."

"Ton acolyte était un médecin ou quelque chose comme ça ?" demande Sharmayne.

"Pas plus que le reste d'entre nous", a-t-il répondu. "Ça va avec le travail".

Elle l'a regardé fixement pendant un moment. "D'accord, ne le dis pas ; tu 'fais ce que tu as à faire', n'est-ce pas ?" Finalement, elle a regardé à nouveau les photos et a dit : "De toute façon, je ne suis pas sûre qu'elles nous mèneront très loin sans empreintes digitales. Vos photos de tête rendent les identifications un peu plus difficiles."

"Ils semblaient être une bonne idée à l'époque", dit Ace en rejoignant le groupe.

"Tu parles comme lui", dit-elle en penchant la tête vers Bob.

"Un prodigieux compliment, madame" lui répond Ace, "mais le major est en réalité un bien meilleur tireur que moi".

"Zowie, je n'aurais jamais cru t'entendre admettre cela", dit Bob en riant.

"Il faut donner au fantôme ce qui lui revient", a haussé les épaules Ace.

Sharmayne a commencé à feuilleter les photos, regardant chacune d'elles attentivement avant de la tendre à Bob. "Ok, je peux deviner qui est le héros d'Ace. Qui est le tien ?" demande-t-elle.

"Moi ?" Bob fronce les sourcils en réfléchissant un instant, puis dit : "Oh, je crois que j'en ai trois. Le premier est Pete Dawkins, promotion 58 de West Point, premier capitaine des cadets, comme moi, président de sa classe, capitaine de l'équipe de football, lauréat du trophée Heisman et boursier de la fondation Rhodes, Ranger et membre de la 82e division aéroportée, ici même à Fort Bragg. Il était le meilleur homme que l'Académie militaire ait produit depuis Robert E Lee. Il aurait dû être chef d'état-major de l'armée, mais a pris sa retraite en tant que général de brigade parce qu'il n'était pas un politicien."

"Mince, je ne vois pas du tout de ressemblance, n'est-ce pas ?" Sharmayne rit.

"Deuxièmement, il y a Bill Carpenter, le camarade de classe de Dawkins et le "lonesome end" américain de West Point, comme on l'appelait, qui a fameusement appelé au napalm sur sa propre position au Vietnam, alors qu'ils étaient envahis par un régiment de l'ANV."

"Parce que tu fais ce que tu as à faire, n'est-ce pas ?"

"Exactement", acquiesce Bob. "C'était une décision courageuse, mais il a sauvé son unité".

"Et ça lui a valu la Croix du service distingué, la même que celle que tu as, n'est-ce pas ?". demande Sharmayne. "Mais si je me souviens bien, Carpenter est resté et a pris sa retraite avec trois étoiles, et toi, tu es sorti en tant que major."

"Peut-être qu'après tout ce napalm, il supporterait mieux que moi l'odeur du BS".

Elle a ri. "D'accord, je te l'accorde. Mais qui est le troisième ?"

"Personne d'autre que le général de division Arnold Stansky, ici même à Fort Bragg. C'est le tireur le plus droit que j'ai jamais rencontré dans l'armée."

"Un autre DSC, et le pire politicien que j'ai jamais rencontré dans l'armée, ce qui fait qu'il te correspond parfaitement".

"Probablement, mais tu dois apprendre à le connaître".

"C'est drôle, pourtant, tout le monde sait ce que Carpenter et Stansky ont fait, mais j'ai essayé de chercher la citation sur la tienne, et elle est toute expurgée. Encore des trucs de 'fantômes' ?"

"Oui, je suis plutôt doué pour disparaître", a-t-il répondu en regardant les photos.

"Il en va de même pour tes dossiers... Tu vois des visages que tu reconnais ?" demande-t-elle.

"Les deux qui marchent encore, et peut-être deux des KIA, de ma visite au centre étudiant musulman. As-tu numérisé ces photos ?" demande-t-il au technicien.

"Bien sûr, en haute résolution", dit-il, l'air contrarié. "Nous n'utilisons ces polaroïds que pour une vérification rapide sur le terrain. Pourquoi ?"

"Tu as pris leurs empreintes digitales. Elles sont numérisées aussi ?"

"Je viens de les envoyer à Quantico. Ils ont dit que nous aurons quelque chose en milieu de matinée."

Bob regarde Sharmayne. "Je vais te dire", dit Bob en sortant son téléphone portable et en faisant apparaître une liste dans son Speed Dial. "Envoie par texto les photos numériques et les empreintes digitales à ce numéro. Je demanderai à mon équipe de les examiner."

"Attendez une minute", se hérisse le technicien. "Personne n'est meilleur que Quantico".

"Fais-moi plaisir", a répondu Bob avec un sourire agréable en indiquant le numéro de téléphone.

"Vas-y", dit Sharmayne en faisant un signe de tête au technicien. "C'est "les Geeks" dont j'ai entendu parler ?"

Après que son technicien leur a envoyé un texto et a rendu son téléphone à Bob, ce dernier a appuyé sur le numéro. "Jimmy, il y a des photos et des empreintes digitales qui se dirigent vers toi. Compare-les aux autres données et photos et rappelle-moi dès que possible si elles correspondent."

Sharmayne fronce les sourcils. "Burke, qu'est-ce que tu as que je n'ai pas ?"

"Eh bien, pour commencer, je me fiche complètement des mandats de perquisition, des avocats, des grands jurys ou des budgets. Mais pour l'anecdote ?" demande-t-il. Quand elle a hoché la tête, il a continué : "Nous avons sorti les dossiers d'admission à l'université, tous les registres de Shaw ici et à l'université, les dossiers des membres de la mosquée, les passeports, les photos que j'ai prises de ses sous-fifres au Centre des étudiants musulmans, et à peu près tout ce à quoi nous pouvions penser... mais je ne t'ai pas dit ça. Si on ajoute tes photos et tes empreintes digitales, on devrait pouvoir faire un nœud autour de tout ça et faire éclater la cellule de Shaw... et ça ne prendra pas à mes gars jusqu'au milieu de la matinée."

Elle le regarde fixement, les yeux écarquillés. "J'espère que tu as raison, mais ne fous pas tout en l'air".

Bob sourit et s'apprête à répondre lorsqu'un grand Afro-Américain en civil fait irruption dans leur petit groupe de Produce. Il était poursuivi par deux grands policiers militaires, qu'il a bousculés alors qu'ils essayaient de l'arrêter. En sueur et le visage rouge, il a pointé Bob du doigt et a crié "Je veux que cet homme soit arrêté !" alors que les députés essayaient de le retenir.

Sharmayne s'est retournée et l'a regardé. "Et toi, tu es ?", demande-t-elle calmement, visiblement irritée par cette interruption grossière.

"Adkins, colonel Jefferson Adkins", dit-il d'un ton fanfaron. Il faisait deux fois sa taille et se fit un devoir de se pencher pour lire son badge. "Je suis un membre important du personnel du JSOC et je veux qu'il soit arrêté, *maintenant,* Mz... Phillips !" dit-il en fouillant dans sa poche et en sortant finalement son portefeuille pour pouvoir lui montrer sa carte d'identité de l'armée.

Sharmayne met les mains sur les hanches et lève les yeux vers lui. "Colonel, il s'agit d'une scène de crime officielle, et je suis l'officier responsable ici. Avec tout le respect que je vous dois, *monsieur*, je travaille pour le prévôt. Non seulement vous *n'*êtes *pas* dans ma chaîne de commandement, mais vous interférez avec une enquête du CID. Si vous ne reculez pas, tout de suite, et ne continuez pas à vaquer à vos occupations, je vous ferai arrêter et inculper pour obstruction. Est-ce bien clair ?"

Ses yeux se sont rétrécis alors qu'il se dressait de toute sa hauteur, la dominait et lui donnait un coup de doigt dans la poitrine. "Je vous ai donné un ordre direct, adjudant Phillips, et je m'attends à ce qu'il soit respecté !".

Les yeux rivés sur les siens, elle a tendu la main, attrapé le doigt et l'a tordu. Il a crié tandis qu'elle l'a rapidement mis à genoux, d'où elle pouvait le regarder de haut. Elle s'est ensuite tournée vers les deux députés et leur a dit : "Escortez cet individu jusqu'à la porte d'entrée. S'il résiste, mettez-le en garde à vue pour agression d'un officier et obstruction, et transportez-le à la palissade. Le Premier ministre pourra s'occuper de lui dans la matinée."

"J'aurai ton badge, Phillips", lui a grogné Adkins alors que les députés l'éloignaient.

"Vous n'aurez le badge de personne, colonel", entendirent-ils dire une voix bourrue familière derrière eux. Bob tourna la tête et découvrit le major général Arnold Stansky qui fonçait sur eux comme un missile à tête chercheuse. Stansky faisait à peu près la taille de Burke, mais lorsqu'il portait son habit vert, comme c'était le cas ce soir, avec cette poitrine pleine de rubans et de galons dorés, il était aussi impressionnant qu'un drapeau américain avec tous ses fanions le 4 juillet. "Colonel Adkins ! Elle s'appelle l'agent spécial Sharmayne Phillips, agent spécial, ou madame pour vous, pas adjudant, ou mz, ou tout autre foutu truc. Comme elle l'a dit, c'est elle qui commande ici, et *vous* vous conformerez à ses ordres. Est-ce que *c'est* clair ?"

Adkins faisait partie de ces brutes qui ne savent pas quand il faut laisser les choses en paix. "Tu ne peux pas protéger ton garçon cette fois-ci", poursuivit-il. "Burke a tiré sur cet endroit ce soir, et des gens sont morts à cause de ça. C'est un crime capital, et je veux qu'il soit inculpé !"

"Les seules personnes sur lesquelles le major Burke a tiré sont six terroristes qui tentaient de s'emparer de l'économat, colonel", corrige Sharmayne. "Nous avons cinq civils morts et seize blessés, et le nombre de cadavres serait bien pire si lui et le sergent-chef Randall n'étaient pas intervenus."

"C'était sa faute. Il était imprudent et hors de contrôle", a insisté Adkins. "Il l'est toujours".

"Nous avons les déclarations d'une douzaine de témoins", a déclaré le sergent de première classe de la police militaire. "Aucun d'entre eux n'est d'accord avec cette évaluation".

"Qu'*avez-vous vu* exactement, *colonel ?*" Stansky s'est rapproché, les mains sur les hanches, et a fixé les yeux d'Adkins qui reniflait son haleine. "Où étiez-vous exactement quand tout cela s'est passé ? Je ne vois pas de sang sur votre uniforme, comme sur celui de l'as Randall ou du major Burke."

"Eh bien... je venais d'entrer dans les toilettes, mais quand j'en suis sortie...".

"Tu ressembles à cette équipe de train française lorsque ce terroriste musulman a ouvert le feu avec un AK-47 à la frontière belge l'année dernière", a répliqué Stansky. "Il a fallu trois Américains pour l'abattre, et c'est là que l'équipe du train était aussi, cachée dans les chiottes, comme toi".

Bob n'a pas attendu. Adkins se tenait juste en face de lui, en train de fanfaronner, et il n'a pas pu s'en empêcher. Il a frappé le grand homme au ras du bouton avec une droite. C'était inhabituel pour lui, pensa-t-il plus tard. Normalement, il aurait porté un coup exotique israélien, coréen ou thaïlandais avec un pied, un coude ou peut-être le talon de sa main. Cette fois-ci, un bon vieux coup de poing, directement de l'épaule, semblait plus approprié. Les genoux du colonel se sont dérobés, et si les deux députés ne l'avaient pas attrapé et maintenu en l'air, il se serait retrouvé par terre. Il fallut quelques secondes à Adkins pour se remettre les pieds sous terre. Il porta une main à sa bouche, cracha une dent dans sa paume et bafouilla. "Il... il m'a frappé. Ma dent ! Il a fait tomber ma dent ! Vous l'avez tous vu", hurle Adkins en regardant les autres autour de lui.

"Je n'ai rien vu du tout", lui lance Stansky en lui jetant un regard noir.

"Moi non plus, je ne l'ai pas fait", acquiesce Sharmayne.

"Et ce ne serait pas du whisky que je sentirais sur vous, n'est-ce pas, colonel ? Faire une fausse déclaration, ne pas obéir à un ordre légal, en état d'ébriété ?"

"Non, non, je suis passé au club, mais..."

"Mais tu as perdu une autre dent, n'est-ce pas, colonel ?" lui dit Bob. "Je suppose que cela fait un ensemble assorti, n'est-ce pas ?".

"Petit con", dit Adkins en grinçant des dents. "Je vais..." dit-il en essayant de se détacher des députés et de s'en prendre à Burke.

"Tu te caches dans les toilettes ?" Bob lui coupe la parole. "Je suppose que cela cadre bien avec le reste de ton parcours de combattant, n'est-ce pas ? Eh bien, attends que cette histoire se répande."

Adkins ouvrit la bouche pour dire quelque chose, mais les mots ne sortirent pas. Il regarda Burke, puis Stansky et les autres, se libéra des députés et recula. Il a dû décider qu'il ne voulait plus de cette confrontation unilatérale après tout. Il s'est retourné et s'est dirigé rapidement vers les portes d'entrée.

Bob se retourne, regarde Stansky et O'Connor et secoue la tête. "Il est comme le lapin Energizer. Il n'arrête pas de revenir et de revenir."

"Ne sois pas trop arrogant, fantôme", l'avertit Stansky. "Il s'est trompé lourdement ce soir, mais cela ne veut pas dire qu'il va cesser d'essayer. Si j'étais toi, je le laisserais tranquille à partir de maintenant... Et pour l'amour du ciel, laisse ses dents tranquilles. Tu en as deux maintenant."

Tout le groupe se met à rire, avant d'être interrompu par la sonnerie du téléphone portable de Bob. Il l'a sorti et a vu que l'identifiant de l'appelant était "KGB Spymaster Data Center", alors il a répondu. "Jimmy, tu as quelque chose pour moi ?"

"*Zdravstvuyte*, Patron ! Bonjour. C'est Sasha. Nous tenons cette ordure par les testicules !"

"Super, Sasha, mais passe-moi Jimmy ou Ronald au téléphone. Je mets ça sur haut-parleur et je ne veux effrayer personne", dit-il en appuyant sur le bouton du haut-parleur.

"Hokay, Boss, je vous donne à Loverboy. Jeemie, ici, c'est le patron."

"C'est le Russe poilu ?" demande Stansky. "Celui à qui nous avons fait une peur bleue. Mon Dieu, c'était très amusant dans le New Jersey, n'est-ce pas ?"

"Les familles Genovesi et Lucchesi n'étaient pas de cet avis", lui rappelle Bob. Quand Jimmy est arrivé, Bob lui a dit : "Je t'ai mis sur haut-parleur, petit, alors dis à Patsy de ne pas te toucher jusqu'à la fin de l'appel. C'est compris."

"Très drôle", répond la voix drolatique de Jimmy. "Les huit séries de photos et d'empreintes digitales que tu as envoyées correspondent toutes à une combinaison des cours de Shaw à l'université, ou à Bragg..."

"Nous l'appelons 'le Crapaud' maintenant".

"Sheesh !" (en français dans le texte) Qu'est-ce que c'est que ça ? Un truc crypto du genre *Le vent dans les saules* ?" Jimmy s'esclaffe.

"Disons que ce n'est pas une ligne sécurisée".

"D'accord. Quoi qu'il en soit, ils ont tous des liens avec lui par le biais des cours, de la mosquée ou du centre étudiant musulman. Nous avons plusieurs occurrences pour chacun d'entre eux. Deux d'entre eux sont nés à l'étranger. Les huit ont fait leur service militaire et cinq sont encore en service actif. Le campus dispose également d'un vaste système de sécurité vidéo, et nous avons aussi votre réunion "Crapaud" avec la plupart d'entre eux. Nous sommes encore en train d'examiner les détails de leurs états de service, de leurs passeports et de tout le reste..."

"Super. Renvoie toutes ces correspondances au même numéro de texte d'où tu les as obtenues, d'accord ?". Bob lui dit en regardant Sharmayne Phillips. "Cela devrait être plus que suffisant pour vous permettre d'obtenir des mandats de recherche.

"Oh, j'ai presque oublié de te le dire", dit Jimmy. "Sasha dit qu'ISIS vient de s'attribuer le mérite de l'attaque à l'économat. C'est partout sur internet. On revient vers toi quand on en a plus."

"ISIS ? Déjà ?" dit Sharmayne, dégoûtée. "Ils ne perdent pas de temps, n'est-ce pas ?"

"Bon sang, nous sommes sur le point d'être plongés jusqu'au cul dans CNN. Pardonnez-moi, les amis, mais il faut que je contacte le général et le JCS. Et tu ferais mieux de fermer les portes, Sharmayne."

Bob se tourne vers Stansky et lui dit : "Il est en train de préparer quelque chose en ce moment même, et nous devons le débrancher avant qu'il ne frappe à nouveau."

"D'accord", dit Stansky. "L'Irlandais et moi retournons au bureau. Si tu as besoin de quoi que ce soit, tu n'as qu'à crier."

"Bien reçu", disent Bob et Sharmayne à l'unisson.

CHAPITRE TRENTE-DEUX

L'économat nord de Fort Bragg

Assis dans la dernière rangée du parking, Henry Shaw continuait d'observer les développements autour des portes d'entrée de l'économat, sa colère ne faiblissant pas. Ils avaient détruit sa cellule, tué ses hommes, en qui il avait placé tant d'espoir, et brisé ses rêves. Il n'y avait pas de fin aux choses et aux personnes qu'il pouvait blâmer pour cet échec, depuis un mauvais entraînement, un manque évident de discipline, une absence de motivation et un leadership incompétent de la part de George Enderby. Avec la surprise et les armes automatiques, l'attaque de ce soir aurait dû être une promenade de santé. Enderby aurait dû pouvoir détruire l'économat et toutes les personnes qui s'y trouvaient en quelques minutes.

À l'époque, Henry Shaw et huit marines auraient pu détruire tout ce poste de l'armée en un temps record, alors qu'est-ce qui aurait pu mal tourner ? Était-ce un piège ? Avaient-ils été prévenus ? Selon toute vraisemblance, il ne connaîtra jamais la vérité. Alors qu'il était assis à regarder, une petite armée de députés et cette maudite femme agent du CID sont arrivés dans leurs voitures, les lumières d'urgence allumées, suivis par ce général qu'il avait vu plus tôt, et qui a ramené Burke chez lui. Enderby lui a dit qu'il était aussi passé par là. D'une manière ou d'une autre, Shaw savait qu'ils étaient tous les trois au cœur de l'affaire. Ils allaient payer cher leur ingérence, comme l'avait fait Enderby.

Cela lui rappelle qu'il ne lui reste qu'une seule bombe et qu'il a besoin de plus de C-4, beaucoup plus. Même si Mergen Khan s'était emparé d'al-Karman, ses livres, ses notes et toutes ses autres affaires étaient encore dans le Student Union. Qu'il avait l'intention de revenir. Shaw était sur le point d'abandonner et d'aller le chercher, lorsqu'il vit ce maudit "deux étoiles" repartir par les portes de l'économat, suivi par ce sergent-major. Ils se dirigeaient vers la berline du général, alors Shaw a sorti son téléphone portable, l'a allumé, a fait apparaître sa liste de numéros abrégés et a attendu. Le général, Stansky était son nom, selon le chauffeur, était en tête et ne ralentissait pas, même s'il marchait, parlait et faisait des gestes exagérés avec ses mains tout à la fois. Lorsqu'il a atteint la berline, Stansky ne s'est pas tenu au rang ou à la formalité. Il ouvrit lui-même la portière arrière et sauta à l'intérieur. Le sergent-major s'arrêta soudain à l'avant de la berline, peut-être surpris que le conducteur ne soit pas sorti pour ouvrir la portière du général. Le sergent-major donna un coup sec sur le capot de la voiture avec ses jointures, puis se pencha en avant pour regarder à l'intérieur de la voiture à travers le pare-brise avant. Shaw savait que tout ce que le sergent-major pouvait voir, c'était le conducteur affalé contre la vitre du côté conducteur, son chapeau enfoncé sur les yeux comme s'il dormait. Perplexe, le sergent-major se retourna et fit le tour de l'avant de la voiture en direction du conducteur.

C'est à ce moment-là qu'Henry Shaw a poussé le numéro de téléphone pour l'accusation de C-4.

Bob, Sharmayne Phillips et Ace se tenaient blottis sur l'une des tables de produits à l'intérieur de l'économat et examinaient attentivement les dernières photos de la scène de crime, lorsqu'une explosion tonitruante et un flash lumineux ont secoué l'avant du bâtiment. Cela a éclairé le grand magasin d'alimentation comme le craquement d'un éclair frappant le parking. En quelques secondes, ils ont entendu des morceaux de métal s'écraser sur le toit et frapper le mur d'entrée de l'économat, jusqu'à ce qu'un pneu de voiture enflammé traverse l'une des fenêtres en verre trempé de l'avant. Comme tout le monde, ils se sont baissés et ont retenu leur souffle jusqu'à ce que les bruits s'estompent et que les choses à l'intérieur deviennent étrangement silencieuses.

"C'était une autre bombe !" Bob a dit, et lui et Ace ont sprinté vers les portes d'entrée. À l'extérieur, il s'est arrêté pour observer la scène. Il y avait une douzaine ou plus de blessés en uniformes militaires et en vêtements civils étalés sur le trottoir et dans le parking, tout autour de l'épave brûlante d'une voiture. Elle se trouvait à une centaine de mètres des portes d'entrée de l'économat, et un seul coup d'œil a permis à Bob de savoir qu'il s'agissait d'une berline de l'armée. Elle était noire au lieu d'être vert olive et il lui manquait plusieurs portes et les pneus du côté passager. À travers les flammes mourantes, il vit ce qui restait d'un fanion avec deux étoiles sur l'aile avant ; et il sut immédiatement ce que cela signifiait.

Ace courut à côté de lui et ils purent à peine distinguer deux silhouettes assises à l'intérieur de la voiture, l'une à l'avant, derrière le volant, et l'autre à l'arrière. Aucun des deux ne bougeait, et d'après l'état de la voiture et les flammes qui grondaient, il était évident qu'aucun d'entre eux ne bougerait jamais. Cependant, sur l'asphalte devant la berline, la silhouette noircie d'un homme de grande taille se dirigeait vers la voiture à quatre pattes. C'était Pat O'Connor, meurtri et ensanglanté, les restes de son uniforme pendaient de lui en lambeaux fumants. Ils se précipitèrent en avant, l'attrapèrent sous les bras et le tirèrent en donnant des coups de pied et en criant : "Non, non, je dois le faire sortir. Je dois le faire sortir !"

"C'est trop tard, Pat", a tenté d'expliquer Bob. "Tu dois rentrer, tu ne peux plus rien faire maintenant", mais O'Connor n'écoutait pas, même s'il le pouvait après cette explosion assourdissante.

"Médecin ! Médecin !", a crié Ace en regardant l'économat, tandis qu'ils portaient et traînaient O'Connor jusqu'au trottoir et l'allongeaient.

En quelques secondes, Sharmayne Phillips et cinq médecins qui avaient soigné les gens à l'intérieur les ont rapidement rejoints et ont pris le relais. "C'est le sergent-major de commandement Pat O'Connor", leur dit-elle, au cas où les infirmiers ne pourraient pas le reconnaître ou auraient besoin d'une incitation supplémentaire. Pendant que trois d'entre eux commencent à examiner ses blessures, les deux autres se précipitent vers leur ambulance qui est garée un peu plus loin. L'un d'eux est revenu en courant avec un brancard, tandis que l'autre a démarré le camion et l'a conduit jusqu'ici. En moins d'une minute, ils ont chargé O'Connor à l'arrière de l'ambulance et ont traversé le parking à toute allure en direction de l'hôpital militaire Womack.

Bob, Ace et Sharmayne se sont retournés et ont marché vers la berline alors que les flammes commençaient à s'éteindre et que l'une des autopompes des pompiers du poste arrivait enfin. Ils sont généralement envoyés en renfort en cas d'accident grave sur le poste, et ils attendaient plus loin sur le parking lorsque la bombe a explosé sous la berline. Malgré cela, les flammes commençaient déjà à se calmer lorsque les deux premiers pompiers en tenue de protection ont commencé à les asperger de produits chimiques retardateurs de flammes. Les pompiers ont demandé à tout le monde de rester à l'écart tandis que deux autres ont commencé à pulvériser de l'eau sur le châssis et les parties de la carrosserie pour refroidir la voiture avant qu'ils n'osent entrer à l'intérieur, bien que cela n'ait pas d'importance. Il était évident que les deux hommes à l'intérieur étaient morts, et Bob, Ace et Sharmayne Phillips savaient très bien qui était assis sur le siège arrière.

Fort Bragg avait eu plus de scènes de crime au cours des deux derniers jours qu'au cours de l'année ou des deux années précédentes réunies, et Sharmayne a demandé à ses policiers militaires de faire reculer tout le monde pendant qu'ils établissaient un large périmètre de protection avec du ruban jaune vif. Bob regarde la berline. D'après les débris, il a tout de suite compris que les dégâts les plus importants se trouvaient sous le siège arrière du côté du passager. Il donne un coup de coude à Sharmayne Phillips et lui montre du doigt. "C'est là que la bombe a explosé", lui dit-il, "juste sous Stansky. C'était lui la cible."

"Je suppose que tu es aussi qualifié en matière d'explosifs ?"

"Non, mais j'ai vu suffisamment d'engins explosifs improvisés en Irak que je pourrais tout aussi bien l'être".

"Tu penses que c'est encore Shaw ? Encore du C-4 ?" demande-t-elle.

"Il n'y a aucun doute à ce sujet. Tu peux faire tous les tests que tu veux, mais je parie qu'il est resté au fond du parking quand ses hommes ont attaqué, à regarder et à attendre."

"Et quand Stansky est arrivé dans sa berline, il est devenu une nouvelle cible d'opportunité".

"Bingo", répond Bob en fixant la berline brisée et les deux corps carbonisés à l'intérieur. Ses yeux sont devenus froids et durs, sachant que cela se transformait en une chasse au sang biblique à l'ancienne. Il avait servi en Afghanistan assez longtemps pour comprendre ce que signifiait la vengeance tribale. Eh bien, ce sera sa vengeance ; ce sera la vengeance de Burke.

"Sachez que", il s'est tourné vers Sharmayne Phillips et l'a foudroyée du regard. "Shaw est tout à moi. Je vais attraper ce salaud et je vais le tuer".

Elle lui a fixé des yeux tout aussi durs et lui a répondu : "Et pour ta gouverne, je n'ai pas entendu ça."

"Bien, tant que tu comprends et que tu n'essaies pas de te mettre en travers de mon chemin".

"Tu te mets en travers de ton chemin ? Comment puis-je t'aider ?", répond-elle en les regardant fixement, lui et Ace.

Bob acquiesce, puis regarde à nouveau la berline. Le chapeau de Pat O'Connor gisait sur le trottoir entre son aile avant gauche et les voitures de la rangée adjacente. Elles avaient été cabossées et roussies par l'explosion, l'une d'entre elles avait un phare cassé et l'une d'entre elles avait une grosse bosse sur son capot. Bob les pointa du doigt, essayant d'envisager ce qui s'était passé. "O'Connor devait se trouver là-bas quand la bombe a explosé. Vu la façon dont Stansky est sorti du commissariat, il devait être en tête, comme d'habitude..."

"Et le vieux a ouvert la porte de sa propre voiture, comme d'habitude", a approuvé Ace.

"Cependant, pour une raison quelconque, au lieu de l'aider ou de sauter à l'intérieur, O'Connor s'est rendu du côté du conducteur. Peut-être que le gars dormait ou quelque chose comme ça, mais c'est à ce moment-là que la bombe a explosé", ajoute Bob.

"C'est une bonne chose pour lui que Stansky ne se soit jamais tenu aux formalités", ajoute Sharmayne. "Si O'Connor lui avait ouvert cette porte arrière et s'était tenu derrière lorsque la bombe a explosé, il serait mort lui aussi. Le fait d'avoir le bloc moteur et le gros de la voiture entre lui et le C-4 lui a probablement sauvé la vie."

Bob scrute rapidement le reste du parking. Des voitures civiles, d'autres véhicules d'urgence et des voitures de patrouille de la police militaire entraient et sortaient par toutes les issues. Il vit une demi-douzaine de voitures blanches de toutes tailles et de toutes formes garées dans le parking et crut en voir plusieurs autres partir ou s'éloigner sur la route adjacente. La Peugeot de Shaw était blanche, si c'était ce qu'il conduisait encore, mais il était trop tard maintenant. Il n'y a aucun doute qu'il était déjà venu ici, mais il était parti depuis longtemps maintenant.

"Je lance un avis de recherche sur Shaw et sa voiture", a déclaré Phillips.

"Il n'y a pas de mal à essayer, et demandez à vos hommes de fouiller le terrain ; mais il a toujours eu une longueur d'avance sur nous, et il est trop intelligent pour se faire prendre dans cette vieille Peugeot. Pendant que tu boucles la boucle ici, Ace et moi allons à l'hôpital pour voir comment va O'Connor."

Bob et Ace étaient assis dans la salle d'attente bondée du centre de traumatologie de Womack depuis près d'une heure avant qu'un des chirurgiens ne sorte enfin pour leur parler. Il était vêtu de sa tenue d'hôpital, mais Bob l'avait reconnu pour la semaine qu'il avait passée à l'hôpital de campagne de Kandahar, plusieurs années auparavant, avec deux blessures par balle. Ils ont tous les deux souri et se sont serré la main.

"Major Burke ! L'une des infirmières a dit qu'il y avait un abruti qui tapait sur tout le monde et qui voulait savoir comment allait Pat O'Connor. Nous avons fait salle comble ce soir. Avec tout ce qui s'est passé à l'économat, j'aurais dû me douter que c'était toi."

"Je suis coupable, Doc. Comment va-t-il ?"

Le médecin fait le tour de la pièce. "Comme vous n'êtes ni sa femme ni son plus proche parent, je ne devrais probablement pas vous dire quoi que ce soit ; mais je sais comment vous êtes, vous les gars des opérations spéciales. Il s'en sortira, même si ses blessures me ramènent à une époque et à un endroit que j'espérais ne pas revoir. Il a eu trente-sept points de suture et a perdu beaucoup de sang, mais il devrait redevenir comme avant d'ici une semaine à dix jours. Mais, comment vas-tu ? Comment vont le bras et l'épaule gauches ?" demande-t-il en prenant le bras de Bob et en commençant à l'examiner.

"Très bien", répond Bob. "Elle fait jeu égal avec l'autre maintenant, alors je ne me promène plus en listant à droite".

"Une des infirmières m'a dit que c'est une voiture piégée qui a tué O'Connor et le général Stansky. Ici, à Bragg ? Qu'est-ce qui se passe, Bob ?"

"Quoi que ce soit, quelqu'un doit l'arrêter, Doc".

"J'espère bien qu'*ils* le feront. Écoute, je dois retourner à l'intérieur. Nous sommes encore en train de recoudre beaucoup de blessures par balle."

Ils se sont à nouveau serré la main, et c'est alors que Sharmayne Phillips est intervenue et s'est jointe au groupe. "Le docteur dit que Pat va s'en sortir", lui a dit Bob alors que le médecin s'éloignait, mais elle n'avait pas l'air beaucoup plus heureuse.

"C'est super, mais tu ne vas pas croire ce qui vient de se passer", lui dit Sharmayne. "Ils ont trouvé le corps de l'agent spécial Pendergrass dans les buissons derrière les bureaux du FBI il y a environ vingt minutes. On lui a tiré une balle dans la tête."

"Pendergrass ?" demande Bob, complètement choqué. "Tu dois te moquer de moi".

"Van Zandt m'a appelé. Il n'y avait pas de papiers d'identité sur le corps, et comme il venait de l'extérieur de la ville, Dieu sait combien de temps il leur aurait fallu pour identifier son corps grâce à leur système d'empreintes digitales, normalement lent. Heureusement, Van Zandt et Greenfield ont répondu à l'appel. Inutile de dire que les Feebs du bâtiment Hoover sont en train de devenir fous."

"C'était Shaw. Avec tout ce qui s'est passé ce soir, c'était Shaw", a déclaré Bob.

"Oh, et tu n'as pas entendu la meilleure partie. Il était allongé sur le corps d'une jeune femme blonde. Elle avait aussi reçu une balle dans la tête, et tous deux avaient le pantalon baissé. Van Zandt et Greenfield l'ont immédiatement reconnue comme étant la secrétaire de Shaw au collège. Peux-tu croire cela ? Il les a abattus tous les deux, à la manière d'une exécution, et a ensuite pris le temps de poser les corps comme si tout cela n'était qu'une vaste plaisanterie pour lui. Je te le dis, Burke", dit-elle en jetant un coup d'œil autour d'elle. "Si tu ne tues pas ce salaud, je le ferai."

"Sortons d'ici, Sharmayne", Bob lui fait signe ainsi qu'à Ace et les conduit hors du centre de traumatologie sur le parking. "Vous avez déjà obtenu vos mandats de perquisition ?"

"Ils sont en route, et le paquet que vos Geeks ont mis au point a fait toute la différence. Mais ça n'a pas d'importance. Van Zandt attend qu'un juge du comté en signe un pour les bureaux de Shaw, la mosquée et le centre étudiant musulman. L'équipe du SWAT de la ville est en route, et c'est là qu'ils se dirigent en ce moment. Je lui ai dit qu'on les retrouverait là-bas, et j'ai lancé un avis de recherche pour la Peugeot blanche de Shaw."

Bob et Ace sont montés dans le pick-up de Bob, mais il a laissé Sharmayne mener dans sa voiture de police MP, barre lumineuse allumée. "Ace, c'est la seule façon de voler", lui a dit Bob. "Rouler sur le boulevard Bragg à 110 miles à l'heure depuis la porte jusqu'au centre-ville de Fayetteville, pense à tout le temps qu'on a perdu !".

Ils étaient au bord du Blue Ridge College en moins de dix minutes, lorsqu'elle éteignit sa barre lumineuse, ralentit à une vitesse décontractée de cinquante pour une limite de trente, et prit à gauche toute la Filter Plant Drive. Bob tourne le volant et tente de la suivre alors que son téléphone portable sonne. Il le lance à Ace et lui dit : "Tu peux répondre pour moi ?".

"Le service de réponse de Burke", dit le grand sergent-chef dans le téléphone. "Il est 'très occupado' en ce moment." En quelques secondes, il se retourne vers Bob et dit : "C'est 'High Rider' Carmody, le pilote du général. Tu veux lui parler ?"

"Mets-le sur haut-parleur".

"Est-ce vrai ?", demanda Carmody, "à propos du général et d'O'Connor ? Sont-ils vraiment morts ? L'histoire circule dans le poste comme une traînée de poudre du Wyoming. Je sais à quel point vous étiez proches, et je me suis dit que tu le saurais."

"A propos du général ? Oui, il est mort, mais il semble que Pat s'en sortira."

"Eh bien, Dieu merci pour tout cela. Qu'est-ce qui s'est passé ?"

"Une voiture piégée sur le parking de l'économat, par les mêmes personnes que nous poursuivons depuis quelques jours".

"Fantôme, que puis-je faire pour t'aider ?" Carmody t'a supplié. "J'ai le Blackhawk le plus rapide du poste, entièrement suralimenté et monté en couple pour le général, et il est entièrement armé".

"Eh bien, je ne cherche pas à faire exploser quoi que ce soit, John, pas encore en tout cas, mais un Blackhawk battrait l'enfer d'une Ford 150 si nous sommes pressés", répond Bob. "Y a-t-il un endroit près du campus universitaire ou du centre-ville où tu pourrais le poser ?".

"Oui, il y a un héliport à la caserne centrale des pompiers, et un autre en haut de la station 14. Il est assez tard pour que personne ne se préoccupe de mon passage. Je peux y être dans un quart d'heure."

"Fais-le. Je ne sais pas si nous aurons besoin de toi, mais ce sera bien de savoir que tu es là."

"Tu as besoin d'autre chose ? Des armes de poing ou des fusils ?" demande Carmody.

Bob a regardé Ace, qui a haussé les épaules et a dit : "Eh bien, si l'homme propose..."

"Ce n'est pas une mauvaise idée, High Rider. Tout ce qui te tombera sous la main."

"La salle d'armes ici au Field a à peu près tout ce qu'il faut. Mais toi et Ace ? Je pense que vous voudriez deux Barrett, et quoi ? Deux balles ? C'est tout ce dont vous avez généralement besoin."

"Tu ferais mieux de te procurer quelques chargeurs de calibre 50. Ace n'en a peut-être pas besoin, mais je suis un tantinet rouillé. Et une lunette de sniper et un infrarouge. Écoute, on passera à la caserne de pompiers dès que possible", dit Bob au pilote alors qu'ils quittent le boulevard Bragg et suivent Sharmayne Phillips dans une petite rue sombre à l'est du campus.

Il y avait une ligne de jolis lampadaires antiques en fer forgé qui courait sur le côté gauche. Ils ne fournissaient pas beaucoup de lumière dans les meilleures conditions, surtout avec les grands chênes feuillus qui surplombaient la rue et créaient d'énormes ombres sombres. Sharmayne s'est arrêtée sur le trottoir et s'est garée derrière deux voitures de police de Fayetteville, une voiture de police banalisée et le fourgon du SWAT de la ville. Elle est sortie de sa voiture et Bob et Ace l'ont suivie. Devant eux, ils aperçoivent un petit groupe d'officiers de police de la ville. Harry Van Zandt et le capitaine Charlie Weatherford, le commandant du SWAT, étaient au centre, debout sous l'un des arbres, riant et fumant.

Après les poignées de main professionnelles habituelles, Van Zandt a déclaré : "Nous sommes à deux pâtés de maisons du Centre des étudiants musulmans et nous avons verrouillé la zone. Même chose pour le bâtiment du département de sociologie, où se trouve l'autre bureau de Shaw. George est là-bas. Dès que le procureur de la ville se présentera avec les mandats de perquisition, nous nous rendrons dans les deux cas. Au fait," se tourna-t-il vers Bob, "nous ne les aurions jamais obtenus sans les trucs que tu as envoyés par SMS depuis tes Nerds."

"Les geeks. Ils se sentiraient insultés si tu les appelais des Nerds."

"Peu importe, et je suppose que tu as entendu parler de Pendergrass et de la fille ?".

"Oui, et je suppose que tu as entendu parler du général Stansky ?"

"Ce type, Shaw, a vraiment des couilles - ces attentats à la bombe, et maintenant un agent du FBI et l'un de vos meilleurs généraux. Il se moque de nous tous".

"Pourtant, ça n'a pas beaucoup de sens, n'est-ce pas ?" demande Ace. "Shaw n'a pas beaucoup de sens non plus, pour être aussi intelligent et aussi incontrôlable."

Bob réfléchit un instant à cette question. "Tu sais, Shaw est peut-être un peu trop "hors de contrôle". C'est un type intelligent, d'accord ; mais lancer toutes ces attaques en même temps ? Nous faire courir après lui et nos propres queues dans toute la ville ? C'est presque comme s'il essayait de nous distraire."

"Mais de quoi ?" demande Van Zandt.

Le téléphone portable de Sharmayne Phillips a sonné, et elle s'est détournée pour prendre le message rapide. Après quelques commentaires marmonnés, elle se retourne vers le groupe. "L'avis de recherche a eu du succès. Devinez où ils ont trouvé sa Peugeot ?" Sans attendre les réponses, elle dit : "Elle se trouvait sur le parking de l'économat, vide, bien sûr ; mais comme il nous manque encore du C-4, j'ai dit à la Division des explosifs de vérifier avant que nous ne perdions l'un de mes techniciens de scène de crime."

"Eh bien, au moins nous savons où il n'est pas", dit Ace.

"Je parie qu'il a quitté le poste aussi vite que possible", ajoute Bob. "Est-ce qu'on vous a signalé une voiture volée là-bas ?" Sharmayne secoue la tête. "Alors à mon avis, il a pris la voiture d'un de ses gars qui est entré dans l'économat".

"Nous les avons tous identifiés maintenant", répond Sharmayne en sortant son téléphone. "Je vais aussi lancer des avis de recherche pour leurs voitures, mais ça va prendre du temps. Il va falloir trouver les immatriculations, et tu sais comment sont les militaires. Ils changent de voiture plus vite que de chaussures de basket."

Pendant qu'elle se détournait et commençait à passer d'autres appels, Bob se tourna vers l'inspecteur Van Zandt et lui demanda : "Harry, attends-tu toujours ce mandat ? Je pensais que tu l'avais."

"Il était censé être là, Bob", dit Van Zandt en regardant sa montre. "Le procureur de la ville lui-même est en train de l'examiner, mais tu sais comment peuvent être ces maudits juges".

"Ouais", dit Bob en faisant signe à Ace et ils se sont promenés jusqu'à la Ford 150 de Bob. Il a ouvert la boîte de rangement dans la caisse arrière et en a sorti un coupe-vent noir et un pull-over foncé. "Tiens", dit-il en lançant le pull à Ace. "Ce truc s'étire, il pourrait te convenir".

Alors qu'ils les enfilent, Van Zandt s'approche et murmure : "Bob, tu n'es pas sur le point de faire ce que je pense que tu es sur le point de faire, n'est-ce pas ? Nous aurons le mandat..."

"Pas besoin de ça", sourit Bob tandis qu'Ace et lui s'éloignent en remontant la rue, en sifflotant. "Nous ne sommes que deux simples citoyens qui se promènent".

"Oui ? Eh bien, souviens-toi qu'on a des flics nerveux avec des armes partout ; et ce n'est peut-être pas vraiment une bonne idée."

"Harry, ne t'inquiète pas. Ils ne sauront même pas que nous sommes là", dit-il par-dessus son épaule tandis qu'Ace et lui s'enfonçaient dans l'ombre profonde d'un chêne feuillu et... disparaissaient.

Deux minutes plus tard, un avocat de la ville frustré est arrivé au coin de la rue, s'est arrêté en hurlant à côté d'un Harry Van Zandt encore plus frustré, et lui a tendu l'enveloppe. "Désolé, Harry, mais tu sais comment ce foutu juge Pearson..."

"Tu n'as trouvé personne d'autre ?" demanda Harry en l'ouvrant et en parcourant rapidement le texte. "Il y a quelque chose de louche là-dedans que je dois savoir ?"

"Rien, sauf que j'ai dû retaper ce fichu truc trois fois".

"Comme si j'en avais quelque chose à foutre !" Van Zandt répond en se tournant vers le commandant du SWAT. "Charlie, dis à tes gars d'entrer en action", dit Van Zandt en commençant à courir dans la rue, laissant le commandant du SWAT contacter par radio ses équipes tactiques. Van Zandt avait une radio tactique dans sa poche de poitrine et mit l'écouteur dans son oreille. Il secoue la tête en écoutant le bavardage officiel du SWAT, tout plein de "poignées" tactiques et de termes pseudo-armés. C'est pas de chance qu'ils essaient d'embrouiller les journalistes qui écoutent sur leurs scanners, pensa-t-il. N'importe quel idiot peut savoir ce qu'ils font. Van Zandt sortit son Glock et vérifia rapidement la charge alors que la conversation idiote entre l'équipe tactique et leur commandant prenait soudain une tournure étrange.

"Red-One, Green-Five. Capitaine, vous devez revenir ici par la porte arrière", rapporte l'un de ses agents du SWAT, perplexe.

"Qu'est-ce qu'il y a, Johnson !", répond le capitaine frustré.

"L'un des criminels... eh bien, vous devez venir ici et le voir, Monsieur. Il est ici, dans l'escalier arrière, ficelé comme une dinde Butterball."

"Un rouge, trois bleus. Pareil, pareil, on en a encore deux comme ça à la porte d'entrée."

"10-4. Tous les deux ! Il y a intérêt à ce que ce soit bon !"

Van Zandt suit le capitaine Weatherford dans une cour latérale, traverse l'allée et entre dans le parking arrière du centre étudiant musulman. En regardant autour de lui, il aperçoit dix voitures garées dans le parking et se tourne vers l'un des officiers en uniforme qui l'accompagne. "Harris, vérifie toutes les plaques ici et préviens-moi si tu trouves quelque chose".

Alors qu'ils s'approchent des marches arrière du bâtiment, il comprend soudain la raison de ces bavardages. "Putain de merde", dit Weatherford, les mains sur les hanches en fixant un jeune homme à la peau foncée et à l'allure moyen-orientale, allongé sur le ventre sur le porche arrière. Il avait été "hogtié" avec des menottes flexibles en plastique blanc, les mains et les pieds derrière le dos. Sa chaussure gauche avait disparu et ce qui semblait être sa chaussette gauche était enfoncée dans sa bouche. Mais le clou du spectacle, c'est la carabine M-4 de l'armée, chargée, qui gît inoffensivement dans son dos.

"Qu'est-ce que tu en penses ?" se retourne le capitaine du SWAT et demande à Van Zandt.

Van Zandt savait exactement ce qu'il en ferait et gloussa en conduisant Weatherford à travers les buissons et sur le côté de la maison, où ils trouvèrent une scène similaire sur le porche d'entrée. Mais cette fois-ci, il y avait deux jeunes hommes ligotés et empaillés, tout comme à l'arrière de la maison. L'un d'eux avait également une carabine M-4 sur le dos, tandis que l'autre avait un pistolet Beretta 9 millimètres sur le sien et semblait inconscient.

Harry tourna la tête et vit Bob Burke et Ace Randall assis sur les marches du trottoir qui regardaient Harry, le capitaine Weatherford et le reste de son équipe s'affairer dans la cour. Finalement, deux gars costauds de l'équipe du SWAT ont couru sur le trottoir avec une lourde section de quatre pieds de long d'un tuyau de fer de huit pouces rempli de béton, auquel quelqu'un avait soudé des boucles de "re-bar" pour les poignées et l'avait peint en bleu foncé. Il s'agissait du "dispositif tactique de perquisition et de saisie", qu'ils ont vendu à des centaines de services de police locaux dans tout le pays pour 5 800 dollars l'unité, grâce à une subvention fédérale ; laissant Harry Van Zandt se demander qui devait être de quel côté des barres.

"Harry, ils n'ont pas besoin de défoncer la porte", appelle Bob. "Elle est ouverte."

Malheureusement, l'équipe du SWAT ne s'était pas autant amusée depuis des mois, et rien n'allait les empêcher de balancer leur nouveau bélier sur la première porte qu'ils trouveraient et de briser la porte et le cadre de la porte.

Van Zandt se retourne vers Bob et lui demande : "Je suppose que tu n'as rien à voir avec ça ? N'est-ce pas, Burke ?"

"Avec quoi ?" demande Bob innocemment. "Oh, non, c'est tout à fait à toi. Comme je l'ai dit, nous ne sommes que deux simples citoyens, partis faire une petite promenade nocturne."

L'équipe du SWAT est entrée par la porte d'entrée et a commencé à fouiller le centre. Van Zandt, Bob et Ace les ont suivis jusqu'à la porte d'entrée, où ils ont trouvé deux autres hommes ligotés de la même façon sur le porche, avec des armes automatiques posées sur eux.

"Détends-toi, Shaw n'est pas là", dit Bob à Van Zandt, qui lui fait un froncement de sourcils.

"Vous aviez besoin de nous ici ?" demande le détective.

"Bien sûr ! Cet endroit est bien trop grand pour qu'Ace et moi le fouillions tout seuls. De plus, c'est toi qui as le mandat de perquisition."

"Un mandat de perquisition ? Nous n'avons pas besoin d'un mandat de perquisition puant ! ", s'esclaffe Van Zandt.

"Harry, si tu vérifies les numéros de série de ces M-4, je suis presque sûr que tu verras qu'ils correspondent à ceux qui ont été volés à Bragg. Ce qui me dérange, c'est qu'il devrait y en avoir plus. Assure-toi que tes gars regardent dans tous les coins et recoins ; ils sont là quelque part."

"D'accord, pendant que les uniformes fouillent les lieux, pourquoi ne viendrais-tu pas jeter un coup d'œil aux "Suspects habituels" avec moi."

Dans le salon central, la police municipale avait aligné onze hommes du Moyen-Orient très malheureux contre le mur du fond. Leurs expressions faciales allaient de l'ennui à l'arrogance, en passant par la colère et le réveil. En parcourant la file, Bob a immédiatement reconnu quatre d'entre eux de son dernier voyage. Ils faisaient déjà partie de sa galerie de voyous, mais pas les autres. Trois d'entre eux étaient ceux qu'ils avaient ligotés à l'extérieur. Ils avaient été menottés et arrêtés pour possession d'armes volées, mais les quatre autres étaient nouveaux. Bob sortit son téléphone portable et prit quelques gros plans, ignorant leurs cris de colère disant qu'il n'avait pas le droit de faire ça et qu'ils voulaient leur avocat.

Bob leur sourit. "La CIA en a besoin pour vous affecter les bons gardiens à Guantanamo". Quand ils ont crié encore plus fort, il a haussé les épaules, désespéré, en direction de Van Zandt et a dit : "Mince, Harry, je suppose que tu ne peux pas plaire à tout le monde, n'est-ce pas ?" Puis il a fait demi-tour et a photographié les autres.

Cinq hommes de l'équipe SWAT sont descendus des étages supérieurs.

"Aucun signe de Shaw là-haut ?" demande le capitaine Weatherford avec espoir.

"Non, juste ces crétins", répond l'un de ses hommes alors qu'ils regroupent quatre autres hommes du Moyen-Orient dans les escaliers et les poussent dans la file d'attente.

C'est alors qu'un des uniformes les plus obèses monte en courant les escaliers depuis le sous-sol. "Capitaine, nous avons quelque chose en bas. Il y a un placard avec un verrou dessus..."

"Coupe ce foutu truc, Lutarski, c'est pour ça qu'on appelle ça un mandat de perquisition !".

Deux minutes plus tard, Lutarski revient en courant, en pouffant, tenant deux fusils dans ses bras. "Nous les avons, Monsieur. Il y a un placard entier rempli d'armes en bas."

"Alors enfermez-les ! Tous !"

Bob descendit la file de jeunes hommes maussades. "J'ai appelé Guantánamo et je leur ai dit de retenir les chambres roses pour ces gars", dit-il en finissant de prendre ses photos et en se tournant vers Van Zandt. "Tu as eu des nouvelles de Greenfield au bureau du campus ?"

"Oui, il n'y avait rien, des tiroirs et des murs vides, avec quelques papiers et des conneries pour son prochain cours".

"Pas de surprise. Je me suis dit que s'il avait quelque chose, ce serait ici, où ces clowns pourraient garder un œil dessus pour lui." Cette pensée fut interrompue par son téléphone portable, qu'il avait mis en mode vibreur quand Ace et lui étaient allés se promener. Il regarda l'écran et vit qu'il s'agissait à nouveau des Geeks. "Jimmy, je t'envoie une demi-douzaine de photos de tête supplémentaires".

"Vas-y. Peut-être qu'ils seront différents. Le dernier lot est à peu près tous les mêmes. Ils viennent de tout le Moyen-Orient, peut-être la moitié d'Arabie saoudite. Trois ou quatre d'entre eux ont de faux passeports, comme les deux frères Khan. Et nous les avons tous sur les vidéos de sécurité du campus en train de parler avec Shaw et les hommes tués au commissariat."

"Et ce hangar à l'aéroport ?" demande Bob. "As-tu déjà appris quelque chose sur les propriétaires ?"

"Nous travaillons toujours dessus", répond Jimmy. "Ils ont une de ces holdings à plusieurs niveaux comme on en a vu avec la mafia new-yorkaise."

"Bien, vous les connaissez bien".

"Sasha dit que c'est du gâteau, patron".

"Eh bien, dis-lui que je veux ce foutu gâteau dans vingt minutes".

CHAPITRE TRENTE-TROIS

Forêt de Sherwood

Sortir de Fort Bragg s'est avéré étonnamment facile, a pensé Henry Shaw. L'économat était situé juste à côté du boulevard Bragg, ce qui lui permettait d'accéder directement à la grande route qui se dirigeait vers le sud. L'alerte générale n'avait pas encore été donnée et, comme la plupart des véhicules d'urgence se dirigeaient vers la zone de l'économat, il a pu franchir les portes et quitter le poste en quelques minutes.

Bien qu'il puisse se féliciter que le raid ait créé précisément le chaos qu'il souhaitait, tout compte fait, c'est un échec. Si Enderby avait raison, ses neuf meilleurs hommes étaient maintenant morts, y compris Enderby lui-même, l'homme qu'il avait choisi pour mener l'assaut. D'un autre côté, il pouvait se féliciter d'avoir éliminé ce fichu agent du FBI, Pendergrass, et de la bombe qui avait tué un général de division de l'armée. Ce n'est pas un petit prix, celui-là !

Il avait vu la photo du général dans les journaux de Fort Bragg, et il savait que Stansky était l'un des chefs d'opérations spéciales les plus importants du poste. C'était bien, mais d'après ce que lui avait dit Enderby et ce qu'il avait vu de ses propres yeux, c'était vraiment ce salaud de Burke qui menait la danse et avait orchestré la chasse à l'homme contre lui. Autant Pendergrass et Stansky avaient payé le prix fort pour leur ingérence, autant ce civil, Burke, le paierait aussi, car Shaw savait maintenant où il vivait.

Même de nuit, le trajet jusqu'à cette grande ferme de l'autre côté de la rivière n'aurait pas pu être plus simple. Le boulevard Bragg allait tout droit vers le sud-est au cœur de la ville et passait devant la façade du musée des troupes aéroportées et des opérations spéciales, récemment malmené. Shaw ne peut s'empêcher de sourire. Au niveau de Hay Street, il tourna vers l'est, traversa le centre-ville et continua vers l'est jusqu'à la rivière Cape Fear. C'était exactement l'itinéraire qu'il avait emprunté plus tôt dans la soirée, en passant par le pont jusqu'à la première à droite, Deep Creek Road.

La dernière fois, c'était dans la lumière déclinante d'un doux après-midi d'automne. Maintenant, il faisait nuit et il y avait très peu de lumières le long de cette route rurale. Deux miles plus loin, il a ralenti en voyant l'entrée de l'allée de Sherwood Forest. Cette fois, au lieu de passer devant, il tourna et s'arrêta. À mi-chemin de la longue allée d'entrée, il vit que la façade de la maison était joliment éclairée par des projecteurs fixés au sol. D'après toutes les apparences, il s'agissait d'une belle ferme victorienne en pain d'épices bien aménagée, mais il savait qu'il n'en était rien. Il n'y avait pas de portail d'entrée dans l'allée et aucun garde n'était visible, pas encore du moins. Rien n'est risqué, rien n'est gagné, pense Shaw. La clé pour réussir ce coup serait d'agir rapidement.

Il appuie sur l'accélérateur et descend la longue allée d'entrée en direction de la maison à une vitesse normale. En approchant, il balaya rapidement les deux côtés de la route et leva les yeux vers le toit et les pignons latéraux de la maison. Et voilà ! Au centre du toit principal, il vit la forme sombre d'un garde derrière l'un des parapets du toit. Apparemment, son ennemi juré, le major Burke, n'était pas un gentleman-farmer.

Il y avait un virage et un îlot paysager au bout de l'allée, parfaitement placé pour s'aligner sur la porte d'entrée et le porche couvert au-dessus. Shaw a rapidement négocié le virage serré et a garé la Pontiac le plus près possible des portes d'entrée. En ouvrant la portière de la voiture et en sortant, il a sorti le Beretta du creux de son dos et l'a appuyé contre sa jambe droite en bondissant dans les escaliers de l'entrée. Il se retrouva ainsi sous l'auvent qui s'étendait au-dessus du porche d'entrée, ce qui le protégeait efficacement de la sentinelle qui se trouvait sur le toit. Il sonna à la porte et quelques instants plus tard, une jeune fille de sept ou huit ans, tenant dans ses bras un gros chat hideux, ouvrit la porte et le regarda, perplexe.

"Ellie, tu sais que tu n'es pas censée ouvrir la porte", a appelé une femme blonde d'une vingtaine d'années, à bout de nerfs, à la petite fille qui se dépêchait de traverser le foyer jusqu'à la porte. "Désolée", dit la femme à Shaw. "Nous venons juste de rentrer à la maison, et cette nuit a été folle. Je peux vous aider ?" demande-t-elle, l'air ennuyé.

Shaw sourit. "Oh, je suis déjà au courant. M. Burke m'a envoyé te chercher."

"Passer nous prendre ? On vient juste de rentrer... et il ne m'a rien dit !" Linda fronce les sourcils en le dévisageant de plus près. " Attends une minute, personne ne l'appelle 'monsieur Burke'. "

Le sourire de Shaw s'effaça lorsqu'il jeta un coup d'œil à gauche et à droite, puis à l'intérieur du foyer, mais il vit qu'il n'y avait personne d'autre dans les parages. "Pour être tout à fait honnête, je ne l'appelle pas non plus M. Burke. Ça ne veut pas dire que je ne l'ai pas appelé de bien d'autres façons ces derniers temps, mais je serai gentil et je ne les utiliserai pas devant des oreilles tendres", dit-il en levant le Beretta et en le pointant sur Ellie. "Maintenant, monte dans la voiture, toi et la petite fille".

Linda resta figée dans l'embrasure de la porte, le fixant, jusqu'à ce qu'elle passe son bras autour d'Ellie et l'attire plus près. Shaw fit l'erreur d'attraper le bras de la jeune fille, jusqu'à ce que le chat tourne la tête, montre les dents et lui assène un coup rapide avec les griffes acérées de sa patte droite. Elles ont entaillé le dos de la main de Shaw, qui a rapidement reculé.

Au même moment, Shaw a entendu la voix d'un homme appeler derrière lui, depuis le coin avant gauche de la maison à l'extérieur. "Tout va bien, Mme Burke ?", a demandé l'homme en continuant à s'approcher. Shaw a vu qu'il était habillé en noir et qu'il portait une carabine M-4 de l'armée avec la lunette de vision nocturne. De toute évidence, ce n'était pas le jardinier, pensa Shaw en levant le Beretta et en tirant trois balles sur lui depuis le dessous de son bras. Il avait toujours été plus précis en tirant à main levée, sans avoir à se mettre en position de tir, et c'est ce qu'il a fait ce soir-là. Sa première balle est partie très haut, mais les deux suivantes ont atteint le garde en pleine poitrine. Le fusil du garde vola dans les airs et il tomba au sol, mais Shaw savait qu'il y avait probablement d'autres gardes qui patrouillaient dans la maison et que le temps était désormais compté.

"Maintenant que vous savez que je suis sérieux," il lança un regard noir à la femme, "montez dans la voiture, ou je vous laisse tomber ici, dans l'embrasure de la porte, tous les deux." Cette fois, la femme ne discute pas. Il leur fit signe d'avancer et resta près d'elle, se servant de la femme comme d'un bouclier contre la sentinelle sur le toit, tandis qu'il leur faisait faire le tour de la voiture et ouvrait la porte du côté passager arrière. Lorsqu'ils sont montés, il s'est baissé et s'est installé derrière le volant. Il enclencha la vitesse de la grosse Pontiac et donna un coup de frein, soulevant un nuage de poussière et de gravier tandis que la voiture franchissait le virage et remontait la longue route d'entrée. Dans le rétroviseur, il voit la sentinelle qu'il a abattue se lever et attraper son fusil. C'était un gilet pare-balles, réalisa Shaw, mais ni ce garde ni celui qui se trouvait sur le toit n'avaient osé tirer avec la femme du patron dans la voiture.

"Tu es en train de faire une énorme erreur", l'a prévenu Linda. "Tu n'as aucune idée de qui tu es en train de manipuler".

"Au, contraire, je sais exactement à qui je m'adresse, Mme Burke, et c'est exactement pour cela que vous êtes tous les deux dans ma voiture".

"Si tu fais du mal à l'un d'entre nous, il te coupera en petits morceaux".

"Oh, je suis sûre qu'il essaiera, et c'est exactement ce que je veux. Après tout, il est le défi suprême, n'est-ce pas ?" Shaw rit. "Il est la grosse enchilada, le test ultime - et au fait, je prendrai ton téléphone portable", dit-il en tendant la main, "le tien et celui de la petite fille".

"Je ne... nous ne..."

"Ne me mens pas. Nous savons tous les deux que c'est le cas", a-t-il bluffé. "Maintenant, remets-les moi."

À contrecœur, Linda a sorti la sienne de la poche de son blue-jean, a pris celle d'Ellie et les a laissées tomber sur le siège du passager avant.

"Excellent !" dit Shaw. "Maintenant, assieds-toi et profite de la balade. La plupart des gens me trouvent d'une compagnie très agréable. Alors ne t'inquiète pas, il ne vous arrivera rien, ni à l'un ni à l'autre, à condition que vous fassiez ce que je vous dis. Au fait," Shaw capte son regard dans le rétroviseur alors qu'il appuie sur le bouton de son accoudoir qui fait un clic sonore en verrouillant les portes arrière de la voiture. "Les serrures de portes pour enfants ne sont-elles pas merveilleuses ?"

Bob et Ace sont retournés à l'intérieur du centre musulman pour étudiants. L'équipe du SWAT a ajouté les quatre hommes qu'elle a fait descendre du deuxième étage à la file d'attente contre le mur du fond. Ils les ont placés à deux pieds l'un de l'autre, ce qui rend les chuchotements encore plus difficiles. Bob et Ace ont parcouru la file et comparé les visages aux photos que les Geeks avaient envoyées sur leurs téléphones portables, ainsi qu'au plastique des portefeuilles des jeunes hommes - leurs permis de conduire, leurs cartes d'étudiant, leurs cartes d'identité de l'armée, leurs cartes d'identité de la cafétéria, et même leurs cartes de jeux vidéo et leurs cartes d'identité de Gold's Gym. En même temps, ils les ont comparés aux vrais passeports des hommes, aux dossiers de l'armée et aux fichiers de l'INS que les Geeks avaient téléchargés sur les téléphones portables de Bob et d'Ace. Surprise, surprise ! La plupart des informations ne correspondent pas. Bob en signale quatre ou cinq à Harry Van Zandt, qui les emmène dans l'un des salons latéraux pour un interrogatoire plus approfondi par l'équipe du SWAT.

"Où est un putain d'agent de l'INS, quand tu en as vraiment besoin ?" Phillips marmonne.

Le capitaine de l'équipe du SWAT, Charlie Weatherford, secoue la tête. "Ça n'a vraiment aucune importance, madame. Même si vous les arrêtez pour ce genre de choses, l'INS et les magistrats fédéraux les relâcheront sur leur propre engagement plus vite que vous ne pourrez sortir votre voiture du parking, après vous avoir prévenu d'arrêter de vous en prendre à ces pauvres "malheureux". "

"Avec les fusils dans la cave, pourquoi ne pas les arrêter pour terrorisme, et éviter toutes ces conneries d'immigration ?" Ace propose, mais cette pensée pleine d'espoir est interrompue par la sonnerie de son téléphone portable. Il répondit à l'appel et, sous le regard de Bob, les yeux du grand homme se rétrécirent, puis son expression se transforma en un froncement de sourcils, puis en quelque chose de beaucoup plus sinistre et de plus en colère.

"Des problèmes ?" demande Bob alors qu'Ace lui tend le téléphone et qu'ils échangent un regard. À l'autre bout du fil se trouvait Dorothy, et l'ancienne capitaine de l'armée de l'air savait comment faire un rapport de situation militaire en bonne et due forme, ou sit-rep.

"Linda et Ellie sont parties", commence Dorothy.

"La définition est partie", demande Bob en prenant une grande inspiration.

"Pris sous la menace d'une arme, il y a environ cinq minutes. D'après ce que j'ai pu constater auprès des gardes, un homme aux cheveux blonds et aux lunettes rouges s'est présenté à la porte d'entrée..."

"C'est Shaw ! Putain de merde !"

"Il les a fait monter de force dans une vieille Pontiac bordeaux et a filé vers la route principale".

"Où étaient les gardes, bon sang ?" demande Bob, à la vapeur.

"Ce n'est pas de leur faute. Soit le gars avait tout planifié à la perfection, soit il a été sacrément chanceux. L'un des entrepreneurs, Swanson, était sur le toit quand la voiture est arrivée dans l'allée. Il avait sa lunette sur lui quand il est sorti de la voiture et a marché jusqu'à la porte d'entrée ; mais le porche d'entrée a ce toit, et il n'a pas pu voir ce qui se passait en dessous."

"Dis-moi quelque chose", demande Bob avec colère. "Est-ce que cette foutue porte d'entrée était fermée à clé ?"

"Apparemment oui, mais ils pensent qu'Ellie l'a ouverte. Comme Swanson n'avait pas d'yeux sur lui, il a appelé le rover. Il est arrivé au coin de la rue et les 'lunettes rouges' lui ont tiré deux balles de 9 millimètres dans la poitrine. Son premier tir a raté, sans doute pour montrer qu'il est humain. Heureusement, le rover portait un gilet pare-balles, et il a juste eu le souffle coupé. Un autre entrepreneur, Murphy, travaillait à l'intérieur de la maison. Le temps qu'il se précipite dans le foyer, que le rover reprenne son souffle et que Swanson puisse voir ce qui se passait, Shaw était trop près de Linda et d'Ellie pour qu'aucun d'entre eux ne risque de tirer."

"Compris", dit Bob à contrecœur. "Ont-ils pu poursuivre ?" demande-t-il.

"Murphy a fait passer l'un des Yukons devant en moins d'une minute, mais la Pontiac avait disparu. Elle a déchiré l'allée menant à la route principale et a tourné à droite, du mieux que Swanson pouvait voir depuis le toit."

"À droite ? Cela les emmènerait jusqu'à l'I-95, pas jusqu'au campus", répond Bob alors que les roues dans sa tête tournent rapidement. "C'est bon. Je sais où il va."

"Oh, et Ellie a le chat avec elle".

"Le chat ? C'est bien. Si Shaw fait du mal à un cheveu de sa tête, il ferait mieux d'espérer que je l'atteigne avant Godzilla. J'allais justement le tuer."

Bob a sonné et a jeté le téléphone portable à Ace. "Tu as entendu ça ?"

Ace a simplement répondu : "Des ordres ?" Un regard dans ses yeux a rendu toute autre chose inutile.

"Appelle 'High Rider'. Dis-lui que nous serons à la LZ dans trois minutes."

"Bien reçu, ça", répond Ace en appuyant sur Speed Dial, en épaulant le téléphone et en vérifiant la charge de son Beretta. "Au fait, j'ai un droit de regard sur lui après le chat".

Bob sort son propre téléphone et appuie sur le numéro de Koz. Le sergent de première classe a répondu dès la première sonnerie. "Koz, Ghost. Qui est à l'intérieur du hangar maintenant ?"

"L'un des Khans n'est jamais parti. C'est Batir, je crois. L'autre, Mergen, est parti plus tôt cet après-midi dans la Mercedes et il est revenu avec un autre type. Il avait l'air d'être du Moyen-Orient et il n'était pas très content. Ils ont transporté un tas de cartons de la voiture au hangar. Ils y sont toujours, et je n'ai vu personne d'autre entrer ou sortir depuis."

"Très bien, dites aux autres nids d'être en alerte et prêts à engager le combat. Pendant ce temps, surveillez une Pontiac bordeaux avec un blond aux lunettes rouges au volant. Faites-moi savoir si vous le voyez. Il a emmené Linda et Ellie."

"Jeez..."

"Ace et moi nous dirigeons vers vous en Blackhawk, alors ne tirez pas. Pas encore. Tu as compris ?"

Linda s'est installée sur la banquette arrière, les bras autour d'Ellie, sans savoir ce qu'elle devait faire. Si elle avait été seule, elle se serait défendue et ne serait jamais montée dans la voiture ; mais avec Ellie à protéger, ses options étaient fortement limitées.

"C'est toi qui as fait exploser ces bombes, toi qui es à l'origine de toutes ces fusillades ?". demande Linda.

"J'en ai bien peur, Linda. Cela ne te dérange pas que je t'appelle Linda, n'est-ce pas ?"

"Je me fiche éperdument de la façon dont tu m'appelles, mais pourquoi fais-tu ça ?".

"Agir pour ceux qui ne peuvent pas agir", a répondu Shaw de sa voix professorale, comme s'il récitait un discours bien rodé. "C'est ma mission de frapper les oppresseurs du peuple musulman, ici même à Fort Bragg, au cœur même de la fosse aux serpents de leurs opérations spéciales, jusqu'à ce qu'ils supplient pour la paix."

Elle se pencha en avant et *le* fixa dans les yeux dans le rétroviseur, l'étudiant pendant un moment, jusqu'à ce qu'elle secoue la tête et se moque de lui. "Qui essaies-tu d'embobiner ? Bon sang, *tu ne te* crois même pas ; je le vois dans tes yeux."

Ses yeux se sont rétrécis et il lui a lancé un regard noir pendant un moment. "Oh, tu veux savoir pourquoi je fais *ça ?"* dit-il en riant. "Eh bien, la réponse à cette question est beaucoup, beaucoup plus simple. Je veux faire sortir ton mari", dit Shaw alors que son rire s'éteint et qu'il la fixe dans le miroir. "Il a gâché mon attaque, organisé une chasse à l'homme contre moi, tué mes hommes et ruiné mes plans. Avec tous les policiers et les militaires qu'il garde autour de lui, je n'ai aucun moyen de l'atteindre. Maintenant, je n'aurai plus à le faire. Je t'ai toi, et je vais le laisser me trouver".

"Oh là là, ça va être amusant", lui a dit Ellie.

Bob conduisant, il n'a fallu que deux minutes pour parcourir la courte distance jusqu'à la station 14 des pompiers de Fayetteville, où High Rider Carmody attendait dans le siège du pilote de son Blackhawk sur l'héliport des FFD situé derrière la station.

À mi-chemin, le téléphone portable de Bob a sonné. Dès qu'il a répondu, il a reconnu la voix excitée de Sharmayne Phillips. "Burke, qui est cet abruti de colonel complet que tu as décoré à l'économat ?".

"Tu veux dire Adkins ? Stansky m'a dit qu'il était son nouvel adjoint. Il n'était pas très content non plus. Disons que lui et moi avons eu notre lot d'accrochages. Pourquoi ?"

"Je viens d'avoir le prévôt du poste au téléphone. À peine Stansky a-t-il été déclaré mort à l'hôpital que ton fils s'est précipité chez le prévôt et a essayé de faire émettre un ordre d'arrestation contre toi pour avoir agressé un officier supérieur."

"Manifestement, je ne l'ai pas frappé assez fort".

"C'est vrai ; mais le Premier ministre est aussi un colonel à part entière. Il est tout ce qu'il y a de plus droit, et il n'a pas été impressionné. Il m'a appelé et je lui ai dit que tu étais un civil, que tu n'étais plus en poste et qu'il y avait une douzaine de témoins, dont moi, qui n'avaient pas vu ce qui s'était passé comme le prétendait Adkins. Je lui ai aussi dit que Stansky avait accusé Adkins d'être ivre et qu'il nous avait dit qu'il allait le mettre en boîte."

"Merci, Sharmayne. D'habitude, je ne m'entends pas avec les députés, mais tu es l'exception."

"Eh bien, je te conseille d'être prudent avec ce type. Il n'en a pas fini avec toi."

"Bien reçu, et c'est réciproque", lui dit-il en tournant dans l'allée de la caserne des pompiers et en filant à l'arrière du bâtiment. Le Blackhawk furtif attendait, ses longues pales de rotor noires pendaient mollement, mais son puissant moteur tournait au ralenti. "Merci, Sharmayne, mais je dois y aller. Mon véhicule m'attend."

"Ton tour ? Et Shaw ?"

"Oh, tu n'auras plus à t'inquiéter de lui très longtemps, pas après que j'ai terminé. Je t'offrirai une bière et je t'expliquerai plus tard", dit-il en mettant fin à l'appel et en raccrochant.

High Rider était en train de parler au contrôle aérien et n'attendait pas. Le moteur du Blackhawk s'est mis à gémir et les longues pales de son rotor ont commencé à tourner en rond alors que Bob et Ace étaient encore en train de sprinter sur le parking. Ils se sont baissés lorsque les pales ont pris de la vitesse, tournant de plus en plus vite, et ont sauté à l'intérieur par la porte arrière ouverte alors que les patins se soulevaient du sol. Bob et Ace ont rapidement enfilé les écouteurs accrochés à la cloison tandis que l'hélicoptère s'élevait au-dessus de la caserne des pompiers. Sans leur réducteur de bruit, on pouvait à peine penser à l'intérieur.

"Dirige-toi vers le sud", a dit Bob à Carmody.

"Il y a un grand sac en nylon posé à vos pieds", répond Carmody, alors qu'ils balayent la ville vers le sud. "Les Berettas, les deux M-4 et les munitions que tu voulais sont à l'intérieur. Les deux Barrett sont devant, contre la cloison. Bon, où allons-nous ?"

"Connais-tu Gray's Creek Aviation ?"

"Bien sûr. J'y suis allé une douzaine de fois pour m'entraîner au fil des ans. Les propriétaires ont toujours été très coopératifs avec nous."

"Eh bien, ils ne le seront plus quand ils apprendront qu'ils ont une cellule terroriste d'ISIS sur leur propriété. Quand nous serons là-bas, fais plusieurs fois le tour de la piste d'atterrissage. Il y a un bâtiment à l'extrémité est que je veux vérifier avec la lunette infrarouge."

"Le nouveau, avec les bandes blanches ? Je l'ai vu s'élever il y a quelques semaines."

"Tu l'as !" Bob répond alors que l'hélicoptère survole l'I-95 en direction du sud. "Et peux-tu me brancher sur un circuit téléphonique ici ?"

"Pas de problème, il y a un panneau de communication devant toi avec un port USB et un câble. Il suffit de brancher ton téléphone portable et de composer le numéro."

"Bien, et j'aimerais que tu écoutes", lui dit Bob en se connectant, et en composant le numéro abrégé du Geekatorium. Quelques secondes plus tard, il entendit la voix de Jimmy à l'autre bout du fil. "Le temps est écoulé, qu'avez-vous appris ?" demanda Bob. "À qui appartient ce hangar ?"

"J'ai foré dans le registre des entreprises du secrétaire d'État de Caroline du Nord, tandis que Ronald a jeté un coup d'œil à la base de données de la FAA à Washington, et que Sasha suit leur argent à travers le système bancaire international."

"Alors, qui est Caspian Aviation Services ?"

"Des avocats, encore des avocats, des sociétés de portefeuille, et encore des avocats, mais ils ont une tonne d'argent sur leurs comptes, plus de neuf millions de dollars, dit Sasha. La propriété passe par Raleigh, un cabinet d'avocats new-yorkais et une société de portefeuille, puis par plusieurs banques en Suisse, à Dubaï, à Beyrouth et - cela va vraiment te faire craquer - es-tu prêt ?"

"Arrête de faire le con, ou je renvoie Patsy à Chicago".

"On est bien testé ce soir, n'est-ce pas ? D'accord, la réponse est la Banque populaire russe à Moscou."

Bob est resté silencieux pendant un moment. "Moscou ? Tu te moques de moi ?" Bob répondit "Je ne suis pas souvent surpris, mais cette fois-ci, je le suis".

"Je te l'avais bien dit ! Sasha dit que le RPB est une façade du KGB depuis que Poutine a pris le pouvoir."

"ISIS au lit avec le KGB ?" Bob secoue la tête. "Eh bien, pourquoi pas ?"

"Et Sasha m'a dit de te dire qu'il travaille à pénétrer dans leurs comptes. Il ne s'attend pas à ce que cela prenne beaucoup de temps, puisqu'il est allé à l'école avec la plupart des gars que le KGB a chargés de mettre en place le RPB. Il m'a dit de dire au patron : "*Grandement inférieur*".

"Je suppose qu'avec tout ce que Poutine fait en ce moment... mais ISIS ?"

"C'est aussi ce que Sasha pensait. Bien sûr, il l'a dit avec beaucoup de jurons russes qui, je pense, ont un rapport avec l'anatomie des animaux de basse-cour. Quoi qu'il en soit, Sasha veut savoir si tu veux qu'il prenne l'argent ?"

"Il a dit neuf millions ? Il n'y a aucun doute là-dessus. Ils sont aussi sales que les Carbonaris, mais dis-lui d'attendre demain matin à la première heure. Et je veux qu'il fasse attention cette fois. Pas de trébuchet, pas d'empreintes de pas, pas d'empreintes digitales, et aucune de ses petites blagues ; je veux juste que l'argent disparaisse. Cela devrait mettre à mal le samovar de Vladimir, mais nous avons déjà assez de gens qui nous cherchent. Je préfère ne pas ajouter le KGB à la liste."

• "Sasha s'est dit que tu dirais ça aussi. Il m'a dit de te dire : '*Pas de problème. Tu diras au camarade général que j'entre dans le leeetle kitten feeeet !*'. "

"Sasha ? Sur les pieds d'*un petit* chaton ? Ce sera le bon jour. Très bien, qu'as-tu appris de la FAA ? Est-ce que Caspian a un avion ou un hélicoptère enregistré là-bas ?"

"Oui, on dirait qu'ils ont un avion monomoteur enregistré à cette adresse auprès de la FAA. C'est un Cessna TTX T240."

"High Rider, tu es à bord ? Quel genre d'avion est-ce ?"

"C'est l'un des nouveaux modèles de Cessna. Il est élégant et possède tous les jouets - haute performance, aile basse, avionique de pointe, et rapide. Il peut accueillir quatre personnes et voler à environ 270 miles par heure."

"C'est plus rapide que ton Blackhawk ?"

"Oh oui, d'une centaine de kilomètres à l'heure. Et ils coûtent cher. J'en ai vu à vendre en ligne pour environ trois quarts de million et plus."

"Quel est le rayon d'action ?"

"Peut-être 1 200 miles, quatre fois plus loin que ce que je pouvais faire".

"Très bien, ils ont un avion. Alors, à quoi ça sert ?" demande Ace.

"Trois anciens membres de la Garde républicaine et du Huit de Trèfle, une partie du cercle intime de Saddam Hussein qui travaille avec un type dont le FBI pense qu'il a rejoint ISIS et qu'il est derrière tous ces meurtres et ces attentats - c'est ça la question, n'est-ce pas ?". Bob a répondu.

"Oui", acquiesce Ace. "Mais toutes les réponses que je trouve sont synonymes de gros problèmes".

"Surtout cet avion. Les Khans sont pilotes, tous les trois, et j'ai le sentiment maladif que toute cette histoire pourrait peut-être les concerner eux, et non pas cet abruti d'Henry Shaw."

"Ce petit Cessna n'est pas un 737, Ghost, et il n'y a pas de World Trade Center à proximité de Fort Bragg".

"Non, mais Charlotte et Atlanta ne sont pas très loin, et il y a toutes sortes de cibles à Hampton Roads, sans parler de Fort Bragg lui-même. Dorothy connaît-elle encore des gens au commandement aérien tactique de Hampton ?" demande-t-il.

"La base aérienne de Langley ? Bien sûr, elle a piloté des F-15 à partir de là il y a un an et demi et je crois que sa nouvelle unité de réserve est située là-bas aussi ; donc elle doit le faire."

"Ils fournissent le plafond aérien au-dessus des États du centre de l'Atlantique", ajoute Bob. "Tu penses qu'ils pourraient vraiment tenter un autre 11 septembre ?"

"Ce Cessna n'est pas assez grand pour faire s'écrouler un bâtiment", propose Carmody. "C'est impossible."

"Ça pourrait l'être si tu le bourres d'explosifs", rétorque Ace. "Comme plus de C-4 ?"

"À 270 mph, ils pourraient être au-dessus de DC en une heure", a déclaré Carmody.

"Il ne fait aucun doute que DC est toujours une énorme cible politique, mais Hampton Roads est beaucoup plus proche", leur a dit Bob. "Pense à tous les porte-avions qui se trouvent à la base navale de Norfolk".

"Tu as dit que tu trouvais que Shaw agissait de façon un peu trop folle à Fort Bragg", lui rappelle Ace. "Comme s'il attirait l'attention sur lui et l'éloignait de quelque chose".

"Peut-être que nous sommes tous fous, mais pourquoi ne prendrais-tu pas le téléphone et n'appellerais-tu pas Dorothy ?" lui dit Bob. "Je sais qu'on n'a pas grand-chose à se mettre sous la dent, mais il a cet avion pour quelque chose et le commandement aérien tactique doit être au courant de ce qui pourrait se passer ici. Ils ont des F-15 en patrouille tout le temps de toute façon. Peut-être qu'ils peuvent garder un œil et effectuer quelques sorties par ici."

"Comme leur faire faire le tour de ce hangar ?"

Bob haussa les épaules. "Ce n'est peut-être pas une mauvaise idée, juste pour leur faire savoir qui est le patron".

"Et garde ce Cessna au sol", lui a dit Carmody. "Je vais te dire, en tant que pilote, le Cessna me gêne vraiment. Je suis trop lent pour l'attraper ; mais d'un autre côté, les F-15 sont trop rapides. Un petit avion rapide comme le TTX est sacrément maniable. Si le pilote se faufile et reste au niveau de la cime des arbres, ou s'il survole l'une des villes, il sera sacrément difficile à trouver et encore plus difficile à abattre."

CHAPITRE TRENTE-QUATRE

Forêt de Sherwood

La vieille Pontiac marron a projeté un nuage de poussière et de gravier lorsque Henry Shaw est arrivé au bout de l'allée de Sherwood Forest, a pris un virage serré à droite sur Cedar Creek Road et s'est enfoncé dans la nuit. Il ne doutait pas que les hommes de Burke se précipiteraient vers leurs propres voitures, mais il aurait au moins deux ou trois minutes d'avance sur eux, et c'était tout ce dont il avait besoin. Il était très tenté d'éteindre les phares de la Pontiac, mais ni lui ni la vieille Pontiac de George Enderby n'étaient habitués à des poursuites à grande vitesse sur les petites routes sombres, cahoteuses et sinueuses de Caroline. Elle avait besoin d'une mise au point et d'un alignement du train avant de la pire des façons. Lorsqu'il a dépassé les 60 mph, la voiture a commencé à tousser, à claquer et à cracher, et le volant s'est mis à trembler. Lorsqu'il a dépassé les 70 mph, il a dû s'accrocher au volant des deux mains pour maintenir la Pontiac sur la route. Heureusement, l'échangeur de l'I-95 n'est qu'à deux miles et demi au sud et il atteint le trèfle en quelques minutes, freine et remonte la rampe d'entrée en direction du sud-ouest avant que ses poursuivants n'aient pu atteindre Cedar Creek Road.

À l'exception d'un flot constant de gros camions, la circulation sur l'Interstate était clairsemée. Il a relâché l'accélérateur et réduit la vitesse à 60 mph pour pouvoir contrôler la voiture d'une seule main et sortir son téléphone portable de l'autre. Il a rapidement vérifié dans le rétroviseur ce que faisaient la femme de Burke et sa fille. Elle a continué à lui lancer des regards noirs, mais a apparemment eu le bon sens de ne rien tenter. C'était encourageant, car il aurait détesté les tuer si tôt.

Il laissa tomber ses yeux sur le téléphone portable, parcourut rapidement sa liste de numéros abrégés et appuya sur le numéro du téléphone situé dans le hall du centre des étudiants musulmans, de retour sur le campus. Au départ, il avait accepté d'installer un téléphone dans le salon latéral du premier étage pour la commodité de ses étudiants. Malgré l'affiche polie qu'il avait placée sur le mur au-dessus du téléphone, indiquant qu'il était réservé aux appels locaux, ces crétins en ont profité pour facturer des milliers de dollars d'appels longue distance à leur famille, leurs amis, leurs petites amies et leurs maîtresses dans une douzaine de pays du Moyen-Orient, obligeant Shaw à le faire remplacer par un téléphone n'autorisant que les appels locaux, et enfin par un téléphone n'acceptant que les appels locaux entrants. Naturellement, une fois sa politique plus restrictive mise en place, aucune d'entre elles ne s'abaissait à répondre au téléphone lorsqu'il sonnait. Ce sont les femmes de ménage philippines, africaines ou bulgares de leur pays qui s'acquittent d'une tâche aussi humiliante.

Ne s'attendant pas à ce que ses élèves répondent au téléphone à cette heure-ci, Shaw a quand même appuyé sur le numéro abrégé pour voir ce qui se passerait. Tout bien considéré, après la fusillade à l'économat de Fort Bragg, il s'attendait à ce que ce soit la police de Fayetteville, le FBI, le CID, la CIA, la moitié de la 82e division aéroportée, ou peut-être l'attrapeur de chiens local qui réponde, et il n'a pas été déçu.

Quelqu'un a décroché le combiné et Shaw a entendu des voix d'hommes et des rires en arrière-plan tandis qu'un homme plus âgé demandait : "Ouais... Qui est-ce ?".

"Le roi Salman d'Arabie saoudite. Mon fils est-il là ?" Shaw répond.

"Roi... ? Euh, eh bien, peut-être... Je ne sais pas."

"Très bien, officier, qu'en est-il des inspecteurs Van Zandt ou Greenfield ?"

"Oui, ils sont dans les parages. Laisse-moi aller voir."

En moins d'une minute, il a entendu la voix de Harry Van Zandt à l'autre bout du fil. "King Salman ? Joli coup. Qui c'est, bon sang ?"

"Royce Patterson, président de l'ACLU. Vous allez passer le reste de votre carrière au tribunal, inspecteur. Persécuter tous ces pauvres étudiants étrangers comme ça..."

"Shaw ? Tu as des couilles, je te l'accorde, *Per-fesser,* mais pourquoi ne reviendrais-tu pas ici. Tes garçons t'ont réclamé, et nous pourrons en discuter."

"J'en serais ravie. Je suppose que notre ami Burke n'est pas là non plus, n'est-ce pas ?"

"Non, juste moi et Greenfield. Est-ce que nous ferons l'affaire ?"

"Non. Je pense que sa femme préférerait lui parler".

Van Zandt est resté silencieux pendant un moment. "Si tu as vraiment sa femme, Shaw, tu n'as pas idée des ennuis qui t'attendent".

"Tu sais, inspecteur, tu n'es pas le premier à me dire ça ce soir. Je suppose qu'on verra bien, n'est-ce pas ? Dis bonjour à Burke", répond Shaw en raccrochant et en reportant son attention sur la route.

À part une poignée de grands lampadaires à vapeur de sodium situés aux échangeurs, l'autoroute inter-États était aussi sombre que la campagne environnante. C'est très bien, pensa-t-il. Il y avait un quart de lune froid dans le ciel, et c'était bien aussi. Elle fournissait juste assez de lumière pour voir, sans rendre la voiture trop visible. Cinq minutes plus tard, il arrive à l'échangeur de la route 87. Au nord, elle remonte vers Fayetteville et devient la route 401 Bypass, très fréquentée. Ici, au sud, c'était le début de quatre-vingt-dix miles de route de campagne sombre à travers les terres agricoles ouvertes jusqu'à ce qu'elle atteigne Wilmington sur la côte atlantique.

Shaw n'allait pas aussi loin. Au bout d'un kilomètre, il a tourné à l'est sur Butler Nursery Road. C'était la route qu'il se souvenait que Batir et Mergen avaient empruntée lorsqu'ils l'avaient emmené au hangar à avions. Il passa le premier panneau indiquant Gray's Creek Aviation, puis le second et tourna à l'entrée de la petite piste d'atterrissage. En continuant jusqu'au bout, il a vu le hangar rouge, blanc et bleu de Caspian Aviation Services. Il vit également la Mercedes bleu foncé des Khans garée près de la porte arrière. C'est bien, pensa-t-il en se garant à côté. Cela signifiait que les frères Khan étaient à l'intérieur, probablement blottis dans leurs sacs de couchage dans le coin arrière. S'ils ne l'étaient pas, il ne savait pas comment il allait pouvoir entrer autrement qu'en tirant sur la serrure.

Shaw sortit et regarda autour de lui un moment avant d'ouvrir la porte arrière et de faire signe avec le canon du Beretta automatique à Linda et Ellie de sortir aussi. Il pouvait voir un mince ruban de lumière vive se répandre sous la porte arrière, ce qui signifiait que les Khans ne dormaient pas après tout. Il essaya de tirer et de secouer la poignée de la porte, mais cela ne le mena nulle part.

La porte était faite d'une lourde plaque d'acier avec des charnières épaisses et elle était verrouillée de l'intérieur. Il n'y avait pas de sonnette. Plutôt que de se frapper les articulations nues sur le duracier, il utilisa la crosse du Beretta pour tambouriner sur la porte. Il attendit vingt secondes, mais comme il n'entendait rien à l'intérieur, il frappa une deuxième fois, encore plus fort, et continua d'attendre. Excédé par la situation, il frappa une troisième fois, encore plus fort. Il était sur le point de tirer sur la serrure lorsqu'une voix furieuse l'appela depuis le coin du bâtiment à sa gauche.

"Shaw ! Pourquoi es-tu ici ?" Mergen Khan a beuglé de colère.

Le professeur s'est retourné et a vu le lutteur musclé marcher à grands pas vers lui, un fusil d'assaut israélien Gilboa ultra-compact pointé sur sa poitrine. Même après que Mergen a su qu'il s'agissait de Shaw, le grand homme a continué à regarder à gauche et à droite autour de la piste d'atterrissage sombre, mais il n'a pas baissé son arme.

"Posez ce pistolet", ordonne Mergen. "Et qui sont-ils ?" demande-t-il en voyant deux personnes assises dans la Pontiac.

"Je t'expliquerai tout dès que je les aurai fait entrer", répond Shaw en abaissant le Beretta et en le pointant vers le sol.

"Quand tu les auras fait rentrer ?" Les yeux de Mergen flamboyèrent alors qu'il s'arrêtait à un ou deux pieds de là. "Espèce d'imbécile ! Vous avez de la chance que je ne vous abatte pas tous ici même. Vous n'avez pas à amener des gens ici pour commencer, et certainement pas maintenant. Es-tu fou ?"

"Fais juste ce que je te demande, Mergen", répond Shaw en entraînant la femme et sa fille hors de la voiture. "Nous ne pouvons pas rester ici."

Le grand Turkmeni le fixe un moment et finit par s'approcher pour frapper deux fois la paume de sa main sur la porte bardée d'acier. Shaw entendit de lourds boulons d'acier claquer à l'intérieur de la porte, puis celle-ci s'ouvrit. À l'intérieur, il trouva Batir Khan qui le fixait, une autre mitraillette à canon court dans les mains, ne semblant pas plus heureux que son frère de voir Shaw, et encore moins une femme blonde et un jeune enfant tenant un chat.

"Très bien, entrez", a grogné Mergen en les poussant à l'intérieur du hangar.

Lorsque les yeux de Shaw se sont adaptés à la lumière vive, il a vu que beaucoup de choses avaient changé depuis son dernier voyage. Des pièces de ferraille et des bouteilles de gaz étaient éparpillées sur le sol. Le chalumeau à acétylène et son réservoir étaient maintenant posés entre les deux avions.

Et à sa grande surprise, il a vu Sameer al-Karman vêtu d'une blouse de laboratoire blanche et d'une grande visière en plexiglas, debout derrière deux grandes tables grossièrement construites qui avaient été clouées ensemble à partir de contreplaqué et de deux par quatre. Sur le dessus de la table, Shaw voit des appareils chimiques, une demi-douzaine de grands béchers en pyrex, une rangée de plaques chauffantes, des becs Bunsen, diverses casseroles et poêles de cuisine, ainsi qu'une variété de bouteilles et de sacs de produits chimiques secs.

Al-Karman le regarde et semble soulagé de voir Shaw. Mais s'il pensait que le professeur était son salut, il se trompait lourdement.

"Fantôme, Koz. Ta Pontiac marron vient de se garer derrière le hangar. Batman et moi sommes en haut de la route d'entrée et avons les yeux rivés sur elle. Un blond est sorti de la voiture et a frappé à la porte arrière."

"Bien reçu", répond Bob. "Maintenez votre position. Au moins, nous savons où ils sont maintenant."

"Fantôme, illégal. Je suis de l'autre côté du hangar, dans les herbes, de l'autre côté de la piste. L'une des portes roulantes vient d'être poussée de quelques mètres. L'intérieur du hangar est illuminé comme un arbre de Noël. Un grand gaillard est sorti en courant et a fait le tour par devant. On dirait qu'il porte un Uzi ou quelque chose de petit comme ça. Qu'est-ce que tu veux qu'on fasse ?"

"Peux-tu voir quelque chose à l'intérieur ?"

Il y eut un silence pendant un moment, tandis qu'Illegal balayait à nouveau le bâtiment du regard. "Quelque chose. Il n'a pas ouvert la porte bien loin, mais je suppose que c'est une aile d'avion."

"Fantôme, Koz. Ce deuxième type est venu par derrière, et le blond a ordonné à Linda et Ellie de sortir. C'est eux, d'accord."

"Copie. Continuez à observer et à faire des rapports, mais gardez vos lunettes de visée sur ces portes, à l'avant et à l'arrière. Nous serons au-dessus dans une minute ou deux."

"Alors, que les jeux commencent", a ajouté Ace en claquant un chargeur dans le récepteur de son Barrett et en visant la porte du hangar.

Mergen Khan était furieux contre Henry Shaw. Il ferma la porte arrière et fit signe à son frère de rouler la grande porte de l'autre côté, avant de se tourner vers le professeur. "Vous êtes un crétin ! Amener cette femme et cet enfant ici ? Vous essayez intentionnellement de saboter notre mission ?"

"Non !" Shaw a répliqué. "J'essaie de mener à bien la mienne".

"Ta 'mission' ?" Mergen lui lance un sourire narquois. "Vous devez maintenant comprendre que votre petit spectacle n'était destiné à être rien de plus qu'une distraction pour les éloigner de ce que nous faisons ici, en bas, à l'aéroport. Êtes-vous trop stupide pour le voir... Professeur ?"

Shaw s'est retourné et a regardé le hangar, les deux avions, la ferraille, le chalumeau à acétylène et enfin son chimiste qui versait un grand bécher de liquide brun épais dans la première des deux bouteilles de gaz coupées. Enfin, Shaw a compris. "Tu m'as traité de stupide ?" Shaw hurle à Mergen. "Moi ? On n'est pas en 2001. Comme je te l'ai déjà dit, qu'est-ce que tu crois pouvoir accomplir avec un petit avion ? Ils vont t'exploser en plein ciel !"

Mergen Khan s'est avancé et a arraché le Beretta des mains de Shaw. Il l'a attrapé par la gorge, l'a soulevé du sol et l'a serré. Shaw était plus grand et n'était pas un petit homme lui-même, mais le lutteur olympique en colère le manipulait comme s'il était une poupée de chiffon. "Je t'ai déjà demandé . Pourquoi es-tu ici, et qui sont-ils ? Qui est-elle ?" Il maintint Shaw en l'air pendant un long moment, regardant son visage devenir blanc. Shaw attrapa le bras de Mergen Khan et lui donna des coups de pied, mais il devint vite évident, même pour lui, que le match était très déséquilibré.

Finalement, alors que le visage de Shaw est devenu rouge foncé, Mergen relâche sa prise sur la gorge de Shaw et le laisse tomber sur le sol. "Qui est-elle ?" hurla-t-il. "Et pourquoi les as-tu amenés ici ? Je ne vais pas te le redemander."

"C'est la femme de Burke", s'exclame Shaw.

"Burke ? Qui est ce 'Burke' ?" demande Batir Khan d'un air dédaigneux.

"L'un de leurs meilleurs officiers des opérations spéciales, une légende".

Mergen lui lance un regard noir. "Et tu les as amenés ici pour qu'il te suive ?" Mergen Khan a levé sa mitraillette et aurait abattu Shaw sur le champ si le professeur n'avait pas rapidement pris la parole.

"Non ! Burke est déjà sur ta piste et la mienne, et ce n'est qu'une question de temps avant qu'il ne nous trouve tous les deux. Mais il n'osera pas nous attaquer ici, pas tant que nous tenons sa femme et sa fille."

"Tu es vraiment cinglé", dit Linda en riant. "Tu ne le connais pas du tout".

Mergen s'est retournée et l'a regardée. "Qu'est-ce que ça veut dire ?"

"Maintenant, rien ne pourra l'arrêter. Il arrachera le toit de ce hangar et vous tuera tous les trois à mains nues quand il vous trouvera. Votre seul espoir est de lâcher ces armes et de vous enfuir par cette porte aussi loin et aussi vite que vous le pouvez. Alors, il arrêtera peut-être de vous poursuivre. Peut-être."

Mergen Khan l'a regardée de haut et a ricané. "Vraiment ?" dit-il en se tournant vers son frère et ils ont tous les deux bien ri.

Linda leur a souri avec assurance et a haussé les épaules. "Faites comme vous voulez", a-t-elle dit.

Shaw rit avec les Khans et regarde al-Karman qui choisit de les ignorer tous en prenant une autre grande marmite et en versant lentement un liquide épais et visqueux dans deux bouteilles de gaz d'un mètre cinquante de haut qui se tiennent debout devant lui. Les deux étaient peintes en vert et leurs six pouces supérieurs avaient été coupés. Il en versait dans celle de gauche, puis dans celle de droite.

"Il est censé travailler pour moi", s'agace Shaw. "Tu n'avais pas le droit de le prendre comme ça, sans au moins demander, Mergen".

"Vous pourrez le récupérer une fois qu'il aura terminé, professeur", ricane Batir. "Pas avant."

Shaw se détourna et jeta un second coup d'œil aux deux avions. Celui de droite avait déjà deux des cylindres verts montés sous ses ailes. Les parties supérieures ont été soudées et un détonateur semble avoir été fixé sur le nez de chacun d'eux.

"Vous devez excuser notre métallurgie grossière, professeur", sourit Mergen. "Mon frère et moi ne sommes guère des experts en soudure et en tôlerie, mais Aslan a veillé à ce que nous ayons une formation compétente en la matière."

Shaw s'est soudain retourné, l'a regardé et a souri. "J'ai compris maintenant. C'est très astucieux ! Tu as utilisé le C-4 pour transformer les bonbonnes de gaz en bombes, n'est-ce pas ?" demande-t-il. "Tu vas les écraser contre quelque chose, comme un bâtiment. Oui, je peux le voir maintenant. Peut-être le centre d'opérations de Fort Bragg. C'est ce que tu es en train de faire, n'est-ce pas ? Merveilleux ! Tu vas faire s'écraser les avions sur le centre des opérations."

Mergen Khan s'est retourné, a regardé Batir, et tous deux se sont mis à rire. "Professeur, est-ce que mon frère et moi ressemblons à Shahid pour vous ? Pensez-vous vraiment que nous sommes en Istishhad, en mission suicide ? Si c'est ce que vous pensez, vous êtes vraiment un imbécile."

Shaw fronce les sourcils. "Mais les avions ? 9/11 ? Je pensais que tu..."

"Tu as pensé ? Tu as amené cette femme et sa fille ici pour attirer son mari, et tu veux me faire croire que tu as vraiment eu une 'pensée' ? Je devrais te tirer dessus tout de suite."

"Emmène-moi avec toi. Je veux les attaquer avec toi, Mergen."

"Non !" répond le Turkmeni musclé en se dirigeant vers la porte arrière et en ramassant un AK-47 qui était posé entre les montants du mur à côté du cadre de la porte. "Batir et moi allons bientôt décoller ; et nous n'avons ni le poids ni l'envie de t'emmener avec nous. Mais si tu veux prouver ton dévouement à la cause ? Tiens", dit Mergen en lançant l'AK-47 à Shaw. "Quand cet homme, Burke, arrivera, tu auras peut-être l'honneur de le tuer. Tu voulais être le grand révolutionnaire, le grand combattant de la liberté, n'est-ce pas ?" demande-t-il sarcastiquement. "Après avoir tué Burke, tu pourras mettre ton pied sur sa poitrine et tenir la kalachnikov au-dessus de ta tête comme si c'était l'épée du Grand Sal-a-din", lui dit Mergen Khan en riant. "Tu pourras sortir ton téléphone portable, prendre un "selfie" et le poster sur ta page Facebook ! Ce serait bien, non ?", a-t-il ricané. "Rends-toi utile. Va aider al-Karman à finir les cylindres et à les transporter sur l'autre avion. Nous n'avons plus de temps à perdre avec ces bêtises."

CHAPITRE TRENTE-CINQ

Le hangar de Caspian Air Services

Carmody a amené le Blackhawk à haute altitude depuis le nord-ouest, tournant autour de l'aérodrome sombre dans des spirales de plus en plus serrées, mais ils n'ont vu aucune activité en dessous. Vu du sol, le bâtiment de Caspian Air Services ressemblait probablement aux autres : sombre et fermé pour la nuit. Contrairement à eux, cependant, il avait deux grandes lucarnes claires sur son toit plat que l'on ne pouvait pas voir depuis le sol. À l'intérieur, des bancs de luminaires fluorescents brillants éclairaient le hangar comme le Strip de Las Vegas, projetant des colonnes de lumière bleu-blanc dans le ciel nocturne sombre au-dessus, comme deux balises.

Bob a pointé du doigt le hangar vers le bas. "High Rider, tu as des lunettes infrarouges à bord ?"

"Pour les mini-armes latérales, quand nous les avons attachées. Elles se trouvent dans l'armoire au-dessus de la banquette arrière."

"Continue à tourner en rond pendant que nous jetons un coup d'œil", a répondu Bob.

"Roger", répond Carmody.

Pendant qu'Ace les sortait, Bob sortit son téléphone, appuya sur le numéro abrégé du jeune sergent. "Koz, Ghost", a-t-il crié par-dessus le rugissement guttural du turbomoteur de l'hélicoptère. "Nous tournons en rond au-dessus du bâtiment".

"Je t'entends. Que veux-tu que nous fassions ?"

"As-tu eu l'occasion de vérifier les portes avant et arrière ?".

"Avec les lunettes de visée, pas de prise en main. La porte arrière semble être recouverte d'acier et boulonnée de l'intérieur. L'avant est un ensemble de doubles portes lourdes sur roulettes. Tu auras besoin de C-4 ou de cordelette pour ouvrir l'une ou l'autre."

"Copie. Gardez les deux portes couvertes et soyez prêts à éliminer quiconque sortira. Mais vérifiez avec moi avant de vous engager."

"Bien reçu. Ça fera du bien de sortir d'ici. Les moustiques nous rendent dingues."

"Nous allons essayer de nous en occuper pour toi", dit Bob en riant. "Fantôme dehors".

La distance est difficile à évaluer la nuit, mais Bob a estimé qu'ils se trouvaient à cinq cents mètres, soit un peu plus d'un "demi-klick". Le Blackhawk était relativement silencieux, mais c'était "relatif". Shaw et ses hommes finiraient par entendre quelque chose, le temps devenait donc critique, pensa-t-il, tandis qu'Ace lui tendait l'un des télescopes infrarouges. Ici, en Caroline du Nord, il pensait qu'un bâtiment en métal devait être peu ou pas isolé. Si c'était le cas, la vue à l'intérieur ne serait pas trop déformée, et il avait raison.

Alors qu'ils scrutent le bâtiment, Bob dit à Ace : "Je vois cinq ou six points de chaleur à l'intérieur. Qu'est-ce que tu as ?"

"À peu près la même chose, mais je ne peux pas vraiment le dire avec cette grosse efflorescence de chaleur dans le coin arrière."

"S'ils ont Linda et Ellie là-dedans, je me dis que les trois autres sont Shaw et les deux frères Khan. Même s'il y en a un ou deux de plus, c'est gérable."

"Pour toi et moi ? C'est du gâteau, mais à ton avis, quel est le point chaud dans le coin droit ? Une machine ? Peut-être un moteur ? Ou un super-Haji ?"

"Un super-Haji ?" Bob secoue la tête et rit, mais continue de regarder. "Il y a trop de chaleur pour un corps, même pour l'un d'entre eux. Quelqu'un est en train de cuisiner quelque chose."

"Comme un cuiseur de barbecue de Caroline ?"

"Non, plutôt un cuiseur de méthamphétamine de Caroline, mais vu qui est là-dedans, c'est probablement du C-4", répond Bob. "High Rider, as-tu une corde de rappel à bord ?"

"Bien sûr. Il y a des écheveaux de cent pieds dans l'armoire derrière toi, avec des pinces, des mousquetons et des gants. À quelle hauteur veux-tu sortir ?"

"Disons à cette hauteur de cent pieds. Nous allons écraser les lucarnes, et les bâtiments de ce genre ont généralement des plafonds de vingt ou vingt-cinq pieds de haut."

"Il suffit de ne pas manquer de corde", ajoute Ace en sortant les cordes et en les assurant aux anneaux situés en haut des cadres de la porte.

"Tu comptais prendre une lucarne et moi l'autre ?" demande Ace.

"On dirait un modèle commercial bon marché, probablement en plastique, de 1,80 m sur 1,80 m, sans nervures internes. Pourquoi pas ?"

"Et si ce n'est pas le cas ? Nous devons foncer et ne pas nous laisser distraire. J'ai mis mes grosses bottes de travail et je te devance de quinze kilos..."

"Euh, peut-être que c'était le cas avant", le corrige Bob. "Mais maintenant que tu es à la retraite et que tu as passé deux mois à cuisiner à la maison, c'est probablement soixante-cinq".

"Encore mieux ! Et si je tombais en chute libre le long de la corde et que je faisais un boulet de canon ? Je te garantis que cette lucarne sera grillée. Tu peux venir juste derrière et nous commencerons tous les deux à tirer."

"Je pense que nous avons d'abord besoin d'un survol pour regarder à l'intérieur".

"Si nous faisons ça, c'est sûr qu'ils sauront que nous arrivons", prévient Ace.

Bob y a réfléchi. "Je soupçonne qu'ils savent déjà que nous venons de toute façon, mais tu veux passer à l'aveugle ?".

"Bien sûr que oui ! Ce sera comme au bon vieux temps."

"Quand nous étions tous les deux jeunes et trop bêtes pour connaître mieux ?".

"Je dirai à Linda que c'était mon idée et tu diras à Dorothy que c'était tout à toi".

"Ça marche pour moi", sourit Bob. "Carmody, descends-le à 30 mètres au-dessus de la lucarne gauche à mon signal".

"Puis-je vous suggérer l'arme de prédilection pour ce soir ?" demande Ace en brandissant son Beretta.

"Ah, le millésime italien, avec cet arôme grivois de mûre, de chêne, un soupçon de chocolat, et quoi ? Ce léger arrière-goût de nitroglycérine au fond du palais pour finir ? Excellent choix pour le ciblage individuel, sergent-chef."

Bob prend l'autre pistolet, vérifie le chargeur et introduit une nouvelle cartouche dans la chambre. "Carmody, prêt quand tu l'es. Trois, deux un, marquez !"

Le pilote a immédiatement mis le Blackhawk en forte inclinaison vers la gauche, a balayé les autres bâtiments et a volé en longueur le long du toit du hangar de Caspian Air Services. Alors qu'ils passaient au-dessus de la première lucarne, Ace a crié : "J'ai des vues sur l'un des Khans."

"Et j'ai Linda et Ellie qui se tiennent près du mur d'entrée avec ce salaud de Shaw", répond rapidement Bob.

"Et devine quoi, Ghost ? Il y a deux avions en bas, pas un seul, et ils sont à peu près juste sous les lucarnes", a crié Ace alors que Carmody tirait sur le manche. Le grand oiseau noir s'est soudain dressé sur sa queue et s'est arrêté net au-dessus de la deuxième lucarne.

C'est Batir Khan qui a entendu pour la première fois un hélicoptère au loin. Sameer al-Karman et lui étaient en train de verser le premier lot de C-4 dans la quatrième bouteille de gaz, tandis que Mergen vissait le bouchon et le détonateur sur la troisième. Batir fit une pause et pencha la tête, la faisant tourner de gauche à droite comme une antenne radar, cherchant à repérer l'engin qui s'approchait.

"Mergen", a-t-il crié. "Tu entends ça ?"

Les yeux de son frère aîné se sont rétrécis. "Oui, un hélicoptère... un Blackhawk, d'après ce qu'on entend."

"Ils nous ont trouvés !" Batir s'exclame, les yeux écarquillés.

"Mais ils ne nous arrêteront pas ! Vite, maintenant !" Il désigne le cylindre sur lequel il vient de finir de visser le détonateur. "Toi et al-Karman, attachez celui-ci à votre avion."

"Mais qu'en est-il du quatrième ?" Interroge Batir alors que lui et le jeune Yéménite soulèvent le troisième et s'efforcent de le porter jusqu'à l'autre Cessna.

"Nous avons déjà deux cylindres chargés dans mon avion, alors trois doivent suffire. Maintenant, bougez ! Nous devons prendre l'air", ordonne Mergen.

Le TTX aux lignes épurées était équipé d'un train d'atterrissage fixe et non rétractable. Son frère et lui avaient ajouté sous chaque aile un harnais rudimentaire fait de grosses sangles de nylon provenant d'un harnais de parachute pour maintenir les bouteilles de gaz entre le train d'atterrissage et le fuselage de l'avion. Les sangles remontaient au-dessus de l'aile et se terminaient par deux boucles à ouverture rapide situées juste à l'extérieur des portes au-dessus de l'aile. La conception était celle de Batir, et bien qu'elle ne soit pas de haute technologie, elle devrait fonctionner. Il s'est dit que s'ils ralentissaient à l'approche de leur cible et ouvraient les portes suffisamment pour libérer la boucle, la courroie et la sangle se détacheraient et permettraient à chaque cylindre de tomber sur la cible.

Contrairement à ce que Mergen avait dit à Shaw, le chimiste lui avait préparé vingt livres de C-4. Une fois qu'ils ont eu al-Karman fermement en main, ils l'ont fait travailler 24 heures sur 24 pour en faire cuire beaucoup plus. En fin de compte, il avait préparé cinquante livres de plus pour eux. Cinquante ! En ajoutant les dix livres de Shaw, ils avaient maintenant soixante livres de l'un des explosifs les plus mortels au monde, assez pour leur donner quatre engins mortels contenant quinze livres de la "soupe" spéciale d'al-Karman. Batir se réjouit : les croisés n'oublieront jamais cette nuit !

"Bougez !" Mergen hurle en retirant les blocs de stationnement de sous les roues de son Cessna, grimpe sur l'aile et se tourne vers Henry Shaw. "Le moment est venu pour vous de prouver votre loyauté envers le calife, professeur. Vous avez votre kalachnikov, et votre tâche est de les retenir jusqu'à ce que nous prenions l'air. Est-ce que c'est clair ?"

"Non", répond Shaw en criant. "Tu ne peux pas me laisser ici. Laisse-moi venir avec toi."

"Vous avez vos ordres", dit Mergen en sortant un pistolet Sig Sauer 9 millimètres de son étui d'épaule et en le laissant voir à Shaw assez longtemps pour renforcer son point de vue. "De plus, tu as maintenant ton AK-47, la femme de Burke et ton ennemi à la porte. Tu ne devrais avoir aucun mal à le mettre à genoux. Montrez-nous que vous savez utiliser la kalachnikov, professeur ; mais pour l'amour d'Allah, ne touchez pas les avions."

Mergen a regardé Batir et al-Karman lutter pour faire entrer le troisième cylindre dans la sangle, et a failli sauter en bas pour les aider, mais les deux hommes ont finalement réussi à boucler solidement les épaisses sangles au-dessus de l'aile.

Mergen ouvrit la porte de son cockpit et pointa son Sig Sauer sur le chimiste : " Pousse les portes du hangar, al-Karman. Tout de suite ! Tu m'entends ?", hurle-t-il en se tournant vers son frère. "Batir, monte dans ton avion et suis-moi. Vite", dit-il en sautant dans le cockpit et en démarrant son moteur.

Bob savait qu'il fallait être fou pour sauter d'un patin d'hélicoptère dans le courant descendant d'un Sikorsky Blackhawk à quatre pales, la nuit, et en chute libre virtuelle, sans rien d'autre que deux mains gantées agrippant lâchement une corde de nylon hâtivement fixée et passant par l'entrejambe, et avec la perspective d'un atterrissage brutal près de huit étages plus bas. Il s'est dit que c'était bien plus que de la folie, mais qu'importe. Ace descendait en premier.

Chacun d'eux était suspendu devant sa porte, presque parallèle au sol, les jambes droites, les bottes calées sur le patin. Lorsqu'il a senti le nez de la grosse machine se lever brusquement, il a su que Carmody avait tiré sur le manche et placé le gros oiseau sur sa queue au-dessus de la deuxième lucarne. C'est le moment de partir. Bob regarde vers le bas et voit à travers le plexiglas transparent le hangar en dessous. Il a regardé Ace à travers le fuselage et a crié : "Vas-y !". Le grand sergent-chef eut un sourire maniaque en se laissant tomber directement le long de la corde. Bob compta : "Un, deux, trois, marque !" et il poussa le patin, lâcha prise et commença sa propre descente rapide le long de la corde.

Normalement, on diviserait une telle descente en trois segments, en freinant au moins deux fois en cours de route. Pas ici, pas maintenant. Ace tomba directement, ralentissant à peine en remontant ses genoux puis en les poussant vers le bas, écrasant ses bottes sur le plexiglas. La lucarne explosa et il suivit les éclats volants dans le hangar en contrebas, avec Bob juste au-dessus de lui.

La plus grande surprise, cependant, se trouvait en dessous. Ace s'est retrouvé à atterrir avec ses deux bottes sur le capot du moteur de l'un des Cessna, le système de suspension robuste de l'avion ayant amorti sa chute. À deux mètres de là, Batir Khan venait de grimper sur l'aile du Cessna et avait ouvert la porte du cockpit, avec l'intention de monter à l'intérieur, lorsqu'une pluie de morceaux de plexiglas tranchants lui est tombée dessus. Ace faisait deux fois sa taille, et son atterrissage sur le capot du moteur a encore plus secoué Batir.

Coupé, saignant et sonné, il s'est retourné et a attrapé le Sig Sauer rangé dans sa ceinture, juste au moment où le gros Delta a rebondi sur le capot. Comme un plongeur olympique sur un tremplin, il a retiré sa lourde botte du désert et a donné un coup de pied au visage de Batir avec suffisamment de puissance et de direction pour rendre fier un botteur de but de la NFL. Les yeux de Batir se révulsent et il s'envole vers l'arrière. Les bras grands ouverts, il atterrit à plat ventre sur le sol en béton en contrebas, transi de froid.

Bob a descendu sa corde juste derrière Ace, se balançant vers la droite et freinant juste avant d'atterrir sur l'aile gauche du Cessna. Il a lui aussi rebondi et a atterri sur ses pieds sur le sol en béton. Bien qu'il soit conscient de ce qu'Ace a fait à Batir Khan, ses yeux restent rivés sur Linda dès qu'il tombe sous le plafond. Elle se tenait près du mur d'entrée, avec Ellie à côté d'elle et ce maudit chat dans les bras. Shaw se cachait derrière eux, forçant Bob à conclure qu'il détestait Shaw encore plus que le chat. Au moins, le chat n'avait pas peur, alors que Shaw était un lâche qui essayait d'utiliser Linda et Ellie comme bouclier. Plus important encore, Shaw tenait un AK-47 dans ses mains et il essayait d'aligner un tir sur lui.

Mergen Khan était assis dans le cockpit de son Cessna, observant avec consternation son plan soigneusement élaboré qui commençait à s'effilocher tout autour de lui. "Ouvrez cette porte", a-t-il crié à al-Karman, en pointant son pistolet sur lui pour plus de motivation. Son plan ? Il était parfait. Son frère et lui avaient personnellement préparé chaque élément et il savait qu'il ne pouvait pas échouer, pas avant que cet imbécile de professeur d'université américain ne fasse s'écrouler les problèmes sur eux. S'écraser ? Littéralement ! Et tout ce dont ils avaient besoin, c'était dix minutes de plus pour remplir et monter les deux derniers cylindres. Même cinq, et les deux avions auraient été dans les airs. Même une seule, et il serait parti depuis longtemps.

Lorsqu'il a entendu l'hélicoptère passer au-dessus de sa tête, il s'attendait à un véritable assaut de l'infanterie américaine sur le hangar quelques instants plus tard. Au lieu de cela, ces deux maudits commandos l'ont surpris en tombant par la lucarne. Qui aurait pu croire que cela se terminerait ainsi ? Pas Mergen Khan, et il n'était pas prêt à laisser faire. Même après avoir vu Batir se faire assommer et tomber à la renverse sur le sol en béton, il n'allait pas abandonner.

Tout reposait sur ses épaules maintenant. Ces maudits Américains pourraient tuer Shaw. Ils pourraient s'emparer du hangar, et même tuer son frère, mais le plan de Mergen pouvait encore réussir s'il parvenait à faire décoller le Cessna. Ils auraient alors l'enfer à payer pour l'avoir arrêté. Après tout, il était le meilleur pilote de l'armée de l'air irakienne et c'est lui qui avait choisi ces avions. Deux cent quarante miles ? Un peu moins d'une heure. Il avait beaucoup de carburant et de temps pour échapper aux recherches aériennes. Il pouvait tourner autour de sa cible pendant quelques minutes jusqu'à ce que le soleil se lève, lui donnant une visibilité parfaite. Rien ne pouvait l'arrêter maintenant. Rien ! Une fois qu'il a fait décoller le Cessna.

Khan leva les yeux et vit que ce maudit al-Karman avait finalement réussi à ouvrir la lourde porte du hangar. Il posa son pistolet sur le siège à côté de lui, poussa le manche vers l'avant et fit rouler l'avion agile à travers les portes du hangar en direction de la voie de circulation et de la piste d'atterrissage. Mets-le en l'air, pensa-t-il. Il se piloterait pratiquement tout seul ; après tout, ce n'était pas un Piper Cub d'entraînement. Il était rapide et agile, doté d'une avionique de pointe, d'une carrosserie et d'ailes en fibre de carbone de haute technologie et de deux moteurs turbocompressés. Une fois dans les airs, il pouvait se frayer un chemin vers le nord, en restant sous les radars, et ils ne le rattraperaient jamais. Pendant que les deux commandos s'occuperaient de ce crétin de Shaw et de son AK-47, il serait parti.

Rien ne peut l'arrêter maintenant, pensa Mergen. Rien ! Jusqu'à ce que ce maudit hélicoptère Blackhawk tombe du ciel nocturne et s'assoie sur la voie de circulation juste devant lui.

Shaw dépassait Linda d'une bonne tête. Il tenait l'AK-47 par-dessus son épaule pour pouvoir tirer sur Burke et l'autre homme, mais ils s'étaient déjà laissés tomber derrière le deuxième Cessna. Le réservoir de l'avion était plein de gaz d'aviation, et il y avait le risque de heurter la bouteille de C-4 suspendue sous l'aile. Devenir un martyr n'a jamais fait partie de ses plans, alors Shaw n'a pas pris ce risque. Pourtant, il savait qu'il devait sortir de là, parce que ces deux-là allaient recevoir des renforts et qu'il serait bientôt encerclé.

Il pouvait voir leurs jambes sous le fuselage du Cessna et décida que c'était peut-être la meilleure chance qu'il avait de s'en sortir. Il pourrait peut-être les faire tomber, pensa-t-il, et les achever lorsqu'ils toucheraient le sol. Il tendit le fusil automatique au-dessus de l'épaule de la femme, entre elle et sa fille, et visa. Il s'est dit qu'une courte rafale ricocherait sur le sol en béton et les atteindrait. Dans le pire des cas, cela les ferait sortir, mais c'est à ce moment-là que cette maudite femme a décidé de jouer les héroïnes. Elle lui a enfoncé l'épaule juste au moment où il appuyait sur la gâchette et l'a déstabilisé.

"Espèce de salope stupide", a-t-il crié, mais le pire de ses problèmes venait de commencer.

"Ne donne pas de mauvais noms à ma maman, espèce d'abruti !" dit la petite fille. Elle se retourna et donna un coup de pied dans le tibia de Shaw tout en chuchotant à l'oreille du gros matou moche : "Attrape-le, Crookshanks !" et le lança sur Shaw, à deux mains, comme une balle médicinale en fourrure.

Bob a appelé le chat Godzilla pour une bonne raison. Tout le monde sait que les chats sont des mauviettes. Un chien chargerait un grizzly pour sauver la vie de son maître, mais un chat ? Sois réaliste. Il disparaîtrait dans l'autre direction aussi vite que ses délicates petites pattes le porteraient. L'exception à cette règle était Crookshanks, mais seulement si la vie était celle d'Ellie. C'était un gros chat galeux de vingt-deux livres, anciennement un chat de gouttière. Bien que le "Pit Cat" ne soit pas une race certifiée selon les félinologues de la Cat Fanciers Association, ils n'avaient jamais rencontré celui-ci.

Crookshanks aimait Ellie. Il aimait bien Linda, au moins à l'heure des repas ou lorsqu'il avait besoin d'un corps chaud contre lequel se blottir la nuit, mais il n'avait que faire des hommes, en particulier de Bob Burke. De plus, le chat détestait prendre l'avion, les étrangers impolis et tous ceux qui élevaient la voix contre Ellie. Ainsi, une fois qu'il a pris son envol et qu'il a visé Henry Shaw, il a crié et hurlé, ses pattes battant l'air comme une tronçonneuse jusqu'à ce qu'il atterrisse sur la poitrine du professeur. Malheureusement pour Shaw, les pattes de Godzilla se déplacent plus vite que les Pumas d'or d'Usain Bolt au 100 mètres. Ses griffes acérées se sont enfoncées et le chat a couru sur la poitrine de Shaw, sur son visage et sur le sommet de sa tête, projetant des bandes de vêtements déchiquetées, du sang et des morceaux de peau dans toutes les directions. La seule chose qui a sauvé les yeux de Shaw, ce sont ses lunettes Gucci rouge vif. Les griffes du chat les ont arrachées de son visage et les ont envoyées valser sur le sol, mais le professeur vivrait pour voir un autre jour.

Du sang dans les yeux et le visage déchiqueté, Shaw a hurlé, a lâché la kalachnikov et a trébuché en arrière. Il lève les mains pour essayer de repousser le gros chat, mais ce n'est plus nécessaire. Le temps qu'il lève les mains, le chat était parti depuis longtemps, ayant arraché de grosses touffes de ses précieux cheveux blonds en sautant et en disparaissant.

Lorsque ses yeux se sont éclaircis, Shaw a vu Burke sortir de derrière l'avion, accompagné d'un deuxième homme beaucoup plus grand. Ils marchèrent rapidement vers lui, mais il était hors de question de se faire capturer. Ce serait la goutte d'eau qui ferait déborder le vase de la série d'échecs de la nuit. Il fouilla dans sa veste, sortit son couteau Ka-Bar et s'avança à nouveau derrière la femme, passant son bras autour de ses épaules et lui mettant le couteau sous la gorge. Cela devrait les arrêter, pensa-t-il.

"Arrête-toi là !" Shaw a ordonné, mais Burke n'écoutait pas. Il continuait à marcher droit sur le sol du hangar vers lui, fixant le long du canon de son Beretta qui était pointé sur le front de Shaw. "Arrête, je te dis, ou je lui tranche la gorge", essaya Shaw pour reprendre le contrôle, mais ça ne marchait pas non plus.

"Je ne pense pas", répond Burke d'une voix calme et ferme en réduisant la distance restante. "Tu vois, Henry, les amateurs se trompent toujours. Tu penses que ta main peut bouger plus vite que mon doigt de gâchette et qu'une balle, mais tu te trompes. Si ta main gauche ne fait que tressaillir, ce 9 millimètres éteindra tes lumières si vite que ta main gauche ne recevra jamais le message avant que ton cerveau n'explose sur tout le mur du fond. Tu veux me tester ?" demande-t-il en se penchant en avant et en plaçant le canon contre le front de Shaw.

Shaw resta là à fixer les yeux les plus glacés qu'il ait jamais vus, sachant que l'homme avait probablement raison. "Tu n'en sais rien, Burke", dit-il tout de même, n'ayant pas vraiment le choix. "Je garde mon Ka-Bar suffisamment aiguisé pour me raser avec. Tu peux me tirer dessus, mais la lame est appuyée contre sa veine jugulaire. Si elle bouge ne serait-ce que d'un huitième de pouce, elle est morte."

"Peut-être bien, mais ce n'est qu'une seconde épouse", rétorque Burke. "Et si tu le fais, je rappellerai le chat et je le laisserai t'achever. Je suis sûr que tu préférerais avoir les 9 millions."

Les deux hommes ont continué à se fixer l'un l'autre jusqu'à ce que Linda prenne enfin la parole. "Bon, les gars, votre concours de pisse ne me mène nulle part. Robert, pourquoi ne poses-tu pas le canon et ne le laisses-tu pas partir ? Tu sais que tu peux toujours le retrouver et le tabasser à ta guise. Et le professeur Shaw", ajoute-t-elle en levant les yeux vers lui. "Pourquoi ne pas laisser tomber le couteau ? Il va vraiment te donner en pâture au chat, un morceau à la fois, si tu ne le fais pas."

Shaw fixe Burke. Sa tête et son visage hurlaient encore de douleur, et il sentait le sang couler sur sa poitrine. "Ta femme n'a pas tort. Ça ressemble à une impasse mexicaine à l'ancienne pour moi", dit-il.

"Pas vraiment. Le temps ne joue pas en ta faveur, Marine. Ton dernier ami vient de s'envoler, et les miens ont déjà encerclé le bâtiment."

C'est alors qu'Ace Randall est arrivé derrière Bob, sa main gauche saisissant al-Karman à la gorge. "Tire sur cet imbécile, Ghost", lui a-t-il dit alors qu'il s'arrêtait à une vingtaine de mètres. "Tu sais que ce couteau ne lui fera pas grand-chose".

"D'accord, Henry, voici mon marché", dit Bob en abaissant son Beretta et en le jetant sur le sol. "Que dirais-tu d'un petit *mano-a-mano,* juste toi et moi ? Ici et maintenant. Tu laisses Linda partir, et tu peux même garder ce stupide couteau du corps des Marines que tu aimes tant. Moi, je vais juste utiliser ça", dit-il en levant les mains et en remuant les doigts. "Pas d'arme, pas de couteau, juste moi. Après tout, tu m'as devancé de quoi ? Cinq, peut-être six pouces et quarante livres ? Ça devrait être du gâteau pour un tueur de Parris Island entraîné comme toi. Qu'en penses-tu ?"

Les yeux de Shaw se sont rétrécis alors qu'il regardait Ace. "Pas d'accord. Dès que j'aurai posé le couteau, ton grand ami me tirera dessus."

"Non", dit Bob en se retournant et en regardant l'autre homme. "Ace, ne lui tire pas dessus, quoi qu'il arrive. D'accord ?"

"Je ne l'ai jamais fait avant, pourquoi devrais-je commencer maintenant ?" Ace a répondu.

"Tu as déjà fait ça avant ?" demande Shaw.

"Malheureusement, oui", a répondu Linda. "Et ils pensent vraiment ce qu'ils disent. Si tu nous laisses partir, Ellie et moi, tu pourras sortir d'ici... à condition que tu arrives à l'éviter, bien sûr."

"Oh, allez, Henry, un vieil ex-Marine comme toi contre un petit avorton de l'armée comme moi ?" Bob le harcèle. "Tu devrais pouvoir m'étriper comme une carpe du Mississippi et prendre la porte en moins d'une minute. C'est ta grande chance de faire tomber le champion."

"Je n'ai jamais cru ce que me disait un officier, *major*. Mais je suppose que je vais devoir vous croire sur *parole*, n'est-ce pas ?" dit Shaw alors que ses lèvres formaient un mince sourire complice. Il relâcha sa prise sur le cou de Linda et la poussa vers Burke. "Je ne pêche pas et je n'ai pas "éviscéré" un officier depuis longtemps, alors ça devrait être amusant."

Linda le regarde par-dessus son épaule et secoue la tête. "Professeur, vous auriez pris de l'avance si vous aviez tenté votre chance avec le chat", dit-elle en entraînant Ellie. "Allons trouver Crookshanks, chérie", dit-elle, sachant que le gros chat pouvait se débrouiller tout seul, mais elle ne voulait pas qu'Ellie voie ce qui allait se passer.

"Ne te fous pas de lui, Ghost", dit Ace avec une certaine dose de dégoût impatient en entendant le moteur de l'autre Cessna et en poussant al-Karman à genoux. "Tu restes ici, Haji, ou je reviens et je t'arrache le cœur. Tu as compris !" dit-il en levant son Beretta et en tirant une nouvelle balle dans la chambre. "Je reviens dans une minute, Ghost. Je vais voir un homme à propos d'un avion, et tu as intérêt à en avoir fini avec cette dinde avant moi !"

CHAPITRE TRENTE-SIX

Le hangar de Caspian Air Services

Mergen Khan freine le Cessna et appuie sur l'accélérateur en regardant à travers le pare-brise l'hélicoptère Blackhawk américain posé sur le côté de la voie de circulation juste devant lui. Il n'était pas près de se laisser arrêter, pas plus que le gros Américain qu'il a vu courir vers lui de l'autre côté du hangar. Le Cessna avait des fenêtres inopérantes, mais il était doté d'une élégante porte "gullwing" de chaque côté du cockpit, qui s'ouvrait du bas vers le haut. Il saisit son Sig Sauer, qu'il avait posé sur l'autre siège, fait sauter le loquet de la porte suffisamment loin pour que l'arme automatique reste à l'extérieur et la pointe en direction du Blackhawk. Il tire rapidement une demi-douzaine de balles sur le fuselage. Plusieurs manquèrent leur cible, mais il en entendit deux s'entrechoquer sur le moteur et le cadre aérien, et deux autres se fracasser sur la vitre latérale en plexiglas. Qu'il ait touché quelqu'un à l'intérieur ou non n'avait pas d'importance. Le pilote de l'hélicoptère a compris le message et a rapidement exécuté une autorotation qui a détourné son cockpit du Cessna. Ce dernier a décollé rapidement et à basse altitude, la queue haute et le nez vers le bas, en traversant la piste.

Mergen n'est pas dupe pour autant. Il a vu les nacelles d'armement accrochées aux supports sous le gros hélicoptère et a su qu'il ne tarderait pas à faire demi-tour. Il transportait probablement toute une panoplie de missiles et de roquettes, ainsi qu'un de ces miniguns M-134 mortels dans son nez. Ils pouvaient cracher six mille balles de calibre 7,62 par minute et réduire le petit Cessna en petits morceaux s'il le laissait entrer dans le champ de tir. Alors, dès que le Blackhawk a décollé, Mergen a fermé la porte de sa cabine et a ouvert les gaz. Le moteur turbocompressé s'est mis à rugir et il a roulé vers la piste d'atterrissage.

Alors qu'il le fait, une soudaine rafale de coups de feu frappe le Cessna du côté passager. À l'intérieur, avec son propre moteur qui rugit et son casque sur les oreilles, il les a sentis frapper l'avion plutôt qu'il ne les a entendus. Mais ils ne provenaient pas du Blackhawk. Il s'éloignait encore du hangar et l'autre pilote n'avait pas eu le temps de tourner autour de lui et de l'attaquer, pas encore. Non, ils devaient venir du grand Américain, celui qui était passé par la lucarne avec Burke. La dernière fois que Mergen l'a vu, il tenait un pistolet, et c'est ce à quoi ils ressemblaient - des coups de pistolet plutôt qu'une mitrailleuse.

Le plexiglas n'éclate pas. La première balle a fait un petit trou rond dans la vitre côté passager et est ressortie sans dommage par son pare-brise avant. Les deux balles suivantes, en revanche, ont déchiré la porte côté passager et ont posé beaucoup plus de problèmes. L'une d'elles a frappé le système avionique du Cessna devant lui et a fait exploser son écran d'affichage droit. Celui-ci a soudainement clignoté et est devenu noir, tandis que l'image sur l'autre écran a commencé à rouler et à se pixelliser, désespérément hors de contrôle. C'était déjà assez grave, mais la troisième balle a frappé Mergen à la cuisse droite.

Elle a traversé en diagonale les muscles vastus lateralis et rectus femoris, le faisant se pencher vers l'avant sous l'effet de la douleur. Instinctivement, sa main droite s'est posée sur sa cuisse pour arrêter la douleur et l'hémorragie, mais ni l'une ni l'autre n'allait se produire de sitôt. Heureusement, la balle avait dépensé une partie de son énergie en traversant la porte, et en tant qu'ancien lutteur, les muscles épais de sa jambe avaient absorbé le reste avant que la balle ne puisse toucher l'os. Il s'était déjà fait tirer dessus deux fois au cours de la deuxième guerre avec les Américains. Il y avait survécu et il survivrait aussi à cette fois-ci.

Deux autres balles ont claqué dans le fuselage arrière. Il peut sentir l'impact dans ses doigts lorsqu'il saisit le manche. Ont-elles pu toucher quelque chose d'important comme le système hydraulique ou les conduites de carburant ? Ce n'est pas le moment de penser aux problèmes. Il était pilote. Il était vivant. Son avion était toujours opérationnel. Et il avait une mission à accomplir. Pour cela, il savait qu'il devait bloquer la douleur et concentrer toute son énergie sur le pilotage de l'avion, comme il avait été entraîné à le faire. Dès que son pneu avant a atteint la piste, il a exécuté un virage serré vers la gauche. Le Cessna s'est incliné sur deux roues et il a senti le bout de fibre de verre de son aile droite racler le macadam, mais il l'a ignoré et a continué à accélérer. Les secondes vont compter, pensa-t-il, alors qu'il faisait pointer le nez de l'avion sur la piste et qu'il mettait les pleins gaz.

À ce moment-là, il savait que l'hélicoptère allait terminer son virage et revenir sur ses pas. Dès qu'il a senti la roue avant du Cessna décoller de la piste, il a éteint ses feux de position et a effectué un second virage serré et incliné vers la droite, en restant bas, à peine décollé du sol, et en recherchant la vitesse plutôt que l'altitude. Regarder à travers le pare-brise avant ne servait à rien. Ses yeux ne s'étant pas encore adaptés à l'obscurité, il garda les yeux rivés sur ce qui restait de ses instruments. La demi-minute qui suit est cruciale. Il a conduit le Cessna sans relâche vers l'avant, en augmentant la vitesse et en zigzaguant toutes les dix secondes. Insha Allah, *si Dieu le veut*, il sait qu'il devrait pouvoir franchir la ligne sombre des arbres devant lui et se mettre hors de portée avant que le Blackhawk ne le trouve.

Il prit une seconde et jeta un coup d'œil à sa jambe. Il saignait abondamment et poussa un juron, sachant qu'il devait arrêter l'hémorragie, mais il avait besoin de ses deux mains pour voler. Essayer de contrôler un avion en pleine vitesse avec une seule main ne fonctionnerait jamais longtemps. D'ailleurs, lorsqu'il atteindrait enfin sa cible, il aurait besoin de ses deux mains et de ses deux pieds pour contrôler l'avion et libérer les deux cylindres. Dans le bac de la porte à côté de son genou gauche, il a vu une demi-douzaine de cartes de la FAA pliées et plusieurs cartes routières de l'État.

À force de les étudier et de voler, il les connaissait par cœur et savait que c'était la dernière chose dont il avait besoin. Il les sortit et les pressa contre sa cuisse, puis desserra son épaisse ceinture de cuir et la sortit également. Ignorant la douleur, il fit passer la ceinture sous sa cuisse, poussant les tableaux et les cartes pour couvrir la blessure avant de la serrer. La douleur était atroce, mais au moins, il ne se viderait pas de son sang ici, dans le cockpit. Non, il avait d'abord une mission à accomplir.

Bob avait étudié Shaw et ses mouvements depuis qu'il était sorti de derrière l'avion. Cela allait de soi pour un maître d'arts martiaux doué qui maîtrisait les techniques à mains nues d'une douzaine d'écoles d'"autodéfense" différentes. Il pouvait passer de l'une à l'autre en toute transparence, sans y réfléchir. Sa seule constante était qu'il ne croyait pas à l'"autodéfense", mais à l'attaque. Au cours des deux dernières années, il était devenu un adepte du Krav Maga, le système de combat de rue brutalement efficace de l'armée israélienne, basé sur l'attaque et la contre-attaque.

D'après tout ce qu'il avait lu dans les états de service de Shaw et les récents rapports sur les scènes de crime, Shaw préférait un couteau à ses mains. Cependant, un couteau est une chose capricieuse qui peut donner à un homme un faux sentiment de confiance. De plus, Shaw mesurait six pieds deux, six pouces de plus que Bob, ce qui lui donnait une plus grande portée que ses bras et une lame de sept pouces, ainsi que la puissance de trente ou quarante livres supplémentaires.

En regardant de haut un petit adversaire comme Bob Burke, les brutes comme Henry Shaw étaient habituées à ce que ces choses leur donnent un énorme avantage. Ils le feraient, si son poids était maigre, ses muscles taillés et sa taille utile et bien pratiquée. Sinon, cela ne ferait que le ralentir face à un adversaire beaucoup plus rapide et plus habile, comme il l'apprendrait bientôt.

Henry Shaw était un sale type qui aimait tuer des gens, mais il n'était pas stupide. Bien qu'il n'ait jamais rencontré Burke, il avait entendu des histoires, et son instinct lui disait de se méfier, d'encercler et de sentir le petit homme avant qu'il ne passe à l'offensive. Cependant, c'était ce que Burke supposait qu'il ferait ; et comme Burke lui-même le lui avait dit, le temps ne jouait pas en sa faveur. Burke avait promis qu'ils le laisseraient sortir d'ici, mais si l'équipe du SWAT de Fayetteville attendait à l'extérieur, sa parole ne signifierait rien.

Shaw a donc commencé à tourner en rond et à sonder, en tenant son Ka-Bar devant lui et en faisant quelques feintes simples. Il voulait voir comment Burke se déplaçait et s'il pouvait le déséquilibrer. Lentement, Shaw accélère le rythme et varie son approche. Il s'est ensuite approché rapidement de Burke par la gauche, puis par la droite, faisant soudainement passer son couteau dans son autre main et faisant suivre les feintes précédentes d'une poussée rapide vers la partie médiane de Burke. C'était un mouvement simple et efficace qu'il avait déjà utilisé à maintes reprises, ne laissant à Burke d'autre choix que de reculer et de basculer son propre poids sur son pied arrière.

C'était exactement l'ouverture que Shaw recherchait. Il a tendu sa jambe droite et s'est élancé vers l'avant, poussant le couteau aussi loin qu'il le pouvait. La pointe de la lame du Ka-Bar visait directement le sternum de Burke, et Shaw s'attendait à ce qu'elle entaille profondément le muscle et l'os, "vidant" le poisson et mettant fin à ce combat court et tranchant avant même qu'il ne commence. Malheureusement pour Henry Shaw, ce n'est pas ce qui s'est passé. Lorsqu'il a atteint son extension maximale, il n'y avait... rien.

Comme un matador, Burke avait habilement glissé sur sa gauche, redirigeant le bras de Shaw et faisant en sorte que le couteau le manque de trois bons pouces. Ce faisant, Burke a fait passer son avant-bras droit par-dessus le bras de Shaw, l'a enjambé et a écrasé son coude sur le visage de Shaw, lui aplatissant le nez. En continuant sa progression, il a enfoncé son genou dans le ventre de Shaw, le soulevant du sol et lui coupant le souffle. Il a ensuite effectué une rotation et exécuté un coup de pied de Tae Kwon Do en forme de " crochet ", rapide comme l'éclair. Avec une précision digne d'un ballet, il pivote sur son pied gauche tandis que sa jambe droite fait un tour complet et le talon de sa botte vient frapper la tempe gauche de Shaw, qui tombe à genoux, les yeux vitreux. Bob s'est alors interposé et lui a pris le couteau des mains comme s'il avait affaire à un petit enfant.

Bob fait nonchalamment passer le couteau d'une main à l'autre alors qu'il commence à tourner lentement autour de Shaw, en le regardant de haut et en le narguant. "Lève-toi, Henry, je n'en ai pas encore fini avec toi, loin s'en faut", dit-il en passant une nouvelle fois autour de lui. Lorsque Shaw continua à s'agenouiller sans bouger, Bob lui donna un coup de pied dans les côtes, assez fort pour attirer son attention et le faire tomber à quatre pattes, mais pas assez pour casser quoi que ce soit.

"Le général Stansky était un bon vieux monsieur et un bon ami à moi", lui a dit Bob.

"Eh bien, je dirais qu'il est bien fait maintenant, n'est-ce pas ?" Shaw réussit à émettre un rire douloureux.

Bob laisse tomber le couteau à côté de la main de Shaw et lui répète : "Voilà ton couteau, Marine. Il est temps pour toi de te lever et de finir ce truc. Je te tuerais bien ici et j'en aurais fini avec ça, mais je te dois d'abord beaucoup plus de souffrance."

Lentement, Shaw ramassa son couteau Ka-Bar et sembla l'étudier pendant un moment, alors qu'il se remettait à genoux. " Tu sais, dit-il, après que ces clowns dehors m'aient arrêté, m'aient fait passer en jugement et m'aient laissé parler, c'est moi qui serai le grand héros, Burke, pas toi. Comme Angela Davis, Tom Hayden et les 7 de Chicago, aucun jury ne me condamnera jamais. Tu me donnes une tribune, Burke. Et après, j'aurai le choix entre plusieurs universités - Chicago, Berkeley ou Yale - des endroits où je pourrai faire passer le message à toute une nouvelle génération... peut-être même à ta petite fille."

Malgré la rhétorique, Burke savait que Shaw ferait une dernière tentative, un coup rapide quelconque, et le professeur n'a pas déçu. Les hommes désespérés tentent des choses désespérées, comme un balayage rapide du revers avec le couteau Ka-Bar visant les jambes de Bob. Mais une fois de plus, au lieu de trancher la chair et les os, tout ce que sa lame a trouvé, c'est de l'air vide. Pire encore, le mouvement soudain et le changement de poids l'ont fait basculer une fois de plus, le laissant ouvert à un contre. Le fantôme n'attend pas. Il recula son pied droit et donna au professeur un coup de pied aussi fort que possible, en plein milieu de son sternum. Un tel coup est connu pour arrêter un cœur, mais mort ou vif, Bob se glissa derrière Shaw et l'attrapa par le menton et l'arrière de la tête.

"Tu oublies quelque chose, 'Per-fesser'. Ici, Linda était le juge, le chat était le jury, et je suis le bourreau. Et comme cette loi de la charia que tu prétends aimer si bien, il n'y a pas d'appel", dit Bob en donnant au menton de Shaw une brève et vive torsion, faisant claquer son cou comme un os de poulet sec.

"Eh bien, ça a pris assez de temps !" Ace se plaint en revenant en trottinant et en voyant le corps de Shaw étendu sur le sol en béton nu.

"As-tu arrêté Khan ?"

"Non. J'ai mis une demi-douzaine de balles dans son avion. Je l'ai peut-être touché, je ne sais pas, mais il a réussi à décoller."

" Oui, mais où diable va-t-il et pourquoi ? Viens, il faut qu'on le découvre", dit Bob en se dirigeant vers al-Karman, qui continuait à s'agenouiller par terre à l'endroit où Ace l'avait placé, espérant sans doute contre toute attente que les deux Américains le prennent pour un simple équipement dans le hangar et oublient qu'il était là. Il n'en fut rien. Bob se pencha et se mit en plein dans le visage du jeune Yéménite. "Pas le temps de déconner. Dis-moi qui tu es, ou mon ami t'arrachera les oreilles et te les enfoncera dans la gorge."

"Sameer al-Karman. Je suis... je suis étudiant à l'université ; c'est tout ce que je suis. Ces deux hommes m'ont kidnappé et m'ont amené ici. Je jure que je ne suis pas l'un d'entre eux."

"Ne me raconte pas de conneries. Je t'ai vu cuisiner ce truc dans ta petite blouse blanche et personne n'avait un pistolet sur la tempe. Qu'est-ce que c'est ? Encore du C-4 ?"

"Oui, oui, C-4, mais je..."

"Comme le lot que tu as préparé pour Shaw, n'est-ce pas ? Comme je l'ai dit, ne me raconte pas de conneries ou je t'enverrai à Guantanamo avant que le soleil ne se couche demain. Tu as compris ?" Bob le lui a dit et Al-Karman a rapidement hoché la tête comme une bobblehead. "Combien as-tu gagné pour eux ?"

"Cinquante... cinquante livres".

"Cinquante livres !"

"Plus... plus les dix qu'ils avaient déjà, mais je...".

"Jeez !" Ace a sauté sur l'occasion. "Tu veux dire qu'il a soixante livres de ce truc là-haut ?"

"Non, non, seulement trente", se recroqueville al-Karman. "Quinze dans chaque cylindre... plus quinze dans celui qui se trouve sous l'autre plan, et...".

"Très bien, où diable va-t-il ?" Bob lui a encore mis le nez dans le guidon et a exigé.

"Je... je ne, je..." bégaie al-Karman, essayant de paraître désemparé, mais Bob n'y croit pas. "Je viens de faire cuire la soupe."

Ace l'a attrapé par les cheveux et a tourné son visage vers le haut. "Je vais te dire, je vais peut-être t'en faire boire un peu", menaça-t-il, mais il était clair que le chimiste était trop terrifié pour dire quoi que ce soit. C'est alors qu'Ace a vu du mouvement sur le sol sous le deuxième Cessna. C'était l'autre frère de Khan, Batir, qui avait roulé sur le ventre et se débattait pour se mettre à genoux.

"Tu penses qu'on peut le faire parler ?" demande Ace.

"Parler ? Je croyais que tu l'avais tué", répond Bob, alors qu'ils voient Batir s'effondrer à nouveau sur le sol, hors d'état de nuire.

"Eh bien, peut-être que je l'ai fait".

Bob fait demi-tour et regarde au-delà d'Al-Karman. Dans un coin du hangar se trouvaient deux lits de camp, des valises ouvertes, une télévision, un tas d'ordures et deux tables de fortune construites avec des feuilles de contreplaqué et des deux par quatre. L'une d'elles était recouverte de matériel chimique, de bouteilles, de béchers, de supports et de plaques chauffantes. Il s'est précipité et a vu que la deuxième table était jonchée de cartes de l'USGS, de cartes de la FAA et de grandes feuilles de papier à dessin. "Apporte cette dinde par ici", dit-il à Ace en se dirigeant vers la table. Ace prit l'al-Karman hurlant par l'oreille et fit ce qu'on lui demandait. En passant devant le matériel de soudage et les scies circulaires, Bob aperçoit plusieurs autres bouteilles de gaz vides dont le haut a été coupé. "60 livres ? Bon sang, il aurait pu faire sauter la moitié de la Caroline du Nord avec ça. Heureusement que c'est tout ce qu'ils ont fabriqué."

Au-dessus des cartes et des tableaux, il a vu des bobines de fil électrique, une quincaillerie pleine de tournevis, de coupe-fils et d'outils de travail du métal, ainsi qu'une boîte de téléphones portables à brûleur. Il les a mis de côté et s'est penché sur la pile de cartes et de graphiques. Alors qu'il commence à les feuilleter, ils entendent le Blackhawk atterrir devant la porte ouverte du hangar.

"Dis à High Rider de ramener ses fesses ici, vite", dit-il à Ace en commençant à feuilleter les cartes et en se retournant vers al-Karman. "Comment se fait-il qu'ils aient laissé tout ça derrière eux ?"

"Les Khans m'ont dit de tout brûler dès que nous aurions fini de remplir le dernier cylindre, mais ensuite tu t'es écrasé sur le toit et...".

Avant qu'al-Karman ne puisse finir de trouver d'autres excuses, Carmody se précipite vers eux, secouant la tête avec dégoût. "Je l'ai perdu, Fantôme. C'est entièrement ma faute, désolé. Nous avons essuyé des tirs, et le temps que je puisse me retourner, il s'est enfui comme un fou, en faisant du hedgehopping par-dessus les arbres. J'étais tellement énervé que j'ai failli lui tirer dessus avec un sidewinder ; mais je ne savais pas ce qu'il y avait d'autre dehors et je ne pouvais pas prendre le risque."

"Comme le général me l'a dit assez souvent, les excuses sont pour les amateurs", dit Bob en rejetant les excuses et en pointant du doigt les tableaux et les cartes. "Qu'est-ce que tu en penses ?"

Carmody se penche sur la table et commence à feuilleter les cartes VFR FAA de l'est de la Virginie, qui s'étendent de la frontière de la Caroline du Nord jusqu'à DC. "Putain de merde !" s'exclame le pilote en voyant les cartes aéronautiques sectionnelles de Hampton Roads. "Quelqu'un a dessiné des cercles rouges autour de la base navale de Norfolk, de la centrale nucléaire de Surry et de NWS Yorktown".

"NWS ? Qu'est-ce que c'est ?" demande Ace.

"La station d'armes navales de Yorktown". Carmody a enfoncé son doigt sur la carte dans la zone située sur la rivière York. "C'est là qu'ils gardent toutes les armes nucléaires de la flotte de l'Atlantique, sans parler des milliers de tonnes d'obus et de munitions conventionnelles. La centrale nucléaire de Surry et la base navale de Norfolk parlent d'elles-mêmes. Mais regarde." Carmody feuillette quelques feuilles supplémentaires. "Ils avaient aussi les cartes VFR de la côte jusqu'à la Virginie du Nord et DC, avec Quantico, la Maison Blanche, le Capitole, le bâtiment Hoover du FBI, le Pentagone et le quartier général de la CIA à Langley encerclés. Tout ce qu'il a à faire, c'est de suivre la rivière York vers le nord, et il y est."

"Avec trente livres de C4 sous ses ailes !" dit Ace en abattant son poing sur la table au moment où ils entendent un Boom !" retentissant sur la porte arrière en acier renforcé du hangar, suivi rapidement d'un autre.

"C'est encore cette foutue équipe du SWAT avec son bélier", fulmine Bob.

La porte a finalement cédé au troisième essai et la moitié de l'équipe du

SWAT de Fayetteville a dégringolé dans le hangar, les mêmes clowns qui avaient défoncé la porte d'entrée du Muslim Student Center, munis de casques en kevlar, de gilets pare-balles, d'armes automatiques et d'un porte-voix, en criant : "Par terre, les asticots !". Je parle de vous ! Maintenant !"

"Oh, va te faire foutre !" Bob leur crie en retour. "Va chercher ton patron, Charlie Weatherford !"

Ils s'arrêtèrent en hurlant, totalement désorientés, jusqu'à ce qu'ils reconnaissent Bob et Ace du Centre des étudiants musulmans et commencent à prendre un air penaud. Weatherford est le premier à franchir la porte et Bob lui crie : "Charlie, attrape Harry Van Zandt et George Greenfield, et ramène tes fesses ici. Il faut que vous voyiez ça."

Les deux détectives apparaissent soudain derrière lui avec l'agent du CID Sharmayne Phillips. Au même moment, le téléphone portable de Bob sonne. Il regarde l'écran, voit qu'il s'agit des Geeks et répond rapidement : "Ce n'est pas le bon moment, Jimmy."

"Il faut que vous entendiez ça. Nous avons creusé davantage dans les dossiers de la FAA et nous avons découvert que les frères Khan..."

"Attends une minute", a-t-il interrompu. "Laisse-moi te mettre sur haut-parleur".

"Ils ont déposé plus d'une douzaine de plans de vol au cours des trois dernières semaines", poursuit Jimmy. "Ils sont entrés et sortis de la plupart des petits aéroports de l'est de la Virginie, de Suffolk jusqu'au comté de Loudoun. Certains jours, ils étaient tellement occupés qu'on aurait pu croire qu'ils avaient deux avions."

"Oui, eh bien, ils l'ont fait, deux avions avec le même numéro de queue. Dans quels aéroports sont-ils entrés et sortis le plus souvent ?"

"Pas de contestation possible. C'était Chesapeake, Hampton Roads, Suffolk et Williamsburg."

"Merci, Jimmy. Continue à creuser", dit-il en sonnant et en se tournant vers les autres.

"Il se dirige vers Tidewater", dit High Rider d'un air morose. " C'est ce que vous, les Deltas, pourriez appeler 'un environnement riche en cibles'. "

Bob regarde une dernière fois la carte et pointe du doigt le deuxième Cessna. "Carmody, tu peux piloter ce truc ?"

"Bien sûr," le pilote a haussé les épaules, "j'ai une double qualification, aile fixe et rotative, mais ton gars a déjà une bonne longueur d'avance sur nous."

"Alors nous devons battre des pieds si nous espérons l'attraper".

"Attends une minute", demande Harry Van Zandt. "Tu as dit Hampton Roads ?"

"Avec deux bombes à bord".

"Jeezus Christ !" dit Van Zandt. "Le *George Bush* et le *Harry Truman* sont amarrés à la base navale de Norfolk en ce moment même, et ils prévoient de déplacer le nouveau *Gerald R. Ford* depuis le chantier naval de Newport News d'un jour à l'autre pour qu'il soit prêt pour les essais en mer. Il se peut qu'il soit déjà là."

"Pour nous, les grunts, qu'est-ce que ça veut dire ?" Ace demande. "Deux de ces gars sont déjà morts."

"Ce sont les noms de nos porte-avions nucléaires haut de gamme", lui dit Van Zandt. "Le *Ford* est le modèle de haute technologie le plus récent et le plus chaud, à treize milliards de dollars".

"Je peux vous dire dès maintenant que les deux premiers étaient amarrés côte à côte aux jetées 12 et 14, à l'extrémité nord, la semaine dernière, lorsque Harry et moi y étions", a déclaré Greenfield. "Le *George Bush va prendre la* mer d'un jour à l'autre, et son pont d'envol est rempli de F-18, juste assis là."

"Allons, Bob, nous ne sommes pas à Pearl Harbor en 1941", se moque Charlie Weatherford. "Avec toutes les défenses qu'il y a là-haut, tu penses vraiment qu'une 'tête de chiffon' à bord d'un Cessna pourrait s'approcher suffisamment pour en toucher une ?"

"Il n'y a aucun doute à ce sujet. C'est un port ouvert et un espace à ciel ouvert. Ce n'est pas l'océan. Il y a des dizaines d'avions de l'aviation générale qui survolent toute cette zone à chaque minute de la journée", souligne Carmody, "et les militaires et les contrôleurs de la FAA n'accordent généralement pas une seconde d'attention aux petits avions. Ils sont trop nombreux."

"Ou qu'Al-Qaïda et ISIS ne font jamais deux fois la même chose", a déclaré Greenfield.

"Et ce type n'est pas une 'tête de chiffon', Charlie", lui dit Bob. "D'après ce que nous savons, c'était un pilote de chasse irakien, et son frère aîné était celui qui pilotait Saddam Hussein."

"Bon sang", dit Van Zandt. "Qu'est-ce que tu as dit qu'il transportait ?"

"Deux cylindres remplis de quinze livres de C-4 chacun", lui dit Bob. "Et c'est sûr, les Irakiens détestent George Bush encore plus que les démocrates californiens".

"Oui, mais elle porte le nom de son vieux père, "Bush 41", et non de "Junior"", a corrigé Weatherford.

"Je le sais, mais je doute que la garde républicaine comprenne la distinction".

Van Zandt regarde Greenfield. "George et moi avons fait une visite de la base de relations publiques du *Bush* avant qu'il ne soit déployé l'année dernière. Il ne peut pas couler ce fichu engin, mais avec trente livres de C4 et un pont d'envol rempli de F-18, il peut faire de sacrés dégâts."

"Nous devons appeler le commandement aérien tactique à Langley et faire décoller leurs F-15", dit Greenfield en regardant sa montre.

"Nous avons déjà passé l'appel, mais on ne sait jamais s'ils écoutent", rétorque Bob.

"Ils m'écouteront", propose Sharmayne. "Je passerai par Quantico".

"Même ainsi, l'abattre sera un véritable défi", prévient Carmody. "Ces F-15 sont bien trop rapides pour attraper un 'slow mover' comme ce petit Cessna, surtout s'il saute à travers les bois et les vallées fluviales et reste sous le radar."

"C'est pour ça qu'il faut qu'on le poursuive", a décidé Bob. "Carmody, récupère les Barrett et les munitions de calibre 50 dans le Blackhawk et mets-les à l'arrière. Ace, j'ai vu quelques pots de peinture près du chalumeau à acétylène. Vois si tu peux en mettre sur les numéros de queue. Je ne veux pas qu'un F-15 éclabousse le mauvais Cessna."

"Tu penses pouvoir l'arrêter ?" demande Van Zandt.

"Si nous pouvons rattraper notre retard, les Barrett peuvent faire de gros trous dans ses plans. Au fait", dit Bob en se tournant pour partir, "ce dindon sur le sol est leur chimiste. C'est lui qui a préparé tout ce C-4. Et l'inconscient allongé près du Cessna est le plus jeune des frères Khan, Batir. Enfermez-les tous les deux. Et mettez la réservation au nom de Tom Pendergrass. Sans lui, ils auraient gagné."

"Et qui est celui-là ?" Weatherford demande en voyant le corps de Shaw.

"C'est Shaw, le professeur de sociologie débile qui a déclenché toute cette histoire".

Harry Van Zandt s'est approché et s'est agenouillé à côté du corps de Shaw. "Il me semble qu'il a glissé sur un endroit glissant du sol et qu'il s'est brisé le cou", prononce Van Zandt. "C'est sacrément malheureux, n'est-ce pas ?"

"Harry", dit Bob en se tournant vers le détective de Fayetteville, "Peux-tu ramener Linda et Ellie à Sherwood Forest pour moi ? Ace et moi avons un arrêt à faire."

"Pas de problème", répond Van Zandt. "Où vas-tu ?"

"Un petit voyage en avion jusqu'à Norfolk".

"Laisse l'armée de l'air s'en occuper, Burke", a fulminé Linda. "Pourquoi faut-il toujours que tu t'impliques dans ce genre de choses ?"

"Une petite vengeance".

"Non, beaucoup de vengeance, fantôme. Sortons d'ici", ajoute Ace.

"Pas si vite, Burke, je viens avec toi", annonce Sharmayne Phillips. Bob s'est tourné vers elle et a froncé les sourcils, comme elle s'y attendait, alors elle a ajouté : "Tu peux être en désaccord autant que tu veux, mais je suis la seule à rendre cette chose légale, alors fais avec. Et j'appelle le fusil de chasse."

CHAPITRE TRENTE-SEPT

Dans les airs au-dessus de la Caroline du Nord

Mergen Khan volait à l'aveuglette. Il avait éteint les feux intérieurs et extérieurs du Cessna, désactivé son transpondeur et s'était rapproché du sol, essayant de mettre le plus de distance possible entre lui et le hangar. À pleine vitesse, le Cessna était presque deux fois plus rapide que l'hélicoptère, mais le Blackhawk transportait probablement un large éventail de roquettes et de missiles à tête chercheuse qui pouvaient réduire cette distance en quelques secondes. L'essentiel était de donner au pilote de l'hélicoptère un profil aussi réduit que possible et de rester dans le fouillis du sol. Pendant les premiers kilomètres, il n'a pris que l'altitude nécessaire pour franchir les arbres, en zigzaguant à gauche et à droite, en descendant dans les champs et en remontant le lit des ruisseaux.

Après la première minute, il a atteint sa vitesse maximale. Au bout d'une autre minute, il sut qu'il était hors de danger immédiat et parvint à s'affaler sur le siège. Il prit une grande inspiration, puis une autre et encore une autre, essayant tant bien que mal de se détendre ; mais c'était impossible. Malgré son arrogance, Mergen Khan était forcé d'admettre qu'il n'était plus un jeune homme. La puissance et les réflexes rapides comme l'éclair sur lesquels il s'appuyait pour lutter n'étaient plus ce qu'ils étaient. Ses nerfs non plus.

Même s'il détestait cette idée, il était devenu d'âge moyen. Pour un pilote de chasse, c'était le baiser de la mort. Il savait depuis plusieurs années que l'époque où il prenait d'assaut les granges et traversait la campagne irakienne à toute vitesse avec son jeune frère était révolue. D'ailleurs, ces pitreries de jeunesse avaient été exécutées sous le soleil éclatant du désert, traversant la campagne plate et désertique de l'ouest de l'Irak, et non pas dans ce paysage américain infiniment plus difficile, par une nuit sombre.

Il a laissé tomber sa main sur sa cuisse. Elle en est ressortie humide et collante, et il savait qu'il saignait encore abondamment. La jambe de son pantalon était imbibée de sang et une petite flaque s'était déjà formée dans le siège baquet en cuir sous lui. Alors qu'il exécutait un mouvement complexe après l'autre, volant à basse altitude au-dessus des arbres et descendant le lit des ruisseaux pour s'éloigner de l'aéroport, chaque fois qu'il devait tendre son pied droit et appuyer sur la pédale, la douleur lui faisait fermer les yeux. La douleur. Comme tous les lutteurs, il avait appris dans sa jeunesse les nombreuses façons de la gérer et de la tromper, mais la douleur était insidieuse.

Elle avait le don d'émousser les autres sens et n'avait rien d'anodin dans le cockpit d'un avion performant, surtout de nuit, volant à pleine vitesse à la cime des arbres dans un paysage étrange. Ses nerfs étaient à fleur de peau et il s'agissait d'une distraction majeure. Il lui a fallu toute son énergie mentale pour rester concentré sur le terrain et garder l'avion hors des arbres. Malheureusement, il a rapidement perdu la notion de l'endroit où il se trouvait. Qu'il le veuille ou non, il était perdu et obligé de prendre suffisamment d'altitude pour regarder autour de lui.

Malgré cela, il n'a aucune idée de l'endroit où il se trouve. Cinq minutes de vol à 250 mph l'avaient probablement éloigné de vingt miles du petit aérodrome, probablement au sud et à l'est. Il regarde son tableau de bord et soupire. Le Cessna était équipé de superbes affichages avioniques à double écran tactile ultramodernes qui rivalisaient avec les meilleurs avions de chasse qu'il ait jamais pilotés. Ils comportaient des cartes en couleur et des affichages d'attitude, mais ils n'étaient plus que de la ferraille. Le système étant maintenant court-circuité, il pilotait à l'ancienne, "au pied levé".

Il trouvait cela étrangement rassurant, car cela le ramenait à l'une de ses toutes premières missions de combat pendant la deuxième guerre contre les Américains. Il était un pilote vert de dix-neuf ans, courageux mais excessivement stupide. Le deuxième jour de la guerre, il a essayé de mitrailler une colonne blindée américaine, lorsque son avion à réaction a été touché par une rafale de tirs au sol. Il a immédiatement perdu ses commandes automatisées et son moteur s'est mis à fumer fortement. Aujourd'hui encore, Mergen n'a aucune idée de la façon dont il a pu regagner sa base au nord de Tikrit, mais le souvenir de cette "course effrénée" le fait rire. Cette fois-ci, ses instruments étaient hors service et il se trouvait sur un terrain étranger, mais au moins, son moteur fonctionnait bien. De plus, il avait beaucoup de carburant et deux bombes suspendues sous ses ailes, exigeant une cible.

En utilisant les compétences que son grand-père lui a enseignées dans les montagnes surplombant la mer Caspienne, il a levé la tête et regardé autour de lui. "Trouve les étoiles", lui a dit le vieil homme ; Mergen a donc tourné les yeux à gauche et à droite, puis vers le haut, à travers le pare-brise avant. La cabine était sombre sans les lumières du tableau de bord, et il pouvait mieux voir. Il y avait un mince quartier de lune qui se levait à sa droite, qui devait être à l'est. Et il a vu des étoiles. Il y en avait beaucoup. En regardant autour de lui, il a rapidement repéré la grande ourse, très haut sur sa gauche. Excellent, pensa-t-il. Il savait maintenant quelle était la direction du nord et quelle était la direction de l'est. Il tire un peu plus sur le manche, pointe le nez du Cessna à mi-chemin entre les deux et essaie à nouveau de se détendre.

Dans vingt ou trente minutes, il savait qu'il atteindrait les marais côtiers autour de New Bern, en Caroline du Nord. D'après plusieurs vols précédents, à l'exception des denses forêts de pins, la rivière et les marais en contrebas lui rappelaient la vallée du Tigre et le delta autour de Basrah et de l'île de Bubiyan. Il descendait à nouveau, jusqu'à ce qu'il atteigne le détroit de Pamlico, puis continuait vers le nord au niveau de la cime des arbres jusqu'à ce qu'il atteigne les Outer Banks sur la côte de la Caroline du Nord. C'est son nouveau point de référence. Il s'inclinait alors à gauche et remontait la plage à la hauteur des vagues, passant devant Nags Head, Kitty Hawk et Duck jusqu'à ce qu'il franchisse la frontière de la Virginie.

Au clair de lune, même un pilote débutant pouvait suivre la fine ligne blanche des vagues vers le nord. Son frère et lui avaient passé deux jours à voler autour de Tidewater, et il savait que la côte le mènerait à Virginia Beach et à l'embouchure du canal maritime de Hampton Roads au-delà. C'était l'entrée du plus grand port naturel du monde, et s'il continuait à suivre le rivage vers la gauche, cela l'amènerait à la base navale tentaculaire de Norfolk.

Mergen a de nouveau regardé sa montre et s'est dit qu'il atteindrait Virginia Beach juste au moment où l'aube se lèverait. Lorsqu'il basculerait alors vers l'ouest, le soleil se lèverait directement derrière lui. C'est parfait ! Cette route en boucle vers la côte prendrait plus de temps, probablement une demi-heure de plus, mais elle lui permettrait d'approcher le mouillage par l'est, au ras de l'eau, sans être observé et en dessous de leur radar puisqu'il attaquait à l'abri du soleil.

Toute la semaine, Batir et lui ont débattu de la cible à atteindre. Ils ont même téléphoné à leur frère aîné Aslan en Syrie, s'exprimant dans un ancien dialecte turkmène non écrit qui déconcerterait même les ordinateurs les plus rapides de la NSA. Batir préconise d'attaquer la grande centrale nucléaire de Surry, située plus en amont de la rivière James. Une seule des bombonnes de C-4 suffirait à percer le dôme de confinement de la centrale nucléaire et à contaminer la moitié de l'État. Ce serait un exploit merveilleux, mais Mergen avait toujours préféré la base navale et sa rangée de porte-avions nucléaires de première ligne. Aslan finit par accepter. "Si tu peux porter un coup puissant à ne serait-ce qu'un seul de ces navires, là en Amérique, dans leur port d'attache, cela vaudrait tous les sacrifices."

Au fur et à mesure que le Cessna avançait, Mergen s'est rendu compte qu'il avait perdu encore plus de sang. Sa jambe droite était engourdie et il ne pourrait jamais arriver jusqu'à DC, et encore moins jusqu'à la centrale nucléaire, s'il rencontrait des problèmes et devait beaucoup manœuvrer. C'est ainsi qu'il a pris sa décision. Il opterait pour les porte-avions. Lorsqu'il était enfant, il se souvenait avoir vu une cassette vidéo piratée et écornée du vieux film de guerre *Tora ! Tora ! Tora !* sur l'attaque japonaise de Pearl Harbor. Mergen n'était pas japonais, et il ne pilotait pas un bombardier en piqué "Zero" ou "Val", mais n'importe lequel de ces pilotes aurait sacrifié sa jambe droite pour être là où Mergen Khan se trouvait ce matin, s'approchant des navires les plus puissants du monde, seul, avec deux bombes mortelles en bandoulière sous ses ailes.

Il a décidé de rester à la hauteur des vagues jusqu'à ce qu'il soit à moins d'un quart de mille du grand navire. Ce n'est qu'à ce moment-là qu'il prendrait suffisamment d'altitude pour survoler le pont d'envol et larguer les bombes. Transformer des bouteilles de gaz en bombes aériennes est un vieux truc qu'il a appris en combattant les Américains chez lui, autour de Fallujah, dans la province d'Anbar. Les engins explosifs improvisés, comme les Américains les appelaient, avaient des détonateurs de contact dans le nez ainsi que des détonateurs de téléphone portable, qu'il pouvait rapidement enclencher s'il avait besoin d'un renfort. La dernière fois que Batir et lui ont pris l'avion pour venir ici, il a trouvé incroyable qu'ils soient autorisés à survoler de tels navires.

Aucun autre pays n'était aussi permissif ou stupide avec ses bases militaires, et certainement pas au Moyen-Orient. Les Américains gardaient même une douzaine ou plus de leurs meilleurs chasseurs sur le pont pour le spectacle, et deux explosions sur leur pont d'envol au milieu de ces F-18 avec leur gaz d'aviation, créeraient un "spectacle" tout à fait correct. Dans la confusion qui s'ensuivrait, Khan pourrait facilement redescendre à la hauteur des vagues, tourner vers le nord en remontant la rivière James et continuer vers l'un des petits aérodromes au nord ou à l'ouest.

"Insha Allah", a-t-il prié à haute voix, *si Dieu le veut,* les maudits Américains ne sauront jamais ce qui les a frappés.

L'habitacle du Cessna TTX **est très étroit.** Les brochures commerciales peuvent vanter le fait qu'il peut accueillir quatre personnes, mais c'est loin d'être le cas. À l'avant, il y avait deux sièges baquets très confortables, mais à l'arrière, c'était une autre histoire. L'habitacle se rétrécit, le plafond s'affine et les deux sièges arrière - plus précisément un siège et demi - conviendraient à peine à deux enfants ou à deux femmes minces aux fesses triangulaires lors d'une courte excursion touristique. Quand l'un des passagers mesure 1,80 m pour 165 kg et l'autre 1,80 m pour 225 kg, et qu'ils tiennent tous les deux des fusils de sniper Barrett de 1,80 m de long et une sacoche de chargeurs sur le sol à leurs pieds, le confort n'est pas de mise.

Pendant qu'ils se pressaient à l'intérieur, avec Bob et Ace à l'arrière, Sharmayne Phillips dans le siège du copilote et High Rider au manche, Harry Van Zandt et George Greenfield ont aidé l'équipe du SWAT à retirer la bouteille de C-4 qui pendait sous l'aile, ce qui a fait une chose de moins à craindre. Sharmayne prend immédiatement la radio avec Quantico, tandis que Carmody se rend sur la piste dès que les portes de la cabine sont fermées, pousse les moteurs à plein régime et décolle. Une fois dans les airs, il met les gaz et met le cap sur Norfolk, en Virginie, à environ 200 miles et 45 minutes de distance.

"Tu penses qu'on peut l'attraper ?" demande Ace.

"Ce sera serré. Il se balançait et ondulait bas et fort quand il a décollé, en direction du sud-est, et il essayait de me distancer. Il s'est probablement imaginé que j'allais lui tirer quelques missiles, et j'aurais adoré le faire. Malheureusement, il n'y a aucun moyen de le faire en dehors d'un champ de tir, mais il ne le sait pas."

"Trop de paperasse ?" Bob renifle.

"Mec, tu as raison !"

Sharmayne Phillips prend la parole : "J'ai le centre d'opérations tactiques de Langley en ligne. Quantico m'a mise en contact avec eux. J'ai expliqué la situation et ils ont mis en place deux paires de F-15 supplémentaires, une à l'ouest et une au sud, en plus des deux paires qui patrouillent normalement dans la région. Ils vont se concentrer sur la frontière entre la Virginie et la Caroline du Nord, mais il y aura beaucoup d'avions civils dans cet espace aérien dès que le soleil se lèvera, et ils ne sont pas très heureux d'avoir un sosie dans leur zone d'opérations. Je leur ai donné notre numéro de transpondeur et je leur ai dit que nous avions peint la plus grande partie du numéro de queue. Malgré tout, ils m'ont clairement fait comprendre qu'ils ne prendraient aucune responsabilité si nous étions éclaboussés."

"Compris", dit Bob en haussant les épaules tout en essayant de se rasseoir. "C'est juste un autre jour dans l'armée".

"Bon sang, Ghost, toi et moi, on n'est même plus dans l'armée", dit Ace d'un air morose en ramassant l'un des Barrett et en commençant à vérifier ses pièces de fonctionnement. Ce faisant, le canon a frappé Sharmayne sur le côté de la tête à plusieurs reprises. "Désolé, madame", dit-il avec un sourire malicieux et donna un coup de coude à Bob. Satisfait, il fouilla dans la sacoche à ses pieds, en sortit un chargeur de dix cartouches, l'enfonça dans la culasse et tira une cartouche par la culasse. Finalement, il se penche vers Bob et lui chuchote : " Tu t'es déjà demandé comment on allait pouvoir tirer d'ici ? C'est comme essayer de faire de l'aérobic à l'intérieur d'un Porta-John sur des montagnes russes."

"De l'aérobic ?" Bob sourit. "Je n'étais pas sûr que tu connaisses ce terme. Cela fait-il partie du nouveau programme d'exercices de Dorothy pour les anciens sergents de l'armée au chômage ?"

"Ne demande pas".

"C'est ce que je pensais. Mais pour répondre à ta question, je me posais moi-même la même chose. Dans le cas de plus en plus improbable où nous en aurions l'occasion, je me dis que nous pouvons utiliser nos Berettas pour faire quelques trous dans la vitre arrière, puis assommer le reste avec les crosses des pistolets."

"Je suppose que c'est un plan aussi bon qu'un autre, mais si tu regardes bien, tu verras que c'est du plexiglas sérieux qui se fait passer pour une vitre. Il va falloir plus qu'un petit coup de poing. Mais une fois que nous aurons retiré la vitre, tu penses que nous pourrons sortir les deux Barrett du côté qui fait face à son avion et essayer d'engager le combat ?"

"Avec "essayer" comme mot clé", acquiesce Bob. "Poser le fusil sur le cadre du hublot d'un avion en mouvement et essayer d'obtenir une plateforme de tir suffisamment stable pour toucher un autre avion en mouvement va avoir une probabilité de réussite assez faible."

"C'est une façon de voir les choses", sourit Bob. "À moins que Carmody ne nous rapproche vraiment".

"Mais toi et moi ? Les deux meilleurs tireurs de l'hémisphère occidental et toutes ces munitions ? Tout ce dont nous avons besoin, c'est d'un bon coup, et personne ne comptera les ratés."

Bob s'est penché en avant et a commencé à exposer le plan de tir au cavalier Carmody.

"Tu vas faire tomber la fenêtre et t'enflammer par la fenêtre ouverte avec les deux Barrett ?". Carmody secoue la tête et se met à rire. "Je peux tourner la fenêtre vers lui et essayer de la maintenir stable, mais tu vas subir de sérieux chocs avec cette vitre en moins. Mon Dieu, si j'avais seulement le Blackhawk avec mon mini-gun, je mettrais ce Cessna en pièces."

"Copie, mais ne sous-estime pas ce que peut faire une balle de calibre 50 tirée par un Barrett".

"Ou tout un tas d'entre eux", acquiesce Ace.

Mergen Khan est ravi de constater que sa navigation à l'estime et sur le siège s'est avérée plus précise qu'il ne le pensait. Il a traversé ce qu'il croyait être la large embouchure de la rivière Pamlico, dans l'est de la Caroline du Nord, et a bientôt vu la lumière brillante et rotative du phare du Cap Hatteras au loin, sur sa droite. De l'autre côté du large détroit de Pamlico se trouvent les Outer Banks. Il n'avait pas besoin d'aller aussi loin à l'est, il est donc resté à l'intérieur des terres et a suivi la côte marécageuse du continent jusqu'à ce qu'il aperçoive les lumières de Manteo, Nags Head, Kitty Hawk et des autres villes touristiques de la bande de sable populaire à l'est.

C'est alors qu'il a vu le ciel s'éclaircir et qu'il a pu distinguer la fine ligne rose où l'aube se levait sur le bleu profond de l'océan Atlantique. Il regarde sa montre et constate qu'il lui a fallu une heure et cinq minutes pour arriver jusqu'ici. C'était vingt minutes de moins que son estimation, mais celle-ci était basée sur un vol en ligne droite de Fayetteville à Norfolk. Il reste néanmoins convaincu d'avoir fait le bon choix. Il n'avait entendu aucun appel d'avertissement à la radio. Personne ne lui tirait dessus. Et il n'avait pas rencontré de jets de l'armée de l'air américaine en colère. Pas encore.

En restant dans le Currituck Sound, entre le continent et l'étroite bande des Outer Banks, il a fait redescendre l'avion à moins de trois mètres de la surface de l'eau, a ouvert encore plus les gaz et a continué à accélérer vers le nord-ouest. Lorsque l'eau du Sound se termine par un autre marais, il sait qu'il est enfin sorti de la Caroline du Nord et qu'il est entré dans la ville de Virginia Beach. Il est maintenant très proche de sa cible. Dix miles ? Certainement, pas beaucoup plus. Dix milles, puis la victoire, Insha Allah !

CHAPITRE TRENTE-HUIT

La base navale de Norfolk

"L'armée de l'air commence à nous en vouloir, Burke", dit Sharmayne Phillips en tournant la tête et en regardant sur la banquette arrière. "S'il se dirigeait vers eux, ils disent qu'il aurait déjà dû y être, à moins qu'on ait tout inventé".

"C'est nous qui l'avons rêvé ?" Bob répond.

"Ce sont eux qui ont besoin d'être convaincus, pas moi, et ils n'ont rien vu."

Leur Cessna a traversé le lac Drummond, à la frontière de l'État de Virginie, alors que la brume matinale commençait à se dissiper. Le ciel est maintenant beaucoup plus clair, d'un bleu céruléen magnifique, et la visibilité sera bientôt illimitée. Carmody maintient le Cessna à 2 000 pieds, moteur grand ouvert, alors qu'ils traversent à toute vitesse la banlieue sud de Chesapeake, en Virginie. Tout droit à travers le pare-brise, la large étendue de la rivière Elizabeth s'ouvre devant eux. Le long de sa rive orientale, à droite, s'étendait la ville de Norfolk, avec les hauts bâtiments de son centre-ville, ses jetées de charbon, et enfin la tentaculaire base navale de Norfolk, qui s'étendait du centre-ville jusqu'à Willoughby Point. C'est là que la rivière Elizabeth fusionne avec une demi-douzaine d'autres rivières pour créer Hampton Roads, qui se jette à droite dans l'océan Atlantique.

C'était un cadre magnifique. Malheureusement, ils ne faisaient pas de tourisme. Les quatre paires d'yeux à l'intérieur du petit avion balayaient le ciel à gauche, à droite et droit devant. Ils ont vu une demi-douzaine d'avions de ligne qui sillonnaient à plus haute altitude ou qui allaient et venaient de l'aéroport international de Norfolk ou de Newport News, deux F-15 loin au nord, et des petits avions de toutes les tailles et de toutes les descriptions, mais ils n'ont rien vu qui ressemblait à l'autre Cessna.

Alors qu'ils passent le centre-ville de Norfolk et aperçoivent pour la première fois l'immense base navale, Sharmayne Phillips se tourne vers Bob et lui demande : " L'armée de l'air fait à nouveau tourner ses F-15 et les renvoie à Langley pour se ravitailler en carburant. Où veux-tu qu'on aille ?"

Mergen Khan avait l'impression d'être plongé dans un bain de glace jusqu'à la taille. Ses jambes étaient devenues froides, il sentait des frissons parcourir son corps et il était épuisé. Même le plus simple des mouvements semblait se dérouler au ralenti et nécessitait toute sa force et sa concentration prodigieuses pour être exécuté. Il tendit à nouveau la main vers le bas et tâta sa cuisse pour s'assurer que son garrot de fortune était toujours en place ; mais ce n'était pas le problème, et il le savait. Il avait perdu beaucoup de sang et n'osait pas regarder sa jambe, le siège et le sol de peur de voir à quel point. Oublie ça ! s'est-il écrié. Concentre-toi ! Il n'y en a plus pour très longtemps.

Alors qu'il volait le long du front de mer de Virginia Beach, à un mètre cinquante tout au plus au-dessus des vagues, il s'émerveilla des kilomètres de plage de sable blanc et des grands hôtels qui bordaient la promenade, lui rappelant ce à quoi ressemblait autrefois le front de mer de Beyrouth. Il aperçoit enfin les deux phares du cap Henry, là où la terre se termine. L'un était le vieux monument en pierre et l'autre, plus haut et plus moderne, en noir et blanc.

En les dépassant, il réussit à faire prendre à l'avion un virage gracieux et incliné vers la gauche, alors qu'il entrait dans Hampton Roads en se déplaçant bas et vite, serrant la plage encore plus fort, car la base navale n'était plus qu'à quelques minutes maintenant. Ses bras pouvaient tenir le cap, mais ses jambes étaient tout sauf stables. Lorsqu'il appuyait sur la pédale de droite, la douleur sourde de sa cuisse explosait soudain au sommet de sa tête, rendant même la plus simple des manœuvres hachée et décousue. Ce n'est pas le moment de s'écraser dans l'eau, se dit-il finalement en relâchant le manche, gagnant quelques mètres d'altitude et ralentissant l'avion pour pouvoir en garder le contrôle.

Il s'inclina de nouveau à gauche avec la rive et atteignit bientôt le grand pont autoroutier qui menait de l'autre côté de la baie à la côte est. C'est un point de référence de plus qui est passé, se félicita-t-il avec un demi-sourire. En survolant la route, l'altitude accrue lui a permis d'apercevoir rapidement la base du corps des marines de Little Creek et le grand aéroport régional à l'intérieur des terres, sur sa gauche, avant de redescendre au niveau de l'eau. Mais il était tellement fatigué maintenant, tellement épuisé et malade, qu'il y avait de moins en moins de raisons de se réjouir.

Enfin, il a atteint la dernière portion de plage avant le long pont-tunnel I-64 qui traverse la large embouchure de la baie entre Norfolk et Hampton. La base navale n'est plus qu'à huit kilomètres. Cinq miles, pas plus, pensa-t-il. Une fois qu'il aura franchi ce dernier pont, les jetées du porte-avions se trouveront juste au coin de la rue, sur sa gauche. Cinq miles ! Enfin, il osa regarder par sa fenêtre le levier situé juste devant la porte qu'il allait bientôt actionner pour libérer ses deux bombes. Cinq miles !

L'autre Cessna a continué à descendre au centre de la rivière Elizabeth, en décrivant une lente courbe vers l'est avec le rivage. Bob s'apprête à répondre à la question de Sharmayne lorsqu'il jette un coup d'œil sur sa droite et aperçoit la douzaine de longues et larges piles en béton de la base navale de Norfolk, port d'attache de la plupart des grands navires de la flotte américaine de l'Atlantique. Les jetées ont été construites perpendiculairement au rivage et s'étendent tout droit dans la rivière Elizabeth.

Les premières jetées qu'ils ont dépassées contenaient les plus petits navires de la flotte, comme les frégates, les dragueurs de mines et les destroyers, un ou deux étant amarrés de chaque côté d'une jetée. Viennent ensuite les plus gros croiseurs, quelques porte-avions légers ou des navires d'assaut amphibie. Enfin, garé le long des dernières jetées à l'extrémité nord de la base, il aperçoit deux énormes porte-avions nucléaires - le *Harry Truman*, avec le numéro 75 peint sur l'extrémité avant de son pont d'envol, et le *George H. W. Bush* avec le numéro 77, le dernier de son type. Presque identiques, ils étaient les derniers porte-avions de la classe Nimitz, remplacés par une nouvelle classe représentée par le *Gerald Ford,* qui était en train d'être achevé de l'autre côté de l'eau au chantier naval de Newport News. Le *Truman* et le *Bush* déplaçaient plus de 100 000 tonnes, soit deux à trois fois plus qu'un porte-avions de l'époque de la Seconde Guerre mondiale. Ils mesuraient 1 100 pieds de long et transportaient 90 avions et un équipage de plus de 3 200 personnes. En regardant vers le bas, Bob a vu que l'arrière et les côtés du large pont d'envol *du Bush* étaient couverts d'au moins trois douzaines d'avions de chasse F-18 de première ligne, alors que le navire se préparait à prendre la mer.

Harry Van Zandt avait raison. "Regarde ces saloperies !" dit Bob en détournant les yeux et en scrutant le ciel lumineux autour d'eux.

"C'est l'heure de la décision, Burke, nous n'avons plus de terre", lui a dit Sharmayne. "De quel côté veux-tu aller ?"

En regardant vers l'ouest, la visibilité était presque infinie. À droite, en revanche, il était presque impossible de voir dans l'éclat lumineux du soleil levant. "Nous savons qu'il ne vient pas du sud. Nous venons d'arriver par là ; et il ne vient pas du nord. Il reste donc l'est ou l'ouest. Si j'étais lui, c'est par là que j'arriverais", indique-t-il sur la droite, "par l'est, à l'abri du soleil. Carmody, prenons un peu d'altitude et voyons si nous pouvons le trouver. Il doit être là. Mergen Khan n'est pas du genre à rentrer tranquillement dans la nuit."

Alors que Carmody incline le petit avion vers la droite, ils aperçoivent la baie de Willoughby qui s'étend au-dessous d'eux, puis la flèche de Willoughby et le pont-tunnel de l'Interstate qui mène à Hampton. C'est alors que Sharmayne Phillips a soudain crié : "Là, en bas !".

Bob déboucle sa ceinture, se penche sur Ace et regarde par la fenêtre côté passager. Bien sûr, en bas, venant vers eux rapidement et à basse altitude, presque perdu contre le sable blanc et les vagues, se trouvait leur jumeau diabolique, le deuxième Cessna TTX. Avec ses ailes et son fuselage blancs, s'ils n'avaient pas saisi le mouvement, ils ne l'auraient jamais vu.

"Appelle les F-16 !" Bob lui a crié. "Où diable sont-ils ?"

"Je suis en train de les appeler", a-t-elle répondu. "Je pense qu'une paire est à l'ouest en train de faire une boucle sur Suffolk, et que les deux autres patrouillent à la frontière de la Caroline du Nord."

"Elles sont rapides, mais elles n'arriveront jamais à temps", lui dit Ace en sortant son Beretta. "Tirez dans le trou, mesdames", dit-il en tirant quatre balles de 9 millimètres au centre de l'épaisse fenêtre en plexiglas, puis en donnant un coup sec avec son coude. La plus grande partie de la fenêtre en toile d'araignée est tombée dans la baie de Chesapeake, tandis qu'il a délogé le reste avec la crosse de son pistolet. C'est alors que le chaos s'installe dans la petite cabine, avec quatre personnes anxieuses qui parlent et bougent en même temps, alors que l'air froid et le bruit du moteur entrent soudain en cascade par la fenêtre manquante.

En quelques secondes, Sharmayne était en liaison radio avec le commandement aérien tactique.

Bob et Ace ont levé les canons de leurs Barrett, se cognant eux-mêmes en balançant les longs fusils par la fenêtre latérale, manquant de peu la tête de Sharmayne et l'obligeant à se baisser.

"High Rider, ramène l'avion autour de toi et aussi près que possible, pour que nous puissions prendre une photo par le hublot", a crié Bob.

"Bien reçu, mais ne tire pas sur notre propre aile. Elle est pleine de gaz Av."

Alors qu'ils tournaient en rond et plongeaient sur l'autre Cessna, Carmody a réussi à maintenir la fenêtre perpendiculaire à la trajectoire de vol de Mergen Khan, ce qui a permis à Bob et Ace d'effectuer leurs premiers tirs. Le Barrett est sans doute le meilleur fusil de sniper à longue portée au monde. Ses puissantes balles de calibre 50 peuvent faire de gros trous à travers presque tout et ont terrorisé les soldats ennemis pendant plus de quatre-vingt-dix ans. Malheureusement, il n'a jamais été conçu pour être utilisé de cette façon. La précision s'est envolée par la fenêtre brisée en raison des mouvements simultanés de deux avions dans le vent, mais la seule vertu rédemptrice du Barrett était que s'ils atteignaient l'autre avion avec ne serait-ce qu'un seul tir, les dégâts risquaient d'être dévastateurs. En succession rapide, Bob et Ace vident chacun leur premier chargeur de dix cartouches. En plongeant vers le bas, leur avion se déplaçait beaucoup plus vite que celui de Mergen Khan, et ils ont rapidement comblé la distance. Ce qui avait été un tir absurdement impossible est devenu tout simplement ridicule.

"Tu l'as touché ?" Bob demande alors qu'ils rechargent chacun de leur côté.

"Je pense que oui", a répondu Ace par-dessus le vrombissement de l'avion.

"Moi aussi. Je sais que j'en ai mis deux ou trois dans l'aile et le fuselage."

"Au fur et à mesure que nous nous rapprochons, je vais m'occuper du moteur.

Toi, tu t'occupes de la cabine."

"Bien reçu", dit-il alors qu'ils se penchent tous les deux en avant et visent à nouveau.

Mergen Khan avait les yeux rivés sur le rivage devant lui alors qu'il fonçait le long de la plage. Il a manqué de peu un SUV blanc alors qu'il franchissait le pont-tunnel et redescendait au niveau de l'eau dans la baie de Willoughby, avec la base navale droit devant lui. Cependant, même ce mouvement a ravivé la douleur dans sa jambe, lui donnant envie de fermer les yeux et de crier, mais il ne pouvait faire ni l'un ni l'autre. Tout ce qu'il pouvait faire, c'était de continuer à tenir bon.

Enfin, droit devant lui, il aperçoit ce qui ressemble à un large bâtiment de six étages, avant de réaliser qu'il regarde le côté de l'un des deux immenses porte-avions nucléaires qui y sont stationnés. Il avait vu les photos, mais elles ne rendaient pas justice au fait d'en voir un de si près. Pendant cet instant, il s'est senti si insignifiant, comme s'il était un moucheron essayant de se faufiler et de prendre une bouchée d'un gros éléphant gris. Non ! S'il devait être le premier pilote de l'armée de l'air irakienne à bombarder un porte-avions américain, s'il devait y avoir un quelconque honneur à attaquer un grand ennemi comme celui-ci, alors il le ferait comme un homme. Il prendrait de l'altitude et les attaquerait en pleine mer, en plongeant sur eux, sur leur pont d'envol, et larguerait ses bombes au centre de tous ces avions F-18. Il les verrait et ils le verraient, les yeux dans les yeux et d'homme à homme. Ensuite, il se remettrait entre les mains d'Allah et Insha Allah, *si Dieu le veut*, il vivrait ou mourrait en essayant.

En frôlant les vagues, il supplie le petit avion d'aller plus vite. Péniblement, il actionne les pédales et le fait tourner vers la droite, en tirant sur le manche pour prendre de l'altitude. C'est à ce moment-là qu'il a senti l'impact des premières balles de calibre 50 sur son petit avion. La peau extérieure du Cessna TTX est un matériau composite en fibre de verre de haute technologie, et non du métal, et la première fusillade de quatre ou cinq balles a traversé son aile gauche sans même ralentir. La première chose qu'il a vue, ce sont les trous noirs dans la surface supérieure de l'aile, après quoi il a vu des filets d'essence se déverser par la surface inférieure. Alors qu'il se retourne pour regarder, plusieurs autres balles s'écrasent sur le cockpit, le manquant de peu.

N'étant pas du genre à paniquer, Mergen a immédiatement deviné que les balles venaient d'en haut et à sa droite, ce qui signifiait qu'elles devaient provenir d'un autre avion ! Frénétiquement, il déplace le manche d'avant en arrière pour les déconcentrer, tout en scrutant le ciel bleu vif sans succès pour le trouver. La cabine offrait une excellente visibilité à l'avant, mais la visibilité était mauvaise directement au-dessus de la tête et à l'arrière.

Dans ce qu'il espérait être sa dernière manœuvre, il a ramené le nez de l'appareil et l'a pointé vers la poupe du premier porte-avions qui se trouvait maintenant à moins d'un demi-mille. Il voit le numéro 77 sur sa coque et réalise qu'il s'agit du *George Bush* ! Loué soit Allah, comme c'est parfait ! Il était couché sur le côté opposé de la jetée en béton. C'était une énorme structure en béton de près d'un quart de mille de long et de cent cinquante pieds de large, s'élevant à dix pieds au-dessus de l'eau avec "Pier 14" peint dessus au niveau de la ligne de flottaison.

Oui, le *George Bush.* Ce serait sa cible ! Qu'ils continuent à lui tirer dessus, il savait ce qu'il devait faire. Il resterait en rase-mottes, puis monterait en flèche au-dessus de la poupe, avant de revenir brusquement vers la gauche au-dessus du pont d'envol et de larguer ses bombes au milieu des F-18. Le *George Bush !* Ce serait la plus grande fierté de Mergen Khan.

"Rapproche-toi", hurle Bob à Carmody alors qu'ils foncent à travers l'eau libre au-dessus et à gauche de l'autre Cessna. Ace et lui avaient tiré chacun deux chargeurs complets et avaient même aperçu Mergen Khan assis dans le cockpit ; mais ils en étaient maintenant à leur troisième chargeur et l'autre Cessna volait toujours. Ils étaient maintenant à moins d'un demi-mile de la jetée et le côté bâbord du *George H. W. Bush,* incroyablement haut de six étages, se profilait devant eux comme une grande falaise grise, se rapprochant de seconde en seconde.

Carmody avait déjà tiré toute la vitesse possible du moteur turbocompressé de 310 chevaux. Les avions étaient identiques, et il transportait quatre personnes alors que Mergen Khan était seul dans le sien, et le poids supplémentaire faisait des ravages.

En tant que pilote, il y a des choses auxquelles il faut penser, et d'autres que l'on sait simplement au fond de soi, et que l'on fait. Ce que High Rider savait, c'était quatre choses - premièrement, quelle que soit la distance à laquelle vous vous rapprochez, les balles de fusil ont leurs limites ; deuxièmement, il n'avait le temps que pour une dernière manœuvre ; troisièmement, s'il plongeait sur sa droite pour se rapprocher afin que les fusiliers puissent mieux tirer et qu'ils manquaient quand même leur coup, Khan frapperait le transporteur ; et quatrièmement, il ne voyait aucune raison de débattre des trois points précédents avec des gens qui ne connaissaient rien au pilotage.

"Accrochez-vous !" Carmody a crié en mettant soudainement le Cessna dans un tonneau serré, le retournant et le faisant atterrir directement au-dessus de l'autre avion. Avec une habileté étonnante et une chance aveugle, il a écrasé la roue avant de son train d'atterrissage sur le capot du moteur de l'autre avion, juste devant le pare-brise, le forçant à s'écraser. Son TTX pesait plus d'une tonne.

Sans aucun avertissement, c'était comme si un éléphant venait de s'asseoir sur le nez de l'autre avion. Mergen Khan ne pouvait pas faire grand-chose pour contrer l'effet d'un coup de poing de poids lourd, littéralement sur le sommet de sa tête, qui a soudainement fait tomber son avion à la surface de l'eau, à quelques mètres seulement au-dessous de lui.

En effet, Mergen Khan n'avait aucune idée de ce qui l'avait frappé. Excellent pilote de son état, le coup crissant venu d'en haut a soudainement poussé le nez du Cessna vers le bas et lui a arraché le manche des mains. Il le saisit immédiatement et tire dessus de toutes ses forces pour contrer l'élan soudain du petit avion vers le bas, mais le mieux qu'il puisse faire est de le mettre en palier, alors que son propre train d'atterrissage saute sur le sommet des vagues et soulève de l'eau. Pire encore, le grand porte-avions et la jetée en béton se rapprochent de plus en plus devant lui, remplissant son pare-brise avant.

Mais alors que Mergen Khan commençait à reprendre le contrôle, son avion a soudain absorbé un deuxième coup de marteau au même endroit. Il a de nouveau arraché le manche de sa main et a complètement perdu le contrôle. Au lieu de prendre de l'altitude, il a regardé une dernière fois à travers le pare-brise lorsque son Cessna a piqué du nez et s'est écrasé de plein fouet sur la culée latérale en béton de la jetée.

Le choc du petit avion en fibre de verre contre le béton massif est soudain submergé par un coup de tonnerre et le grondement d'une énorme boule de feu orange. Le réservoir d'essence du petit avion et les deux charges de C-4 de 15 livres ont explosé en l'espace d'une ou deux secondes, envoyant des morceaux d'avion et des morceaux de béton voler au-dessus du pont d'envol du porte-avions qui se trouve encore à des centaines de mètres de là. Le Cessna lui-même a pratiquement disparu, et le peu qui restait a rapidement coulé dans la boue de la rivière Elizabeth.

La vie était à peine plus confortable dans la cabine de l'autre avion. Le tonneau avait envoyé tout et tout le monde voler autour du cockpit. Pire, au moment où les occupants de l'avion retombaient sur leurs sièges, les deux crashs contrôlés suivaient comme des coups de reins. Heureusement, Carmody n'avait pas encore fini, sinon ils seraient tous morts. Il utilise le deuxième rebond comme tremplin pour effectuer un virage serré à couple élevé vers le haut et la droite.

Le moteur hurle, il tire sur le manche jusqu'à la butée et met les gaz pour tenter de franchir les six étages du *George Bush* qui se profilent au-dessus d'eux, lorsque les explosions du Cessna de Mergen Khan retentissent en dessous d'eux. Le petit avion a tremblé et presque décroché alors que les flammes s'élevaient autour de lui. Volant de côté à travers les débris, il a franchi le bord du pont d'envol près de la proue du porte-avions d'à peine vingt pieds et s'est jeté en rugissant dans la rivière Elizabeth. C'est à ce moment-là que les trois autres passagers ont failli perdre pied.

Bob réussit à regarder par la fenêtre latérale du Cessna suffisamment longtemps pour voir les visages de plusieurs dizaines de marins qui travaillaient sur le pont d'envol, près de la proue, lorsque le Cessna les a survolés. Il savait à quoi ressemblaient leurs expressions, bouche ouverte et tout, et il ne voulait pas savoir ce qu'ils pensaient de la sienne.

High Rider réussit à sortir de la montée raide et à se mettre en palier à cinq cents pieds, le nez de l'avion pointant vers le nord en direction de la rivière James, alors qu'Ace Randall rompt le silence à l'intérieur de la cabine en disant : "Eh bien, c'était intéressant."

"Je peux ouvrir les yeux maintenant ?" Sharmayne demande alors qu'une paire d'énormes F-15 Eagles les frôle soudainement, laissant le Cessna rebondir dans leur sillage. "En parlant de trop peu, trop tard".

"Les pilotes de l'armée de l'air n'ont pas le sens de l'humour", dit Bob en réussissant à faire levier pour se remettre en position assise.

"Mieux vaut ne pas laisser Dorothy t'entendre dire cela", conseille rapidement Ace.

"Je déteste interrompre ce relâchement occasionnel de la tension", dit Carmody en se tournant vers Sharmayne, "mais tu ferais mieux d'appeler tes copains de Langley et de voir s'ils peuvent dégager une piste d'atterrissage. Ils voudront peut-être aussi faire rouler les camions de pompiers. Nous sommes probablement un peu roussis sur le dessous, et je ne sais pas combien de pièces il nous manque."

"Tu veux qu'un des F-15 revienne pour regarder ?" demande Sharmayne.

"Non, non." Carmody secoue vigoureusement la tête. "Ils sont passés assez près la dernière fois. Et puis, il faut que je mette ce truc au sol le plus vite possible."

"Copie ça", dit Bob. "Bon travail, High Rider. Le vieux serait fier. Et en envoyant Mergen Khan à ses 'mille vierges', tu as fait un sans-faute."

Ace a réfléchi un instant et a ajouté : "Presque".

POSTSCRIPT

Amman, Jordanie

Trois semaines plus tard, Bob Burke et Ace Randall étaient allongés dans deux chaises longues cossues sur la terrasse de la piscine de l'hôtel Sheraton d'Amman. C'était le troisième jour, tôt le matin, mais ils n'étaient pas là pour travailler leur bronzage. Impossible de savoir combien de temps ils resteraient là. Peut-être jusqu'à midi. Peut-être un autre jour, ou une semaine ou deux.

"Cette attente devient difficile à supporter", dit Ace en levant son verre de scotch Macallan 25 ans d'âge, pur bien sûr, en reniflant lentement l'arôme et en prenant une longue gorgée.

"Je vois ça", a répondu Bob derrière l'édition du *Times de Londres consacrée au* Moyen-Orient.

Ils sont restés assis tranquillement pendant encore quelques minutes, jusqu'à ce qu'Ace brise à nouveau le silence. "Dis-moi", dit-il en étudiant son verre. "Comment se fait-il que ces jockeys de chameaux ne puissent pas faire une boisson avec des parapluies ? Tu sais, des morceaux d'ananas sur un bâton, des cerises au marasquin, du jus de fruit, beaucoup de rhum ? Je suis désolé, mais on ne peut pas avoir un bon bar de piscine sans parapluie et sans ananas."

Bob a baissé le papier et l'a regardé fixement. "Ils transportent le Macallan ici par palettes. Pourquoi quelqu'un voudrait-il un parapluie ?"

Ace savoura une autre gorgée lentement. "Je suppose que tu marques un point", répondit-il. "Combien de temps vas-tu continuer à attendre que Théo te rappelle avant de passer au plan B ?"

"Il appellera".

"Pourquoi ? Parce que c'est *toi* qui *l*'as appelé et qui as laissé le message ?".

Bob haussa les épaules. "Oui, ça doit l'intriguer ; et n'oublie pas qu'il m'est redevable".

"Nous avons tué son frère et tous ses hommes à Atlantic City, et tu penses qu'il te doit quelque chose ?".

"Cette porte tourne dans les deux sens. Il n'a jamais aimé son frère, et un type comme lui peut toujours remplacer les employés."

"Tu penses qu'il vaut la peine d'attendre ?"

"Qu'est-ce que je peux dire ? C'est l'un des meilleurs dans le domaine et il connaît le territoire."

Ils étaient sur le point de demander à l'une des filles de la piscine de les enduire à nouveau de lotion lorsqu'un serveur élégant en veste blanche s'est approché de Bob, un plateau à boissons en argent massif à la main. Il s'arrête pour regarder sa montre, compte encore quinze secondes et lui présente enfin le plateau. Il n'y avait aucune boisson dessus, seulement une serviette de bar blanche et propre. Le serveur a relevé un coin pour révéler un téléphone satellite et l'a présenté à Bob, juste au moment où il a sonné.

"Cet homme a du style, je lui reconnais ça", s'esclaffe Ace.

Bob acquiesce, appuie sur Recevoir, et entend la voix de Theo Van Gries. "Je m'excuse d'avoir tardé à répondre à ton appel, mais j'ai été absent pour affaires". Theo n'a pas donné de noms.

"Je comprends, et je suis heureux d'apprendre que tu as repris tes activités. Mais pourquoi ce téléphone satellite ?"

"Le cryptage et la sécurité. Maintenant, que puis-je faire pour toi ?"

"J'ai besoin de soutien pour une opération très dangereuse".

"Avec toutes vos autres ressources et relations ? J'en suis honoré, mais vous savez que mes services ne sont pas bon marché."

"Ce ne sera pas un problème".

"Grâce à mes anciens employeurs à New York, je suppose. Et l'endroit ?"

"Un point chaud actuel au nord d'ici. Le plan prévoit un tir à longue distance, peut-être deux, et j'aurai besoin d'une escouade tactique entièrement équipée et de deux hélicoptères. Avec un peu de chance, nous pourrons entrer et ressortir immédiatement, mais prévoyez un budget de quatre jours."

"Intel ?"

"J'aurai plus que ce dont j'ai besoin".

Van Gries s'est arrêté un instant. "Accès ? Une couverture politique ? Des pots-de-vin ?"

"Tout est pris en charge".

"Je vois... Alors, ça doit être le coup que tout le monde veut prendre, et qu'on rate toujours ?".

"Quelque chose comme ça".

"De toute évidence, ils ont décidé d'envoyer les meilleurs, cette fois-ci".

"Personne ne nous envoie, Théo. Pour être tout à fait clair, nous sommes livrés à nous-mêmes."

"Ah, la solution de l'entreprise privée. Excellent. Tu sais, j'avais craint que tu veuilles mon aide pour quelque chose de facile comme Poutine, Donald Trump ou le vol des joyaux de la couronne."

Après s'être donné rendez-vous à Ankara, en Turquie, ils ont pris un petit avion charter au sud-est de Diyarbakir, et ont parcouru le reste du chemin jusqu'à Mardin dans trois Land Rovers de location. La dernière étape consistait en un court trajet jusqu'à un petit poste de l'armée turque près de la frontière syrienne, où les attendaient leurs hélicoptères - deux vieux Mi-24 "Hinds" russes, qui avaient été construits pour l'armée polonaise et "loués" à une unité de l'armée arménienne en Irak. Les hommes de Theo Van Gries étaient tout aussi internationaux : d'anciens hommes d'opérations spéciales de ses propres "Diables noirs" néerlandais, de la Légion française, des SAS britanniques, des KSK allemands, un soldat russe du Speznaz, et même un ancien Navy Seal.

Juste avant le coucher du soleil, les hommes s'entassent avec leur matériel dans les hélicoptères, tandis que Bob et Theo rencontrent le commandant turc. Bob lui a remis une enveloppe épaisse contenant 50 000 dollars en liquide et un petit bout de papier, et lui a montré la deuxième enveloppe qu'il recevrait à leur retour. Le Turc a regardé le bout de papier et ses yeux se sont écarquillés.

Alors qu'ils s'éloignent, Théo dit : "Personnellement, je ne ferais pas confiance à un colonel turc pour cuisiner mon agneau. Mais qu'y avait-il sur le papier ?"

"Les numéros de ses comptes bancaires à Istanbul et à Bucarest, et la ferme assurance qu'ils seraient vides en cas de problème."

"Tu es toujours un enseignement inestimable, mon ami". Théo rit.

Ils sont montés dans les deux hélicoptères et ont décollé vers le nord, avant de revenir vers le sud et de traverser la Syrie une fois qu'ils ont été hors de vue de la base turque. Les Russes appelaient le "Hind" le "char volant", mais ils étaient plus rapides qu'ils n'en avaient l'air et presque indestructibles. C'était donc le choix idéal pour une opération comme celle-ci. En moins d'une heure, les deux grosses machines se sont installées dans le lit d'une rivière asséchée, à six miles au nord-ouest de Raqqah. Les hommes de Théo descendent rapidement de leur véhicule. La moitié d'entre eux établit un périmètre de défense, tandis que les autres aident les pilotes à tendre un épais filet de camouflage marron clair sur les deux machines.

Une demi-lune brillante pendait dans le ciel nocturne dégagé, offrant plus qu'assez de lumière pour opérer. Après un briefing laconique sur les cartes et les opérations, les hommes se sont séparés en deux colonnes et sont partis à vive allure dans le désert rocailleux au sud. La plupart d'entre eux portaient les nouveaux fusils d'assaut canado-néerlandais C-8 de 5,56 millimètres et chaque colonne disposait d'une mitrailleuse légère belge FN de 7,62. Bob et Ace portaient chacun un Barrett en bandoulière dans le dos, auquel Bob avait ajouté un M-4 et Ace un fusil de chasse Mossberg de calibre 12.

Vers 22 h 30, ils aperçoivent au loin les lumières d'un groupe de maisons dans un petit quartier à l'ouest de Raqqah. Tandis que les dix hommes de Théo se répartissent sur les côtés et à l'arrière pour fournir un tir de couverture si nécessaire, Bob, Ace et le Hollandais rampent vers l'avant jusqu'à une ligne de crête rocheuse à un demi-mile des maisons. Lorsqu'ils ont trouvé un bon point d'observation, les deux Américains étalent leur équipement et commencent à étudier la cible.

"Ça marcherait peut-être mieux si tu avais un observateur", propose Théo.

"Pas une mauvaise idée", chuchote Bob en tendant à Théo leur lunette de repérage Leupold montée sur trépied et en se remettant derrière son Barrett. "Nous regardons la quatrième maison en partant de la droite. Il y a un garde sur le toit, une patrouille à pied de deux hommes qui passe toutes les cinq minutes environ, et une porte au centre du mur arrière de la maison. On nous dit que nos cibles sortent généralement pour fumer entre 23 heures et minuit."

"On dirait que quelqu'un ne les aime pas", ironise Théo. "Jolie lunette de visée au fait. J'ai moi-même utilisé ce modèle", dit-il en regardant l'échelle. "J'arrive à 930 mètres, soit un peu plus d'un demi-mille, avec un vent négligeable. Un tir prodigieux, mais bien dans les capacités de vous deux messieurs, me dit-on. S'agira-t-il d'un concours ?"

"Tout est un concours", marmonne Ace en s'installant derrière son Barrett et en ajustant sa lunette. "Au fait, Ghost, j'ai oublié de te dire que j'ai reçu un appel de Koz pendant que vous étiez en train de fricoter avec le Turc."

"Comment ça se passe au pays de Dieu ?", répond Bob en étudiant une dernière fois la maison à travers le viseur télescopique Zeiss de son fusil. "Tout va bien à la ferme ?"

"Les filles vont bien, et j'ai gardé la sécurité supplémentaire en place pour deux semaines de plus".

"Excellent, sergent-chef. Alors, quelles sont les nouvelles de Koz ?"

"Il semble que ton vieux copain le colonel Adkins ait rencontré une tempête de problèmes hier".

"Est-ce que son dentiste a foiré le nouvel implant ?"

"Non, il s'est fait arrêter tout seul. Lorsque son 'bagage de soute' est arrivé à Bragg en provenance d'al-Assad il y a deux jours, lors d'une fouille de routine..."

"Une fouille de routine ? Dans les bagages de soute d'un colonel... ?" Bob s'esclaffe.

"Qui suis-je pour contester l'histoire de Koz ?" Ace haussa les épaules. "Quoi qu'il en soit, ils ont trouvé quinze bijoux antiques en or cachés dans ses sous-vêtements - vieux, genre "mésopotamien-vieux", du neuvième siècle avant Jésus-Christ. Cela faisait partie d'un magot volé au musée de Bagdad."

"Pas encore ce truc ?" Bob rit. "Ça a circulé plus de fois que le Daytona 500".

"Quoi qu'il en soit, c'est remonté jusqu'au chef d'état-major de l'armée à Washington et Adkins a été personnellement arrêté par le prévôt de Bragg. Il a été 'relevé' de son commandement en attendant la cour martiale. Bien sûr, il prétend que tout cela n'était qu'un coup monté."

"J'en suis sûr. Mais tu sais ce que ça prouve ?" Bob sourit. "Il ne faut jamais énerver un préposé à la paye, un préposé au personnel..."

"Ou ces gars des transports. En fait, je crois que c'est moi qui t'ai dit ça".

"Messieurs, je suis désolé d'interrompre vos festivités", dit Théo à voix basse, "mais la porte arrière de votre maison vient de s'ouvrir".

Aslan Khan est sorti dans la nuit noire, suivi de près par la petite silhouette d'Abu Bakr al-Zaeim. Khan referme rapidement la porte derrière eux et sort un paquet de cigarettes russes Belomorkanal. C'étaient des tueurs d'hommes puissants, à l'ancienne. Il en a offert une au calife, ne s'attendant pas à ce qu'il en prenne une, et al-Zaeim a refusé, comme d'habitude. Le grand homme s'est alors détourné avec un rictus sur les lèvres, a mis ses mains en coupe et en a allumé une quand même.

Ils restèrent tranquillement devant la porte à respirer l'air de la nuit. Au cours des dernières semaines, depuis qu'il avait entendu les nouvelles de Caroline du Nord et de Virginie, Khan avait modéré sa façon de traiter le petit homme et l'avait laissé sortir du sous-sol plus souvent. Parfois, il l'autorisait même à sortir de la maison lorsque Khan sortait pour fumer.

"Je crois savoir que tes frères se sont martyrisés, Aslan". Al-Zaeim rompt enfin le silence, osant réconforter le grand homme.

"Mergen, oui. Batir, maudit soit son nom, s'est laissé capturer."

"Insha Allah, ce devait être la volonté de Dieu, mon ami", dit le calife en posant sa main sur l'épaule de Khan.

"Un contretemps temporaire, pas plus". Khan a jeté un regard à la main jusqu'à ce qu'al-Zaeim la lui enlève. " Nous n'en avons pas fini avec eux. Nous devons redoubler d'efforts. *Tu* dois redoubler d'efforts, al-Badri, sinon tes jours sont également comptés."

Khan ne l'appelait par son vrai nom que lorsqu'il était en colère et voulait remettre le petit homme à sa place, alors le calife savait qu'il ne devait rien dire d'autre. Ils continuèrent à se tenir là en silence, profitant de l'air frais de la nuit et fixant d'un air vide le désert, tandis qu'Aslan Khan finissait sa cigarette. Il était difficile de dire lequel d'entre eux avait vu en premier les deux éclairs bleu-blanc sur la ligne de crête basse au nord-est, mais cela n'avait pas d'importance.

XXX

Si tu as aimé cette lecture, retourne à la page de *La revanche de Burke.* Amazon Book Page, ICI et affiche quelques étoiles et quelques commentaires.

Amazon Book Page, ICI et affiche quelques étoiles et quelques commentaires. Cela aide vraiment leurs algorithmes de marketing et les gens à trouver le livre. Clique sur le lien ci-dessous ou copie et Colle-le dans ton navigateur et clique sur les étoiles dorées. Cela t'aidera avec le marketing Amazon et aide les autres à le trouver. Merci.

TOUS MES LIVRES SONT DISPONIBLES SUR KINDLE UNLIMITED

MACHETE DE BURKE : Livre 7 Bob Burke et ses joyeux lurons affrontent les cartels mexicains de la drogue Fentanyl sous le soleil du Mexique, et ce n'est pas pour les Tacos et la Cerveza ! Il a fait exploser leur quartier général et a mis leur Hefe en prison. Maintenant, ils ont pris le sien. Il vient les chercher. Et il ne viendra pas seul.

4,5 étoiles sur 174 commentaires US Amazon et en Goodreads.

Bientôt disponible en français !

LE SAUVETAGE DE BURKE : Livre 6

Bob Burke et les Merry Men affrontent les cartels mexicains de la drogue Fentanyl sous le soleil du Mexique, et ce n'est pas pour les Tacos et la Cerveza ! Il a fait exploser leur quartier général et mis leur Hefa en prison. Maintenant, ils ont enlevé sa femme. Il vient les chercher. Et il ne viendra pas seul.

4,7 étoiles sur 251 commentaires US Amazon et en Goodreads.

Bientôt disponible en français !

BURKE'S GAMBLE, le numéro 2 de la série Bob Burke, où Bob et les Merry Men s'attaquent à la mafia new-yorkaise. Lorsque quelqu'un jette l'un de ses anciens sergents par la fenêtre d'un casino d'Atlantic City (5th), la vengeance va faire des ravages !

4,6 étoiles sur 557 commentaires Amazon et en Goodreads.

Bientôt disponible en français !

Et vous aimerez peut-être aussi le n°3 de la série Bob Burke, BURKE'S REVENGE, le n°3 avec Bob et les Merry Men affrontant les terroristes de l'Etat islamique à l'intérieur de Fort Bragg.

4,5 étoiles sur 348 commentaires Amazon et en Goodreads.

Bientôt disponible en français !

Tu peux aussi consulter le site de BURKE SAMOVAR, n°4, avec Bob et les Merry Men. Des hommes aux prises avec "le nouveau tsar" et la mafia russe. Si tu essaies de lui voler ses affaires et de le contraindre par la force, il y aura des conséquences, jusqu'à Moscou, c'est nécessaire.

4,7 étoiles sur 375 commentaires Amazon et en Goodreads.

Bientôt disponible en français !

Et puis il y a BURKE'S MANDARINE #5 dans le Bob Burke. La série d'action-aventure, avec des espions chinois à Washington, la marine chinoise en mer de Chine méridionale, et quelqu'un qui vient de tirer sur le pick-up de Bob. Il n'y a pas que du thé vert qui se prépare en mer de Chine méridionale.

4,7 étoiles sur 411 commentaires Amazon et en Goodreads.

Bientôt disponible en français !

TOUS MES LIVRES SONT DISPONIBLES
SUR KINDLE UNLIMITED
LA PLUPART SONT MAINTENANT DISPONIBLES EN
ALLEMAND ET ESPAGNOL
TRADUCTIONS ET EN
ÉDITIONS AUDIO AUDIBLE

SI TU AS LU LA SÉRIE BOB BURKE, JETTE UN COUP D'ŒIL À MES AUTRES THRILLERS D'ACTION ET D'AVENTURE :

PARMI MES ENNEMIS : **A l'intérieur Dans un U-Boat allemand rouillé se trouvent des millions en lingots d'or, des œuvres d'art volées et un secret.** Tout le monde veut le trouver et savoir ce qu'il contient, mais seul l'ancien aviateur américain Mike Randall connaît la vérité dans ce thriller espion contre espion de la guerre froide. Une excellente lecture !

4,4 étoiles étoiles sur 791 commentaires Amazon et en Goodreads.

Bientôt disponible en français !

LE GAGNANT PERD TOUT : **Les espions mentent et les espions meurent dans ce thriller de guerre froide au rythme effréné !** Alors que la Seconde Guerre mondiale s'arrête dans les décombres de l'Allemagne nazie, tous les regards se tournent vers la prochaine guerre "froide". Les "armes merveilleuses" d'Hitler façonneront l'équilibre du pouvoir mondial pendant des décennies.

4,4 étoiles sur 473 commentaires Amazon et en Goodreads.

Bientôt disponible en français !

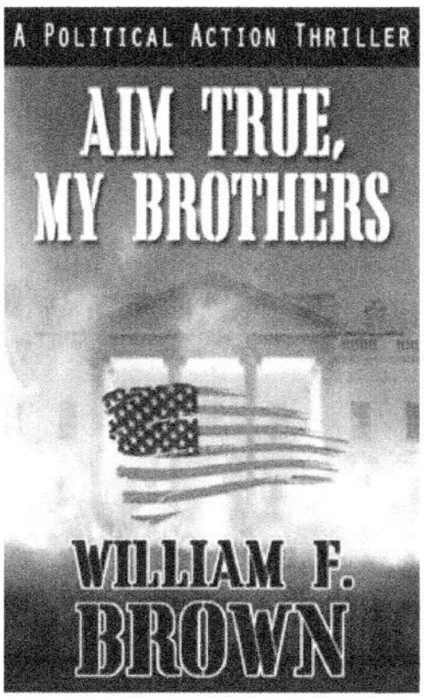

AIM TRUE, MES FRÈRES **est un thriller contemporain et rythmé opposant le FBI aux terroristes du Moyen-Orient.** Un commando hautement qualifié du Hamas se lance dans une chasse au sang pour le plus gros gibier qui soit, le président américain.

4,4 ÉTOILES SUR 859 COMMENTAIRES Amazon et en Goodreads.

Bientôt disponible en français !

JEUDI À MIDI : **Trahison Le double jeu est la règle dans ce thriller d'espionnage contre espionnage.** Un agent du Mossad mort, des scientifiques nazis spécialistes des fusées, les Frères musulmans, un ambassadeur américain corrompu et deux régiments de chars égyptiens disparus - quelqu'un essaie de déclencher une nouvelle guerre israélo-arabe.

4,4 étoiles sur 398 avis Amazon et en Goodreads.

Bientôt disponible en français !

LE SOUS-TRAITEUR : **Quelqu'un enterre des corps sous le nom d'autres personnes. Si Pete et sa petite amie excentrique Sandy ne l'arrêtent pas, ils seront les prochains sur la liste du croque-mort.**

4,4 étoiles sur 460 commentaires Amazon et en Goodreads.

Bientôt disponible en français !

Et voici une avant-première spéciale et un exemple de chapitre de

Le samovar de Burke, Bob Burke #4

Bob Burke est de retour ! Cette fois, il se bat contre la mafia russe et le "tsar" lui-même au Kremlin !

PROLOGUE

Province de Helmand, Afghanistan

Tu peux dire que ça a commencé trois ans plus tôt, sur cette Op, dans les montagnes....

"Tu vois quelque chose en bas ?" demande "Ace".

"Non, et ça me dérange", répond "le Fantôme" en continuant à scruter le petit village en contrebas à travers le viseur télescopique Leupold de son fusil de sniper Mk-110.

Ace avait une paire de jumelles Steiner M-22 et faisait la même chose, cherchant des mouvements ou tout signe de vie en bas, mais il n'y en avait pas. Ils ont été envoyés ici parce que les services de renseignements ont dit qu'une réunion de cinq des khans talibans locaux et de leurs lieutenants devait avoir lieu dans le petit village ce matin. Cela devait représenter au moins une douzaine de soldats ennemis et leurs chefs. Jusqu'à présent, rien. Il n'y avait personne. Ou alors, c'est ce qu'on voulait faire croire.

Ce n'était pas vraiment un village, ou "Vil", comme ils l'appelaient, pour commencer : huit huttes délabrées aux murs de boue situées entre le sentier principal nord-sud de la vallée et le lit d'un ruisseau asséché. Pas grand-chose d'autre : pas d'activité, pas de gens, pas même de chèvres ou de poulets.

Le Fantôme était le Major Robert Tyrone Burke, le chef d'équipe. Ace est le sergent-chef Harold Randall, le numéro 2 de Bob Burke, son sous-officier le plus gradé et son meilleur ami, mais qui ne doit jamais être appelé Harold ou même Hal sous peine de mort. Leur équipe de dix "opérateurs" de la Delta Force avait quitté Kandahar à bord de deux hélicoptères Black Hawk à 20 heures la veille au soir et s'était posée à huit kilomètres au sud. Ils ont remonté la vallée en suivant un étroit sentier de chèvres qui serpentait le long du flanc de la montagne afin d'être en position dans les rochers au-dessus du Vil avant que le soleil ne se lève. Ils étaient cachés, mais le site n'offrait pas beaucoup de couverture. Ce n'est jamais une bonne chose, surtout au cœur de la province d'Helmand, l'endroit le plus meurtrier d'Afghanistan pour les Américains.

"D'où vient cet ordre Intel et Op, si je peux me permettre de poser la question ?" Ace demande. "Dis-moi que ça ne vient pas de ce crétin de nouveau colonel léger du G-2".

"D'accord, je ne te dirai pas que c'est de la part de ce crétin de nouveau colonel léger du G-2".

"Et une mauvaise opération est une mauvaise opération".

"Bien reçu", dit Bob en regardant sa montre. Il était déjà plus de 10 heures du matin. "Eh bien, sergent-chef, nous ne pouvons pas rester assis ici en plein milieu du pays indien plus longtemps", dit-il en balayant une dernière fois la Vil avec sa lunette de visée.

"Une pierre qui roule n'amasse pas de balles. Mais si nous allons là-bas, nous devrions d'abord l'allumer - une petite reconnaissance par le feu pour voir si Haji sort de son terrier de lapin."

"C'est ce que je pensais, mais je ne savais pas que tu étais aussi allé à West Point".

"Moi ? West Point ? Non, juste l'école des cicatrices et des coups durs de l'oncle. Et je vais te dire, après six missions, je commence à être un peu vieux pour ces conneries."

"Bien reçu. Ce n'est que mon cinquième, mais il me faut une poignée de Motrin pour rouler mon cul hors du râtelier le matin."

"Et de plus en plus difficile de tolérer les imbéciles".

"Bien reçu. Pas étonnant que nous soyons un peu grincheux de temps en temps", répond Bob en regardant la vallée et la colline derrière eux.

"Quelque chose te tracasse ?"

"Probablement rien ; mais depuis que le soleil s'est levé, j'ai l'impression bizarre que quelqu'un m'observe. Ça t'est déjà arrivé ?"

"Ça dépend avec qui je sors et si son ex-mari est toujours là, mais je dirai à Lonzo et Herbie de garder un œil sur ta Six. On ne sait jamais."

Bob avait placé le sergent de première classe Vinnie Pastorini à cinquante mètres sur la piste au nord et laissé le sergent Joe "The Batman" Hendrix bloquer la piste derrière eux au sud. Ils ont gardé le groupe d'armes lourdes au centre, composé du sergent Henry "Lonzo" Hardisty, du sergent Herbert "Herbie" Jacobs et du sergent Miguel "Toro" Torez. Il active le micro de sa radio d'escouade PRC-154 Rifleman et dit : " Réveillez-vous messieurs, la sieste est terminée. Il est temps de se mettre au travail. "Lonzo, à mon signal, frappe le Vil avec ta SAW", en référence à la mitrailleuse légère M-249 de leur escouade. "Herbie, toi et Toro, tirez quelques balles 'thumper' là-dedans aussi." Il s'agit des grenades précises et mortelles qu'ils tirent à partir des lance-grenades M-203 fixés sous leurs carabines M-4. "Voyons ce que nous allons débusquer. Très bien, allumez-la. Maintenant !"

La Delta Force de l'armée présente trois particularités qui la distinguent des autres unités. Tout d'abord, l'appartenance à cette unité d'infanterie d'élite est top secrète. En dehors de leurs épouses, ses membres n'en parlent à personne, pas même à leurs mères ou à leurs petites amies, pour leur protection. Deuxièmement, comme les flics sous couverture, les "opérateurs" Delta ne sont pas tenus de respecter les normes normales de l'armée en matière d'apparence physique. Les cheveux longs, la barbe, les tatouages et les boucles d'oreilles n'étaient pas seulement la norme, ils étaient nécessaires pour les débarrasser de ce look "militaire" révélateur afin qu'ils puissent se fondre plus facilement dans la population civile. Sauf dans des contextes militaires formels avec d'autres soldats autour d'eux, ils utilisent généralement leurs noms de radio tactique ou leurs "handles" dans les conversations normales, quel que soit leur grade. C'était un signe de cohésion de l'unité, d'exclusivité et même d'affection.

Alors que Bob Burke était major, les autres étaient des sergents principaux âgés de 20 à 30 ans, tous des professionnels chevronnés, plus âgés et bien plus fatigués des combats que le soldat moyen à Kandahar ou à Bagram. La plupart en étaient à leur deuxième, troisième, voire quatrième mission en Afghanistan, plus quelques unes en Irak, toujours sur le terrain dans le cadre d'opérations spéciales qui ont fini par botter le cul de tout le monde.

Mais c'était leur choix. Ils ont obtenu ce qu'ils voulaient. Maintenant, ils sont pris au piège. S'en sortir ? Pour faire quoi ? Travailler dans la sécurité privée ? S'engager comme mercenaire ? Ou rester et retourner à Bragg ou à Benning en tant qu'instructeur ou putain de commis à l'approvisionnement ? Il n'y avait rien d'autre qu'ils pouvaient faire qui leur donnait la camaraderie, le sens de la mission ou l'incroyable euphorie que cela leur procurait.

Aux États-Unis, ils s'habillaient comme un gang de motards - branchés, poilus, et Jim Beam "country". Ace Randall portait généralement une longue queue de cheval tressée, une moustache à la Fu Manchu et un tatouage sur chaque avant-bras. Sur l'un d'eux, on pouvait lire "Been There, Done That" et sur l'autre "Kill 'em All. Laissez Dieu s'en occuper". Mais quand vous mesurez six pieds et deux pouces, que vous pesez deux cent dix livres et que vous êtes un beau gaillard, le camouflage est essentiel.

Lors d'un déploiement comme celui-ci "dans le désert", c'est-à-dire n'importe où au Moyen-Orient, que ce soit en Irak, en Afghanistan ou dans des régions inconnues, leur apparence est devenue "autochtone". Ils portaient les mêmes cheveux non coiffés, barbes hirsutes, pantalons amples couleur terre, châle et chapeau plat "pakol" que les Afghans.

Les tirs n'ont pas duré plus de trente secondes, mais ni la demi-douzaine de grenades explosives à pointe dorée, ni les rafales de mitrailleuses n'ont provoqué de réaction de la part de Vil. Tout ce qu'ils ont accompli, c'est de faire tomber les coins de quelques bâtiments, de marquer les murs d'impacts de balles, de creuser un toit et de soulever un gros nuage de poussière. Lorsque les derniers échos se sont éteints, la vallée est redevenue silencieuse.

"Bon sang", dit Ace en balayant à nouveau le Vil, "on dirait qu'il va falloir descendre et défoncer quelques portes".

"Prends 'Chester avec", le sergent-chef Festus Blackledge, "et The Bee", le sergent Jimmy Beemaster, "et Crispy", le sergent Jamil Johnson, "Nous vous couvrirons à partir d'ici".

Se tenant à l'écart, Ace et les trois autres hommes descendent la colline en sautant de rocher en rocher jusqu'à ce qu'ils atteignent le fond de la vallée. Ils s'arrêtent derrière de gros rochers pour faire une nouvelle reconnaissance. Toujours rien. Mais dès qu'ils ont quitté le couvert des rochers et se sont retrouvés à découvert, l'enfer s'est déchaîné. Des rafales de fusils automatiques les ont repoussés vers les rochers, où ils se sont mis à l'abri du mieux qu'ils ont pu, mais Crispy était à terre et l'Abeille a été touchée en essayant de le traîner au loin. Il réussit à les mettre tous les deux en sécurité relative derrière l'un des rochers à une centaine de mètres du Vil, alors qu'Ace, Chester et les six hommes sur le sentier à flanc de colline ouvrent tous sur lui avec des tirs de soutien.

Malheureusement, ce n'était pas la fin des surprises de la matinée.

"Ghost, Vinnie, j'ai des Hajis qui descendent la piste depuis le nord", entendit-il le sergent de première classe Vinnie Pastorini dire sur le réseau tactique. "Une force d'escouade au moins. Je m'engage."

Avant qu'il ne puisse répondre, il entendit un deuxième appel radio provenant du sud de leur ligne. "Fantôme, Batman, même chose, même chose, une demi-douzaine, peut-être dix. Je m'engage aussi."

Heureusement, le sentier était très étroit, ce qui obligeait les Talis à venir vers eux en colonne et permettait de les arrêter facilement là où ils se trouvaient pour le moment. Bob se retourne et regarde le flanc de la montagne pour voir si d'autres troupes ennemies se mettent en position au-dessus d'eux, mais il ne voit rien. Il passe la main sous son châle et sort sa radio de campagne portative AN PRC-25. Il l'utilisait pour communiquer avec le contrôleur aérien avancé à voilure fixe qui tournait habituellement autour du nord de la province d'Helmand lorsque des opérations étaient en cours.

"Sky Bird, Ghost...", a-t-il appelé, espérant que le gars n'était pas retourné à

Bagram pour faire le plein. "Sky Bird, Ghost", appela-t-il à nouveau, sachant que la réception était pire à mesure qu'ils allaient vers le nord.

"Fantôme, oiseau du ciel", entendit-il enfin la réponse griffue. "Que pouvons-nous faire pour vous en ce beau matin ?"

"Ça ne va pas très bien pour le moment, oiseau du ciel. Nous avons besoin d'un appui feu et d'une extraction, le plus rapidement possible."

"J'ai deux F-16 au nord de Kandahar que je vais vectoriser. Ils devraient vous survoler dans cinq minutes. Indicatif d'appel 'Hoosier-15'. "

"Plus tôt serait mieux. Il commence à faire un peu chaud ici."

"Bien reçu, ça, Ghost. J'enverrai également deux Black Hawks pour l'extraction et deux Apaches pour l'appui-feu, mais ils sont à au moins quinze minutes d'ici."

Quinze minutes, se dit-il. Les tirs en provenance de la Vil s'intensifient et ses quatre hommes en bas sont sérieusement dépassés. En même temps, l'activité augmentait aux extrémités nord et sud de leur position. Alors, pendant qu'il parlait, étant le meilleur tireur de l'unité et son commandant, il a tiré sur tout ce qui bougeait ou semblait suspect dans le Vil avec son fusil de sniper M-110.

"Lonzo", a-t-il appelé, "repositionne-toi au nord et soutiens Vinnie avec le SAW. Herbie, prends ton Thumper et soutiens le Batman."

"Fantôme, oiseau du ciel. Quelles sont les cibles ?"

"Nous avons de l'infanterie ennemie avec des armes automatiques creusées dans un petit Vil. Huit huttes de terre et une escouade renforcée au moins. De plus, nous avons des ennemis à découvert sur le sentier de chaque côté de nos positions. Priorité au Vil et dis-lui de mettre le feu aux poudres."

"Bien reçu, Fantôme. Hoosier-15 et son ailier transportent des bombes 'muettes' Mark-82 de 500 livres. Elles devraient être parfaites pour aplatir vos huttes. Ensuite, ils pourront faire le tour et atteindre les cibles du sentier avec des fusils ou des roquettes. Hoosier-15 voudra que vous marquiez les amis avec de la fumée et que vous le guidiez."

"Bien reçu", dit Bob à Sky Bird et passe au filet tactique de l'escouade. "Ace, nous avons deux mouvements rapides qui arrivent et nous devons marquer votre position. De quelle couleur sont les fumigènes que tu as ?"

Ace fouille dans son sac à dos et dit : "Fantôme, j'ai une grenade fumigène orange, je répète, une orange."

"Bien reçu, Ace, vas-y et marque."

Ayant l'impression d'être un gratte-papier manchot avec deux radios et trois fusillades simultanées, il entend enfin la lenteur du pilote du F-16 de l'armée de l'air se mettre en ligne.

"Fantôme, ici Hoosier-15, qui commence à remonter la vallée. Tu marques avec de la fumée ?"

"Bien reçu, Hoosier-15. Nous avons marqué les amis avec une orange, je dis bien encore une orange. Votre cible est à 90° et à 100 mètres à l'est et de l'autre côté de la vallée de la fumée."

"Bien reçu, fantôme, commence à courir. Je vois une orange... Non, je vois deux oranges."

"Merde !" jure Bob. La dernière chose dont ils avaient besoin était un pilote de F-16 confus avec des bombes de 500 livres. "Annulez, annulez !" Il dit en regardant dans la vallée et voit un deuxième nuage de fumée orange qui commence à flotter au-dessus du Vil.

"On dirait que Haji a appris de nouveaux trucs", dit Ace en fouillant dans son sac à dos et en sortant une grenade fumigène jaune. "Fantôme, je lâche une banane", dit-il en la faisant exploser sous le vent de leur position. "Je répète, une banane."

"Hoosier-15, viens par ici. Mon gars a sorti une banane, je répète, une banane". Mais à peine le pilote du jet a-t-il accusé réception et entamé une deuxième course que Bob aperçoit un deuxième nuage de fumée dans le Vil. Naturellement, il était également jaune. "Hoosier-15, annulez, annulez. On dirait que les méchants ont une salle de ravitaillement bien approvisionnée. Mais reviens encore une fois."

"Ace, lui dit Bob, les salauds font correspondre ta fumée pour confondre les FAC. Qu'est-ce que tu as d'autre ?"

"Pourpre. Je vais lancer un violet." Sous le regard de Bob, la fumée violette s'éloigne de la position d'Ace, mais c'est tout ce qu'il voit.

"Fantôme, c'est encore Hoosier-15. J'ai un raisin... Et voilà, juste un raisin. Cible en vue, avec quelques restes d'orange et de banane, comme Carmen Miranda."

"Hoosier-15, tu ferais mieux de sortir Carmen, parce qu'on est à court de fruits ici".

En quelques secondes, les deux F-16 sont arrivés et ont posé quatre bombes Mark-82 de 500 livres sur le groupe de huttes de boue. Les explosions ont secoué la vallée, projetant des roches et des débris dans les airs, ainsi que des colonnes de poussière étouffante.

"Hoosier-15, Ghost. Tout va bien, mais nous avons encore besoin d'aide sur la colline. Nous sommes pressés à chaque extrémité de notre ligne par l'infanterie ennemie."

"Eh bien, Ghost, si vous pensez pouvoir obtenir la bonne fumée, à partir du menu d'aujourd'hui, le chef recommande notre canon Vulcan Gatling de 20 millimètres pour cette application particulière. Cela devrait vous permettre d'effacer rapidement cette piste."

"Vinnie, Koz, marquez vos positions avec de la fumée". Bob a vu de la fumée jaune sortir de la position de Vinnie et de la fumée orange de celle de Koz, puis il a de nouveau appelé le pilote. "Nous sommes à l'intérieur de ces deux marqueurs, une banane et une orange - je répète, à l'intérieur - amenez-le."

"Fantôme, Hoosier-15. Je vois une banane et une orange. Je répète qu'il n'y en a qu'une de chaque. Commençant nos courses, j'arriverai par le sud et je mitraillerai la cible nord, et mon ailier arrivera par le nord et frappera le sud. Mais Ghost, nous avons vu leurs positions grâce aux flashs des bouches à feu la dernière fois et les Tali sont "en danger" près de vos gars. Tu es sûr que tu veux qu'on fasse ça ? Ou préfères-tu attendre les Apaches ?"

"Pas le temps, Hoosier-15. Sors-les ou nous mourrons ici".

"Bien reçu, Fantôme. Dis à tes gars de baisser la tête".

Bob a essayé de localiser les deux jets, mais le ciel était trop lumineux. "Vinnie, toi et Koz, tirez sur tout ce que vous avez en bas de la piste, puis éloignez-vous de là et mettez-vous à l'abri".

Dix secondes plus tard, le premier F-16 Eagle remonte la vallée en hurlant, dérive sur le flanc de la colline et survole les positions américaines, en rase-mottes. Il a ouvert le feu avec son canon Vulcan Gatling et a mitraillé la piste, en commençant exactement à l'endroit où la grenade fumigène avait craché un panache de fumée orange vif. Le Vulcain avait six canons qui tournaient comme une Gatling et tirait jusqu'à six mille coups de canon de 20 millimètres par minute. Il fait un bruit de tronçonneuse aiguë et stridente lorsqu'il est tiré, mais même ce bruit fort et grinçant est noyé par le rugissement des moteurs du F-16 lorsqu'il passe juste au-dessus de leurs têtes. C'est une arme dévastatrice. La rafale du canon de 20 millimètres n'a pas dû durer plus de trois ou quatre secondes, mais Hoosier-15 l'a tirée avec une précision extrême et dévastatrice. Des centaines d'obus de 20 millimètres ont déchiqueté une portion de sentier et de colline de 300 mètres de long sur 10 mètres de large, tranchant et découpant tout être vivant sur son passage avec les obus hautement explosifs et les éclats de pierre volants. C'était à la fois terrifiant et exaltant.

Alors qu'il bifurque et s'élève au-dessus de la vallée, son ailier arrive de l'autre côté et fait exactement la même chose sur la piste au-delà de la position de Koz, en commençant par l'endroit où se trouve sa bombe fumigène jaune. Encore une fois, une autre rafale de trois ou quatre secondes et le sentier de la colline éclate en poussière, en roches volantes et en éclats d'obus avant qu'il ne s'élance à son tour au-dessus de la vallée et disparaisse. Leur journée est terminée.

"Hoosier-15, Ghost. En plein dans le mille. Merci pour ton aide."

"Tes amis en bleu cherchent toujours à te faire plaisir, Ghost. Maintenant, passez une bonne journée, vous entendez ?", dit-il, se dirigeant sans doute vers le bar du club des officiers pour une bière, un steak et une douche chaude dans leurs hangars climatisés à la base aérienne de Bagram, au-delà des montagnes à l'est. Oui, pense Bob, c'est une sacrée guerre.

Les talibans, ou ce qu'il en restait, ont disparu aussi vite qu'ils étaient apparus, et Bob a pu rapidement repositionner ses hommes au bord du Vil. Ils commencent à soigner leurs blessés tandis que deux hélicoptères Black Hawk remontent la vallée pour les récupérer. Deux Apaches tournent au-dessus d'eux, offrant une couverture élevée, mais ce n'est pas nécessaire. Le combat, court et vif, était terminé. Il était impossible de faire un décompte précis des corps, mais d'après un examen rapide des morceaux de corps et des armes éparpillés sur les décombres qui avaient été le Vil, il pensait qu'ils avaient tué huit ou dix personnes à cet endroit, plus une douzaine d'autres entre les deux extrémités de la piste.

Dans le même temps, Bob a perdu deux bons éléments qui sont morts au combat : Le sergent Crispy Johnson, qui a succombé à des blessures par balles lors de l'attaque initiale sur le Vil, et le spécialiste Herbie Jacobs, qui a succombé à des tirs de fusils talibans à l'extrémité sud de la piste. En outre, Lonzo, The Batman, The Bee et Toro ont tous subi une ou plusieurs blessures mineures, mais aucune ne mettait leur vie en danger.

Alors qu'ils redescendent la vallée, Bob s'assoit à côté d'Ace dans la porte ouverte du Black Hawk, les jambes pendantes sur les montants, tandis que l'avion descend la longue vallée et se dirige vers l'hôpital de campagne de Kandahar. En regardant la campagne désolée et parsemée de rochers, il ne peut s'empêcher de se poser des questions sur ce pays et ses habitants.

Le Helmand abritait des dizaines de tribus montagnardes farouchement indépendantes. En vérité, ils n'éprouvaient pas plus d'aversion pour les Américains que pour les Russes, les Britanniques, les Perses, les Mongols, les Arabes ou les Grecs sous Alexandre le Grand. Rien de personnel, mais ils n'aimaient tout simplement pas que des étrangers, quels qu'ils soient, viennent leur dire ce qu'ils devaient faire ; et ils avaient botté le cul de tous ceux qui avaient essayé, y compris le nôtre. C'était la réalité de l'Afghanistan. Il en était de même pour les deux corps allongés sur le plancher de l'hélicoptère derrière lui, et pour les quatre hommes assis sur les bancs, bandés et les yeux vitreux à cause des analgésiques.

Il est 11 h 30 lorsqu'ils atterrissent à l'hôpital militaire de Kandahar. Pendant que Bob et ses hommes restants observaient en silence, le personnel médical a emmené ses blessés au triage. Après qu'ils soient revenus et aient déchargé ses deux blessés, Ace les a regardés et leur a dit : "Je n'aime pas ce regard dans tes yeux, Ghost. Dis-moi que tu ne vas pas faire ce que je pense que tu vas faire."

Bob s'est retourné et l'a fixé avec ses yeux noirs et durs et une expression assez chaude pour brûler l'acier. "Moi ? Je suis une mauviette. Qu'y a-t-il de mal à passer dire bonjour au nouveau G-2 adjoint ?" demande-t-il en jetant ses affaires sur son épaule et en se dirigeant à vive allure vers l'enceinte du Commandement central des opérations spéciales, ou SOCENT, à un quart de mile de là. Ace fait signe à Vinnie, Koz et Chester, qui font de leur mieux pour le suivre.

Kandahar n'est pas une grande base. C'est donc un endroit où il est facile de se promener et où il est difficile de garder des secrets. Bob et son entourage indésirable de gardiennes d'enfants n'étaient qu'à mi-chemin de l'enceinte de SOCENT lorsqu'il a vu un très grand homme noir vêtu d'un BDU camouflage tout frais sorti de l'avion et de bottes propres s'approcher de lui sur la route poussiéreuse. Il n'a pas besoin de marcher beaucoup plus loin, a-t-il pensé. C'était le lieutenant-colonel Jefferson Adkins du corps des adjudants généraux, le nouveau S-2 adjoint chargé des plans et des opérations. Avec son mètre quatre-vingt-dix, son mètre quatre-vingt-dix et ses sourcils froncés, l'homme est difficile à manquer.

L'attitude maussade d'Adkins était peut-être compréhensible. Ancien joueur de ligne offensive All-Big 10 et fils d'un ouvrier automobile de GM à Détroit, sa carrière de footballeur professionnel s'est terminée par une fracture du genou à la fin de sa première année d'université. Au lieu des New York Giants ou des LA Rams, il s'est retrouvé avec un diplôme d'éducation physique et une commission du ROTC de l'armée. Pourtant, lorsqu'il s'agit de postes d'état-major importants dans les opérations spéciales, où la vie des hommes est en jeu tous les jours, on espère que quelqu'un qui a passé beaucoup de temps au combat dans une branche dont l'emblème représente quelque chose, comme les fusils croisés de l'infanterie, les canons de l'artillerie de campagne ou les chars d'assaut du corps des blindés, va être embauché. Voir ces emblèmes d'adjudant général sur le col de son EDR dans une zone de guerre n'inspirait pas confiance. Le bruit courait que quelqu'un de haut placé pensait que ce serait une bonne idée de lui confier le poste de S-2 adjoint du renseignement militaire au SOCENT à Kandahar, bien que temporairement, afin d'étoffer son curriculum vitae en vue du prochain conseil de promotion.

Étant donné l'heure, Adkins se dirigeait probablement vers le mess des officiers, qui se trouvait au coin de la rue, et vers une place de choix à la table du général, lorsque Bob l'a interrompu. Burke était un petit gars d'un mètre soixante-dix et pesant peut-être moins de cinquante kilos après des semaines passées sur le terrain, si bien que le colonel le dominait de toute sa hauteur. Sale, hagard et toujours vêtu de sa tenue de tribu afghane des collines, sans nom ni grade, contrairement à son uniforme qui portait le nom du 75e régiment de Rangers et une poitrine pleine de médailles, il n'est pas surprenant qu'Adkins ne l'ait pas reconnu. Pourtant, Bob Burke était déjà une légende des opérations spéciales, et le paquetage qu'il portait à l'épaule et le long fusil de sniper M-110 qu'il tenait à la main auraient dû donner un indice à Adkins.

Adkins s'est dirigé vers sa gauche et Bob a fait un pas devant lui. Il est allé à sa droite et Bob a recommencé. Finalement, le colonel s'arrêta et lui lança un regard noir. "Tu joues avec moi ?"

"Les informations que tu nous as données hier soir, c'était des conneries ! Deux de mes hommes ont été tués ce matin, parce que tu nous as envoyés dans une embuscade."

"Je n'ai rien fait, mon garçon !" Adkins lui jette un regard noir, tandis que les autres Deltas se rassemblent autour de lui. "Je suppose que tu dois être Burke", dit-il alors que l'ampoule a dû enfin s'allumer. "Oui, j'ai entendu dire qu'il y avait eu une fusillade là-bas. Dommage ! Mais ne m'en veux pas parce que tu as fait foirer l'opération. Maintenant, dégagez de mon chemin, MAJOR, parce que je suis en retard pour le déjeuner."

Adkins pose la paume de son énorme main sur la poitrine de Bob Burke et fait un pas en avant, avec l'intention de le pousser sur le côté et de continuer vers le mess des officiers. Grosse erreur, et c'est la dernière chose dont Jefferson Adkins se souvienne pendant un moment. Une droite rapide comme l'éclair l'a attrapé sur le bouton, l'a soulevé à plusieurs centimètres du sol et l'a laissé tomber sur le dos sur la route poussiéreuse, transi de froid, avec le nez cassé et une dent de devant en moins.

Tout cela s'est passé dans une rue animée au milieu de la base, en plein jour. Lorsque Adkins est revenu à lui quelques minutes plus tard et a essayé de faire un rapport à la police militaire, il était étonnant de constater qu'ils ne trouvaient aucun témoin qui ait vu autre chose que lui pousser le major, glisser et se cogner la tête en tombant sur le sol. C'est drôle comme les choses se passent parfois. Il n'a pas fallu longtemps pour que tout le monde au quartier général sache ce qui s'était passé. La plupart d'entre eux ont simplement souri, pensant que le grand type l'avait bien cherché.

Bob ne l'a jamais regretté, mais c'était une goutte d'eau de plus sur le dos du chameau. Vu la direction que prenaient la guerre et l'armée, il s'est vite rendu compte qu'il était temps pour lui de partir. Ce qu'il ne savait pas, c'est que ce n'était pas la dernière fois que Jefferson Adkins et lui croisaient le fer.

***

À PROPOS DE L'AUTEUR

WILLIAM F. BROWN

Avec l'ajout de *Burke's Rescue*, je suis l'auteur de onze thrillers de mystère et de suspense international, exclusivement disponibles sur Kindle, de deux coffrets de trois livres et de quatre anthologies non fictionnelles d'entretiens avec des vétérans du Vietnam intitulées Nos guerres du Vietnam.

Originaire de Chicago, j'ai obtenu une licence d'histoire et d'études russes à l'université de l'Illinois, ainsi qu'une maîtrise en urbanisme. J'ai servi comme commandant de compagnie dans l'armée américaine et je me suis ensuite engagé dans la politique locale et régionale en Virginie. En tant que vice-président de la filiale immobilière d'une société Fortune 500, j'ai pu voyager beaucoup aux États-Unis et je voyage maintenant beaucoup à l'étranger, en particulier en Europe et au Moyen-Orient, des endroits qui ont figuré en bonne place dans mes écrits. Quand je n'écris pas, je joue mal au golf, je suis devenu un coureur acharné et je peins des paysages passables à l'huile et à l'acrylique. Maintenant à la retraite, ma femme et moi vivons en Floride.

En plus des romans, j'ai écrit quatre scénarios primés. Ils ont été classés premiers dans la catégorie suspense de Final Draft, finalistes de Fade In, premiers des Screenwriter's Utopia - Screenwriter's Showcase Awards, deuxièmes de l'American Screenwriter's Association, deuxièmes à Breckenridge, et d'autres encore. L'un d'entre eux a fait l'objct d'unc option pour un film.

Le meilleur moyen de suivre mon travail et d'être informé des ventes et des gratuités est de consulter mon site Web **http://billbrownthrillernovels.com** qui contient des chapitres en avant-première de chacun de mes romans, des interviews, des critiques de livres et d'autres liens.

DÉDICACE

À la meilleure équipe d'assistants et de correcteurs d'un bout à l'autre du pays qu'un écrivain puisse avoir : ma femme, Elisabeth Hallett dans le Montana, mon ami Loren Vinson à San Diego, et ma voisine dans la Floride ensoleillée, Beth Schmidt. Je tiens à remercier Hitch, Barb et le personnel de Booknook Biz à Phoenix pour leur aide dans le traitement et la conversion du manuscrit en Kindle-Speak. Je tiens également à remercier Todd Hebertson de My Personal Art à Salt Lake City pour les remarquables illustrations de couverture qu'il a réalisées pour tous mes livres récents, ainsi que Pat Costa, l'assistant de mon site Web, pour toute l'aide technique qu'il m'a apportée sur MailChimp, Facebook et bien d'autres programmes.

COPYRIGHT

BURKE'S REVENGE, en français

Le revanche de Burke,
Bob Burke Action-Thriller 3

La conception de la couverture a été réalisée par Todd Hebertson de My Personal Artist. Éditions numériques produites par William F. Brown. Publié par WFBFCB LLC, une société à responsabilité limitée du Wyoming.

Site web **http://www.billbrownthrillernovels.com**

Contact à **Bill@billbrownthrillernovels.com**

Printed in France by Amazon
Brétigny-sur-Orge, FR

20198316R00208